Robert Corvus

ROTES GOLD

DIE SCHWERTFEUER-SAGA

PIPER
München Berlin Zürich

Entdecke die Welt der Piper Fantasy:

Piper Fantasy.de

Von Robert Corvus liegen bei Piper vor:
Feind. Die Schattenherren
Knecht. Die Schattenherren
Herr. Die Schattenherren
Schattenkult
Grauwacht
Drachenmahr
Rotes Gold. Die Schwertfeuer-Saga 1

MIX
Papier aus verantwortungsvollen Quellen
FSC www.fsc.org
FSC® C083411

Originalausgabe
Juni 2016

Umschlaggestaltung: www.buerosued.de
Umschlagabbildung: www.buerosued.de / Stephanie Gauger
Karte: Timo Kümmel
Satz: Satz für Satz, Wangen im Allgäu
Druck und Bindung: CPI books GmbH, Leck
Printed in Germany ISBN 978-3-492-28063-1

ROTES GOLD

Kerôn
Worân
Estâl
Harlef
Klingenrausch
Klingenrausch
Kalter Isôn
Warmer Isôn
Schimmersee
Sonnentor
Horntor
Ygôda
Titanenfels
Weberstieg
Lotstieg
Nebelfall
Feldlager 2
Feldlager 1
Fette Ebene
Großer Isôn

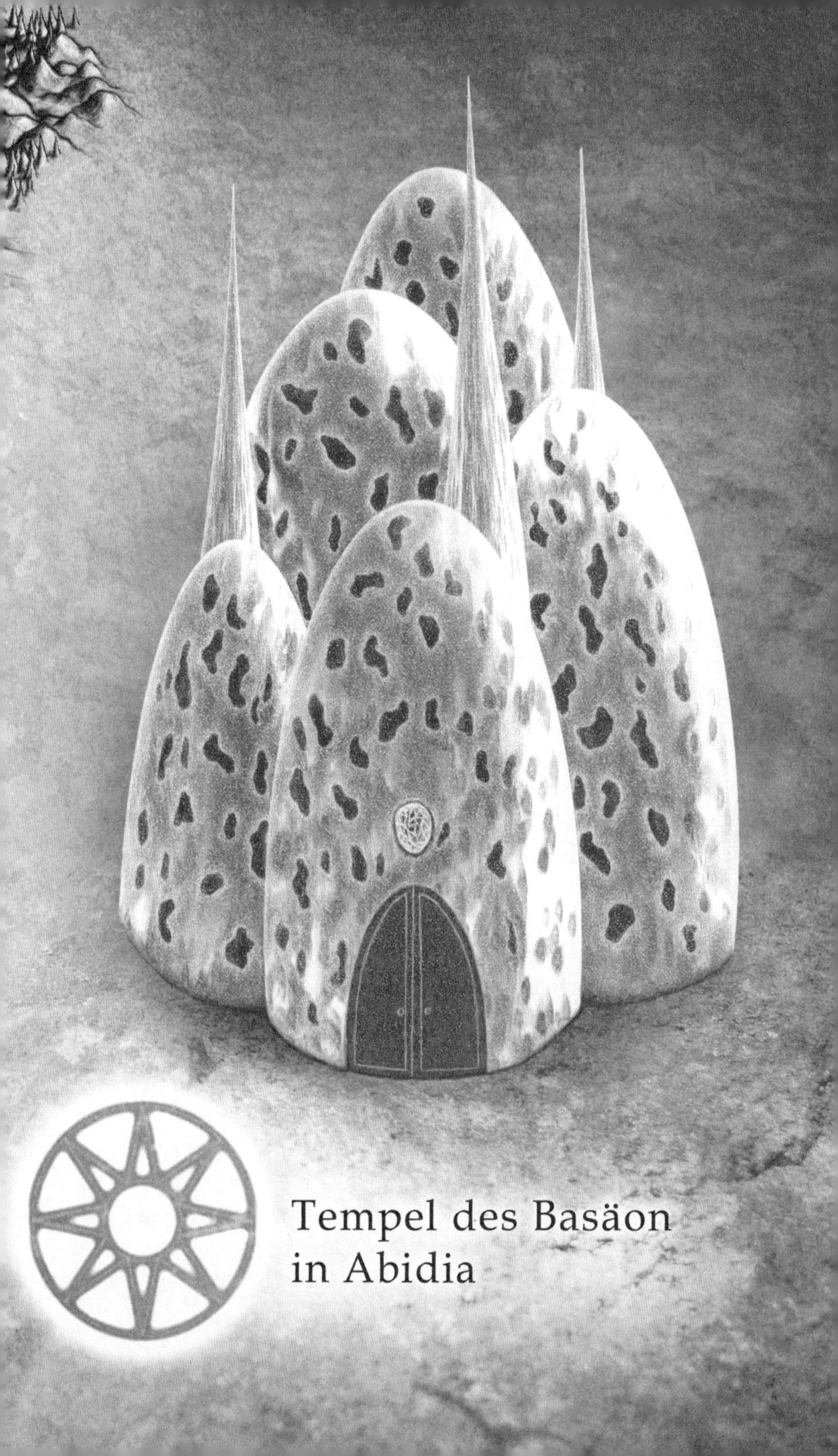

Tempel des Basäon
in Abidia

Prolog

Die Flut ergoss sich aus einem tintenschwarzen Himmel. In den Gassen zwischen den gigantischen, fensterlosen Gebäuden heulte der Wind wie ein Wolfsrudel. Er peitschte die Nässe an die dunklen Mauern. Das Wasser sammelte sich in den Fugen und Spalten der Quader zu Sturzbächen und spülte so machtvoll zwischen das Geröll auf den Straßen, dass die Strömung Eivora von den Füßen riss.

Gerade noch fing sich die junge Frau ab, sodass sie zwar ihre Handflächen aufschürfte, aber nicht mit dem Kinn aufschlug. Aglix, der Feuersalamander, der sie treu begleitete, fiel von ihrer Schulter. Im schwachen Schein von Nirtos Lampe erkannte sie die gelbe Hautzeichnung des Lurchs. Schnell griff sie zu. »Vorsicht, Kleiner!«

Aglix hockte träge in ihrer Hand. In Ygôda, dieser Stadt, in der niemals die Sonne schien, war es zu kalt für das Tier. Eivora setzte es an ihrem Hals ab, von wo es in den Kragen der Lederrüstung kroch.

»Bist du verletzt?«, fragte Nirto gerade laut genug, um das Unwetter zu übertönen. Der Schein seiner Laterne beleuchtete das immer grimmige Gesicht des Söldners, die Nässe machte das aschblonde Haar dunkel. Seine grauen Augen musterten sie aufmerksam, aber ohne Mitgefühl. Nirto ging es nicht um Eivoras Wohlbefinden, sondern um die Frage, ob er sich im bevorstehenden Kampf auf seine Kameradin verlassen könnte.

Dazu gehörte auch der Zustand der Waffen. Eivora prüfte die kleine Armbrust, die sie an den linken Unterarm gebunden trug. »Alles in Ordnung«, meldete sie. Sie hob ihre Laterne auf. Das Glas war gebrochen, aber der Ölbehälter war noch halb voll. Sie holte den in Leinen gewickelten Feuerstein hervor.

»Du brauchst sie nicht zu entzünden«, meinte Nirto. »Wir sind beinahe am Ziel.«

Eivora gestand ihm zu, dass er viel Erfahrung mit Einsätzen in fremder Umgebung besaß. Sie selbst hatte die Orientierung längst verloren. In Ygôda fühlte sie sich wie eine Maus in einem Wald voller riesiger Bäume. Diese Stadt bestand nicht aus gewöhnlichen Häusern. Die Bauwerke glichen kantigen Säulen, die Dutzende Schritt durchmaßen.

Ich bin keine Maus, dachte Eivora, als sich Aglix auf ihrer Haut regte. *Ich bin mindestens ein Feuersalamander. Die sind giftig.*

Tatsächlich führte Nirto sie nur noch um zwei Ecken, bevor sie das Ziel ihrer Mission erreichten, eine Pyramide, an deren Quadern der Regen über ein Halbrelief mit gehörnten Figuren spülte. Wenig später fanden sie die Stelle, wo ein mit Mauerteilen verstärkter Geröllhaufen die Straße blockierte. Darüber gähnte in der Wand, die so steil anstieg, dass sich die Spitze des Bauwerks in der Dunkelheit verlor, eine Öffnung. Eivora war froh über die schlechte Sicht. Obwohl ihr große Tiefen nichts ausmachten, wurde ihr in Ygôda tagsüber schwindelig, wenn sie in die Höhe sah. Das lag wohl daran, dass sich hinter den Spitzen der Bauwerke nur die Leere des Himmels auftat.

Dunkelheit und Unwetter verbargen die beiden Söldner. Nirto löschte seine Laterne und stellte sie ab, als er sich hinter einen Bruchstein hockte, dessen Oberkante sich auf Eivoras Augenhöhe befand. Auch sie erleichterte ihre Ausrüstung, sodass sie nur noch trug, was sie zum Kämpfen brauchte. Sie überprüfte den Sitz von Helm und Lederrüstung, spannte die Armbrust, legte einen Bolzen ein, sicherte ihn und lockerte das gebogene Kurzschwert in der Scheide. Sie beglückwünschte sich zum Griff aus Bratunussholz, der noch nicht einmal in dieser Nässe rutschig wurde.

Soll ich Aglix zurücklassen?

Eivora entschied sich dagegen. Der Lurch brachte ihr Glück. Gerade in jüngster Zeit hatte sie überlebt, wenn viele Kameraden umgekommen waren – und das sicher nicht, weil sie besser gekämpft hätte als die Krieger des Sturmbanners.

Als sie ihre Vorbereitungen abschloss, beobachtete Nirto bereits eine Weile die gegnerische Stellung.

»Wachsamkeit scheint nicht ihre Stärke zu sein«, raunte Eivora ihm zu.

»Das wissen wir nicht«, gab er zurück. »Und du brauchst nicht so zu schreien.«

Offenbar unterschätzte sie die durch den Dienst in der Einheit geschärften Sinne. Nirto hörte sie trotz des Unwetters gut.

»Siehst du einen von ihnen?«, fragte Eivora. Sie selbst hatte bereits Mühe, die Umrisse des dunklen Bollwerks zu erkennen. Bei den Armbrustschützen galt sie als besonders zielsicher, was auch mit ihren scharfen Augen zusammenhing, aber in diesem nächtlichen Unwetter und in den Schatten der riesigen Gebäude konnte jedem etwas entgehen.

»Nein, aber das mag auch bedeuten, dass Tsiglôns Leute sehr gut sind. Am besten ist der Wächter, der alles im Blick behält, ohne selbst gesehen zu werden.«

Eivora hatte das Gefühl, in der Lederrüstung zu schwimmen. Man hatte sie hastig auf ihre zierliche Gestalt angepasst, an einigen Stellen war sie zu weit. Immerhin hatte Aglix dadurch genug Bewegungsfreiheit. Aber Feuersalamander waren ohnehin Überlebenskünstler. *So wie ich.*

»Wir werden wohl auf die harte Art herausfinden müssen, ob sie zu den Besten oder zu den Schlechtesten gehören. Ich glaube, dort vorn ist der Aufstieg.« Eivora zeigte auf einen Pfad aus hellem Schutt, der zum Grat der Halde hinaufführte. »Wir sollten uns in einem Bogen nähern.«

»Ist das ein Befehl?«

Sie seufzte innerlich. *Sturmbanner.* In den Einheiten, die sie bisher befehligt hatte, konnte Arroganz im falschen Moment zu einer Prügelstrafe führen. Bei den Kriegern, die ständig hinter den feindlichen Linien kämpften, schien dagegen immer der richtige Moment für herablassendes Auftreten zu sein. Sie waren die Elite, und sie wussten es. Eivora mochte jetzt ihre Befehlshaberin sein, aber vor allem war sie die Neue, die sich noch beweisen musste.

»Nein«, sagte sie, »es ist ein Vorschlag. Ich höre mir gern deine Einschätzung an.«

»Wenn sie auch nur halbwegs bei Verstand sind, erwarten sie, dass Eindringlinge diese Rampe nehmen. Ich an ihrer Stelle würde Stolperseile spannen, am besten mit ein paar Glocken am Ende. Wenn man sicher ist, dass keine Freunde kommen, kann man sie auch gleich am Abzug einer Armbrust befestigen oder an einem Stock, der eine Geröllawine zurückhält.«

Eivora schluckte. Bei einem solchen Einsatz war der erste schwerwiegende Fehler zugleich der letzte, den man jemals begehen würde.

»Was ist, wenn wir direkt zur Maueröffnung klettern?«, fragte sie. »Nicht über das Bollwerk, sondern die Wand hinauf?«

Nirto drückte die Hand gegen einen Quader, als wolle er sich von der Festigkeit der Bauten überzeugen, die der Sage nach Titanen errichtet hatten. »Das wird ein steiler Aufstieg.«

»Wir haben nur fünf oder sechs Schritt Höhe zu überwinden.« Der Gedanke gefiel Eivora zunehmend besser. Sie war eine gute Kletterin, in Rorgator hatte sie einige Hänge bezwungen, von denen andere in den Tod gestürzt waren. »Ich gehe voran.«

Nirto sah noch einmal zum Schattenriss hinüber, der die Straße versperrte. Regen tropfte von seiner Nase, als er nickte.

Eivora benutzte ihr Messer, um besseren Halt in den Ritzen zu finden. An einer Stelle, an der das Halbrelief keine Stütze für die Füße bot, ließ sie es für Nirto stecken.

Oben auf dem Bollwerk kauerte sich Eivora möglichst klein neben dem Eingang zusammen, der wohl mal ein Bruch gewesen war und den jetzt Holzbalken stützten. Sie wollte unentdeckt bleiben, vor allem, solange Nirto noch an der Wand war. Der Mittelfinger ihrer Linken lag am Abzug der Armbrust. Sie war eine der besten Schützinnen der Legion. *Aber was nützt das, wenn es zu dunkel ist, um ein Ziel zu erkennen?* Auch aus dieser Perspektive war der Wall eine Masse aus Bruchsteinen und Schutt, die mit der Umgebung verschwamm. Falls es hier Wachen gab, gönnten sie sich kein Feuer, um sich zu wärmen.

Lediglich aus der Maueröffnung drang ein schwacher Lichtschein. Zudem hörte Eivora Musikinstrumente. Wenn sie sich nicht täuschte, waren es zwei Leiern und eine Flöte.

Als Nirto bei ihr angelangt war, gab er ihr das Messer zurück. »Du kletterst wie ein Eichhörnchen.« Die Anerkennung in seiner Stimme tat ihr gut.

»Erst hier draußen sichern oder gleich hinein?«, fragte sie.

»Unser Ziel ist da drin. Noch kommen wir rein, ohne Aufsehen zu erregen.«

Sie nickten sich zu. Eivora wechselte auf die andere Seite des Eingangs, wobei sie einen schnellen Blick in den Gang warf.

Der abgestützte Bruch war vier Schritt lang und verengte sich nach innen. Den Boden hatte Tsiglôns Bande nicht nur mit Schotter, sondern auch mit Steinplatten geebnet. Die Geräusche kamen eindeutig aus dem Raum dahinter, in dem Eivora Fackeln sah. Ein halbes Dutzend der brennenden Lichter stand in einem Saal, dessen Boden zwei Schritt tiefer lag. Selbst bei einem Hünen war das eine Mannslänge, also mochte unmittelbar an der abfallenden Wand jemand stehen. Vor allem aber machte sie zwei Krieger aus, die augenscheinlich vermeiden wollten, vom Saal aus gesehen zu werden. Sie hielten sich im Schatten der Gangwand, gegen die sie auch ihre Bögen gelehnt hatten, und beobachteten einige kaum bekleidete Tänzerinnen.

Auf der anderen Seite der Öffnung lehnte sich Eivora mit dem Rücken an die Wand. Sie bedeutete Nirto, vorsichtig zu sein.

Dicht über dem Boden lugte der Söldner in den Gang, und auch Eivora wagte einen zweiten Blick.

Die Wachen fanden die Aussicht auf die Tänzerinnen offensichtlich lohnender als die auf eine verregnete Nacht. Damit waren sie nicht allein. Die halb nackten Frauen wanden sich in einem Kreis johlender Zuschauer, die auf Kissen hinter niedrigen Tischen saßen. Einer davon spielte eine Flöte, ein anderer eine Leier, doch Eivora interessierte sich mehr für die Waffen. Leider konnte sie von hier aus nicht alles sehen, aber ein paar Säbel machte sie aus.

Ein Mann mit Bronzeringen in seinen hüftlangen Zöpfen eilte von einer Schönheit zur nächsten und hielt der neuen Erwählten eine hell schimmernde Brosche mit einem violetten Edelstein an den Hals.

Eivora fühlte sich lächeln. *Da ist sie.*

»An dir macht sich das Platin vielleicht noch besser.« Der Mann, der genau der Beschreibung von Tsiglôn entsprach, kicherte. »Aber da fehlt noch der letzte Schliff, meine Blume.« Mit der freien Hand löste er den Schleier vor ihren Brüsten.

Wie bei allen Anwesenden war die Haut der Tänzerin bleich. Das Braun ihrer Knospen zeichnete sich so deutlich ab wie Kastanien auf hellem Sand. Zwischen den rot bemalten Lippen leuchteten die Zähne, als sie lächelte.

»Sehr gut.« Tsiglôn tätschelte ihren Busen. »Aber ich bin mir noch unsicher.« Unter dem Gelächter der Versammelten wandte er sich der nächsten Tänzerin zu.

Die Wachen waren nicht zu umgehen, wenn sie zu Tsiglôn und dem Amulett vordringen wollten. Mit lautlosen Gesten schlug Nirto vor, wie sie mit ihnen fertigwerden konnten.

Eivora nickte. Nebeneinander schlichen sie in den Gang. Erst hier im Trockenen wurde ihr bewusst, wie nass sie war. Das von ihrer Lederrüstung tropfende Wasser erschien ihr laut wie Gongschläge.

Sie sah Nirto an, dass er sich langsamer bewegte, als der geübte Krieger es vermocht hätte. Ein letzter Blick, dann packten sie die Männer an den Fußgelenken und rissen sie hoch. Da die Neugier ihre Gegner nahe an die Kante zum Saal gelockt hatte, fielen sie an der kurzen Leiter vorbei hinunter. Der Sturz von zwei Schritt war ungefährlich, aber sicher schmerzhaft, vor allem für denjenigen, dem Eivoras Aufmerksamkeit zuteilgeworden war. Er prallte auf die rechte Schulter, während sich der andere mit den Händen abfing.

Ihre Schreie ließen die Anwesenden verstummen. Die Instrumente schwiegen, die Frauen brachen den Tanz auf dem mit Nymphen verzierten Bodenmosaik ab, die Aufmerksamkeit richtete sich auf Eivora und Nirto. *Ein Dutzend Gegner.* Die Tänzerinnen zählte Eivora nicht mit. *Hauptsächlich Dolche, ein schartiger Säbel, ein paar Speere.*

Der Raum war etwa so groß wie ein Gruppenschlafraum in der Kaserne, wobei der Gang, in dem Nirto und Eivora standen, in der Mitte einer Schmalseite auf ihn traf. Einige Nischen an den Seiten mochten Türen verbergen, es könnte sich aber auch um Verzierungen wie die Halbreliefs handeln, die die Wände schmückten. Sie zeigten gehörnte Fratzen mit spitzen Zähnen, die Eivora an die Dämonen in Rorgator, der Heimat der Söldner, erinnerten. Der einzige Ausgang, den sie mit Gewissheit erkannte, war mit einem offen stehenden Gitter versehen und befand sich unter der Decke in der gegenüberliegenden Wand. Eine Leiter, in deren Sprossen Silbermünzen eingeschlagen waren, führte hinauf. Sofort verspürte Eivora das Locken des glänzenden Metalls.

Sie riss sich zusammen. Sie waren nicht wegen des Silbers hier, es galt, einen Auftrag zu erfüllen. »Ich fürchte, euer Fest ist zu Ende!«, rief sie.

Unter ihr stöhnten die Wachen, die mühsam wieder auf die Beine kamen. Der, den sie hinuntergeworfen hatte, rieb seine Schulter, hörte aber unter Tsiglôns strafendem Blick damit auf.

»Deine Schönheiten werden verzichten müssen«, fuhr Eivora fort. »Bring uns die Brosche!«

»Wer seid ihr?« Für so einen Hänfling war Tsiglôns Stimme überraschend fest.

»Das tut nichts zur Sache. Gib sie uns, und niemand stirbt.«

Noch steckten Eivoras Kurzschwert und Nirtos lange Klinge in den Scheiden, die Axt hing im Eisenring an seinem Gürtel. Eivoras Armbrust war schussbereit, aber auf den Boden gerichtet, weil sie ihren linken Arm hängen ließ.

Die Männer, die auf Leiern und Flöten gespielt hatten, verständigten sich mit Blicken, legten die Instrumente ab und schoben die Hände neben die Kissen, wo sich ihre Klingen befinden mochten.

»Ihr seid die Einzigen, die hier sterben, wenn ihr nicht sofort verschwindet!«, drohte Tsiglôn.

Einer seiner Leute schleuderte einen Speer.

Die Waffe war eines Kriegers unwürdig, ihr Schaft war aus

einem krummen Ast geschnitten. Deswegen taumelte sie im Flug und traf noch nicht einmal mit der Spitze auf, abgesehen davon, dass sie harmlos gegen die Wand prallte.

Dennoch durfte man so etwas nicht unbeantwortet lassen. Eivora richtete die Linke auf den Angreifer und drückte ab. Die Armbrust knallte, Nässe spritzte von der Sehne.

Der Bolzen durchschlug die grellgelbe Tunika am Bauch. Ein roter Fleck erschien auf dem leuchtenden Stoff. Gurgelnd fiel der Mann auf den noch nicht einmal kniehohen Tisch vor sich.

Wenn Tsiglôns Wachen auch nicht gerade aufmerksam waren, so war es um die Kampfmoral seiner Truppe doch deutlich besser bestellt. Alle griffen sich Waffen und stürmten auf die Söldner zu. Wildes Geschrei hallte von den Wänden wider.

Eivora spannte die Armbrust.

Nirto zog seine Handwaffen und trat gleichzeitig die kurze Leiter vor dem Tunnel weg.

Ein Speer, der besser gezielt war als der erste, kam geflogen. Eivora hockte sich nieder, er zischte über sie hinweg und krachte gegen die Gangwand.

Nirto benutzte das Langschwert wie einen nach unten gerichteten Dorn, als er in den Raum hinabsprang. »Hammerschlag!«, schrie er den Kampfruf des Klingenrauschs.

Zu spät und zu träge versuchte die Wache, auszuweichen.

Nirto spießte den Stahl durch den Oberschenkel.

Der Gegner jaulte auf, hielt seine Wunde und brach zusammen. Nirto schlug die Axt in die Flanken seines Kameraden.

Wieso wirft er die Leiter um und springt sofort selbst hinab?, fragte sich Eivora. *Will er mich schonen? Traut er mir nicht zu, so zu kämpfen wie er?*

Der Bolzen entglitt ihr, weil sie ihn zu hastig in die Führungsrille legte. Für einen weiteren Versuch fehlte ihr die Zeit. *Dann eben anders!* Als sie das Krummschwert, eine gebogene Klinge, zog, lagen bereits drei Gegner neben Nirto auf dem Boden.

Eivora sprang auf einen von ihnen, um den Aufprall zu dämpfen. Der Mann schrie auf.

Sie wollte sich auf einen anstürmenden Speerkämpfer stürzen, doch Nirto war schneller. Gerade rechtzeitig duckte sich Eivora, damit die Axt über sie hinweg- und in den Hals des Gegners schlug. Sie setzte mit einem Stich in den Bauch nach, der aber nicht mehr nötig gewesen wäre.

Sie ging auf Abstand zu Nirto und wehrte einen Dolch ab. Im Gegensatz zu ihrem Kurzschwert besaß die Klinge ihres Gegners keine Parierstange. Die Schneiden rutschten übereinander. Während der Dolch aufgehalten wurde, trennte Eivoras Schwert beinahe den Daumen ab. Zwar zog ihr Gegner die Hand rasch zurück, aber er ließ seine Waffe fallen.

Mit dem nächsten Streich schnitt Eivora tief in seinen Oberschenkel.

Kreischend brach er zusammen.

Ein Schlag traf Eivoras Hinterkopf.

Sie ließ sich fallen und rollte über ihre Längsachse, um aus der Reichweite des Gegners zu kommen. Der Lederpanzer behinderte ihre Bewegung, sie wünschte sich die auf sie angepasste Rüstung zurück. Aber Wünsche waren in einem Kampf fehl am Platz, hier musste man sich der Wirklichkeit stellen.

Ihr Gegner schwang einen schartigen, rostzerfressenen Säbel. Eine damit geschlagene Wunde hätte sich bestimmt entzündet.

Doch dazu kam es nicht. Obwohl sie eine höchstens mittelmäßige Nahkämpferin war, schon wegen der geringen Körpergröße und der fehlenden Körperkraft, hielt der mit der linken Hand unterstützte Block.

Der Säbel dagegen brach unter dem wuchtigen Hieb entzwei. Die obere Hälfte klirrte gegen die Wand.

Eivora führte einen Stich zum Kopf und schlitzte die Wange auf. In der bleichen Haut sah die Wunde aus wie ein dunkler Zweig, der in den Schnee fiel. Erst mit Verzögerung quoll das Blut heraus.

Der Gegner hatte genug. Er ließ die zerbrochene Waffe fallen und hob die Hände.

»Hinknien!«, schrie Eivora.

Er tat es.

Sie versuchte, sich einen Überblick zu verschaffen.

Die Tänzerinnen standen zusammengedrängt möglichst weit von den Kämpfenden entfernt. Plötzlich schienen sie sich ihrer Blöße bewusst, denn sie bedeckten ihre Nacktheit mit den Händen.

Tsiglôn dagegen schickte sich an, die lange Leiter zu erklettern, die zur Öffnung unter der Decke hinaufführte. Wenn er es dorthinein schaffte und das Gitter schloss, wäre er entkommen!

Wäre sie kräftiger gewesen, hätte Eivora zur Leiter rennen und sie umreißen können. Sie wusste jedoch von Belagerungen, wie schwer das war, wenn ein ausgewachsener Mann darauf stand.

»Nirto!« Sie ließ ihre Klinge fallen.

Der Kamerad sprang neben sie. Breitbeinig schirmte er Eivora von den herandrängenden Gegnern ab, während sie einen Bolzen aus dem Köcher zog und einlegte.

Tsiglôn kletterte bereits in die Öffnung, als sie schoss.

Sie traf sein Gesäß, aber das reichte. Kurz hielt er sich noch an der Kante fest, dann rutschte er ab und fiel die Leiter herunter.

Eivora nahm ihr Kurzschwert auf und rannte zu Tsiglôn, um die geschliffene Spitze an dessen Kehle zu halten. »Hast du genug?«, rief sie.

Er hielt sein linkes Bein in einem seltsamen Winkel. Eivora bezweifelte, dass es gebrochen war. Wahrscheinlich schmerzte der Bolzen.

Breitbeinig stellte sich Nirto vor sie, die Axt schlagbereit. »Es wäre klug, eure Kameraden zu versorgen!«, wandte er sich an die Gegner. »Nur zwei sind tot, aber wenn ihr die anderen verbluten lasst, können es schnell mehr werden.«

Zitternd reichte Tsiglôn Eivora das Schmuckstück. Die Platinbrosche war wie ein Paar ausgebreiteter Schwingen geformt, in deren Mitte das Herzstück des Schmuckes – der violette Edelstein – eingelassen war. Um das Juwel herum war das Metall zu gewellten Strahlen modelliert.

»Das hättest du einfacher haben können«, meinte Eivora, als sie das Kleinod nahm. Platin war wertvoller als Silber, aber sein

Schimmer löste in ihr nicht dieselbe Faszination aus wie das Mondmetall. Sie schielte zu den an die Leiter genagelten Münzen.

»Bitte, tötet mich nicht!«, wimmerte Tsiglôn.

Aglix hatte ein Gespür für Gefahr. Er wusste, dass ihm nun nichts mehr drohte, krabbelte aus dem Kragen und setzte sich auf Eivoras Schulter.

»Natürlich nicht.« Sie nahm die Klinge von Tsiglôns Hals. »Wieso sollten wir das tun? Wir sind nicht deine Feinde. Wir sind Söldner, und unser Auftrag ist erfüllt.«

1. Der brennende Tempel

Etwa vier Wochen zuvor

Die Tempeldienerin an Chastro-Ignutos Lenden schrie nicht mehr. Wenn er sein Glied in sie hineinrammte, wimmerte sie nur noch. Ob ihre Seele sich an einen Ort zurückgezogen hatte, an dem sie keine Schmerzen mehr litt?

Mit einem unartikulierten Schrei schmetterte er seine Faust in ihr Gesicht. Der stachelbewehrte Lederhandschuh riss die helle, mit einer duftenden Salbe gepflegte Haut auf. Es tat gut, eine solche Schönheit zu zerstören. Er packte ihr Haar, zog den Kopf heran und brach ihre Nase.

Auch das half nicht. Sie heulte und wimmerte, aber das Entsetzen, das sie zuerst gezeigt hatte, war fort.

Ignuto prasselte auf seiner linken Schulter. Der Homunkulus, der dort aus Chastros Körper wuchs, strahlte eine Hitze aus wie glühende Kohlen. Auch er wollte das Leid steigern, fand aber keine Möglichkeit dazu. Ihr Geist war ihm entglitten, er konnte ihre Gedanken nicht länger erfassen.

Chastro-Ignuto ergoss sich in die Tempeldienerin und schleuderte sie gegen ein Kohlebecken.

Immerhin war ihr Körper noch wach genug, um zappelnd vor der Verbrennung zu fliehen.

Eine alte Vettel und ein Bursche mit einer verkrüppelten Hand, beide ebenfalls in die Wickelgewänder der Tempeldiener gekleidet, kümmerten sich um sie. Chastro-Ignuto überlegte, ob er die Alte schänden sollte, aber ihm war die Lust vergangen. Er hätte den Knaben töten können, doch der schien zu wissen, was er tat, als er das Opfer versorgte. Chastro-Ignuto wollte, dass die Frau überlebte. Sie sollte sich immer an ihn erinnern, wenn sie ihr Spiegelbild sah. Und daran, dass ihr Gott ihr nicht geholfen hatte, als die Söldner über die Stadt gekommen waren.

Vielleicht fiel sein Samen in ihr sogar auf fruchtbaren Boden. Er grinste, und er fühlte, wie sich Ignutos Wurzeln in seiner Brust regten, neben Chastros Herz. Der Gedanke gefiel dem Homunkulus ebenso wie dem Mann, obwohl sich der dämonische Sendbote nicht fortpflanzen konnte.

Ein paar Söldner erfreuten sich an der Schönheit der Tempeldienerinnen. Die Priesterin, eine Frau Mitte zwanzig mit heller Haut, sparten sie sich auf. Drei Männer stießen sie im runden Zentralraum zwischen sich hin und her wie einen Ball, den sich Kinder zuwarfen. Dabei rissen sie immer wieder ein Stück des Gewands ab. Obwohl sie den Stoff vor Brüste und Scham presste, wirkte sie nicht eingeschüchtert. Ihr Geist war auch nicht geflohen. Sie bewahrte ihre Würde angesichts der Gewalt, die man ihr und dem Haus ihres Gottes antat. Chastro-Ignuto freute sich darauf, sie zu brechen.

Die meisten Söldner kannte er gut, sie dienten im gleichen Banner wie er. Andere hatten sich zum ersten Mal seinem Plünderzug angeschlossen, weil sie gehört hatten, dass man mit einem Avatar wie ihm immer etwas erlebte. Bei manchen siegte trotzdem die rohe Gier über die anderen Triebe. Vor allem die Frauen der Legion behielten selbst im Siegesrausch einen vergleichsweise kühlen Kopf und konzentrierten sich auf die Schätze, die es zu erbeuten galt. Eine Handvoll von ihnen nutzte einen Haufen Gerümpel und stützte sich gegenseitig, damit diejenige, die zuoberst stand, mit einem Stemmeisen den kinderkopfgroßen Aquamarin aus der nach innen gewölbten Mauer über dem Tempelportal brechen konnte. Nach ihren Flüchen zu urteilen kam sie jedoch schlecht voran.

Die rothaarige Prekesta bildete, was die Besonnenheit der weiblichen Söldner anging, eine Ausnahme. Bevor sie begonnen hatte, eine Klinge zu schwingen, war ihr die gleiche Aufmerksamkeit zuteilgeworden, mit der man nun die Tempeldienerinnen bedachte. Sie genoss es, diese Gunst zu erwidern. Dafür hatte sie eine Stange mit abgerundeter Spitze geschmiedet und mit einem nachgiebigen Futteral überzogen. Auch jetzt bearbeitete sie einen Greis damit. Sie nahm sich immer die alten Männer vor. Je älter, desto mehr Schuld hatten sie auf sich geladen, meinte Prekesta.

Chastro-Ignuto fand Gefallen an ihrem Spiel und den Schreien ihres Opfers, aber dass er selbst so wenig bei der Dienerin erreicht hatte, fraß an seinem Stolz. Am liebsten hätte er den Tempel niedergebrannt. Schließlich war er ein Avatar – ein Mischwesen, nicht mehr gänzlich Mensch –, seit er den dämonischen Homunkulus trug. Feuer erfreute ihn. In diesem Bauwerk schien die Hoffnung, seine Begierde befriedigen zu können, jedoch aussichtslos, weil hier beinahe alles aus Stein bestand. Chastro-Ignuto fragte sich, wie man ein solches Gebäude errichtete. Es gab keine Unterscheidung zwischen den Wänden und der vielfach gewölbten Decke, stattdessen ging eine Vielzahl freitragender Kuppeln ineinander über. Wegen der unzähligen Löcher wirkten diese an vielen Stellen wie ein Sieb. Das waren keine Beschädigungen, die während der Belagerung entstanden waren, dafür bildeten die Öffnungen zu gleichmäßige Muster. Außerdem befand sich der Tempel für die Katapulte zu hoch am Hang. Aber die Kuppelkonstruktion wirkte leicht und zerbrechlich. Gab es eine Stelle, an der man den Stein wegschlagen konnte, um das gesamte Gebilde zum Einsturz zu bringen?

Ein Söldner riss die Ringe aus den Ohren einer verheulten Frau und drohte, ihr die Finger abzuschneiden, wenn sie ihren restlichen Schmuck nicht freiwillig hergäbe.

Das war alles so … profan! Unbefriedigend!

Ein Knurren stieg aus Chastro-Ignutos Brust.

Feuer. Er brauchte Feuer.

Wenn dieses Haus schon nicht brannte – einen Menschen konnte man in eine Fackel verwandeln, wenn man es klug anstellte. Sein Blick fand die geschändete Dienerin, die ihren Kopf an der Brust der Alten barg, und wanderte weiter zum Kohlebecken und zu den Amphoren, in denen sich vermutlich Lampenöl befand.

Er grinste. Die Frau würde seinen Bastard wohl doch nicht aufziehen müssen.

»Manche begreifen einfach nicht, dass sie verloren haben.« Eivoras Vater legte die gepanzerten Hände auf das marmorne Geländer der Freitreppe, beugte sich vor und sah den Hang hinunter. Schreie und metallisches Klirren drangen aus dem Häusermeer herauf. Er hatte viele solcher Tage gesehen. Abidia war nur die vorläufig letzte in einer langen Reihe von Städten, die der Klingenrausch erstürmt hatte. Er war der gefürchtete Kester, der Feldherr, der Flammenbringer dieser Söldnerlegion, die in der Kontrakthalle die höchsten Preise verlangen konnte, weil der Ruhm ihrer Siege selbst die Götter zittern ließ.

»Das sind die Besten«, fuhr er fort. »Meist krepieren sie, aber manchmal vollbringen sie Unmögliches.«

Ich würde auch gern mal etwas vollbringen, über das man in Rorgators Schankstuben mit Anerkennung spricht, dachte Eivora. Sicher, sie hatte ihren Teil bei der Eroberung der Stadt geleistet, die Befehle ihres Vaters befolgt. Nur waren das mal wieder keine Befehle gewesen, die sie besonders herausgestellt hätten. *Ich vermag mehr zu leisten! Ich weiß, dass ich eine große Kriegerin werden kann, deren Name Respekt gebietet.*

Eivora ließ eine Silbermünze durch ihre Finger tanzen und lauschte auf die Rufe, die aus den Wohnhäusern und den tausend Tempeln drangen. Weibel kommandierten ihre Leute, Bürger flehten um Gnade, Priester beteten zu den Göttern, die der Fall der heiligen Stadt nicht zu kümmern schien. Man sagte, dass die Ewigen oft untereinander stritten. Eivora wusste nur wenig von Göttern. Vermutlich nahmen sie in Kauf, dass sie eine Weihestätte verloren, wenn dafür auch ihre Rivalen einen Ort der Verehrung einbüßten. Oder fühlten Götter anders als die Feuerdämonen von Rorgator?

»Die werden uns nicht mehr gefährlich«, sagte Eivora.

Ihr Vater ballte eine Faust, wobei die eisernen Glieder des Panzerhandschuhs klackten. »Nicht, wenn sie keine Verbündeten finden.«

Eivora schnippte die Münze in die Luft und betrachtete ihr Funkeln, während sie sich überschlug. Es handelte sich um einen sechseckigen Tral aus Lugosa, auf der einen Seite zeigte er einen Lorbeerkranz, auf der anderen das Antlitz irgendeines Gottes. Vielleicht hatte Letzterer auch in Abidia einen Tempel. Falls nicht, wäre das verwunderlich, bei der Unzahl an Gotteshäusern in dieser Stadt.

»Wer sollte ihnen denn zu Hilfe kommen?«, fragte sie.

»Unsere Gier.« Die tiefe Stimme war trotz der Schreie und des Lärms der Plünderung deutlich zu verstehen, obwohl ihr Vater ruhig sprach. Er war das Befehlen gewohnt, und der tonnenförmige Brustkorb, auf dem der kantig geschnittene schwarze Bart lag, bot einen Resonanzraum wie eine Kriegstrommel. »Der Mangel an Vorsicht, wenn das Auge eines Rottmeisters auf edlen Altarschmuck fällt und er seine Leute alles zusammenraffen lässt, bevor die Kameraden den Schatz entdecken.«

Eivoras Blick schweifte über die weißen Häuser. Vom Gewitterregen der vergangenen Nacht blank gespült, warfen manche Mauern die Mittagssonne so stark zurück, dass sie blendeten. Die Legende behauptete, dass in dieser Stadt, die den Ost- und den Südhang eines Bergs bedeckte, jedem Gott ein Tempel geweiht sei. Einige lagen im Verborgenen, wie beim Kult der Diebe oder beim Zirkel der Würger, die Irquala verehrten. Die anderen waren mit einem Aquamarin, so groß wie ein Kürbis, gekennzeichnet, der an einem Turm oder über einem Eingang prangte. Jedenfalls so lange, bis die siegreichen Söldner ihrer Gier freien Lauf ließen und den Edelstein herausbrachen. Der Kontrakt sah nur einen geringen Lohn vor, der nicht einmal die Verpflegung und den Erhalt der Ausrüstung deckte, aber der Kriegsherr, der den Klingenrausch verpflichtet hatte, gestattete der Legion, die eingenommene Stadt drei Tage und Nächte lang zu plündern. Die Söldner hatten vor, diese Mission mit hohem Gewinn abzuschließen. Für ihren Auftraggeber war Abidia wertlos, nun, da es erobert war. Er wollte nur Rache dafür, dass seine Gemahlin sich von ihm abgewandt hatte, um ihr Leben den Göttern zu weihen.

Die Haut von Eivoras Vater hatte die Farbe von Leder. Manche seiner vielen Narben waren heller, einige zeichneten sogar weiße Linien. So wie jene, die eine Schneise durch den wallenden Bart zog und knapp unter dem linken Auge endete. Das Kettengeflecht des Nackenschutzes rasselte, als er den Kopf neigte, um Eivora anzusehen. »Die eigene Schwäche ist die stärkste Waffe des Feindes.«

»Das sagst du oft.«

»Weil es immer wieder vergessen wird. Das ist der häufigste Grund, aus dem ich einen Namen von der Soldliste streiche.«

Die Söldnerbanner zerfielen in Rotten, damit man schneller einen großen Bereich plündern konnte. Manchmal lösten sich sogar Grüppchen und Einzelne aus diesen Kleinverbänden, wenn sie eine silberne Kuppelkrone entdeckten – oder eine Schönheit, die sie unter ihren Willen zwingen wollten. Widerstand regte sich kaum noch.

Stolz erfüllte Eivora. Wieder hatte ihre Legion den Willen eines Gegners gebrochen. Jetzt nahmen sich die Stärkeren, was ihnen zustand. So war das Leben, wer anderes behauptete, war ein Täuscher. Eivora aber befand sich auf der Seite der Sieger. Nicht nur, weil sie die Tochter des Flammenbringers war, sondern auch, weil sie nicht jammerte, wenn sie einen Treffer abbekam oder eine Nacht in voller Rüstung durchmarschieren musste. *Ich bin hart genug, um mir eigenen Ruhm zu verdienen.*

»Feuer.« Eivora zeigte ein Stück hangabwärts auf einen Tempel, aus dessen durchlöcherten Wänden Rauch quoll. Er sah seltsam aus, wie übergroße, miteinander verwachsene Eierschalen.

»Chastro-Ignuto«, knurrte ihr Vater. »Der verdammte Avatar hat seine Gelüste einfach nicht im Griff!«

Eivora steckte den silbernen Tral weg, als sie ihm die Treppe hinab folgte.

»Was soll das?«, brüllte Kester, als er den Tempel betrat. »Wollt ihr die Stadt abfackeln, während wir drin sind?«

Die Söldner grüßten ihren Anführer mit der Faust an der Schulter.

Die Erscheinung des Feldherren beeindruckte Chastro-Ignuto immer wieder. Kester war ein Bär von einem Mann, und die Narben, die wie ein Netz auf seiner Haut lagen, zeugten davon, dass er keine Gefahr scheute. Den Schuppenpanzer trug er mit einer Leichtigkeit, als sei er eine Tunika, über der breiten Brust, als er die Stufen in den runden Hauptraum herunterstieg.

»Wir ehren nur die Flammen«, beteuerte Chastro-Ignuto, rieb die Hände und buckelte, was als unterwürfige Geste gedeutet werden mochte, zugleich aber den Homunkulus betonte, der aus seiner linken Schulter wuchs.

»Und wer hat euch befohlen, die Flammen zu ehren?«, fragte Eivora.

Wie immer begleitete die junge Frau ihren Vater. Wenn man die beiden nebeneinander sah – Kester ein wuchtiger Fels, Eivora eine schlanke Blume, die ihm trotz ihrer vierundzwanzig Jahre nur knapp bis zur Brust reichte –, konnte man sich kaum vorstellen, dass er sie gezeugt hatte. Sie teilten jedoch die Fähigkeit zu kühler Überlegung, die blitzartig in entschlossenes Handeln umschlug, wenn sich eine gute Möglichkeit bot. Also hatte wohl doch niemand dem Flammenbringer ein Ei ins Nest gelegt. Trotzdem konnte Chastro-Ignuto sie nicht leiden.

»Die Herren des Feuers fordern ihr Recht«, sagte der Avatar. Da sich Kesters Miene unter dem Helm verdüsterte, fuhr er schnell fort. »Für drei Tage und Nächte erleben die Bürger dieser Stadt, was es bedeutet, wenn Dämonen in den Herzen der Menschen wüten. Das ist auch gut für den Ruf des Klingenrauschs. Es trägt die Angst in die Reihen unserer Feinde und wird sie zur Flucht bewegen.«

»Söldner haben keine Feinde«, sagte Kester mit gedämpfter Stimme.

Das war nicht gut. Chastro-Ignuto wusste, dass der Flammenringer in gefährlicher Stimmung war, wenn er leise sprach.

»Wir haben Gegner«, fuhr Kester fort, »und diese Gegner können morgen unsere Auftraggeber sein. Feinde sind schlecht fürs Geschäft. Unsere Feldzüge sind nichts Persönliches.«

»Ganz, wie du meinst, Flammenbringer.« Chastro-Ignuto verbeugte sich erneut, aber der Homunkulus schwieg. Er war trunken von der Grausamkeit, vom Leid, das er im Geist der Opfer fand. Dabei wäre ihm seine Unterstützung jetzt sehr gelegen gekommen!

Nun ja, dann musste Chastro-Ignuto eben allein auf seinen menschlichen Verstand vertrauen. »Dennoch werden wir unsere Geschäfte leichter erledigen, wenn man uns fürchtet.«

Kester umfasste den Schwertgriff. Chastro-Ignuto wusste, dass er sich von der wuchtigen Erscheinung nicht täuschen lassen durfte. Der Söldnerführer war geschmeidig wie eine Raubkatze. Vermutlich könnte er mit der gleichen Bewegung, mit der er die Klinge zog, seinen Kopf abschlagen und den Körper des Homunkulus durchtrennen. Chastro-Ignuto hoffte, dass Kester den Ärger scheute, den ihm das in Rorgator einbringen würde. In der Söldnermetropole hatte der Feuerkult der Dämonen großes Gewicht.

»Etwas Furcht ist nützlich«, knurrte Kester. »Aber zu viel davon schadet. Wenn unsere Gegner glauben, dass der Tod in der Schlacht weniger schlimm ist als das, was auf eine Niederlage folgt, werden sie bis zum letzten Atemzug kämpfen.«

Die Söldner, die mit der inzwischen nackten Priesterin gespielt hatten, wichen zur Seite, als sich Kester in die Mitte des runden Zentralbereichs stellte. Bunter Stein war in den hellen Boden eingelassen und formte einen vielzackigen Stern.

Kesters Blick verharrte nirgendwo lange, er erfasste die Lage schnell. Statuen waren umgestürzt, der Aquamarin endlich aus der Halterung gebrochen, alles von Wert entweder zerstört oder in Säcken und Truhen verstaut. Die Priesterin trug noch immer den Stolz in den Augen, die Männer hatten sie noch nicht geschändet. Wut wallte in Chastro-Ignuto auf, aber er drängte sie zurück. Unbeherrschte Gefühle waren gefährlich, wenn Kester in dieser Stimmung war.

Sein Blick blieb am verkohlten Leib hängen, über dem die Reste eines Wandteppichs kokelten. Es war lustig gewesen, wie die apathische Tempeldienerin im Feuer wieder zum Leben erwacht und schreiend umhergelaufen war, den brennenden Teppich aber nicht mehr hatte loswerden können. Wie in einer dämonischen Choreografie hatte sie bei diesem Tanz so ziemlich alles angezündet, was hier drin brennbar war. Leider hatte das Feuer nur wenig Nahrung gefunden, aber die betroffenen Gesichter der Söldner hatten eine andere Ursache: Ihre Herzen waren noch nicht so weit, würden es in den meisten Fällen wohl auch nie sein. Ihnen entging der Rausch des Feuers, sie versagten bei dem Versuch, in der Ekstase der Dämonen zu schwelgen. Anders als Ignuto, der Homunkulus, und durch ihn Chastro, der mit ihm verbundene Mensch. Nur Prekesta zeigte vielversprechende Neigungen.

»War das nötig?« Eivoras blau schimmerndes Haar umfasste ihren Dickschädel so glatt, dass man bei flüchtigem Hinsehen glauben konnte, sie trüge einen Helm. Starre Strähnen liefen außen an den Augen vorbei bis unter das Kinn, wo sie nach vorn weisende Spitzen ausbildeten. Das ähnelte einem Wangenschutz.

Wenn ihre Frage wenigstens unsicher geklungen hätte, wäre noch ein wenig Befriedigung für Chastro-Ignuto daraus erwachsen. Aber sie sprach mit ihm wie mit einem dummen Kind, und das hasste er.

Dabei war sie jünger als er! Sie wirkte nicht nur zerbrechlich, sie war es auch, dem arroganten Ausdruck zum Trotz. Selbst Rekruten schlugen ihr im Nahkampf die Klinge aus der Hand. Chastro-Ignuto würde sich ihr bedenkenlos mit bloßen Fäusten stellen und sie zu Tode prügeln können, selbst wenn sie ihr Kurzschwert dabeihätte. Nur mit ihrer kleinen Armbrust war nicht zu spaßen. Auch jetzt war die Waffe gespannt und der Bolzen eingelegt. Sie war nicht dumm.

»Am Ende fordert das Feuer sie alle.« Obwohl dieser Satz der Lehre der Dämonenpriester entstammte, klang er lahm, als Chastro-Ignuto ihn aussprach. Der Avatar wirkte wie ein Fuchs in der Falle, wie er so neben Eivoras Vater stand. *Oder eher wie eine Schlange, die sich windet, weil ihr Schwanz unter einem Felsen eingeklemmt ist.*

Eivora erinnerte sich kaum noch daran, wie Chastro ausgesehen hatte, bevor er Träger des Homunkulus geworden war. Bei über dreieinhalbtausend Kriegern in einer Legion, die ständig Gefallene durch neue Rekruten ersetzte, war man nicht mit jedem vertraut. Aber dass Chastro sein Haar lockig getragen hatte, wusste sie noch. Jetzt war er kahl, und Ignuto verbrannte die linke Gesichtshälfte zu einer schwarzen, rissigen Fläche. Die Hitze hatte das Auge auf dieser Seite zerstört, eine Bronzekugel füllte nun die Höhle aus. Rechts dagegen zuckte die Wange häufig. In dieser Miene konnte man nur wenig lesen. Meistens war das Wut oder Hass, aber im Moment wirkte der Avatar unsicher.

»Lebt der Herr dieses Tempels noch?«, rief Eivoras Vater.

Eine nackte Frau löste sich von den Söldnern, die sie nur halbherzig festhielten, und trat vor. Einige Tonscherben brachen unter ihren Füßen, aber sie beachtete es nicht. »Ich bin Fiafila. Ich heiße alle in Basäons Haus willkommen, die Frieden im Herzen tragen. Möge stets ein milder Hauch zur Stelle sein, der sie in der Hitze kühlt, eine günstige Brise, um ihre Segel zu füllen, und ein gnädiger Wind, der die Wolken über ihre Felder trägt.«

Eivora runzelte die Stirn. Die Frau hatte ihre Brüste bedeckt und eine Hand vor ihre Scham gehalten, doch während sie sprach, richtete sie sich gerade auf und ließ die Arme an ihrer Seite sinken, als predige sie einer gläubigen Menge. Begriff sie nicht, dass sie im verwüsteten Haus ihres Gottes stand?

Fiafila trug das Kinn leicht erhoben, die blauen Augen begegneten furchtlos dem Blick von Eivoras Vater, und ihre Finger zitterten nicht.

»Du hast Mut«, stellte der riesenhafte Söldnerführer fest. »Dennoch werden wir nehmen, was in den Schatten unseres Feldzeichens fällt. Das ist unsere Art.«

»Nehmt, was ihr nötiger braucht als wir.«

Trotz ihrer Nacktheit und Schwäche besaß sie mehr Würde als alle anderen im Tempel. Einige Söldner sahen sogar verstohlen zu den Säcken mit dem Plündergut hinüber, als überlegten sie, ob sie etwas davon zurückgeben sollten. Das war besonders erstaunlich, da stets die brutalsten Schlächter der Einheit mit Chastro-Ignuto auf Raubzug gingen.

»Nur das Windspiel lasst uns«, bat Fiafila.

»Welches Windspiel?«, keifte Chastro-Ignuto.

»Es hat keinen Wert für euch. Basäons unsichtbare Finger streicheln es gern. Damit locken wir den Herrn des Windes in unser Haus.«

»Sollen wir uns von dieser Metze erzählen lassen, was Wert hat und was nicht?«, fragte Chastro-Ignuto den Flammenbringer.

Suchend sah sich Eivora um. Die Brände waren erloschen, ihr Ruß verdunkelte die eigentlich hellen Mauern. Überall taten sich scheibenlose Öffnungen auf, wohl, um dem Wind Zugang zu gewähren. Der Tempel bestand aus bis zum Boden reichenden, ineinander übergehenden Kuppeln, wie bei einem großen Zelt, dessen Plane von mehreren Pfosten gestützt wurde, nur, dass hier die Säulen fehlten. Irgendwie trug sich die Konstruktion selbst. Vom Scheitel einer der Kuppeln baumelte ein Geflecht aus Stöcken und Fäden, an dem Federn, Glasperlen und Bronzescheiben hingen.

»Meinst du das Gestrüpp da oben?«, fragte Eivora.

Fiafila nickte. »Die heilige Urilia hat das Windspiel geknüpft. Es bedeutet uns alles und ist wertlos für euch.«

Das Ding befand sich in ständiger Bewegung. Die einzelnen Komponenten drehten sich in der von einem Kohlebecken aufsteigenden heißen Luft. Ein Windstoß zupfte an ein paar Bronzeplättchen, die Verlagerung des Gewichts brachte zusätzliche Unruhe in alle anderen Teile, und auch das Windspiel im Ganzen schwang langsam um seine Aufhängung. *Wie der Klingenrausch im Gefecht*, dachte Eivora. *Was der einzelne Krieger tut, beeinflusst die Rotte, das Banner, den Schlachtverband und schließlich die gesamte Legion.*

Wie Helme, Klingen und Rüstungen die Sonne zurückwarfen, so lenkten auch Glas und Blech des Windspiels die einfallenden Strahlen ab, streuten oder bündelten sie und malten so geisterhafte Lichtmuster an die verrußten Wände.

»Wertlos?«, rief Chastro-Ignuto. »Das behaupten alle, die etwas zu verbergen haben!«

»Mach dich nicht lächerlich!«, spottete Eivora. »Wenn du dir ein paar Federn auf die Glatze kleben willst, dann rupf ein Huhn.«

Chastro-Ignuto starrte sie an, und auch der Homunkulus öffnete die bislang schwelgerisch geschlossenen Augen und richtete den Blick auf sie.

Erstaunlich, dass ein so winziges Wesen dermaßen hässlich sein kann.

Ignutos Hüfte wuchs aus Chastros linker Schulter. Die Länge von dort bis zu den Hörnern konnte ein Mann abmessen, indem er Daumen und kleinen Finger auseinanderspreizte. Dicke Wulste beschatteten die meist schwarzen, manchmal aber brennenden Augen. Die platte Nase nahm den Großteil des Gesichts ein. Der Homunkulus besaß keinen Mund, er nährte sich von seinem Träger und sprach auch durch ihn. Ob die großen, über seine Schultern hinausreichenden Ohren halfen, die Gedanken der Menschen in der Nähe zu erlauschen, wusste Eivora nicht, aber dass Ignuto über diese Fähigkeit verfügte, hatte er mehrfach bewiesen.

»Hört ihr, wie respektlos sie mit mir spricht?«, klagte der Avatar. »Hat sie jetzt den Befehl hier?«

»Wir tun alle gut daran, Kleinigkeiten nicht größer zu machen, als sie sind.« Eivoras Vater drehte sich um die eigene Achse und betrachtete demonstrativ die Verwüstung im Tempel. »In der Hitze nach der Schlacht handelt nicht jeder stets bedacht.«

»Ich verlange Respekt!«, rief Chastro-Ignuto.

Wenn der Homunkulus reglos blieb, konnte man ihn für eine Steinfigur halten oder auch für eine seltsame Verzierung an der von Dornen und Hörnern strotzenden Rüstung des Avatars. Jetzt, da er seine mit Krallen bewehrten Hände aufstützte und sich vorbeugte, erschien er wie die Verhöhnung eines Lebewesens.

»Entschuldige dich, Eivora«, sagte ihr Vater.

»Bei diesem Trottel?«, protestierte sie. »Er ist wahnsinnig, und jeder weiß das! Er will immer nur Feuer und Zerstörung. Wenn wir auf ihn hören würden, bekäme niemand mehr seinen Sold!«

In den Mienen der Krieger las Eivora Nachdenklichkeit, bei manchen sogar Zustimmung, aber ihr Vater blieb hart. Er brauchte nichts zu sagen, sein Blick zeigte ihr, dass er keinen Widerstand duldete.

Sie senkte die Augen. »Meine Worte waren voreilig gewählt, Avatar«, quetschte sie hinaus. »Deine Ehre und die deiner Herren stehen außer Zweifel, auch wenn wir ihren Ratschluss nicht immer verstehen.«

»Das ist zu wenig! Ich will, dass sie mich um Verzeihung bittet!«

»Was sie gesagt hat, wird dir reichen müssen«, knurrte Eivoras Vater.

Wut zuckte in der beweglichen Hälfte von Chastro-Ignutos Gesicht, aber er verbeugte sich und machte Platz, als der Flammenbringer in Richtung Ausgang an ihm vorbeistapfte.

»Hier sind wir fertig«, verkündete Eivoras Vater. »Dort draußen warten Schätze auf uns!«

Die Krieger jubelten.

»Gebt dieser Priesterin etwas, um sich zu bedecken«, befahl der Flammenbringer. »Und dann lasst sie in Ruhe. Sie beweist mehr Mut als mancher im Klingenrausch.«

Nur selten nahm Chastro-Ignuto Gedanken so deutlich wahr wie gesprochene Worte oder ein Bild, das er betrachtete. Das gelang beinahe nur, wenn sein Gegenüber litt, am besten in Form von Verbrennungen. Meist waren fremde Gedanken so etwas wie der Geschmack eines Gerichts, das man mit verbundenen Augen aß – man bekam einen Eindruck, aber selten ließen sich alle Gewürze und ihr Mischungsverhältnis genau bestimmen.

Als Kester zum Ausgang schritt, war Chastro-Ignuto klar, dass er die Angelegenheit für unter seiner Würde hielt, aber er fragte sich, aus welchem Grund. Erachtete der Flammenbringer den Streit zwischen seiner Tochter und dem Avatar als alberne

Kinderei? Oder war er peinlich berührt von dem Spiel, das Chastro-Ignuto in diesem Tempel getrieben hatte?

Dabei war sein Vergnügen noch gar nicht zum Höhepunkt gekommen! Wütend richtete er den Blick auf Fiafila, diese Priesterin, die jetzt unverschämterweise den Sieg davontrug. Chastro-Ignuto hatte zu viel Zeit mit den Dienerinnen vertändelt, weil er sich das Beste bis zum Schluss hatte aufsparen wollen. Aber statt ihre Verzweiflung zu ihrem machtlosen Gott hinaufzuschreien, kleidete sich die Schlampe jetzt an! Am liebsten hätte er sie in ein Kohlebecken gedrückt und ihr beigebracht, was es bedeutete, schwach und besiegt zu sein. Aber der Befehl war eindeutig, er musste sie in Ruhe lassen.

Also schlug er seine Faust stattdessen gegen den Kettenpanzer eines weißhaarigen Pikeniers. »Wieso habt ihr sie nicht härter rangenommen?«, blaffte er.

Der Mann glotzte ihn mit seinen schräg stehenden Augen an.

Es machte keinen Spaß, jemanden zusammenzustauchen, dem die Blödheit wie ein Leuchtfeuer aus dem Gesicht strahlte. Chastro-Ignuto wollte sich einem anderen zuwenden, als er das Wurfbeil des Pikeniers bemerkte.

»Was haben wir denn da?«, fragte er und zog die Waffe aus dem Gürtel.

»Das ist meins«, sagte der Mann.

»Keine Sorge.« Das Beil war schwer für eine Wurfwaffe, aber gut austariert. Als Chastro-Ignuto den richtigen Punkt knapp unterhalb des eisernen Kopfs fand, lag es ruhig auf seinem gestreckten Finger. »Ich leihe mir das gute Stück nur aus.«

Kester stand im Tor und sprach mit seiner Tochter. Er achtete nicht auf den Avatar.

Chastro-Ignuto war kein geübter Werfer, aber ein so großes Ziel wie das Windspiel konnte er unmöglich verfehlen. Wie erhofft verfing sich die wirbelnde Axt in den Fäden. Die Metallscheibchen und das Glas klirrten, und die gesamte Konstruktion krachte gemeinsam mit der Waffe gegen die gewölbte Decke.

Fiafila schrie.

Chastro-Ignutos Grinsen wurde zu einem triumphierenden

Lachen, als die Kette, an der das Windspiel hing, unter dem zusätzlichen Gewicht der Axt riss und alles gemeinsam in das Kohlebecken fiel, dessen Hitze vorher zu seiner Bewegung beigetragen hatte. Federn, Stöckchen und Fäden gingen knisternd in Flammen auf, während die Perlen hell klackend über den Boden hüpften.

Nach all dem Pech gönnte dieser Tag ihm also doch noch eine kleine Freude.

2. Der Pfeil

Hinter Eivora schrie Fiafila auf.

Sie vermutete schon, einer der Männer habe den Befehl ihres Vaters missachtet und wolle sich an der Frau vergehen, und sie hoffte, dass dieser Mann Chastro-Ignuto war. Die Priesterin war ihr gleichgültig, aber der Avatar hatte eine Abreibung verdient. Da er außerhalb der Kommandokette stand, gehörte die Verweigerung eines direkten Befehls des Flammenbringers zu den wenigen Dummheiten, die zu einer Bestrafung führen konnten.

Eivora schloss die Hand um die kleine Armbrust, die sie so an ihren linken Unterarm gebunden hatte, dass der Mittelfinger sofort den Abzug fand. Eine Kombination aus Lederschlaufe und Feder hielt den Bolzen in der Schiene, damit er nicht hinausrutschte, wenn sie die Waffe pendeln ließ. Dadurch war sie jederzeit schussbereit.

Doch niemand bedrängte Fiafila. Ihre kleinen, straffen Brüste, die bestimmt noch nie ein Kind gesäugt hatten, waren nur deswegen unbedeckt, weil sie das Gewand noch nicht vollständig angelegt hatte. Sie verhedderte sich im Stoff und wäre beinahe gestrauchelt, als sie die Stufen zu einem Kohlebecken hinaufhetzte, in dem etwas brannte.

Eivora war klar, dass dieses Feuer keine Gefahr darstellte. Um ein solches Gebäude zum Einsturz zu bringen, musste die Hitze so weit ansteigen, dass Mörtel und Steine platzten.

Aber als ihr Blick nach oben wanderte, begriff sie. Wo sich vorher das von einer Heiligen geknüpfte Windspiel gedreht hatte, hing nun eine zerrissene Kette in der Luft.

Halb laufend und halb kriechend erreichte die Priesterin die Feuerschale und zerrte aus den Flammen, was zu retten war.

Sie verbrannte sich die Hände, aber ihr Klagen hatte eine tiefere Ursache als körperlichen Schmerz.

Chastro-Ignuto lachte. »Na, endlich bricht der Schild ihres Stolzes!« Er klatschte.

»Meine schöne Wurfaxt«, klagte der Söldner neben ihm.

Der Avatar legte ihm einen Arm um die Schultern. Wäre der Mann ungepanzert gewesen, hätten ihn die Stacheln an Chastro-Ignutos Rüstung gestochen. »Ich besorge dir eine neue. Eine bessere! Das ist mir der Spaß wert.«

Schreiend sprang die Priesterin auf, die zu Klauen verbogenen Hände vorgereckt, als trüge sie etwas Kostbares darauf, das sie den Umstehenden zeigen wollte, aber da waren nur verschmorte Federn und zerrissene Fäden.

»Ich verfluche euch!«, kreischte sie. Ihr Gesicht war eine Fratze, als sie vom noch lauter lachenden Chastro-Ignuto zu Eivoras Vater sah, der mit ernster Miene zurück in den Tempel kam. »Keine Kühlung soll euch mehr zuteilwerden, wenn ihr danach lechzt! Stürme sollen eure Häuser zerschlagen, Orkane euch entreißen, was euch glücklich macht! Ertrinken sollt ihr in Sturzbächen, und eure Felder sollen verdorren!«

»Beruhige dich«, mahnte Eivora. Der Befehl ihres Vaters schützte Fiafila, und er würde ihn nicht wegen ein paar Verwünschungen zurücknehmen. Aber wenn die Frau einen Söldner angreifen würde, hätte dieser das Recht, sie auf der Stelle zu töten.

So ein Gedanke kam wohl auch Chastro-Ignuto. Eivora stellte sich ihm in den Weg, als er auf die Priesterin zuging.

»Basäon ist gütig, aber nicht zu Monstern!«, schrie Fiafila. »Er liebt alle Menschen, doch dazu zählt ihr nicht! Ihr seid Ungeheuer! Sein Fluch …«

Das Sirren, das sie durch Fiafilas Tirade hindurch hörte, war Eivora seit Langem vertraut. Ihr Vater hatte darauf bestanden, dass sie mit allen Waffen umzugehen lernte. Dazu zählte auch der Bogen. Sie hatte mondelang damit geübt, ihre Zielgenauigkeit hatte Eindruck gemacht. Irgendwann war jedoch jedem klar gewesen, dass Eivoras Kraft nicht für einen Kriegsbogen ausreichte, deswegen war sie zu Kampfherrin Pirlitus Armbrustern gewechselt. Aber das Zischen eines Pfeils erkannte sie dennoch, zumal dann, wenn das dumpfe Geräusch des Einschlags in ein weiches Ziel folgte.

Sie wirbelte herum, ihre Waffe schussbereit, und löste gleichzeitig den am Gürtel befestigten Helm.

Den Schützen entdeckte sie nicht, wohl aber den Pfeil. Der Schaft ragte beinahe senkrecht aus der Öffnung, die die Plattenrüstung ihres Vaters am Hals freiließ. Die Spitze musste irgendwo in der Brust stecken, und tatsächlich brach der mächtige Krieger mit in den Nacken gelegtem Kopf in die Knie. Immerhin röchelte er, war also nicht tot. Bevor er auf die Seite fiel, deutete er mühsam zur Decke.

Eivoras Blick folgte der Geste. Ein solch präziser Schuss auf ein bewegtes Ziel war nahezu unmöglich, aber da sie nicht an ihren Sinnen zweifelte, akzeptierte sie die Tatsache. Die zahllosen Öffnungen durchlöcherten die mehrfach gewölbte Tempeldecke. Dahinter sah sie den blauen Himmel.

Eivora machte eine Bewegung aus, kurz darauf huschte etwas an einer anderen Öffnung vorbei. *Er ist dort oben!*

»Holt einen Heiler!« Sie hastete hinaus.

Der Schütze jagte einen weiteren Pfeil ins Innere des Tempels. Er trug weiße Kleidung, die eng an Unterarmen und Unterschenkeln anlag, sich aber ansonsten im Wind bauschte. Gewundene Stoffbahnen umhüllten den Kopf, ein loses Ende flatterte wie ein Wimpel. Den doppelt geschwungenen schwarzen Kurzbogen hielt er in der Linken, ebenso wie drei Pfeile, von denen er jetzt einen nahm und auf die Sehne legte.

Mit katzenhafter Sicherheit bewegte er sich auf einer der gewölbten Mauern. Er sprang zu einer anderen Öffnung und spähte hindurch. Manche Kuppeln des Tempels waren spitze Kegel, andere Halbkugeln. Große und kleine, gezackte und runde Löcher boten dem Wind Einlass.

Eivora visierte an ihrem linken Arm entlang. Sie hatte genug Übung mit der Armbrust, um zu wissen, wie sie bei einem aufwärtsgerichteten Schuss auf eine Entfernung von acht Schritt zielen musste. Die Wurfarme der Waffe entspannten, bis die Sehne sie knallend stoppte. Der Bolzen schlug in die Brust des Schützen.

Er stöhnte und fiel zur Seite, doch Eivora sah kein Blut. Vielleicht trug er einen Harnisch unter der Kleidung, um seinen Oberkörper zu schützen. Ihre kleine Armbrust hatte nur wenig Durchschlagskraft.

Der Gegner rutschte ein Stück ab, fand aber Halt an einer der vielen Öffnungen. Der Bogen schlitterte weiter. Als er auf die Straße fiel, war Eivora bereits an der Mauer.

Sie war eine geschickte Kletterin. Ihr Vater murrte stets über ihr Kettenhemd, das wegen der dünnen, weiten Ringe nur eine geringe Schutzwirkung besaß, aber es engte sie kaum ein. Das Gewicht verteilte sich so gut, dass sie es kaum spürte. Ohne nachzudenken, fand sie die Löcher, die sich für den nächsten Griff oder als Halt für einen Fuß eigneten. Den Blick hielt sie auf den Gegner gerichtet, der fünf Schritt über ihr an der Kuppelwölbung hing.

Er hatte ihren Vater angeschossen, und sie konnte nur hoffen, dass dessen Stärke ausreichte, selbst diese Verletzung wegzustecken! Niemand hatte seine vielen Narben gezählt, eine weitere würde kaum auffallen. *Aber wie tief steckt der Pfeil in der Brust?* Das Herz hatte er wohl verfehlt, doch was war mit der Lunge? Eivora hatte Kameraden am eigenen Blut ertrinken sehen.

Noch schneller zog sie sich hoch. Zugleich dachte sie an die Mahnung ihres Vaters, dass sich Gefühle nicht mit dem Söldnerhandwerk vertrugen. *Hass und Rachsucht sind etwas für Auftraggeber, und sie bezahlen teuer dafür. Einem Krieger vernebeln sie die Sinne, die er zum Überleben braucht.*

Überleben! Würde sie die Stimme ihres Vaters noch einmal hören? Könnte er wieder seine Befehle über das Schlachtfeld brüllen und dabei den Donner der Katapulte, das Splittern der Piken und die Todesschreie übertönen?

Der weiße Bogenschütze fand keinen Halt für seine rechte

Hand, sodass er nur am linken Arm hing. Er sah nach unten, aber Eivora achtete darauf, außerhalb seines Blickfelds auf seiner linken Seite zu bleiben, während sie sich ihm näherte. Als sie ihn beinahe erreicht hatte, standen Tränen in ihren Augen. Sie stritt sich oft mit ihrem Vater und hasste es, wenn er sie wie eine Puppe behandelte, die sauber bleiben sollte. Besonders, wenn die Kameraden sie dafür hänselten, dass sie vor einem Gefecht aus der Kampfformation abgezogen wurde und erst zurückkehren durfte, wenn bereits alles entschieden war. Aber sie brauchte ihn! Er war der Widerstand, an dem ihre Kraft wuchs, und zugleich der Schild, der sie schützte. Auch wenn sie ungern zugab, dass sie das manchmal nötig hatte.

Knapp außerhalb der Reichweite verharrte sie unter dem Schützen auf der Kuppelwölbung und atmete durch. *Falsche Gedanken können tödlich sein. Jeder Gedanke, der nicht meinem Gegner gilt, ist ein falscher Gedanke.*

Immer wieder blickte er herab auf die Straße, wo er wohl seine Gegnerin vermutete. Vor allem versuchte er jedoch, einen sicheren Halt für seine rechte Hand zu erreichen. Ein Loch erwies sich als zu klein, pendelnd erreichte er ein anderes und begann sich hochzuziehen, um für die unruhig über den Stein scharrenden Füße einen Tritt zu finden. Die Pfeile klapperten in dem Köcher, den er schräg über den Rücken trug. Es konnte nicht mehr lange dauern, bis er Eivora entdeckte. Noch wandte er ihr den Rücken zu, sodass sie sich nicht nur etwas unterhalb, sondern auch hinter ihm befand. Aber wenn er sein Gewicht gleichmäßig verteilte, könnte er den Kopf weit genug drehen. Zudem würde er überlegter vorgehen, sobald nicht mehr die unmittelbare Gefahr bestand, den Halt zu verlieren und in die Tiefe zu stürzen.

Eivora zog ihr Kurzschwert, eine gebogene, unterarmlange Klinge – leicht, aber scharf. Wie die Armbrust war es vor allem für den Kampf gegen Leichtgerüstete geeignet.

Sie holte tief Luft. Mit dem Ausatmen riss sie sich dem Schützen entgegen und stieß die Spitze ihrer Waffe in seinen Oberschenkel. Dieser Bereich des Körpers ließ sich schlechter aus dem Gefahrenbereich bringen als ein Arm, und im Gegensatz zum Gesicht sah man einen dorthin gezielten Angriff spät kommen.

Sie traf, glitt aber an etwas Hartem unter dem weißen Stoff ab. Also trug er wirklich eine Rüstung, und zwar nicht nur einen Harnisch. Der Bolzen, der ihn getroffen hatte, war verschwunden.

Ganz wirkungslos war Eivoras Geschoss wohl dennoch nicht geblieben. Als der Mann nach einem Dolch griff, den er in einer Scheide quer über der Brust trug, zuckte sein Arm zurück. *Eine gebrochene Rippe?*

Das wenige, was sie zwischen den Stoffbahnen vom Gesicht sah, war ungeschützt, ebenso die Hände. Da sich der Gegner schräg über Eivora befand, waren diese Ziele jedoch schwierig zu erreichen.

Fest umschloss ihre Faust das Kurzschwert. Sie rammte die Spitze durch seine linke Schuhsohle. Tatsächlich schien ihr Gegner Wert darauf zu legen, den Untergrund zu spüren. Er kletterte wohl nicht nur heute. Mühelos durchbohrte die Klinge dünnes Leder und Fleisch und trat am Spann wieder aus.

Schreiend zappelte der Mann.

Das entriss ihr die Waffe. Klappernd schlug sie gegen den Stein des Tempels und verschwand in der Tiefe.

Dennoch wollte Eivora die Panik ihres Gegners nutzen. Sie stieß sich seitlich ab, griff in ein Loch und schwang sich weiter, sodass sie auf die Seite kam, der er in seinem Bemühen um sicheren Halt auf dem gewölbten Untergrund den Rücken zukehrte. Mit drei schnellen Zügen, unterstützt von ihren Beinen, erreichte sie seine Höhe.

Das Blut aus dem Fuß malte einen roten Strich auf die helle Tempelwand, bevor es durch ein Loch ins Innere fiel. Er fummelte vor seiner Brust herum, wohl, um den Dolch freizubekommen. Gleichzeitig suchte er mit dem unverletzten Fuß nach Halt und drehte den Kopf, um Eivora zu erspähen.

Sie riss eine Handvoll Pfeile aus seinem Köcher und rammte sie in die Beuge zwischen Hals und Schulter. Die meisten glitten an hartem Widerstand ab, aber zwei drangen an ähnlicher Stelle wie jener ein, an der ihr Vater getroffen worden war.

Gurgelnd ließ der Mann seinen Halt fahren. Er rutschte die Wölbung hinab und schlug dumpf auf die Straße.

Im Sterben bot der mächtige Kester, Flammenbringer des Klingenrauschs, Bezwinger von Gerohtan und Mordbrenner von Islahir, einen elendig schwachen Anblick. Er ließ zu, dass sich die widerliche Priesterin neben ihn kniete, die Panzerung von seiner Rechten zog und seine Hand in ihre nahm. Fiafila streichelte die Pranke, die Chastro-Ignuto schon einen Hals hatte zerdrücken sehen, als wären es die Finger eines Kindes, das sich in einer Tür gequetscht hatte.

Der Heiler war sichtlich überfordert. Der junge Bursche schnaufte vom Lauf den Hang hinauf, sein Gesicht war rot und verschwitzt. Er nahm erst den eigenen Helm ab, dann Kesters. Wenn der Flammenbringer seine Fragen beantwortete, schäumten rote Bläschen aus den Mundwinkeln, also hatte der aus der Schulter ragende Pfeil wohl die Lunge getroffen.

Blut tropfte auf den Boden neben Chastro-Ignuto. Ein dünnes Rinnsal lief durch eines der Löcher in der Kuppel über ihm. Dort oben kämpfte Eivora gegen den Schützen. Vielleicht war die Sache auch schon vorbei, er sah keine Bewegung mehr hinter den Öffnungen.

Der Avatar hockte sich neben die Lache und zeichnete mit der Eisenkralle, in die der kleine Finger seines Panzerhandschuhs auslief, die Rune des Dämons Harnastes ins Rot. Es gelang nur mäßig, das Blut war zu frisch, zu flüssig, die Linie verlief sofort wieder. Dennoch war sein kleines Werk ein erbaulicherer Anblick als die beschämende Schwäche, mit der der Flammenbringer aus dem Leben schied.

Zwei Dutzend Söldner standen unentschlossen im Tempel herum. Die überlebenden Diener kauerten möglichst weit entfernt von den Bewaffneten, aber sie hatten nichts mehr zu befürchten. Niemand beachtete sie, sogar das Plündern kam zum Erliegen. Dieses Gotteshaus bot ohnehin enttäuschend wenig.

Vielleicht hätte es Chastro-Ignuto Freude bereitet, mit dem Blut der Tempeldiener Dämonenrunen an die Wände zu malen, wenn das jemand beachtet hätte. Doch er schmeckte die Verunsicherung der Söldner. Ihre gesamte Aufmerksamkeit galt dem Todeskampf ihres Anführers. Bei manchen fing der Homunkulus noch Hoffnung auf, sie dachten wohl, dass Kester, der so viele Verletzungen überlebt hatte, auch diesmal davonkäme. Der Heiler glaubte jedoch nicht daran. Zwar öffnete er die Rolltasche mit seinen Zangen, Messerchen und Binden, aber er nahm immer wieder ein anderes Instrument hervor und tauschte es aus, ohne es einzusetzen.

Chastro-Ignuto betrachtete den Mann mit gemischten Gefühlen. Einerseits labte er sich gern an Ängsten. Es war wundervoll, ein paar Bauern in ihre Scheune zu sperren und diese dann anzuzünden, den Schreien zu lauschen und zu schmecken, wie der Rauch die Panik erstickte, bis die Verzweiflung am Ende in Resignation überging. Andererseits missfiel ihm die Ursache für die Furcht des Heilers. Der Klingenrausch war seinem Herrn loyal, sodass vielleicht echte Angst um Kesters Leben hineinspielte. Noch wichtiger war dem Mann sicherlich, dass er selbst schlecht dastehen würde, wenn der Flammenbringer unter seinen Händen stürbe. Und das passierte wohl gerade, wenn seine Einschätzung nicht völlig danebenlag.

Chastro-Ignuto erhob sich. Stirnrunzelnd beobachtete er, wie die Priesterin Kesters vom Helm entblößten Kopf in ihren Schoß bettete. Sie tupfte den Schweiß von seiner Stirn und flüsterte mit ihm.

Was hatten die beiden zu besprechen? Immerhin war Kester der Befehlshaber der Legion, die ihre Stadt plünderte! Seine Leute hatten ihre Tempeldiener geschändet und getötet, das Haus ihres Gottes verwüstet. Sie hätte Kester verachten und hassen sollen, aber das schmeckte Chastro-Ignuto nicht. Im Gegenteil, sie empfand Mitleid mit dem Sterbenden.

Aufrichtiges, selbstloses Mitgefühl.

Der Avatar spie aus, um die widerliche Süße aus dem Mund zu bekommen.

Eivora suchte das Kurzschwert, das der Gegner ihr auf dem Kuppeldach entrissen hatte, prüfte seine Klinge und steckte es in die Scheide. Sie lud die Armbrust nach. Erst dann kehrte sie in den Tempel zurück.

Meine Rüstung ist mein Leben, meine Waffen sind meine Freiheit.

Oder wollte sie nur den Anblick ihres todwunden Vaters hinauszögern?

Wareno war ein junger Heiler, aber einer der besten. Er hatte an einer Schule in Firon studiert, bis er beim Würfelspiel so hoch verloren hatte, dass er ein neues Leben an einem Ort brauchte, an den sein altes ihm nicht folgen konnte. Eivora hätte sich keinen anderen gewünscht, um die Verletzung ihres Vaters zu behandeln.

»Warum liegt er immer noch auf dem Boden?«, fragte sie.

Die einzige Annehmlichkeit waren die Oberschenkel der Priesterin Fiafila, auf denen das von Narben gezeichnete Haupt ruhte. Im schwarzen Bart klebte blutiger Schaum.

»Es ist gefährlich, ihn zu bewegen.« Warenos helle Unterlippe zitterte.

»Er kann nicht ewig hier liegen bleiben«, entgegnete sie. »Und was ist mit dem da?«

Sie zeigte auf den Pfeil, der noch immer in der Schulter steckte. Eivoras Vater hielt den Kopf etwas nach links, er wollte den Schaft wohl nicht berühren.

»Das Geschoss verschließt die Wunde«, erklärte Wareno. »Wenn ich es herausziehe, könnte er verbluten.«

Als sich Eivora neben ihren Vater kniete, rückte Fiafila zur Seite, ohne den Kopf seiner bequemen Lage zu berauben.

»Was sollen wir tun, Vater? Was befiehlst du?«

Seine zitternden Augen sahen in das Gesicht der Priesterin. Er bewegte die Lippen, aber die Worte waren auch dann noch zu leise, als Eivora das Ohr so nah heranbrachte, dass sie ihren Hauch spürte. Sie versuchte, seine Miene zu deuten, aber er schien woanders zu sein.

»Was gewinnen wir, wenn wir warten?«

»Nichts«, antwortete Wareno tonlos.

Sie sah ihn an und verachtete ihn. Die Pfeilspitze arbeitete mit jedem Atemzug in der Lunge ihres Vaters, und dieser Heiler blieb nur deswegen untätig, weil er Angst hatte, derjenige zu sein, dessen Handeln den Flammenbringer tötete. Dabei wusste er, dass das Abwarten ihren Vater umso sicherer umbringen würde.

Eivora umfasste den Pfeilschaft. »Ich ziehe ihn heraus.«

Wareno schluckte. »Dann müssen wir ihm vorher die Rüstung abnehmen, sonst kann ich ihn nicht verbinden.«

»Warum erzählst du mir ständig, was du nicht kannst?«, schrie Eivora. »Ich brauche einen Heiler, der etwas kann!«

Aber er hatte recht. Der Pfeil steckte in der Halsöffnung des Schuppenpanzers, der die Wunde schwer zugänglich machte und dem Verband schlechten Halt bieten würde.

Sie kämpfte ihren Zorn nieder. »Zwei Krieger – zu mir!«, befahl sie. »Wir drehen ihn um.«

»Auch das könnte ihn umbringen.« Warenos Stimme bebte.

»Aber die Verschlüsse sind am Rücken.«

Er presste eine Faust an den Mund und schwieg.

Noch einmal versuchte Eivora, den Willen ihres Vaters in dessen Gesicht zu lesen. Aber sein Geist war fort. *Ob er den Feuerdämonen ins Antlitz blickt?*

Dass mit Ausnahme des Schaums kein Blut zu sehen war, irritierte sie. Ihr Vater wirkte apathisch, aber unverletzt, obwohl er mit dem Tod rang.

»Wir drehen ihn über die rechte Seite«, bestimmte sie.

Als er auf dem Bauch zu liegen kam, röchelte ihr Vater. Er hustete, während sie die Schnallen des Panzers lösten. Chastro-Ignuto stand neben ihnen, ohne zu helfen. Wenigstens sonderte er auch keine seiner Weisheiten ab.

Sie versuchten, die Rüstung über die Arme zu ziehen, doch das gelang nur teilweise, weil der schwere Körper sie einklemmte. Eigentlich hätten sie ihren Vater aufsetzen müssen, aber das hätte den Pfeil zu stark in der Wunde bewegt. Also beschränkten sie sich darauf, die linke Schulter freizulegen, so gut es ging.

Wieder umschloss Eivora den Schaft. Wareno nahm die Wundbinden. Ernst nickten sie einander zu.

Sie spürte den Puls im Hals ihres Vaters pochen, als sie die rechte Hand an der Beuge abstützte. Eivora schloss die Augen und atmete ruhig, wie vor einem Armbrustschuss auf weite Entfernung.

Mit einem Ruck riss sie den Pfeil heraus.

Ein Blutschwall schoss ihr entgegen, versiegte und setzte sofort wieder ein.

»Eine Schlagader!«, rief Wareno. Er drückte die Binden zu einem Knäuel zusammen und presste sie auf die Wunde.

Eivoras Vater stieß einen tiefen Schrei aus und warf sich mit der Kraft eines Bären herum. Er schleuderte den Heiler und seine Tochter fort, nur Fiafila schaffte es, bei ihm zu bleiben.

Sofort war Eivora zurück. »Was soll ich tun?«, rief sie und griff nach den Binden.

»Die Wunde zudrücken!« Wareno hatte einen frischen Verband in der Hand. »Wir müssen die Blutung stoppen!«

Zitternd wand sich ihr Vater in der rasch größer werdenden Blutlache. Fiafila kniete neben ihm und schützte den Kopf davor, auf den Steinboden des Tempels zu schlagen.

Eivora fühlte sich, als würde sie mit einem Gegner ringen. Die Zuckungen ihres Vaters warfen sie immer wieder ab, nur für kurze Zeitspannen konnte sie den bereits durchtränkten Stoff auf die Verletzung pressen. Sie erschrak, als sie sah, wie schnell das Gesicht des Verwundeten erbleichte.

Plötzlich krampften alle Muskeln des mächtigen Körpers.

Dann erschlafften sie endgültig.

Vorsichtig hob Eivora den Verband an. Das Blut quoll noch aus der Wunde, aber es kam nicht länger in Stößen.

Fiafila drückte die Augen ihres Vaters zu.

»Er wollte, dass du sein Schwert bekommst.« Eivora sah sie nur verschwommen, als die Priesterin auf die Waffe zeigte.

»Es ist zu groß für mich«, sagte Eivora, ohne nachzudenken.

Von draußen drangen die Geräusche der Plünderung in den Tempel, aber hier drinnen herrschte die Stille des Todes.

Chastro-Ignuto brach sie. »Was hat er noch gesagt?«, fragte er die Priesterin. »Ihr habt lange geflüstert.«

»Nur die Worte eines Sterbenden«, sagte sie.

»Tote hüten ihre Geheimnisse«, grollte er. »Lebenden vermag ich sie zu entreißen.«

»Ich habe keine Angst vor dir«, versetzte Fiafila.

»Dann bist du dumm! Ich kann dein Innerstes betrachten wie ein Bild, während du verbrennst.«

»Sie wird leben«, sagte Eivora. »Das war der Befehl unseres Flammenbringers. Er respektierte ihren Mut.«

Das blasse Gesicht mit den geschlossenen Augen war das ihres Vaters, und doch gehörte es zugleich einem Fremden. Es war so … friedlich. Seltsam. Er hatte ihr erklärt, dass ein Flammenbringer stets für seine Legion lebte, dass Ernst und Härte einen Anführer niemals verlassen durften. Dennoch kam ihr dieser Ausdruck auf seinem Gesicht bekannt vor.

Wenn sie sich die Narben wegdachte … Eivora versuchte, die größten mit den Fingern abzudecken. Sie fühlten sich hart an, wie Nähte in Leder. Die Haut erschien ihr bereits jetzt merklich kälter als bei einem Lebenden.

»Dein Vater ist tot«, stellte Chastro-Ignuto fest. »Wir müssen seine letzten Befehle an die Legion kennen. Wer ist sein Nachfolger?«

Die Söldner bewegten sich unruhig.

Eivora blickte ins Gesicht der Priesterin. Sie hatte eine schmale, gerade, also niemals gebrochene Nase, hohe Wangenknochen und blaue Augen, in denen ein violetter Schimmer lag. »Hat er etwas dazu gesagt?«

»Nein«, antwortete sie.

Chastro-Ignuto stampfte auf. »Wir müssen seine letzten Worte kennen!« Das einseitig verbrannte Gesicht mit dem Kupferauge versprühte heißen Zorn.

Der Homunkulus, der aus der linken Schulter wuchs, wirkte dagegen seltsam gefasst. Oder vielleicht sogar … nachdenklich? Er hatte die Ärmchen verschränkt, seine Augen waren tiefschwarz, ohne die Flammen, die manchmal darin loderten. Die nichtmenschliche Miene war schwer zu deuten, auch, weil der Mund fehlte.

»Was glotzt du so, Eivora?«, fauchte Chastro-Ignuto. »Willst du nicht wissen, was dein Vater gesagt hat?«

Kaum merklich schüttelte Fiafila den Kopf.

»Besser, wir bringen ihn aus der Stadt und bereiten ihn für die Reise zu Rorgators Feuern vor.« Trotz des friedlichen Ausdrucks auf dem toten Gesicht hatte ihr Vater seine wichtigste Schlacht noch zu schlagen, und der Körper durfte nicht verfallen, bevor er sich ihr stellte.

»Ich hole es aus ihr heraus!«, rief Chastro-Ignuto. »Packt sie und schleift sie zu den Kohlebecken! Dort werde ich …«

Eivora sprang auf und schmetterte ihm mit der gleichen Bewegung die Faust unters Kinn. Der Schlag schmerzte in ihrer Hand, warf aber seinen Kopf zurück und ließ ihn taumeln. Leider fiel er nicht.

Sie hätte nachsetzen können, um ihren Vorteil zu nutzen, aber eine Prügelei untergrub die Autorität einer Anführerin.

»Ich sagte«, stellte sie ruhig fest und widerstand dem Drang, die Hand auszuschütteln, »wir bringen meinen Vater zu den Feuern von Rorgator. Deine Aufgabe besteht darin, den großen Brand vorzubereiten, während wir so viel Gold wie möglich aus dieser Stadt holen, um es auf die Waagschale meines Vaters zu legen. Wir werden keine Zeit mit deinen kranken Spielchen vertun.«

Chastro-Ignuto betastete sein Kinn. »Das wirst du bereuen. Du bist keine Flammenbringerin.«

»Aber ich handle auf Befehl eines Flammenbringers.«

Er lachte höhnisch. »Woher willst du das wissen«, er zeigte auf die Priesterin, »wenn sie nicht redet?«

Im Aufstehen strich Fiafila ihr blutbesudeltes Gewand glatt. »Vergaß ich, das zu erwähnen?« Sie war ebenso groß wie Chastro-Ignuto, sodass sie ihm nun Auge in Auge gegenüberstand. »Ich hielt es wohl für selbstverständlich. Flammenbringer Kester wollte sein Schwert in der Hand seiner Tochter wissen, auf dass sie ihm damit den Weg in die Heimat der Söldner bahne.« Sie lächelte kalt. »Schnellstmöglich.«

3. Der Weg ins Feuer

Rorgator, 3. Tag nach dem 97. Kontrakt des Klingenrauschs

Jenseits der Bordwand flimmerte die Hitze. Geschützt durch weiße Handschuhe, die über die Ellbogen reichten, benutzten die Kampfherren des Klingenrauschs Eisenstangen, um die Totenbarke gegen den Magmastrom zu staken. Der Leichnam von Eivoras Vater lag neben ihr in der Mitte des Gefährts. Die Feldzeichen bildeten ein stolzes Spalier innerhalb der Bordwände, obwohl noch einige Halterungen frei waren, die bei einer größeren Söldnerlegion weitere Banner aufgenommen hätten. Achtunddreißig waren es beim Klingenrausch – Einheiten von Hellebardieren und Pikenieren für den Nahkampf, von Bogenschützen und Armbrustern, die dem Feind auf Distanz zusetzten, und von Schanzknechten, die Befestigungen zu knacken verstanden. Letzteres war die Spezialität der Legion. Dazu zwei Stabsbanner mit Kundschaftern sowie Experten für Versorgung und Planung. Und natürlich das stolzeste, Kampfherr Zigûns Sturmbanner. Seine einhundert Krieger hatten bereits manche Schlacht für den Klingenrausch entschieden, hinter den feindlichen Linien oder dort, wo man unbedingt eine Bresche brauchte.

Im Heck der Totenbarke stand die Standarte der Legion. Sie war größer als die anderen Feldzeichen und zeigte Schmiedewerkzeug in lodernden Flammen, umrahmt vom Motto der Einheit: *Sei Hammer – nicht Amboss.*

Während die Barke träge unter ihr schaukelte, sah Eivora hinaus auf das ruhig fließende Feuer des Stroms. An manchen Stellen war es blutrot, an anderen gelb oder weiß. Immer wieder flackerten Flammen empor, ohne dass sie erkannt hätte, was sie nährte. Sie erhellten die zerklüfteten Wände und die zwanzig Schritt hohe Decke der Höhle, die ansonsten im dämmrigen Schein des Magmas lag, der mehr Schatten als Licht schuf. Das Hitzeflimmern verunsicherte das Auge zusätzlich. Huschten hier Gespenster umher, wie man sich in der Stadt erzählte? Die ruhelosen Geister jener, die die Dämonen nicht zu Ihresgleichen gemacht hatten, die sie aber auch nie wieder entkommen ließen? Diese Wesenheiten wurden in der Qual des ewigen Brandes wahnsinnig, sagte man. Der Neid auf alles Leben erfüllte sie, sodass nur ein Dämonenpriester sie fernzuhalten vermochte.

Chastro-Ignuto stand im spitzen Bug. Er lachte höhnisch, dann wieder jammerte er in einer Sprache, die Eivora fremd war. Mal wirkte es, als wolle er sich kopfüber ins Magma stürzen, und kurz darauf drohte er Schemen mit der gepanzerten Faust. Wie sie alle trug er zu Ehren des Gefallenen seine vollständige Rüstung.

Wäre von dem schwarzen Metall des Bootes nicht diese seltsame Kühle ausgegangen, wären sie alle den Hitzetod gestorben. Beim Ablegen hatte Eivora gefroren, jetzt klebte das Untergewand, und immer wieder benutzte sie einen Zipfel ihres Umhangs, um den Schweiß von der Stirn zu wischen.

Pirlitu, die Befehlshaberin der Armbrustschützen, zischte vor Schmerz auf. Die schwarzhäutige Frau hatte sich zu weit über Bord gelehnt, um ihr Gewicht besser einzusetzen. Vielleicht hatten sie die langen Handschuhe, die sie wie die anderen neun Kampfherren trug, in Sicherheit gewogen. Auch Pirlitu befuhr den Magmastrom das erste Mal. Sengend umwaberte die Hitze Kopf, Hals und Brust, bevor sie sich in den geschützten Bereich zurückziehen konnte. Beinahe wäre ihr die Eisenstange entglitten. Die anderen bedachten sie mit abfälligen Blicken. Die Kampfherren standen untereinander in ständigem Wettstreit.

Eivora betrachtete den Goldhelm, der das Gesicht ihres toten Vaters umhüllte. Nur am Kinn war er offen, sodass der volle Bart auf der breiten Brust lag.

Er war ein großer Flammenbringer gewesen, viele Siege hatten unter seiner Führung den Ruhm des Klingenrauschs und ganz Rorgators gemehrt. Wer immer seine Nachfolge antreten würde, hätte es schwer, sich aus seinem Schatten zu kämpfen. Er hatte Unmengen an Gold erbeutet.

Daraus hatte der Schmied nicht nur eine Schwertkrone und eine Dämonenrune vor der Stirn geformt, sondern auch einen Nasen- und einen Wangenschutz. Unterhalb der Klingenzacken wand sich ein Ring aus Hörnern. Die spitzen, schräg gestellten Augenöffnungen wirkten zornig, sie gaben dem Gesicht etwas Dämonisches. Die vertrauten Züge ihres Vaters waren kaum zu erkennen.

Ob er bald wirklich so aussehen wird?

Eivora wusste keinen Grund, warum die Dämonen ihm den Einlass in ihr Reich verwehren sollten, aber sie sorgte sich dennoch. Ihren Vater erwartete kein mildes Land, in dem ein Lufthauch alle Tränen trocknete und die Gerechten auf weichen Wolken dem Gesang hoch fliegender Vögel lauschten. So etwas versprach der Windgott Basäon seinen Jüngern, hatte Fiafila erzählt. Eivoras Vater dagegen würde sich seinen Platz im Jenseits erkämpfen müssen. Bei den Dämonen besaß man nur, was man anderen entriss.

Ruhig stakten die Kampfherren weiter. Manchmal hörte sich das Magma beinahe wie Wasser an, wenn eine Stange eintauchte. Graue, gezackte Felsen erhoben sich jetzt häufig aus dem Strom. Der Widerschein des Feuers schuf schimmernde Trugbilder auf ihren rauen Flanken. Ob auch sie aus Eisen bestanden?

Die Natur behandelte den Körper des großen Kriegers mit demselben Gleichmut wie den Kadaver eines Tiers. Unter der Rüstung zerfiel Eivoras Vater bereits, Duftwässer überdeckten die Fäulnis. Sie war froh, dass sein Kopf unter dem Gold verborgen war.

»Bist du starr vor Trauer?«, höhnte Jakena. Die Kommandantin der Bogenschützen trug ihr blondes, von einigen grauen Strähnen durchzogenes Haar lang. So könne sie immer eine Locke abschneiden und in die Luft werfen, um die Windrichtung zu bestimmen, sagte sie.

Eivora griff in den Beutel an ihrem Gürtel. Sie war nicht etwa deswegen auf der Barke, weil sie die Tochter des Toten war. Solche Sentimentalitäten hatten unter Rorgators Söldnern keinen Platz, auch der Bruder des Gefallenen durfte nicht mitkommen. Eivora begleitete die letzte Reise ihres Vaters, weil sie eine Aufgabe zu erfüllen hatte. Sie musste die Feuerdämonen besänftigen, und das gelang am besten, indem man ihnen Gold opferte.

Die Wandung der Barke reichte ihr etwas über die Hüfte. Schon ihr halbes Leben begleitete sie die Legion auf ihren Feldzügen, aber ein solches Material wie bei diesem Gefährt hatte sie nirgendwo sonst gesehen. Es war schwarz und fühlte sich metallisch an, aber zahllose silbrige Einschlüsse durchzogen es wie Sternenstaub. Zudem wirkte es glasig. Man hatte den Eindruck, hindurchschauen zu können, wenn man nur ein wenig genauer hinsähe.

Chastro-Ignuto verlangte eine Kurskorrektur. Die Kampfherren auf der linken Seite holten die Stangen ein, die rechts fuhren in beständigem Takt fort, sodass sich die Barke drehte. Sie neigte sich, als wollte sie umkippen, aber diese Bewegung kam rasch zum Erliegen.

Eivora warf ein paar Münzen über Bord. Wo sie versanken, blieben für einen Moment hellgelbe Kreise im Magma zurück, bevor sie zu langen Linien zerflossen und dann im Strom aufgingen, als hätte es sie nie gegeben. Aber das stimmte nicht. Das edle Metall fand auf immer Eingang ins Reich der Dämonen. *Nur Gold ist ewig.*

Ein Schlag wie von einem Rammbock erschütterte die Barke.

Chastro-Ignuto klammerte sich an die Haltegriffe im Bug, der unter der Wucht des Angriffs steil in die Höhe stieg. Aus den Abgründen des Stroms drückte eine mächtige Welle aus Magma gegen den Rumpf. Hinter ihm stürzten die Kampfherren und rutschten Richtung Heck. Sie mussten sich hastig festhalten, an den Eisenfüßen der Bahre, an den Feldzeichen, irgendwo. Je weiter sie nach hinten gerieten, desto mehr verstärkte ihr Gewicht die Kippbewegung. Schon mehrfach war die Totenbarke leer zum Anleger zurückgetrieben, während die Besatzung im Magma geblieben war. Ihnen drohte dasselbe zu widerfahren, wenn das Gefährt umschlagen würde und sie ins flüssige Feuer fielen. Wo Gold schmolz, verdampfte Fleisch.

Chastro-Ignuto lachte aus vollem Hals. Er würde die Barke zu einem Dämon leiten, der Kester akzeptierte, oder er würde in Flammen aufgehen. Auf dieser Mission konnte er nur gewinnen!

Die Herren des Feuers lagen in ewigem Streit miteinander. Niemals hatte man alle auf seiner Seite. Der Meister der Qualen sorgte dafür, dass diejenigen, die einen Vorteil darin sahen, Rorgators Söldner zu erhalten und immer neue Opfer von ihnen zu empfangen, die Oberhand behielten. Unter den Dämonen gab es auch andere. Solche, die sich endlich an den Schreien laben wollten, wenn sich das Feuer von den Bergen in die Metropole hineinwälzte und alle verbrannte, die nicht ins Meer flüchteten, um dort an den Klippen zu zerschmettern. Gut möglich, dass welche von denen ihre Geister schickten, um die Barke zum Kentern zu bringen. Genauso gut mochte es ein Dämon sein, der Kester seinen Rivalen nicht gönnte, sondern ihn für sich wollte. Oder einer, der mehr Gold und Respekt verlangte, um die Durchfahrt zu gewähren.

Der Schwerpunkt der Barke rutschte über den Kamm der Magmawelle und kippte hinunter. Steil schossen sie abwärts, Chastro-Ignuto so weit vorn, dass er nur noch eine schmale Spitze des schwarzen Schiffsmetalls sah und sonst nur Feuer, Feuer, Feuer. Der Bug schlug in die brennenden Wellen. Sie spülten über die Bordwand, kurz schwappten sie über seine Unterarme, den Bauch, die Hüfte, die Beine.

Ohne den Schutz des Homunkulus hätte das seine Rüstung verschmort, wäre die Haut in der Hitze zerrissen, das Fleisch zerkocht, die Knochen wären zu Asche geworden. Aber hier, im Magmastrom, schützte ihn der Segen des Meisters der Qualen. Durch ihn erzeugte die Barke eine kühle Aura, und Chastro-Ignuto widerstand flüchtigen Attacken niederer Dämonen. Dennoch spürte er das Feuer. Er lachte erneut.

Schlingernd richtete sich das Gefährt wieder aus. Das Magma, das in den Rumpf geraten war, floss durch die Speigatten ab.

»Wer seid ihr?«, rief er. »Gebt euch zu erkennen!«

Im Hitzeflimmern nahm Chastro-Ignuto geschuppte Gestalten wahr, armdicke Schlangen, fünf Schritt lang, mit ledrigen Flügeln und Hörnern. Er spürte, wie seine linke Gesichtshälfte brannte. Der Homunkulus, der aus seiner Schulter wuchs, war in seinem Element, und in der Nähe lockten Wesenheiten, die ihm vielfach ähnlicher waren als die Menschen, unter denen er sonst seine Zeit verbrachte. Sie teilten seine Leidenschaft für Qualen auf eine Weise, die ein Fleischlicher niemals nachvollziehen könnte.

Aber das hier waren mindere Geister. Chastro-Ignuto fürchtete sie nicht. »Nennt euren Preis!«

»Drei Unzen Gold.«

Höhnisch fletschte er die Zähne, und Flammen prasselten in Vorfreude auf die anstehende Auseinandersetzung aus Ignutos Äuglein. »Sechs Münzen, für jeden von euch eine! Mehr nicht!«

»Das ist zu wenig, Sterblicher!«

Dass sie nicht mit ihrem Herrn drohten, deutete darauf hin, dass sie keinen hatten. Das hier waren verstoßene Geister, mit denen die Dämonen spielten, wenn sie sich langweilten. Sie besaßen nur geringe Macht.

»Ihr Herren des Feuers!« Chastro-Ignuto breitete die Arme aus. »Hier naht der mächtige Kester! Städte hat er verbrannt und Schatzkammern geleert! Das Schreien jener, die er in den Staub warf, erfüllte den Himmel, und die Erde bebte unter den Marschtritten seiner Legion! Viel Gold bringt er mit sich und große Stärke! Wer ist mächtig genug, einen solchen Krieger willkommen zu heißen?«

Diese Frage barg die Gefahr, zu viele Dämonen aufmerksam zu machen. Wer nicht zum Zuge kam, mochte die Barke lieber umstürzen, als sie einem Rivalen zu überlassen. Aber Chastro-Ignuto war kein Freund der Vorsicht.

Seine Brust schwoll vor Stolz, als ein Dutzend Geister aus verschiedenen Strudeln im Magma aufstiegen. Für die anderen in der Barke blieben sie unsichtbar, und auch Chastro-Ignuto sah sie nicht mit seinem körperlichen Auge. Der Homunkulus vermittelte ihm den Eindruck von gedrehten Hörnern, Klauen und Tentakeln, von aufgerissenen Mäulern und stachelbewehrten Schwänzen, die das Feuer aufpeitschten, als sie sich auf die Geister stürzten, die es gewagt hatten, die Barke aufzuhalten. Er ergötzte sich an dem Anblick, vor allem, als die Diener der Dämonen begannen, übereinander herzufallen.

Er wusste jedoch, dass er diesen Moment der Ablenkung nutzen musste, um einem sicheren Anleger näher zu kommen. »Nehmt die Stangen!«, rief er über die Schulter. »Ich zeige euch die Richtung!«

Ein geflügelter Schrecken, den der Odem des Dämons Harnastes umwehte, fiel zwei sechsarmigen Bestien zum Opfer, die wider alle Gesetze der Natur auf dem fließenden Feuer dahinstampften. Das missfiel Chastro-Ignuto. Mit Harnastes machte er gern Geschäfte, und der Homunkulus war aus dem Samen dieses Dämons gewachsen.

Doch das durfte ihn jetzt nicht kümmern. Chastro-Ignutos Aufgabe bestand allein darin, den toten Flammenbringer ins Reich der Dämonen zu überführen. Daran würde der Meister der Qualen ihn messen, und auch seine künftige Stellung im Klingenrausch hing davon ab.

Drei Reihen nadelspitzer Zähne öffneten sich im Maul der einäugigen Wesenheit, die rechter Hand auftauchte. Ihre Haut schimmerte in majestätischem Schwarz. Ob Blut oder Feuer aus den vielen Wunden quoll, konnte Chastro-Ignuto nicht erkennen. Dass er überhaupt mehr von dem Wesen sah als ein Flimmern, unterschied ihn bereits von den anderen Menschen auf der Barke.

»Kirlestes will ihn«, sagte sein Gegenüber. »Sein Gold, seine Seele, seine Kraft. Alles.«

Chastro-Ignuto forschte in seinem Gedächtnis. Natürlich kannte er den Namen Kirlestes, aber welche Eigenschaften zeichneten diesen Dämon aus? Hielt er sich an Absprachen? Wie behandelte er die Geister, über die er herrschte? Nicht, dass Chastro-Ignuto um Kesters Wohlergehen besorgt gewesen wäre, aber der Kampfherr hatte im Leben tatsächlich große Stärke bewiesen. Wenn er sich auch im Jenseits Macht erkämpfte, wäre es gut, wenn er zufrieden mit dem Übergang ins Reich des Feuers wäre, den Chastro-Ignuto für ihn auswählte.

Plötzlich schoss ein Dutzend Geister aus der Tiefe, fiel die anderen an und riss sie mit sich zurück ins Magma. Binnen zweier Herzschläge war Kirlestes' Bote die einzige Wesenheit, die sich in der flimmernden Hitze jenseits der Barke ausmachen ließ.

Ein höhnisches, vielleicht auch drohendes Lachen quoll aus dem vielzahnigen Maul. »Du wärst besser freiwillig mit mir gekommen. In diesem Bereich der Feuerhöhle herrscht Kirlestes allein. Ihr folgt mir, oder ihr sterbt.«

Chastro-Ignuto wies in die Richtung, die der Geist ihm bedeutete.

Nach und nach leerte Eivora den Beutel mit den Goldmünzen. Immer wieder warf sie welche über Bord, Chastro-Ignuto wollte es so.

»Dort ist es!« Er zeigte über den Bug auf einen Schattenriss, der in der Hitze tanzte.

Die Kampfherren stakten auf beiden Seiten. Der Brecher hätte beinahe die Barke umgekippt und sie alle damit in den Tod gestürzt. Danach hatte der Avatar wieder mit Geistern gesprochen, die er anders wahrnahm als gewöhnliche Sterbliche, doch all das vermochte erfahrene Söldner nicht zu schrecken.

Eine Silhouette wuchs an, während sie sich näherten. Eivora erkannte, dass es sich um eine über zehn Schritt hohe Dämonenstatue handelte. Dabei waren die beiden Hörner nicht mitgerechnet, die sich aus dem Schädel nach vorn bogen. Die Wesenheit war hockend dargestellt. Die linke Faust hatte sie zum Schlag erhoben, die Rechte tauchte mit dem Handrücken nach unten in den Magmastrom, sodass die krallenbewehrten Finger wie Säulen daraus aufragten.

Die Anweisungen des Avatars lenkten die Barke in diese Pranke. Der Rumpf scharrte über festen Grund, und die Staken schlugen hart auf, bis das Gefährt zum Halten kam. Unter der bedrohlich starrenden Fratze des Eisendämons hatte die Strömung keine Kraft mehr.

Versonnen betrachtete Eivora den Goldhelm, der das bärtige Haupt ihres Vaters umschloss.

»Bring das Opfer!«, herrschte Chastro-Ignuto sie an. Grüne Flammen schlugen aus den Äuglein des Homunkulus auf seiner Schulter.

Eivora fasste die Truhe mit dem Geschmeide, scheiterte jedoch beim Versuch, sie anzuheben. Sie war nicht besonders groß, aber randvoll mit Gold. Keine Münzen, sondern Halsketten, Armreifen, fein ziselierte Ringe und sogar die Krone einer Königin. Erlesene Kunstwerke aus den Plünderungen von Jahrzehnten.

Pirlitu kam ihr zu Hilfe. Schweiß stand so dicht auf ihrem schwarzen Gesicht, als wäre sie gerade einem Bad entstiegen.

Gemeinsam schleppten sie den Schatz zum Bug.

»Dort!« Chastro-Ignuto zeigte auf einen Strudel unmittelbar hinter dem Rumpf. An dieser Stelle schien etwas das Feuer in die Tiefe zu ziehen.

»Warte!«, rief Pirlitu, als Eivora ansetzte, die Truhe auszukippen. »Du brauchst Handschuhe.«

Eivora starrte in Chastro-Ignutos grinsendes Gesicht. Auf der verbrannten Seite nahmen die Lippen die Mimik nur verzerrt auf, es sah aus, als lägen die Zähne hinter einem Spalt in verkohltem Holz. Eivoras Spiegelbild im Bronzeauge sah wütend aus.

Oraneta, die untersetzte Kampfherrin, der die Schanzknechte unterstanden, reichte ihr den Hitzeschutz, den sie beim Staken getragen hatte.

Die Handschuhe waren Eivora zu lang, sie knitterten, weil sie an die Schultern stießen. Für den kurzen Moment, den sie diesen Schutz brauchte, würde es reichen.

Pirlitu und sie schwangen die Truhe hin und her. Auf dem höchsten Punkt der Pendelbewegung ließen sie los.

Feuer spritzte, als der Schatz auftraf. Er verschwand im

Magma, die Wogen schlugen über ihm zusammen. Dennoch reichte der kurze Augenblick, um das Holz in einer Stichflamme vergehen zu lassen.

Chastro-Ignuto schloss sein gesundes Auge. Das bronzene blieb immer offen, und auch aus denen des Homunkulus loderten weiterhin grüne Flammen.

Während sie warteten, lauschte Eivora auf das Zischen, Prasseln und Brodeln um sie herum. Die Größe der Höhle ließ sich kaum abschätzen. Sie waren bestimmt fünfhundert Schritt oder weiter gefahren, aber die aufragenden Eisenfelsen boten keine Orientierungspunkte. Ihre Formen tanzten in der flirrenden Hitze. Die Decke war hier etwas niedriger, aber einige Schritt stromaufwärts schien sie erneut anzusteigen.

Ob das Magma irgendwo hier unter dem Berg aus dem Boden brach? Hatten die Verse recht, die davon sangen, dass es das Blut all jener sei, denen Stärkere das Leben entrissen?

»Kirlestes erwartet ihn«, murmelte Chastro-Ignuto.

Sechs Kampfherren hoben die Bahre mit ihrem Herrn auf die Schultern. Zigûn war keiner von ihnen, obwohl Eivora den Befehlshaber des Sturmbanners als jemanden kannte, der sich jeder Aufgabe stellte, die Ehre versprach. Diesmal stand der Mann mit dem knochigen Gesicht, das niemals lächelte, ganz hinten in der Versammlung.

»Wartet!«, bat sie die Träger.

Noch einmal berührte sie den kräftigen Schwertarm. Für einen kurzen Moment hoffte sie, ihr Vater würde aufwachen, den Goldhelm von seinem Kopf reißen und sie alle dafür schelten, dass sie ihre Zeit mit einer Zeremonie vertaten, statt sich an den Waffen zu üben.

»Die Dämonen wollen ihn«, erinnerte Chastro-Ignuto. »Jetzt.«

Eivora nickte.

Vorsichtig setzten sie das Kopfende der Bahre auf dem schwarzen Metall der Bootswandung ab. Dann stemmten sie das Fußende hoch.

Zunächst schien es, als klebte die Leiche fest, doch als sie ins Rutschen geriet, glitt sie so schnell hinab, wie ein ungesicherter

Bolzen aus einer Führungsschiene fiel. Täuschte sich Eivora, oder bildete das aufspritzende Magma Formen wie Klauen aus, die nach ihrem Vater griffen? Gierten die Dämonen so sehr danach, ihn in ihr Reich voller Kampf, Hass und Qual zu ziehen?

Ein Blinzeln später war der Flammenbringer ebenso verschwunden wie das Gold vor ihm. Schweigend sah sein Gefolge in das Feuer, das ihn genommen hatte.

Wie lange es wohl dauerte, auf diese Weise zu verbrennen?

Die Haare waren bestimmt schon bei der ersten Berührung des Magmas verschmort, wenn nicht vorher. Haut zerplatzte, Fett brannte wie Kerzenwachs … Das Blut und andere Körperflüssigkeiten waren sicher während der vergangenen Tage getrocknet, also mochte auch das Fleisch rasch verbrennen. Was würde länger durchhalten – die Knochen oder die Rüstung?

Eivora war zu tief in Gedanken, um sofort zu begreifen, was geschah, als Zigûn mit der Legionsstandarte nach vorn kam. Er senkte sie ab, sodass ihre von der Dämonenfigur Garallo gekrönte Spitze weit über die Barke hinausragte. Augenblicklich fing der Stoff Feuer.

Jakena gehörte mit ihren siebenunddreißig Jahren zu den älteren Kampfherrinnen der Legion. Da sie die Bogenschützen befehligte, stand sie in Konkurrenz zu Pirlitu mit ihren Armbrustern und war naturgemäß auch auf Eivora schlecht zu sprechen. Sie hatte entschieden protestiert, als der Flammenbringer seine Tochter aus ihrer Einheit genommen und Pirlitu unterstellt hatte.

Dennoch tat Jakena jetzt, was Eivora selbst getan hätte, wäre sie reaktionsschneller gewesen. Die Kampfherrin warf sich auf Zigûn.

Der rammte ihr den Schaft der Standarte ins Gesicht, aber das hinderte ihn daran, das Signum der Legion über Bord zu werfen.

Jakena zwang ihn in ein Handgemenge.

Er ließ das Feldzeichen fahren, doch da war Eivora bereits heran. Sie griff zu. Dennoch tauchte die Spitze mit der Dämonenfigur ins Magma.

Eivora riss sie wieder heraus. Feuer tropfte von Garallos eiserner Gestalt.

Sie richtete die Standarte so schnell wie möglich auf, holte sie in die Kühle der Barke zurück und legte sie ab. Vom Stoff waren nur noch rauchende Fetzen übrig, das vordere Ende vom Schaft war ein schwarz verschmorter, kümmerlicher Rest, der die Dämonenfigur kaum noch hielt.

Die anderen Kampfherren zwangen Jakena und Zigûn auseinander.

»Was fällt dir ein?«, schrie Eivora ihn an.

Ruhig erwiderte er ihren Blick. »Kester war der Flammenbringer des Klingenrauschs. Ich wollte ihm das Zeichen seiner Macht mitgeben.«

»Doch nicht das Feldzeichen, auf das wir alle unsere Treue geschworen haben!«

Stumm zuckte er mit den Achseln.

Entsetzt starrte Eivora auf die entstellte Standarte. Sie wirkte wie ein skelettierter Vogel.

Die Kampfherren ließen Zigûn los. Er lockerte seine Schultern und setzte sich neben das Feldzeichen des Sturmbanners. Es zeigte eine Faust, die einen Turm zerschmetterte.

Chastro-Ignuto wirkte nachdenklich. Der Blick aus seinem Auge folgte Eivora nicht, als sie sich in den Bug stellte. Nur der Homunkulus neigte sich vor, um am Hals seines Trägers vorbei zu beobachten, wie sie in die Hitze starrte und dann zum Gesicht des Dämons aufblickte, als könnte sie darin lesen, ob ihr Vater gute Aufnahme gefunden hatte.

»Es ist zu Ende gebracht.« Chastro-Ignutos Stimme klang teilnahmslos.

In den Gesichtern der Kampfherren sah Eivora die Anstrengung von Schlacht, Plünderung und Marsch, aber auch Ratlosigkeit.

Eivoras Blick kehrte zur geschändeten Standarte zurück. Sie überlegte, Zigûn zur Rede zu stellen, wusste jedoch nicht, welchen Sinn das haben sollte. Nur ein Flammenbringer konnte einen Kampfherrn maßregeln, und die Legion hatte keinen

Flammenbringer mehr. Ohne den Leichnam schien die Barke viel zu groß zu sein.

Ob ihr Vater jetzt bereits kämpfte? Wie mochte das vor sich gehen? Befehligte er ein Heer, oder stand er allein?

»Machen wir uns auf den Rückweg«, schlug Eivora vor.

4. Nächtliche Ablenkung

»Steht dir der Sinn nach einem Lustknaben?« Eivora schrie, um den Lärm der von Vergnügungssüchtigen überquellenden Straße zu übertönen.

Fiafila fühlte sich von dem Haus abgestoßen, auf das Eivora zeigte. Laternen beleuchteten die grellrote Wand, in den offenen Fenstern saßen junge Männer und Frauen, deren dürftige Bekleidung weder Schutz noch Wärme bot, sondern allein dem Zweck diente, die Geilheit der Betrachter anzufachen. Einige waren mit Halsringen angekettet.

»Gab es in Abidia keine Freudenhäuser?« Eivora packte einen taumelnden Burschen am Kragen, entriss ihm die Branntweinflasche und nahm einen tiefen Schluck. Sie spie aus und drückte den Trunk zurück in seine Hand. »Von dem Fusel wirst du blind!« Sie stieß ihn in die Menge, in deren Fluss er schnell verschwand.

»Manche Götter sehen mit Wohlwollen auf flüchtige Freuden des Körpers«, räumte Fiafila ein. »Aber gerade als Frau gilt es doch zu bedenken, dass die Folgen nicht immer flüchtig sind, wenn sie ihren Trieben erliegt.«

Eivora verzog die vollen Lippen. Ihre blauen Augen kündeten von einer Lebenserfahrung, die eine Vierundzwanzigjährige noch nicht besitzen sollte. Sie hatten viel Schreckliches gesehen.

Und sie hat viel Leid über unschuldige Menschen gebracht. Das durfte Fiafila nicht vergessen. Eivora war eine Söldnerin, durch und durch. Zwar hatte sie selbst Basäons Tempel nicht geschändet, aber sie fand auch nichts dabei, dass Männer und Frauen ihrer Legion es getan hatten. Fiafila fragte sich, wieso sie sich trotzdem zu der kleinen Frau hingezogen fühlte. Wenn die

Plünderung Abidias nicht gewesen wäre, hätten sie Freundinnen werden können.

In dieser Nacht, inmitten der Söldnermetropole Rorgator, trug Eivora keine Rüstung. Sie zog ihre blaue Tunika hoch, sodass der Lichtschein aus einem Gasthaus auf ihren nackten Bauch fiel. Eine Narbe zog sich von der linken Hüfte bis über den Bauchnabel.

»Ich brauche mir keine Gedanken mehr über die Folgen meines Triebs zu machen«, erklärte sie. »Vor vier Jahren bin ich beinahe an meinem Leichtsinn gestorben. Ich dachte, es wäre eine gute Idee, drei fliehende Gegner allein zu verfolgen. Eines ihrer Schwerter hat mich vom Gegenteil überzeugt.« Sie drehte sich um und zeigte ihr eine kleinere Narbe am Rücken.

»Eine Klinge hat dich durchbohrt – und du hast überlebt?«, staunte Fiafila. In Abidia hatte sie geholfen, einige schwere Wunden zu versorgen, und mit der Hilfe der Götter war die Heilung oft gelungen. Aber einer solchen Verletzung traute sie zu, auch einen kräftigen Mann umzubringen.

»Ich bin wieder auf die Beine gekommen.« Eivora grinste. »Mein Gegner nicht.«

Fiafila hatte die junge Frau in voller Rüstung gesehen, und auch jetzt trug sie Wurfdolche in Scheiden an ihren Unterarmen. Dennoch fiel es ihr schwer, sich vorzustellen, wie Eivora einem Krieger gegenübertrat und ihn tötete. Das mochte daran liegen, dass sie so zierlich war. Vielleicht war das aber sogar ein Vorteil, weil man sie dadurch unterschätzte.

Fiafila runzelte die Stirn. *Ich beginne, wie eine Söldnerin zu denken.*

»Also keine Lustknaben.« Eivora zeigte auf ein Gebäude, dessen Kuppel auf Säulenreihen stand. Roter Feuerschein drang heraus. »Dann dorthin.«

»Ist das ein Tempel?«

»Für Harnastes«, bestätigte Eivora. »Er fühlt sich den Menschen besonders verbunden, deswegen lässt er sich an mehreren Stätten direkt in der Stadt verehren.«

Fiafila überlegte, was es bedeuten mochte, wenn sich ein Dämon *den Menschen besonders verbunden fühlte*, während sie Eivora folgte. Trotz ihrer kleinen Gestalt teilte ihre Ausstrahlung die Menge, sodass sie zügig vorankamen. Dabei gab es hier viele grobschlächtige Kerle.

Allerdings auch nicht wenige Frauen, die sich in Eisen kleideten und Klingen trugen. Bei den Amazonen in den Tempeln Abidias waren Fiafila die Waffen wie Schmuck vorgekommen, aber hier dienten sie als Werkzeuge für ein ernstes Gewerbe. Die wenigsten wiesen eine kunstvolle Gestaltung auf.

Abidia und Rorgator waren so unterschiedlich! Die Stadt der tausend Tempel – wie viele von ihnen standen wohl noch? – erstreckte sich an den Hängen eines Kegelbergs. Luft und Sonne umschmeichelten weiße Häuser, Pilger kamen und gingen in Scharen. Die Söldnermetropole dagegen lag in einer Senke. Vulkankegel schlossen sie auf drei Seiten ein. An ihren Bergflanken leuchtete das flüssige Feuer jetzt, in der Dunkelheit, besonders bedrohlich. *Als flösse Blut aus frisch geschlagenen Wunden.*

»Dienen viele Frauen im Klingenrausch?«, fragte Fiafila.

Eivora zuckte mit den Achseln. »Etwa ein Drittel. Meist sind die männlichen Rekruten größer und stärker, das gibt ihnen einen Vorteil im Nahkampf.«

»Aber wenn eine Frau geschickter ist?«

»Dann bekommt sie bei uns gutes Silber. Meist liegt es aber daran, dass sie besonnener sind. Ein Trunkenbold zielt schlecht und schlägt im falschen Moment zu. Wer im Kampf ruhig bleibt, kann auch einen anstürmenden Bullen ins Leere laufen lassen, bis er erschöpft und reif für den Gnadenstoß ist.«

Ein Mann mit einer Nase, auf der etwas Graues wucherte, das Schorf ähnelte, drängte sich zu ihnen durch. »He, Eivora! Braucht der Klingenrausch noch erfahrene Schwerter?«

Seine Arme waren so dick wie Fiafilas Oberschenkel, aber sie schätzte ihn jünger als sich selbst, höchstens fünfundzwanzig. Ihr schien es unglaubwürdig, dass so jemand viel Erfahrung auf Schlachtfeldern gesammelt haben konnte.

Eivora störte das jedoch offenbar nicht. »Du findest unseren Zahlmeister morgen auf dem Musterungsfeld.«

»Kannst du dich für mich verwenden?«

Sie starrte ins Gesicht des deutlich größeren Mannes. »Hast du das nötig? Vermagst du nicht aus eigener Kraft zu überzeugen?«

Seine Kiefer mahlten. »Doch. Natürlich.«

Sie gingen weiter.

»Er ist sehr kräftig«, sagte Fiafila.

»Er wird es nicht schaffen.«

»Wieso nicht?«

»Hast du gesehen, dass er angesetzt hat, mich zu schlagen?«

»Hier?«, rief Fiafila überrascht. »Mitten in der Menge?«

»Das ist gut. Ein Krieger darf nicht zu zahm sein, aber er muss sich in der Gewalt haben und darf nicht jedem Impuls erliegen.«

»Was war dann sein Fehler?«

»Er hat die Bewegung zu deutlich gezeigt. Jedes Kind hätte seinem Schlag ausweichen können. Und sein Arm hat gezuckt, als er den Muskel angespannt hat. Wahrscheinlich eine schlampig behandelte Verletzung. Kein Wunder, dass er bei den guten Einheiten scheitert.«

Im Näherkommen erkannte Fiafila, dass Menschen an die Säulen des Dämonentempels gekettet waren. Die Menge war zu laut, um die Geräusche ihres Schmerzes zu hören, aber sie sah, wie die Qual die Gesichter verzog. Sie wandte den Blick ab.

Eivora führte sie zu einer Schenke neben dem Tempelhügel. Auf dem Schild über dem Eingang lag ein gekröntes Haupt in einer Schüssel.

»Der *Königskopf* wird dir gefallen«, meinte Eivora. Rauch und Alkoholdunst schlugen ihnen aus der offenen Tür entgegen, ein junger Mann übergab sich neben dem Eingang, ein anderer betastete das geschwollene Gesicht und prüfte mit den Fingern die Festigkeit seiner Zähne. »Ein gesittetes Lokal. Kaum eine Nacht mit mehr als einer Messerstecherei.«

Ignuto genoss selten die Freude anderer Lebewesen. Eine Ausnahme bestand darin, wenn sich jemand an Schmerz und Qual erfreute. Auf diesem Gebiet war Prekesta eine Meisterin.

Chastro schmeckte den Rausch des Homunkulus, als die Söldnerin das Kaninchen am zappelnden Hinterlauf zurück auf die Kohlen zog. Es fiepte, während es versuchte, die Pfoten vom heißen Untergrund zu bekommen. In seiner Not sprang es auf Prekestas Unterarm.

Im Klingenrausch bestand die Aufgabe der rothaarigen Söldnerin darin, den Nachschub zu organisieren, den das Zauberbanner an speziellen Pulvern und Salben brauchte. Sie kochte auch Leichenöl aus den auf dem Schlachtfeld Erschlagenen, damit man es bei Bedarf auf dem Schwertfeuer entzündete. Sie konnte Situationen sehr gut im Voraus durchdenken und passende Vorkehrungen treffen. Das bewies sie auch in ihrer Verehrung der Dämonen. Für die Opferung des Kaninchens trug sie einen selbst angefertigten Handschuh, der bis zum Ellbogen reichte. Er war mit dem Stachelkleid eines Igels bezogen.

Die ohnehin verbrannten Pfoten fanden keinen Halt daran, die Stiche schmerzten ebenso sehr wie die heißen Kohlen. Da Prekesta den Lauf des Tiers weiter festhielt, konnte es aber nirgendwo anders hin als zurück in die Glut.

Es fiel ungeschickt. Der Gestank von versengtem Fell stieg in Chastro-Ignutos Nase.

»Das Vieh muss noch leben, wenn die Flammen es verzehren«, erinnerte er.

»Der Süße will nicht sterben.« Verträumt betrachtete sie das Tier, das sich gequält hin und her warf. Die vielen Sommersprossen auf ihrem Gesicht wirkten wie eine Funkenwolke. »Er hält noch eine Weile durch.«

Harnastes' siebeneckiger Tempel besaß keine durchgezogenen Wände, die Kuppel ruhte auf Säulen. Die meisten davon liefen als lange Reihen außen herum, einige besonders dicke stützten im Innern die Decke. Ein Priester ging von Feuer zu Feuer und warf Stauden hinein, die den Flammen eine sattrote Farbe gaben. Manchmal tanzte ein Tier darin.

Die Ärmsten opferten Ratten und beteten darum, dass der Dämon, dessen hasserfüllte Fratze aus der Kuppel herabstarrte, ihnen einen unaufmerksamen Reichen schickte, den sie bestehlen konnten. Viele dieser Dummen und Unglücklichen hatten vergeblich auf leichte Beute gehofft, wie das Fehlen von Fingern oder ganzen Händen bewies. In Rorgator gab es keine Gefängnisse für Verbrecher. Entweder regelte man seine Angelegenheiten selbst oder die Obrigkeit fällte Urteile, die sofort vollstreckt wurden. In den Kerkern darbten nur solche, die darauf hofften, dass jemand Lösegeld für sie zahlte.

Wenn das zu lange auf sich warten ließ, schenkte der Rat von Eisen und Gold sie manchmal den Dämonenkulten. So wie diejenigen, die in dieser Nacht an die Säulen des Harnastestempels gekettet waren. Dann begann ein Sterben, das erst Tage später endete.

Völlig erschöpft sank das Kaninchen nieder. Es achtete nicht darauf, dass die Hitze seinen inzwischen nackten Bauch verschmorte. Der Geruch verbrannter Haut stieg auf.

Prekesta hob das Tier am Lauf aus dem Becken.

Es quietsche wie eine verzogene Türangel. Kaninchen waren seltsam. Ihr ganzes Leben lang gaben sie keinen Laut von sich, aber wenn es ans Sterben ging, konnten sie quieken.

Sie gingen zu einem Ofen, dessen Öffnung ein mit gebogenen Zähnen versehenes Maul zierte.

»Mach schnell, bevor er stirbt«, riet Chastro-Ignuto.

Prekesta warf das Kaninchen in die Flammen.

Schwach taumelte es umher, dann lag es still. Die Dämonendiener achteten darauf, dass die Feuer nicht so heiß wurden, dass sie sofort töteten. Harnastes erfreute sich am Leid. Aber dieses Opfer war seinem Ende bereits sehr nahe gewesen.

Scheu blickte Prekesta zum Deckengemälde empor, wo wütende Fratzen in brennenden Wolken trieben. »Glaubst du, es hat ihm gefallen?«

Das hoffte Chastro-Ignuto, denn ihm käme es gelegen, den Dämon zu besänftigen. Eigentlich konnte Harnastes ihm keinen Vorwurf daraus machen, dass er Kester nicht zu ihm, sondern zu Kirlestes gebracht hatte. Hätte Harnastes ihn wirklich gewollt, hätte er mehr seiner Geister geschickt, um das Gefolge des anderen Dämons zu überwältigen. Dennoch glühten Zweifel in Chastro-Ignuto. Hatte Harnastes erwartet, dass sich der Avatar, dem er so manche Gunst erwiesen hatte, allein durchsetzte?

»Er wird gesehen haben, was du am Kohlebecken getan hast«, beantwortete er Prekestas Frage. Das Kaninchenopfer schien weder besondere Freude noch eine Zurückweisung des Dämons hervorzurufen. Vielleicht war Kester ihm gleichgültig, oder er hatte sich sogar mit Kirlestes geeinigt.

»War ich gut?« Sie zog den Handschuh ab, rollte ihn zusammen und verstaute ihn in einem Beutel.

»Du hast ein Gespür für Grausamkeit«, bestätigte Chastro-Ignuto.

Sie sah den Homunkulus an.

Er hätte Ignutos Talent nicht gebraucht, um zu erraten, dass sie selbst eine Avatar werden wollte. Natürlich sprach sie es nie aus, das wäre vermessen gewesen, aber der Neid stand überdeutlich in ihrem Gesicht. Sie merkte wohl, dass ihre Spiele mit den Männern eroberter Städte nicht ungeschehen machten, was man ihr angetan hatte, und suchte nun nach einer anderen Möglichkeit, Stärke zu finden. Das Feuer war ein guter Weg dazu, wie Chastro-Ignuto wusste. Es diente niemandem, sondern verlangte immerfort neue Nahrung.

Etwas störte ihn an diesem Gedanken, aber er konnte nicht greifen, was es war.

»Worüber denkst du nach?« Unsicher musterte sie sein Gesicht. »Was habe ich falsch gemacht?«

»Nichts.«

»Aber du musst mir etwas sagen können, das ich besser machen kann! Du weißt so viel!« Wieder fand ihr Blick den Homunkulus.

»Tiere sind gut«, murmelte er unwillig. »Aber Menschen sind besser. Sie leiden bewusster.«

Betrübt verzog sie das sommersprossenübersäte Gesicht. »Es ist eine Schande, dass der Rat verboten hat, Opfersklaven anzukaufen.«

»Dieses Gesetz wird nur kurz Bestand haben«, knurrte Chastro-Ignuto. »Rorgator darf nicht vergessen, was es den Dämonen schuldet.«

Der Rat meinte allerdings, diese Schuld werde durch das Gold abgetragen, das die Flammenbringer bei jedem Auftrag auf den Sold aufschlugen und nach dem Kontrakt an die Herren des Feuers übergaben. Im Grunde ihres Wesens waren Söldner keine frommen Leute. Sie kämpften nur für sich selbst und betrachteten auch die Dämonen, die in den Vulkanen lebten, als Geschäftspartner, mit denen man handelte und denen man nicht zu viel bezahlen wollte. Ihre Priesterschaft belegte nur einen der dreizehn Sitze im Rat von Eisen und Gold.

Zum Abschied ließen sie die Flammen an ihren nackten Händen lecken, dann gingen sie den Hügel hinab zur Schenke.

»Nicht zu viel. Du bist das Trinken nicht gewohnt.«

Bedauernd sah Fiafila zu, wie Eivora den Humpen außerhalb ihrer Reichweite abstellte.

»Es ist eine gute Nacht, um etwas zu tun, was man nie getan hat!« Ihre Zunge war seltsam träge, als müsse sie erst überlegen, wie die Worte zu formen seien. »Du zum Beispiel könntest endlich deine Trauer rauslassen.«

»Meine Trauer«, sagte Eivora, »geht niemanden etwas an.«

Fiafila schlug mit der flachen Hand auf den Tisch und erschrak über das laute Geräusch. Außer ihr beachtete es jedoch keiner der vielleicht fünfzig Gäste. Die Schenke war maßvoll gefüllt, einige Plätze blieben frei. Die beiden Frauen saßen auf einer Empore, direkt am Geländer. Von hier aus sah man den Schankraum und die Tür. Eivora behielt gern den Überblick, sagte sie.

Fiafila streckte den Arm und zeigte in Eivoras Gesicht, genau auf die kleine Nase. »Du bist feige.«

Die Söldnerin schnaubte. »Was weißt du schon?«

»Oho!« Sie machte einen Vorstoß in Richtung Krug. Er war über und über mit Schnitzereien bedeckt, so wie auch der Tisch, das Geländer, die Treppenstufen und überhaupt alles, was im

Königskopf aus Holz bestand. Die Gäste suchten ständig eine freie Stelle, auf der sie sich verewigen konnten.

Mühelos zog Eivora das Trinkgefäß weg. Dann nahm sie ihre kaum daumennagelgroße Silbermünze wieder auf und rollte sie die geschnitzten Rillen in der Tischplatte entlang.

»Viele Menschen kommen zu mir«, sagte Fiafila. »Ich bin eine Priesterin.«

»Ohne Tempel«, versetzte Eivora.

Sie wollte sie ärgern, aber Fiafila ließ sich nicht aus dem Konzept bringen. »Ich kenne viele Schicksale, und ich weiß, dass man trauern muss, wenn der Vater stirbt. Sonst zerfrisst es einen von innen, bis man ganz hohl wird da drin.« Sie klopfte auf ihr Brustbein.

Die Münze schaffte es in einem Bogen bis in die Mitte einer Spirale, ohne umzukippen.

»Mein Vater war kein zärtlicher Mann.« Prüfend betrachtete Eivora einige andere Silberstücke, die vor ihr auf dem Tisch lagen. Alle waren rund. Fiafila wusste, dass sie auch vier- und sechseckige besaß und solche mit Löchern in der Mitte. Eivora liebte Silbermünzen.

»Aber er hat für dich gesorgt. Er hat dir das Kämpfen beigebracht«, sie streckte den Zeigefinger, »hat dich beschützt«, den Mittelfinger, »dir alles gezeigt, was eine Söldnerin wissen muss«, den Ringfinger, »und wenn du ihn wirklich gebraucht hast, war er für dich da.« Das Letzte war geraten, aber es passte zu dem, was Eivora ihr in den vergangenen Tagen erzählt hatte. »Jetzt gibt es niemanden mehr in deinem Leben, außer vielleicht deinen Onkel. Du hast Angst, dass du nicht mehr aufhören kannst, wenn du erst zu weinen beginnst.«

»Ich habe den Klingenrausch.« Eivora drehte eine Münze wie einen Kreisel auf dem Tisch. Sie flirrte so schnell um die eigene Achse, dass sie wie eine Kugel aussah, bis sie in eine Rille geriet. Das Silberstück hüpfte klimpernd und blieb liegen. »Wir leben zusammen. Wir marschieren und kämpfen gemeinsam, und wenn es sein muss, sterben wir für unsere Kameraden. Jeder Flammenbringer bleibt früher oder später auf dem Schlachtfeld, aber die Legion ist unsterblich. Siebenundneunzig Kontrakte haben wir schon erfüllt!«

»Und wen willst du damit beeindrucken?«, fragte Fiafila. »Mich? Ich weiß noch nicht einmal, wie man ein Schwert …«

Wie hieß das noch, wenn man eine Waffe schärfte? Fiafila gluckste, weil ihr das Wort nicht sofort einfiel.

»… schleift. Also wohl doch dich selbst? Aber wieso hast du das nötig? Ich sage es dir.« Sie atmete tief ein und genoss das Brennen des Alkoholdunsts in ihrem Rachen. »Weil deine Welt ohne deinen Vater eine andere ist!«

»Ich glaube, du sprichst von deinem eigenen Leben.«

»Wenn du mich nicht gezwungen hättest, mit euch zu kommen, würde ich jetzt Basäons Haus in Abidia wieder aufbauen.«

Eivora beugte sich vor. »Wenn ich dich nicht unter meinen Schutz genommen hätte, dann hätte der Kerl da unten dich sofort verbrannt, als mein Vater starb.« Sie nickte zum Eingang.

Dort stand Chastro-Ignuto, dieses Mischwesen aus einem Menschen und einem abgrundtief bösen Irgendwas, das ihm aus der linken Schulter wuchs. ›Avatar‹ nannten die Söldner so jemanden, ein Gefäß für eine dämonische Präsenz.

Neben ihm stand die rotgelockte Söldnerin, die immer um ihn herumscharwenzelte, wenn es ihre Pflichten zuließen. Sie erinnerte Fiafila an ein verzogenes Hündchen. Bei der Schändung von Basäons Tempel war sie ebenfalls dabei gewesen, aber Fiafila hatte nicht gesehen, was genau sie getan hatte. Sie war mit einer lederüberzogenen Stange herumgelaufen, einer Art Speer mit Futteral.

»Sind die beiden ein Paar?«, fragte sie.

»Sie teilen eine Leidenschaft«, sagte Eivora. »Aber nicht füreinander, sondern für das Feuer.«

Vielleicht war Chastro-Ignutos Einäugigkeit der Grund dafür, dass er den Kopf so weit bewegte, als er sich umsah. Er entdeckte Eivora und Fiafila, nickte ihnen zu und kam die Treppe herauf.

»Redet sie endlich?«, fragte Prekesta.

Eivora rutschte mit dem Stuhl zurück und sah angeödet zu ihr auf. Das spielte sie nicht, sie war wirklich gelangweilt, wie Chastro-Ignuto schmeckte. »Wir wissen alle, wie das weitergeht«, sagte sie. »Ihr fragt, ob ich die letzten Worte meines Vaters aus Fiafila herausbekommen habe. Ich werde das verneinen. Dann werdet ihr wieder vorschlagen, sie zu rösten, bis sie spricht.«

»Was ist falsch daran?« Chastro-Ignuto grinste.

»Alles. Seid ihr so dämlich, dass ihr nicht begreift, dass sie behaupten könnte, was immer ihr gerade in den Sinn kommt?«

»Noch ein Grund mehr, sie mit Feuer zu kitzeln«, meinte der Avatar. »Dann kann sie keine Geheimnisse mehr vor mir verbergen.«

»Du schlägst doch nicht etwa vor, den Befehl des Flammenbringers zu missachten?« Wenn Eivora knurrte, wirkte sie bedrohlich.

»Wenn Kester noch am Leben wäre, würde er vielleicht anders entscheiden.«

Eivora stellte eine kleine Münze auf eine größere und ließ sie darauf kreiseln wie auf einem Teller. »Oder auch nicht.«

»Wieso hast du sie überhaupt mitgenommen?«, wollte Prekesta wissen. »Was hat sie in Rorgator zu suchen?«

»Oh, mir gefällt es eigentlich ganz gut bei euch«, lallte Fiafila. Da sie inzwischen wollene Reisekleidung trug, sah man ihr nicht mehr an, dass sie eine Priesterin war. »Es geht hier zwar rau zu, aber man respektiert sich.«

»Wie kommst du darauf?«, fragte Chastro-Ignuto.

»Nun …« Ihre Hand vollführte eine schwungvolle Geste. »In Abidia konnte ich nicht durch eine Menge gehen, ohne dass mich jemand betatscht hat. Hier ist mir das noch nicht passiert. Überhaupt gehen die Frauen hier allein und erhobenen Blicks durch die Straßen.«

Prekesta lehnte sich auf den runden Tisch, an dem die beiden saßen. »Weil hier alle glauben, dass jeder auf sich aufpassen kann. Wir wehren uns nicht mit Ohrfeigen, sondern mit Stahl.«

»Genau!« Sie trommelte mit den Knöcheln aufs Holz. Die Erschütterung brachte Eivoras kreiselnde Münze zu Fall, was Fiafila aber nicht zu bemerken schien. »Ich will auch ein Schwert. Wo kann ich eines bekommen?«

»Damit würdest du dich nur selbst verletzen«, murmelte Eivora und verlegte sich darauf, einen stabilen Turm aus ihren Münzen aufzustapeln.

»Du traust mir überhaupt nichts zu!«, jammerte Fiafila.

Chastro-Ignuto wollte vorschlagen, sie endlich ins Feuer zu werfen, aber die Silben fanden den Weg über seine Lippen nicht. Es war seltsam. Unerklärlicherweise sperrte sich etwas in ihm dagegen, diese arrogante Schlampe zu töten. Lag das an ihrem hübschen Äußeren – der schlanken Figur und den hohen Wangenknochen? Nichts hinderte ihn daran, sich noch ein wenig mit ihr zu vergnügen, bevor er sich ihrer endgültig entledigte. Doch selbst dieser Gedanke stieß ihn ab.

Ob ihr schwächlicher Gott sie schützte, indem er solche Vorbehalte in ihren Feinden weckte? »Basäon sieht seine Priesterin sicher ungern in der Stadt der Söldner.«

Heftig schüttelte Fiafila den Kopf. »Der Wind weht überall, in der Wüste und auf dem Meer. Er rauscht in Baumkronen und säuselt um die Häuser. Er streicht über Gute und Böse. Niemand kann ihn rufen, keiner vermag ihn zu halten. Er kommt und geht ohne Unterschied.«

»Aber du hast uns verflucht.«

Sie hob den Zeigefinger. »Und daran werdet ihr noch lange zurückdenken! Euch wird noch leidtun, was ihr in Abidia getan habt.«

»Die ist völlig betrunken«, stellte Prekesta fest.

Eivora betrachtete die Säule aus den unterschiedlich großen Silberscheiben und zuckte die Achseln.

Sie beschützte Fiafila nicht nur, weil ihr Vater befohlen hatte, dass der Priesterin kein Leid geschehen sollte. Außerdem mochte Eivora die Gefangene. Vielleicht, weil Fiafila sich in Kesters letzten Momenten um ihn gekümmert hatte? So schwach Mitgefühl machte, so unbestreitbar war, dass gemeinsam durchlittene Unbill Menschen verbinden konnte.

»Ich will nicht stören«, sagte ein junger Mann, als er an den Tisch trat.

Er hatte blaue Augen und sauber gelegtes, brünettes Haar. Seine Wangen waren gründlich geschabt, und Chastro-Ignuto roch sein Duftwasser. Dennoch wirkte er nicht wie ein Weichling, dafür waren seine Schultern zu breit, und auch die Hände sahen aus, als könnten sie kräftig zupacken und mit dem Breitschwert an seiner Seite umgehen. Trotzdem war er bestimmt kein Söldner. Der Wappenrock war zu fein gewebt, um ein Handgemenge zu überstehen. Er zeigte einen Löwen in der unteren Hälfte des geteilten Schilds und darüber ein Sternenfeld. Statt Marschstiefeln trug er Halbschuhe, und die juwelenbesetzten Ringe an der Linken passten nicht zu einem Kämpfer. Außerdem sahen die beiden Kerle hinter ihm nach Leibwächtern aus. An ihre Schultern war das gleiche Wappen gestickt.

»Gonter ist mein Name«, stellte er sich vor. »Und wenn man mich nicht in die Irre geschickt hat, seid Ihr Eivora.«

»Das stimmt«, bestätigte die Söldnerin. Sie blieb sitzen, aber ihr Blick verriet, dass der gut gekleidete Jüngling Eindruck bei ihr machte.

Er lächelte breit. »Wie gesagt, ich will keinesfalls stören, aber ich würde gern Geschäftliches mit Euch besprechen.«

Der Homunkulus schmeckte Vorfreude in Gonter, dazu ein bisschen Aufregung. Ob nur ein möglicher Auftrag der Grund dafür war, konnte er nicht ergründen.

»Es müsste allerdings noch heute Abend sein, die Zeit drängt. Ich werde mir einen Platz in der Nähe suchen, und wenn Ihr bereit seid …«

»Wir sind fertig«, sagte Eivora fest. »Der Avatar wollte gerade gehen, und Prekesta will seine Nähe sicher nicht missen.«

Das Gör hatte ihm nichts zu befehlen, erst recht nicht außerhalb eines Feldzugs!

Aber Chastro-Ignuto bezähmte seine Wut. Ein Teil von ihm wollte immer noch an die Priesterin heran. Da wäre es unklug, einen Streit mit ihrer Beschützerin anzuzetteln.

Er packte Prekestas Arm. »Wir gehen«, knurrte er.

5. Das Angebot

Gonters gewelltes Haar reichte bis knapp auf seinen Rücken. Er mochte ein wenig älter sein als Eivora. Die Muskeln zeichneten sich gefällig unter seiner Kleidung ab, auch wenn sie schon Männer mit breiteren Schultern gesehen hatte. *Wie zum Beispiel meinen Vater.*

»Nehmt Platz«, bot sie ihm an. Ihr gefielen die geraden Linien seiner Brauen.

Die Leibwächter waren gut ausgebildet. Das erkannte sie an den geschmeidigen Bewegungen, mit denen einer von ihnen einen Stuhl holte. Er hielt ihn so, dass er ihn keinen Moment daran hindern würde, das Schwert zu ziehen. Der andere suchte sich eine Position, an der er niemandem im Weg stand und von wo aus der er den Rückzug die Treppe hinunter hätte decken können.

Gonter setzte sich. »Ich danke Euch.« Mit einem schnellen Blick musterte er Fiafila.

Der mit Brannt verstärkte Wein entfaltete jetzt seine volle Wirkung. Selig lächelnd fuhr die Frau die Schnitzereien an den Streben des Geländers nach.

»Ihr braucht zusätzliche Kräfte, um Eure Wünsche durchzusetzen«, vermutete Eivora.

»Ja.« Gonter nickte. »Aber zunächst möchte ich Euch versichern, dass es mich dauert, von dem Verlust zu hören, den Ihr erlitten habt.«

Diese Eröffnung traf Eivora unvorbereitet wie ein Stich, der die Deckung unterlief. Sie griff den Krug und nahm einen Schluck, um ihre Überraschung zu verbergen. Dann sammelte sie ihre Silbermünzen ein und verstaute sie in ihrem Geldbeutel.

Gonter wartete geduldig. Seine blauen Augen waren frei von der Berechnung, die man in so vielen fand.

»Habt Ihr meinen Vater gekannt?«

»Sein Ruhm ist bis an den Hof meines Vaters gedrungen. Tatsächlich hoffte ich deswegen, den Klingenrausch für unsere Sache zu gewinnen. Ich habe auf die Rückkehr Eurer Legion nach Rorgator gehofft. Das ist auch der Grund, aus dem ich seit einer Woche mit einem Abschluss warte.«

»Dann habt Ihr eine Befestigungsanlage zu brechen?« Das war die Spezialität ihrer Legion.

Er nickte ernst. »Die mächtigste der Welt. Unser Heer steht vor Ygôda.«

Eivora nahm noch einen Schluck. »Man sagt, Giganten hätten Ygôdas Stadtmauer gefügt.«

»In der Tat ist sie ein beeindruckender Anblick«, räumte Gonter ein. »Zu hoch, um sie mit einem Katapult zu überschießen, und zu fest, um sie einzurammen. Ich hoffe, das schreckt Euch nicht ab.«

»Im Gegenteil. Wir sind immer froh über Aufgaben, die unserer würdig sind.«

»Genau!«, rief Fiafila und schlug mit der Faust auf den Tisch. »Man muss sich einen Sturm suchen, um sich dagegenzustemmen!«

»Und wer ist Euer Vater?« Eivora wollte wissen, für welchen Kriegsherrn sie in die Schlacht ziehen sollten.

»König Harlef von Isam und Zibula.« Stolz klang in Gonters Stimme.

Eivora nickte. Der Name kam ihr bekannt vor, und sie hatte die grobe Vorstellung, dass Isam und Zibula ein ganzes Stück nördlich von Rorgator lagen.

Als ein Bursche mit dem edelsten Weinglas kam, das Eivora jemals im *Königskopf* gesehen hatte, griff Fiafila danach.

Geistesgegenwärtig brachte Gonter es in Sicherheit.

Er war reaktionsschnell. Die kräftigen Hände, der muskulöse Körper und der wache Blick sprachen dafür, dass er im Kampf geschult war. Die vornehme, für einen Krieger zu empfindliche

Kleidung sagte jedoch etwas anderes. Ohne die Leibwächter hätte Eivora vermutet, sie wäre gestohlen. Was das Schwert anging, war sie unsicher. Der Griff war mit einer Kordel umwickelt, was in den meisten Fällen schlechter war als einfaches Leder, das auch bei Nässe ein Abrutschen verhinderte. Eine Schnur konnte sich leichter lösen. Andererseits gab es manche Gewebe, die ebenso gut geeignet waren wie Leder und die man nicht einfetten musste. Der Knauf war zwar zu einem Löwenhaupt geformt, sah aber massiv aus. Das war keines dieser Schmuckstücke mit Edelsteinen, die bei der ersten Erschütterung herausfielen. Eivora war gespannt darauf, die Klinge zu sehen, aber natürlich setzte der Wirt jeden vor die Tür, der hier drin blankzog.

»Darf ich annehmen, dass der Klingenrausch einsatzbereit ist?«

Eivora ärgerte sich über ihr kurzes Zögern und nickte dann umso entschlossener.

Gonters fein gezogene Brauen zuckten in Richtung Nasenwurzel. »Gibt es ein Problem? Seid Ihr diejenige, mit der ich sprechen sollte, nun, da Euer Vater tot ist?«

Ihre Achtung vor ihm wuchs. Nur wenige hätten ihre Unsicherheit erkannt und richtig gedeutet. »Die Befehlskette des Klingenrauschs wird gerade neu geordnet.« *Dass unser Feldzeichen verbrannt ist, macht es nicht einfacher. Mit Sicherheit wird es einige geben, die diesen Umstand nutzen wollen, um ihren Eid für erloschen zu erklären.* »Wir haben noch keinen neuen Flammenbringer.«

»Ich dachte, Ihr wärt Kesters einziges Kind gewesen?«

»Das stimmt.« Sie nickte. »Aber bei uns sind Titel nicht erblich. Nur, was man sich selbst nimmt, besitzt man.«

»Recht so!« Wieder schlug Fiafila auf den Tisch. »So muss das sein – bei Männern wie bei Frauen! Ohne Unterschied!« Irgendwoher hatte sie einen Humpen bekommen.

Eivora ließ sie trinken. Solange sie schluckte, unterbrach sie das Gespräch nicht.

Nachdenklich, aber freundlich, sah Gonter sie an. »Leider verkompliziert das die Sache. Mein Vater gab mir die Vollmacht, in seinem Namen zu verhandeln und einen Abschluss zu besiegeln. Ich brauche jemanden auf der anderen Seite, der ebenfalls ermächtigt ist.«

»Das ist verständlich.« Eivora ordnete ihre Gedanken. Bevor dieser Mann gekommen war, hatte sie sich einfach nur betrinken und vergessen wollen, was vorgefallen war. Sie hatte die letzte Pflicht gegenüber ihrem Vater erfüllt, und plötzlich gab es viel zu viele Fragen. Ständig hatte sie gegen seine Führung aufbegehrt, aber nun, da er sie nicht mehr herumkommandierte, fehlte er ihr. Formal bekleidete sie den Rang einer Bannerherrin, was bedeutete, dass sie jederzeit den Befehl über eine Einheit von einhundert Kämpfern Sollstärke übernehmen konnte. Tatsächlich hatte sie das bisher aber nur getan, wenn ein Kommandant eines Fernkampfbanners in einer Schlacht gefallen war. Bei den Pikenieren hatte man ihr nur einzelne Rotten anvertraut.

Zehn Kampfherren standen im Rang über ihr. Bislang hatte keiner von ihnen Anstalten gemacht, nach der Führung der Legion zu greifen, nicht einmal der kaltblütige Xerohn oder der arrogante Zigûn. Noch war auch denkbar, dass man sich auf einen erfahrenen Feldherrn aus einer anderen Einheit einigte. Die Dämonenpriester würden ebenso mitreden wollen wie der Rat von Eisen und Gold, obwohl die Führung einer Legion sie eigentlich nichts anging.

Eivora hatte sich auf Wochen eingestellt, in denen die Entscheidung gefunden werden müsste. Wochen voller Intrigen, mit dem ein oder anderen aufblitzenden Dolch in einer schattigen Seitengasse, Gift in den Bechern und Silber, das die besten Kämpfer abwarb. Der Klingenrausch würde nicht untergehen, dafür waren die Meriten der Einheit zu eindrucksvoll. *Auch wenn die Standarte, die sie geschmückt haben, verbrannt ist.* Bei der Erinnerung daran, wie Zigûn das Feldzeichen über Bord gehalten hatte, krampfte sich ihre Hand um den Humpen. Gern hätte sie den Hals des Kampfherrn, der das Sturmbanner befehligte, mit der gleichen Kraft gewürgt.

»Zweifellos ist der Tod Eures Vaters ein großer Verlust«, sagte Gonter mit seiner angenehm dunklen Stimme. »Ich werde Euch in Ruhe lassen, wenn Ihr das wünscht, auch wenn ich bedauern würde, Euch nicht für unsere Sache gewinnen zu können.«

»Nein. Mein Vater wäre stolz darauf, wenn wir die Mauern von Ygôda brechen würden.«

Er hielt ihren Blick fest. Das Blau seiner Augen war so klar wie der Aquamarin, den sie in Fiafilas Tempel erbeutet hatten.

»Vielleicht ist er das noch«, sagte die Priesterin.

Eivora war dankbar für die Ablenkung. Den Blick von Gonter zu lösen und die Frau anzuschauen gab ihrem Herzschlag Gelegenheit, sich zu beruhigen.

»Hast du nicht gesagt …«, Fiafila vollführte eine ausladende Geste, »… er lebt fort, irgendwo in diesem …« Mit dem Rückschwung fegte sie ihren Humpen vom Tisch. Er flog über das Geländer in die Tiefe. »… Dämonenreich?«

Bedauernd blickte sie dem Gefäß nach. Aus dem Schankraum drang ein protestierender Ruf herauf.

»Das ist ohne Belang!« Eivora wollte nicht daran denken, welchen Kämpfen und Qualen sich ihr Vater nun im Reich der Feuerdämonen stellte, die kaum etwas so sehr genossen wie Schmerz und Zerstörung. Er war anders als diese Wesenheiten, für ihn ging es um Freiheit und Reichtum. Ob er das in den Flammen finden würde, vor den Thronen der Gehörnten?

»Mir ist schwindelig«, klagte Fiafila.

»Vielleicht täte frische Luft Euch gut?«, schlug Gonter vor.

Die Priesterin nickte mit käsigem Gesicht.

Während einer der Leibwächter, ein Mann mit gebrochener und krumm wieder zusammengewachsener Nase, ihr aufhalf und sie zur Treppe führte, suchte Eivora Zuflucht in dem Problem, das unmittelbar vor ihr lag. Eigentlich hätte sie Gonter sagen müssen, dass der Klingenrausch noch einen Mond brauchte, vielleicht länger.

Aber das wollte sie nicht. Sie wusste, dass die Legion mit jedem Tag schwächer wurde, wie ein Krieger, der verblutete. Wahrscheinlich hatten die ersten Söldner bereits einen Eid auf ein fremdes Feldzeichen gesprochen. Die Besten bekamen am schnellsten verlockende Angebote.

Niemand hatte mit dem Tod des Flammenbringers gerechnet, er traf sie unvorbereitet. Wenn sie zwei Monde bräuchten, oder drei, um zu einer stabilen Struktur zurückzufinden, dann wäre der Klingenrausch bestenfalls noch eine mittelmäßige Einheit. Eine Legion mit glorreicher Vergangenheit und zweifelhafter Zukunft.

»Was habt Ihr?«, fragte Gonter. »Habe ich Euch beleidigt?«

Ihre Hand quetschte den Humpen mittlerweile so fest, dass die Knöchel weiß hervortraten. Mit Mühe löste sie den Griff.

»Ihr wisst, dass Ihr fünf Unzen Gold zusätzlich zu unserem Sold zu zahlen habt?«

»Für die Dämonen. Nach Rorgator kommt niemand, dem das unbekannt ist.«

Sie nickte. Es war ein schwacher Versuch gewesen, Zeit zu gewinnen.

Sie musste sich sofort entscheiden.

Sicherheit? Ich kann ablehnen und Gonter ziehen lassen. Niemand wird mir einen Vorwurf daraus machen.

Der zweite Leibwächter hielt einen wütenden Glatzkopf zurück, der versuchte, sich zu dem Tisch zu drängen, an dem sein Herr mit der Söldnerin verhandelte.

»Was geht da vor?« Gonters Stimme war etwas zu schwach für einen Befehlshaber.

»Er hat einen Humpen auf den Kopf bekommen.«

Fiafila ging gerade mit dem anderen Leibwächter aus der Tür.

»Er sagt, er kam von dort, wo Ihr sitzt, Hoheit.«

»Das stimmt!«, blaffte der Mann. Sein Bauch passte in keine Rüstung mehr, aber er war massig, und kaum jemand in Rorgator war ohne Kampferfahrung. »Ich habe eine schöne Beule bekommen, und derjenige, der mir das eingebrockt hat, wird nicht ohne Schramme hier rausgehen!«

Er rangelte mit dem Leibwächter, der gegen das Gewicht von einem halben Ochsen schlecht ankam und nach seinem Dolch griff.

»Warte, guter Mann!« Gonter stand auf und ging mit ruhigem Schritt zu den beiden. In sicherem Abstand fingerte er eine Silbermünze aus seinem Beutel.

Eivora reckte den Hals. Sie hätte gern die Prägung gesehen. Kaum etwas machte ihr solche Freude, wie ihre Sammlung um seltene Stücke zu ergänzen.

»Ich hoffe, das hilft dir über den Schmerz hinweg.« Gonter drückte dem Mann das Edelmetall in die Pranke.

Der Kerl hatte kaum noch Zähne im Maul, wie sein breites Grinsen offenbarte. »Danke!«, grunzte er.

»Schön, dass ich dir eine Freude bereiten kann. Aber ich habe hier noch etwas zu besprechen.«

Der Fettwanst sah ihn verständnislos an.

»Der Prinz wünscht, dass du dich hinfort hebst«, half der Leibwächter.

»Hinfort heben …«

»Geh wieder runter.«

Er schien zu überlegen, wie er es anstellen konnte, noch einen Humpen wie denjenigen auf den Kopf zu bekommen, der sich als unvermutete Silbermine herausgestellt hatte.

Sanft drehte Gonters Mann ihn herum. Erst dann machte er sich an den Abstieg.

Sicherheit … oder die Möglichkeit auf hohen Gewinn?, überlegte Eivora. *Willst du eine Einheit zu höchster Leistung anspornen*, hörte sie ihren Vater, *musst du sie in eine Stellung bringen, in der sie nur noch siegen oder untergehen kann.*

Gonter wandte sich ihr wieder zu.

»Kommt morgen zur Mittagsstunde in die Kontrakthalle«, sagte sie. »Dort werdet Ihr unseren neuen Flammenbringer treffen.«

»Ich verstehe nicht, wieso wir hier herumstehen«, maulte Prekesta.

Chastro-Ignuto schlug ihr mit der flachen Hand ins Gesicht.

Sie stürzte in den Schlamm der Straße. Die Laterne neben dem Schild des *Königskopfs* offenbarte, wie Zorn und Unsicherheit in ihren Zügen kämpften.

Chastro-Ignuto wusste selbst nicht, weshalb sie sich im Nieselregen die Beine in den Bauch standen oder warum er Prekesta so heftig schlug. Er spürte nur die Wut in sich, und die Kameradin war gerade in der Nähe. Gut, die Straße war voll von Söldnern, die ihr Silber loswerden wollten oder laut grölend davon kündeten, dass sie es bereits verprasst hatten, aber Prekesta war … ein dankbareres Ziel.

Er schloss sein gesundes Auge und beruhigte den schnell gehenden Atem. *Wir haben uns wie unartige Bälger wegschicken lassen!* Der Avatar dachte von sich häufig in der Mehrzahl, was ihm in diesem Moment wieder bewusst wurde. *Der Homunkulus und der Mensch. Wir sind zwei.*

Ärgerlich schüttelte er den Kopf.

Nein, wir sind eins. Untrennbar.

Ignuto nährte sich von Chastro, seine Wurzeln reichten so tief in die Brust wie Dolchklingen. Zöge er sie heraus, würde er Herz, Lunge und Adern zerreißen.

Vorsichtig stand Prekesta auf. »Diese Priesterin verwirrt dich.«

»Wie willst du wissen, was mich beschäftigt?«, knurrte er. »Meine Gedanken kannst du nicht einmal erahnen.«

»Natürlich nicht, Avatar.«

Er schmeckte ihren galligen Neid. Das gefiel ihm. Neid war eine Empfindung, die er begriff. Neidische Menschen taten selten etwas Unerwartetes, anders als solche, die Ruhmsucht oder übertriebene Zuneigung erfüllte. Außerdem zerstörten Neider gern Dinge, das fand er angenehm.

Aber dass Prekesta erriet, wie sehr Fiafila ihn durcheinanderbrachte, mochte er nicht. Schon die Vorstellung, wie die elegante Frau mit Eivora am Tisch saß … Zu gern hätte er ihr vornehmes Gesicht in ein Kohlebecken gedrückt. Verrückterweise war ihm jedoch auch bei diesem Gedanken unwohl.

Er forschte in sich nach der Ursache. Normalerweise lag der Grund für eine solche Unzufriedenheit darin, dass die erdachte Qual zu milde war.

Chastro-Ignuto betrachtete seine Faust und stellte sich vor, wie er damit ihren Nacken hielt, während ihre Wangen in der Hitze aufplatzten. Die Eisenkrallen und Stacheln würden in den weißen Hals stechen und jeden Versuch vereiteln, sich zu entwinden, ganz gleich, wie sehr sie litte. Natürlich würde sie in der Hitze auch schnell ihr Augenlicht verlieren. Das mochte ihre Panik anstacheln. Von allen Sinnen war das Sehen der wichtigste. Verlor man ihn, endete das Leben, das man bis dahin gekannt hatte. Fiafila könnte eine blinde Hure werden, und er könnte sie besuchen, ohne sich zu erkennen zu geben … Oder erst hinterher, wenn er sie benutzt hätte … Natürlich würde er sie *richtig* benutzen, er bezahlte nicht fürs Streicheln!

Grimmig schüttelte er den Kopf. Keine dieser Fantasien befriedigte ihn. Im Gegenteil, sein Widerwille wuchs.

Also doch etwas anderes?

Eigentlich benutzte er gern Kohlebecken, aber natürlich konnte man auch glühende Eisen, Fackeln oder sogar Magma verwenden.

»Wieso Magma?«, fragte Prekesta.

Er hatte nicht bemerkt, dass er seine Gedanken ausgesprochen hatte.

Sollte er Prekesta nochmals schlagen?

Chastro-Ignuto wandte den Blick von der Schwellung in ihrem Gesicht, als Fiafila aus dem *Königskopf* kam. Obwohl sie nicht mehr das Wickelgewand der Priesterinnen trug, fiel sie sofort auf. Sie war zu feingliedrig für eine Kämpferin und zu stolz für ein Freudenmädchen.

Einer von Gonters Leibwächtern hielt sie am Oberarm, sodass sie trotz ihres schwankenden Gangs nicht fiel. Aufmerksam sah er sich um. Kurz runzelte er die Stirn, als er Chastro-Ignuto und Prekesta sah, verharrte aber nicht. Stattdessen sagte er etwas zu Fiafila, die sich vorbeugte, eine Hand auf den Bauch legte und nickte.

Sie richtete sich auf. Die beiden folgten dem Strom der Menge, der sie an Chastro-Ignuto vorbeizog.

Der Leibwächter war ein erfahrener Kämpfer, das sah man daran, wie er die Nachtschwärmer im Blick behielt. Er stützte

Fiafila mit der Linken und stets so, dass der Schwertgriff frei blieb.

Aber er war eben auch nur ein Mann, wie der Homunkulus verriet. Chastro-Ignuto grinste. So kühl er sich auch nach außen gab und sosehr das feine Gardegewand ihn auch von den Söldnern abhob, konnte er seine Gelüste doch nicht vor Ignutos Gespür verbergen. Offenbar gehörte er zu jenen, die Frauen gern beschützten. Fiafila hätte schon in nüchternem Zustand keine Auseinandersetzung mit einem Halbwüchsigen überstanden, und betrunken war sie erst recht hilflos. Das erregte den Mann.

Chastro-Ignuto stieß Prekesta in die Seite. »Sehen wir uns an, wie das weitergeht!«

Der Leibwächter fand eine einsame Seitengasse. Ein zerbrochenes Fass stand zwischen allerlei Unrat, Getier huschte davon. »Steck den Finger in den Hals«, riet er.

»Ich werde mich nicht übergeben!«, protestierte Fiafila. »Das ist unwürdig.«

»Ich fürchte, lange wird es ohnehin nicht mehr dauern.« Er legte einen Arm um ihre Schultern, was er spürbar genoss, und half ihr, sich auf dem Fass abzustützen. »Je mehr du herausbekommst, desto kleiner wird sich dein Schädel morgen anfühlen.«

Der Homunkulus fing sogar Gedankenfetzen auf. Sie hielten nur kurz an und waren undeutlicher als die klaren Bilder, die er bei einem Gefolterten sah, aber nicht misszuverstehen. Sehr unedel überlegte der Mann, wie er seinen Griff unauffällig so verschieben könnte, dass er eine Brust ertastete.

Chastro-Ignuto lachte.

Der Leibwächter fuhr herum. Sofort fasste er das Schwert.

Beschwichtigend hob der Avatar die Hände. »Immer mit der Ruhe. Wir wollen nicht stören.«

»Ihr stört aber.« Sein Gegenüber war etwas kleiner als Chastro-Ignuto. Zwar hatte er eine gute Frisur mit sauber gekämmtem, blondem Haar, aber die krumm zusammengewachsene Nase im grobschlächtigen Gesicht verriet, dass er nicht immer in einem Palast gelebt hatte.

»Wir sind Freunde«, beteuerte Chastro-Ignuto. »Oder zumindest werden wir das hoffentlich. Dein Herr verhandelt doch gerade, um uns anzuheuern.«

Der Homunkulus schmeckte die Ungeduld, als die Augen des Mannes umherhuschten. Unsicherheit war auch dabei, der Anblick des Avatars mit der aus der Schulter wachsenden Gestalt, dem Bronzeauge und der verbrannten Gesichtshälfte gab jedem zu denken. Trotzdem war die Geilheit noch da, nicht nur in seinen Gedanken, sondern auch im Körper, wie Chastro-Ignuto an der Schwellung unter der eleganten Stoffhose sah.

»Die Dame wünscht einen Moment für sich allein«, behauptete der Leibwächter.

Fiafila schwankte, hatte aber durch das Fass, an das sie sich krallte, genug Halt, um auf den Füßen zu bleiben.

»Wir wollen niemanden stören«, wiederholte Chastro-Ignuto. »Einem Freund helfe ich jedoch gern.«

»Hierbei kann niemand helfen«, meinte der Mann. »Die Natur muss zu ihrem Recht kommen.«

»Aber dafür ist dieser Ort doch etwas unbequem.«

Er runzelte die Stirn. Der Trieb in ihm nahm zu, als er verstand, was Chastro-Ignuto andeutete.

»Wie heißt du?«

»Brohn«, antwortete der Leibwächter.

»Brohn, sehr gut. Du bist fremd in Rorgator, aber ich kenne verschwiegene Häuser.«

»Was erdreistest du dich!« Er zog das Schwert ein Stück aus der Scheide, aber seine Wut war gespielt. Er tat, was man von einem Ehrenmann erwartete.

Chastro-Ignuto nickte in Fiafilas Richtung. »Die wird sich morgen an nichts mehr erinnern, was heute Nacht passiert.«

Zweifelnd sah Brohn die schwankende Frau an.

Prekesta trat neben Chastro-Ignuto und zeigte mit dem Daumen auf ihn. »Er ist ein Avatar. Er kann sie vergessen machen.«

Das traf zwar nicht zu, war aber eine nützliche Lüge. »Wovon niemand berichtet, das ist niemals geschehen.«

Brohn haderte mit sich selbst.

Na komm schon. Am Ende bist du doch nur ein Mann.

»Wer ist sie eigentlich?«, fragte er.

»Nur eine Sklavin. Du kannst sie ausprobieren, und wenn sie dir gefällt, schenkt Eivora sie dir vielleicht.«

»Sie trinkt mit ihrer Sklavin?«, zweifelte Brohn. »Wieso trägt sie kein Halsband?«

Er ist geil und fremd, aber nicht blöd. »Eivora ist manchmal seltsam.« Er lachte. »Frauen.«

Brohn grinste schief und schob sein Schwert zurück. »Ich schätze, es wäre ihr angenehm, wenn sie ihre Unpässlichkeit in einem Zimmer kurieren könnte. In etwas größerer Abgeschiedenheit.«

Vorsichtig fasste er Fiafilas Schultern. Dabei wandte er Chastro-Ignuto den Rücken zu.

So hübsch die Kleidung der königlichen Leibwache auch war, Schutz bot sie nicht. Lautlos glitt Chastro-Ignutos Dolch aus der gefütterten Scheide. Er packte Brohns Hals. Die Dornen an seiner gepanzerten Hand stachen tief hinein und verschafften seinem Griff zusätzliche Festigkeit.

Brohn widerstand dem natürlichen Impuls, zu versuchen, sich mit beiden Händen zu befreien. Nur seine Linke schoss herauf zu Chastro-Ignutos Unterarm und wollte ihn fortreißen, verletzte sich aber ebenfalls an den Stacheln. Mit der Rechten riss er das Schwert heraus.

Er war schnell, hatte jedoch alle Vorteile aus der Hand gegeben. Chastro-Ignuto ließ ihm keine Gelegenheit zu einem rückwärtsgerichteten Stich mit der langen Klinge. Er rammte seinen Dolch auf Höhe der Nieren in den Rücken und drehte ihn in der Wunde. Den Hals drückte er so fest zu, dass aus dem Todesschrei ein Röcheln wurde. Um ganz sicherzugehen, zerschnitt er die Luftröhre, während er den Körper ablegte.

Fiafila übergab sich jetzt doch ins Fass.

Prekesta half, die Leiche weiter ins Dunkel der Gasse zu schaffen und mit Unrat zu bedecken. »Sein Schwert gefällt mir«, sagte sie.

»Er braucht es nicht mehr.«

Sie löste das Gehänge mit der Scheide und gürtete es sich selbst um.

»Was jetzt?«, fragte sie dann. »Nimmst du sie gleich hier ran, oder willst du etwas länger Spaß mit ihr haben?«

Bevor er begriff, was er tat, schlug Chastro-Ignuto die flache Seite des Dolchs in Prekestas Gesicht.

Sie prallte gegen eine Wand.

Träge wandte sie sich ihm wieder zu und strich mit dem Handrücken über ihre Lippen. »Du hast mir einen Zahn locker geschlagen«, klagte sie.

Chastro-Ignuto war zu sehr über sich selbst verwundert, um sich mit solch einer Kleinigkeit zu befassen. Er zog ein Tuch aus seinem Ärmel und trocknete damit Fiafilas Gesicht. Ihre Lider waren jetzt geschlossen, die Miene strahlte den Gleichmut von jemandem aus, den der Weingeist erfüllte.

Was wollen wir mit ihr?, fragte er sich. Sämtliche Folterinstrumente kamen ihm falsch vor.

»Ich rede mit dir!« Prekesta hatte das blankgezogene Schwert in der Hand.

»Mach dich nicht lächerlich«, sagte er abfällig. »Wir haben zu tun. Sie muss in den Glühenden Tempel.«

Pliguna war bei Eivoras Onkel Kasol geblieben, auch nachdem dieser sie freigelassen hatte. Inzwischen war sie mit knapp fünfzig Jahren die älteste Frau im Stadtpalast an den Klippen, aber das sah man ihr nicht an. Sie kleidete sich weniger freizügig als früher, schließlich war sie keine Lustsklavin mehr, aber ihre schwarze Lockenmähne machte so manche Jüngere neidisch, und die olivfarbene Haut war noch straff.

Sie lächelte, als sie erkannte, wem sie die Tür öffnete. »Eivora! Wie ist die Bestattung deines Vaters verlaufen?«

»Wir haben ihn zu den Dämonen gebracht. Jetzt muss er allein kämpfen.«

Pligunas Kinn hob sich eine Fingerbreite. Schon als Sklavin war sie eine stolze Frau gewesen. Vielleicht hatte gerade das

Eivoras Onkel fasziniert. »Dein Vater wird siegreich sein«, sagte sie. »Aber komm erst mal herein.«

Kasol mochte beigefarbenen Marmor und helles Licht. Er benutzte keine Feuerbecken, sondern Unmengen an Kerzen, die den Duft von Bienenwachs verströmten. Als Angehöriger des Rats von Eisen und Gold konnte er sich das ebenso leisten wie seine Gespielinnen.

»Höre ich da meine Lieblingsnichte?«, rief er, bevor er den weinroten Vorhang zur Seite schob, der den Empfangsraum mit den martialischen Statuen vom Treppenhaus trennte.

»Ich bin ja auch deine einzige.«

»Umso kostbarer bist du mir!« Mit seiner bärenhaften Statur ähnelte er Eivoras Vater. Den Bart trug er weniger kantig geschnitten, das Haar war vollständig ergraut. Er war der ältere Bruder. Der langsame Gang war jedoch einer Kriegsverletzung geschuldet, nach der das linke Bein steif geblieben war. »Komm her!«, forderte er und breitete die Arme aus.

Mit leichtem Widerwillen lehnte sich Eivora an seine Brust. Sie vermochte den mächtigen Leib nicht so weit zu umfassen, dass sich ihre Hände hinter seinem Rücken getroffen hätten. Als Ratsherr neigte ihr Onkel dem guten Leben zu, was sich in einer ordentlichen Speckschwarte niederschlug, aber er war schon immer kräftig gewesen und hätte auch jetzt noch ein Pferd umwerfen können.

»Ist Fiafila bei dir?«, fragte Eivora.

Er ließ sie los. »Nein.« Er lachte. »Aber ich wünschte es. Sie ist ein hübsches Ding.«

Bei ihrer Ankunft in Rorgator hatten sie sich kurz kennengelernt.

»Vor allem, wenn man bedenkt, dass sie eine Priesterin ist.« Er schnalzte mit der Zunge. »Ich hoffe, dass sie bald begreift, wie viel sie nachzuholen hat. Dann sollte sie einen Mann mit Erfahrung wählen.«

Die konnte man ihm wahrlich nicht absprechen. Seit er sich von den Schlachtfeldern abgewandt hatte, erforschte er sämtliche Einzelheiten einer Vielzahl weiblicher Körper. Eivoras Vater hatte Gold gehortet, um die Dämonen zu besänftigen, damit er im Jenseits nicht nur auf Feinde treffen würde. Sein Bruder Kasol dagegen verprasste seine Schätze.

»Fiafila ist nicht für dich.«

Er führte sie an der Treppe vorbei, öffnete eine eisenbeschlagene Tür und bat sie auf die Terrasse. Mauern begrenzten sie an den Seiten, zum Meer hin schloss sie eine Handvoll glatter Marmorsäulen ab. Helle Gischt krönte die Wellen, die sich an den aus dem Wasser ragenden Felsen brachen. Manche stiegen baumhoch auf, andere verbargen sich unter der Oberfläche. Kein Schiff lief Rorgators Hafen ohne Lotsen an.

»Außerdem würde sie dir schnell auf den Geist gehen«, fuhr Eivora fort. »Mir redet sie ständig ein, dass die Trauer um Vater in mir frisst.« Sie verschränkte die Arme und lehnte sich an eine Säule.

»Pass auf, dass du nicht auf meine Gäste trittst«, bat ihr Onkel.

Ein knappes Dutzend Feuersalamander verteilte sich auf der Terrasse. Einige der vorwiegend schwarzen, aber mit gelber, flammenartiger Zeichnung auf dem Rücken versehenen Lurche beäugten sie neugierig, andere huschten davon. Ein einzelner klebte auf Kopfhöhe an der Säule neben ihr.

Ihr Onkel öffnete eine kleine Kiste, die auf einem Podest vor einem Wandbild mit einer weißen Landschaft stand. Der Anblick von schneebedeckten Tannen und Wiesen weckte eine Sehnsucht nach Kühle in Eivora, die man in Rorgator nirgendwo fand.

»Sie wissen, dass ich sie um diese Stunde füttere«, erklärte ihr Onkel.

Mit einer Zange entnahm er eine Nacktschnecke. Das hellblaue Tier, über das sich einige rote Haarlinien zogen, wand sich träge.

»Woher bekommst du diese bunten Dinger?«

»Von den Perltauchern«, antwortete er. »Sie leben unter Wasser, und sie sind sehr giftig.«

»Deinen Besuchern scheinen sie dennoch zu munden.«

Zwei Salamander balgten sich so heftig um die Schnecke, dass sie das Weichtier entzweirissen.

Ihr Onkel schmunzelte. »Hitze facht Feuer an, und diese kleinen Kameraden werden noch giftiger, wenn sie die Schnecken fressen.«

Zweifelnd betrachtete Eivora den dreieckigen Kopf des Salamanders an der Säule. Die schwarzen Äuglein erwiderten ihren Blick mit Interesse.

»Aglix, das ist Eivora, meine Nichte«, stellte er sie vor. »Sie ist hartherzig und gönnt ihrem alten Onkel keine hübschen Frauen.«

Sie schnaubte.

Der Lurch machte einen Satz die Säule hinauf, als wolle er sie aus einem anderen Winkel betrachten.

»Fiafila ist eine Gefangene«, stellte Eivora klar. »Sie sollte das nicht tun.«

»Was?« Ihr Onkel holte eine weitere Schnecke aus der Kiste. »Die Wahrheit sagen?«

Eivora starrte ihn an. Sie war wütend, aber mehr auf sich selbst als auf ihn, weil sich Tränen in ihren Augen sammelten.

Ein besonders fetter Salamander schnappte sich die Schnecke und huschte damit unter die dick gepolsterte Liege, um sie in Ruhe zu verschlingen.

Sie sah aufs Meer hinaus. Abgesehen von den Schaumkronen waren die nächtlichen Wellen schwarz. Eivora fragte sich, wie lange sie wohl über den Ozean wanderten, bevor sie sich an den Klippen von Rorgator brachen. Sie erahnte den Schattenriss der *Gequälten Seele*, einer Felsformation, die einer Klaue ähnelte, die einen Kopf umschloss.

Eivora wandte den Blick nach links. Dort erstreckte sich der Strand bis zum Erbon, einem der Kegelberge, die die Stadt in einem Dreiviertelkreis einschlossen. Der ständige Seewind, der auch jetzt den Salzgeruch an Eivoras Nase trug, blies den Rauch der Vulkane fort in das Flachland, das die Wehrhöfe der Veteranen sicherten. Kaum einmal rieselte ihre Asche auf die Häuser. Das Magma dagegen war immer zu sehen. Nur selten drängte ein glühender Strom in das besiedelte Gebiet, aber auf den Bergflanken leuchtete das flüssige Feuer ständig, und es kämpfte gegen das Meer. Auch jetzt stand eine Dampfwolke am Hang des Erbon, wo das Magma ins Wasser fiel. An manchen Tagen kam so wenig nach, dass sich das Feuer unsichtbar unter einer schwarzen Lavakruste sammelte, an anderen strömte es so mächtig, dass es der See neues Felsland abtrotzte. Es war ein ewiges Gefecht.

»Auf der Barke, bei Vaters Leiche«, sagte Eivora gerade laut genug, um die Brandung zu übertönen, »habe ich mich gefragt, ob es ihm recht war, dass ich neben ihm stand. Vielleicht hätte er lieber seine Frau bei sich gehabt.«

Ihr Onkel schloss die Kiste und legte die Zange darauf. »Kester war stolz auf dich.«

»Mir hat er das nie gesagt.«

»Mir dafür umso öfter.«

Aglix kletterte von der Säule auf Eivoras Schulter. Sie ließ es zu.

»Ich versuche, mir meine Mutter vorzustellen, aber es gelingt mir nicht.«

»Sie war wunderschön.«

»Das sagst du bei allen Frauen.«

»Bei Ida war es anders.« Seine Stimme klang ungewöhnlich ernst.

»Wieso? War es ihr Gesicht? Oder ihre Figur?«

»Beides. Vor allem aber ihr Herz.«

Stirnrunzelnd drehte Eivora sich um.

Ihr Onkel sah sie an. Wenn der Vollbart sie nicht täuschte, presste er die Lippen aufeinander.

»Du redest, als wäre sie deine Frau gewesen, nicht seine«, meinte sie vorsichtig.

»Wir haben Ida beide geliebt«, sagte ihr Onkel. »Darum hat Kester sein Schwert abgegürtet und ist mit ihr nach Ebilion gegangen, als sie sich für ihn entschieden hat.«

Für ihn – und gegen dich, dachte Eivora. Sie wusste nicht recht, wie sie mit dieser Eröffnung umgehen sollte. »Ich erinnere mich kaum an Ebilion.« Sie zögerte, aber ihr Onkel erhob keinen Einwand, das Gespräch in dieser Richtung fortzusetzen. »Nur, dass die Stadt auch am Meer liegt. Ich war noch klein, als wir zurückkehrten.«

Kasol räusperte sich. Er wandte sich einem Regal zu und nahm einen Spatel und eine leere Phiole herunter.

Die Verlegenheit des lebenslustigen Mannes rührte Eivora. Stärker als der Tod seines Bruders schien ihm auch nach all dieser Zeit der Tod seiner damaligen Liebe zu schaffen zu machen. Eivora wusste, dass sie grausam gestorben war. Piraten hatten Ebilion geplündert – eine so große Flotte, dass sie eine Woche lang in der Stadt gewütet hatten, ohne dass jemand sie hätte vertreiben können. Erst für ein Lösegeld hatten sie sich aufs Meer zurückgezogen.

»Es wird Zeit, dass meine Gäste sich erkenntlich zeigen.« Die Stimme ihres Onkels klang rau. Besser, Eivora rührte nicht länger an der alten Wunde.

Kasol lockte den fetten Salamander unter der Liege hervor, was ihm wegen des steifen Beins schwerfiel, und kratzte mit dem Spatel seitlich an seinem Kopf. Er strich einen weißen Schleim in die Phiole.

»Ich weiß nicht, was ich tun soll«, gestand Eivora. »Jetzt, da Vater keine Befehle mehr gibt …«

»Du kennst doch das Motto auf der Legionsstandarte.«

Die heute verbrannt ist, dachte Eivora, aber darüber wollte sie nicht sprechen. Sogar Garallo, die Dämonenfigur an der Spitze, war angeschmolzen. Sie hatte das Feldzeichen in die Schmiede von Meister Gennetos gebracht, der ihm die alte Gestalt zurückgeben sollte.

»*Sei Hammer – nicht Amboss*«, zitierte ihr Onkel. »Du musst die Dinge formen, statt diejenige zu sein, die andere benutzen.«

»Ich brauche deine Hilfe, Onkel Kasol.« Eivora seufzte. »Uns wird ein interessanter Kontrakt angetragen. Es geht gegen Ygôdas Mauern.«

Der kräftige Mann pfiff anerkennend, legte Phiole und Spatel weg und sah sie an. »Du hast meine volle Aufmerksamkeit.«

»Das allein reicht nicht. Die Legion braucht einen neuen Flammenbringer, bevor die Sonne morgen den höchsten Stand erreicht.«

Er klopfte auf das verkrüppelte Bein. »Meine Zeit in der Rüstung ist vorbei.«

»Das weiß ich, aber du hast einen Sitz im Rat von Eisen und Gold. Du genießt Respekt. Die Kampfherren würden auf dich hören, wenn du einen von ihnen zum neuen Flammenbringer vorschlagen würdest.«

Er lachte. »Selbst, wenn sie das wirklich täten, dürfte ich das nicht tun. Ich stehe nicht mehr auf der Soldliste der Einheit.«

Bis zur Verwundung ihres Onkels hatten die beiden Brüder Schild an Schild im Klingenrausch gestanden, unterbrochen nur vom halben Jahrzehnt in Ebilion, während dem ihr Vater nicht vom Schwert gelebt hatte. In ihren ersten Jahren in der Legion hatte Eivora ihren Onkel noch kämpfen sehen. Aber jetzt gehörte er dem Rat an, der unparteiisch über allen Legionen stehen musste, ihren Status bestätigte oder veränderte und über Streitigkeiten zwischen Söldnern und Auftraggebern richtete.

»Trotzdem werden sie auf dich hören«, sagte Eivora schwach. Sie umfasste eine Silbermünze in ihrer Tasche und betastete ihre Ecken.

Aglix schnüffelte an ihrem Ohr. Ärgerlich schüttelte sie den Kopf, um den Lurch zu vertreiben, aber er zog sich nur etwas weiter nach außen auf die Schulter zurück.

»Vielleicht würden sie sich für den Moment nach meinen Vorschlägen richten«, gestand er zu. »Aber beim ersten Rückschlag, und dann bei allen weiteren, würden sie meinem Rat die Schuld geben. Wenn der Klingenrausch weiter siegreich sein soll, müssen die Kampfherren selbst entscheiden und die Verantwortung tragen.«

Eivora packte den Feuersalamander und hielt ihn vor ihr Gesicht. Seine Haut glänzte ölig, gelbe Wülste schlossen die runden Augen ein. Solange man nicht an die Giftdrüsen hinter den Hörmulden kam, waren diese Tierchen harmlos.

»Aglix mag dich«, meinte ihr Onkel.

»Woher willst du das wissen?«

»Er sucht deine Nähe, obwohl du ihn nicht fütterst.«

»Er kann selbst für seine Angelegenheiten sorgen.«

»So wie du?«

Sie setzte das Tier auf dem Boden ab, aber statt fortzulaufen, stützte es sich mit den Vorderbeinen ab, legte den dreieckigen Kopf in den Nacken und sah zu ihr hoch.

»Wenn wir morgen Mittag keinen neuen Flammenbringer haben«, sagte Eivora, »weiß ich nicht, was aus dem Klingenrausch wird. Wir brauchen einen Kontrakt, eine gemeinsame Aufgabe, die die Legion zusammenhält.«

Ihr Onkel verschränkte die Arme und lehnte sich gegen die Säule neben ihrer. »Und wer, denkst du, könnte den Klingenrausch am besten führen, nun, da Kester tot ist?«

Eivora presste die Kiefer zusammen und überlegte.

»Du weißt«, sagte ihr Onkel, »dass man euch den Kontrakt gegen Ygôda angeboten hat, weil der Klingenrausch dafür berühmt ist, Mauern zu brechen.«

Sie schwieg.

»Ohne den Blitzstein geht es nicht.«

Eivoras Zähne knirschten. Die meisten dachten, die angeblichen Magier unter Kampfherrin Iskala schlügen die Breschen in die feindlichen Mauern. Aber das waren Gaukler und Spione. Vom Blitzstein wussten nur wenige. Die Kampfherren natürlich, und diejenigen, die schon längere Zeit im Sturmbanner dienten. Diese Einheit war hervorragend darin, in feindliche Stellungen einzudringen, doch ebenjene Befähigung wurde erst dadurch kriegsentscheidend, dass sie den Blitzstein in Position brachte. Man brauchte zwei Männer, um das Artefakt zu bewegen. Unter freiem Himmel zog es die Blitze eines Gewitters an, wenn man vorher ein bestimmtes Ritual mit dem Blut der Verteidiger durchführte.

»Der Einzige, der sich wirklich damit auskennt, ist Zigûn«, sagte sie mühsam beherrscht.

»Er ist ja auch der Kampfherr des Sturmbanners.«

Er befehligt nur ein einziges Banner, und doch ist er einer der Mächtigsten. »Er hat unsere Legionsstandarte verbrannt.«

Mit geweiteten Augen sah ihr Onkel sie an.

»Als wir auf dem Magmastrom waren. Er hat sie über Bord gehalten, und der Stoff fing Feuer. Wenn Jakena nicht so schnell gehandelt hätte, wären auch Schaft und Figur verloren gegangen.«

»Was haben die anderen getan?«

»Sie haben gerettet, was zu retten war. Aber Zigûn haben sie in Ruhe gelassen.«

Ihr Onkel schüttelte den Kopf. »Diese Sache ist noch nicht ausgestanden. Bist du sicher, dass es kein Versehen war?«

»Ganz sicher.«

Aglix schien neuen Mut zu fassen. Er krabbelte auf ihren Stiefel und von dort aus ihr Bein hoch.

»Dann sucht er wohl einen Vorwand, um seinen Eid auf die Legion zu lösen.«

»Das denke ich auch«, sagte Eivora. »Wir alle haben auf dieses Feldzeichen geschworen.«

»Aber das hat er getan, bevor er wusste, dass er der Flammenbringer der Legion sein könnte.«

Eivora schnaubte. »Mein Vater ist tot, und seine Nachfolge ist ungeklärt. Es kann Monde dauern, bis ein neuer Flammenbringer an die Spitze kommt. Von denjenigen, die es versuchen, werden die meisten meinem Vater ins Feuer folgen. Da ist es natürlich sicherer, zusammenzuraffen, was man kriegen kann, der ganzen Angelegenheit den Rücken zu kehren und sich woanders umzusehen.« Tränen der Wut füllten ihre Augen.

Kasol nickte bedächtig. »Wenn Zigûn das Sturmbanner mitnimmt, könnte der Klingenrausch zerfallen. Eine der ruhmreichsten Legionen Rorgators wäre Vergangenheit.«

Eivora verkrampfte. Sie umschloss die Münze so fest, dass sie die Prägung im Handteller spürte. Die Meeresbrandung schien alle Gedanken aus ihrem Kopf zu spülen.

»Aber Zigûn ist niemand, der sich mit einem Silberstück zufriedengibt, wenn er eine Goldmünze haben kann«, fuhr ihr

Onkel fort. »Du hast recht, was die Kampfherren angeht. Sie werden sich an die Gurgel gehen. Die Frage ist nur, ob es schnell geschieht oder sich über einen langen Zeitraum zieht. Wenn ihr den Kontrakt bei Ygôda wollt, muss es schnell gehen, wenn ich dich richtig verstehe.«

»Noch heute Nacht.« Eivora tippte mit der Fingerspitze einen schnellen Takt gegen die Säule. »Das wäre vielleicht ohnehin gut. Die Kampfherren haben sicher noch nicht herausgefunden, gegen wen sie antreten müssen und wer sie unterstützen könnte. Sie werden noch überlegen, bevor sie beginnen, ihre Rivalen hart anzugehen. Wenn ich sie überzeugen könnte, dass sie unter einheitlicher Führung und mit dem Elitestatus des Klingenrauschs in der Kontrakthalle größere Beute zu erwarten haben …«

In Gedanken ging sie die Kampfherren durch. Auf wen könnten sich alle einigen? Wenigstens vorläufig, vielleicht nur für den einen Feldzug gegen Ygôda?

»Möglicherweise brauchen wir nicht alle«, murmelte sie. »Selbst wenn wir eine Handvoll Banner verlieren würden, wären wir immer noch schlagkräftig.« Um Bestätigung heischend sah sie ihren Onkel an.

»Es geht nicht ohne den Blitzstein«, wiederholte er fest. »Wenn es schnell passieren muss, wirst du Zigûn auf deiner Seite brauchen. Du musst ihn überzeugen, beim Klingenrausch zu bleiben, anstatt anderswo sein Glück zu suchen. Und was könntest du ihm bieten, außer, die Legion anzuführen?«

»Nichts«, knirschte Eivora.

Ihr Onkel nickte. »Dann ist es klar. Du musst ihn gewinnen und mit ihm gemeinsam die anderen Kampfherren überzeugen, und zwar so schnell wie möglich. Wenn er noch der Mann ist, den ich kenne, ist er nicht in der Stadt, um zu feiern, dass er noch lebt. Er wüsste Fiafila kaum zu schätzen. Ich hoffe, sie ist nicht bei ihm.«

Eivora schüttelte den Kopf. »Sie kennt ihn nicht. Wir waren im *Königskopf*, sie musste vor die Tür und ist jetzt verschwunden. Mit einem Leibwächter unseres Auftraggebers.«

»Dieser Leibwächter scheint ein kluger Mann zu sein.« Ihr Onkel grinste.

»Mag sein. Fiafila ist für so etwas eigentlich zu beherrscht, aber sie hat viel getrunken.«

»Sie wird schon wieder auftauchen.«

Eivora seufzte. »Du hast recht. Ich suche jetzt besser Zigûn.«

»Ich hoffe, du kannst ihn überzeugen.«

»Dafür muss ich zunächst einmal mich selbst überzeugen, ihm nicht die Kehle rauszureißen.«

Ihr Onkel lachte. »Nimm Aglix mit. Der bringt einen auf freundlichere Gedanken.«

6. Der Überfall

Die Kaserne des Sturmbanners befand sich abseits der Legionsquartiere am Nordrand Rorgators. Das war nicht immer so gewesen. Zigûn begründete den Umzug in das Areal an der Bergflanke damit, dass seine Einheit dort vielfältigere Übungsmöglichkeiten vorfand. In der Tat gab es hier nicht nur zerklüftete, von Magmaströmen durchzogene Lavafelder, sondern auch einen dichten Wald, Steilhänge und eine aufgegebene Eisenmine. Letztere hatte das Sturmbanner für seine Zwecke ausgebaut, sodass sich im Dunkel ein wahres Labyrinth erstreckte. Der eigentliche Grund für die Abgeschiedenheit der Einheit lag aber im Elitedenken ihres Anführers. Die Krieger des Sturmbanners waren handverlesen. Sobald eine Position frei wurde, fanden sich mindestens zehn Bewerber aus den Reihen des Klingenrauschs und fünfmal so viele unter den übrigen Söldnern Rorgators, obwohl die Verlustzahlen immens waren. Zigûn machte kein Geheimnis daraus, dass er es hasste, wenn das Sturmbanner von schlechteren Kämpfern behindert wurde – ob bei echten Gefechten, bei Übungen oder beim Saufen. Wenn seine Leute in eine Kneipe einfielen, waren sie kurz darauf die einzigen Gäste.

Der Kampfherr selbst trank jedoch nie. Anders als Eivoras Onkel stellte Zigûn seinen Reichtum auch nicht zur Schau. Nur die herausragende Qualität seiner Waffen fiel einem geübten Auge auf.

Während sie kurz nach Mitternacht mit Aglix auf der Schulter die gewundene Straße hinaufstieg, sah Eivora den Schattenriss des Banners auf den Zinnen des Rundturms, den Zigûn bewohnte. Das nur dreistöckige, aber immerhin fünfzehn Schritt durchmessende Gebäude hatte einmal als Basis für einen Flaschenzug gedient, mit dem die Arbeiter das Erz von den Loren auf Karren verladen hatten. Es stand inmitten der noch niedrigeren, quaderförmig gebauten Häuser. Man hatte sie so robust errichtet, wie es bei Gefängnissen für kräftige Sklaven angebracht war. Das Sturmbanner hatten sie bequemer ausgestattet, doch das nahm ihrer Erscheinung nichts von der Härte. Sie waren allesamt dunkel, was darauf hindeutete, dass sich die Krieger in den Schankstuben und Freudenhäusern befanden, die Verrückten unter ihnen auch in den Dämonentempeln. Nur hinter ein paar Fenstern im Turm schien Licht. Außer Zigûn und seiner Familie wohnte dort eine kleine Truppe, die die Uneingeweihten für seine Garde hielten. Man hätte misstrauisch werden können. Mindestens drei dieser Krieger blieben auch bei Ausflügen ihres Herrn zurück, solange sich der Klingenrausch nicht auf einem Feldzug befand. Sie bewachten den im Keller untergebrachten Blitzstein.

Aglix fauchte, als sie dem Turm so nahe waren, dass Eivora den dunkel gähnenden Minenschacht in der Bergflanke ausmachte. Es war ein leises Geräusch, das sie nur hörte, weil der Lurch so nah an ihrem Ohr saß.

»Mir schmeckt das auch nicht.« Unwillkürlich flüsterte sie. Der Lärm der Stadt rauschte unter ihr, und vor ihr lag das Gebirge, in dessen Innerem das Dämonenfeuer kochte. Irgendwo dort stand ihr Vater jetzt Wesenheiten gegenüber, die Schwäche verachteten.

Um den Gedanken zu verscheuchen, schüttelte sie so heftig den Kopf, dass Aglix protestierend keckerte.

Aus dem Turm drangen Gepolter und das Klirren von Stahl, das jeder Söldner sofort erkannte. *Eine Übungsstunde? Ein Streit? Oder ein Kampf?*

Eivora bedauerte, nur die beiden Wurfmesser dabeizuhaben. Eines davon zog sie nun aus der am Unterarm befestigten Scheide.

Die Tür stand einen Spalt weit offen. Sie schob sie vollständig auf und sah den Vorlegebalken an der Wand lehnen. Hier hatte sich niemand gewaltsam Einlass verschafft, aber auf dem aus

Bruchsteinen gefügten Boden flackerten unruhige Flammen auf einer Öllache, die sich um eine zerbrochene Lampe ausbreitete. Sie leckten über die hölzernen Wände, die den kurzen Gang von den Unterkünften im Erdgeschoss trennten.

Das Schwertgeklirr kam von oben. Ein Schrei übertönte es, gefolgt von einem dumpfen Aufschlag auf der Holzdecke über Eivora.

Sie lockerte das zweite Messer, um es bei Bedarf schnell ziehen zu können, und lief zur Leiter am Ende des Gangs. Nur kurz warf sie einen Blick durch eine offen stehende Tür zur Rechten, aber dahinter herrschte Dunkelheit, und die Kampfgeräusche kamen von oben. Ihr widerstrebte, eine mögliche Gefahr im Rücken zu lassen, aber wie es schien, brauchten die Kameraden sie an anderer Stelle.

Mit dem Wurfmesser in der Hand erklomm sie die Leiter, so schnell sie konnte. Ihr Herz hämmerte. Sie hoffte, dass oben niemand mit einem schlagbereiten Schwert wartete.

In dem achteckigen Raum traf sie jedoch nur auf Leichen. Zwei lagen unter einer Öllampe, die an einer Kette von der Decke hing. Bei einem klaffte eine frische Wunde in der Schulter, der Arm fehlte. Eivoras Blick blieb an einem verdrehten Körper an der nach oben führenden Leiter hängen. Bei seinem Sturz hatte er die drei unteren Sprossen durchschlagen. Sein Kettenhemd war nicht die Art von Rüstung, die man sich bei einem solchen Aufprall wünschen würde. Es machte einen Kämpfer schwerer als ein Lederpanzer, hielt jedoch seine Form nicht wie ein Vollmetallharnisch, der die Brust wie bei einer Schildkröte schützte. Für diesen Mann war das aber wohl kein Problem mehr gewesen. Sein Gesicht war eine klaffende Wunde, der Kopf lag verdreht auf der Seite, und der Hals war so stark geschwollen, dass Eivora eine gerissene Schlagader vermutete.

Trotzdem näherte sie sich vorsichtig. Im Sterben mobilisierten manche Krieger letzte Kräfte, um noch einen Gegner mitzunehmen.

Mit stoßbereitem Messer sah sich Eivora um. Die Öllampe spendete nur wenig Licht, aber es reichte aus, um zu erkennen, dass mehr Blut an den Wänden und Türen war, als von den drei Toten stammen konnte. Weiter oben wurde noch immer gekämpft.

»Du bleibst lieber hier.« Sie nahm Aglix von der Schulter und setzte ihn behutsam auf dem Boden ab.

Die schwarzen Äuglein des Feuersalamanders folgten ihr, als sie ein Schwert an sich nahm und es prüfend durch die Luft schwang. Jede Klinge hatte ihre eigene Gewichtsverteilung. Diese hier war ihr insgesamt zu schwer, Eivora bevorzugte leichte, schnelle Waffen. Bedauernd dachte sie an ihr gebogenes Kurzschwert, das in der Kaserne lag.

Sie ging zur Leiter, prüfte ihre Festigkeit und machte sich an den Aufstieg. Sie zog das Knie bis zur Brust, um die zerbrochenen Sprossen zu überbrücken. Mit dem Schwert in der einen und dem Wurfmesser in der anderen Hand fand sie nur losen Halt an den Holmen, aber sie wagte nicht, eine der Waffen wegzustecken.

Das Obergeschoss war ein einziger, etwa fünfzehn Schritt durchmessender Raum. Hier hatte Zigûn alles untergebracht, was er zum Leben brauchte. Ein nierenförmiges Bett stand an der Wand, ein Tisch an einem Fenster. Nur fünf der gusseisernen Kerzenhalter waren bestückt, und ein Licht war bereits erloschen. In der Mitte des Raums gab es einen großen, beinahe freien Bereich. Hier standen lediglich einige transportable Gerüste und Strohschilde, wie man sie zur Deckung vor Fernkämpfern verwendete. Zigûn benutzte sie als Hindernisse bei Fechtübungen. An den Wänden hingen Waffen aller Art und Größe. Manche seiner Truhen hatten einen geraden Deckel, der sich als Ablagefläche für Pergamente eignete. Zigûn liebte Karten ebenso wie die Sandtische, in denen er immer neue Landschaften formte. Er besaß Hunderte Figürchen aus Holz und Zinn, die er benutzte, um mit seinen Rottmeistern und Weibeln Angriffsstrategien durchzuspielen, die das Sturmbanner danach im Gelände einübte.

Jetzt lagen diese Figuren auf den Bodenbrettern verstreut. Aus dem aufgeschlitzten Bett quollen Daunen, die der Wind, der durch ein zerbrochenes Fenster und die geöffnete Dachluke eindrang, im Raum verteilte. Sie klebten am Blut fest, das Wände, Möbel und Boden besudelte.

Zigûns Frau umklammerte noch im Tod einen Spieß, dessen Spitze feucht glänzte. Auch den Sohn hatte es erwischt, eine Axt war durch seine Schulter gedrungen und steckte tief in der Brust. Zwei Kämpfer, einer mit Leder gerüstet, der andere mit einem Kettenhemd, lagen in dunkelroten Lachen. Ein dritter hockte neben der auf die Turmplattform führenden Leiter und verband seinen Oberschenkel.

Eivora holte mit dem Wurfmesser aus. »Was ist hier los?«, rief sie.

Sein Kopf ruckte hoch.

Die Kerzen spendeten kaum Licht. Ein Helm mit Nasenschutz verdeckte den größten Teil seines Gesichts.

»Heb die Hände hoch, sodass ich sie gut sehen kann!« Sie richtete das Schwert auf ihn, obwohl er sich gut fünf Schritt entfernt befand.

Er war klug genug, um zu gehorchen.

Oben wurde noch immer gekämpft, geschrien, wohl auch gestorben. Schnell sah sich Eivora um. Gut möglich, dass sich jemand in den Schatten verbarg, aber sie glaubte, Zigûns Stimme zu hören. Bei aller Wut auf ihn gehörte er noch immer zum Klingenrausch. Sie musste ihm helfen, und dazu musste sie auf die Plattform.

»Wer bist du?«, fragte sie im Näherkommen. »Welche Einheit?«

»Blutkrähen«, sagte er. »Drittes Banner der leichten Reiterei.«

Die Blutkrähen standen in unmittelbarer Konkurrenz zum Klingenrausch. In den vergangenen Jahren hatten die beiden Legionen bei nahezu jedem Kontrakt gegeneinander geboten. Wollten sie das Sturmbanner ausschalten, um ihre Position zu verbessern?

Sie haben sich den idealen Zeitpunkt ausgesucht! Unmittelbar nach einem Feldzug, wenn wir viele Verwundete haben, unsere Reihen ge-

lichtet sind und die Überlebenden gar nicht schnell genug in die Schenken kommen können.

»Geh zur Seite!«, befahl sie.

Er humpelte von der Leiter fort.

»Zieh deinen Gürtel aus!« Sie hatte nichts Besseres, um ihn zu fesseln. Einen Wehrlosen wollte sie nicht töten, sie war keine Mörderin. »Mach schnell!«

Sie achtete darauf, ihm nicht näher als drei Schritt zu kommen, und dirigierte ihn weiter fort von der Leiter. Oben wurden die Schreie lauter.

Er hielt den Gürtel hoch.

»Zieh ihn um dein linkes Handgelenk, dann dreh dich um! Hände auf den Rücken und hinknien!« *Das dauert alles zu lange!*

Er unterdrückte ein Stöhnen, offenbar schmerzte das verletzte Bein.

Sie ging zu ihm, um die zweite Hand und die Fußgelenke mit dem Gürtel zu fesseln. Dafür musste sie das Schwert auf den Boden legen.

Er war gut. Wahrscheinlich hörte er, dass die Waffe das Holz berührte.

Aber Eivora war nicht dumm. Sie hielt das Messer stoßbereit und beobachtete zunächst seine Reaktion. Sie wusste, dass er in diesem Moment handeln würde, wenn er noch nicht aufgegeben hatte.

Er warf sich herum.

Eivora sprang zurück.

Weil er kniete, kam er nicht weit, und wegen des verletzten Oberschenkels war er langsam.

Einen halben Schritt vor ihrem Bauch schnitt sein Dolch durch die Luft.

Ihr Messer flog. Es durchstach die lederne Hose. Der Mann schrie seinen Schmerz hinaus.

Eivora trat gegen sein Kinn, wo der Helm das Gesicht nicht schützte.

Er lag still.

Sie zog ihr Messer aus der Wunde.

Sollte sie ihn fesseln? Oder die neue Wunde verbinden? Zwar kam das Blut nicht in Stößen, aber in einem kräftigen Strom.

Über ihr klirrte Waffenstahl. Eivora hörte den Kampfruf der Legion: »Hammerschlag!«

Sie wirbelte herum, nahm eine schlanke Klinge aus dem Arsenal an der Wand und kletterte die Leiter hinauf.

Chastro-Ignuto schmeckte den Schauder der Ehrfurcht, der Prekesta im Glühenden Tempel durchlief. Sie war nicht die Einzige, die der heiße, von den allgegenwärtigen Feuern rot angestrahlte Rauch und die überlebensgroßen Dämonenfratzen überwältigten, aber sie fühlte am intensivsten. Überall starrten die aus Eisen getriebenen Gesichter auf jene herab, die auf Basaltpfaden über das Magma wandelten. Manchmal verliefen diese Wege zwischen Feuerseen, manchmal auf Pfeilern in einem Dutzend Schritt Höhe. Sie durchquerten weite Kavernen und enge Tunnel. In die tiefsten, heißesten Ebenen wagten sich nur die Priester. Obwohl sie ihre Haut mit Steinsalbe einrieben, verbrannte sie mit der Zeit zu einer schwarzgrauen, rissigen Oberfläche, wie Chastro-Ignutos linke Gesichtshälfte.

»Warst du einmal in der Kammer der Verzweiflung?«, fragte Prekesta.

»Zum Glück nicht.«

»Aber willst du den Dämonen nicht nahe sein?«

»Ich bin ihnen näher als die meisten anderen.«

Sie sah den Homunkulus auf seiner Schulter an, und ihr gallig schmeckender Neid überwältigte die Andacht. Hätte sie ihm die Wesenheit gewaltsam entreißen können, hätte der Avatar ihr besser nicht mehr den Rücken zugewandt.

Wie die Dinge lagen, war ihre Sehnsucht jedoch ein nützlicher Hinweis. Den ganzen Weg zum Tempel hinauf – er hatte sich elend lang gezogen, weil Prekesta mit der in ihrem Rausch schlummernden Fiafila auf den Schultern so langsam vorwärtsgekommen war – hatte er überlegt, was er der Priesterin antun könnte. Ein Gedanke war ihm so unangenehm gewesen wie der nächste. Die naheliegendste Lösung bestand darin, sie zu schänden. Mit ein wenig Überlegung hätte er das sogar dem Leibwächter anhängen können. Aber schon bei der Vorstellung wurde ihm übel. Außerdem hätte sie in ihrem jetzigen Zustand wohl wenig davon mitbekommen. Da hätte er sie ebenso gut direkt ins Magma werfen können. Dann wäre er zwar ihr arrogantes Gesicht los gewesen, hätte darüber hinaus aber keine Befriedigung gefunden. Also hatte er überlegt, ihre Wangen zu zerschneiden, vielleicht so gründlich, dass sie keine Suppe mehr essen könnte, und ihr bei der Gelegenheit gleich ein paar Zähne zu ziehen. Die würden sich sogar noch verkaufen lassen, in Rorgator gab es viele, denen die eigenen abhandenkamen.

Obwohl er sich solche Dinge sonst gern vorstellte, stießen sie ihn ab, wenn er sie mit Fiafila verband. Genauso wie all die von genialen Geistern ersonnenen Möglichkeiten, die die Kammern des Glühenden Tempels und die darin enthaltenen Instrumente boten. Der dämonisch inspirierte Verstand wurde niemals müde, Variationen der Qual zu ersinnen, und Chastro-Ignuto kannte genügend Priester hier, die ihm einen Gefallen schuldeten.

Erst Prekestas Neid wies ihm eine Richtung, die ihm immer mehr zusagte, je länger er darüber nachdachte. Ignuto war aus dämonischem Samen entstanden, aber ein Homunkulus brauchte einen Nährboden, um zu wachsen. Man züchtete diese Wesen nicht nach Belieben, es widerstrebte den Herren des Feuers, zu viele Avatare in die Welt zu entlassen. Sie schickten lieber Menschen aus, die ihnen aus freien Stücken dienten. Aber warum sollte Chastro-Ignuto heute Nacht kein Glück haben?

»Komm mit!«, forderte er Prekesta auf.

»Wohin gehen wir?« Er schmeckte ihr Aufbegehren. Das war ein anderer Effekt des Glühenden Tempels. Eine Verneinung allen Zusammenhalts durchzog die dämonische Präsenz, und das erstreckte sich auch auf Autoritäten. Deswegen mussten die Dämonendiener immer wieder diszipliniert werden, und die Söldnerführer sahen ungern, wenn ihre Krieger zu oft hierherkamen. Meist fanden sich in diesem Tempel solche ein, die gerade keiner Einheit angehörten, um aus der Grausamkeit Kraft für ihren weiteren Weg zu schöpfen. Manche übersahen dabei, dass ihre Wanderung schon lange hätte vorbei sein sollen und sie nur durch ein Versehen des Schicksals noch am Leben waren.

»Komm mit«, wiederholte Chastro-Ignuto. »Es wird dir gefallen.«

Widerwillig hob sie Fiafila auf und schleppte sie hinter ihm her. Er führte sie eine Treppe hinunter.

Der Glühende Tempel war eher ein Geflecht von Wegen als eine Ansammlung von Räumen. Chastro-Ignuto hatte einen Grundriss gesehen, der einem alten Spinnennetz ähnelte, das seine Symmetrie verloren hatte. In seinen basaltenen Fäden schienen Insekten eingesponnen zu sein. Diese Verdickungen stellten die Kammern dar, in denen Priester wohnten, Sklaven schufteten und Dämonen die Opfer der Gläubigen empfingen.

Eines davon bestand in wollüstiger Hingabe. Die Narren, die sich in das Zimmer begaben, das sie jetzt passierten, verwechselten es oft mit einem kostenlosen Bordell, in dem sie eine Woche lang ihre Triebe ausleben konnten. Dass so etwas zu tödlicher Erschöpfung führte, wenn man kaum Ruhepausen bekam und Stachelkeulen Unvermögen bestraften, lernten sie erst nach ein paar Stunden. Die Sklaven, die ihrer Lust als Objekte dienten, waren allerdings noch schlechter dran. Auf sie warteten die Magmabecken, wenn sie erlahmten.

Prekesta verharrte vor dem Eingang und starrte in das Knäuel nackter Leiber, von dem ein vielstimmiges Stöhnen ausging, in dem Qual und Lust ineinander übergingen. »Ist es wahr, dass manchmal Dämonen in diese Körper fahren?«

»Davon habe ich auch gehört«, bestätigte Chastro-Ignuto.

»Man sagt, sie tun es, wenn das Opfer ihren besonderen Gefallen erregt.« Prekestas Wollust erwachte. »Warum gehen wir nicht gemeinsam mit dieser Schlampe hinein?«

»Weil wir nicht wahnsinnig sind«, gab Chastro-Ignuto zurück. »Falls wirklich ein Dämon inkarniert, will er mehr als ein paar Schrammen.«

Prekesta grinste. »Ich wäre gern dabei.«

Chastro-Ignuto überlegte, ob ein Schlag mit seinem stachelbewehrten Handschuh sie zur Vernunft bringen würde, aber er wollte sie nicht zu schwer verletzen. Meistens war sie nützlich. »Ich zeige dir etwas, das du dir noch nicht einmal vorstellen kannst«, versprach er.

»Ich kann mir viel vorstellen.«

»Das nicht.«

Sie stiegen auf eine mittlere Ebene hinab. Hier standen Wasserbecken an den Basaltwegen, um den Feuergläubigen ein wenig Linderung zu verschaffen. Chastro-Ignuto tauchte den Kopf in die lauwarme Brühe, wobei er vorsichtig darauf achtete, den Homunkulus nicht zu benetzen.

Chastro-Ignuto fand Wilania-Pressito in einem Andachtsraum, wo sie Klingen und Drähte für eine Zeremonie vorbereitete. Ihr Homunkulus war älter als Ignuto, orangefarbene Adern durchzogen die graue Haut. Die linke Hälfte des menschlichen Gesichts war inzwischen hart gebrannt wie Holzkohle und bewegte sich gar nicht mehr, das Auge hatte sich für immer geschlossen. Die blonde Mähne, die auf der anderen Seite bis weit über die Schulter fiel, erschien wie ein trotziges Fanal der Frau, die sich weigerte, ihre menschliche Natur aufzugeben.

Prekesta legte Fiafila vor Wilania-Pressito ab. Trotz des Steinbodens wirkte sie, als schliefe sie auf einem weichen Bett. Widerwillig gestand sich Chastro-Ignuto ein, dass er sie schön fand.

»Willst du mir ein Opfer schenken, weil wir uns so lange nicht gesehen haben?«, fragte die weibliche Avatar.

Prekesta lachte. »Das soll etwas Besonderes sein? Wenn wir uns schon über Kesters Befehl hinwegsetzen, hätten wir das schneller und mit mehr Spaß haben können.«

Wütend funkelte Chastro-Ignuto sie an.

»Kester?« Wilania-Pressito schloss ihr gesundes Auge. »Ja, richtig. Der Klingenrausch ist immer gut für interessante Neuigkeiten. Euer Flammenbringer kämpft gerade um seinen Platz im Jenseits. Ich hörte davon.«

»Wir haben ihn gestern ins Feuer gebracht«, sagte Chastro-Ignuto.

Sie betrachtete wieder die schlafende Fiafila. »Und wie lautete sein Befehl zu dieser Frau? Soll sie geopfert werden?«

»Nein …«, setzte Prekesta an.

»Niemand kennt Kesters letzten Befehl!«, unterbrach Chastro-Ignuto sie barsch. »Aber die hier ist eine Priesterin, die uns in Abidia Ärger gemacht hat. Ich finde, sie wäre die Richtige, um den Dämonen einen speziellen Dienst zu erweisen. Immerhin ist sie eine Frau.« Er grinste. »Und, soweit ich weiß, unberührt.«

»Ein guter Nährboden für einen Homunkulus«, sinnierte Wilania-Pressito.

»Die sind doch deine Spezialität«, schmeichelte Chastro-Ignuto.

Plötzlich war Prekesta fasziniert wie ein kleines Mädchen, das ein Fohlen geschenkt bekam. Dabei bezweifelte Chastro-Ignuto, dass sie jemals einen Homunkulus tragen würde. Für eine Avatar war sie zu zahm, und ihre Grausamkeit war zu kontrolliert, zu bemüht. Homunkuli bevorzugten formbares Material, ungerichtete Bosheit, der sie ihre Wünsche aufprägen konnten.

Wilania-Pressito hockte sich neben die Schlafende. »Die Dämonen entweihen gern einen göttlichen Acker.« Sie schob die Hand in den Ausschnitt der Tunika und zwischen die Brüste, als wollte sie den Herzschlag fühlen.

»Wie geht das vor sich?«, fragte Prekesta.

»Wenn sie die Frau annehmen«, murmelte Wilania-Pressito, »pflanzen sie ihr einen Samen ein. Selten auch mehrere, dann wachsen zwei oder drei Homunkuli aus dem Körper. Sie nähren sich an der Verzweiflung und später auch am Schmerz, wenn das Opfer über Wochen gefesselt liegt. Sobald sie durch die Haut brechen …«

»Ich kann ihr nachher die Einzelheiten erklären«, unterbrach Chastro-Ignuto sie. »Wirst du es tun?«

Sie strich eine Strähne aus dem hellen Gesicht. »Meine letzten drei Versuche sind fehlgeschlagen. Die Dämonen haben die Brutleiber abgelehnt.«

»Diesen werden sie annehmen«, versprach Chastro-Ignuto.

Er fühlte sich hervorragend. Einen Homunkulus aus dem Körper dieser Priesterin wachsen zu lassen … in ein paar Tagen wäre sie unrettbar wahnsinnig … das war genau das Richtige!

»Ich bereite sie vor.« Wilania-Pressito sah zu ihm auf. »Danke für dein Geschenk. Wenn du willst, bringe ich dich zum Meister der Qualen. Er wird sicher von Kesters letzten Stunden hören wollen. Anscheinend liefert der Flammenbringer einen interessanten Kampf.«

Im Licht der Sterne und des Magmas, das in einiger Entfernung eine Bergflanke herabfloss, stand Zigûn drei Gegnern gegenüber, und wenigstens ein halbes Dutzend weitere Gestalten lagen reglos auf der Turmplattform. Die Reste des Krans, mit dem man früher die Loren entladen hatte, ähnelten einem Galgen.

Zigûns linker Arm hing schlaff herab, aber das tat der Wucht seiner Hiebe keinen Abbruch. Die dunkle Klinge krachte auf ein gegnerisches Schwert – und zerbrach es! Als der abgeschlagene Teil auf den Boden klirrte, bohrte sich Zigûns Stahl schon in den Bauch des Mannes. Gurgelnd fiel er neben seine geborstene Waffe.

»Hammerschlag!«, triumphierte der Kampfherr.

Eivora sah die zwei anderen Gegner nur als Schattenrisse. An ihrer Haltung erkannte sie, dass sie Vorsicht gelernt hatten.

Der Kampfherr dagegen suchte seinen Vorteil im Angriff. Er sprang vor und hieb auf einen der beiden ein.

Eivora warf das Messer, an dessen Klinge noch das Blut ihres vorigen Gegners klebte, auf den anderen. Sie hörte den hellen Laut, mit dem das Wurfgeschoss vom Wangenschutz des Helms abprallte. Der Kopf des Mannes ruckte zur Seite, und er blieb stehen. Mehr noch, mit festen Schritten und schlagbereiter Axt kam er auf sie zu!

Sie nahm das dünne, schlanke Schwert in beide Hände. Mit einem Zittern wurde ihr bewusst, dass sie ungerüstet war, während die Panzerung ihres Gegners das Messer aufgehalten hatte. Der kantige Schattenriss passte zu hartem Leder, Eisenplatten oder gar einer Komponentenrüstung.

Keine Zeit zum Philosophieren!, ermahnte sie sich. *Er ist stärker, besser gerüstet und überlegen bewaffnet. Also muss ich schneller sein.*

Sie verlagerte ihr Gewicht auf die Fußballen und neigte die Waffe, sodass die Spitze auf den Kopf ihres Gegners wies. *Wenn ich in seinen Rücken kommen könnte, wäre ich wenigstens vor der Axt sicher.*

Mit einem Schrei holte er Schwung und führte einen Schlag von unten herauf.

Eivora sprang zurück. Der Widerschein des Magmas blitzte über das Blatt seiner Waffe.

Eine Axt erreichte auf einer einmal eingeschlagenen Bahn eine hohe Geschwindigkeit, aber weil ihr Schwerpunkt im Kopf lag, brauchte man viel länger als bei einem Schwert, um die Richtung zu ändern. Wäre Eivora gut gerüstet gewesen, hätte sie den Moment, in dem die Attacke sie verfehlte, genutzt, um sich auf den Gegner zu werfen. Wenn man Brust an Brust stand, war eine Axt kaum etwas wert. In ihrer Tunika wäre das jedoch Selbstmord gewesen, zumal sie bei ihrem großen Kontrahenten Kopf an Brust gestanden hätte.

Sie sprang an der Waffenseite ihres Gegners vorbei. Die meisten taten sich mit einem nach außen gerichteten Hieb schwerer als mit einem, den sie nach innen zogen.

Der hier allerdings nicht. Er bekam seine Waffe erstaunlich schnell herum und führte einen Hieb gegen sie, dem sie unmöglich ausweichen konnte.

Gerade noch kippte sie das Schwert vor den Körper, aber für die abfallende Klinge hielt sie die Ellbogen zu tief. *Mein ewiger Fehler.*

Sie lenkte die Axt ab, doch die Waffen verhakten sich. »Hammerschlag!«, rief sie, um sich Mut zu machen. Dennoch entglitt ihr der Griff, das Schwert verschwand in der Dunkelheit.

Sie hörte Schritte in den unteren Stockwerken. *Freund oder Feind?*

Zigûn war ein meisterlicher Fechter. Er drängte seinen Gegner an die Zinnen. Auch bei besserem Licht hätte Eivoras Auge den verwirrend schnellen Schlägen wohl nicht zu folgen vermocht.

Eivora sprang über eine Leiche, um sich aus der Reichweite ihres Gegners zu bringen, und zog dabei ihr zweites Wurfmesser.

Plötzlich erstarrte Zigûn.

Seine dunkle Gestalt drehte sich herum.

Ein Pfeil ragte schräg abwärts aus seiner Brust. Ein zweiter schlug daneben ein.

Ein Bogenschütze! Von unten, weit genug vom Turm entfernt, um aus diesem Winkel schießen zu können! Bei Nacht, auf ein bewegtes Ziel …

Hätte sie mehr gesehen, hätte Eivora ihr Messer geworfen. So aber konnte sie nur ahnen, wo die Panzerung des Axtschwingers Schwächen aufwies. Nur ein einziger Versuch – danach müsste sie sich bücken, um eine Waffe der Gefallenen aufzunehmen. Eine solche Gelegenheit würde der Axtschwinger zu nutzen wissen.

Zigûn brach zusammen, sein Gegner jubelte.

Und Eivora sah gerade noch die Axt heranrasen.

Sie machte einen Ausfallschritt, damit das Blatt sie verfehlte. Der Schaft traf sie jedoch.

Sie stemmte sich nicht gegen den Schlag, sondern ließ sich von ihm forttragen. Statt einen kleinen Satz zu machen, flog sie jedoch haltlos durch die Luft.

Ihr Rücken krachte gegen etwas Hartes, das Messer entfiel ihr.

Tausend Sterne verbrannten ihre Sicht.

Sie fühlte, dass sie über die Steine rutschte, aus denen der Turm gefügt war. Beine, Hüfte und Brust verloren den Bodenkontakt sofort wieder. Sie fiel.

Blind griff sie zu.

Ihre Finger rissen über rauen Stein.

Gerade noch hielt sie sich an einer Kante fest. Die Vorderseite ihres Körpers schlug gegen harte Quader.

Wenigstens bewegte sie sich nicht mehr.

Ächzend presste sie die Lider zusammen und versuchte, ihren Blick zu klären. Die Sterne verloschen. Sie roch die Feuchtigkeit alten Mauerwerks.

Als sie die Augen öffnete, fand sie ihre Befürchtung bestätigt. Sie hing außen am Turm, zwischen zwei Zinnen.

Auf der Plattform wurde nicht mehr gekämpft, aber gesprochen. Sie unterschied drei Stimmen, also waren die Schritte wohl von weiteren Gegnern des Klingenrauschs gekommen. Waren das wirklich die Blutkrähen?

Hilflose Wut trieb Tränen in Eivoras Augen.

Wenn ich jetzt sterbe, habe ich zu wenig Gold, um meinem Vater ins Jenseits zu folgen. Ich würde im lodernden Pfuhl landen, um mit meinem Schmerzenslied die Dämonen zu erfreuen.

Es wäre dumm gewesen, sich zurück auf die Plattform zu ziehen. Sie wollte aber auch nicht hier hängen bleiben. Abgesehen davon, dass ihre Arme früher oder später ermüden würden, bot sie ein ruhendes Ziel für den Bogenschützen, der seine meisterlichen Fähigkeiten bewiesen hatte. Sie konnte nur hoffen, dass er sie in dieser Dunkelheit übersah. Anders als bei Zigûn zeichnete sich ihr Schattenriss nicht gegen die Sterne ab.

Der Turm war kein Festungsbau, seine Mauern weiteten sich zur Basis hin. Dass Eivora keine Rüstung trug und um ihre Waffen erleichtert war, konnte sich nun als günstig erweisen. »Wenn ich etwas kann«, flüsterte sie, »dann klettern.«

Sie machte sich an den Abstieg. Im Stillen dankte sie Zigûn dafür, dass er sich nie darum gekümmert hatte, den Putz zu erneuern. In den Fugen fand sie Halt.

Sie erstarrte, als sich ein Krieger über die Zinnen beugte.

»Was ist denn?«, rief jemand auf der Plattform. »Fass endlich mit an!«

»Dieses Biest war zäh! Ich habe nicht gesehen, wo sie geblieben ist!«

Eivora atmete flach.

»Na, wo wohl? Entweder sie ist bei denen hier oder sie liegt mit gebrochenen Knochen unten. Jetzt komm schon!«

Der Krieger brummelte etwas, aber er verschwand.

Die Angreifer beeilten sich. Als Eivora neben einem zerbrochenen Fenster im ersten Obergeschoss angelangte, verließen sie bereits den Turm. Es waren noch mehr, als sie erwartet hatte, etwa zwei Dutzend, und sie nahmen Leichen mit sich. Sie trugen auch Plündergut in Kisten, und daran, wie sie ihr Umfeld sicherten, erkannte Eivora ihre gute Ausbildung.

Offensichtlich zogen sie ab, aber Eivora wollte nicht riskieren, dass die Gegner sie jetzt noch zufällig entdeckten und ihr zum Abschied einen Pfeil in den Rücken jagten. Sie kroch durch das Fenster zurück in den Turm. Die verdrehte Leiche lag noch im achteckigen Raum, aber die beiden anderen waren verschwunden.

Jetzt, da die Aufregung des Kampfes nachließ, pochten ihre am rauen Stein aufgerissenen Handflächen schmerzhaft.

Bei dem Toten fand sie Aglix. Der Feuersalamander kroch unter dem linken Bein hervor und nahm seinen Platz auf Eivoras Schulter wieder ein, als sei er nie weg gewesen.

»Eine Bewegung«, hörte Eivora eine dunkle Stimme hinter sich, »und ich spalte dich vom Kopf bis zur Hüfte!«

Schweiß brach ihr aus allen Poren. »Ich habe hiermit nichts zu tun.« Das war eine Aussage, die passte, egal, zu welcher Seite der Sprecher gehörte.

Hinter ihr knarrten die Bohlen, als sich der Mann näherte. »Was habt ihr mit Zigûn gemacht?«

Das sprach dafür, dass er auf der Soldliste des Sturmbanners stand. »Ich fürchte, der Kampfherr ist gefallen«, sagte sie.

Als er nichts erwiderte, fuhr sie fort. »Ich bin Eivora. Du kennst mich.«

»Dreh dich um. Ganz langsam.«

Er musterte sie aus Augen, die im Schein der Öllampe ebenso grau waren wie sein Haar. Im Moment konnte man von diesem aber nur wenig sehen, ein offensichtlich hastig angelegter Verband bedeckte das meiste davon. Über dem rechten Ohr beulte er sich aus, dort tränkte Blut den Stoff.

»Leronn«, erkannte sie.

Nickend senkte er den tropfenförmigen Schild und das Schwert. Mit seinem halben Jahrhundert war er der älteste Krieger des Sturmbanners.

»Sie haben den Blitzstein«, sagte er.

»Was?«, rief Eivora. Von dem Artefakt durften die Blutkrähen eigentlich nichts wissen, geschweige denn von seinem Versteck im Keller des Turms oder den drei Schlüsseln, die die Eisentür öffneten. *Gibt es einen Verräter?*

»Hast du Zigûn sterben sehen?«, fragte Leronn.

»Ich bin beinahe sicher. Eine Armwunde und zwei Pfeile, und danach waren die Angreifer allein mit ihm.«

»Ich muss nachsehen.«

»Natürlich.«

Das Sturmbanner war seinem Kampfherrn fanatisch ergeben. Seine eigenen Leute würden Leronn erschlagen, wenn er nicht alles täte, um ihren Befehlshaber zu retten.

»Vielleicht haben sie ihn mitgenommen, um Lösegeld zu erpressen«, meinte Eivora auf dem Weg nach oben.

Stattdessen hatten sie Zigûns Leiche gründlich bearbeitet, um ganz sicherzugehen. So viele Stiche hatte er vor seinem Tod bestimmt nicht empfangen.

»Warst du dabei, als sie den Blitzstein nahmen?«

»Ich habe ihn nicht freiwillig hergegeben«, knurrte Leronn. »Sie dachten wohl, ich sei tot, weil ich geblutet habe wie ein Schwein.« Er zeigte auf den Verband über seinem Ohr. »Aber ich bin dann doch wieder aufgewacht, und jetzt werde ich ihnen beweisen, dass sie sich mit dem falschen Banner angelegt haben.«

»Mit der falschen Legion«, korrigierte Eivora und sah ihm fest in die Augen.

»Mit der falschen Legion.« Er nickte und streckte ihr die Hand hin.

Sie schlug ein. Sein Griff war kurz und kräftig und schmerzte an der aufgerissenen Hand, aber er tat Eivora dennoch gut.

»Weißt du, wer das war?«, fragte sie.

Er verneinte.

Eivora bezweifelte, dass wirklich die Blutkrähen angegriffen hatten, obwohl die gute Ausbildung der Angreifer dafürsprach. Besser, sie behielt erst einmal für sich, was ihr Gegner gesagt hatte. Gut möglich, dass eine andere Einheit die beiden Legionen aufeinanderhetzen wollte.

Wenn man vom Sturmbanner absah, in dem es trotz aller mit Blut vor den Dämonen geschworener Eide einen Verräter geben mochte, gab es nur sehr wenige, die vom Blitzstein wussten. »Wir haben keinen Flammenbringer mehr«, stellte sie fest. »Suchen wir die Kampfherren.«

Treskor, der Meister der Qualen, beobachtete den Feuerfall, der vor der Empore aus der geraden Wand der großen Höhle brach und sengend heiß dreißig Schritt in die Tiefe stürzte. Eigentlich fiel er wohl noch weiter, aber dort öffnete sich ein Schlund, in dem er verschwand. Man hörte nur sein Rauschen, nicht, dass er irgendwo auf ein Magmabecken treffen würde.

Chastro-Ignutos Hände zitterten. Er ärgerte sich darüber, dass sich Prekesta auf die mit roten Kissen gepolsterte, basaltsteinerne Bank setzte. Er selbst wagte das nicht. Obwohl er ein Avatar war, war ein Treffen mit dem Meister der Qualen keine Alltäglichkeit.

Eine gehörnte Schlange wand sich um den Arm, den Treskor dem Feuerfall entgegenstreckte. Ihre silbrigen Schuppen glänzten an Stellen, an die der Widerschein des Magmas nicht drang. Ob das Tier half, etwas wahrzunehmen, das Chastro-Ignuto verborgen blieb?

Heute war das Magma sehr hell, manche Schlieren gleißten weiß. Ob das mit dem Kampf zusammenhing, den Kester gerade ausfocht?

»Er ist stark«, sagte Treskor, als hörte er die Frage in Chastro-Ignutos Gedanken.

Umgekehrt war das unmöglich, der Homunkulus respektierte den Meister der Qualen.

»Wir sollten ihn uns gewogen halten«, fuhr dieser fort.

Chastro-Ignuto neigte den Kopf. Hatte er Treskors Worte im

Rauschen des Feuers missverstanden? Rorgators Priesterschaft diente keinen schwachen Göttern, sondern allein den Dämonen. Das Schicksal eines Flammenbringers mochte die Neugier wecken, doch welche Gunst konnte er aus dem Jenseits erweisen? Sollte es möglich sein, dass Kester eine so hohe Stellung erkämpfen würde?

»Noch ist alles ungewiss.« Treskor drehte sich um.

Er war ein mittelgroßer Mann, die schwarzrote Robe verwischte die Konturen seiner Gestalt. Auf dem kahl geschorenen Kopf war eine Rune eingebrannt, deren Bedeutung Chastro-Ignuto nicht kannte. Er fragte sich, ob sie sich seit ihrer letzten Begegnung verändert hatte.

Treskor beachtete Prekesta nicht, stattdessen fixierte er Chastro-Ignuto. »Ist Kester in der Schlacht gestorben?«

»Während der Plünderung von Abidia hat ihn ein Pfeil getroffen.«

»War er sofort tot?«

»Es war schnell vorbei.«

Die gehörnte Schlange kroch züngelnd an ihrem Träger hoch und legte sich um seine Schultern.

»Wer war bei ihm?«

»Ich«, antwortete Chastro-Ignuto. »Seine Tochter, ein Heiler, ein paar Söldner aus dem Zauberbanner und dem Stab.«

Mit gerunzelter Stirn schüttelte Treskor den Kopf. »Die meine ich nicht! Wer noch?«

Chastro-Ignuto schluckte. *Erlauscht er wirklich meine Gedanken?* »Diese Schlampe. Eine Priesterin.«

»In ihr wächst jetzt ein Homunkulus.« Prekesta kicherte. »Der Wille der Dämonen ist stärker als der des Flammenbringers.«

»Wie meint sie das?«, wollte Treskor wissen.

»Ich habe sie an Wilania-Pressito übergeben.« Noch einmal schluckte Chastro-Ignuto. Wenn der Meister der Qualen wirklich seine Gedanken kannte, gestand er besser freiwillig die ganze Wahrheit. »Kester hat als einen seiner letzten Befehle bestimmt, sie nicht anzurühren. Aber sie ist gewiss ein guter Acker für …«

Treskor brachte ihn mit einer Hand zum Schweigen. »Nein.« Er drehte sich wieder zum Feuerfall. »Wir werden seinen Willen respektieren. Sorge dafür, dass niemand diese Priesterin antastet.«

Chastro-Ignuto verbeugte sich und zog sich rückwärtsgehend zurück. Er war verwirrt. Weniger über die Anweisung – da der Meister der Qualen eine starke Verbindung zum Dämonenreich hatte, wandelten seine Überlegungen in Bahnen, die Sterbliche nur schwer verstanden. Was Chastro-Ignuto verunsicherte, war die Erleichterung, die er selbst bei dem Gedanken verspürte, Fiafila zurück in Eivoras Obhut zu bringen. Und das Gefühl, um eine Frucht seiner Grausamkeit betrogen zu werden.

7. Die Schmiede von Rorgator

Angesichts Pirlitus sehnigen Körpers staunte Eivora immer wieder, welche Mengen die Kampfherrin, der sie unterstellt war, trinken konnte. Sicher, sie gab sich nicht mit billigem Fusel ab, sondern blieb dem Rotwein treu, aber auch im direkten Vergleich trank sie schwerere Veteranen unter den Tisch.

Leronn und Eivora fanden sie im *Fidelen Fidler*. Dort zechte sie mit fünf Dutzend Armbrustern und ein paar anderen Söldnern, die sich ihr gern beim Feiern anschlossen. Dazu kamen Freudenmädchen und Lustknaben, die ein Gespür für gute Geschäfte besaßen. Eine Legion, die nach einem Feldzug wieder in Rorgator einrückte, war äußerst empfänglich für ihre Dienste, und ihre Krieger hatten frischen Sold in den Geldbeuteln.

Pirlitu saß auf einer wackligen Pyramide aus übereinandergeworfenen Tischen und Bänken, deren Spitze ein wilder Haufen Kissen polsterte. Oder sie lag, je nachdem, wie man ihre lässige Haltung einordnen wollte. Mit der linken Hand hielt sie eine armlange Flöte an die Lippen. Das Mundstück war abgezogen, sodass ein zarter Jüngling mit hundert vielfarbigen Zöpfen am oberen Ende Wein einfüllen konnte. Seine schlanken Finger sahen so aus, als könnte er sie leicht wie Schmetterlinge über die Löcher des Instruments flattern lassen, fand Eivora. Auf der anderen Seite spielte ein nur mit einem Hüfttuch bekleideter Muskelprotz eine Leier, die viel zu klein für seine Pranken aussah. In seinem Takt schwenkte Pirlitu mit der Rechten eine Armbrust. Ein vor dem Ellbogen anliegender Stützhebel gab der Waffe Halt.

Auf der gegenüberliegenden Seite der Schankstube warf ein einbeiniger Gaukler Früchte in die Luft. Ein dickes Bündel Trauben war darunter, eine Tomate, ein Apfel und Pflaumen.

Pirlitu setzte die Flöte ab. Auf der schwarzen Haut sah der Wein purpurfarben aus.

»Eivora!«, rief sie über das Leierspiel und die schwatzende Menge hinweg. »Es wird Zeit, dass du mit uns feierst! Vergiss den Kummer!«

Wie ein Stich durchfuhr Eivora der Gedanke an ihren Vater. Auf dem Weg zu Pirlitus Stammkneipe hatten die jüngsten Ereignisse sie vollkommen gefangen genommen. *Die Bestattung liegt erst einen Tag zurück.*

Pirlitu richtete die Armbrust auf den Gaukler. Die Sehne knallte.

Beinahe im selben Augenblick zerfetzte der Bolzen die Tomate. Roter Matsch bekleckerte den Einbeinigen. Die Söldner lachten, aber der Gaukler fuhr unbeeindruckt mit vier Früchten fort.

»Der hat Eiswasser in den Adern!« Pirlitu warf Eivora die Armbrust zu. »Spannen und nachladen, Süße!«

Eivora fing die Waffe, war aber froh, dass Leronn ebenfalls zupackte, damit sie nicht doch noch auf den Boden schlug. Sie war schwer, und die aufgerissenen Handflächen schmerzten bei der plötzlichen Berührung.

Eivora löste den Spannhebel vom Schaft, setzte ihn an und zog die Sehne zurück, um sie über den Nuss genannten Metallhaken zu legen. Der Köcher lag zwischen den Kissen, also kletterte Eivora die Tischpyramide hinauf.

Einige Söldner riefen ihr etwas zu, aber die meisten beschäftigten sich mit den Schönheiten, die sich ihren Lohn verdienen wollten. Manche verloren keine Zeit und widmeten sich ihnen inmitten der Kameraden.

Pirlitu erkundete ihre Barden ebenfalls wohlwollend. Sie ließ den bezopften Flötenspieler Wein über die Brust des Leiermusikanten gießen und leckte den Rebensaft von den Muskeln, was dieser sich gern gefallen ließ, auch wenn er dadurch manchen Ton verfehlte.

Eivora näherte sich Pirlitu aus der Richtung ihrer langen, schwarz glänzenden Beine, wobei sie sich vorsichtig bewegte, um die Stabilität der Tischpyramide nicht über Gebühr zu strapazieren. Dennoch sackte ein Teil des Gebildes ein Stück ab, was beim muskulösen Leierspieler einen Schreckensschrei auslöste.

Kichernd tätschelte Pirlitu seine Wange. Schon diese kleine Bewegung bewies die katzenhafte Geschmeidigkeit der Frau. Die Kampfherrin war auch Klinge an Klinge eine gefürchtete Kriegerin.

Eivora fingerte einen Bolzen aus dem Köcher, legte ihn in die Führungsrille und überreichte die geladene Armbrust.

»Danke.« Mit dem gleichen Griff, mit dem sie die Waffe entgegennahm, betätigte Pirlitu den Abzug.

Das war kein Versehen. Der Bolzen nagelte den Apfel des Gauklers an die Wand.

Pirlitu lachte zufrieden. »Wer ist eigentlich der kleine Kamerad, der dir aus dem Hemd krabbelt?«

»Er heißt Aglix. Ein Feuersalamander aus dem Haus meines Onkels.«

Der Lurch setzte sich wieder auf Eivoras Schulter. Dort schien er sich wohlzufühlen.

Pirlitus Schmunzeln gefror, als sie Eivoras Hände sah. »Was ist passiert?« Sie lallte nur leicht.

»Ich bin abgerutscht«, sagte Eivora.

Wahrscheinlich hätte sie ihr Handgelenk wegziehen können, aber sie ließ zu, dass Pirlitu es umfasste. »Du musst das auswaschen, und dann solltest du Handschuhe überziehen. Verbände nehmen dir zu viel von deiner Beweglichkeit. Aber wirf sie weg, wenn du sie einmal getragen hast. Besorg dir einen Vorrat.«

»Ja, Kampfherrin.«

»Und wo sind deine Wurfmesser?« Mit gerunzelter Stirn sah sie von den leeren Scheiden an den Unterarmen zum schlanken Schwert, das mit blanker Klinge in Eivoras Gürtel steckte. »Was ist passiert?«

Sie wirkte jetzt nüchtern.

»Nicht hier«, bat Eivora. »Zu viele Ohren.«

Lässig erhob sich Pirlitu. Die beiden Frauen stiegen über Kissen und Tische hinab.

Damit war die Statik der Pyramide dem Gewicht des muskulösen Leierspielers nicht mehr gewachsen. Ein Teil rutschte ab. Der Barde quiekte und hielt sich erst im letzten Moment am Bein seines Kameraden fest, der daraufhin dumpf in die Kissen schlug. Die Söldner bedachten das Spektakel mit belustigtem Gejohle.

Pirlitu beschlagnahmte das Schlafzimmer des Wirts und vertrieb ungnädig drei Nackte, die sich hier im Schein von einem Dutzend Kerzen verlustierten. Sie schloss die Tür, lehnte sich dagegen und verschränkte die Arme. »Also?«

Eivora tippte auf die Schwertklinge. »Weißt du, woher die hier kommt?«

Sie beobachtete Pirlitus Augen genau. Ihr strahlendes Weiß ließ sie in dem schwarzen, schlanken Gesicht besonders groß erscheinen, Pupillen und Iriden wirkten wie dunkle Schilde. Jetzt wurden sie schmaler, weil Pirlitu die Brauen zusammenzog. »Soll ich etwa raten?«

Damit, dass sie in ein separates Zimmer gehen würden, hatte Eivora gerechnet. Leronn wartete vor der Tür. Sie würde ihn rufen, wenn es Schwierigkeiten gäbe. Zum Beispiel, wenn sich herausstellte, dass Pirlitu den Überfall auf den anderen Kampfherrn befohlen hatte. Aber war sie angetrunken genug, um sich zu verraten?

»Ich habe Zigûn besucht. Er hatte Ärger.« Eivora hoffte, dass Pirlitu es nicht gewesen war. Soweit der Rang es erlaubte, waren sie Freundinnen.

»Was für Ärger?« Ihr forschender Gesichtsausdruck mochte bedeuten, dass sie nichts wusste und endlich ins Bild gesetzt werden wollte. Vielleicht fürchtete sie jedoch, dass ihr Plan fehlgeschlagen war. Die Räuber des Blitzsteins hatten sicher noch keine Zeit gehabt, jemanden zu informieren.

»Ich bin ihm zu Hilfe gekommen.«

»Jeder von uns hätte das getan«, sagte Pirlitu. »Wir haben auf dasselbe Feldzeichen geschworen.«

»Das er verbrannt hat.«

Sie schnaubte. »Der kommt schon wieder zu Verstand. Morgen nehme ich ihn zur Seite. Er will wohl damit drohen, das Sturmbanner aus der Legion zu lösen, um den höheren Beuteanteil zu bekommen, den er immer haben wollte.«

»Eine ziemlich vermessene Forderung.«

Pirlitu grinste. »Er kennt seinen Wert.«

»Also würdest du zustimmen?«

Sie zuckte mit den schmalen Schultern, in denen sich wilde Kraft verbarg. »Solange er nicht zu vermessen ist. Wir brauchen seine Einheit.«

»Die Einheit allein macht die Schlagkraft nicht aus.«

Die Kampfherrin lachte. »Willst du mich jetzt belehren? Natürlich schlägt der Blitzstein die Breschen, aber Zigûn weiß am besten, wie man mit dem Artefakt umgeht.«

»Er allein?«

»Eivora, es reicht jetzt! Was ist los? Mit wem hatte er Ärger?«

»Glaubst du wirklich, niemand sonst wüsste etwas mit dem Blitzstein anzufangen?«

»Bist du betrunken?«

Tatsächlich bereute Eivora den Alkohol in ihrem Blut, aber es war nicht so viel, dass er ihr Urteil getrübt hätte. »Antworte mir.«

Pirlitu löste sich von der Tür. »Ich weiß, dass du gerade deinen Vater ins Feuer gebracht hast. Darum verzeihe ich dir diesen Ton gegenüber deiner Befehlshaberin. Ich tue es zwar ungern, aber ich denke, ich werde dieses schöne Gasthaus verlassen und selbst herausfinden, was bei Zigûn vorgefallen ist.« Sie hob einen Zeigefinger. »Und für dich hoffe ich, dass es den Aufwand wert ist.«

Pirlitus Zorn war echt, aber sie wirkte nicht wie jemand, der sich ertappt fühlte.

Eivora seufzte. »Zigûn ist tot, und der Blitzstein ist fort.«

Pirlitu starrte sie an. Ein Lächeln erschien auf ihren Lippen, als vermute sie, Eivora machte einen rauen Scherz. Es erstarb schnell.

»Zwei Dutzend Angreifer, schätze ich«, fuhr Eivora fort. »Als ich eintraf, war es beinahe schon vorbei.«

»Dann hat der Kerl, der mit dir gekommen ist, seinen hübschen Kopfverband nicht von einer Kneipenschlägerei?«

»Leronn gehört zum Sturmbanner. Er hat den Blitzstein verteidigt.«

»Offenbar hat er genau das nicht getan.«

»Er hat es versucht.«

»Hast du das gesehen?«

Eivora schwieg.

»Hol ihn her. Ich will genau wissen, was geschehen ist.«

»Gleich. Es gibt noch etwas anderes zu besprechen.«

»Muss das jetzt sein?«

»Ja, wenn wir verhindern wollen, dass der Klingenrausch zerfällt.«

Langsam schüttelte Pirlitu den Kopf. »Wieso passiert so etwas ausgerechnet, wenn ich betrunken bin!«

»Zigûn ist gefallen, unser Feldzeichen verbrannt und der Blitzstein ist fort.« Wäre Eivoras Vater hier gewesen, hätte schon seine Ausstrahlung ausgereicht, um Zuversicht zu verbreiten. Sie wusste nicht, was er gesagt hätte, aber ihr war klar, was er gewollt hätte. »Wenn wir diese Problemchen bis morgen Mittag gelöst kriegen, haben wir einen Kontrakt, der unserer würdig ist. Es geht gegen die Mauern von Ygôda.«

Pirlitu lachte so heftig, dass sie durch das Zimmer torkelte.

»Ich bin noch nicht fertig«, sagte Eivora. »Ich diene jetzt schon eine ganze Weile unter dir, und ich habe gelernt, dass du eine hervorragende Kampfherrin bist. Ich finde, du solltest den Klingenrausch anführen.«

Pirlitu schlug sich selbst ins Gesicht und verstummte. »Ich träume wohl.«

»Wir müssen zusammenstehen«, fuhr Eivora mit beschwörendem Tonfall fort. »Es geht um die Legion.«

Sie sah, dass der Gedanke, zur Flammenbringerin aufzusteigen, in Pirlitu arbeitete. Aber sie hätte es nicht bis zur Kampfherrin gebracht, wenn sie Wunschvorstellungen erlegen wäre.

»Ygôda …«, murmelte Pirlitu. »Schon mit dem Blitzstein ist das Wahnsinn. Ohne ihn …«

»Eines nach dem anderen!«, forderte Eivora. »Mein Vater hat mich gelehrt, dass man ohne Entschlossenheit nichts erreicht, dass aber ein starker Wille die Wirklichkeit zu formen vermag. Ich werde zu den anderen Kampfherren gehen. Vielleicht finde ich dabei auch etwas über den Blitzstein heraus.«

»Das ist gefährlich, Eivora.«

»Ich bin die Tochter meines Vaters«, stellte sie stolz klar. »Mich hat es nie nach Sicherheit verlangt.«

Pirlitu kam zu ihr. Nachdenklich kraulte sie Aglix' Kinn. Der Lurch schnappte nach ihr, nur knapp zog sie den Zeigefinger außer Reichweite.

»Wenn du die falschen Antworten erhältst«, sagte Pirlitu nachdenklich, fast traurig, »könnte es eine sehr blutige Nacht werden.« Sie betrachtete noch immer Aglix.

»Wir haben Zeit bis zum Mittag, also beinahe einen halben Tag.«

Pirlitu sah sie an. »Einen halben Tag und den Rest der Nacht.« Ein Grinsen teilte die dunklen Lippen. »Das reicht, um eine Schlacht zu gewinnen.«

Eivora und Leronn verließen den *Fidelen Fidler*, während Pirlitu plante, wie sie genügend einigermaßen nüchterne Gefolgsleute sammelte, um eine halbwegs schlagkräftige Truppe zusammenzubekommen. Sie begaben sich zu Gennetos' Schmiede. Dort hatte Eivora die angeschmolzene Dämonenfigur abgegeben, die das Feldzeichen des Klingenrauschs schmückte. Sie war überrascht, dass man hier mitten in der Nacht noch arbeitete, wenn auch nicht an ihrem Auftrag. Das Tor zur Werkstatt stand weit offen, im Schein der Esse hämmerten gleich vier Gesellen auf ein Werkstück ein.

Eivora und Leronn traten in die Schmiede. »Wo ist euer Meister?«

Nur kurz blickte einer der vier auf. Er war etwas kleiner als die anderen, aber sein Kreuz war das breiteste. »Nicht jetzt!«, rief er heftig atmend.

Sie fragte sich, was die Schmiede mit ihren Hammerschlägen

formten. Eindeutig wölbten sie eine Eisenplatte, aber diese war riesig. Selbst ihr Vater hätte keinen so großen Harnisch tragen können.

Eivora wandte sich an die beiden Burschen, die den Blasebalg pumpten. »Woran arbeiten sie?«

Die Knaben trugen die Halsbänder von Sklaven, aber sie waren nicht angekettet. Offenbar fürchtete Gennetos nicht, dass sie fliehen könnten. Eivora kannte ihn als gerechten Mann, vielleicht sahen sie ein, es bei ihm gut getroffen zu haben.

»Ein Teil für die neue Harnastesstatue, Herrin«, antwortete der linke. Er hatte ein rußverschmiertes Gesicht und struppiges Haar.

»Und warum ist der Meister nicht hier, wenn ein neues Denkmal für einen Dämon geschaffen wird?«

Auch die beiden Knaben schwitzten in der Hitze der Schmiede und der Anstrengung ihrer Arbeit. »Es ist eine Prüfung für die Gesellen«, erklärte der Struppige dennoch. »Sie sollen beweisen, dass sie ohne seine Führung zusammenarbeiten können.«

Eivora zupfte an den leichten Handschuhen, die Pirlitu einem der Freudenmädchen im *Fidler* abgenommen hatte, während sie den kräftigen Männern zusah. Scheinbar mühelos hoben sie die schweren Hämmer, die auch auf einem Schlachtfeld gute Werkzeuge gewesen wären. Ihre Gesichter verzogen sich, wenn sie wuchtig zuschlugen. Offenbar ging es in diesem Arbeitsgang darum, die grobe Form herzustellen. Auf Präzision kam es weniger an.

Aglix zischte zufrieden. Der Feuersalamander genoss die Hitze. Ob diese Tiere wirklich eine Nähe zu den Dämonen hatten, wie manche behaupteten? Eivora runzelte die Stirn bei der Vorstellung, Aglix könnte ein Spion der Priesterschaft sein, ein Geist, der Gestalt angenommen hatte, um ihr nachzustellen.

Sie verscheuchte den Gedanken. In den runden Augen des Lurchs lag nichts von der Bosheit, die sie vom Homunkulus auf Chastro-Ignutos Schulter kannte. Außerdem besuchte Aglix ihren Onkel wohl schon eine ganze Weile.

Heftig atmend hielten die Schmiede schließlich inne. »Es ist zu kalt«, stellte einer von ihnen fest. »Wir müssen es wieder erhitzen.«

Tatsächlich war die Rotfärbung kaum noch zu sehen, obwohl das Eisen in einem vom Balg angefachten Glutbecken lag. Jetzt hoben sie es mit Zangen heraus und schreckten es ab. Das Wasser zischte und dampfte.

Der kleinste Schmied kam zu Eivora. Selbst er überragte sie um einen Kopf. »Der Meister wird erst im Morgengrauen zurückkehren.« Mit einem Lappen wischte er eine hellgraue Bahn in den Ruß auf seinem Gesicht.

Eivora betrachtete die vielen Brandnarben, die Funken in seine Haut gebissen hatten. Sie sahen ganz anders aus als das Netz von Schnittwunden, das sie von ihrem Vater kannte, und doch verband diese beiden Männer, dass kein Schmerz sie abhalten konnte, ihre Siege zu erringen.

Nachdenklich beobachtete sie, wie die anderen Schmiede das Eisen neu erhitzten.

Ihr Gegenüber folgte ihrem Blick. »Eine Harnastesfigur für die Blutkrähen.«

Sie zuckte zusammen. Ausgerechnet die Blutkrähen … Hatte der Mann, den sie in Zigûns Turm getötet hatte, doch die Wahrheit gesagt?

Jede Legion stiftete von Zeit zu Zeit eine Dämonenstatue. Eivora sah keinen Zusammenhang zwischen dem Überfall und diesem Auftrag. Oder feierten die Blutkrähen die Eroberung des Blitzsteins?

Aber dann hätten sie die Bestellung schon vor ihrem Angriff aufgeben müssen. Eivora schüttelte den Kopf.

»Ich bin hier, um Garallo zu holen. Unsere Standartenfigur.«

»Sie ist fertig«, sagte der Schmied, »aber ich weiß nicht, welchen Preis du mit dem Meister vereinbart hast.«

Eivora winkte ab. »Ich komme morgen wieder, um zu zahlen.«

»Ich glaube nicht, dass ich das Stück herausgeben darf.«

Eivora ballte die Fäuste, was in den zerrissenen Handflächen schmerzte. Die Figur besaß einige mystische Eigenschaften. Sie diente dem Avatar als Fokus, wenn er dämonische Kräfte anrief. Bei ihrem Vorhaben, die Kampfherren zu überzeugen, die Treue zum Klingenrausch zu halten, wäre sie zwar nur eine geringe Hilfe, aber in dieser Nacht brauchte sie jede Unterstützung, die sie kriegen konnte. Sie würde sich nicht von einem Handwerksgesellen abweisen lassen!

Etwas in ihren Augen beeindruckte ihn wohl. Der sehr viel stärkere Mann schluckte. »Sie … die Figur steht hier im Regal. Dort ist sie ausgekühlt.«

Schweigend nahm Eivora Garallo entgegen. Er wog beinahe so viel wie das Schwert ihres Vaters. Bis jetzt war ihr das nie aufgefallen.

Leronn und sie verließen die Schmiede.

Zwei Straßen weiter packte der alte Söldner sie am Kragen und knallte sie an eine Hauswand.

»Ich will, dass derjenige, der Zigûn umgebracht hat, dafür bezahlt!«

Er drückte so fest zu, dass Eivora Mühe hatte, Atem zu holen. Sie wusste, dass sie rasch handeln musste, bevor sie das Bewusstsein verlor.

Sie trat kräftig nach vorn.

Leronn röchelte. Sein Griff lockerte sich merklich.

Eivora biss in sein rechtes Handgelenk.

Er schrie auf.

Mit der Dämonenfigur führte sie einen Hieb gegen den Verband, unter dem sie sein verletztes Ohr wusste, und schlug dann mit beiden Unterarmen seine Hände weg. Ihre Tunika riss ein.

Leronn schien zu merken, dass er sie unterschätzt hatte. Er ging zwei Schritte rückwärts und hob knurrend die Fäuste.

Die Straßen waren noch immer gut gefüllt. Um sie herum bildete sich ein Kreis von Nachtschwärmern, die sich von einer Prügelei bessere Unterhaltung versprachen als von Tänzerinnen, Gauklern und Barden.

Eivora streckte Leronn die offene Hand entgegen. »Wir wollen dasselbe.«

»Was tändelst du dann herum? Ich sehe nicht, dass du herausfinden willst …«

»Still!«, forderte sie. Plötzlich war etwas vom Befehlston ihres Vaters in ihrer Stimme. »Das geht die Leute hier nichts an.«

»Was denn?«, rief einer der Umstehenden. »Hast du deine Zunge in den Hals des falschen Kerls gesteckt?«

Sie erkannte, dass Leronn eine Möglichkeit suchte, den ohnmächtigen Zorn loszuwerden, der ihn wegen des Überfalls und seines Versagens dabei erfüllte. Nicht nur sein Kampfherr war gefallen, sondern auch einige Kameraden, und der Schuldige war nicht zu greifen. Also blieb nur Eivora als Ziel übrig, auf das sich seine Wut richten konnte. Er griff nach seinem Schwert.

»Hilf den Kerlen nicht auch noch!«, rief sie.

Leronn verharrte.

»Denk nach! Wer wusste von dem, was uns gestohlen wurde?«

Er starrte sie an.

»Nur wenige«, fuhr sie fort. »Bei einer waren wir bereits, und jetzt gehen wir zur Nächsten. Bis zum Sonnenaufgang haben wir alle durch.«

Seine Kiefer mahlten. Er nickte knapp. »Aber nur, wenn wir keine Zeit mehr vertrödeln.«

»Gehen wir.«

»Nicht so schnell!« Er atmete durch. »Bei der nächsten Besprechung will ich dabei sein.«

Eivora sah auf das eiserne Idol in ihrer Hand. Garallo schien sie entschlossen anzufauchen.

»Es ist unsere Legion«, sagte sie. *Und ich brauche jeden Verbündeten.* »In Ordnung.«

Dennoch werde ich die Blutkrähen nicht erwähnen, bis ich sicher bin.

Noch immer sah Gonter nichts von Fiafila und Brohn. Anfangs hatte er angenommen, sein Leibwächter sei mit der Priesterin in den *Königskopf* zurückgekehrt und hätte einen Platz im unteren Schankraum gesucht, um bei erneut aufwallender Übelkeit schnell wieder auf der Straße zu sein. Aber dort hatten er und Kistur, der nicht nur Gonters zweiter Leibwächter, sondern auch

Brohns Bruder war, die beiden vergeblich gesucht. Nun waren sie ohne Ergebnis die Straße abgelaufen. Das Vorhaben, die Priesterin wohlbehalten in der Kaserne des Klingenrauschs abzuliefern, gestaltete sich unerwartet schwierig. Doch Prinz Gonter würde unter keinen Umständen das Versprechen brechen, das er Eivora gegeben hatte. Ihre Schlagfertigkeit hatte ihn sofort für sie eingenommen, aber es waren die blauen Augen, die ihm nicht aus dem Sinn gingen.

»Vielleicht sind sie in eine andere Schenke eingekehrt, Herr«, schlug Kistur vor. Durch den Nieselregen hing das brünette Haar wie Sumpfgras von seinem Kopf. Er umschloss den Schwertgriff mit der linken Faust. Bei dem kräftigen Mann mit dem grobschlächtigen Gesicht war das ein Ausdruck der Nervosität.

Zwar fiel Gonter kein Grund ein, weshalb die beiden ein anderes Gasthaus als den *Königskopf* hätten aufsuchen sollen, aber im Dämonentempel auf dem Gipfel des Hügels waren sie bestimmt auch nicht. Oder hatte der Feuerschein sie angelockt?

Fiafila war hübsch. Brohn vergaß sicher nicht seinen Anstand, doch ein langer Nachtspaziergang an der Seite einer schönen Frau mochte ihm gefallen. *Aber wohl kaum in diesem Gedränge*, verwarf Gonter die Überlegung.

Sie betraten eine Schenke, deren Schild ein geplatzter Sack mit Silbermünzen zierte. Sie war besser besucht als der *Königskopf*, was daran liegen mochte, dass es hier keine Tische gab. Die Gäste drängten sich um einen runden Bereich in der Mitte des Raums, wo nicht nur Schankmaiden und Wirtsjungen die Humpen ausgaben, sondern auch kaum bekleidete Schönheiten die Hüften schwangen.

Ein grölender Söldner zog eine barbusige Rothaarige von der Theke herunter. Sie wand sich in seinem Griff, bis er ihr einige Münzen in die Hand drückte. Daraufhin zeigte sie sich ihm zugetan.

»Hier werden sie wohl kaum sein«, meinte Gonter. »Wir suchen woanders.«

»Ja, Herr.«

Er wollte sich bereits wieder dem Ausgang zuwenden, als Gonters Blick auf einen Mann mit schütterem Haar fiel, der unter dem Beifall einiger Gäste zwischen den Schönheiten auf der Theke herumstampfte. Über seine Nase liefen mehrere grob genähte Narben, man hatte ihm die Gesichtszier wohl aufgeschnitten. Gonter vermutete eher eine Strafe als eine Kriegsverletzung, worin ihn auch die gestutzten Ohrläppchen des Mannes bestärkten. Mehr interessierten ihn jedoch die Stiefel.

Im Vergleich zur sonstigen Kleidung des Kerls waren sie auffällig gut gepflegt, und wenn er sich nicht täuschte, war die dunkle Stelle oben am Schaft ein Brandsiegel. Gonters Vater war so vernarrt in das Wappen mit dem Löwen und den fünf Sternen, dass er es überall anbringen ließ. Es fand sich nicht nur auf Schilden und Umhängen, sondern war auch in Klingen geätzt, auf Taschentücher gestickt und in die Stiefel der Gardisten gebrannt. So sollte es auch ein Bettler gut sehen, an dem die Krieger des Königs vorbeiritten. Oder, wie Gonters Vater mit einem Augenzwinkern erklärt hatte, am Boden liegende Gegner, bevor sie den Todesstoß empfingen.

»Den Kerl schaue ich mir genauer an«, sagte Gonter.

Die Frage stand in Kisturs Gesicht geschrieben, fand aber nicht den Weg über die Lippen. Gehorsam bahnte er seinem Herrn einen Pfad durch die Menge.

Gonters Befürchtung bestätigte sich. Das waren tatsächlich Stiefel, wie man sie in den Truppen seines Vaters trug!

Auch Kistur bemerkte das jetzt. Er packte ein Fußgelenk des Mannes, der sich gerade an einer Tänzerin rieb. Verständlicherweise war dieser nicht erfreut darüber. Er sah zu ihnen herab, grunzte und versuchte, sich loszumachen.

»Auf ein Wort, guter Mann!«, rief Gonter über den Kneipenlärm hinweg.

»Ich geb dir deinen guten Mann!« Der Kerl trat mit dem freien Fuß zu.

Gonter hatte nie auf einem Schlachtfeld gestanden, aber sein Vater war ein Kriegerkönig, und das Gleiche wünschte er sich von seinem Sohn. Endlose Fechtstunden mit einem Dutzend

Lehrern lagen hinter ihm. Blitzschnell brachte er den Kopf aus der Bahn des Fußes, griff den Unterschenkel und verlängerte die Bewegung mit entschlossenem Zug.

Der Mann brüllte und schlug mit dem Rücken auf die Theke. Die Tänzerin, mit der er sich beschäftigt hatte, kreischte. Ein paar Gäste lachten, aber einige griffen nach Gonter und zogen ihn fort.

»Ich will lediglich …«, setzte er an, bekam aber schon einen Schlag auf den Hinterkopf.

Ohne nachzudenken, rammte er den Ellbogen nach hinten. Ein Ächzen belohnte ihn.

Doch das reichte nicht aus. Offenbar war der Mann mit seinen Freunden hier. Mehrere Hiebe trafen Gonter. Einer davon saß gut platziert in der Magengrube. Er würgte und nahm die Unterarme hoch, um den Kopf zu schützen. Weitere Schläge prasselten darauf ein.

Ich darf mir nicht den Rhythmus meiner Gegner aufzwingen lassen!, ermahnte er sich. Blind rammte er seine Faust vor.

Sie krachte in ein Gesicht, aber nun war die Deckung offen.

Etwas schlug gegen Gonters Kiefer.

Er riss den rechten Arm herum, um den folgenden Angriff abzuwehren.

Eine junge Frau zielte einen Tritt auf sein Gemächt, traf jedoch nur die Innenseite des Oberschenkels.

Er schmeckte Blut vom vorigen Schlag, als er die Frau fortstieß.

Mehrere Hiebe schlugen in seinen Rücken und in seine Flanke.

Er riss das Schwert aus der Scheide. Im Gedränge streifte die Klinge eine Söldnerin, die empört aufschrie. Verletzt schien sie jedoch nicht zu sein.

Die anderen wichen vor der Waffe zurück und starrten ihn böse an.

»Ich will nur mit diesem Mann reden«, erklärte Gonter. Sein Gesicht pochte, wo die Schläge getroffen hatten.

Die Feindseligkeit blieb in den Blicken der Gäste. Mehr noch, es wurde still, und Gonter war das Zentrum der nicht gerade wohlwollenden Aufmerksamkeit. War der Mann, den Kistur inzwischen im Schwitzkasten hatte, etwa dermaßen beliebt?

»Keine blanken Klingen in der Stadt!«, rief eine dürre Frau hinter der Theke. »Und erst recht nicht im *Silbersack*! Eine saubere Hauerei lasse ich mir gefallen, aber niemand fuchtelt in meiner Schenke mit einem Schwert herum!«

Vorsichtig senkte Gonter die Waffe. Offensichtlich hatte er eine allgemein respektierte Sitte missachtet.

»Ich will niemanden beleidigen!«, rief er. »Ich bin fremd in Rorgator und bitte, mein Unwissen zu entschuldigen.« Er löste den Geldbeutel vom Gürtel und warf ihn der Wirtin zu. »Schenk Freibier aus, solange das reicht!«

Sofort wandelte sich die Stimmung. Jubel brandete durch die Kneipe, und viele Hände schlugen anerkennend auf Gonters Schultern.

Rasch zogen sie den Mann nach draußen.

»Von wem hast du diese Stiefel?«, fragte Gonter.

»Er braucht sie nicht mehr«, erwiderte der Mann, den Kistur noch immer im Schwitzkasten hielt. Die Worte verstärkten wohl die Sorge des Leibwächters um seinen Bruder, er drückte fester zu als nötig. Schon blieben einige Passanten stehen.

»Wer hat sie dir gegeben?«, fragte Gonter nach.

»Der kann niemandem mehr irgendwas geben«, ächzte der Kerl. »Und er braucht auch nichts mehr.«

»Lass ihn los«, befahl Gonter. »Ich glaube, er wird uns sagen, was wir wissen wollen.«

Grimmig starrte der Mann Kistur an und rieb sich den Hals. »Da denke ich mal, ich habe eine Nacht lang Glück, und dann werde ich zusammengeschlagen«, brummelte er.

»Das ist eine ernste Sache«, sagte Gonter. »Du musst uns zeigen, woher du diese Stiefel hast.«

Ein ungutes Gefühl regte sich in ihm, und das wurde noch schlechter, als der Mann sie in eine dunkle Seitengasse führte, wo eine fette Ratte in einem zerbrochenen Fass Zuflucht suchte.

Jakena bewohnte drei Zimmer im Südwestblock der Kaserne, wo auch zwei Banner ihrer Bogenschützen untergebracht waren. Die Kampfherrin plünderte bevorzugt Teppiche, und entsprechend sah ihr Quartier aus. An den Wänden hingen die Gewebe in mehreren Lagen, während die weicheren, die man dicker geknüpft hatte, den Boden bedeckten. Am Eingang streiften Leronn und Eivora auf rauen Matten den Matsch von ihren Stiefeln.

Das reichte nicht, wie der mürrische Gesichtsausdruck der Hausherrin verriet. Offensichtlich hatten sie sie geweckt, und für das, was Eivora besprechen wollte, wäre es unklug, sie weiter zu reizen. Also zogen sie ihre Stiefel aus, bevor sie Jakena über den weichen Untergrund folgten.

Sie besaß weder Bänke noch Stühle und benutzte stattdessen zusammengerollte Teppiche als Sitzgelegenheiten. Auf dem Tisch lag ein dünn gewebtes Tuch, das überquellende Obstschalen zeigte. Jakena stellte die Kerze darauf ab und ließ sich nieder. »Ich hoffe, es ist wichtig«, murmelte sie. Ihr aschblondes Haar schien genauso müde zu sein wie sie selbst, es lag platt an ihrem Kopf und fiel schlaff über ihre Brust. Das Lauern in den grauen Augen kannte Eivora von der Zeit, in der sie bei den Bogenschützen gedient hatte. Die Kampfherrin wartete auf einen Auslöser, um ihre Wut ausbrechen zu lassen.

Eivora stellte Garallo neben die Kerze und atmete durch. Jakena trug ihr nach, dass sie zu den Armbrustern gewechselt war, aber wenn es darauf ankam, stand die Kampfherrin stets fest zum Klingenrausch und seinen Kriegern. Auch jetzt schien sie der Anblick der Standartenfigur nachdenklich zu machen.

»Zigûn ist tot«, eröffnete Eivora das Gespräch.

Jakenas Lachen ähnelte einem Bellen. »Und jetzt kommt ihr mit euren Schwertern zu mir und wollt mir an den Kragen? Wie blöd seid ihr eigentlich?«

Der Ausbruch erschreckte Aglix. Der Feuersalamander huschte zwischen die Teppiche.

»Wenn ihr mich umbringt«, fuhr Jakena fort, »schafft ihr es niemals lebend aus der Kaserne. Das muss euch doch klar sein!«

Wie die meisten Legionen belegte auch der Klingenrausch einen mit Mauern gesicherten Bereich innerhalb Rorgators. Beim Betreten hatte man Eivora und Leronn nach der Parole gefragt. Die Wachen waren nüchtern und wären vielleicht sogar froh, ihren Frust an ein paar Gegnern auslassen zu können.

»Oder seid ihr unter die Wahnsinnigen gegangen und habt euch den Dämonen verschrieben?« Während sie wetterte, schob Jakena die Rechte zwischen die Teppichrollen, die ihre Sitzgelegenheit bildeten. »Dann seid ihr noch dämlicher! In einer Feuersbrunst zu verbrennen, die man selbst gelegt hat, mag diesen Wesenheiten gefallen, vor allem, wenn man noch möglichst viele mitnimmt. Aber ihr habt noch nicht einmal Fackeln dabei!«

»Du kannst deine Waffe lassen, wo sie ist«, sagte Eivora. »Es ist anders. Wir gehören nicht zu denen, die Zigûn umgebracht haben.«

»Aber wenn du dazugehörst«, rief Leronn, »dann wirst du dir bald wünschen, wir hätten dich schnell verbrannt!«

Eivora verdrehte die Augen. Jakena wirkte verärgert, jedoch nicht ertappt, und wenn ein einfacher Krieger sie zur Rede stellte, würde sie das noch weiter aufbringen – umso mehr, wenn dieser Krieger dem Sturmbanner angehörte, dessen Arroganz ohnehin alle reizte.

Dennoch konnte sich Eivora nicht sicher sein. Sie beobachtete Jakenas Miene genau, als sie vom Raub des Blitzsteins berichtete. War es verdächtig, dass sie so unbewegt blieb?

Dies war einer der seltenen Momente, in denen Eivora gern Chastro-Ignuto in ihrer Nähe gehabt hätte. Der Avatar konnte Stimmungen schmecken, manchmal sogar Gedanken sehen. Trotz der äußerlichen Ruhe brodelte es sicherlich in Jakena.

»Wir haben ein Problem«, fasste Eivora das Gesagte zusammen. »Und wir haben eine Aufgabe.«

Sie nahm eine Silbermünze aus ihrem Beutel – einen Zilint, der am Rand dünn auslief, sodass er sich wie eine Linse anfühlte – und ließ sie um ihre Finger tanzen, während sie von Gonters Angebot berichtete. Auch die Kampfherrin war beeindruckt von der Aussicht, Ygôdas Mauern zu erstürmen. Im Gegensatz zu

Pirlitu äußerte sie noch nicht einmal Bedenken wegen des fehlenden Blitzsteins. *Weil sie ihn selbst hat? Oder weil sie so sehr auf den Klingenrausch vertraut, dass sie das Artefakt für verzichtbar hält?*

»Bis zum Mittag brauchen wir eine Flammenbringerin«, schloss Eivora. »Wen würdest du akzeptieren?«

Jakena lachte. »Ganz sicher nicht dich! Kein Kampfherr würde das.«

»Ich rede nicht von mir. Aber einem anderen Kampfherrn, einem von euch, würdest du folgen?«

Das Grau ihrer Augen verschwand beinahe in den Schlitzen. »Pirlitu schickt dich!«

Eivora schüttelte den Kopf. »Ich war bei ihr, aber Gonters Angebot kam vorher. Deswegen bin ich überhaupt zu Zigûn gegangen.«

Jakena erhob sich und verschränkte die Arme auf dem Rücken. Ihre kleinen Brüste zeichneten sich unter dem gestrafften Nachtgewand ab. Es war ungewohnt, sie so feminin zu sehen, im Feld trug sie einen Eisenharnisch.

Nachdenklich ging sie auf und ab, wobei sie immer wieder den Magmastrom am nachtdunklen Hang des Frejo verdeckte, den man durch das Fenster sah. »Ich bin siebenunddreißig Jahre alt«, sagte sie. »Es ist an der Zeit, dass ich selbst eine Legion kommandiere.«

Eivora und Leronn tauschten einen alarmierten Blick. Wenn sie diesen Gedanken schon länger hegte, mochte es sein, dass sie sich in den Besitz des Blitzsteins gebracht hatte, um ihre Machtbasis auszubauen.

Jakena blieb stehen und sah auf die beiden Sitzenden herab wie eine Dämonenstatue auf Sterbliche. Das von der Kerze heraufscheinende Licht verstärkte den Eindruck der Unbarmherzigkeit. »Ich werde nicht mehr zurückstehen! Ich werde die nächste Flammenbringerin des Klingenrauschs – oder niemand!«

Wieder wünschte sich Eivora Chastro-Ignuto herbei. Was sollte sie tun? Sie hatte doch bereits Pirlitu versprochen, dass diese die Legion anführen würde. Aber ohne die sieben Banner Bogenschützen unter Jakenas Kommando wären sie nicht einsatzbereit, und die Kampfherrin wusste das. Sicher würden sich viele von ihr lossagen, wenn sie den Klingenrausch verließe, aber die zerpflückten Einheiten würden neu aufgebaut werden müssen. Der Rat von Eisen und Gold könnte Jakena zwar auch auffordern, ihren Treueeid einzuhalten, aber sie würde sich darauf berufen, dass die Standarte verbrannt war. Eivora überlegte, ob sie Garallo bedeutungsschwer in die Hand nehmen sollte, aber die eiserne Dämonenfigur, die normalerweise auf dem Feldzeichen thronte, erschien ihr in diesem Moment wie ein belangloses Spielzeug.

Sie dachte an die vier Schmiedegesellen, die, verlassen von ihrem Meister, an der Esse arbeiteten. Sie waren ganz auf ihre Aufgabe konzentriert, jeder schwang seinen Hammer, und gemeinsam zwangen sie das Eisen in die Form.

Aglix trug eine Motte im Maul, als er zu Eivora zurückkehrte.

»Sei Hammer – nicht Amboss«, flüsterte sie.

»Ich kenne das Motto unserer Legion länger als du«, versetzte die Kampfherrin.

Bring die Truppe in eine Lage, in der sie nur noch siegen oder untergehen kann. »Wenn du dein Blut nicht für einen Eid vor einem anderen Flammenbringer geben willst«, sagte Eivora langsam, »dann wirst du den Klingenrausch anführen müssen.«

Jakena nickte würdevoll. »Ich bin bereit, wenn die anderen Kampfherren mich akzeptieren.«

Eivora steckte den Zilint weg. »Ich werde mit ihnen reden«, versprach sie.

Fiafila erwachte, weil sie aus dem Bett fiel. Ein Fell dämpfte den Aufprall, aber dennoch schmerzte ihr Arm und in ihrem Kopf drehte sich alles.

Der Schmerz ließ rasch nach, doch der Schwindel blieb. Sie wollte aufstehen, aber ihre Beine erwiesen sich als wacklige Stelzen. Also lehnte sie sich nur mit dem Rücken ans Bett. Vorsichtig führte sie die Hände von beiden Seiten an die Schläfen, um sich zu vergewissern, dass ihr Schädel seinen Umfang nicht etwa, wie es sich anfühlte, verdreifacht hatte. Sie kicherte erleichtert, als sie die gewohnte Form ertastete, und prustete dann los, weil sie sich deswegen überhaupt Sorgen gemacht hatte.

Sie lachte aber nur kurz, weil das einen Schmerz in den Kopf jagte, als würde jemand Nadeln durch ihre Schläfen stechen. Zischend sog sie den Atem ein.

Das Fell, das wohl von einem Rind oder einem Pferd stammte und erbärmlich stank, das Bett, eine schlichte Truhe und ein noch schlichterer Tisch mit zwei Schemeln langen im Dämmerlicht, das durch die zwei Fenster fiel. War es Morgen oder Abend? Fiafila versuchte sich zu erinnern, wie sie in dieses Zimmer gekommen war.

Sie war mit Eivora in den *Königskopf* gegangen. Fiafila hatte sich geärgert, weil Eivora einfach nicht hatte eingestehen wollen, dass der Tod ihres Vaters ihr naheging. Dieser Söldnerführer war kein guter Mensch gewesen, aber das war nicht der Grund für die Kälte seiner Tochter. Eivora bildete sich ein, dass sie nicht weinen dürfe, weil sie das Kind eines harten Söldners war. Nein, weil sie selbst eine harte Söldnerin war. Und das stimmte sogar! Wie sich diese kleine Frau durchsetzte …

Fiafila zog sich am Bettpfosten hoch und stellte sich auf die Füße, um endlich vom stinkenden Fell wegzukommen. Auf den wenigen Schritten zum Fenster hielt sie Kontakt zur Wand.

Der Gestank folgte ihr.

Misstrauisch schnupperte sie an ihrem Arm. Alkoholdunst und Schweißgeruch stiegen in ihre Nase, und noch mehr. Rauch war dabei, aber auch das war nicht alles.

Sie zupfte am Ärmel. Der Stoff klebte auf der Haut, und an der Brust hatte sie einen unansehnlichen Fleck.

»Wo bin ich denn gewesen?«, nuschelte sie.

Sie erinnerte sich noch an den *Königskopf*. Sie hatte die vielen Schnitzereien mit dem Finger abgetastet, wusste aber nicht mehr, was so interessant daran war. Jemand war gekommen …

Sie schloss die Augen, damit der Raum aufhörte, sich zu drehen. Eivora, sie und … wer noch?

Sie hatte Durst. Ihre Zunge kam ihr groß und klebrig vor.

Fiafila musste sich sehr konzentrieren, um die Einzelheiten

im Raum wahrzunehmen. Auf dem Tisch stand eine Vase. Sie zog die Blumen heraus, warf sie auf den Boden, was sie plötzlich so komisch fand, dass sie kicherte, und trank das Wasser.

Der Lösung des Rätsels, wie sie in dieses Zimmer gekommen war, hatte sie sich noch nicht genähert. Vielleicht wäre es hilfreich, herauszufinden, was für ein Raum es überhaupt war?

Mit Ausnahme der Blumen gab es keine Verzierungen, die Wände waren kahl. Das Bett, fiel ihr jetzt auf, bestand in Wirklichkeit aus drei Betten übereinander. Misstrauisch betrachtete sie die Konstruktion, bis sie sicher war, dass ihre getrübten Sinne ihr nichts Falsches vorgaukelten.

Todesmutig auf jeden Halt verzichtend machte sie vier Schritte direkt auf das Bett zu. Ihr Schwerpunkt kippte bedenklich nach vorn, aber sie fing sich gerade noch am obersten Rahmen ab. Zufrieden kicherte sie.

Wenn nur dieser Gestank nicht gewesen wäre!

Sie rief ihre Gedanken zur Ordnung. Drei Betten in einem Raum. Das erinnerte sie an ihre Zeit als Novizin im Basäontempel.

Aber sie war keine Novizin mehr. Jetzt war sie eine … Gefangene! War das hier etwa eine Zelle?

Sie schlingerte zu einem Fenster. Es war nicht vergittert, und sie erkannte den von rechteckigen Gebäuden umstandenen Platz draußen. Das war die Kaserne des Klingenrauschs, hier waren die Söldner bei ihrer Rückkehr einmarschiert und hatten ihr Silber bekommen. Danach waren sie johlend in die Stadt eingefallen.

Dieser unerträgliche Gestank! Das konnte doch unmöglich alles aus der Kneipe kommen! Fiafila bemerkte, dass ihr Hemd an einigen Stellen eingerissen war. Was war nach dem *Königskopf* passiert? Wieso war sie so verschwitzt?

Zwei Personen bewegten sich über den Platz. Eine von beiden war auffällig klein. Ob das Eivora war?

Fiafila versuchte, das Fenster zu öffnen, aber der Hebel war ihr zu kompliziert, vor allem, da ihre Sicht ständig verschwamm. Tränen stiegen in ihre Augen, weil sie dieser einfachen Aufgabe nicht gewachsen war. Dann lachte sie, weil sie wegen einer solchen Nichtigkeit heulte. Und dann schluchzte sie hemmungslos, weil ihr viel schrecklichere Dinge einfielen, die es wirklich wert waren, deswegen zu weinen: die Plünderung von Abidia, die Zerstörung des Windspiels der heiligen Urilia, vor allem die Schändung und Ermordung der Tempeldiener. Sie sackte an der Wand zusammen. Je lauter sie weinte, desto mehr schmerzte ihr Kopf.

Sie verlegte sich auf leises Wimmern.

Irgendwann merkte sie, wie müde sie war.

Sie zog das Hemd aus, um wenigstens ein bisschen von dem Gestank loszuwerden, kroch ins unterste Bett und schlief ein.

Manche Kampfherren, wie Jakena, mochte Eivora nicht besonders. Anderen, wie Pirlitu, war sie zugetan. Zigûn hatte sie wegen seines Muts und seiner Fähigkeiten beneidet. Auf die eine oder andere Art respektierte sie alle, weil sie bewiesen, dass sie ihre Kämpfer in eine Schlacht führen und ein Gefecht für den Klingenrausch entscheiden konnten.

Nur Xerohn war ihr unheimlich, viel mehr, als es etwa Chastro-Ignuto je sein könnte. Er war keineswegs so entstellt wie der Avatar, auch wenn seine dürre Gestalt an ein Skelett erinnerte. Xerohn war auch nicht grausam, jedenfalls nicht in dem Sinne, dass er die Schmerzen anderer sichtlich genoss. Der Herr über fünfhundert Hellebardiere war kalt wie ein Schwert, das tief in einer Höhle lag, in die niemals ein Sonnenstrahl fiel. Eivora hatte sich das Gespräch mit ihm bis zuletzt aufgespart, aber je näher es rückte, desto stärker bezweifelte sie, dass die Besuche bei den acht anderen Kampfherren sie gut darauf vorbereitet hatten.

Leronn und Eivora fanden ihn am Strand. Er stand auf dem Kies, die Ausläufer der Wellen leckten um seine Stiefel. Xerohn beachtete sie nicht, seine Aufmerksamkeit galt den Flutpfählen, die ein paar Dutzend Schritt weit draußen zwischen den Klippen aufragten. An vier von ihnen waren Menschen gekettet. Brecher auf Brecher donnerte heran, spülte über sie hinweg und gab sie wieder frei.

»Wirst du sie umbringen?«, fragte Eivora.

Die fünf Bewaffneten neben dem an den Strand gezogenen Boot, das die Verurteilten wohl herausgebracht hatte, musterten die Neuankömmlinge misstrauisch. Die Morgensonne sickerte durch die Wolken am Horizont und glänzte matt auf den Klingen der Hellebarden. Man brauchte mehr Übung als bei einer Pike, um mit dieser Mischung aus Lanze und Axt zu kämpfen. Dann aber konnte man über die Deckung eines Gegners hinwegschlagen und ihm den gebogenen Dorn in den Rücken reißen, was schon so manche Formation gebrochen hatte. Ein guter Hellebardier zerrte auch Reiter mühelos aus dem Sattel. Für den Kampf Brust an Brust waren diese Waffen allerdings nutzlos, deswegen verfügten Xerohns Leute zusätzlich über Dolche, mit denen sie hervorragend umzugehen verstanden.

»Sie haben nichts Todeswürdiges getan.« Xerohns Fistelstimme passte nie zu dem, was der Kampfherr sagte. »Sie stehen hoch genug, um Luft zu bekommen.«

Das Holz, auf dem die Füße eines Angeketteten Halt fanden, ließ sich an verschiedenen Kerben am jeweiligen Pfahl befestigen. Tatsächlich kamen die Köpfe nach jeder Welle wieder zum Vorschein, aber die Verurteilten erlitten dennoch die Qualen eines Ertrinkenden. Einer von ihnen schrie seine Angst hinaus.

»Du bist wohl kaum gekommen, um Gnade für sie zu erbitten«, sagte Xerohn.

Eivora schüttelte den Kopf. »Ich weiß noch nicht einmal, was sie getan haben.«

»Ihr Weibel hat Rost an ihren Waffen gefunden.«

»Und dafür kommen sie an die Pfähle?«, rief Leronn.

Eivora warf ihm einen warnenden Blick zu.

»Wenn ein Krieger seine Waffe vernachlässigt«, sagte Xerohn mit seiner dünnen Stimme, »dann wird diese Waffe unzuverlässig. Sie schneidet nicht mehr scharf, und sie kann brechen. Ein Krieger und seine Waffe bilden eine Einheit. Gibt es in dieser Einheit eine Schwachstelle, ist die gesamte Kampflinie schwach. Nutzt der Gegner diese Schwäche, bricht er unsere Front, und gute Kämpfer sterben neben den disziplinlosen Schwächlingen.«

Gefährlich langsam wandte er den Kopf, an dem sich die Haut so eng spannte, als gäbe es kein Fleisch am Schädel. »Das werde ich nicht dulden.«

Leronn räusperte sich und sah seinem linken Fuß dabei zu, wie er Kies hin und her schob. Xerohn hatte diese Wirkung.

Nun schrie auch ein zweiter der Söldner an den Pfählen. Angst war ansteckend wie Fäulnis.

»Du hast mir noch nicht gesagt, weswegen du hier bist«, stellte Xerohn fest.

Sie gab ihm die Dämonenfigur. »Garallo ist wiederhergestellt.«

Er drehte die Zier des Feldzeichens im Licht des beginnenden Tages und betrachtete sie aufmerksam. Mit einem Nicken gab er sie zurück. »Auch das ist nicht der Grund deines Hierseins. Willst du lernen, wie man ein Kampfherr wird? Dann merke dir: Du musst eine Strafe verhängen, aber du darfst sie nicht selbst ausführen. Sonst machst du dich mit denen gemein, die unter dir stehen. Das untergräbt den Respekt.«

»Ich werde daran denken«, versprach Eivora.

Die Rufe irritierten sie. Das waren nicht nur unartikulierte Schreie. Sie lauschte über die Brandung hinweg.

»Da ist ein Hai!«, erkannte Eivora. »Sie rufen, dass da ein Hai ist!«

Xerohn reckte den Hals. »So nah am Ufer, zwischen den Klippen, wäre das ungewöhnlich.«

Ein Hellebardier sprang auf einen Felsen. Der Wind zerrte an seiner Weste, und die Wellen spritzten ihn nass, während er hinausspähte. »Sie hat recht! Ich sehe eine Rückenflosse.«

»Holt sie aus dem Wasser«, sagte Xerohn ohne jeden Nachdruck.

Seine Leute hasteten zum Boot. Keiner ließ seine Hellebarde einfach fallen. Sie sahen nur allzu deutlich, wie ihr Befehlshaber Disziplinlosigkeit bestrafte.

Während sie gegen die Brandung anruderten, zog Eivora ihre Handschuhe aus, ging so weit vor, dass die Wellen sie erreichten, und tauchte die zerrissene Haut ins Salzwasser. Es brannte, aber das war ein gutes Zeichen. Es wurde Zeit, dass sie die Wunden auswusch, auch wenn sie nur oberflächlich waren.

Xerohn stand so aufrecht am Strand, als wäre er der König der Welt. Sie bezweifelte, dass er einem der anderen Kampfherren folgen würde. Er war sicher einer der härtesten Brocken, aber auch bei den acht vorigen Kampfherren hatte sich keiner gefunden, der sofort einem anderen den Vorzug gegeben hätte.

Dennoch brauchte der Klingenrausch Führung, wenn Gonter zur Mittagsstunde in die Kontrakthalle käme, um seinen Auftrag zu vergeben.

Spätestens seit Jakena trieb Eivora ein gewagtes Spiel. Sie konnte die Einheit ihres Vaters nur dann erhalten, wenn im letzten Moment alle begriffen, dass sie gemeinsam immerhin etwas, allein jedoch nichts haben würden. Söldner rafften so viele Schätze zusammen, wie sie konnten, aber gerade erfahrenen Anführern war klar, dass ein gerechter Anteil an einer großen Truhe Silber mehr wert war als ein Kupferdöschen, das man mit niemandem teilte.

Und außerdem brauchen wir den Blitzstein, wusste sie.

Einer der Verurteilten schrie ununterbrochen, als Xerohns Leute das Boot zurück auf den Strand zogen. Während die anderen aus eigener Kraft herauskletterten, trugen sie ihn vor seinen Herrn und legten ihn in den Kies.

Der Hai hatte ihn erwischt. Sein linkes Bein endete am Knie, und auch der Oberschenkel war eine Wunde mit zerfetzten Rändern. Seine Kameraden hatten sie mit einem Gürtel abgebunden.

»Das ist nicht die Strafe, zu der ich dich verurteilt habe«, sagte Xerohn ohne Regung. »Du wirst entschädigt.«

Der Mann schrie in einem fort.

»Gebt ihm ein Holz, auf das er beißen kann«, befahl der Kampfherr. »Sein Verhalten ist unwürdig.«

Er wandte sich an Eivora. »Nun zu uns.«

»Gehen wir ein Stück«, schlug sie vor.

Der Kies knirschte unter ihren Stiefeln. So weit abseits von den anderen, dass die Brandung ihre Worte übertönte, blieben sie stehen.

»War eine rostige Hellebarde das wert?«, zweifelte sie.

»Keine rostige Hellebarde.« Xerohn hielt das dürre Gesicht in den Wind und schüttelte den Kopf. »Aber die Disziplin der Einheit. Jeder weiß, dass er bei mir bekommt, was er verdient, im Guten wie im Bösen. Dieser Mann hat sich im Kampf um Abidia hervorgetan, er hat vier Gegner erschlagen und den Rückzug von zwei Kameraden gedeckt. Dafür habe ich ihm sechs zusätzliche Silberstücke in die Hand gezählt.«

»Und dennoch musste er an den Pfahl?«, rief Eivora.

»Verdienst kann Schuld nicht aufwiegen, und ein Versäumnis schmälert keine Ruhmestat. Beides muss für sich gewogen und beurteilt werden.«

»Aber das Bein …«

»Ein Unfall. Manche würden sagen, irgendwelche Götter oder die Dämonen wollten es. Ich glaube, er hatte Pech.«

Das kam Eivora falsch vor. »Ohne deine Entscheidung wäre er nicht in diese Lage geraten.«

»Er hat entschieden, als er seine Hellebarde nicht gepflegt hat. Aber du hast gehört, dass ich für ihn sorgen werde. Obwohl er jetzt keinen Nutzen mehr für uns hat, wird er immer zu essen haben, wenn die Legion in der Stadt ist.« Xerohn lächelte, was sein Gesicht noch unheimlicher machte. »Ich habe ein weiches Herz.«

Eivora schauderte.

»Du urteilst ungerührt.« Die Worte kratzten in ihrem Hals. »Ich glaube, du wärst ein guter Anführer für den Klingenrausch.«

8. Der Rat

Chastro erwachte. Er blieb reglos liegen.

Neben sich hörte er jemanden atmen. Er wusste, dass das nicht Ignuto sein konnte. Der Homunkulus atmete nicht, er nahm sich alles, was er brauchte, aus Chastros menschlichem Körper. Chastro vermied jedoch, den Kopf zu wenden, um nachzusehen, wer neben ihm lag. Dazu hätte er ihn weit nach links drehen müssen. Er fürchtete den Anblick der dämonischen Kreatur, die aus seiner Schulter wuchs. Vielleicht hätte er sie sogar gestreift und dadurch aufgeweckt.

Chastro presste den Mund zusammen, um ein Wimmern zu unterdrücken. So lösten sich stumme Tränen aus dem gesunden Auge. Er schmeckte ihr Salz, als sie die Oberlippe benetzten.

Er lauschte auf die Schläge seines von Ignutos Wurzeln umfassten Herzens. Wie kostbar war ihm jeder Augenblick, den er verbringen durfte, ohne dass der Homunkulus seinen Verstand würgte! Wie weit lag der letzte unbeobachtete Moment zurück? Ein Jahr – oder länger?

In jener Nacht war er in einem Zelt erwacht, am Rande eines rauchenden Trümmerfelds. Der Homunkulus hatte sich bis zur Erschöpfung am vorangegangenen Feuersturm berauscht, am Flehen der Hilflosen, die ihre Stadt hatten zu Asche werden sehen, und an den Schreien der Gequälten, die darin verbrannt waren.

Chastro blinzelte die Tränen fort. Das hatte er nicht gewollt. Er war nach Rorgator gekommen, um etwas anderes mit seinem Leben anzufangen als sein Vater, sein Großvater und sein Urgroßvater. Er hatte nicht immer nur Furchen durch denselben Acker ziehen wollen. Mit einem angespitzten Stecken – ›Speer‹ hatte er ihn genannt – hatte er sich auf den Weg gemacht.

Die Söldner hatten ihn verlacht, aber nicht lange. Er hatte in einer Prügelei drei von ihnen besiegt, einem sogar den Kiefer gebrochen. Die drei waren betrunken gewesen, er nüchtern, aber das hatte keine Rolle gespielt. Sie waren Freunde geworden. Den Dolch, den sie ihm besorgt hatten, besaß er noch immer.

Der Wunsch, die unterarmlange Klinge in die Hand zu nehmen, regte sich in ihm. Vorsichtig schob er die Füße über die Bettkante, dann erst setzte er sich auf.

Er befand sich in einem Raum, dessen Fenster ein Vorhang abdunkelte. Mehrere Kohlebecken verströmten Hitze und rotes Licht. Insekten umschwirrten die Glut. Sie suchten Wärme und fanden den Tod. Gerade jetzt platzte ein Chitinpanzer.

Hinter Chastro nuschelte eine Frau.

Wer mochte das sein?

Ein helles, schmales Gesicht mit edlen Wangenknochen tauchte in seiner Erinnerung auf – eine Priesterin, die ihr schwarzes Haar hochgesteckt trug. Großes Leid war ihr angetan worden.

Von ihm.

Er presste eine Faust vor den Mund, um nicht zu schluchzen. Die Bilder aus dem Tempel in Abidia überwältigten ihn. Da war eine Dienerin gewesen, die er geschändet hatte. Die anderen hatten gelacht, und er hatte die Männer ermuntert, es ihm gleichzutun. Später hatte diese Frau geschrien, weil sie in einen brennenden Teppich gewickelt durch den Saal gerannt war. Er hatte sie zu Tode gehetzt. Scham und Schuld würgten ihn. Er heulte lautlos wie ein Kind, das in einem Versteck saß und den zornigen Vater fürchtete, der seinen Namen brüllte.

Behutsam suchte er einen festen Stand und erhob sich. Statt des Kopfs drehte er den gesamten Körper, um nachzusehen, wer auf dem Bett lag.

Es war nicht die Priesterin, sondern eine Söldnerin. Er überlegte, wie sie hieß.

Prekesta. In dem Tempel aus seiner Erinnerung hatte sie einen Greis mit ihrer lederüberzogenen Eisenstange gequält. Chastro fiel ein, dass diese Frau ihn bewunderte und beneidete. Wenn er sie doch nur davor warnen könnte, was es bedeutete, einen Homunkulus zu tragen! Sie träumte von Macht und davon, dass andere sie fürchten würden. Ihm war es damals ebenso ergangen, auch ihn hatte der Feuerkult fasziniert. Aber die Wirklichkeit war auf brutale Weise anders. Von kurzen, kostbaren Momenten wie dem gegenwärtigen abgesehen, war er gefangen. Er dachte nur teilweise seine eigenen Gedanken, und seine Gefühle gehörten ihm noch weniger. Der Homunkulus drang nicht bloß in die Köpfe anderer Menschen ein, sondern vor allem in Chastros. Dort zog er nicht nur heraus, was er vorfand. Er wühlte auch darin herum, veränderte und zwang hinein, was ihm gefiel.

Chastro sah, dass er unbekleidet war, und das Gleiche galt für Prekesta. Der Geruch von Branntwein schwängerte die Luft im Zimmer, dazu kam die Hitze des Kohlebeckens. An den Wänden hingen bronzene Dämonenfratzen, die als Kerzenhalter dienten. Konnte sich ein Mensch hier wohlfühlen?

Nur, wenn er wahnsinnig ist.

Wie hätte er auch sonst tun können, wozu der Homunkulus ihn trieb?

Auf den Fußballen schlich er zur Waffenhalterung. Dort hingen ein Morgenstern, zwei gezackte Klingen, vier Peitschen, eine davon mit Glasscherben gespickt, und der Dolch von damals. Zärtlich hob er ihn heraus. Der Stahl war angenehm kühl. Er erinnerte Chastro an die Zeit, als er Abenteuer, Reichtum und Frauen gewollt hatte, nicht Zerstörung, Qual und dämonische Gelüste.

Die Klinge war stumpf, er pflegte sie offenbar schlecht. Aber immerhin hatte er sie nicht weggeworfen. Bedeutete das, dass auch in seinen dunkelsten Stunden noch ein kleiner Rest des damaligen Menschen in ihm lebte?

Der Gedanke gab ihm Kraft. Er ging an seiner von Stacheln und Dornen entstellten Rüstung vorbei zu einem Spiegel aus poliertem Metall.

Entsetzt schlug er die Hand vor den Mund. Der Homunkulus bot einen schrecklichen Anblick, wie er aus der nackten Schulter wuchs. Stränge aus dem grauen Körper mäanderten wie Krampfadern unter Chastros Haut, bevor sie sich tief ins Fleisch bohrten. Ignuto selbst wirkte wie aus Stein geschlagen. Seine Ärmchen stützten sich seitlich ab, die großen Ohren waren schlaff zusammengerollt, die Augen geschlossen, aber die Schlagschatten von den Wülsten darüber erzeugten den Eindruck dunkler Öffnungen, die alles sahen.

Mehr noch erschrak Chastro über sein eigenes Gesicht. Die linke Hälfte war viel stärker verbrannt, als er sie in Erinnerung hatte. Unwillkürlich betastete er sie. Sie fühlte sich an wie ausgeglühte Kohle, die jeden Moment zu Asche zerbröseln konnte. Aus der Schwärze glotzte ihn die Bronzekugel an, die das Auge ersetzte.

Zitternd hob Chastro den Dolch. Auf der Suche nach Freiheit hatte er den elterlichen Acker verlassen, und jetzt lag er in festeren Ketten als jeder Sklave. Der Tod wäre eine Erlösung. Er setzte die Klinge vor seiner Kehle an.

Wieder kamen die Tränen, und diesmal konnte er das Schluchzen nicht unterdrücken. Er hatte doch kaum gelebt! Was hatte er schon von der Welt gesehen außer Kampf und Elend? Und was hätte er aus seinem Leben machen können? Er hätte ein Stück Wald roden sollen, irgendwo in der Fremde, um dort seinen eigenen Acker zu bestellen. Nicht für einen Fronherrn, sondern nur für sich selbst.

Konnte er das immer noch?

Vorsichtig richtete er die Klinge auf den Homunkulus.

Man sagte, seine Wurzeln reichten tief, bis an das Herz des Trägers, und dass sie nicht zu entfernen seien, ohne dass der Mensch starb. Aber hatte man das jemals versucht? Die Dämonenpriester logen, wann immer es ihnen einen Vorteil verschaffte, und oft auch aus Langeweile.

Er zögerte. Wo saß das Leben in diesem kleinen, bösen Körper? Es war kaum vorstellbar, dass der Homunkulus ein Herz besaß. Aber wenn er den grauen Kopf abtrennte …

Der Dolch war stumpf. Sollte er sich besser eine andere Klinge holen? Wie viel Zeit hatte er noch, bis Ignuto erwachte?

Ganz sicher wäre er nur, wenn er sich selbst tötete. Ein kräftiger Stoß unterhalb des Kinns, durch den Rachen hindurch bis ins Hirn, das auf Ignutos Veranlassung so fürchterliche Dinge ersonnen hatte … Aber wenn er nicht genug Wucht hätte?

Im Spiegel sah er den verzweifelten Ausdruck auf der gesunden Hälfte seines Gesichts.

Vielleicht war ein Stich in die Kehle besser. Für einen Schnitt war der Dolch zu stumpf. Andererseits kannte er Kameraden, die eine solche Verletzung überlebt und nur die Stimme verloren hatten.

Also durch das gesunde Auge?

Schweiß glänzte auf seiner Stirn. Zitternd näherte sich der Stahl.

Was würde sein letzter Gedanke sein? Wem sollte er gelten?

Den Eltern, die er mit dem Hof allein gelassen hatte?

Er schämte sich so unendlich!

Plötzlich klopfte jemand an seine Tür.

Er schrak zusammen.

Der Homunkulus riss die bösen, schwarzen Äuglein auf.

Er war erwacht! Aber noch hatte Ignuto nicht begriffen, was Chastro vorhatte, noch konnte er …

Er liebte die Hitze, die den Raum erfüllte. Sie ging vom Kohlebecken am Fenster aus.

Prekesta rekelte sich auf dem Bett. »Wie spät ist es?«, murmelte sie. »Müssen wir schon antreten?«

Ein wenig Tageslicht schien durch den Vorhang vor dem Fenster, aber wen interessierte das, wenn die Kohlen so wundervoll glühten? Chastro-Ignuto stieß den alten Dolch hinein, Funken stoben auf und bissen in seine nackte Haut. Er grinste. Es gab kein erhebenderes Gefühl, als die Macht des Feuers zu spüren. Flammen waren so viel geheimnisvoller und stärker als ein Körper aus Fleisch.

Nochmals klopfte es.

Chastro-Ignuto nahm sich Zeit, die Glut zu beobachten.

»Mach auf!« Die geschlossene Tür dämpfte die Stimme. »Ich bin es, Eivora! Ich muss mit dir sprechen!«

Er horchte auf. »Hast du Sehnsucht nach mir?«

»Unsinn! Es geht um die Legion!«

Bedauernd betrachtete Chastro-Ignuto das Heft des Dolchs, der in den Kohlen steckte. Er wusste nicht, wieso, aber er wollte die Waffe herausziehen, sobald die Klinge rot glühte, und den Stahl mit seiner Hand umschließen. Das würde eine Brandnarbe geben, an der sich … jemand erfreuen würde. Und jemand anderen würde es an etwas erinnern. Aber an was?

»Jetzt mach endlich auf«, Eivora hämmerte gegen die Tür, »oder ist dein Schädel endgültig leer gekocht?«

Seufzend wandte sich Chastro-Ignuto um. Er würde die Tochter des gefallenen Flammenbringers anhören. Schließlich war er ein großmütiger Mann.

Viele Wappen, die die Wände der Kontrakthalle schmückten, waren zerbrochen, und viele Flaggen hatten Brandlöcher. Sie gehörten zu Städten und Einheiten, die die Krieger aus Rorgator erobert und besiegt hatten. Die Legionen veredelten ihre Feldzeichen mit Meriten, aber den entrissenen Stolz ihrer Gegner brachten sie hierher, um den Ruhm der Söldnermetropole zu mehren.

Dreizehn wuchtige Säulen stützten die hohe Decke. Für jede hatte eines der Mitglieder im Rat von Eisen und Gold die Patenschaft. Ihm oblag es, die jeweilige Säule so zu schmücken, dass die Würde der Halle und der Ruhm Rorgators betont wurden. An manchen hingen Heiligtümer aus zerstörten Tempeln, andere zierten Darstellungen von Dämonen oder Brustpanzer großer Anführer.

Das Portal war aus Schwertern gefallener Helden geschmiedet. Aus den Nischen unter der Decke starrten die Schädel von Auftraggebern herab, die geglaubt hatten, den Sold nicht bezahlen zu müssen, und von Söldnerführern, die ihren Kontrakt gebrochen hatten.

Der Rat von Eisen und Gold schickte seine Beobachter hierher. Sie gaben Auskunft über die Schlagkraft jeder Einheit, archivierten Dokumente über ihre Einsätze und die Lebensläufe der

Offiziere. Sie horteten auch Kartenmaterial aus allen Weltgegenden und Informationen, die einem Feldherrn halfen, Gefahren abzuschätzen und Strategien für Marsch und Belagerung zu schmieden. Sie sichteten ausgehandelte Kontrakte und überprüften nach ihrem Abschluss den Erfolg. Zudem verwahrten sie die Anzahlung auf den Sold, sodass sowohl Auftraggeber als auch Söldner sicher waren, dass nichts abhandenkam.

Man konnte Tische mieten, um zu werben oder sich werben zu lassen, oder in der Halle umherschlendern und darauf hoffen, lohnende Geschäfte zu machen. Bei größeren Abschlüssen nutzte man eines der Zimmer, in denen schwere Tuche an den Wänden hingen, damit kein Wort nach außen drang.

In einem solchen Raum stellte Eivora Garallo auf ein Pult, das eigentlich dazu diente, einen Vertragstext zu notieren. Der kleine Eisendämon mit den gebogenen Hörnern sah furchterregender aus, als sie ihn in Erinnerung hatte. Auf der Legionsstandarte hatte ihm die Witterung zugesetzt. Meister Gennetos hatte nicht nur die angeschmolzenen Stellen erneuert und das Eisen poliert, sondern auch die Schlitzpupillen und die spitzen Zähne im grinsenden Maul nachgearbeitet. Dadurch wirkte die Figur beinahe so lebendig wie der Homunkulus, der aus Chastro-Ignutos Schulter wuchs.

Der Avatar trug einen Verband um die linke Hand. Er sagte, es sei eine Brandwunde, aber dabei grinste er, als sei die Verletzung ein Sieg über jemanden, der ihn beleidigt hatte.

Unter den neun Kampfherren des Klingenrauschs, die auf den Stühlen vor Garallo saßen, herrschte gespannte Stille. Das hier waren keine zahmen Menschen, die gern gesittete Dispute führten. Jeder von ihnen hatte Dutzende Feinde erschlagen und Tausende Söldner in Schlachten kommandiert, in denen auf ihren Befehl hin gekämpft, verkrüppelt und gemordet wurde. Sie dachten, Eivora sei hier, weil in einer halben Stunde Prinz Gonter käme, der mit ihr die Vorverhandlungen geführt hatte und nun den Klingenrausch für den Sturm auf Ygôda anwerben wollte. Und jeder von ihnen erwartete, zuvor von Eivora als neuer Flammenbringer der Legion vorschlagen zu werden.

Ein gefährliches Spiel. Eivora atmete durch, während ihr Blick von Pirlitus schwarzem Gesicht über Jakenas graublondes Haar und den Rubin in Iskalas Stirn zu Xerohns beinahe skelettierter Gestalt sprang und dabei auch die anderen, manchmal von Übermüdung kündenden Mienen streifte. *Aber der Klingenrausch ist das Vermächtnis meines Vaters. Ich muss ihn bewahren.*

Eivora trug ihr leichtes Kettenhemd, und sie hatte das väterliche Schwert gegürtet. Der Griff war schlicht, das Leder abgegriffen. Der Knauf bestand aus Eisen. Eivoras Vater hatte damit manchem Gegner das Gesicht zerschmettert, wenn er zu nah gestanden hatte, um die Klinge einzusetzen. Die Scheide dagegen wies goldene Verzierungen auf. Ob die verschlungenen Symbole eine Bedeutung hatten, wusste niemand, vielleicht mit Ausnahme von Chastro-Ignuto. Jedenfalls zog das Gewicht an ihrer Hüfte, und die Spitze berührte beinahe den Boden, obwohl sie das Gehänge ohnehin schon höher angelegt hatte als üblich. Sie würde versuchen, das Schwert in das Tor der Kontrakthalle einschmieden zu lassen, und sicher würde Onkel Kasol ihr bei diesem Anliegen helfen. Aber heute war ihr wichtig, dass die Kampfherren an den Flammenbringer erinnert wurden, der den Ruhm ihrer Legion so weit gesteigert hatte, dass sie Elitestatus genoss. Nur vier weitere Söldnerverbände standen so hoch in der Beurteilung des Rats von Eisen und Gold.

»Einer von euch hat Zigûns Tod befohlen«, verkündete sie, »und er hat auch den Blitzstein an sich genommen.«

Die Temperatur im Raum schien schlagartig abzufallen. Die Schwerthände der Kampfherren bewegten sich in die Nähe ihrer Waffen. Eivora hoffte, dass sich einer von ihnen ertappt fühlte. Wenn sie sich irrte und doch die Blutkrähen den Blitzstein hatten, scheiterte ihr Plan.

Schnell sprach sie weiter. »Ich weiß nicht, wer von euch es ist. Es ist auch ohne Belang. Zigûn hat unser Feldzeichen verbrannt, er wollte die Legion verlassen. Was kümmert uns sein Tod? Und der Blitzstein ist noch immer bei einem von uns.«

»Vielleicht bei dir!«, schlug Jakena vor. Sie begriff als Erste, dass Eivora nicht vorhatte, sie zur Flammenbringerin zu machen.

»Nein, ich habe gegen die Angreifer gekämpft.«

»Lebt noch jemand, der das bezeugt?«

Eivora schwitzte unter dem stechenden Blick aus Jakenas Augen. Leronn und sie waren erst nach dem Kampf zusammengetroffen.

»Gebt mir ein bisschen Feuer«, schlug Chastro-Ignuto vor, »und ich hole die Wahrheit aus ihr heraus.«

Eivora lachte und hoffte, dass es belustigt oder spöttisch klang. »Wenn wir damit anfangen, können wir uns gleich Seite an Seite auf einen Scheiterhaufen stellen, damit uns der Avatar aus dem Verstand zieht, wer den Blitzstein geraubt hat! Aber auf diese Weise würden wir einen Kampfherrn verlieren«, sie machte eine Pause, um zu verdeutlichen, dass nur ein Kampfherr, nicht sie selbst, für den Raub infrage kam, »und hätten wohl auch eine Meuterei in der Legion.«

Die Angesprochenen murmelten unwillig.

»Hört mich erst an!«, rief Eivora. »Dann könnt ihr immer noch entscheiden.«

Sie blickte in die finsteren Mienen der Kampfherren und sah ihnen an, dass sie kurz davorstanden, diese Unterhaltung mit stählernen Zungen weiterzuführen. *Sie sind so wild!* Der Gedanke verunsicherte sie, aber er stärkte auch ihren Stolz auf den Klingenrausch. Wenn es gelang, diese Feldherren wieder zu vereinen, konnte die Zukunft der Einheit ebenso glorios werden wie ihre Vergangenheit.

»Keiner weiß, wer hinter dem Überfall steckt, und niemand braucht es zu wissen. Wenn der Blitzstein bis zu unserem Abmarsch wieder beim Sturmbanner ist, sind wir voll einsatzbereit. Also werden wir ihn dorthin zurückschaffen.«

»Und wie soll das geschehen?«, fragte Pirlitu, die sie von allen noch am wohlwollendsten betrachtete. »Angenommen, einer von uns ist schuldig.«

»Sagen wir nicht ›schuldig‹«, schlug Eivora vor. »Jemand hat die Initiative ergriffen.«

Das brachte ihr einige Lacher ein.

»Egal, wie du es nennst«, sagte Razonn, einer der drei Kampfherren der Pikeniere. »Du schlägst vor, derjenige soll sich jetzt reuig zeigen, aufstehen und geloben, das Artefakt zurückzugeben, das die Mauern bricht?« Zweifel stand in seinen großen Augen, und unter dem buschigen Schnurrbart zuckte ein ungläubiges Grinsen.

»Niemand braucht etwas zu gestehen.« Eivora zeigte auf Chastro-Ignuto. »Unser Avatar wird euch mit ein paar Sklaven besuchen. Sie werden jedem eine Kiste bringen, in der ein Stein liegt, der ebenso schwer wiegt wie das Artefakt. Alle Kisten sehen gleich aus. Derjenige, der den Blitzstein hat, wird ihn über Nacht gegen den Stein in der Kiste austauschen. Am nächsten Tag werden wir die Kisten mit einem Karren abholen und sie in ein Feuer kippen. Niemand wird zugegen sein, wenn das Holz verbrennt.«

»Und in der Asche werden acht Felsen und der Blitzstein liegen«, gluckste Chastro-Ignuto, als wäre es seine Idee gewesen.

»Der ausgetauschte Brocken wird irgendwo im Meer versinken«, ergänzte Eivora. »Niemand weiß, bei wem der Blitzstein war.«

»Das gefällt mir nicht.« Die Kälte in Xerohns Stimme jagte ein Schaudern über Eivoras Rücken. »Der Täter kommt ungestraft davon.«

»Es geht nicht um Strafe«, sagte Eivora. »Wir müssen an den Gewinn für uns alle denken. Der Klingenrausch ist eine Legende, und Ygôda ist voll Silber und Gold. Es kann unser sein, und das vieler weiterer Städte danach. Zersplittert werden wir niemals an solche Kontrakte kommen, auch nicht derjenige, der den Blitzstein besitzt.«

»Von dem ohnehin niemand wissen darf«, fügte Pirlitu hinzu. Sie sah Iskala an, die rotäugige Kampfherrin des Zauberbanners. »Solange sich unsere Gegner auf die Magier konzentrieren, die angeblich ihre Mauern einstürzen lassen, können wir den Blitzstein immer wieder in Stellung bringen. Sobald man vom Artefakt erfährt, wird man es uns abjagen wollen.«

Eivora nickte eifrig. »Da es dann keinen Grund mehr zur Geheimhaltung gibt, muss sich derjenige, der sich mit dem Blitzstein davonmacht, ohnehin klar sein, dass die anderen ihn hetzen werden.«

»Wie einen räudigen Hund, der einem den Braten vom Teller gestohlen hat.« Pirlitu runzelte die Stirn.

Xerohn beugte sich vor. »Ich will, dass wir das schwören. Verdammnis für den, der uns den Blitzstein vorenthält – und vorher ein qualvolles Sterben, das eine Woche lang andauert.«

Chastro-Ignuto zog eine Fackel aus der Wandhalterung. »Ich bin breit, den Schwur bei dieser Flamme abzunehmen!«

Eivora sah den Hass in den Augen, als die Kampfherren den Eid leisteten, und fragte sich, ob eine Legion, in der so viel Misstrauen und Rivalität herrschten, Erfolg haben konnte. Aber der Klingenrausch hatte schon immer starke Offiziere gehabt. *Und mein Vater war ein Flammenbringer, der sie alle unter seinen Willen zu zwingen vermochte.*

Aglix, der nicht mehr von Eivoras Seite wich und sie auch in die Kontrakthalle begleitet hatte, huschte das Pult herauf und kletterte auf Garallos Gesicht. Eivora schmunzelte, weil es aussah, als hätte jemand den Dämon mit schwarzgelbem Matsch beworfen. *Bring mir Glück, Kleiner*, bat sie in Gedanken. In ihrer Tasche spielten ihre Finger mit zwei Silbermünzen.

»Nun ist das geklärt«, sagte Xerohn. »Und ich werde dafür sorgen, dass dieser Schwur geachtet wird.«

»Wieso du, Xerohn?«, wollte Jakena wissen.

»Weil ich der nächste Flammenbringer des Klingenrauschs sein werde.«

»Ich habe Eivora bereits gesagt, dass mein Blut nie wieder einem anderen die Treue bezeugen wird.« Jakena griff an ihren Dolch. »Und dir werde ich das auch noch beibringen, wenn du es nötig hast. Du kriegst die Legion nicht!«

»Das stimmt!«, rief Eivora über das einsetzende Raunen hinweg.

Die Kampfherren sahen sie an.

»Alles stimmt. Ich habe Jakena gesagt, dass sie den Klingenrausch anführen wird. Und auch Asliva, Razonn, Pirlitu, Nomiron und allen anderen Kampfherren.«

Xerohn glotzte sie an. »Hast du den Verstand verloren?«

»Nein, und ich habe auch nicht gelogen. Ich kann nicht für die gesamte Legion entscheiden, aber ich erinnere mich, wie mein Vater sie geführt hat, und ich denke, mein Vorschlag ist gut. Jeder von euch wird den Klingenrausch führen – aber keiner wird es allein tun. Ihr bildet einen Rat.«

»Solche Flausen hast du sicher nicht von deinem Vater«, knurrte Jakena, »und auch von keinem von uns. Wir stehen lange genug auf Schlachtfeldern, um zu wissen, dass nur einer den Befehl haben kann.«

»Ist das so?« Eivora hielt den Blick der Kampfherrin mit ihrem eigenen fest. »Mein Vater hat stets euren Rat eingeholt, wenn er einen Feldzug geplant hat.«

»Das ist etwas anderes.« Pirlitus Stimme klang deutlich milder als die von Jakena. »Während der Planung hat man Zeit, aber in der Schlacht muss man rasch entscheiden, oder der Gegner nimmt einem die Entscheidung ab.«

Zustimmendes Gemurmel erhob sich.

»Deswegen hat sich mein Vater niemals in eure Kampfführung eingemischt!«, rief Eivora. »Xerohn, dir unterstehen fünfhundert Hellebardiere! Brauchst du wirklich jemanden, der dir erzählt, wie du sie einsetzen musst? Und Razonn! Sieben Banner Pikeniere, das sind siebenhundert Kämpfer! Redest du deinen Bannerherren hinein, wenn sie ihre Einheiten in Stellung bringen? Nein? Wieso sollte es dann ein Flammenbringer bei dir tun?«

»Jemand muss Entscheidungen für die gesamte Legion treffen«, sagte Jakena mühsam beherrscht.

»Solche Entscheidungen wird es geben«, stimmte Eivora zu. »Aber ein Rat kann sie genauso gut fällen. Denkt an den Rat von Eisen und Gold! Er herrscht über Rorgator, nicht ein Einzelner.«

»Das wird nicht ausreichen, wenn es dringend wird!«, insistierte Jakena.

»Ich stimme dir zu«, sagte Eivora, was Jakena sichtlich stärker irritierte als jeder Vorwurf, den man ihr hätte machen können.

Die Gesichter der Kampfherren waren noch immer nicht

freundlich, selbst bei Pirlitu überwogen die Zweifel. Aber immerhin glaubte Eivora jetzt, Nachdenklichkeit in ihnen zu erkennen.

»Wenn eine dringende Entscheidung zu fällen ist«, sagte Eivora, »dann ist jeder Kampfherr befugt, diese Entscheidung allein für die gesamte Legion zu treffen.«

Mit erhobenen Händen dämpfte sie den Protest.

»Aber er wird sich hinterher vor dem Rat dafür verantworten.«

Xerohn war der Erste, der erneut auf seinem Stuhl Platz nahm. »Nennt mich verrückt, aber ich glaube, es kann gelingen.«

Die anderen wirkten unschlüssig, nur Pirlitu grinste. War sie stolz auf Eivora?

»Denkt an Ygôdas Schätze!«, beschwor Eivora die Kampfherren und dachte selbst an einen Berg aus Silbermünzen. »Prinz Gonter wird gleich hier sein. Wenn wir dann nicht zugreifen, entrinnen uns diese Reichtümer! Und mit jeder Woche werden wir mehr Krieger verlieren. Käufliche Schwerter folgen denjenigen, die entschlossen voranschreiten, so war es immer! Das gilt für einzelne Offiziere ebenso wie für eine ganze Legion. Wir müssen zeigen, dass wir auch ohne meinen Vater unsere Schlagkraft behalten und Schätze an uns reißen.«

Noch immer wirkten alle außer Xerohn unschlüssig.

»Unsere Schlagkraft«, sagte Pirlitu, »beruht zu einem großen Teil auf dem Blitzstein. Selbst wenn wir ihn zurückerhalten, muss ihn jemand in die feindliche Stellung tragen. Dazu brauchen wir das Sturmbanner, und dessen Anführer ist tot.«

»Für diesen Feldzug können wir das Sturmbanner einen neuen Kommandanten aus seinen Reihen wählen lassen.«

»Nein, Eivora«, sagte Pirlitu.

Die klare Ablehnung fühlte sich an wie ein Schlag vor die Stirn.

»Du hast dir all das ausgedacht und uns an der Nase herumgeführt«, fuhr die Kampfherrin der Armbruster fort. »Jetzt musst du Verantwortung übernehmen. Ich bin dabei, aber du musst es auch sein. Wenn wir es so machen, wie du vorschlägst«, sie grinste, »dann will ich, dass du das Sturmbanner anführst.«

Hitze raste durch Eivoras Körper. Das Sturmbanner war eine beneidete und ruhmreiche Einheit, weil es die gefährlichsten Einsätze durchführte. Hundert Gründe fielen ihr ein, warum sie es unmöglich kommandieren konnte. Sie hatte nie lange den Befehl über ein Banner gehabt, die Krieger würden keine Fremde akzeptieren, sie war eine miserable Nahkämpferin, sie war jung.

Aber ein Grund sprach dafür: Nach den Blicken der Kampfherren zu urteilen, war dies die einzige Möglichkeit, den Klingenrausch zu bewahren.

Bringe die Truppe in eine Lage, in der sie nur siegen oder untergehen kann, erinnerte sie sich an die Worte ihres Vaters. *Jetzt bin ich in meine eigene Falle geraten.*

Chastro-Ignuto musterte Eivora, die jetzt eine Kampfherrin war und gemeinsam mit den anderen Kampfherren des Klingenrauschs vor dem großen Feuerfall im Glühenden Tempel stand. *Die kleine Schlampe hat es tatsächlich geschafft!*

Sie hatte sich auf ganzer Linie durchgesetzt. Die Kampfherren akzeptierten ihre seltsame Idee von einem Rat, der die Legion führte, und da sie das Sturmbanner befehligte, gehörte sie diesem Rat sogar an. Irgendein Kampfherr hatte tatsächlich den Blitzstein geraubt, und jetzt war er wieder da. Es hätte ins Bild gepasst, wenn Eivora selbst das eingefädelt hätte. Aber bei der Aktion mit den Truhen war sie noch keine Kampfherrin gewesen, also hatte Chastro-Ignuto nichts bei ihr abgeholt. Er hatte in der Asche gestochert, um herauszufinden, ob vielleicht ein Fels zu viel darin gelegen hatte – was darauf hingedeutet hätte, dass Eivora den Blitzstein vorher in den Scheiterhaufen geschmuggelt hatte. Wenn das tatsächlich zutraf, musste sie unglaublich raffiniert vorgegangen sein, denn der Avatar kam ihr einfach nicht auf die Schliche. Sie schaffte es sogar, dass sich ihre Gedanken mit anderem beschäftigten.

Derzeit vor allem mit Prinz Gonter. Dieser Geck sah aus wie geleckt in seinem feinen Zwirn mit dem übergroßen Wappen auf der Brust, das Löwe und Sternenfeld zeigte. Sein Vater hielt es nicht für nötig, nach Rorgator zu kommen. Deswegen leistete der Prinz jetzt selbst den Eid anstelle des Königs. Für die Legion war die Woche seit dem Aushandeln der Kontraktbedingungen eine willkommene Frist gewesen, um Verwundungen auszuheilen, Waffen und Ausrüstung zu erneuern und ein Feldzeichen weben zu lassen. Das Symbol von Hammer und Amboss zierte wieder eine Standarte, auf deren Spitze der grinsende Garallo hockte.

Jedenfalls schmeckte der Avatar auch jetzt die süßliche Anziehung zwischen Gonter und Eivora. Er fragte sich, ob sie die vergangenen Tage – und Nächte – miteinander verbracht hatten. Falls dem so war, ließen sie sich nichts anmerken, aber eine Kontraktzeremonie im obersten Dämonentempel Rorgators war auch der falsche Ort dafür.

Lisuta verlas den ausgehandelten Kontrakt. Ihr linkes Ohr, einstmals durch einen Axthieb gestutzt, war eine Nachbildung aus Gold, seit sie einen Sitz im Rat von Eisen und Gold innehatte. Auch sie war irritiert wegen des Gedränges auf der Empore am großen Feuerfall. Die Anwesenheit von Meister der Qualen Treskor setzte dem Ganzen die Krone auf. So gut wie nie würdigte der höchste Dämonenpriester einen Kontraktschluss mit seiner Aufmerksamkeit, er empfing allenfalls die Flammenbringer zurückkehrender Legionen, die sich mit herausragendem Ruhm bedeckt hatten.

Immerhin sah Chastro-Ignuto ihn so zweimal innerhalb kurzer Zeit. Er war sich nun sicher, dass sich das Brandzeichen auf dem kahlen Schädel veränderte. Es stellte jetzt eine andere Rune dar, die er ebenso wenig zu deuten wusste wie die vorige.

»… zusätzlich zum Sold für die Legion fünf Unzen fehlerfreies Gold als Anteil für die Dämonen«, las Lisuta gerade vor.

»Hier ist es.« Gonter hob einen Beutel hoch. Er schwitzte – natürlich nicht wegen des Gewichts, sondern wegen der Hitze, die vom Feuerfall ausging. Heute war das Magma dunkel, beinahe so rot wie Blut, und Brocken, die fest erschienen, stürzten darin herab.

Lisuta nahm das Gold. »Der Rat wird es verwahren und dem

Glühenden Tempel übergeben, wenn der Erfolg des Auftrags bestätigt wird.«

Chastro-Ignuto und Treskor nickten. Die gehörnte Silberschlange, die auch heute um die Schultern des Meisters der Qualen kroch, zischelte mit ihrer schwarzen Doppelzunge. Flammen stießen aus Ignutos Äuglein. Störte ihn etwas an dieser Wesenheit, oder begrüßte er sie?

Die Brandwunde auf Chastro-Ignutos linker Handfläche schmerzte. Draußen nässte sie, aber hier trocknete sie aus und wurde brüchig. Wenn er die Faust schloss, fühlte es sich an, als bohrten sich einhundert Glassplitter hinein. Er erinnerte sich nur noch dunkel daran, wie er sich die Verletzung zugezogen hatte. Er war wohl unvorsichtig mit dem albernen Dolch gewesen, den er noch von früher hatte. Am besten warf er dieses alte Ding bald weg.

Gonter schwor bei Leben und Seele, dass sein Vater sich an die Abmachung halten würde, die er hier und jetzt beeidete. Die Söldner würden Ygôda für König Harlef erstürmen, aber nicht allein, sondern gemeinsam mit dessen eigenen Truppen. Ihre Pflicht würde auch als erfüllt gelten, wenn die Legion ein Viertel ihrer Truppenstärke einbüßte. In diesem Punkt hatte Gonter gut verhandelt, üblich war ein Sechstel. Auch das Plünderrecht für den Fall, dass der Klingenrausch die legendären Mauern bräche, fiel mit nur einem Tag maßvoll aus.

Alle zehn Kampfherren schworen die Eidformel, was einige Zeit dauerte. Danach war Chastro-Ignuto an der Reihe. Vor Lisuta kniend gelobte er, die Einhaltung des Kontrakts zu überwachen und die Meriten der Legion zu verzeichnen. Gonter schluckte, als er formell zustimmte, Chastro-Ignuto als Beobachter zu akzeptieren.

In diesem Punkt konnte sich der Verehrer der Schlampe nicht durchsetzen.

Eivora ließ den anderen den Vortritt, als sie den Balkon am Feuerfall verließen. Auf diese Weise konnte sie den Blick auf Gonters wohlgeformtes Hinterteil genießen.

Sie schmunzelte. Der Kontrakt versprach, interessant zu werden – und das nicht nur wegen der Mauern von Ygôda. Sie hatte das Interesse in den Augen des Prinzen bemerkt und genoss die Vorstellung, seine kräftigen Hände auf der nackten Haut zu spüren.

Auch heute trug sie das Schwert ihres Vaters, aber sie hatte sich ein Gehänge anfertigen lassen, mit dem sie es auf dem Rücken befestigen konnte. Es war zu lang, um es bei dieser Trageweise zu ziehen, aber für sie wäre es ohnehin eine Zweihandwaffe. Wenn sie es überhaupt in einem Kampf einsetzte – vermutlich würde sie das nie tun, die Klinge war ihr zu schwer. Sie hatte es mitgenommen, um etwas von ihrem Vater bei sich zu wissen, wenn der Klingenrausch den ersten Kontrakt nach seinem Tod beeidete.

Doch in dem Moment, als sie die Empore verlassen wollte, um den Weg über die Basaltpfade aus dem Glühenden Tempel heraus anzutreten, spürte sie noch etwas anderes als das Gewicht des Schwerts in ihrem Rücken. Jemand starrte sie an.

Sie wirbelte herum. Zwar wusste sie von keinem Gegner, der ihr an diesem Ort nach dem Leben trachtete, aber man war besser einen kurzen Moment übervorsichtig als eine Ewigkeit lang tot.

Treskor, der Meister der Qualen, stand noch am Geländer. Unverhohlen grinste der kahlköpfige Hohepriester sie an. Die Schlange, deren silberne Schuppen so seltsam flackerten, als würden kleine Flammen in ihrem Innern brennen, kroch über seine Schultern.

Sonst befand sich niemand mehr auf der Empore.

Treskor neigte den Kopf ein wenig zur Seite.

Stirnrunzelnd betrachtete Eivora den Magmafall, der hinter hitzeflimmernder Luft in die Tiefe stürzte. Er war tiefrot, wie Blut, und ständig in Bewegung. Einzelne Ströme, einen Hauch heller oder dunkler, kamen hervor oder tauchten unter.

Doch da war noch etwas. Eivora kniff die Augen zu Schlitzen zusammen und hielt den Atem an.

Hinter dem Feuer, wo eigentlich nur Fels sein konnte, zeichnete sich eine Form ab. Sie war riesig, wenigstens fünf Schritt breit und doppelt so hoch. An den Seiten und unten war sie in geraden Kanten begrenzt, oben diffuser. Dort bildete sich ein Bogen, der sich ungleichmäßig ausformte. Zacken schoben sich zu den Seiten, vor allem aber in die Höhe. Rasch ragten sie auf wie gigantische Klingen.

Eivora atmete ein, und die Vision verschwand. Der Eindruck, dass jemand sie anstarrte, blieb jedoch. »Sind wir allein?« Ihre Stimme zitterte, als sie Treskor fragte.

»Wir sind nie allein«, gab er mit leichtem Tadel zurück. »Die Dämonen wohnen im Bösen, das wir in unseren Herzen nähren.«

Das war eine Auskunft, wie man sie von einem Priester erwartete. Irgendwie unheimlich, aber vor allem nichtssagend.

Schnaubend wandte sich Eivora ab.

Und in dieser Bewegung, im Umdrehen, sah sie die Form ganz deutlich. Da war kein Magma mehr, das irgendetwas verschleiert hätte. Vor dem Fall schwebte der Totenhelm ihres Vaters in der Hitze, riesenhaft vergrößert, aus strahlendem, Ehrfurcht gebietendem Gold, mit Schwertkrone, Hörnerring und Rune an der Stirnplatte. Das Metall schmolz im roten Dämonenfeuer.

»Rotes Gold«, stammelte Eivora.

»Du gehörst uns.« Treskor klatschte in die Hände, das Brandzeichen auf seinem Schädel veränderte sich, und die geschlitzten Pupillen der Schlange starrten Eivora an. »Ihr alle gehört uns!«

9. Der Aufmarsch

Mit der hohlen Hand schöpfte Eivora einen Schluck Wasser aus dem Bach, der über den spärlich bewaldeten Hang dem Warmen Isôn entgegengurgelte. Dreißig Schritt weiter grub sich dieser Fluss sein Bett ins grüne Tal. Dort unten wären sie rascher vorwärtsgekommen. Am Ufer wuchs nur kniehohes Sommergras, während hier am Hang Buschwerk zwischen den weißen Birkenstämmen stand. Aber Deani wollte den Sichtschutz nutzen, den die Bäume boten. Obwohl sie ebenso jung wie Eivora war, war sie ihre beste Kundschafterin.

Deani hockte ebenfalls am Bach, aber sie trank nicht, sondern schob das Gras mit den Fingerspitzen zur Seite, um eine Spur im feuchten Boden zu untersuchen. »Ein Hund«, sagte sie.

Ihre Stimme klang, als ob ihre Nase verstopft wäre. Das konnte jedoch nicht sein, denn ein Schwein hatte ihre Nase gefressen, nachdem ihr Fürst sie abgeschnitten hatte. Deani war eine Jägerin gewesen, die sich zu wenige Gedanken darüber gemacht hatte, welches Wild ihr Herr für sich selbst beanspruchte. Die Hirschkuh hätte ein paar prächtige Kitze werfen sollen.

»Vielleicht war es auch ein Wolf«, schlug Eivora vor.

Deani stand auf.

Obwohl sie genau darauf achtete, hörte Eivora kein Geräusch, nicht das leiseste Knirschen der Wildlederkleidung. Deani vermied Metall. Gürtelschnalle und Fibel bestanden aus Horn, Griff und Korb des Hirschfängers aus Bein. Der Köcher war mit Kaninchenfell gefüttert, damit die Pfeile nicht aneinanderschlugen. Das brünette Haar schnitt Deani selbst, die Büschel wurden nie länger als ein Finger. Es sah aus wie das Fell eines struppigen Hundes. Deani hatte wohl auch ein schönes Gesicht gehabt, noch heute war es schlank und an Kinn und Wangenkochen elegant geschwungen. Ein Lederkeil bildete eine Nase nach. An dem Band, das ihn in Position hielt, hing ein schwarzes Tuch, das den Großteil der unteren Gesichtshälfte bedeckte. Diese Maske nahm die Waldläuferin selten ab.

»Es war ein Hund.« Ihre braunen Augen blicken unnachgiebig.

»Ich dachte nur, weil wir doch letzte Nacht Wolfsgeheul gehört haben.«

»Du hast die Spur noch nicht einmal angesehen.« Deanis feine Brauen zogen sich zusammen. Trotz ihrer offensichtlichen Verärgerung flüsterte sie. Im Wald trugen Geräusche weit, hatte sie Eivora eingeschärft.

»Ich vertraue deinem Urteil«, versicherte Eivora.

»Das war ein Hund. Ungefähr so groß.« Sie zeigte eine Höhe knapp unterhalb ihrer Hüfte an. »Graues Fell. Jemand hat seine Krallen geschnitten, und das ist nicht länger als eine Woche her.«

»Schon gut. Ein Hund. Ich glaube dir.«

Eivora stand auf. Das Klirren ihres leichten Kettenhemds kam ihr laut vor.

Sie unterdrückte ein Seufzen. Eigentlich war es ein sehr schöner Tag, nicht so heiß wie gestern. Weiße, wattige Wolken zogen gemütlich über den blauen Himmel, auf der anderen Seite des Tals flog ein schnatternder Vogelschwarm von einem Baum zum nächsten. Ein sanfter Wind streichelte die Wipfel.

Deani zupfte ein Büschel Gras aus und warf es hoch. Es wehte auf den Bach hinaus, in die Richtung, in die sie unterwegs waren. Deani warf Eivora einen Blick zu, der ihre neue Kampfherrin an Fiafilas Fluch erinnern sollte.

Söldner neigten zum Aberglauben, und die Worte, die die Priesterin in ihrem geschändeten Tempel gesprochen hatte, waren ein beliebtes Thema an den Lagerfeuern des Voraustrupps, seit sie vor knapp zwei Wochen aus Rorgator aufgebrochen waren. Man glaubte, dass viel häufiger als sonst missgünstige Böen einen Jagdpfeil aus der Bahn drückten, und jetzt trieb der Wind ihre Witterung voraus.

Eivora zuckte mit den Achseln. Sie prüfte den Halt der Armbrust an ihrer Linken, spannte sie, legte einen Bolzen ein und sicherte ihn.

Sie betastete ihre Schultern, aber Aglix war wohl noch im Gebüsch unterwegs. Eivora hatte sich an den Feuersalamander gewöhnt, und sie mochte den Gedanken, dass er ihr Glück brachte. Immerhin hatte sie in Zigûns Turm überlebt, und für den Moment gelang es ihr, die Legion ihres Vaters zusammenzuhalten.

Das Sturmbanner war allerdings wenig begeistert von seiner neuen Kampfherrin und ließ sie das auch spüren. Die Krieger erwarteten, dass sie eher früher als später schlappmachte und dann einer von ihnen die Führung übernehmen würde. Das war wohl auch der Grund, aus dem so gute Leute wie Deani nicht ausgemustert hatten, um ihre Klinge einer anderen Legion anzubieten. Das und der innere Zusammenhalt einer Einheit, die oft hinter den gegnerischen Linien kämpfte.

Eivora bemühte sich, ihren neuen Untergebenen zu beweisen, dass sie die Truppe von innen heraus führen wollte und konnte. Trotzdem war Aglix bislang der Einzige, der ihr vertraute. Im Lager, wo die anderen mit den Pferden warteten, lag ein Korb mit den bunten Schnecken von ihrem Onkel Kasol, die der Lurch besonders gern fraß.

Jetzt aber schien er dem Ruf der Wildnis zu folgen und selbst Beute machen zu wollen. »Aglix …«, lockte Eivora.

»Still!«, zischte Deani. »Ober willst du gleich Posaunen blasen lassen, um unsere Ankunft anzukündigen?«

Ihr Blick bewies, dass sie Eivora für unfähig hielt. Der einzige Trost bestand darin, dass diese Abneigung nicht ihr im Speziellen galt. Sie traf jeden, der von einer anderen Einheit zum Sturmbanner stieß.

Eivora klopfte ein paarmal mit dem Fuß auf den Boden. Manchmal reagierte Aglix auf die Erschütterungen.

Deani zeigte nach Südwesten, in die Richtung, in die der Warme Isôn weiter unten durch das Tal floss. Wortlos sprang sie über den Bach und verschwand in der Vegetation.

Aglix huschte zwischen den Halmen heran. Kaum langsamer

kletterte er an Eivoras Bein herauf und nahm seinen Platz auf der linken Schulter ein.

»Du bist mit Sicherheit ein angenehmerer Begleiter als ein Homunkulus«, flüsterte Eivora ihm zu.

Am Morgen hatte sie der Zwiesprache gelauscht, die Chastro-Ignuto mit sich selbst geführt hatte. Schließlich hatte er sich zu einem Bad im Fluss durchgerungen, aber dem feuerliebenden Dämonoiden hatte das sichtlich missfallen. Entsprechend übellaunig war Chastro-Ignuto ins Lager zurückgekehrt. Er wollte einen Waldbauern oder sonst jemanden fangen, der hier in der Gegend lebte, und ihn auf die ihm eigene Art verhören, um den Stand bei der Belagerung Ygôdas in Erfahrung zu bringen.

König Harlefs Meldereiter war ausgeblieben, und das durfte man nicht einfach abtun. Eivora wollte aber auch nicht in Panik verfallen. Das Vorauskommando war zwar nur zwölf Helme stark und damit im Feindesland durchaus gefährdet, aber das Ausbleiben des Boten konnte viele Gründe haben. Freischärler mochten ihn abgefangen haben, oder er konnte auf den Gedanken verfallen sein, dass dieser Krieg doch nicht nach seinem Gusto war und sein Pferd ihn weit tragen würde, bevor man seine Desertion bemerkte. Oder er hatte sie einfach verpasst, weil er auf der anderen Seite des Tals geritten war.

Oder König Harlefs Stellung ist überrannt worden, mahnte sich Eivora zur Vorsicht, während sie über den Bach setzte und Deani nach Südwesten folgte. *Oder seine Truppen haben gemeutert, und sein Kopf steckt auf einer Stange.*

Es konnte nicht mehr weit bis zur belagerten Stadt sein. Sie wollten sich selbst ein Bild von der Lage machen, zu Fuß und unentdeckt, anstatt zu riskieren, unbedacht in ein gegnerisches Heerlager zu reiten.

Eivora behielt den Fluss, auf dessen Wellen die Sonnenstrahlen tanzten, im Auge, um sich der Richtung zu versichern. Sie konzentrierte sich darauf, möglichst leise aufzutreten, und vermied hastige Bewegungen, die die Kettenglieder ihrer Rüstung zum Klirren gebracht hätten. Wenn sie Zweige aus dem Weg drückte, ließ sie sie nicht einfach schnellen, sondern gab sie vorsichtig wieder frei.

Diese Art der Fortbewegung strengte an, aber Eivora bemerkte zufrieden, dass ihre Mühe Früchte trug. Meist war das Rauschen des Windes im sattgrünen Laub das lauteste Geräusch.

Sie blieb stehen, um ihren Atem zu beruhigen, und lauschte. Um sie herum herrschte Stille.

Sie hörte keine Vögel, abgesehen vom fernen Zwitschern des Schwarms am anderen Ufer. Auch Deanis Schritte entgingen ihr. Sie versuchte, die Waldläuferin zwischen den Birken zu erspähen.

Das Buschwerk war an den meisten Stellen nur hüfthoch, deswegen hätte die Bewegung eines Menschen auszumachen sein sollen. Eivora sah jedoch nur Zweige, die im Wind schwankten.

Sie hätten zusammenbleiben sollen! Das war auch Eivoras Befehl gewesen: Sie und Deani bildeten einen Spähtrupp, die anderen warteten im Lager bei den Pferden. Da war doch selbstverständlich, dass die Späher beisammenblieben, um sich gegenseitig zu decken! Stattdessen rannte Deani einfach los.

Wenn Eivora nach ihr riefe, würde sie sich nur wieder Spott und Geringschätzung einhandeln. Also sah sie sich weiter um. Hatte sie ihre Kameradin vielleicht überholt?

Aber die Waldläuferin bewegte sich in diesem Gelände viel geschickter als sie. Sie hatte einen Blick dafür, wo sich das Buschwerk leicht teilen ließ und wo man einen Bogen schlagen musste, um Unwegsamkeiten zu meiden und schneller vorwärtszukommen.

Aus dem Augenwinkel sah Eivora, dass sich Aglix auf ihrer Schulter versteifte. Waren die Instinkte des Tiers zuverlässiger als ihre eigenen Sinne? Was mochte der Lurch bemerkt haben? Vielleicht einen Geruch?

Dann musste der Wind ihn von dort heranwehen, woher sie gekommen war. Sie drehte sich um.

Der Wald erschien ihr nicht mehr friedlich. Seine Ruhe wirkte nun wie das Lauern eines Raubtiers. War diese gebogene Form an dem moosüberwachsenen Felsen wirklich nur ein Ast, oder war das eine armdicke Schlange? Eivora zielte mit der Armbrust an ihrem linken Unterarm.

Verdammt, wo steckt Deani?

Was nützte es, zu zweit auf Spähtrupp zu gehen, wenn sie sich so weit voneinander entfernten? Deani mochte eine hervorragende Kundschafterin sein, und sie hatte sich ihre Verdienste im Sturmbanner erworben, aber darüber würde Eivora mit ihr ein ernstes Gespräch führen! Xerohn hätte Deani für ihr Verhalten prügeln lassen, und vielleicht war das die richtige Methode.

Eivora hatte nun das deutliche Gefühl, beobachtet zu werden. Was für Raubtiere mochte es hier geben?

Mit Sicherheit die Wölfe, die sie schon gehört hatte. Vielleicht auch Bären? Man sagte, die gewaltigen Grauen knackten zuerst die Schädel ihrer Opfer, weil ihnen das Hirn besonders gut schmeckte.

Während sie die Linke mit der Armbrust weiterhin in die Richtung hielt, in die sie blickte, ballte sie die Rechte zur Faust. Sie spannte ihren Unterarm an, um das Zittern zu unterdrücken. Sollte sie ihr Kurzschwert ziehen?

Aber falls sie sich zur Flucht entschloss, wäre sie mit freien Händen schneller. Und in ihrer unmittelbaren Umgebung war nichts. Sie sollte auf jeden Fall die Möglichkeit für einen Schuss haben, bevor es zu einem Nahkampf käme.

Schweiß brach aus ihrer Stirn, als ihr klar wurde, dass sie die drei Schritt um sich herum nur deswegen problemlos sehen konnte, weil sie inmitten einer Lichtung stand. Sie war vollkommen ungedeckt … Jeder konnte sie sehen, und für einen Fernkämpfer bot sie ein leichtes Ziel.

Eivora wollte zeigen, dass sie geeignet war, die Einheit zu führen, nur deswegen war sie an vorderster Front dabei. Offenbar bewies sie gerade das Gegenteil.

Sie zog nun doch das Kurzschwert. Das kühle Schimmern des Waffenstahls beruhigte sie ein wenig. Die gebogene Klinge kannte keine Angst. Sie folgte den Befehlen ihrer Trägerin und senkte sich furchtlos in jedes Herz, in das Eivora sie stieß.

Aber dazu muss ich erst einmal treffen. Die Nervosität kehrte zurück. *Ich bin eine schlechte Fechterin.*

Holz knackte. Eivora zuckte in die Richtung des Geräuschs.

War jemand auf einen Ast getreten?

Oder hatte nur der Wind zu stark gedrückt? Oder war ein Tier in den Wipfeln unterwegs?

Deani ist irgendwo voraus, dachte Eivora. *Sie bewegt sich so unauffällig, dass ich sie nicht finden kann. Aber sie wird mich finden, wenn sie will. Das ist sicher.*

Der Gedanke, dass Deani sich ihrer in der Wildnis entledigen wollte, kroch in Eivoras Verstand. Die Söldnerin könnte die Leiche der ungeliebten Kampfherrin verscharren. Niemand fände sie wieder.

Wir sind zwar keine Freundinnen, aber Kameradinnen, wies Eivora sich selbst zurecht. *Wir haben auf das gleiche Feldzeichen geschworen.*

Wieder orientierte sie sich am Lauf des Warmen Isôn und setzte ihren Weg fort.

Sie kam nicht weit. Hinter dem nächsten Busch sprang ihr ein Hund mit langem, grauem Fell entgegen. Er bellte so laut, dass sie unwillkürlich das Kurzschwert fester packte. Als Kind hätte sie es noch fallen gelassen, aber ihr Vater hatte ihr beigebracht, sich kampfbereit zu machen, wenn sie erschrak.

Der Hund reichte Eivora bis zur Hüfte. *Genau, wie es Deani aus den Spuren gelesen hat.* Er trug ein mit fingerlangen Stacheln versehenes Halsband. Seine Zähne kamen Eivora vor wie Messer.

Hinter dem Hund trat ein Mann mit Rundhelm und Spieß zwischen den Bäumen hervor. Erleichtert sah Eivora das Wappen mit Löwe und Sternenfeld auf seinem Oberarm.

Darauf bedacht, keine hastige Bewegung zu machen, steckte sie das Kurzschwert weg und zeigte auf Harlefs Zeichen, das sie inzwischen auch selbst an der rechten Brustseite trug. »Wir sind auf eurer Seite«, sagte sie. »Dein König hat uns unter Kontrakt genommen.«

»Das kann jeder behaupten«, gab der Mann feindselig zurück. Er hielt den Spieß mit beiden Händen, die Spitze zeigte auf Eivora.

Immerhin verstummte der Hund. Allerdings beruhigte es Eivora nicht, dass er mit der langen Zunge die Lefzen leckte, als würde er sein Mittagsmahl betrachten.

»Wir sind der Klingenrausch«, sagte sie. »Sicher erwartet uns dein Herr bereits.«

»Auch an diese Information kann man leicht kommen«, beharrte der Mann. »Wie lautet die Parole?«

»Der letzte Meldereiter hat uns verfehlt.«

Harlefs Mann lachte spöttisch. »Etwas Besseres fällt dir nicht ein, Mädchen?«

»Ist das hier etwas Besseres?«, fragte jemand hinter ihm.

Ein zweiter Mann stolperte zu den beiden. Seine Hände waren auf den Rücken gebunden, und im Mund hatte er eine Art Beißholz, das wie ein Knebel an seinem Hinterkopf festgebunden war. Er fiel vor ihnen ins Gras.

Derjenige, der Eivora gestellt hatte, sah verdutzt zu ihm hinab.

Deani trat vor und ließ den Spieß des zweiten Mannes neben dem Hund zu Boden fallen. Das Tier sah sie an und witterte, bellte aber nicht.

»Dein Kamerad hat geschlafen«, stellte Deani fest. »Es wird wohl Zeit, dass Leute kommen, die das Kriegshandwerk ernst nehmen.«

»Wir sind nur ein vorgeschobener Posten«, verteidigte er sich, während der andere auf die Knie kam und unwillig an seinen Fesseln riss.

Deani verdrehte die Augen und sah Eivora an. Das Gesichtstuch wehte träge vor ihrem Mund, als sie sprach. »Wie geht es jetzt weiter, Kampfherrin?« Trotz der Ansprache ließ der gelangweilte Tonfall jeden Respekt vermissen.

Diese schlanke Frau hatte einen Recken niedergerungen, der sicher eineinhalb Mal so viel wog wie sie selbst. Nicht, weil er ein Feind gewesen wäre, sondern lediglich, um zu beweisen, dass sie es konnte. Und sie war sich ihrer Sache dermaßen sicher, dass die Angelegenheit sie langweilte wie andere Leute ein ereignisloser Tag auf dem Exerzierplatz. Weder der zweite Mann noch der Hund, vor dem Eivora so erschrocken war, besorgten sie.

Sturmbanner. Eivora schluckte.

Sie riss sich zusammen und wandte sich an den Mann, der gerade die Schnur zerschnitt, die den Ast im Mund seines Kameraden hielt. »Ich denke, dein König erwartet uns.«

»Ja, schon gut. Wir wollen keinen Streit.« Sein Wille war gebrochen. Er würde tun, was sie von ihm verlangten.

Der Wind war tatsächlich gegen sie. Er trieb Wolken heran, und jetzt nieselte Regen auf den dichten Wald am Hang des Kerôn. Grundsätzlich war der Berg für die Ankunft der Legion gut gewählt. Seine Lage zwischen dem Warmen und dem Kalten Isôn schloss einen überraschenden Überfall der Verteidiger aus. Aber das war ohne Belang, solange das Feuer nicht in Gang kam. Missmutig betrachtete Eivora die Legionsstandarte, deren Stoff schwer in der einsetzenden Abenddämmerung hing und inzwischen so nass war, dass er tropfte. Garallo blickte natürlich in Richtung des Waldes, aber Eivora bildete sich ein, zu wissen, dass das dämonische Grinsen auf dem eisernen Gesicht jetzt unsicher aussah.

»Das Feuer wird triumphieren.« Der Homunkulus auf Chastro-Ignutos Schulter schaute grimmig, seine Brauen verbanden sich zu einem durchgängigen Wulst. Das vertiefte den Schatten der weiten Kapuze noch, die nach links versetzt war, sodass sie neben dem menschlichen Kopf auch die dämonische Wesenheit vor dem Regen schützte. »Nichts vermag der Macht der Flammen zu widerstehen.«

»Hoffen wir es«, sagte Eivora. »Sonst werden wir einen schwachen Eindruck beim König machen.« Eine runde Münze tanzte zwischen ihren Fingern vor und zurück.

Harlef, sein Sohn Gonter und ihre Eskorte näherten sich vom Feldlager her, das sie nahe am Warmen Isôn aufgeschlagen hatten. Sie ritten auf Hengsten, deren Zaumzeuge und Decken reich mit Troddeln verziert waren. Die einfachen Krieger, die seit einer Stunde Reisig und Öl unter die Bäume schleppten, kleideten sich wesentlich bescheidener. Auch bei ihnen prangte jedoch das Wappen mit Löwe und Sternenfeld auf jedem Wams.

Eivoras Blick wanderte weiter zu Ygôdas legendärer Mauer. Man erkannte sie bereits aus dieser Entfernung, wie ein Gebirgsmassiv wuchs sie aus dem Horizont, den die gerade, blaue Linie eines Sees bildete. Der Puls der Söldnerin schlug schneller, während sie die steinerne Herausforderung betrachtete, der sich die Truppen stellen würden. Zerbräche der Ruhm des Klingenrauschs an diesem Bollwerk – oder würde es ihm in die nächste, glorreiche Ära nach Kester helfen?

Etwas glänzte oben auf der Mauer. Es war viel zu weit entfernt, um zu erkennen, ob Helme, Waffen oder etwas ganz anderes die Strahlen der untergehenden Sonne zurückwarf, aber Eivora glaubte, dass es sich um Metall handelte. Weshalb hätte man Wasser oder Kristall dort hinaufschaffen sollen? Wenn der Bericht, den Gonter in Rorgator gegeben hatte, zutraf, war die Stadtmauer einhundert Schritt hoch. Eivora bezweifelte, dass sie jemals einen Turm gesehen hatte, der höher gewesen wäre. Dennoch wirkte das Bauwerk auch auf diese Entfernung klobig und schwer, wie der Amboss eines Riesen, der auf der Erde lastete.

Missmutig betrachtete sie die Sonne. Im Westen gab es keine Wolken. Nur hier, wo die Söldner es am wenigsten brauchen konnten, regnete es.

Eivora steckte ihre Münze weg. Sie und ihre Begleiter neigten das Haupt, als König Harlef sein Pferd zügelte, aber sie knieten nicht. Die Söldner aus Rorgator knieten vor keinem Herrn.

Die Pagen gebärdeten sich umso unterwürfiger. Sie sanken in den Matsch und stützten die Hände auf den Boden, damit der König und sein Sohn ihre Rücken als Trittstufen benutzen konnten.

Harlef war ein großer Mann, der sein ergrautes Haar in schulterlangen Locken trug. Eine grob genähte Narbe zog sich vom rechten Augenwinkel bis zum Kinn, wo sie den schütteren Bart teilte, in dem jedes der drahtigen Haare bestrebt schien, sich möglichst weit entfernt von den anderen zu halten. Der König trug eine gezackte, edelsteinbesetzte Krone, an seinen Fingern funkelten Rubine und Smaragde. In den Eisenharnisch war sein Wappen geprägt und mit kräftigen Farben ausgemalt, ein goldenes Fell für den Löwen, darüber silberne Sterne.

Gonter lächelte Eivora an, als er abstieg. Er trug eine ähnliche Rüstung wie sein Vater, aber in seinem Blick lag Wärme.

Eivora spürte, wie sie zurücklächelte.

Aber Gonter konnte sie später begrüßen. »Majestät«, sie schlug die Faust vor ihren Brustpanzer, wie es unter Kriegern üblich war, »wir sind herbeigeeilt, um uns gemäß des durch Euren Sohn geschlossenen Kontrakts in Euren Dienst zu stellen.«

Harlef hob seine Geiernase ein Stück an. »Dann seid Ihr die Flammenbringerin meiner neuen Legion?«

»Eivora ist Kampfherrin«, stellte Chastro-Ignuto genüsslich klar, »keine Flammenbringerin.«

»Der Klingenrausch wird vom Rat der erfahrensten Offiziere befehligt«, erklärte Eivora.

Harlef lüpfte eine Braue. »Ja. Ich hörte davon. Seltsam.«

»Das hat keinerlei Auswirkung auf unsere Schlagkraft«, versicherte Eivora.

»Das will ich hoffen.« Während er die Linke auf dem kunstvoll gearbeiteten Griff seines Schwerts abstützte, wischte die Rechte in Richtung des Vorauskommandos. »Wir wollen rasch fortfahren, damit aus diesem traurigen Dutzend eine Truppe wird, mit der ich etwas anfangen kann.«

»Wir brauchen ein Feuer«, sagte Chastro-Ignuto.

»Ach!« Zornig sah Harlef ihn an. Erst nach einem Moment schien er die Einzelheiten im Schatten der Kapuze zu erkennen. Beim Anblick des halbseitig verbrannten Gesichts und der dämonischen Kreatur, die aus der Schulter wuchs, zögerte er. »Was denkt Ihr«, fuhr er etwas ruhiger fort, »wieso meine Leute das Zeug in den Wald schleppen? Ich weiß, dass Ihr ein Feuer braucht.«

»Mit Verlaub, Majestät«, sagte Eivora, »wir sollten uns beeilen, damit der Regen unser Vorhaben nicht verdirbt.«

Gonter stellte sich neben seinen Vater und zwinkerte Eivora zu.

»Weibel!«, verlangte der König.

Ein Mann mit einem prächtig gewachsten Bart kniete neben ihm nieder.

»Was dauert so lange? Mach den Faulpelzen Beine! Ich will meine teuer bezahlte Legion.«

»Jawohl, Majestät.« Er stand auf, lief in Richtung Wald und schrie die Krieger an.

»Schick das Zeichen, damit sie sich bereit machen«, forderte Eivora Chastro-Ignuto auf.

Zweifelnd sah der Avatar in den Himmel. Ein Schwall Hitze ging vom Homunkulus aus und wehte aus der Kapuze. »Ich glaube nicht, dass das hier so schnell geht. Wir haben noch Zeit.«

»Was soll das bedeuten?« Harlef starrte Eivora an. »Kampfherrin?«

Eivora trat so nah neben Chastro-Ignuto, dass die anderen ihr Raunen nicht hören konnten. »Mach keinen Ärger.«

»Wieso nicht?« Der Avatar lachte leise. »Ich würde zu gern einen königlichen Wutanfall sehen.«

»Er ist unser Auftraggeber«, zischte Eivora.

»Und er hat uns angeheuert, weil er uns dringend braucht. Sieh dir nur diese prächtige Stadtmauer an.«

»Was ist jetzt?«, rief Harlef. »Habt Ihr Eure Leute nicht im Griff?«

Flammen züngelten aus den ersten Reisigballen, aber Fallwinde drückten sie nieder.

»Mach schon!«, knirschte Eivora.

Chastro-Ignuto grinste zu ihr herab. »Wenn du willst, dass ich dir einen Gefallen tue, musst du schon bitten.«

»Das ist keine Bitte, sondern ein Befehl!«

»Nur ein Flammenbringer kann einem Avatar befehlen.«

Sie presste die Zähne aufeinander. Er wusste genau, dass der neu gebildete Rat den Status eines Flammenbringers besaß und jeder einzelne Kampfherr in Abwesenheit der anderen

Vollmacht hatte, für die gesamte Legion zu entscheiden. Aber sie hatte keine Zeit für ein Wortgefecht. »Bitte«, würgte sie hervor.

Er neigte sich ein wenig, wodurch das Leder seines weiten Mantels knirschte. An mehreren Stellen schoben sich die Dornen seiner Rüstung durch vorgefertigte Löcher, einige kamen Eivoras Gesicht unangenehm nah. »Ich habe dich nicht verstanden.«

»Bitte!«, brüllte sie so laut in sein Ohr, dass er zurückzuckte.

Er lachte. »Aber gern.«

Der Avatar stellte sich vor das Feldzeichen, ließ sich eine Fackel reichen und strich mit der Flamme über das eiserne Idol, wobei er einen unverständlichen Singsang aus Zisch- und Fauchlauten anstimmte.

»Der Wind«, murrte Gonter. »Diese Böen machen uns Schwierigkeiten.«

»Mehr Öl!«, verlangte Harlef.

Sofort eilte man, um den Befehl zu erfüllen. Eivora sah, dass die Männer des Königs gut diszipliniert waren. Ihre Weibel zogen sie hangaufwärts zusammen, um dort mit aller Entschlossenheit ein Feuer zu erzwingen. Dennoch taten sie sich schwer gegen die Witterung.

»Wie steht es mit der Belagerung, Majestät?«, fragte Eivora.

»Ich werde Euch morgen in meinem Zelt empfangen, wenn Eure Führung vollständig eingetroffen ist. Für den Moment nur so viel: Seit einem Mond hat niemand Ygôda verlassen. Zu dieser Jahreszeit erwarten sie eigentlich die Viehtriebe aus dem Süden. Dort fressen sich die Tiere über Frühjahr und Sommer Fleisch und Speck an, im Herbst bringt man sie in die Fette Ebene, wo sie ihre Käufer finden. Normalerweise würde das Vieh jetzt in den Schlachthöfen von Ygôda brüllen. Stattdessen nehme ich den Züchtern die Rinder ab.« Er lachte. »Schließlich habe ich ein Heer zu versorgen.«

»Ich hoffe, Ihr werdet nicht arm dabei.«

Harlefs Lachen verstummte. »Haltet Ihr mich für dumm?«

»Das liegt mir fern, Majestät. Es war nur ein Scherz.«

»Ist es in Rorgator üblich, mit dem König Schabernack zu treiben?«

Eivora riss sich zusammen, um nicht darauf hinzuweisen, dass Rorgator keinen König kannte. »Ich sprach unbedachte Worte«, beschwichtigte sie stattdessen.

»So ist es.« Harlef nickte barsch. »In der Tat zahle ich dem Pöbel einen guten Preis. Es soll sich herumsprechen, dass in der Fetten Ebene noch immer die besten Geschäfte zu machen sind. Aber wenn in den nächsten Monden die große Masse eintrifft, werde ich einen Preis zahlen, der mir besser gefällt.«

Eivora schwieg lieber, als den Monarchen weiter zu verärgern. Sie betrachtete die dunkle Mauer am Horizont, auf der es noch immer metallisch glänzte, und den See davor, durch dessen Wasser weiße Schlieren zogen. Sie schienen kein Effekt der untergehenden Sonne zu sein, denn während die Abenddämmerung voranschritt, nahm ihre Helligkeit zu.

Erst als Chastro-Ignutos Zeremonie zum Ende kam und Garallo in einem eigenen, grünen Feuer brannte, loderte auch im Wald eine so große Anzahl Bäume, dass man davon ausgehen durfte, dass sich die Flammen ausbreiten würden. Tatsächlich hätten die Fallwinde das Feuer jetzt in den hangabwärts liegenden, dichten Bewuchs getragen.

Als sei ihnen das bewusst, trat plötzlich Windstille ein. Die Krieger mussten daher auch die anderen Brandherde selbst entzünden. Immerhin versiegte der Nieselregen.

Als die Flammen auf einer halben Meile Breite prasselten, war der Himmel bereits dunkel. Im Süden, jenseits der Wolken, funkelten die Sterne, und der Mond stand rötlich schimmernd im Osten über dem Höhenzug des Worân. Um die Standarte herum schien das Licht des Waldbrands hell genug, um Aglix' gelbe Musterung auszumachen. Der Feuersalamander zeigte keine Furcht, er reckte den dreieckigen Kopf den Flammen entgegen. Die Pferde dagegen scheuten, man brachte sie hinunter zum Fluss. Die Hitze trieb Eivora den Schweiß aus den Poren, und auch das Gesicht des Königs glänzte. Er stand stolz und aufrecht in Erwartung der Streitmacht, die ihm den Sieg bringen sollte.

Ein Gefühl von urtümlicher Kraft erfasste Eivora, während ihr der harzige Rauch in die Nase stieg und sie das Wüten der Flammen betrachtete. Prasselnd und fauchend züngelten sie hierhin und dorthin, immer auf der Suche nach neuer Nahrung, nach weiterem Holz, zusätzlichen Opfern, die sie vernichten wollten. Stämme platzten auf, Baumkronen vergingen in einem Auflodern, das nur ein paar Herzschläge andauerte.

»Ist alles, wie es sein soll?« Aufregung zitterte in der königlichen Stimme.

»Es ist perfekt«, versicherte Eivora, und Chastro-Ignuto nickte mit einem befriedigten Lächeln. Grüne Flämmchen züngelten aus den Augen des Homunkulus.

Zunächst wurde der Rauch nur unmerklich dicker, aber dann stiegen ölige, schwarze Schwaden so dicht auf, dass sie die Sterne verhüllten. Sie blieben jedoch wie eine Decke über dem Feuer und senkten sich dann sogar ab, um den Waldbrand zu ersticken. Bald war vom Feuerschein nichts mehr zu sehen, und auch Garallos grünes Licht erstarb. Die Männer des Königs entzündeten Laternen. Asche trieb in dicken Flocken durch die Luft. Eivora presste die Lippen zusammen und blinzelte.

Sie hörte das Klappern von Metall und das Husten der Krieger. Nach und nach entzündeten sich Lichter inmitten des Qualms. Weibel und Rottmeister brüllten Befehle. Sie hörte, wie dreieinhalbtausend Söldner Marschformation einnahmen.

»Majestät«, sagte sie, »der Klingenrausch ist eingetroffen.«

10. Das Lager

»Die hat noch nicht einmal richtige Brüste!« Gonters Vater lachte. »Du solltest Besseres gewohnt sein! Ich habe dir ganz andere Stuten ins Bett gelegt.«

»Ich bin nicht in sie verliebt«, sagte Gonter schwach.

»Das will ich auch hoffen«, versetzte sein Vater. Er betrachtete sich im Spiegel und rückte die Krone zurecht.

Auch im Feld achtete der König darauf, seine Stellung mit angemessenem Prunk zu unterstreichen. Sein in mehrere Bereiche unterteiltes Zelt durchmaß fünfzehn Schritt und beinhaltete neben einer imposanten Schlafstätte und dem Thron auch eine Speisetafel und ein Gemälde, das den Monarchen auf den Trümmern von Egaste zeigte. Harlef sah sich gern als Kriegerkönig.

»Sie ist ein mickriges Ding, eher Mädchen als Weib.« Gonters Vater gürtete sein Schwert. Der Griff aus Gold und Elfenbein sah prächtig aus, lag jedoch schlecht in der Hand. »Aber sie ist zu wild für eine Mätresse. Das sieht man an den Augen.«

Er blickte Gonter an.

»Die Augen verraten alles.«

Gonter nickte.

»Außerdem gilt es zu bedenken, dass du bald heiraten wirst«, sagte der König gut gelaunt. »Da darfst du dich vorher auf nichts einlassen, was unangemessen viel Aufmerksamkeit erfordern würde.«

»Natürlich nicht, Vater.«

»Ich hoffe, der Fürst von Ygôda begeht keine Dummheit.« König Harlef runzelte die Stirn. »Man hat schon davon gehört, dass Väter ihre Erbinnen kurz vor dem Fall ihres Reichs an einen Taugenichts mit tapferem Herzen verschleudert haben. Nur, weil sie nicht den Eroberer heiraten sollen!« Unwillig schüttelte er das gekrönte Haupt. »Dann müssten wir Irûna zur Witwe machen, damit du sie ehelichen kannst. In dem Fall würde der Anstand eine Wartezeit von einem Mond gebieten, besser zweien. Eine lästige Verzögerung.«

»So dumm wird man in Ygôda sicher nicht sein.«

»Nein.« Gonters Vater lachte und klopfte ihm auf den Rücken. »Sie sind Kaufleute. Die wollen sich alle Möglichkeiten offenhalten und den Wert ihrer Ware bewahren.«

»Bestimmt.«

Der König fasste seinen Sohn an den Schultern und sah ihn ernst an. Der Blick aus den grünen Augen kam Gonter kühl vor, die breite Narbe wirkte wie eine schlafende Schlange. Der Wind drückte gegen das Zelttuch, das die Geräusche des Heerlagers dämpfte.

»Jeder Krieger muss seinen Platz kennen«, belehrte ihn sein Vater. »Nur so steht die Schlachtreihe fest. Du bist mein Erbe, Gonter. Du wirst alles besitzen, was ich hinterlasse. Ygôda muss dazugehören, und zwar nicht als Brutstätte für Rebellionen, sondern als treue Stadt. Du brauchst einen Erben, der unser Blut mit dem der Titanen verbindet.«

»Niemand glaubt an dieses Märchen.«

»Die Menschen glauben, was ihnen hilft, die Welt zu verstehen«, widersprach er. »Die Klugen genauso wie die Dummen. Wenn sie sehen, dass unser Banner über einem Fürstentum weht, das reicher und mächtiger ist als alle anderen, werden sie nach Erklärungen dafür suchen. Warum nicht, dass wir über die Kraft der Titanen gebieten, die Ygôdas Mauer errichtet haben?«

Gonter wusste, dass er kein Kind der Liebe war. Sein Vater hatte einen Hochseehafen gebraucht, deswegen hatte er Estene geehelicht, die ihre Tage nun meist in einem idyllischen Palast fernab von ihrem Gatten verbrachte. Harlef hatte seinen Sohn dem Fürsten von Ygôda angedient. So hätte er die Stadt ohne Truppen einnehmen können. Nun gab es eben Krieg, was ihm auch recht war. Die Stadt der Titanen in die Knie zu zwingen würde andere Rivalen verhandlungsbereiter machen.

»Der Rat des Klingenrauschs wartet bereits«, erinnerte Gonter.

»Ich weiß. Es ist gut, wenn sie warten. Das macht ihnen bewusst, wer der Herr über ihre Zeit ist.« Er grinste. »Derselbe, der auch über die Streitmacht gebietet, in die sie sich jetzt eingliedern werden.«

»Sie behalten stets ihr eigenes Kommando«, gab Gonter zu bedenken.

Die Miene seines Vaters verdunkelte sich. »Sie werden tun, was ich ihnen sage.« Fest drückte er Gonters Schultern, als könne er, indem er das Zugeständnis seines Sohns herauspresste, auch der Wirklichkeit seinen Willen aufzwingen. Vielleicht vermochte er das tatsächlich. Er hatte die Macht seines Königreichs verzehnfacht.

»Sie haben den Kontrakteid abgelegt«, lenkte Gonter ein.

»Ich will nicht, dass du dir zu viele Gedanken um diese kleine Söldnerin machst. Der Klingenrausch ist ein Werkzeug, und ein teures dazu. Wir müssen dafür sorgen, dass er sein Silber wert ist.«

»Ich verstehe.«

»Noch nicht ganz, scheint mir. Worin besteht der Lohn, den wir diesen Schwertern zahlen?«

»Gold, Silber und ein Plünderrecht«, zählte Gonter auf.

Sein Vater ließ ihn los, zog seine hellgraue Tunika zurecht und betrachtete sich nochmals im Spiegel. »So ist es. Hast du schon einmal Söldner eine Stadt plündern sehen?«

Es war eine dieser Fragen, auf die er die Antwort bereits kannte. Gonter gab sie dennoch, alles andere hätte seinen Vater gereizt. »Nein, nie.« Bislang hatte der König seinen Erben von den Schlachtfeldern ferngehalten. Mit dem Fall der Titanenstadt sollte man ihn jedoch in Verbindung bringen.

»Ein Söldner rafft zusammen, so viel er tragen kann.« Er reckte das schütter behaarte Kinn. »Je weniger Söldner am Ende der Belagerung noch etwas tragen können, desto weniger werden sie aus der Stadt herausschleppen, die dann uns gehören wird.«

Gonter überlegte, ob er seinen Vater richtig verstanden hatte. »Aber …«

»Schau nicht so betroffen. Zur rechten Zeit darf ein Herrscher sein Herz erweichen lassen, aber hier sind wir im Krieg. Jeder unserer Männer, der hier fällt, ist einer weniger, der zu Hause sein Feld bestellt und uns mit seinem Weib neue Untertanen schenkt. Jeder tote Söldner dagegen …«, er zuckte mit den Achseln, »… bedeutet mehr Reichtum, der in unseren Händen verbleibt.«

Gonter presste die Lippen zusammen und nickte.

»Und jetzt hilf mir, meinen Harnisch anzulegen.«

Eivora und die anderen Kampfherren saßen um den lang gezogenen Tisch, der unter dem Baldachin vor König Harlefs Zelt stand. Ihre Handwaffen lagen in einer bewachten Kiste. Sie hatte überlegt, wenigstens ein Wurfmesser im Ärmel der Lederrüstung einzuschmuggeln, aber das hätte unnötigen Ärger gegeben, falls sie aufgeflogen wäre.

So war die gezackte Klinge, die Atirions Rechte ersetzte, die schwerste Bewaffnung, die sie in der Nähe seiner Majestät aufboten. Die Hand des Kampfherrn war auf dem Schlachtfeld geblieben, als er noch mit einem Zweihandschwert Breschen in Formationen gegnerischer Hellebardiere geschlagen hatte. Vom Kriegerhandwerk hatte er auch nach seiner Verkrüppelung nicht gelassen. Er kümmerte sich um die Versorgung des Klingenrauschs, war aber auch ein brillanter Planer, der sich jede Kleinigkeit merkte und mit dem reichen Vorrat von Erlebnissen und Berichten in seinem Gedächtnis kombinierte. Jetzt benutzte er die glatte Schneide des an seine Unterarmknochen geschraubten Dolchs, um einen Apfel zu zerteilen. Geräuschvoll biss er ab und kaute schmatzend.

Der König ließ seit Sonnenaufgang auf sich warten. Inzwischen kam die Sonne über den Rücken des östlichen Höhenzugs. Das war der Worân, wie Eivora gelernt hatte. In der zunehmenden Helligkeit war die Erschöpfung der Söldner deutlich zu erkennen. Der Marsch durch das Feuer benötigte kaum Zeit, zehrte aber an den Kräften, und eine Nacht unter abgespannten Zeltplanen im Wald brachte nur wenig Erholung. Heute würden sie ihr Lager errichten. Morgen wären sie jedem Gegner gewachsen.

Jedenfalls hoffte Eivora das. Sie sah Aglix zu, wie er über die Karte huschte, die so groß wie ein Teppich war und die gesamte Breite des Tischs einnahm. Er verharrte auf der leuchtend blauen Fläche des Schimmersees, drückte die Vorderläufe durch, formte seinen schwarzgelben Körper zu einem Bogen und legte den Kopf in den Nacken.

»Allmählich gewinne ich den Kleinen lieb.« Jakena grinste. »Vielleicht ist es doch ganz gut, dass wir ihn nicht auf einen Stock gespießt und gebraten haben.«

»Von dem würdest du sowieso nicht satt«, meinte Pirlitu.

Ihrer Bemerkung fehlte die Schärfe, die oft in der Stimme der schwarzen Kampfherrin lag, wenn sie mit Jakena sprach. Ihr Streit gründete auf der Uneinigkeit, welche ihrer Einheiten entscheidender für die Fernkampfstärke des Klingenrauschs war. Jakena befehligte siebenhundert Bogenschützen, deren Salven auf dem Schlachtfeld vor Edunborg die Reiterei Herzog Horals zum Stehen gebracht und am folgenden Tag sein halbes Heer zerlegt hatten. In seinem dreiundneunzigsten Feldzug hatte der Klingenrausch nahezu ausschließlich dadurch den Sieg errungen, der Pfeilregen hatte die gegnerische Moral erschossen. Pirlitu gebot über eine halbe Tausendschaft Armbruster. Niemand konnte bezweifeln, dass ihre Bewaffnung moderner war, die Schüsse präziser und mit einer Wucht versehen, die nicht von der Körperkraft der Krieger abhing. Dennoch hatte sie bislang keinen so spektakulären Erfolg errungen, und das fraß in ihr.

Atirion schluckte einen Bissen hinunter. »Vor allem würde es jedem schlecht bekommen, an einem Feuersalamander zu knabbern. Die Viecher sind giftig.«

Aglix setzte seinen Weg fort. Er schnüffelte an dem Block aus schwarzem Holz, dessen Form dem Umriss nachempfunden war, den Ygôdas gewaltige Stadtmauer vorgab. Er war eine saubere Arbeit, aber das metallische Glänzen, das Eivora auch jetzt wieder sah, wenn sie über den See zur Stadt schaute, fehlte. Dafür hatte man die Tore markiert.

Die Hälfte der Darstellung nahm die grüne Fläche der Fetten Ebene ein, durch die sich der Große Isôn zog. Zu beiden Seiten des Flusses stand eine Kriegerfigur in den Farben König Harlefs, um zwei Feldlager zu kennzeichnen. Eine dritte Figur, in Rüstung und Bewaffnung den beiden anderen gleich, aber mit einer Krone auf dem Helm, war am Warmen Isôn positioniert, wo sie sich gerade befanden. Die Gesichter aller drei Krieger waren der Stadt zugewandt.

König Harlef trat aus dem Zelt. Eivora erhob sich, die anderen Kampfherren taten es ihr gleich, teils mit sichtbarem Widerwillen.

Der König trug ein graues Gewand unter dem Harnisch mit seinem prächtig bemalten Wappen. Ein protziges Schwert hing an seiner Seite, Juwelen funkelten in der gezackten Krone. Eivora fand Gonters blaue Augen schöner. Der Prinz kam einen Schritt hinter seinem Vater. Trotz seiner kräftigen Gestalt wirkte er merkwürdig klein.

»Endlich sind meine Söldner da.« Harlef stellte sich vor den Thron und legte zwei Kriegerfiguren, deren Rüstungen mit dem Wappen des Klingenrauschs bemalt waren, auf den Tisch. Er ließ den Blick über die zehn Kampfherren schweifen.

»Dieser Feldzug kostet ein Vermögen«, stellte Harlef fest. »Und zwar jeder Tag davon. Wie schnell könnt Ihr Ygôdas Mauern brechen?«

»Solche Dinge benötigen eine gründliche Vorbereitung«, sagte Iskala mit diesem Flüstern, das wie ein Hauch aus dem Jenseits klang und das sie wie keine Zweite beherrschte. Sie war eine dürre Frau, was sie größer erscheinen ließ, als sie war. Ihr Schädel war größtenteils geschoren, nur ein Dutzend brünette Zöpfe schienen sich wie Schlangen aus ihrem Hinterkopf zu winden. Darauf achtete aber kaum jemand, der sie das erste Mal sah. Zu auffällig waren die Augen, die sie mit irgendeiner Tinktur rot färbte, und der sechseckige Rubin in ihrer Stirn.

Auch Harlef brauchte einen Moment, um sich zu sammeln.

»Ich habe nicht gefragt, ob es Mühe kostet«, sagte er dann barsch, »sondern, wann es vollbracht sein wird.«

»Zuerst müssen wir uns mit den Gegebenheiten dieses Ortes vertraut machen«, flüsterte Iskala. »Die Kräfte von Fäulnis, Verderben und Tod haben ihren eigenen Willen.«

»In einem siegreichen Heer«, knurrte Harlef, »gibt es nur einen Willen: den seines Anführers. Was mich zu der Frage bringt, wer bei Euch das letzte Wort hat.«

Die Kampfherren sahen Eivora an. »Wir bilden einen Rat«, erklärte sie. »Wir entscheiden gemeinsam.« *Seltsam, dass ausgerechnet ich als Unerfahrenste für alle spreche*, dachte sie. Das mochte aber auch daran liegen, dass jeder andere Kampfherr als jemand wahrgenommen werden mochte, der sich auf Kosten der anderen in den Vordergrund drängte, sodass sie sich zurückhielten, um niemanden zu reizen.

Harlef schnaubte. »Dann hoffe ich, dass Ihr vor lauter Beratschlagen noch zum Kämpfen kommt. Mein Sohn hat meinen Befehl befolgt, als er Euch unter Kontrakt nahm, aber als ich diese Order erteilte, wusste ich noch nicht, in welcher Verfassung sich Eure Legion befindet. Leider fehlt dem Prinzen die Erfahrung, richtig auf eine solche Lage zu reagieren.«

»Möglicherweise bereut Ihr, dass wir auf Eurer Seite stehen?«, fragte Xerohn mit seiner Fistelstimme. Im fahlen Morgenlicht glichen die tief liegenden Augen den Öffnungen in einem Totenschädel.

Vielleicht musste man erfahren haben, auf welche Weise Xerohn seine Hellebardiere disziplinierte, um die Gefährlichkeit des ruhigen Mannes einschätzen zu können. König Harlef ließ sich keine Unsicherheit anmerken. »Die Lage ist, wie sie ist«, stellte er klar. Er zeigte auf Ygôda. Nicht auf das Modell auf der Karte, sondern auf das dunkle Massiv, das am Horizont auf dem See lag. »Dort ist unser Ziel. Eure Aufgabe besteht darin, meine Truppen hineinzubringen.«

»Und das werden wir tun«, sagte Eivora ihm zu. »Dazu wäre es hilfreich, wenn Ihr uns die taktische Lage erläutern könntet.«

»Zuerst will ich verstehen, was ich für mein Silber gekauft

habe.« Vielsagend betrachtete er Atirions Klingenhand. »Mehr als ein paar Krüppel, hoffe ich.«

»Ich versichere Euch«, begann Eivora, »dass Atirions planerischer Verstand …«

Der Kampfherr hob seine Rechte. Die Sonne schimmerte auf der Schneide, mit der er sich jeden Morgen die Wangen schabte. »Ich kann für mich selbst sprechen«, sagte er. »Aber der Klingenrausch ist gewohnt, seinen Wert mit Stahl statt mit Worten zu beweisen.«

»Stahl«, Harlef stützte sich auf der Tischplatte ab, »schlägt nur ein paar Kratzer in diese Quader. Wenn ich Euch anschaue, sehe ich nur eine, die mir etwas bieten kann, das ich nicht schon habe.« Sein Blick richtete sich auf Iskala. Der Rubin in ihrer Stirn schien ihn nicht mehr zu beunruhigen.

»Unsere Zauber werden die Mauer zum Einsturz bringen«, log sie. »Zu gegebener Zeit.«

Sie befehligte eine Truppe aus Gauklern, die sich als Magier ausgaben und das mit dem ein oder anderen fingerfertigen Trick glaubhaft machten. Vom Blitzstein wusste außerhalb des Kreises der Kampfherren kaum jemand. Stattdessen nahm man an, Zauberei lenke die Gewalt eines Gewitters in die feindlichen Stellungen. Es war eine aufwendige Tarnung, denn die angeblichen Magier wurden immer wieder zum Ziel gegnerischer Vorstöße und brauchten daher ebenso viel Schutz, als hätten sie tatsächlich die Macht, die sie vorspielten. Dabei lag ihr Wert jenseits dieser Täuschung ganz woanders. Die Legende, die Iskala wob, beinhaltete, dass die Magier stets in roten Gewändern und maskiert erschienen. Dadurch kannte niemand ihre Gesichter, was sie zu guten Spionen machte, wenn sie unauffällige Kleidung trugen.

»Lasst mich nicht zu lange auf eine Kostprobe Eurer Kunst warten«, forderte Harlef. »Bis es so weit ist, soll sich Euer Stahl«, sein Blick streifte Atirion, »nützlich machen.«

»Das wird er«, versprach Eivora. »Ihr habt nicht nur das Zauberbanner angeworben«, sie zeigte auf Iskala und schwenkte sofort weiter zu Xerohn, »sondern auch fünfhundert Hellebardiere«, zu Jakena, »siebenhundert Bogenschützen und eineinhalbtausend Pikeniere.« Razonn, Asliva und Nomiron standen nebeneinander. Unter ihnen war die Rangfolge klar. Razonn befehligte sieben Banner, die beiden anderen nur jeweils vier, und obwohl jeder Kampfverband spezielle Manöver beherrschte, stachen bei keinem die Fähigkeiten dermaßen heraus, dass sie den Unterschied in der Zahl ausgewogen hätten. »Dazu kommen fünfhundert Armbruster unter Kampfherrin Pirlitu, ebenso viele Schanzknechte, die Oraneta befehligt, mein Sturmbanner und die Stabseinheit Atirions, die Euch die Bürde der Planung für diese Legion abnimmt.«

»Schön.« Mit einem Knall stellte Harlef eine der Kriegerfiguren mit dem Wappen des Klingenrauschs ans Westufer des Schimmersees. »Dort will ich Euer Lager haben.« Die andere positionierte er am Ostufer, womit er beinahe Aglix traf. »Und hier.«

Der Feuersalamander flitzte zu Eivora und verschwand in ihrem Ärmel. Harlef sah ihm nach, wandte sich aber rasch wieder der Karte zu.

»Nach Norden hin werden die Ygôder am ehesten ausrücken.«

»Wieso stehen Eure eigenen Truppen nicht dort, Majestät?«, fragte Eivora.

»Weil sie sich an anderer Stelle nützlich machen.« Er zeigte auf die beiden Figuren in der Fetten Ebene. »Die Viehhändler treiben ihre Tiere an den Fluss, wo sie saufen. Dort lernen sie dann gleich die Truppen kennen, die hier jetzt das Sagen haben.«

»Und Ygôda sieht zu?«

»Wir wissen inzwischen, wie weit ihre Geschütze reichen.« Harlef grinste. »Was mich zu der Frage bringt, ob Ihr ebenfalls Katapulte zu bauen gedenkt?«

»Vielleicht«, sagte Oraneta. Die untersetzte Frau war vor Harlefs Eintreffen mehrfach um den Tisch gegangen, um sich jede Einzelheit der Karte anzusehen. »Ich nehme an, die verschiedenen Farben kennzeichnen die Höhe des Geländes?«

Der König nickte, wobei Lichtreflexe aus den Juwelen in

seiner Krone über die Karte huschten. »Beiderseits des Kerôn haben der Kalte und der Warme Isôn ein Tal gegraben, das zum Titanenfelsen hin abfällt. Der Stein dort ist sehr hart, die Witterung kann ihm nichts anhaben. Während das Land weiter absinkt und in die Fette Ebene übergeht, steht dieser Klotz unberührt. In seiner Oberfläche gibt es eine Mulde, in der sich der Schimmersee sammelt. Wo der Große Isôn aus ihm entspringt, spannt sich die Stadtmauer über das Wasser.«

»Also ist sie unter Wasser offen?«, fragte Eivora.

»Die Ygôder wissen um diese Schwachstelle. Massive Pfeiler reichen bis zum Grund, dazwischen versperren Gitter jedem, der dicker ist als ein Fisch, den Zugang. Zudem haben sie eine Reihe von Türmen in den See gesetzt, die die Wasserseite schützen.«

»Wir sollten es uns dennoch ansehen.«

»Wozu? Ihr werdet doch an anderer Stelle eine Bresche schlagen!«

»Das mag sein«, sagte Eivora ruhig, »aber ich nehme an, dass es Euch angenehm ist, wenn wir möglichst wenig von der Befestigung Eurer künftigen Stadt zerstören.«

Harlef verzog den Mund, nickte aber.

»Außerdem müssen sie wissen, von wo aus ein Ausfall erfolgen könnte«, meldete sich Gonter.

»Verstehst du jetzt auch schon etwas vom Kriegshandwerk?«, blaffte Harlef.

»In der Tat hat Euer Sohn offenkundig viel von Euch gelernt«, sprang Eivora ihm bei. »Wir sollten diese Stelle überwachen. Falls die Verteidiger mit Booten ausrücken, können sie in einem weiten Radius operieren.«

»Sie könnten sogar den Warmen Isôn herauffahren, bis hierher«, sagte Gonter.

Der König runzelte die Stirn. Eivora vermutete, dass er sein Lager zwischen den beiden Flüssen aufgeschlagen hatte, weil er sich hier sicher wähnte. Eine Annahme, der er sich nach dieser Überlegung wohl nicht mehr ganz so gewiss war.

»Es ist immer klug, wachsam zu sein«, räumte er ein. »Natürlich habe ich bereits wehrhafte Posten aufgestellt, auch vor den Toren.«

»Ihr sagtet, dass Ihr einen Ausfall am ehesten im Norden erwartet. Wieso nicht im Süden? Dort könnten sich die Verteidiger doch das Fleisch der Herden holen.«

»Im Norden würden sie über den Titanenfels marschieren. Er ist weitgehend eben und geht schnell in das fruchtbare, höher gelegene Land über. Im Süden fällt er steil ab.«

»Weil sich das Land in dieser Richtung absenkt, der Felsen aber seine Höhe behält«, murmelte Oraneta.

»So ist es. Der Große Isôn stürzt fünfzig Schritt in die Tiefe, wenn er Ygôda verlässt. Sein Wasser trifft mit solcher Wucht auf, dass der Nebel bei Windstille bis zu den Mauern aufsteigt. Bei einer Brise sieht es so aus, als würde heller Rauch über das Land treiben.«

»Was ist mit den Toren im Süden?«, fragte Eivora.

»Im Südwesten führt ein schmaler Pfad hinauf, der immer nach ein paar Dutzend Schritt die Richtung wechselt, wie ein Weberschiffchen. Man geht im Zickzack. Einen Handkarren kann man dort hinaufschieben. Wenn sich zwei Fuhrwerke begegnen, wird es eng. Sie kommen nur an den Kehren aneinander vorbei.«

Er zeigte auf das zweite Südtor.

»Das ist noch schlimmer. Endlose Treppenstufen. Träger können mit Kiepen einiges herauf- und hinabschaffen, aber eine Kampfeinheit müsste in Dreierreihe absteigen. Die Hundertschaft, die ich dort stationiert habe, wird sie mit Leichtigkeit aufhalten.«

»Und wenn sie Unterstützung von den Mauern erhält?«, fragte Oraneta. »Steine, die man herabschleudert? Oder siedendes Öl?«

Harlef lächelte herablassend. »Das Öl würde einhundert Schritt fallen, um die Höhe der Mauer zu überwinden, und noch fünfzig, um zum Boden des Stiegs zu gelangen. Bis dahin ist es eine laue Brühe.«

»Es sei denn, sie kippen es aus Öffnungen in der Mauer statt von den Zinnen.«

»Auch dann sind es noch fünfzig Schritt«, sagte Harlef unwillig. »Und sie würden ihre eigenen Leute eher treffen als uns, weil diese näher an der Mauer stehen. Das gilt auch für Steinbrocken.«

Oraneta bestätigte mit einem knappen Nicken, dass sie diese Erklärung vorläufig akzeptierte.

»Die einzigen geeigneten Ausfalltore«, fuhr Harlef fort, »befinden sich im Norden. Zum Horntor führt die Straße aus der Fetten Ebene. Dahinter liegen die Schlachthöfe, in denen jetzt eigentlich die Ochsen ihr Leben herausbrüllen sollten.« Er grinste. »Im Nordwesten ist das Sonnentor. Es ist sehr prächtig, ich würde begrüßen, wenn Ihr es nicht beschädigt. Dahinter wohnen die Edlen.«

Nachdenklich betrachtete Eivora die Karte. Unter dem Ärmel kitzelten Aglix' Füßchen auf ihrer Haut.

Zwischen den Figuren, die die Lager des Klingenrauschs markierten, dehnte sich die blaue Fläche des Schimmersees. Wenigstens drei Meilen trennten sie, wie ein Rabe flog, eher sogar vier oder fünf. Auf diesem Weg konnte man aber keine Truppen verschieben. Dazu musste man den See im Norden umgehen und dabei zwei Flüsse überqueren oder nach Süden in die Fette Ebene hinabsteigen, den Großen Isôn überwinden und dann auf der anderen Seite wieder hinaufmarschieren. Mit einem Kontingent von mehreren Bannern brauchte man in beiden Fällen drei Stunden, selbst im Eilmarsch, nach dem die Krieger erschöpft auf dem Schlachtfeld einträfen. Ihre Gegner dagegen würden den kürzeren und vollständig geschützten Weg innerhalb ihrer Stadt zwischen Sonnentor und Horntor wählen, wenn sie den Kampfschauplatz wechseln wollten.

»Das gefällt mir nicht«, fasste sie ihre Gedanken zusammen.

»Ach.« Harlef stützte die rechte Faust auf den Tisch. Die Narbe in seinem Gesicht sah aus wie eine Kerbe in einem Holzpflock. »Mir gefällt auch nicht, dass es keine Bresche in dieser Mauer gibt. Daher wüsste ich es auch sehr zu schätzen, wenn Ihr das ändern würdet. Moment!« Er tat, als fiele ihm etwas

Wichtiges ein. »Genau dafür bezahle ich doch eine Söldnerlegion, nicht wahr? Wie heißt sie noch …«

»Als Ihr den Klingenrausch angeheuert habt«, sagte Asliva, »ging es Euch wohl nicht nur um ein paar Waffen und die Arme, die sie schwingen. Ihr wollt sicher auch das Wissen nutzen, das in unseren Köpfen steckt.«

Schweigend sah Harlef die Kampfherrin an. Für eine Fünfunddreißigjährige, die sich im Söldnergeschäft nach oben gekämpft hatte, wirkte sie auffällig unversehrt, ganz ohne sichtbare Narben. Die einzige Verwundung, von der Eivora wusste, hatte sie zwei Zehen gekostet. Sie war keine Schönheit, dafür waren ihre Gesichtszüge zu hart, aber ihre Finger waren fein wie die einer Flötenspielerin, und das brünette Haar trotzte dem Alter. Eivora vermutete, dass Asliva besonderes Öl benutzte, um seinen Glanz zu bewahren. Manche Söldner munkelten, dass sie es aus den Leichen der Gefallenen wrang, aber Eivora nahm an, dass das ein Missverständnis war. Wenn jemand auf diese Weise Öl gewann, dann war es das Zauberbanner. Sie brauchten es, um das Schwertfeuer zum Brennen zu bringen.

»Viele Auftraggeber fanden es nützlich, unserem Rat zu vertrauen«, fuhr Asliva fort.

»Das führt zu besseren und schnelleren Ergebnissen«, pflichtete Nomiron ihr bei. Gemessen an der ständigen Konkurrenz zwischen den Kampfherren verstanden die beiden sich gut. Sie tauschten sogar Ausbilder für die Pikeniere aus. Nomirons Spezialität waren Zangenbewegungen. Die Söldner scherzten, dass sein schwarzer Bart deswegen nur die Wangen bedeckte und sich dem Kinn näherte wie zwei Flügel Nahkämpfer, die ihre Gegner zusammentrieben.

»Wenn Ihr glaubt, Ihr könntet hier Euren eigenen kleinen Krieg ausfechten«, sagte Harlef ruhig, »dann könnt Ihr gleich wieder gehen. Der Klingenrausch wird tun, was mir nützt. Ansonsten ist er mein Silber nicht wert.«

Drückendes Schweigen lastete auf der Versammlung.

»Wir dienen Eurem Ziel, so gut wir es vermögen«, sagte

Eivora vorsichtig. »Dazu gehört auch, dass wir unsere Erfahrung einbringen. Nichts anderes meint Asliva.« Sie sah der anderen Kampfherrin in die Augen. *Jetzt bloß kein Widerwort.*

»Ich bin nicht sicher, ob ich korrekt verstanden wurde«, sagte Harlef eisig.

»Wir werden die Nordtore besetzen«, versicherte Xerohn leise, »und die Stadt für Eure Truppen öffnen. Dann müssen diese allerdings bereitstehen, statt in der Fetten Ebene Kälber zu streicheln.«

»Das werden sie«, sagte Harlef. »Gebt mir rechtzeitig Bescheid, und meine Krieger werden ihre Pflicht erfüllen.«

»Beobachtet den Himmel«, hauchte Iskala. Der Rubin in ihrer Stirn sah aus wie getrocknetes Blut. »Dunkle Wolken gehen dem Sturm voraus.«

»Ich habe davon gehört, dass Ihr stets ein Gewitter heraufbeschwört.«

Nein, dachte Eivora. *Genau das vermögen wir nicht.* Sie mussten auf Gewitterwolken warten. Dann galt es, den Blitzstein in Position zu bringen, unter freiem Himmel, im Innern der Befestigungsanlagen, damit das Artefakt seine Wirkung entfaltete. *Hoffentlich treibt uns bald ein günstiger Wind das Wetter herbei, das wir brauchen.* Am liebsten hätte sie Xerohns Zusage zurückgenommen. Sie wusste, dass sie den anderen Kampfherrn unmöglich bloßstellen konnte, aber die Vorstellung, die Legion in zwei Lager aufzuteilen, behagte ihr immer weniger, je länger sie darüber nachdachte.

Das Fass mit dem Apfelmost war zu schwer, als dass Fiafila es hätte anheben können, aber keiner der Söldner machte Anstalten, ihr zu helfen. Mittlerweile hätte sie das auch nicht mehr gewollt, sie betrachtete jeden Halbschritt, den sie das Ding näher ans Vorratszelt heranschaffte, als Triumph. Sie drückte einen Fuß dagegen und zog die Oberkante zu sich herüber, bis es leicht kippte. Die Flüssigkeit im Innern schwappte, das Fass war im oberen Fünftel leer. Es leckte irgendwo, der Geruch von sauren Äpfeln stieg ihr in die Nase. Sie fand ihn belebend, genau das, was sie jetzt brauchte, um trotz der brennenden Muskeln durchzuhalten.

Sie würde den Kriegern beweisen, dass sie kein verzärteltes Püppchen war! Mit krampfenden Armen rollte sie das Fass auf der Kante. Auf diese Art konnte sie die Richtung nur grob bestimmen. Als Fiafila versuchte, direkter zum Vorratszelt zu kommen, verlagerte sich das Gewicht auf unerwartete Weise. Der Nagel ihres rechten Ringfingers klemmte in einer Rille der groben Maserung und drehte sich, als das Fass in seinen Schwerpunkt zurückkippte. Sie war froh, dass der Boden laut genug aufschlug, um ihr Wimmern zu übertönen. Fiafila presste die Lippen zusammen und widerstand dem Drang, den Finger in den Mund zu stecken.

»Geht das da bald weiter?«, rief Tersten, der Weibel, der beim Entladen der Versorgungskarren die Aufsicht führte. Er packte auch selbst mit an, gerade jetzt trug er eine Rinderkeule auf der Schulter. Das Tier konnte erst vor Kurzem geschlachtet worden sein, Blut tropfte vom rohen Fleisch ins Gras.

»Ich schaffe es schon«, versprach Fiafila. Sie durfte ihn nicht zu sehr reizen, schließlich war sie eine Gefangene, und man hatte sie mitgenommen, damit sie ihr Essen abarbeitete.

Ringsum errichteten die Söldner ihr Lager. In diesem Bereich, am nördlichen Rand, stellte das Sturmbanner seine Zelte auf. In Rorgator hatte sich Fiafila an Pirlitu gehalten, Eivoras Freundin und Befehlshaberin der Armbruster. Die Schwarzhäutige war eine lebenslustige Frau, die gern trank und feierte, aber auch darauf achtete, dass ihrer Krieger in Form blieben. Wer tagsüber zu oft die Zielscheiben verfehlte, musste abends auf den Wein verzichten. Fiafila gegenüber hatte sie eine ebenso einfache Regel aufgestellt. Sie war eine Gefangene, und solange sie keinen Ärger machte, galt Kesters Befehl, und niemand krümmte ihr ein Haar. Sollte sie jedoch versuchen, zu fliehen, würde Pirlitu für Fiafilas Haar eine neue Verwendung finden.

In Rorgator hatte die Autorität der Kampfherrin sie geschützt, aber seit sie mit der Legion durch das Feuer geschritten war, hatte man sie wieder an Eivora überstellt. Das gefiel ihr eigentlich gut, sie mochte die kleine Frau, die sich trotz ihrer Jugend so erfolgreich durchsetzte. Doch Eivora ließ sich kaum sehen. Gerade jetzt übte sie sich mit einigen ihrer Krieger im Speerwurf. Deswegen fühlte sich Fiafila allein inmitten der Söldner des Sturmbanners, und deren Ablehnung sah sie in jedem Blick.

Gerade setzte sie an, das Fass erneut zu kippen, als eine kleine, aber kräftige Faust daraufkrachte und es zurück in die alte Position zwang. »Du solltest dich an etwas versuchen, das du besser beherrschst.«

Die Stimme klang gedämpft, als hielte sich die Sprecherin die Nase zu. In Wirklichkeit hatte sie wohl keine mehr, sie trug eine Maske über der unteren Hälfte des Gesichts, in der ein Winkel aus schwarzem Leder das Geruchsorgan nachbildete. Auf den Wangen und vor dem Mund lag ein Tuch. Darüber funkelten braune Augen Fiafila herausfordernd an.

»Du magst es bezweifeln, aber ich gebe mir Mühe.«

»Nicht genug, und bei der falschen Aufgabe.«

Fiafila suchte Tersten, aber er war im Zelt verschwunden. »Ich tue, was man mir aufgetragen hat.«

Einige Söldner verlangsamten ihren Schritt, behielten die Lasten aber auf den Schultern. Ihre Blicke verrieten, dass sie sich fragten, ob sich hier etwas Interessantes entwickelte.

»Siehst du die Wolken?« Die Frau zeigte in den Himmel, den der Abend rötete.

»Welche? Die paar Schäfchen?«

»Genau!«, schrie die Söldnerin. »Ein bisschen zerzupfte Watte, das ist alles! Über eine Woche war ich hierher unterwegs, und ich habe noch nie so wenig Wild erlegt. Ständig hat mir eine Brise die Witterung vorausgetragen, doch sobald ich einen Hirsch umgangen habe, hat sich der Wind gedreht!«

Fiafila schluckte angesichts des Zorns ihres Gegenübers. »Du glaubst, mein Fluch trägt die Schuld daran.«

»Und ob ich das glaube!«

Fiafila wich zurück, als die Söldnerin auf ihre Seite des Fasses kam. »So einfach ist das nicht. Basäon ist ein Gott, er tut, was ihm gefällt.«

»Zum Beispiel die Flüche seiner Priesterin erfüllen.«

»Ich kann ihm nicht befehlen.« Fiafila versuchte ein Lachen, aber es wurde ein klägliches Husten. »Ich bin nur ein Mensch. Meine Gebete sind nicht mehr als Bitten.«

Die Kriegerin bewegte sich so schnell, dass Fiafila die Hand, die an ihrem Haar riss, nicht kommen sah. Gleichzeitig erhielt sie einen Tritt in die Kniekehle, sodass sie fiel.

»Dann bitte deinen Gott!«, forderte die gedämpfte Stimme. »Flehe ihn an! Um Gewitterwolken – und um dein Leben!«

Fiafila erinnerte sich, dass in der Nacht, als der Klingenrausch die Tempelstadt Abidia gestürmt hatte, ein Unwetter aufgezogen war. Überall waren Blitze niedergegangen, vor allem am Fuß des Bergs. Ihre Dienerinnen hatten frohlockt, Basäon käme seinen Jüngern zu Hilfe und schlüge die Söldner mit Blitz und starkem Regen. Aber noch in der Nacht hatten die Angreifer die Mauer überwunden.

»Na, mach schon!« Die Söldnerin riss ihre Klinge aus der Scheide. Der gerade, spitze Stahl sirrte, weil er vibrierte.

Fiafila weinte. »Ich kann nicht.«

»Was? Beten? Wozu ist eine Priesterin denn überhaupt gut, wenn sie nicht beten kann?«

»Ich brauche Paraphernalien.«

»Was soll das sein?«

»Dinge, die Basäon gefallen.« Fiafilas Herz schlug so heftig, als wolle es aus der Brust springen. Sie hatte sich ein Knie aufgeschlagen, und ihre Kopfhaut schmerzte, weil die Söldnerin so brutal an ihrem Haar zog. In Rorgator hatte sie die Stärke der Frauen bewundert. Jetzt ängstigte sie Fiafila. Von der Kriegerin durfte sie keine Milde erwarten.

Drohend näherte sie sich der Klinge. »Dann gefällt deinem Gott seine Priesterin nicht mehr? Soll ich dir ein schöneres Gesicht schnitzen?«

»Ich brauche Dinge, die den Wind gespürt haben!«, rief Fiafila. »Blätter, losen Sand oder Gänsefedern!«

»Federn?«, fragte die Söldnerin abschätzig.

»Von Wildgänsen!« Fiafila schluchzte. Sie spürte den Stahl

schon an ihrer Wange. »Basäon liebt diese Vögel. Sie reisen Tausende Meilen auf dem Wind.«

»Deani!« Über Terstens gefurchter Stirn wuchsen keine Haare, er rasierte diesen Teil seines Kopfs gründlich. »Wenn du nicht sofort wieder an die Arbeit gehst, breche ich dir den kümmerlichen Rest, der von deiner Nase übrig ist!«

Die Waffe senkte sich, aber der Zug an Fiafilas Haar blieb.

»Soll ich deine Ohren abreißen, damit sie nicht so nutzlos am Kopf schlackern?«, schrie Tersten. »Oder hörst du meinen Befehl doch noch?«

Deani ließ Fiafila los, gab ihr aber einen Stoß in den Rücken mit. Sie landete im Dreck.

Der Schmerz in ihrer Kopfhaut pochte nach. Trotzdem drückte sie sich vorsichtig hoch und stand auf.

Deani schulterte ihre Vorratskiste und setzte den Weg zum Zelt fort, ohne sie eines Blicks zu würdigen. Tersten legte keinen Wert auf ihren Dank, er war schon wieder am Versorgungskarren, auf dessen Kutschbock zwei von König Harlefs Kriegern saßen. Offenbar war es unter ihre Würde, den Söldnern beim Abladen zur Hand zu gehen.

Fiafila wandte sich wieder dem Fass mit Apfelmost zu.

Eine Handvoll Matsch traf ihr Gesicht. Sie tat, als bemerkte sie es nicht, obwohl alle um sie herum lachten.

Scharrend glitt der Schleifstein an der Schneide des Breitschwerts entlang, das Eivora von ihrem Vater geerbt hatte. Die schwere Waffe lag quer auf ihren Oberschenkeln, die Spitze wies nach Südosten, wo sich die Mauer Ygôdas erhob wie der Rumpf eines Schiffs, dessen Bugwelle einen Schwimmer zu ertränken drohte. Dabei befand sich die Stadt der Titanen eineinhalb Meilen entfernt, wenn man den geraden Weg zu dem Bereich der Befestigungsanlage einschlug, der am weitesten nach Nordwesten vorstieß. Es wäre ein Marsch auf hartem Grund gewesen. Der beständig wehende Wind entblößte jede Erhebung, sodass der Fels zum Vorschein kam, auf dem die Stadt gründete. Nur in den Senken hielt sich Erdreich, in dem Buschwerk und Gras, aber nur selten ein Baum wurzelte. Wäre man der Mauer nach Osten gefolgt und hätte dabei den Schimmersee überqueren können, der etwa in der Mitte in die Stadt abfloss, so hätte man erst drei Meilen später die Nordostecke der Verteidigungsstellung erreicht.

Am Schleifgeräusch hörte Eivora, dass der Stein zu trocken wurde. Sie legte ihn in den Eimer, in den sie Wasser aus dem Schimmersee geschöpft hatte. Es war so dunkel, wie es für den beginnenden Abend zu erwarten war, obwohl im See milchiges Licht die Wellen erhellte. Es kam nicht von den Sternen oder vom Mond, sondern aus dem Wasser selbst. Es schien auch nicht gleichmäßig über die sich schier endlos erstreckende Fläche. Vielmehr glich es Laternen, die in unterschiedlicher Entfernung im Nebel standen, sodass dieser ihr Licht verschieden weit streute.

Ob die Truppenteile am Ostufer wohl ebenso weit mit dem Lager waren wie die hier im Westen? Hinter Eivora klangen die dumpfen Schläge, mit denen die Krieger angespitzte Pfähle einrammten, in den Himmel hinauf, über den nur ein paar Wolkenfetzen nach Süden trieben. Obwohl sie ein gemeinsames Lager mit Iskalas vorgeblichen Magiern im Zentrum bildeten, war an eine durchgängige Palisade nicht zu denken. Nachdem sie tagsüber ein paar Hochsitze gezimmert hatten, um den Wachen Überblick zu verschaffen, sicherten sie nun einige Schwachstellen, wo das Erdreich tief genug war, um schräg gestellte Stangen so fest zu halten, dass sich ein anstürmender Gegner aufspießen konnte.

Eivora streckte das Schwert dem Mond entgegen und blinzelte über den Stahl. Kritisch prüfte sie, ob der Schliff gleichmäßig verlief. Als ihr Arm wegen des Gewichts zitterte, legte sie die Waffe wieder auf den Schenkeln ab, griff ins kalte Wasser des Eimers, tastete nach dem Schleifstein mit der groben Körnung und holte ihn heraus.

Das monotone Geräusch ihrer Arbeit beruhigte sie. Eivora roch den Rauch der Lagerfeuer, auf denen die Legion ihr Essen zubereitete. König Harlef war für die Verpflegung zuständig.

Die Horntiere, von denen er erzählt hatte, sorgten für reichlich Braten. Ob er die Söldner auch so gut versorgte, weil er wollte, dass der Nordwind den Duft nach Ygôda wehte? Seit zwei Monden schnitt sein Heer die Stadt nun von der Außenwelt ab, da mochte der Hunger zumindest die Armen bereits erreicht haben.

Eivora legte das Schwert auf die Decke, die vor dem Baumstumpf, auf dem sie saß, ausgebreitet lag, und streckte die Arme in die Höhe, wobei sie laut gähnte. Sie verschränkte die Finger über dem Kopf und neigte den Oberkörper seitlich, als wolle sie die Muskeln dehnen.

Damit hatte sie die Hände in der Nähe der Wurfdolche, die in Lederscheiden an ihren Unterarmen steckten, und den Schwerpunkt so gekippt, dass sie nun leicht im Aufspringen herumwirbeln konnte.

Fiafila stieß einen spitzen Schrei aus und stolperte einen Schritt zurück, weil sie plötzlich auf die Messerklinge starrte, die Eivora ihr entgegenstreckte, während die zweite zum Wurf zurückgenommen war.

»Du solltest dich nicht anschleichen«, riet Eivora. Sie grinste, weil die Frau so erschrocken aussah. »Wir sind im Land unseres Gegners. Da sitzen die Klingen locker.«

»Ich wollte nicht …«, begann Fiafila.

Die Priesterin war mit der Legion durch Feuer und Rauch geschritten, und wenn sie sich auch nicht am Bau der Befestigungen beteiligte, so musste sie doch die Vorräte in den Magazinzelten einräumen. Sie wirkte erschöpft, ihr Gesicht war schmutzig. Das passte zur groben Kleidung, die sie inzwischen trug, aber nicht zu den aristokratischen Zügen und dem hochgesteckten Haar. Eivora fragte sich, wie Fiafila wohl mit einer gebrochenen Nase aussehen würde, aber sie konnte es sich nicht vorstellen.

»Ich würde gern ein Bad nehmen«, sagte Fiafila. »Und weil du hier bist, dachte ich, du könntest vielleicht aufpassen.«

Eivora steckte die Messer weg. »Ich vermute, du bist ein paar Dienerinnen gewöhnt, die dir Duftöle reichen und die Wärme deines Wassers prüfen. Der See ist kalt.«

»Mir reicht es, wenn jemand darauf achtgibt, dass meine Kleider noch da sind, wenn ich zurückkomme. Deine Söldner treiben gern raue Späße.«

»Sie sind nicht *meine* Söldner. Sie gehören sich selbst.«

»Und was ist mit dem Eid, den sie den Dämonen schwören?«

Eivora schüttelte den Kopf, setzte sich auf den Baumstamm und nahm das Schwert wieder auf. »Sie schwören dem Banner Treue, weil wir ohne Zusammenhalt in der Schlacht verloren wären. Aber der Schwur gilt für begrenzte Zeit, ein paar Jahre, manchmal nur für einen Kontrakt.«

Sie presste die Lippen zusammen. Diese Tatsache war dafür verantwortlich, dass der Klingenrausch mit dreitausenddreihundert Kämpfern fünfhundert Helme unter seiner Sollstärke lag – ein Umstand, den die Kampfherren bei der Besprechung mit König Harlef nicht übermäßig betont hatten. Ohne die Führung des ruhmreichen Kester meldeten sich weniger Rekruten, um die Verluste durch Gefallene und Verkrüppelte, vor allem aber jene, deren Eid auslief, auszugleichen. Eivora hatte sogar laut überlegt, vorübergehend ein zweites Sturmbanner aufzustellen, da ihre Einheit durch den Ruf, den Zigûn ihr erkämpft hatte, sehr gefragt war. Schon der Vorschlag hatte ihr die Verachtung ihrer eigenen Leute eingebracht. Obwohl sie ihn rasch zurückgezogen hatte, schien ihr, dass sich das anfängliche Misstrauen mehr und mehr in offene Ablehnung wandelte.

»Ich fühle mich dreckig.« Fiafila seufzte. »Dir bedeutet ein Bad wahrscheinlich nichts, aber ich fände es schön, etwas Schmutz loszuwerden.«

Eivora zuckte mit den Achseln. »Ich werde noch eine Weile hier sitzen.«

»Danke.« Fiafila fasste den Saum ihrer Tunika und zog das Kleidungsstück über den Kopf. In dieser Bewegung lag ebenso viel Eleganz wie in einem Pfeil, der einen perfekten Bogen durch warme Sommerluft flog.

»Ruß und Staub können deinen Adel nicht verdecken«, murmelte Eivora.

»Was hast du gesagt?« Das Mondlicht hauchte silbrigen Glanz

auf Fiafilas kleine Brüste. Ihr Rumpf war heller als Hände, Hals und Gesicht, weil er nie der Sonne ausgesetzt war.

»Du bist keine Kriegerin.«

Fiafila löste ihren Gürtel und schob die Hose über die sanft gerundeten Hüften. »Danke für diese freundliche Feststellung. Ich bin froh, niemals einen Menschen getötet zu haben.«

»Aber du scheinst dennoch Gefallen an Kriegern zu finden.«

»Ich bin gegen meinen Willen bei euch.«

»Mit Gonters Leibwächter hast du trotzdem gern gesprochen.« Eivora grinste.

Auf der Suche nach Wärme huschte Aglix zwischen Fiafilas abgelegte Kleidungsstücke. Sie hockte sich hin und kraulte den Lurch im Nacken. »Kistur kam zu mir, nicht umgekehrt«, stellte sie klar.

Aglix wich Fiafilas Hand nicht aus. Im Gegenteil, er drückte sich mit den Vorderläufen ab, damit sie ihn leichter erreichte.

»Er ist übrigens giftig«, warnte Eivora. »Pass auf, dass du den Finger nicht in den Mund steckst, bevor du ihn gründlich abgewaschen hast.«

»Vieles, was uns Freude macht, ist auch gefährlich.«

Eivora trocknete das Schwert ihres Vaters mit einem Tuch. »Jedenfalls verstehe ich gut, weshalb ein Mann deine Nähe sucht.«

Tadelnd sah Fiafila sie an. Ob sie ahnte, dass schon allein diese Augen manchem Mann einen Mord wert gewesen wären? Man konnte andere mit Stärke beherrschen, mit Furcht und Gier und kluger Rede. Aber auch Schönheit war geeignet, nur schwieriger einzusetzen.

»Kistur ist nicht *deswegen* zu mir gekommen.« Fiafila stand auf. Obwohl die Sonne bereits untergegangen war, sah ihr nackter Körper aus, als verweile ein letzter Rest des Tageslichts auf ihm. »Er wollte wissen, ob mir noch etwas zu seinem verschwundenen Bruder eingefallen ist. Aber mir fehlt die Erinnerung, was nach dem *Königskopf* passiert ist.«

Eivora holte den zweiten, feiner gekörnten Schleifstein aus dem Eimer.

»Manchmal ist es gut, sich nicht zu erinnern. Falls dir jemals die letzten Worte meines Vaters einfallen sollten – pass auf, wem du sie anvertraust.«

»Jedenfalls nicht Chastro-Ignuto.« Sie zitterte und schlang die Arme um den Oberkörper. Eivora bezweifelte, dass das dem Nordwind geschuldet war.

»Solange jeder glaubt, du hättest noch etwas Wertvolles preiszugeben, bist du einigermaßen sicher.«

Fiafila ging das Ufer hinab, bis die Wellen über ihre Füße leckten. »Es ist wirklich kalt.«

»Und der Grund fällt steil ab. Sei vorsichtig.«

Fiafila setzte sich auf den felsigen Boden, tauchte die Beine ein und glitt ins Wasser.

Eivora betrachtete die Wellen, die sich in einer sanften Brise kräuselten. Sie wehte von den Bergen herab. Aus dieser Richtung würden kaum Wolken herankommen.

»Wir brauchen einen Wind, der uns ein Gewitter bringt«, überlegte Eivora. »Am besten wäre ein Sturm aus Süden. Er würde das Wetter gegen die Höhen drücken.«

»Basäon entscheidet. Er ist wankelmütig.«

Eivora setzte den Stein ab und trocknete den Stahl nochmals. »An deiner Stelle würde ich ein Wort für uns einlegen. Manche Kameraden geben dir die Schuld daran, dass der Wind immer ungünstig für uns steht.«

Fiafila lachte. Trotz der Kälte schien sie im Bad Sicherheit zu gewinnen. »Ein paar Wochen schlechter Wind sind ganz normal.«

»Ein paar Wochen reichen aus, um die Gerüchte laut werden zu lassen. Zum Beispiel über eine Hexe, die sterben muss, um das Los der Legion zu wenden.«

»Die Schuld liegt bei denen, die Basäons Haus geplündert haben«, versetzte Fiafila. »Und die Häuser von tausend anderen Göttern dazu.«

»Wozu brauchen die Ewigen Reichtümer?«, fragte Eivora. »In Rorgator dagegen gibt es immer Verwendung für Schätze.«

»Um sie den Dämonen in den Rachen zu werfen.«

»Nur wenig davon.« Eivora lächelte beim Gedanken an ihren

ständig wachsenden Vorrat an Silbermünzen. An ruhigen Tagen konnte sie wundervolle Gebilde daraus bauen, eine glänzende Scheibe auf der anderen. Oder sie sortierte sie nach Form und Größe. Welche Prägungen es wohl in Ygôda zu erbeuten gab? »Die meisten von uns kämpfen für sich selbst. Für glitzernde Juwelen, ein paar lustvolle Nächte, für köstliches Essen und dafür, dass das Leben einmal tut, was man von ihm will, statt einen immer nur einen steinigen Weg hinauf zu zwingen.«

Obwohl Eivora Fiafilas Gesäß und ihre schlanken Beine sah, lag die andere Frau ruhig im Wasser und hielt ihren Kopf unbewegt über den Wellen, sodass sie ihr Gesicht auf ihre Gesprächspartnerin richten konnte. Offenbar stützte sie sich mit den Händen am Grund ab, dem der Fels eine sehr uneinheitliche Tiefe zu geben schien.

»Selbst, wenn Basäon auf mich hören würde, was er nicht tut – wieso sollte ich dir eine Bitte erfüllen?«

»Weil ich zwischen dir und deinem Tod stehe«, schlug Eivora vor. »Wenn du dich als nutzlos erweist, könnte ich mich entschließen, einen Schritt zur Seite zu treten und zuzuschauen, was geschieht.«

Sie nahm einen sauberen Lappen, goss etwas Waffenöl darauf und rieb die Klinge ein.

»Diese Drohung meinst du nicht ernst«, sagte Fiafila. »Du bist besser als Chastro-Ignuto. In dir gibt es noch Zärtlichkeit.«

»Ich war ebenfalls dabei, als der Klingenrausch den Tempel deines Gottes plünderte«, erinnerte sie.

»Das stimmt, aber du kümmerst dich um Schwächere.«

Eivora lachte. »Es gibt keine schwachen Söldner. Es gibt nur Söldner, die für sich selbst zu sorgen verstehen, und tote Söldner.«

»Und wie ist das bei Feuersalamandern?«

Eivoras Blick huschte zu Aglix, der sich auf Fiafilas Tunika wie in einem Nest zusammengerollt hatte.

»In dieser Gegend würde dein kleiner Gefährte verhungern, wenn du dich nicht um ihn kümmern würdest. Ich habe gesehen, wie du im Morgentau Schnecken gesammelt hast.« Fiafila stieß sich ab, trieb ein Stück auf den See hinaus und tauchte unter.

»Ich halte ihn nur wegen seines Gifts!«, rief Eivora, war sich aber unsicher, ob Fiafila sie verstand. Sie schrubbte jetzt ihre Haut und tauchte immer wieder ab.

Auffälliger als das Planschen war das Klirren von Stahl, das Eivora vom Lager her hörte. Sie schob das Schwert in die Scheide, stand auf und versuchte, zu erkennen, was sich bei den Zelten abspielte. Menschen sammelten sich dort, aber nicht so eilig, wie es bei einem Alarm der Fall gewesen wäre.

Sie sah in Richtung Stadt. Fünfhundert Schritt vor dem Sonnentor standen König Harlefs Krieger. Wenn sich das Portal geöffnet hätte, wären sie bestimmt zur Stellung des Klingenrauschs zurückgefallen, und auch sonst wäre ein Ausfall kaum unbemerkt geblieben. In dieser Richtung war alles ruhig.

Also vielleicht ein Streit unter den Söldnern? Immerhin waren einige Neue dabei, da musste sich die Truppe erst zusammenraufen.

»Komm zurück!«, rief sie Fiafila zu. Als Kampfherrin oblag es ihr, die Disziplin zu wahren.

Gonter bemerkte das Zucken um die Augen Mehols, eines schlaksigen Söldners mit blondem Haar, das wie nasse Wolle auf seine Schultern fiel.

Blitzschnell riss Gonter das Schwert über den Kopf, als wollte er zu einem Beidhandschlag ausholen, kippte die Klinge aber weiter ab, sodass sie hinter seinem Rückgrat abfiel. Er presste die Linke um den Griff, während er in der Rechten noch etwas Kraft zurückhielt.

Erst als er den Aufprall spürte, packte er auch hier fest zu. Die vibrierende Klinge seiner Gegnerin, ein schlankes Rapier, sang noch, als er herumwirbelte und dabei sein Schwert wieder nach vorn drehte. In der Bewegung hob er die Waffe in die Waagerechte, schnitt durch die Luft und stoppte sie knapp vor dem Hals von Deani, einer grazilen Söldnerin, die den Großteil ihres Gesichts hinter einem flatternden schwarzen Tuch verbarg.

Einen Herzschlag lang verharrte seine Waffe. Sein Blick bohrte sich in ihre rehbraunen Augen.

Dann kippte er das Schwert ab und führte es mit einem Stoß zurück zum ersten Gegner, wobei er seinen Körper um die Längsachse wirbelte.

Gerade noch brachte ihn das aus der Bahn des Angriffs. *Diese Söldner verschwenden keine Zeit! Auch wenn ich seine Kameradin wirklich enthauptet hätte, wäre seine erste Sorge wohl gewesen, mir den Rücken zu zerschlagen.*

Mehols Klinge zischte harmlos durch die Luft. Der Blonde stieß einen unartikulierten Wutschrei aus. Die roten Flammen des Lagerfeuers zuckten auf seinem Gesicht.

Gonters Fechtlehrer hatten ihm beigebracht, dass Wut Kraft verlieh, aber auch schlampig machte. Bei diesem Söldner war es nicht anders. Er zog sein Schwert so wuchtig durch, dass er die rechte Flanke entblößte. Gonter tänzelte vor und klatschte die flache Seite seiner Klinge gegen die Rüstung des Mannes.

Mehol holte noch einmal aus, verharrte dann jedoch.

Gonter stellte sich aufrecht hin und ließ das Schwert locker hängen. Seine Haltung musste entspannt wirken, aber die Klinge fiel nur maßvoll ab und deckte seine Oberschenkel. Er hätte sie schnell zu einem Block hochreißen können, wenn die Hitze des Übungskampfs den Gegner zu einer unangemessenen Aktion verleitet hätte. Respektvoll nickte Gonter ihm zu.

»Mögen die Dämonen Magma auf dich pissen!«, rief Mehol, drehte sich um und stapfte davon. Seine Kameraden lachten, als er sie aus dem Weg stieß.

»Ihr habt wundervoll gekämpft, mein Prinz!«, rief Kistur.

Hier im Feld war sein Leibwächter ein paar Tage lang nicht dazu gekommen, den Wappenrock zu wechseln. Einige erdbraune und grüne Streifen verunzierten den blauen Stoff, und ein Weinfleck erweckte den Eindruck, der Löwe unter dem Sternenfeld habe eine Wunde empfangen, sodass er einen Grund hatte, zu brüllen. Dieses verwegene Aussehen passte gut zu den beiden, zum Löwen und zum grobschlächtigen Mann mit der mehrfach wieder zusammengewachsenen Nase.

»Ich wusste, dass Deani angreifen würde«, rief Gonter den umstehenden Söldnern zu. Sie schauten interessiert, viele aber auch mit Wut im Blick. Das hier war das Sturmbanner des Klingenrauschs. Wer einen von ihnen auf seinen Platz verwies, reizte den Stolz aller. »Ich habe ihr den Rücken zugedreht und so getan, als würde meine gesamte Aufmerksamkeit ihrem Kameraden gelten. Diese Gelegenheit musste sie nutzen.«

»Ein gefährliches Spiel«, meinte Leronn, ein Mann, dem auf der rechten Seite das halbe Ohr fehlte. Gonter schätzte ihn auf fünf Jahrzehnte, was ihn zum ältesten Krieger machte, den er im Sturmbanner gesehen hatte.

»Mein Hieb wäre im Ziel gewesen, wenn ich mit voller Kraft zugeschlagen hätte.« Deanis Maske und vor allem das sorgfältig aus schwarzem Leder nachgebildete Riechorgan ließen Gonter vermuten, dass man ihr die Nase abgeschnitten hatte. Das war eine gängige Schandstrafe für viele Verbrechen. »Sonst hätte ich seine Abwehr durchbrochen.«

Gonter schüttelte den Kopf. »Die Haltung, in der ich mein Schwert geführt habe, wirkt schwach, aber das ist sie nicht. Ich kann dir zeigen, wie man das Heft fest fasst und ihm zugleich Spiel lässt.«

Sie winkte ab. »Ich habe keine Verwendung für Jahrmarktskunststücke.«

Ihre Ablehnung traf ihn härter als eine Ohrfeige.

Er überlegte noch, wieso ihm das Urteil einer fremden Gesetzlosen so viel ausmachte, als sich Eivora in den Kreis der Umstehenden drängte.

»Erteilt Ihr meinen Leuten eine Übungsstunde?« Sie grinste.

Schon früher war Gonter aufgefallen, dass immer ihr ganzes Gesicht mitlachte. Ihre blauen Augen funkelten, die schlanke Kehle wirkte, als warte ein unbeschwertes Kichern darauf, in die Welt entlassen zu werden, und die dünnen Brauen hoben sich erwartungsfroh. Diese Fröhlichkeit trug noch mehr zur kindlichen Ausstrahlung der Söldnerführerin bei als ihre zierliche Gestalt. Zugleich erschien sie dadurch stark, als könne keine Härte der Welt ihre Freude in Fesseln legen.

Gonter versuchte eine Antwort, aber es kam nur unverständliches Gestammel heraus.

»Vielleicht will er uns ja beweisen, dass er mehr ist als ein Gaukler!«, rief Mehol. Gemeinsam mit einem Kameraden, der so beleidigt wirkte, als hätte man ihm ins Gesicht gespuckt, trug er ein Fass in den Kreis. Aus einer roten Flüssigkeit ragte ein Dutzend Schwertgriffe.

»Ist das Blut?« Gonter spürte ein mulmiges Gefühl in der Magengrube.

Eine Wärme ging von Gonter aus, die Eivora zugleich verwirrte und anlockte. Sie war ganz anders als die Hitze des Magmas in den Tempeln Rorgators, die Glut der Kohlebecken oder gar das erbarmungslose Sengen, das Chastro-Ignuto umgab. Am ehesten glich sie einer wohligen Decke, die vor der Kälte einer Winternacht schützte.

Aber Gonter war keine Decke und kein Feuer, er war nur ein Mann.

Allerdings einer, dessen kräftige Hände sie sicher auf sehr angenehme Weise warmhalten könnten.

Schmunzelnd sah Eivora zu, wie er eines der Übungsschwerter aus dem Fass mit roter Farbe zog. Die Waffen hatten einen Eisenkern, um ihnen das Gewicht einer echten Klinge zu geben. Flachs polsterte sie, sodass ein wuchtiger Treffer zwar schmerzte, aber selten verletzte. Zudem sogen sich die Fasern mit der Farbe voll, weswegen jede Berührung eine eindeutige Spur hinterließ.

Zweifelnd hielt Gonter das Übungsschwert über das Fass und sah zu, wie das Rinnsal des abfließenden Rots zu einer Reihe fallender Tropfen wurde.

»Mit solchen Waffen habt Ihr wohl nie geübt?«, rief Eivora.

Er grinste sie an. »Ich probiere gern neue Dinge aus.«

»Euer Vater wird wenig erfreut sein, Prinz!«, gab Kistur zu bedenken. Er zupfte am Wappenrock, den er selbst über dem Kettenhemd trug. »Euer Gewand könnte Schaden nehmen.«

Gonter lachte. »Dazu müssen sie mich erst einmal treffen.«

Mehol gürtete sein Gehänge ab. »Gewährst du mir eine Gelegenheit, mich erneut mit dir zu messen?«

Gespannt wartete Eivora ab, wie der Prinz auf die vertrauliche Anrede reagierte. In Mehols Stimme lag keine Provokation, er dachte wohl nur nicht darüber nach, dass die Sitten Rorgators gegenüber einem Auftraggeber königlichen Bluts unangebracht waren.

»Gern«, bestätigte Gonter knapp. Er prüfte seine Waffe mit ein paar Schwüngen, durch die rote Tropfen davonspritzten.

»Traut Ihr Euch wieder gegen zwei von uns? Oder dürfen es auch drei sein?«, versuchte Eivora ihn zu reizen.

»Wenn Ihr dabei seid, Kampfherrin, werde ich gegen so viele antreten, wie Ihr Schwerter habt.«

Sie mochte den Stolz, mit dem er sie ansah, und der Respekt, den sie bei ihren Leuten aufkommen fühlte, gefiel ihr auch. Und wie er sie ansah, mochte sie ebenfalls. »Nacheinander – oder gleichzeitig?«

Die letzten gemurmelten Gespräche erstarben, als die Söldner die Antwort abwarteten.

Gonter zuckte mit den Achseln. »Mehr als vier vermögen niemals gleichzeitig anzugreifen, sie würden sich gegenseitig behindern. Kommt im vollen Dutzend, wenn es Euch gefällt.«

Eine solche Herausforderung hätte das Sturmbanner unter keinen Umständen unbeantwortet gelassen.

Gonter fintierte und schlug sein Übungsschwert gegen das Knie eines Söldners.

»Aus!«, rief Leronn, der als Schiedsrichter auftrat. »Verkrüppelt!«

Fluchend zog sich der Kämpfer zurück.

Das nahm Gonter nur noch aus dem Augenwinkel wahr, ihn beschäftigten die weiteren Gegner. Er vertraute seinem Körper, als dieser ohne bewusstes Zutun abduckte. Zwei Übungsschwerter zischten über ihm durch die Luft. Farbtropfen lösten sich und prasselten kühl auf sein Gesicht.

Ein Stich gegen die Brust kam nicht infrage. Dazu hätte er auf der Stelle bleiben müssen. Das hätte ihn zu einem leichten Ziel für die Söldner in seinem Rücken gemacht.

Stattdessen stieß er eine Gasse durch die Krieger vor sich. Zwar konnte er dabei sein Schwert nicht für Paraden einsetzen, weil er zu tief vorgebeugt lief, aber in dieser Enge war ohnehin kein weiter Streich gegen ihn anzubringen. Etwas traf ihn am Rücken, jedoch mit so wenig Wucht, dass Leronn ihn weiterkämpfen ließ. Auch eine echte Klinge hätte seine Rüstung nicht überwunden.

Gonter wirbelte herum, als er aus dem Pulk der Söldner brach. Jetzt hatte er sie alle vor sich, sein Rücken war frei.

Furchtlos sprang seine nächste Gegnerin vor. Sie holte viel zu weit aus.

Zwar erkannte er, dass es sich bei seiner Kontrahentin um Eivora handelte, aber im Moment hatte er keinen Blick für ihre Geschmeidigkeit oder ihre schönen Augen. Jetzt beherrschten allein ihre Bewegungen seine Wahrnehmung, das Schwert, die Knie, die verrieten, wohin sie sich wenden konnte, der Körperschwerpunkt, der viel zu hoch lag, was sie Stabilität und Weite kostete.

Beinahe beiläufig schnappte Gonters Schwert vor und malte einen breiten roten Strich über Eivoras Stirn und Nase. Er hatte den Hieb nicht kraftvoll geführt, aber dennoch prallte die kleine Frau zurück und fiel gegen einen ihrer Krieger.

»Aus!«, brüllte Leronn. »Kopftreffer!«

Mehol drang auf ihn ein.

Statt auszuweichen, verkürzte Gonter die Distanz. Dadurch war er zu nah für das hinter dem Kopf ausgeholte Schwert des Gegners. Er brachte seine Klinge zwischen ihre Körper und stieß sie beinahe senkrecht nach oben, an Mehols Hals entlang. Rote Farbe zog sich über Kehle und Schlagader, gefolgt von Leronns »Aus!«-Ruf.

Für Triumphgefühl war keine Zeit. Nur knapp parierte er einige Schläge. Die Söldner drängten ihn zurück. Der Kreis der Umstehenden öffnete sich, um Gonter Raum zu geben. Begeisterte Rufe begleiteten das Gefecht.

Blut rauschte in seinen Ohren. Die Muskeln vibrierten vor Anspannung und freudiger Erwartung, als sehnte sein Körper den nächsten Angriff herbei. Nie waren seine Sinne so wach gewesen, ständig hielt er Ausschau nach Lücken in der Deckung. Zugleich durfte er nicht jedes Angebot annehmen. Statt einen Stich gegen einen ungeschützten Bauch zu führen, warf er sich nach rechts. Der Gegner wollte ihm folgen und lief dabei in den Weg eines Kameraden. Während sich die beiden neu aufstellten, hatte Gonter Gelegenheit, sich vorteilhaft zu den anderen zu positionieren.

Er bekam drei Söldner in eine Reihe, wie auf eine Perlenschnur gezogen. Das war die günstigste Position, so konnte nur einer von ihnen gegen ihn agieren. Entschlossen griff Gonter an.

Der vorderste Gegner wich aus. In einem Kampf mit scharfen Waffen hätte das den Kameraden hinter ihm das Leben gekostet. So blieb es bei einem wuchtigen Schlag gegen die Flanke. Die Farbe spritze weit von seinem Schwert.

Die verbliebenen Söldner zeigten keinerlei Respekt. Ein Stich gegen seinen Mund hätte Gonter ein paar Zähne ausgeschlagen, wenn er den Kopf nicht im letzten Moment aus der Angriffsbahn gebracht hätte. Das gefiel dem Prinzen. Er fühlte sich wie ein Krieger unter vielen, nichts hob ihn heraus außer dem, was er sich erkämpfte. Hier besaß eine hohe Geburt keine Bedeutung.

Er kämpfte seine Gegner nieder, bis ihm allein Nirto und Deani gegenüberstanden. Das Tuch vor dem Gesicht der Söldnerin flatterte im Takt tiefer Atemzüge. Gonter selbst war schweißgebadet, aber Nirto hatte sich ein wenig zurückgehalten. Auch jetzt wartete er einen Schritt schräg hinter Deani und beobachtete ihn aus wachen Augen. Seine Knie waren leicht gebeugt, die Füße standen schulterbreit auseinander, das Schwert zeigte aufwärts, die Spitze befand sich auf Brusthöhe. Eine nicht festgelegte Stellung, aus der er viele Aktionen zu starten und auf alles zu reagieren vermochte.

Die drei verbliebenen Kämpfer belauerten sich. Sie hielten Abstand, noch war keiner bereit, die Entscheidung zu suchen.

Gonter atmete tief und lockerte seine Muskeln, so weit das möglich war, ohne die Wachsamkeit zu vernachlässigen.

Die Besiegten gesellten sich zum Kreis der Beobachter. Eivora schien besonders gespannt. Sie nahm sich noch nicht einmal die Zeit, die Farbe vom Gesicht zu wischen.

Deani wagte eine Attacke. An der Art, wie sie die Fechtkombination vortrug, erkannte Gonter, dass sie leichte Klingen gewohnt war. Er bewegte sein Schwert nur sparsam, gerade genug, um ihre Waffe abzuhalten. Dabei setzte er sichere Schritte rückwärts. Auf diese Weise würde sie rasch ermüden.

Auch Nirto wollte nun eingreifen, aber er stolperte. Mehr noch, seine Waffe entfiel ihm. Beim Versuch, sie aufzufangen, geriet er noch mehr aus dem Gleichgewicht und stürzte.

Gonter konzentrierte sich auf Deani, machte einen Ausfallschritt an ihr vorbei und setzte einen Streich quer über ihre Brust.

Pfeifend entwich ihr Atem.

Aber Nirto war nicht gestolpert. Er hatte sich fallen lassen und rollte sich ab, ein schwieriges Manöver, wenn man ein Kettenhemd trug. Es brachte ihn nah genug an Gonter heran, um ihm ein Schienbein in die Kniekehlen zu treten.

Gonter knickte ein.

Er wusste nicht, woher Nirtos Knie kam, aber plötzlich war es in seiner Magengrube.

Gonter fiel, und Nirto rollte sich über ihn hinweg. Sein Ellbogen krachte gegen Gonters Mund. Die Zähne knackten, sofort war eiserner Blutgeschmack auf seiner Zunge.

Durch den Schleier der Benommenheit sah er, wie Nirto eine Übungswaffe aufnahm.

Gonter wälzte sich zur Seite, doch was den Siegtreffer des Söldners aufhielt, war Kisturs blanke Klinge.

»Du hast königliches Blut vergossen!«, rief der Leibwächter.

»Nein!« Gonter spuckte einen Schwall aus und drückte sich hoch. »Alles nur Farbe. Siehst du das nicht, Kistur?«

Zweifelnd sah ihn der Leibwächter an. »Eure Lippe ist aufgerissen, mein Prinz. Das wird auch der König bemerken.«

»Natürlich ist sie das.« Gonter prüfte die Festigkeit der Zähne mit einem schnellen Druck der Zunge. »Ungeschickterweise habe ich beim Reiten einen Ast geküsst.«

»Ihr seid ein hervorragender Reiter.«

»Das mag sein, aber der Rückweg ist dunkel.«

Kistur hielt sein Schwert auf den Söldner gerichtet, verfolgte Nirto aber nicht, als er sich rückwärtsgehend zu seinen Kameraden begab. Das Sturmbanner beobachtete das Geschehen aufmerksam.

»Ich danke für die Lektion, die ich hier lernen durfte!«, rief Gonter. »Das ist mir allemal den kleinen Unfall wert, den ich auf dem Ritt zum Lager meines Vaters erleiden werde.«

Die Söldner lachten.

Kistur schien unentschlossen, steckte sein Schwert dann aber doch weg.

Eivoras Feuersalamander klebte auf ihrer Stirn und schnüffelte an der Farbe in dem Gesicht, das jetzt wieder so rückhaltlos lächelte, als gäbe es nichts als Frohsinn in der Welt. Nur Frohsinn und die Schönheit, die in diesen blauen Augen glitzerte.

11. Die Liebe, die Gier und der Hass

Erziehe deine Mörder früh, dachte Chastro-Ignuto, als der zwölfjährige Knabe in Iskalas Zelt kam. Er hieß Ulv und war mit einer Gauklertruppe nach Rorgator gekommen. Seine Mutter hatte entschieden, als Hure ohne Balg mehr wert zu sein. In einem der Läden, in denen Iskala solche Dinge wie Pulver erwarb, mit dem man Nebel machen konnte, hatte man ihn bei einem Diebstahl erwischt. Er hatte sich im Keller vollgefressen und war eingeschlafen. Der Krämer hatte ihn im Meer ersäufen wollen, aber Iskala hatte ihm angeboten, die Mühe zu übernehmen. Letztlich hatte sie einen Hund in einem Sack mit Steinen in die Flut geworfen, Ulv aber behalten. Das war ein guter Tausch, fand Chastro-Ignuto. Ulv besaß alle Eigenschaften eines treuen Hundes und dazu noch die Fertigkeiten eines Akrobaten. Er kletterte einen Baum ebenso behände hinauf wie ein Affe und ging traumsicher über ein Seil, das man zwischen zwei Giebeln spannte. Zudem hatte er Spaß am Verkleiden, wodurch er einen passablen Magier abgab, wenn mal wieder eine Vorführung anstand, um einen Auftraggeber hinzuhalten.

Im Gegensatz zur kindlichen Verspieltheit, mit der Ulv alles Neue ausprobierte, passten seine Augen zu einem Erwachsenen. Mit Wohlwollen erkannte Chastro-Ignuto die Wut darin. Ulv hatte es satt, wie der Zwölfjährige behandelt zu werden, der er war. Er wollte, dass man ihn endlich ernst nahm.

Deswegen gab er sich wohl auch so störrisch.

»Schön, dass du uns noch mit deiner Anwesenheit beehrst.« Das Licht brach sich in dem Rubin, den Iskala in der Stirn trug. Wahrscheinlich gab sie in ihrem Zelt aus diesem Grund Kerzen den Vorzug vor Kohlebecken. Die Kampfherrin achtete darauf, wie sie die Aufmerksamkeit anderer lenken konnte. Schließlich unterstanden ihr die Spione der Einheit, aber alle sollten denken, es handele sich um Magier.

»Offenbar muss ich dir jedoch noch einmal gründlich erklären, was Disziplin bedeutet.«

Ulv verzog den Mund. »Beim Sturmbanner kämpft der Prinz mit einem Dutzend unserer Leute.«

»Prinz Gonter?«, fragte Chastro-Ignuto. Gegen seinen Willen lenkte der Knabe sein Interesse in eine andere Richtung.

Ulv nickte. Sein Körper wirkte unförmig, unter der Wollkleidung zeichneten sich die geschwollenen Gelenke ab. Sicher würde sich das mit den Jahren auswachsen. »Es sieht so aus, als könnte er gewinnen. Tersten und Seulek hat er schon besiegt. Ich glaube, er kann auch Deani schlagen.«

Chastro-Ignuto runzelte den unverkrusteten Teil der Stirn. »Wie schwer sind sie verletzt?«

Iskala wischte seine Frage mit einer Handbewegung fort. »Es wird ein Übungskampf sein.«

»Natürlich«, bestätigte Ulv.

Iskala setzte sich auf ihren Thron. Auch dieser war mit Bedacht gefertigt, weit weniger pompös als andere Sessel dieser Art, und das nicht nur, um ihn auf dem Marsch leichter transportieren zu können. Die Rückenlehne war schmal, dadurch erschien die Kampfherrin gewichtiger. Über ihrem Kopf fächerte das schwarze Holz sich in zwei Rabenköpfe auf, die den Eindruck erweckten, alles im Blick zu haben. Auch sie waren schlank gehalten, und da einige enge Stufen zum eigentlichen Thron hinaufführten, lenkte die gesamte Konstruktion den Blick in die Höhe. An einer Dachstange des Zelts hing ein Rauchfässchen, das harzigen Geruch verströmte.

»Warum hast du dich wieder beim Sturmbanner herumgetrieben?«, fragte Iskala.

Ulv verschränkte die dünnen Arme. »Alle sind dorthin gelaufen. Wir wollten zum Kampf.«

»Du warst schon vorher dort«, stellte Iskala fest. »Man hat dich gesehen, als du geholfen hast, Stöcke für die Lagerbefestigung anzuspitzen.«

»Ich wollte helfen, unsere Stellung zu sichern.« Es klang nicht wie eine Rechtfertigung, sondern wie ein Vorwurf.

»Warum ausgerechnet beim Sturmbanner?« Iskalas Augen hatten an diesem Abend die Farbe alten Weins.

»Sie haben weniger Leute als die Hellebardiere und die Armbruster.«

»Bei Oranetas Schanzknechten hättest du mehr über spitze Pfähle gelernt«, versetzte Iskala.

»Weshalb sollte mich so etwas interessieren?«

Mit einem Lächeln auf den schmalen Lippen beugte sich Iskala vor. Funken schienen im Stirnrubin zu tanzen, und Kerzenlicht schimmerte auf ihrem Schädel, der bis auf das Dutzend Zöpfe im Nacken sorgfältig geschoren war. »Und was hat dich dann heute beim Sturmbanner interessiert – schließlich bist du schon dorthin gegangen, bevor dieser Prinz dort auftauchte? Gab es da noch etwas anderes als langweilige Schnitzerei?«

Ulv presste die Zähne aufeinander. Die Wut in seinen Augen wuchs. Das gefiel dem Avatar.

Chastro-Ignuto nahm zwei Kerzen aus den Halterungen, erfreute sich an der Wärme ihrer Flammen und stellte sie auf den Tisch, auf dem Iskala manchmal kleine Tiere aufschnitt, um zu sehen, wie viel man wegnehmen konnte, bis sie starben. »Komm her!«, forderte er den Knaben auf.

Ulv sah seine Kampfherrin an, die aber nur kalt lächelte.

Er benutzte den Ärmel, um seinen Rotz abzuwischen, und näherte sich mit linkischen Schritten.

»Ich werde dir helfen, dich zu erinnern«, sagte Chastro-Ignuto sanft. »Streck deinen Kopf vor. Hierher, zwischen die Kerzen.«

»Willst du meine Pickel zählen?«

Die kleinen roten Ausbeulungen, manche von eitrigen Kugeln gekrönt, überzogen das Gesicht, aus dem der Speck der Jugend im gleichen Maße schwand, in dem der erste Flaum aus den Wangen spross.

»Ich werde dir nur helfen, aus dem Gedächtnis zu holen, was den Weg über deine Lippen nicht findet.«

In Ulvs Augen mischte sich Unsicherheit in die Wut. Chastro-

Ignuto schmeckte die Anspannung in den dünnen Gliedern des Jungen. Kraft, die sich entladen wollte, in Flucht oder Angriff. Weder für das eine noch für das andere war Ulv dumm genug. Er beherrschte sich und schob den Kopf zwischen die Flämmchen.

»Gut«, murmelte Chastro-Ignuto, »sehr gut. Du kannst jetzt deine Fragen stellen, Kampfherrin.«

Iskala legte ihre Fingerkuppen aneinander. »Überspringen wir, was wir bereits wissen. Xerohn hatte Kontakt zu den Blutkrähen. Was hast du noch herausgefunden, als du mit seinen Kindern gespielt hast?«

»Nur das, was Kinder eben sagen.«

Chastro-Ignuto schmunzelte, weil Xerohns Kinder kaum weniger Jahre zählten als Ulv.

»Ihr Vater ist der stärkste und klügste Krieger Rorgators«, fuhr Ulv fort, »von allen Legionen geschätzt und umworben. Solches Zeug.«

Chastro-Ignuto schob die Kerzen näher an die Ohren. Ulv sollte die Hitze spüren. »Was noch?«

»Sie haben mir ihr Spielzeug gezeigt. Einen Bannerträger, der sich auseinandernehmen und wieder zusammensetzen lässt. Man kann die Arme zu Beinen machen und umgekehrt.«

Der Homunkulus sah tatsächlich Bilder von an den Klippen spielenden Knaben, aber auch – wie ein Aufblitzen – eine Leiche. Davon gab es in Rorgator viele. Ob die Kinder eine benutzt hatten, um herauszufinden, wie man bei einem menschlichen Körper ebenfalls Arme und Beine vertauschen konnte?

»War er schon tot, bevor ihr mit ihm gespielt habt?«, fragte Chastro-Ignuto.

Ulvs Erschrecken hätte der Avatar schon am pickeligen Gesicht erkannt, auch ohne das Gespür des Homunkulus. Er packte ihn am Kragen, weil sich der Junge zurückziehen wollte, und zwang ihn zurück zwischen die Kerzen.

»Wer war schon tot?«, fragte Iskala.

Mit der freien Hand nahm Chastro-Ignuto eine frische Kerze aus der Schublade und entzündete sie. Dabei schenkte er Ulv sein freundlichstes Lächeln.

»Ich kenne seinen Namen nicht«, stammelte der Knabe. »Ein alter Säufer.«

»Sicher hätte sich auch ein Dämonentempel über solchen Besuch gefreut«, meinte Chastro-Ignuto. »Aber ihr wolltet ihn für euch, nicht wahr?«

»Ich musste das Vertrauen von Xerohns Kindern erlangen. Das gehörte zu meinem Auftrag!«

Iskala stand auf und kam zu ihnen. »Der letzte Teil deines Auftrags besteht darin, mir umfassend Bericht zu erstatten. Also: Was hast du erfahren?«

»Die Blutkrähen«, jammerte Ulv. In diesem Moment wirkte er wie das Kind, das er dem Alter nach war. »Xerohn hat sich mit den Blutkrähen getroffen.«

Chastro-Ignuto sah einen grauschwarzen Vogel, dessen Schwingen ihm rote Tropfen entgegenfächelten. Die Krähe im Blutregen, das Wappenzeichen der Legion. Es hatte ihm schon immer besser gefallen als der schwere Hammer des Klingenrauschs, und in der bewegten Lebendigkeit, in der es in Ulvs Fantasie Gestalt annahm, beeindruckte es umso mehr.

Der Junge war geschickt. Er verbarg sein Wissen hinter eindrucksvollen Bildern, die auch den Avatar beinahe abgelenkt hätten.

»Da ist noch mehr.« Er hielt die dritte Kerze unter Ulvs Kinn, sodass sie den Flaum dort absengte.

Der Geruch von verschmortem Haar stieg in Chastro-Ignutos Nase, der Knabe schrie.

»Das Sturmbanner«, erinnerte Iskala.

Chastro-Ignuto sah das Feldzeichen der Einheit, die Faust, die einen Turm zerschmetterte. Es war ein dunkles Bild, undeutlich, als läge es im Schatten, nur spärlich beleuchtet von einer schwankenden Kerze wie jener, mit der der Avatar den Knaben quälte. Er erkannte gerade genug, um es zu deuten. Er sah Zigûn bei seiner Feuerbestattung und Eivora, wie sie das Banner entgegennahm, dazu die versteinerten Mienen der Krieger. Ulv war ein guter Beobachter, er erinnerte sich an viele Einzelheiten.

Die Kerzenflamme leckte über seine Kehle. Chastro-Ignuto führte sie an der linken Gesichtshälfte hinauf. »Willst du so aussehen wie ich?«

Sofort erschien das eigene Spiegelbild in der Vorstellung des Jungen, haarlos, rissig und schwarz wie Kohle, mit leeren Augenhöhlen. So etwas entstand nicht plötzlich, offenbar plagte dieser Albtraum Ulv schon einige Zeit. Chastro-Ignuto lachte.

Er versengte die Augenbraue auf der linken Seite.

»Bitte!«, wimmerte Ulv. Er drückte sich an der Tischkante ab, konnte sich Chastros-Ignutos Griff jedoch nicht entziehen. Letztlich war er doch nur ein Kind. »Ich bin ein guter Späher!« Er wagte nicht, den Kopf zu wenden, bewegte aber die Augen, um Iskala anzusehen.

»Ein guter Späher«, sagte sie ruhig, »erstattet umfassend Bericht.«

Da! Chastro-Ignuto sah sich selbst, wie er mit den Sklaven die Truhen mit den eingesammelten Steinen zum Feuer brachte. Und dann, ohne Übergang, später, wie er in der Asche suchte, ob der Blitzstein vielleicht bereits vorher hatte deponiert sein können.

Ulv hatte ihn beobachtet! Irgendwie hatte er sich eingeschlichen. Er war wirklich talentiert.

»Da ist es«, flüsterte Chastro-Ignuto. »Bleib da.«

»Ich war nur neugierig.« Ulv weinte jetzt. »Ich wollte sehen, was so besonders an …«

»Schhhhh… Du brauchst nicht mehr zu reden. Konzentriere dich lieber auf deine Erinnerung. Ich sehe selbst, was du weißt.«

Tatsächlich eröffnete die Furcht einen klaren Blick. Nichtsdestotrotz blieben die Steine unförmige, von Asche bedeckte Brocken. Es waren nur sieben, zwei weniger, als wirklich dort gelegen hatten. Diese Einzelheit war Ulv wohl zu nebensächlich erschienen, als dass sie sich eingeprägt hätte. Keiner von ihnen sah so aus wie der Blitzstein. Ulv hatte also auf Chastro-Ignuto geachtet, nicht auf das Artefakt.

»Wieso das Sturmbanner?«, fragte der Avatar.

Eine weitere Erinnerung, wesentlich verschwommener,

tauchte auf. Ein Berghang, ein Magmastrom, kastenförmige Häuser und ein niedriger Turm, wohl das Quartier des Sturmbanners. Ein paar Gestalten schleppten etwas aus dem alten Minenschacht.

Chastro-Ignuto wusste, dass sie den Blitzstein dort untergebracht hatten statt im Keller des Turms, von wo man ihn bereits einmal geraubt hatte. Ulv hatte sie wohl bei der Vorbereitung auf den Abmarsch beobachtet.

Chastro-Ignuto drückte die Kerze an der Kehle des Knaben aus und stieß ihn weg. »Das Sturmbanner benutzt besondere Waffen. Das ist kein Geheimnis, und es wird auch niemanden überraschen. Weshalb machst du deswegen solch einen Aufstand?«

Ulv sackte an einer Truhe zu Boden und weinte.

Iskala sah Chastro-Ignuto an.

Er schüttelte den Kopf, während er stumm die Worte »er weiß nichts« formte.

Die Kampfherrin wandte sich an ihren Spion. »Willst du heulen wie ein Kind, oder willst du Spaß haben wie ein Mann?«

Ulv sah auf. Er war lange genug im Zauberbanner, um zu wissen, dass Iskala übergangslos von Strafe zu Belohnung wechseln konnte. Diese Unberechenbarkeit gehörte zu den Methoden, mit denen sie ihre Einheit führte. Aber Ulv konnte nicht sicher sein, dass sich Iskala mit dem kleinen Kerzenspiel zufriedengab. Misstrauisch sah er sich um.

Wie er bemerkte auch Chastro-Ignuto erst jetzt, dass Prekesta mit einem Mädchen im Zelt stand. Die Kleine trug ein Gewand, das wohl so lange als Sack gedient hatte, bis es der vielen Löcher wegen nicht mehr getaugt hatte, Kartoffeln zu halten. Ihr schwarzes Haar war verfilzt und selten in Kontakt mit einer Schere oder einem Messer gekommen. Unter dem Schmutz war ihr Gesicht niedlich, wohl wegen der großen Augen. Nase und Mund hatten etwas von einem Mäuschen.

»Gefällt sie dir?«, fragte Iskala.

Ulv wischte seine Wangen trocken und betrachtete das Mädchen. Es war wohl etwa im gleichen Alter, Wölbungen deuteten sich unter dem Gewand an.

»Wie soll er denn dazu etwas sagen?«, fragte Chastro-Ignuto. »Er sieht ja gar nichts von ihr.«

»Ihre Mutter will sie nicht mehr.« Prekesta grinste. Sie fasste das Haar des Mädchens im Nacken zusammen, sodass mehr Licht auf das Gesicht fiel. Die stumme Angst darauf machte es noch hübscher.

»Woher hast du sie?«, fragte Iskala.

Prekesta zuckte mit den Achseln. »König Harlefs Heerlager. In seinem Tross gibt es viele Marketenderinnen, die ihre Schönheit überschätzen. Die sind froh, wenn sie ein paar Kupfermünzen kriegen und man ihnen obendrein noch ein hungriges Maul abnimmt.«

Mit einem plötzlichen Griff packte sie in den Kragen des Gewands und riss es mit einem Ruck vom Körper des Mädchens. Die knospenden Brüste waren die einzigen Stellen, wo sie Fett ansetzte. An der Hüfte standen die Knochen vor wie Eisschollen, die sich aus einem gefrorenen See drückten. Trotz ihrer Erbärmlichkeit besaß die Kleine Schamgefühl. Sie bedeckte den Bereich zwischen ihren Beinen, was Chastro-Ignuto ärgerte. Er hasste es, wenn man ihm etwas vorenthielt, und sei es nur ein wollüstiger Blick.

Er ging zu Ulv und zog ihn hoch. »Jetzt wirst du zum Mann«, sagte er.

»Eine Belohnung für einen meiner besten Spione.« Iskala zwinkerte ihm zu.

Unschlüssig betrachtete Ulv das Geschenk. Chastro-Ignuto schmeckte jedoch seine Geilheit. Wie jeder Junge seines Alters hatte er sehr genaue Vorstellungen vom weiblichen Körperbau und verglich diese nun mit dem, was er vor sich sah. Der Trieb zeichnete das halb verhungerte Mädchen viel attraktiver, als es tatsächlich war.

»Ihre Mutter hat sie dir mitgegeben, damit sie es mit mir treibt?«, fragte Ulv.

Prekesta lachte. »Ihrer Mutter ist egal, was du mit ihr machst, solange sie das Blag nicht mehr füttern muss.« Sie stieß ihm das nackte Mädchen entgegen.

Nach ein paar stolpernden Schritten kam es zum Stehen. Es sah nicht Ulv an, sondern Chastro-Ignuto. Die Angst der Kleinen berauschte ihn.

Auf Ulv hatte sie wohl eine andere Wirkung. »Sie weint.« Er tupfte die einzelne Träne von ihrer schmutzigen Wange.

Chastro-Ignuto lachte. »Dabei hast du ihr noch gar keinen Grund dazu gegeben.«

»Doch«, tadelte Iskala. »Er verschmäht die Schönheit, die so einen weiten Weg zu ihm gemacht hat.«

»Ich glaube nicht, dass sie es will«, sagte Ulv zögerlich.

»Wen interessiert, was sie will?« Chastro-Ignuto beugte sich so weit hinab, dass seine Lippen neben Ulvs Ohr kamen. »Außerdem sieht sie mir so aus, dass sie sich nach jemandem sehnt, der nicht fragt. Nach einem, der stark ist und sich nimmt, was er will.«

Ulv schluckte. »Meinst du?«

Grob griff Chastro-Ignuto in Ulvs Schritt. Er fühlte das steife Glied.

»Du weißt, dass ich recht habe.« Er lachte. »Nun mach schon! Nach deinem ersten Ritt bringe ich dir dann bei, was ein bisschen Feuer aus so einem Kätzchen herauslocken kann!«

Von hier aus hatte Eivora Mühe, die Stadtmauer zu erkennen. Fünfzig Schritt hoch ragte der Fels beinahe senkrecht auf, dann schloss sich die etwas dunklere, aus riesigen Quadern gefügte Mauer an. Sie reckte sich kaum vorstellbare einhundert Schritt in den Himmel. Noch immer überlegte sie, was der Grund für das kupferne Glänzen ganz oben war. Jetzt, im Licht der untergehenden Sonne, sah sie es besonders deutlich.

»Ob sie ihre Zinnen mit Metall überzogen haben?«, fragte Eivora.

»Dann aber nur ein paar davon«, meinte Leronn. Der alte Krieger trug keinen Kopfverband mehr. Auf der rechten Seite fehlte die untere Hälfte der Ohrmuschel.

»Es reicht, um Ygôda weithin sichtbar zu machen.«

Leronn lachte. »Dieses Massiv macht man eine Tagesreise,

bevor man hier ankommt, aus. Dafür braucht man kein Leuchtfeuer.«

Wieder kam sich Eivora gemaßregelt vor. War ihre Überlegung wirklich so dumm? Sie hätte einwenden können, dass ein wenig Prunksucht bei den Bürgern einer Metropole mit Zehntausenden von Einwohnern nicht überraschte. Aber was hätte es gebracht, sich wegen einer solchen Nichtigkeit zu streiten? Sie schluckte ihren Stolz hinunter.

Sie waren hier, um zu erkunden, ob die Nebenflüsse, die aus dem Titanenfelsen brachen, dazu taugten, in die Stadt einzudringen. Das war ein verwegenes Ansinnen, wenn man bedachte, dass man entlang der Windungen eines unterirdischen Bachlaufs fünfzig Höhenschritt aufsteigen müsste, um bis auf die Ebene zu kommen, auf der sich die Stadt erhob. Aber vielleicht rechneten die Verteidiger gerade deswegen nicht damit, und das wäre ein großer Vorteil für den Klingenrausch.

Eigentlich sollte es hier keine feindlichen Truppen geben. Dennoch sicherten zwanzig Krieger des Sturmbanners die Umgebung, während Oraneta, die Kampfherrin der Schanzknechte, in die Höhle äugte, die der Bach in den Felsen gegraben hatte. Das Wasser füllte die Öffnung zur Hälfte aus. Dennoch schien sie einen Aufstieg für möglich zu halten. Sie entzündete ihre Laterne. Das Licht verschwand rasch im dunklen Schlund.

Aglix gluckste auf Eivoras Schulter.

»Er mag dich«, stellte Leronn fest.

Eivora lächelte freudlos. Leider stand der Lurch mit seiner Zuneigung allein. »Wie gewinne ich die Unterstützung meiner Krieger?«

»Jeder von uns hat seinen Eid geleistet. Du befiehlst, wir gehorchen.«

»Respekt kann ich nicht befehlen.«

»Das stimmt, den musst du dir verdienen.«

Sie kreiste den Kopf, um die verspannten Muskeln im Nacken zu lockern. Wenn sie ihn weit auf die rechte Seite neigte, fühlte es sich an, als hätte ihr jemand ein Tuch in die Nase gestopft. Das war eine Nachwirkung des Schlags, mit dem Gonter sie gestern im Übungskampf überwunden hatte. Sie erinnerte sich gern daran, wie er gegen das Dutzend Söldner angetreten war. Am Ende hatte Nirto ihn besiegt, aber im Sturmbanner sprach man dennoch mit Hochachtung von ihm.

Eivora atmete durch. Die frische Luft der Ebene tat ihr gut.

Sie fragte sich, was ihr Vater ihr geraten hätte. Wie eine Kampfherrin führte sie sich jedenfalls nicht auf. Eher schon lamentierte sie wie eine Rekrutin, die sich über die Härte des Söldnerberufs beklagte. Natürlich hatte Leronn recht: Respekt musste man sich verdienen, besonders als Anführerin.

Doch wie sollte ihr das gelingen, wenn man nichts würdigte, was sie tat? Sie hatte das Vorauskommando geführt, das die Legionsstandarte auf das Schlachtfeld gebracht hatte. Sie hatte Schanzpfähle eingeschlagen und sich an jeder Übung beteiligt, ob im Nahkampf, im Versorgen von Wunden oder im Klettern. Nichts verlangte sie von ihren Kriegern, woran sie sich nicht auch selbst versucht hätte. Aber das sahen ihre Leute nicht.

»Du weißt, dass ich mit Zigûns Tod nichts zu tun hatte«, sagte sie. »Ich wollte ihm helfen.«

»Du hast versagt«, versetzte Leronn. »Auch dabei, ihn zu rächen.«

»Wir wissen nicht, wer es war.«

»Der Blitzstein ist zurück«, gab der Recke zu bedenken. »Einer der Kampfherren muss ihn gehabt haben.«

Auch damit hatte er recht. Falls die Blutkrähen in den Raub verwickelt waren, hatte jemand aus dem Klingenrausch sie angeheuert.

Eivora hockte sich neben den Bach, tauchte die Hand ins eiskalte Wasser und spülte damit über ihr Gesicht. Das weckte wieder das dumpfe Gefühl in ihrem Schädel.

»Eine Bresche reicht, um eine Front aufzubrechen«, zitierte sie eine Lehre ihres Vaters. »Ich brauche deine Hilfe, Leronn. Ich kann nicht gewinnen, wenn alle im Sturmbanner gegen mich stehen.«

Nur wenige der Krieger, die sie begleiteten, waren auszumachen, es war zu dunkel. Eivora entdeckte lediglich zwei: Mehol, der sich auf seinen Wurfspeer stützte, und Tersten, ein unförmiger Schattenriss wegen des übergroßen Rundschilds.

»Wir sind Söldner«, stellte Leronn fest, als Eivora schon dachte, er würde nicht mehr antworten. »Schließen wir einen Handel! Ich helfe dir beim Sturmbanner, du hilfst mir, Zigûn zu rächen.«

Eivora hielt Ausschau nach Oraneta, konnte den Laternenschein aber nicht mehr in der Höhle ausmachen.

»Wie stellst du dir das vor? Alles war darauf ausgelegt, dass niemand herausfindet, wer den Blitzstein hatte, und ich kann die Legion nicht in einer Untersuchung zerreißen.«

»Irgendwann werden wir wissen, wer es war«, beharrte Leronn. »Du erfährst mehr als ich, du bist in den Beratungen der Kampfherren dabei. Gut möglich, dass sich der Täter beim Zechen verrät.«

»Und wenn ich es erfahre? In einem Jahr, in zwei oder drei?«

»Dann sagst du mir Bescheid und gehst aus dem Weg, damit ich ihn richten kann. Die Kameraden werden verstehen, dass dies nicht deine Angelegenheit ist. Du warst keine von uns, als man unseren Kampfherrn getötet hat.«

»Er hätte auch im Feld fallen können.«

»Auch dann hätten wir die Einheit zerschlagen, die dafür verantwortlich gewesen wäre.«

»Und wenn ihre Stärke das verhindert hätte?«

»Dann hätten wir in unserem letzten Gefecht so viele von ihnen mitgenommen, dass sich die Überlebenden bis zu ihrem letzten Tag an uns erinnert hätten.«

Eivora stand auf und schüttelte den Kopf. »Ihr seid die arrogantesten Dickschädel, die ich jemals kennengelernt habe.«

Grimmig zog Leronn die Brauen zusammen. »Willst du meine Unterstützung oder nicht?«

Sie streckte ihm die Hand hin. »Ich werde mich nicht zwischen euch und euren Zorn stellen, wenn es so weit ist.«

Um ihre Abmachung zu besiegeln, umfassten sie ihre Unterarme und drückten sie. »Wir haben einen Handel«, stellte Leronn fest.

Als Oraneta zurückkam, war sie patschnass. »Ich habe versucht, zu tauchen, aber da ist nichts zu machen«, erklärte sie. »Die Strecke, auf der man keine Luft holen kann, ist zu lang und so eng, dass man kaum durchpasst. Und das ist erst der Anfang.«

»Können wir sie erweitern?«, fragte Eivora.

Zweifelnd verzog Oraneta das Gesicht. »Mit Hammer und Meißel vielleicht, aber der Fels ist hart. Er trägt das Gewicht der Mauer.« Obwohl sie mit dem Rücken zur Stadt stand, zeigte sie unbestimmt über die Schulter nach oben. Was sie bezeichnen wollte, war so gigantisch, dass ihr deutender Finger es unmöglich verfehlen konnte. »Außerdem sind Meißel laut. Wir bräuchten mehrere Tage, wenn wir Pech haben sogar ein paar Monde. Schon eine Stunde wird den Verteidigern reichen, um sich auf unsere Ankunft vorzubereiten.«

»Und wir kämen einer nach dem anderen aus einem engen Gang«, überlegte Eivora. »Das wäre Selbstmord.«

»Kaum zu schaffen«, gestand Leronn zu.

»Zudem bezweifle ich, dass dieser Bach tatsächlich aus der Stadt kommt. Schau, was ich gefunden habe.« Oraneta zog eine Qualle aus ihrem Lederbeutel. Das glibberige Tier verströmte ein kaltes, aber so helles, weißes Licht, dass Eivora trotz der fortgeschrittenen Dämmerung die brünette Farbe von Oranetas nassem Haar erkannte.

»Diese Viecher sorgen für das Schimmern im See?«, fragte Eivora.

»Davon gehe ich aus. Dieses hier war schon tot, als ich es gefunden habe. Ich nehme an, sie fressen irgendetwas, das es im Schimmersee gibt.«

»Vielleicht gibt es sie auch in der Stadt«, zweifelte Leronn.

»Möglich«, gestand Oraneta. »Aber würdest du solche Tiere in dem Gewässer dulden, aus dem du trinkst?«

Aglix schien nichts Ekliges an dem schwabbeligen Körper zu finden. Er sprang von Eivoras Schulter aus auf das Tier und versuchte, ein Stück herauszureißen. Die Haut erwies sich jedoch als dehnbar.

Oraneta lachte und half dem Lurch mit ein paar Messerschnitten.

»Wenn der Fels so hart ist«, überlegte Eivora weiter, »können wir uns auch nicht unter der Mauer durchgraben.«

»Aussichtslos«, bestätigte Oraneta. »Entweder, das Gestein ist so hart, wie ich vermute, oder die Mauer hat ein Fundament, wenigstens halb so tief, wie sie hoch ist.«

»Das würde bis dahin reichen, wo wir jetzt stehen«, sagte Eivora.

»Mindestens«, meinte Oraneta. »Aber ich glaube, es ist wirklich der Fels. Da kommen wir nicht durch.«

»Irgendwie bringen wir den Blitzstein in die Stadt«, sagte Leronn bestimmt. »Wir haben es in Fatela geschafft, in Birentu und in Leskale. Es wird uns auch hier gelingen.«

»Das höre ich gern«, sagte Oraneta, »aber durch einen Tunnel werdet ihr ihn nicht bringen.«

»Wir sollten keine Möglichkeit ausschließen«, meinte Eivora. »Lasst uns die anderen Stellen anschauen, wo Bäche aus dem Titanenfelsen brechen.«

»Die nächste Höhle ist jedenfalls nicht unbewohnt.« Oraneta zeigte auf die Fledermäuse, die beim Ausschwärmen den Abendhimmel verdunkelten.

Der Wind rauschte im kniehohen Gras der Ebene, das Eivora mehr hörte als sah.

»Blende die Laterne auf«, befahl sie.

Tersten legte den Hebel um, sodass der Blechschirm in einem Bogen auf die andere Seite der Flamme kippte. Dadurch schien ihr Licht nicht nur ungehindert nach vorn, sondern wurde zusätzlich vom hinter ihm liegenden Kupfer reflektiert. Das Ergebnis war ein Kegel, der nach der Wanderung in der Dunkelheit taghell erschien. Das im Sternenlicht graue Gras vor ihnen gewann seine saftig grüne Spätsommerfarbe zurück.

»Gut«, meinte Eivora. »Wir wollen schließlich nicht, dass sie denken, wir würden uns anschleichen.« Sie beobachtete das Lagerfeuer, das zweihundert Schritt voraus brannte. Es lag ein gutes Stück vom Massiv entfernt, das sich linker Hand in den Himmel streckte. Wegen des Lichts verloren die Augen an Empfindlichkeit; wo sie vorher Felsflächen unterschiedlichen Graus ausgemacht hatte, drohte jetzt undurchdringliches Schwarz.

»Verteilt euch«, befahl Eivora.

»Na hervorragend«, brummte Tersten. Er hob den gewaltigen Rundschild an seinem linken Arm.

»Pass auf, dass du das Licht nicht verdeckst«, mahnte Eivora.

»Natürlich nicht. Ich will es den Bogenschützen ja nicht unnötig schwer machen.«

Itena lachte leise. Das Gesicht mit der Augenklappe war am Rande des Lichtscheins gerade noch zu erkennen. Das lange, schwarze Haar hatte sie in einem Pferdeschwanz zusammengefasst. »Keine Sorge, Großer.« Über das Rauschen des fernen Wasserfalls war ihr Flüstern kaum zu verstehen. »Wenn dich jemand mit Pfeilen spickt, werde ich dich rächen.«

»Da fühle ich mich gleich viel besser«, murrte Tersten.

»Vorwärts!«, befahl Eivora. »Wir haben nicht ewig Zeit.«

Sie bewegten sich auf das Lagerfeuer zu.

Die Söldner hielten sich außerhalb des Lampenscheins, aber manchmal sah Eivora einen Schattenriss im Gras. Oraneta erkannte sie leicht an der Langaxt, die die untersetzte Frau über der Schulter trug. Auch Leronns Tropfenschild war gut auszumachen. Er lag quer auf dem Rücken des alten Recken, weil er den Jungen auf den Armen trug. Ob das Kind schlief?

Fünfzig Schritt vor dem Lagerfeuer, als sie bereits die Krieger ausmachen konnten, die dort Spieße in die Flammen hielten, rief jemand: »Halt! Stehen bleiben!«

Sie folgten der Aufforderung.

»Parole?«, kam als Nächstes.

»Fallende Sterne …«, antwortete Eivora halblaut.

»… zerschmettern die Festung«, ergänzte der andere. »Wer da?«

»Wir gehören zum Klingenrausch«, sagte Eivora. »Erkundungstrupp.«

Jemand erhob sich aus dem an dieser Stelle hüfthohen Gras

und senkte seine Armbrust. Rechts zeichneten sich zwei weitere Gestalten ab. *Dreierposten. Nicht schlecht.*

»Was wollt ihr hier?«, fragte der Sprecher.

»Eigentlich suchen wir den besten Weg, um nach Ygôda hineinzukommen«, sagte Eivora. »Aber dabei ist uns jemand zugelaufen.«

Leronn trug den Knaben in den Laternenkegel und stellte ihn auf die Füße. »Er heißt Kurlo und hat seine Eltern verloren«, sagte er.

»Das wird der Sohn eines der Viehhändler sein«, vermutete der Posten.

Jedenfalls ist er das Kind reicher Eltern, dachte Eivora. Kurlos blondes Haar war sauber auf Kinnlänge geschnitten, seine Fingernägel gefeilt, und die Tunika hatte man nie geflickt. Das braune, mit grünen Tieren bestickte Gewand war dem vielleicht Fünfjährigen, der sich verschlafen umblickte, etwas zu groß, aber er würde wohl schnell hineinwachsen.

»Zu uns gehört er jedenfalls nicht«, sagte Itena aus der Dunkelheit.

Der Posten schwieg.

»Wer hat hier das Kommando?«, fragte Eivora.

»Hauptmann Erlon.«

»Dann bring uns zu ihm.«

Der Schattenriss winkte eine der beiden anderen dunklen Gestalten heran und befahl ihr, den Trupp zum Lager zu führen.

Sie hörte ihm an, dass er froh war, die Verantwortung für eine Lage abzugeben, die in seinen Befehlen nicht vorgesehen war.

Die Söldner folgten dem Krieger.

Am Lagerfeuer war man einigermaßen überrascht, sie zu sehen. Eivora grüßte mit der Faust an der Schulter, aber niemand erwiderte die Geste. Die dreieckigen Zelte waren größer als im Lager der Söldner, anscheinend schlief man in Gruppen zu zwanzig. Viele hatten sich bereits zur Ruhe begeben, nur ein Dutzend von König Harlefs Männern saß noch um das Lagerfeuer. Der Hauptmann war einer von ihnen. Er mochte gut vierzig Jahre alt sein, der kurze Bart war grau. Am linken Auge hing der Tränensack schlaff herab, auf dieser Seite war die Wange feucht. Er trug ein wattiertes Gewand, über das er wohl im Gefecht einen Harnisch zog. Es wirkte abgetragen, und der Griff seines Schwerts bestand aus abgegriffenem Holz ohne Brimborium.

Die Wache, ein junger Krieger von drahtiger Gestalt, erklärte ihm die Lage und kehrte dann zurück auf ihren Posten.

»Wir können hier auch kein Kind gebrauchen«, sagte Hauptmann Erlon, aber es klang nicht abweisend, sondern überlegend.

Eivora streckte die Hände dem Feuer entgegen. Erst jetzt merkte sie, wie kühl die Nacht war. »Mit seinen kurzen Beinen kann er nicht weit gelaufen sein. Sicher sind seine Eltern irgendwo in der Nähe.«

Erlon sah hinaus in die Fette Ebene. In der Dunkelheit brannten Dutzende Lagerfeuer.

»Ist deine Familie mit einem Wagen unterwegs?«, fragte er den Jungen.

»Ja, mit z…z…zwei Pfer…erden«, stotterte Kurlo. »Und unseren D…D…D… Knechten und Mägden.«

»Und wie heißen deine Eltern?«, fragte der Hauptmann.

»Mama und Papa.«

Eivora schmunzelte.

»Und wie sagen andere Leute zu ihnen?«

Kurlo überlegte.

»Bring ihn erst mal ans Feuer«, sagte Eivora.

Leronn drückte den Jungen sanft vorwärts.

Neugierig sah Kurlo zu Eivoras Schulter auf, wo Aglix saß. »Darf ich ihn st…streicheln?«

Sie hockte sich hin, damit sein ausgestreckter Arm den Lurch erreichte.

Unvermittelt machte der Feuersalamander einen Satz und krabbelte auf Kurlos Hand.

Der Junge gluckste. Für den Moment war seine Verlorenheit vergessen.

»Pass auf, dass er mit seinen Lippen von Aglix wegbleibt«,

sagte sie zu Leronn. »Und er soll sich hinterher die Hände waschen. Das Tier ist giftig.«

Leronn nickte.

»Wie ich schon sagte«, meinte Erlon, »hier ist kein Ort für ein Kind.«

»Dann wäre es gut, wenn ihr seine Eltern rasch fändet.«

»Das ist nicht unsere Aufgabe. Wir bewachen den Webersteig.«

Eivora erinnerte sich an König Harlefs Erklärung, dass an dieser Stelle ein Pfad im Scherenschnitt das Massiv emporkletterte. Sie konnte jedoch noch nicht einmal den Übergang von Titanenfels und Stadtmauer ausmachen, im Norden erstreckte sich nur eine eintönige schwarze Fläche, als hätte ein Riese Tinte über dem Himmel ausgekippt.

»Seine Majestät wird das ungern hören«, sagte sie. »Er hat uns anvertraut, dass er wünscht, die Viehhändler mögen die Fette Ebene als Ort in Erinnerung behalten, an dem man sie freundlich behandelt.« Sie sah Erlon an. Sein linkes Auge tränte, in den Winkeln setzte sich gelbes Sekret ab. »Damit sie den anderen empfehlen, ebenfalls Geschäfte mit den neuen Herren zu machen.«

»Das ist nicht meine Sache«, behauptete Erlon.

Eivora merkte ihm an, dass ihm unwohl bei der Aussicht war, er könne beim König nachteilhaft auffallen, doch er zögerte, seine Position ohne Weiteres zu räumen. Immerhin hatte ein Dutzend der Krieger unter seinem Kommando mitgehört.

»Ihr habt wachsame Posten aufgestellt«, lobte Eivora.

Er nickte knapp.

»Sicher geht ihr auch auf Streife?«

»Natürlich. Wir befinden uns im Krieg.«

»Wie wäre es, wenn diese Streifen einen etwas erweiterten Weg gehen? Sagen wir – bis zu den nächstgelegenen Nachtlagern?«

»Es bringt schließlich auch den Gegner durcheinander, wenn man einen festgelegten Wachrhythmus verändert«, pflichtete Tersten ihr bei. Er löschte die Laterne.

»Da ist was dran …«, sagte der Hauptmann. »Aber warum macht ihr das nicht selbst? Schließlich habt ihr den Jungen gefunden.«

Inzwischen saß Kurlo auf Leronns Oberschenkel und hörte ihm zu, während Aglix über seine Hände krabbelte. Eivora hatte das Gesicht des alten Kämpen noch nie so sanft gesehen.

»Hältst du das für eine kluge Idee?«, fragte sie den Hauptmann. »Glaubst du, es gibt viele Viehhändler, die einem Söldner hinaus in die Dunkelheit folgen?«

»Außerdem wäre es nett, wenn wir uns ein bisschen aufwärmen könnten«, meinte Oraneta. Sie hatte inzwischen ein halbes Dutzend Höhlen erfolglos erkundet und war patschnass. Sie formte ihre fahlblauen Lippen zu einem Kreis und hauchte auf ihre Finger.

»Wir haben sowieso schon den härtesten Dienst von allen Bannern«, maulte einer von Erlons Kriegern. So hart, dass er ihn von der Pflege seines Lockenkopfs abgehalten hätte, konnte der Dienst allerdings nicht sein.

»Ach ja?«, fragte der Hauptmann scharf. »Gut, dann wird ein etwas weiterer Spaziergang dir ja auch nichts mehr ausmachen! Deine Streife nimmt die ersten beiden Lager am Isôn.«

Der Angesprochene setzte zu einer Erwiderung an, schluckte aber nur unter dem Blick aus dem tränenden Auge.

»Und weck die beiden Streifen nach dir. Ihr geht gleichzeitig raus, damit wir diese Sache schnell hinter uns haben.«

»Jawohl, Hauptmann«, sagte er kleinlaut und machte sich auf den Weg zu einem der Zelte.

»Wir könnten ein paar trockene Decken brauchen!«, rief Eivora.

»Sonst noch was?«, fragte Erlon.

»Unter Kameraden kann man sich doch aushelfen …«, meinte Eivora eine Spur sanfter. »Immerhin stehen wir bald gemeinsam in der Schlacht.«

Erlon brummelte, aber er fühlte sich offenbar wohl dabei, seine Leute zusammenzustauchen, die Streifen einzuweisen und sie in die Nacht hinauszuschicken. Schließlich kamen sogar die

Decken, in denen sich Oraneta und die beiden Söldner, die sie in die Höhlen begleitet hatten, trocken reiben konnten. An den teils verschämten, teils offen neugierigen Blicken von Erlons Männern auf ihrem nackten Körper störte sich die Kampfherrin nicht. Sie hatte keine Formen wie eine Tänzerin oder eine Hofdame, erst recht war sie keine Schönheit wie Fiafila, aber sie war immer noch eine Frau mit Rundungen. Natürlich hatte sie ein paar Narben, ihr kriegerisches Leben formte die Muskeln, und ihren Erfolg legte sie gern in gutem Essen ab, was sich an ihrem Bauch bemerkbar machte. Aber wer wusste, wie lange diese Männer von ihren Frauen getrennt waren? Ob Harlef viele Huren in seinen Lagern gestattete? Sie bauten den Druck ab, aber wenn man Pech hatte, verbreiteten sie rasend schnell Krankheiten.

Die nassen Sachen lagen neben dem Feuer, die zwölf Söldner belegten etwas mehr als die Hälfte der Sitzgelegenheiten auf den Baumstämmen um das Lagerfeuer. Eine Handvoll von Erlons Kriegern saß auf der anderen Seite. Der Hauptmann selbst war nicht mehr zu sehen.

Bei Mehol, der neben Eivora saß, konnte man den Eindruck gewinnen, ein Vogel habe versucht, in seinem verfilzten Haar ein Nest zu bauen. Das knisternde Lagerfeuer gab ihm einen rötlichen Schimmer, obwohl es eigentlich aschblond war.

Eivora folgte Mehols Blick das dunkle Massiv hinauf. So musste sich eine Ameise fühlen, wenn ein Stiefel vor ihr stand.

»Welche Schätze braucht man, um etwas so Gewaltiges zu bauen?«, flüsterte Mehol. »Ygôdas Bürger müssen sehr reich sein.«

»Wir werden es schaffen.« Unwillkürlich dämpfte auch Eivora die Stimme. »Nicht, weil das Silber hinter dieser Mauer uns lockt oder weil wir einen Kontrakt geschlossen haben, sondern weil wir der Klingenrausch sind. Dieser Sieg fehlt noch zu unserem Ruhm.« Sie sah Mehol an. »Denk nur! Wir werden die Ersten sein, die diese Mauer brechen. Die Ersten seit Menschengedenken.«

»Aber nicht ohne Gewitter.« Er sprach jetzt noch leiser. Keine Andeutung des Blitzsteins sollte an fremde Ohren dringen.

»Wir sind doch gerade erst angekommen«, sagte Eivora. »Unsere Gelegenheit wird kommen.«

»Du glaubst wohl nicht an den Fluch der Hexe.«

»Wenn Fiafila so etwas von ihrem Gott erbitten könnte, dann hätte sie das schon in Abidia getan.«

»Du meinst, dann hätten wir ihre Heimatstadt nie erobert?«

»Doch.« Eivora grinste. »Manchmal haben wir es leichter, manchmal schwerer, aber am Ende triumphiert immer der Klingenrausch.« Sie stieß ihn in die Seite. »Wir wären doch nicht nach Ygôda gekommen, wenn wir den Sieg geschenkt haben wollten!«

Mehol grinste, aber es wirkte gezwungen.

»He, ihr, Söldner!«, rief einer der Krieger herüber. »Habt ihr schon einmal Bontasaft getrunken?«

Seine Kameraden lachten, einer schubste ihn.

»Was soll das sein?«, fragte Eivora.

Der junge Mann stand auf. Er war etwa zwanzig, hatte abstehende Ohren und trug einen ledernen Harnisch, der auf der linken Seite mit frischen Schnüren vernäht war. Diese Stelle und die Tatsache, dass ihm der Panzer zu groß war, sodass er ihn mit einem Tuch ausstopfen musste, deuteten darauf hin, dass er nicht der erste Besitzer war.

Er umrundete das Lagerfeuer, erst mit schnellen Schritten, dann, je näher er Eivora kam, immer langsamer. Den Holzbecher hielt er mit beiden Händen. »Alkohol ist uns im Wachlager verboten«, sagte er. »Aber dieses Zeug brennt auch ganz schön.«

Sie nahm ihm das Trinkgefäß ab und probierte einen Schluck. Der Fruchtsaft prickelte, aber das war nicht alles. Vielleicht hatte jemand Pfeffer hineingemischt. Eivora zuckte mit den Achseln und gab den Becher zurück.

Der Jüngling setzte sich so behutsam neben sie, als rechne er damit, sofort wieder aufspringen zu müssen. Dabei grinste er so breit, dass er seine schiefen Zähne so weit entblößte, wie es ein Pferdehändler mit dem Gebiss seiner Ware zu tun pflegte. Zudem war sein Gesicht nicht nur wegen des Feuerscheins rot.

»Nicht unbedingt mein Fall«, sagte Eivora.

»Was?«

»Dein Saft.«

»Imgos Saft ist nicht ihr Fall!«, johlte einer seiner Kameraden aus der Sicherheit jenseits des Feuers.

Der Jüngling runzelte die Stirn. »Imgo. Das bin ich.«

»Ja, das dachte ich mir jetzt schon.«

Er grinste weiterhin dümmlich und wurde noch röter. Vor allem seine Ohren glühten.

»Noch was, Imgo?«, fragte sie.

Schnell beugte er sich vor und drückte ihr einen Kuss auf die Lippen.

Seine Kameraden lachten, alle bis auf einen, der nun missmutig dreinschaute, während ihm die anderen auf den Rücken schlugen.

»Lass mich raten«, bat Eivora. »Du hast gerade eine Wette gewonnen.«

Imgo schluckte.

»Und was bekommst du für deinen Mut?«

»Roteks Stück vom nächsten Braten«, sagte er kleinlaut.

Eivora zuckte mit den Achseln. »Ich hoffe, dafür war deine Prüfung nicht zu hart.«

»Nein!«, rief er hastig. Kaum zu glauben, dass er noch tiefer erröten konnte. »Gar nicht! Das war … Ich habe Euch gern geküsst … Ich meine, nicht, dass ich …«

Der Junge tat ihr leid. Er sah aus, als stünde er kurz vor einer Ohnmacht.

Eivora fasste ihn im Nacken, zog ihn heran und küsste ihn. Da sie keine halben Sachen mochte, schob sie die Zunge in seinen Mund.

Das hätte sie lieber gelassen. Offenbar passierte Imgo so etwas zum ersten Mal.

Trotzdem übermannte ihn plötzlich aufwallender Mut. Seine Hand fand ihre Brust.

Irgendwo hört das Mitleid auf, dachte Eivora. Sie fasste eines seiner nicht zu verfehlenden Ohren und zog daran, bis Imgo das Gleichgewicht verlor und hintüber vom Baumstamm fiel.

Während er sich aufrappelte, tuschelten seine Kameraden so aufgeregt miteinander wie Waschweiber.

Imgo blieb neben ihr sitzen und sah sie an. Er grinste nicht mehr, und auch die Röte wich allmählich.

»Was noch?«, fragte sie.

Er schluckte.

»Noch eine Wette?«

Er schüttelte den Kopf. »Nein, ich wollte nur fragen, ob …«

»Was?«

»Ihr tut das für Silber, oder?«

»Was genau?«, fragte sie drohend.

»In den Krieg ziehen. Kämpfen. Töten.«

»Ach so. Das. Ja.«

»Warum?«

»Das hast du doch selbst gesagt: für Silber.«

»Also nicht für Dämonen?«

»Hat man dir das erzählt?«

Er kaute auf seinen Lippen.

»Im Grunde sind wir Kaufleute«, erklärte Eivora. »Wir machen Geschäfte, und unsere Ware sind Siege. Wer einen Sieg braucht, gibt uns Silber, und wir erledigen den Rest.«

»Und die Dämonen?«

»Mit denen machen wir auch Geschäfte. Ein Kaufmann braucht ein Kontor, und wir brauchen einen Ort, an dem uns niemand unsere Freiheit nimmt. Das ist Rorgator. Die Dämonen schützen es.«

»Gebt ihr ihnen Silber dafür?«

Eivora schüttelte den Kopf. »Dämonen nehmen nur Gold.« *Und Leid und Qual und Feuer.*

Imgo nickte langsam.

»Wieso bist du hier?«, fragte Eivora. »Du siehst nicht aus wie ein Krieger.«

»Ich ziehe seit einem halben Jahr mit dem König!« Er warf sich in die Brust. »Im nächsten Frühjahr habe ich meinen Dienst abgeleistet, dann ist mein Bruder dran.«

»Und was machst du danach?«

»Ich bestelle wieder die Felder meines Vaters.«

»Wie viele Brüder hast du?«

»Vier.«

»Also bekommst du später ein Viertel des Landes?«

Er presste die Lippen aufeinander, bevor er antwortete. »Bei uns bekommt der älteste Sohn alles. Ich werde versorgt, kann auf dem Hof leben und für ihn arbeiten.«

»Das klingt so, als würde das Glück nicht unbedingt auf dich lächeln.«

»Aber ich weiß, wofür ich kämpfe.«

»Ach ja?« Eivora lüpfte eine Braue.

»Für meine Heimat.«

»Was hat denn deine Heimat davon, dass du Ygôda belagerst?«

»Die Ygôder haben uns beleidigt. Sie spucken auf uns, und wenn wir uns das gefallen lassen, fallen sie irgendwann in unser Land ein und plündern unsere Höfe.«

»Wieso sollten sie das tun?« Sie drehte sich um und zeigte auf die Lagerfeuer in der Fetten Ebene. »Die Viehhändler kommen zu ihnen. Sie brauchen nicht mühsam irgendwelche Bauern auszurauben. Und sie sind hervorragende Steinschnitzer. Damit wurden sie reich, nicht mit Feldzügen. Mehol«, sie zeigte mit dem Daumen über die Schulter, »meint, sie hätten ein Vermögen ausgegeben, um ihre Stadtmauer zu bauen. Die kann ihr Heer nicht mitnehmen, wenn es in den Krieg zieht. Nein, Imgo, ygôdische Krieger werden so schnell nicht an die Tür deines Vaters klopfen.«

Er schob das Kinn vor. »Es ist nicht gut, wenn der König beleidigt wird. Wir sind ein stolzes Volk!«

Vor allem ein dummes, dachte Eivora. »Nicht so stolz, dass ihr auf die Hilfe von Leuten verzichten würdet, die für Silber kämpfen.«

»Wenn ihr Ygôda verlasst, werdet ihr vielleicht Schätze haben …«

»Hoffentlich so viele, dass wir sie kaum tragen können.«

»… aber ich habe ein Zuhause, zu dem ich zurückkehre. Ich

lebe in einem Dorf, in dem man mich kennt und mich respektiert, weil ich für unseren König gekämpft habe.«

»Ich hoffe, man füttert dich dort auch durch, falls dir jemand einen Arm oder ein Bein abhaut, bevor der Frühling kommt.« Je länger sie mit ihm sprach, desto weniger konnte sich Eivora vorstellen, dass Imgo einem echten Krieger mehr entgegensetzen könnte als ein kläffender Straßenhund, den man mit einem Tritt verjagte.

Er stand auf. »Und wenn ich falle, dann wird man mich in ein Grab legen, über dem ein Stein mit meinem Namen steht. Jeder wird wissen, dass mein Mut größer war als die Gefahr und meine Liebe zur Heimat stärker als meine Angst.«

»Du nicht.«

Er blinzelte. »Was?«

»Du wirst es nicht mehr wissen, weil du dann nämlich tot bist.«

Er straffte sich und stieß ihr den Becher mit dem Saft entgegen. »Willst du noch einen Schluck?«

»Nein. Und auch fürs Küssen suchst du dir besser ein Mädchen aus deinem Dorf.«

Mit erhobenem Haupt stolzierte er zu seinen Kameraden zurück, die ihn sofort heftig schwatzend in die Mitte nahmen.

Mehol unterhielt sich inzwischen mit Tersten, auf dessen halb ausrasiertem Kopf sich der Schein des Lagerfeuers spiegelte. Die orangeroten Flammen tanzten friedlich, ganz anders als das brüllende Feuer, das sie im Wald gelegt hatten, um die Legion zu holen. *Seltsam, wie verschieden man die gleichen Dinge sehen kann*, dachte Eivora.

Leronn erzählte dem kleinen Kurlo von den Blumenweiden bei Birentu mit ihren gelben und violetten Blüten und den Kaninchen mit dem blau schimmernden Fell, die darin herumgehoppelt waren. Dass die Legion die Blumen während des Sturmangriffs zerstampft hatte und dass die Schlappohren vorzüglich geschmeckt hatten, ließ er unerwähnt.

»Er hat selbst einen Enkel«, sagte Mehol.

»Wirklich?« Eivora beobachtete, wie ruhig Aglix auf dem

Oberschenkel des Jungen saß, der sich an Leronns Brust kuschelte. Die gelben Flecken leuchteten auf der schwarz glänzenden Haut. »Ich wusste noch nicht einmal, dass er eine Frau hat.«

»Hat er auch nicht. Sie hat sich für den Bäcker entschieden. Der Sohn spricht nicht mehr mit ihm, aber der Enkel findet ab und zu ein geschnitztes Spielzeug oder ein neues Paar Schuhe, wenn er die Brote austrägt. Auch mal ein Holzschwert, aber das hat Leronns Sohn direkt verfeuert.«

Auch in Rorgator gab es Menschen, die nicht vom Schwert lebten. Dennoch behielten die meisten von ihnen immer eine Waffe in der Nähe. Es gab einen Unterschied zwischen ›friedlich‹ und ›dämlich‹. Natürlich gab es auch dämliche Leute, die sich als Krieger versuchten. Eivora sah zu Imgo hinüber, der große Gesten vollführte, um den Bericht für seine Kameraden auszuschmücken. Inzwischen waren es ein paar mehr, offenbar hatten einige in den Zelten aufgegeben, schlafen zu wollen.

Eine Streife kehrte zurück und brachte ein gut gekleidetes Paar mit, sie in einem grünen Kleid, er mit einer Wildlederjacke und einem Samthut, um dessen Krempe ein weißes Fell lief. Die Frau stieß einen spitzen Schrei aus, und Kurlo lief mit ausgebreiteten Armen zu ihr.

Eivora brachte einen Eimer. »Er muss sich die Hände waschen«, sagte sie.

Die Frau musterte sie mit scheuer Neugier. »Ich hätte nicht gedacht, dass eine Söldnerin auf so etwas achtet.«

»Er hat etwas Giftiges angefasst.«

Dieses Giftige wuselte gerade zu ihrem Fuß und huschte dann ihr Bein empor, aber die Mutter hatte nur Augen für ihr Kind.

»Giftig? Wie konntet Ihr ihm etwas Giftiges geben?«

»Keine Sorge. Er muss sich nur gründlich waschen.«

»Danke, dass Ihr Euch um Kurlo gekümmert habt.« Der Vater hielt ihr eine Silbermünze hin.

Eivora winkte ab. »Er war unser Gast.«

Schulterzuckend versenkte er die Münze wieder in seinem Beutel. Wunderschön glänzte der warme Feuerschein dabei auf dem hellen Metall.

»Obwohl …«, setzte Eivora an.

»Ja?«

»Was ist das für eine Münze, die Ihr mir angeboten habt?«

Er holte sie wieder heraus. Sie war rund, die Prägung war etwas ungenau angesetzt, sie hatte nicht überall den gleichen Abstand zum Rand. Auf der einen Seite zeigte sie eine Blüte, auf der anderen einen Baum.

»Eine Erle, oder?« Eivora nahm sie ihm ab.

»Ganz recht. Aber Ihr sagtet doch, Kurlo sei Euer Gast gewesen?«

Das Silber war kein bisschen angelaufen.

Eivora holte einen linsenförmigen Zilint aus ihrem Geldbeutel. Mit der Zunge zwischen den Lippen wog sie die beiden Münzen ab, wobei sie sie in den Händen wechselte. Sie waren ungefähr gleich schwer.

Na gut, der Zilint enthält etwas weniger Silber, aber wir hatten ja auch Aufwand.

»Wir tauschen«, sagte sie und gab ihm ihre Münze.

Sichtlich verwirrt steckte er sie ein.

»Klarmachen zum Abmarsch!«, befahl Eivora den Söldnern.

Rasch wurden die Rüstungen wieder angelegt und die Waffen aufgenommen. Tersten entzündete die Laterne und blendete sie ab, sodass sie gerade noch den Weg unmittelbar vor sich erkennen würden.

Hauptmann Erlon sprach mit den Eltern. Offenbar stellte er sicher, dass seine Rolle bei der Rettung des Knaben nicht zu kurz kam.

Eivora folgte ihren Leuten in die Dunkelheit.

»Nein, Mama«, hörte sie Kurlo sagen. »Ich gl…gl…glaube ni…nicht, dass sie schelch…schl…schlechte Menschen sind.«

Eivora besaß eine mit einem Tuch ausgelegte und mit Laub gepolsterte Schatulle, die als Domizil für Aglix gedacht war. Der Feuersalamander betrachtete jedoch das gesamte Zelt als sein Reich. Gerade hing er kopfüber an einer der Stangen, die das spitze Dach stützten. Sein dreieckiger Kopf folgte einer

Motte, die ohne erkennbares Ziel durch die Luft taumelte. Böen drückten gegen den roten Stoff, aber auf das Prasseln von Regen wartete Eivora vergeblich. Die Wachen hielten nicht nur nach Feinden Ausschau, sondern auch nach Wolken, die ein Gewitter herantragen mochten. Bislang hatten sie keine entdeckt.

Die nächtliche Erkundung steckte Eivora noch in den Knochen. Das Kettenhemd und das Ledergewand, das sie darunter trug, hingen nun auf dem Holzgerüst. Ihre wattierte Tunika klebte an der Haut, die Wanderung hinab in die Ebene, die Bäche entlang bis zum Wasserfall, dessen Sprühnebel sie durchnässt hatte, und zurück hatte sie ordentlich schwitzen lassen. Inzwischen war der Stoff klamm. Die Erholung am Lagerfeuer des Postens am Weberstieg hatte auch nicht viel gebracht.

»Über diesen Weg kommen wir nicht rein«, fasste sie ihre Erklärung zusammen.

Gonter lächelte dieses Lächeln, bei dem sie sein Gesicht am liebsten zwischen ihre Brüste gezogen hätte. »Dann werden wir es auf andere Art schaffen. Mein Vater vertraut ohnehin auf Eure Magier.«

»Sie brauchen einen Riss, den sie weiter aufbrechen können«, meinte sie kryptisch.

Er nickte, als hätten ihre Worte ihm irgendetwas klargemacht. »Ihr werdet eine Möglichkeit finden.«

»Ist Euer Vater ebenso geduldig wie Ihr?«

»Geduld ist keine seiner starken Tugenden.«

»Ein gewisser Wille, sich zu nehmen, was man begehrt«, sagte sie mit tiefer Stimme, »gehört zu einem Mann.« Sie verschränkte die Arme hinter dem Kopf und hoffte, dass das ihre sanften Kurven zur Geltung brachte.

Sein Lächeln wandelte sich zu einem breiten Grinsen, das etwas Freches hatte. Es gefiel ihr.

»Werdet Ihr Belagerungsgerät bauen?«

Eivora schüttelte den Kopf. »Das wäre aussichtslos, meint Oraneta. Sie wird die Schanzknechte trotzdem Holz schlagen lassen, aber daraus sollen leichte Feldgeschütze und Boote gezimmert werden.« Sie drehte eine ihrer schwarzen Haarsträhnen um den Zeigefinger und führte sie über ihre Lippen.

»Also ein Angriff über den Schimmersee?« Gonter beugte sich über die Karte, sah aber weiterhin sie an. Er erinnerte sie an einen Adler, der in seinem majestätischen Flug alles im Blick behielt, ohne Einzelheiten zu fixieren.

Sie stand auf, nahm einen Schluck Wein und ging zu ihrer Kleidertruhe. »Vielleicht kommen wir übers Wasser«, sagte sie. »Noch können wir nicht wissen, an welcher Stelle die Magier die Mauer brechen werden. Außerdem können wir so unsere Truppen schneller zwischen den Lagern verschieben.«

»Ein kluger Feldherr zieht stets alle Möglichkeiten in Betracht, sagt mein Vater.«

»Meiner sagte das Gleiche.« Ihr Blick streifte das Schwert, das sie geerbt hatte. Es hing an zwei Ketten von einer Zeltstange, das durch den offenen Eingang fallende Tageslicht spiegelte sich auf den Verzierungen der Scheide. »Könnt Ihr die Plane schließen? Ich möchte mich umziehen. Ich fühle mich schmutzig.«

Sie ärgerte sich über den letzten Satz. Sie hatte versucht, wie Fiafila zu klingen, aber sie klang nicht wie die edle Frau, sondern wie eine Ente, die einen Schwan nachmachen wollte.

Immerhin blieb Gonter wie erhofft im Zelt. Er wechselte nur ein paar schnelle Worte mit Kistur, der davor Wache stand.

Sie entzündete eine Kerze, öffnete die Truhe, nahm eine leichte Tunika heraus, stellte sich mit dem Rücken zu Gonter und zog ihr schweißverklebtes Gewand über den Kopf. Sie ließ sich Zeit dabei, es zusammenzulegen, bevor sie das andere anzog, schließlich wollte sie seine Vorstellungskraft anregen. Da sie zwischen dem Licht und dem Prinzen stand, hatte der Mann ausreichend Gelegenheit, ihre Formen zu betrachten. Sie zog die Tunika zurecht und drehte sich zu ihm um.

»Hat mein Vater Euch bereits gesagt, dass er Wert darauf legt, dass Ygôdas Edle möglichst wenig Schaden nehmen?«, fragte er.

»Nein, aber das wundert mich nicht. Er will die Stadt übernehmen, nicht zerstören.«

»So ist es. Ich wäre Euch dankbar, wenn Ihr insbesondere darauf verzichten könntet, Prinzessin Irûnas Gesicht zu zerschneiden.« Seine blauen Augen wichen ihr aus.

»Wieso?«, forschte sie.

»Weil ich sie heiraten soll.« Er räusperte sich. »Um unsere Dynastie mit der von Ygôda zu verbinden. Natürlich brauchen wir dafür Thronfolger.« Noch immer huschte sein Blick durch das Zelt und bemühte sich dabei peinlich genau darum, ihr auszuweichen. »Ich dachte, Ihr solltet das wissen.«

»Euer Edelmut rührt mich.« Dennoch konnte sie ein Lachen nicht unterdrücken.

Es erstarb, als sie draußen die Posaunen hörte. »Alarm!«

Gonter wirbelte herum und zog in derselben Bewegung das Schwert. Eivora bewunderte die geschmeidige Kraft seines Körpers.

Das hielt sie jedoch nicht davon ab, die Tunika wieder auszuziehen und das wattierte Gewand erneut anzulegen. »Helft Ihr mir mit der Rüstung?«, bat sie und eilte zum Gestell.

Kistur schlug die Plane am Eingang zurück. »Ein Ausfall!«, meldete er. »Unsere Einheiten am Sonnentor haben bereits Feindkontakt.«

Die Geräusche der Söldner, die ihre Waffen griffen und zu den Bannern hasteten, waren jetzt lauter.

Gonter steckte sein Schwert weg und hob Eivoras Rüstung vom Gestänge. Er hielt die Kombination aus Leder und Kette so, dass Eivora hineintauchen konnte.

Die Weibel schrien Befehle, Krieger fluchten und Eisen klapperte.

»Ich wünsche Euch viel Glück«, sagte Gonter, während er ihr half, die Schnallen zu schließen.

»Ihr kämpft nicht mit?«

Er schüttelte den Kopf. Der Duft seines gut gepflegten, brünetten Haars kitzelte in ihrer Nase. »Mein Vater verbietet es. Ich bin sein Erbe.«

»Das kenne ich.«

Er richtete sich auf und musterte die Panzerung kritisch auf der Suche nach einem Verschluss, der noch nicht richtig saß.

»Wie wäre es dann mit einem Kuss für die Kriegerin?«, fragte Eivora.

Überrascht sah er sie an.

Sie lachte. »Das bringt Glück, und Ihr wünscht mir doch welches.«

Er grinste und ging ein wenig in die Knie, um sie zu umarmen.

Sie schloss die Augen und legte den Kopf leicht zurück.

Trotz seiner vornehmen Sitten war er ein kräftiger Mann. Seine Zunge verlangte Einlass. Er wusste, wie man sie benutzte, auch wenn man nicht redete. Sie strich über Eivoras Lippen, glitt an ihren Zähnen entlang, rieb sich an ihrer Zunge. Seine großen Hände drückten ihren Hintern und zogen sie heran. Sie merkte, wie sie den Boden unter den Füßen verlor, als er sie anhob, und spürte die kräftigen Muskeln seines Brustkorbs noch durch die Rüstung hindurch.

Er setzte sie erst wieder ab, als die Posaunen nochmals ertönten.

Heftig atmend sah sie zu ihm hoch.

»Mein Prinz!«, rief Kistur. »Ich habe unsere Pferde!«

Das hat er nicht zum ersten Mal gemacht, dachte sie, während sie sein selbstgefälliges Lächeln betrachtete.

Sie wandte sich ab und holte ihre Armbrust, um sie am Unterarm festzuschnallen. Als die Waffe fest anlag, war er fort.

Die um das Schwertfeuer versammelten Kampfherren sahen die roten, blauen, grünen und dunkelorangefarbenen Flammen über den Eisentisch zucken. Sie beobachteten das Feuer, um den Schlachtverlauf darin zu erkennen, aber sie nahmen nicht annährend wahr, was Chastro-Ignuto erlebte. Ihre Sinne verwehrten ihnen den Geschmack von Schmerz, Hass und Wut, mit dem der Homunkulus ihn versorgte. Im Mund des Avatars floss alles zusammen: die Todesangst, der Zorn auf den Gegner, der Blutdurst von Tausenden, die sich jetzt südwestlich des Schimmersees, vor der gewaltigen Stadtmauer, gegenüberstanden. Von den Zinnen schleuderten die Katapulte ihre Geschosse über die eigenen Truppen hinweg. Unförmige Brocken zersplitterten

Knochen und ließen Schneisen von zermalmten Leibern zurück. Die Bannerherren von Razonns Pikenieren bewiesen Übersicht. Sie lösten die geschlossenen Formationen in Rotten auf, um keine lohnenden Ziele mehr zu bieten. Einige dieser Kleinverbände verlangsamten den Gegner mit schnellen Vorstößen, während die meisten zurückfielen, um sich außerhalb der Katapultreichweite neu zu formieren.

In dem Eisentisch, der die Abmessungen einer Festtafel hatte, waren die Schwerter der gefallenen Helden, aus denen er geschmiedet war, noch zu erahnen. Über dem Metall zeigten die gespenstischen Kräfte, mit denen Chastro-Ignuto in Verbindung stand, das Toben der Schlacht auf ihre Weise. Die entfesselte Gewalt wurde zu einem vielfarbigen Feuer, das beinahe überall aus dem Metall fauchte. Die Kämpfer waren nicht direkt zu sehen, wohl aber ihre Emotionen. Wo eine Einheit furchtsam zusammendrängte, züngelten blaue Flämmchen innerhalb des Brandteppichs, Angriffslust loderte grün, Hass rot. Wo gestorben wurde, schoss eine Zunge in die Höhe, besonders dann, wenn man dabei Harnastes oder einen anderen Dämon anrief. Schmerz äußerte sich im Prasseln des Feuers. So hörte man die Kampfrufe nur aus der Ferne, aber die Wunden, die eine Attacke schlug, knisterten vor ihnen auf dem Tisch, den sie in der Mittagssonne aufgestellt hatten, wie Panzer von Insekten, die einer Fackel so nahe kamen, dass sie zerplatzten.

Landschaftsformationen zeigte der Tisch nicht an. Gehilfen aus dem Zauberbanner benutzten rußige Stöcke, um sie mit groben Linien anzudeuten. Dieses Mal konnten sie sich am steil abfallenden Hang des Titanenfelsens orientieren. Westlich des Plateaus befanden sich keine Einheiten, also wurde dort weder gehasst noch gestorben, und die bunten Flammen fehlten. Die Farben der Angreifer sammelten sich in einem Keil. Auf der anderen Seite begrenzte ihn der Schimmersee, über den Boote weitere Kämpfer heranführten. Sie flackerten nur kurz auf, gespannte Erwartung brannte weniger heiß als der Rausch von Kriegern, die ihre Hände in das Blut erschlagener Feinde tauchten. Die Gehilfen hatten auch Schabeisen dabei. Wenn sich die

Schlacht verlagerte, wanderten die Flammen. Dann mussten die Umrisse für die Landschaft abgekratzt und neu gezeichnet werden.

Die Kampfherren besaßen Erfahrung darin, das Wenige, was sie in den Flammen erkennen konnten, zu deuten. Razonn beriet mit Pirlitu, wie seine Pikeniere die gegnerischen Truppen am besten ins Schussfeld der Armbruster lockten, die sich an der Engstelle positionierten, wo der Fels in das Hochland überging und der See nah herankam. Das war ganz in der Nähe des Lagers, das Oranetas Schanzknechte bereits abbrachen, um die Ausrüstung ins Hinterland zu bringen. Xerohn hielt drei Banner Hellebardiere in Reserve. Sie würden ausgeruht eingreifen, indem sie den abgekämpften Pikenieren den Rückzug gestatten, die Ygôder aber stoppen und so weiter im Schussfeld der Armbruster halten würden. Leider gab es keine geschützte Stellung, die diese hätten beziehen können. Ein steiler Hügel wäre ideal gewesen, auch das andere Ufer eines schmalen, aber reißenden Flusses. So, wie sie heute aufmarschierten, mussten sie sich darauf gefasst machen, in einen Nahkampf zu geraten. Zwei weitere Banner Hellebardiere würden sie dabei schützen, und Iskalas Quacksalber bereiteten Wurfbeutel vor, die Rauch und blendend helles Feuer erzeugten, wenn sie aufschlugen.

Ständig kamen Meldeläufer, die ausgeruhten schickte man wieder mit Befehlen für die Bannerherren ab, die zu komplex für die Übermittlung durch Posaunen waren. Der Schlachtlärm kam näher.

»Wir müssen hier weg«, meinte Oraneta. »König Harlefs Truppen verlangsamen den Gegner kaum noch.«

»Versager«, urteilte Xerohn.

Chastro-Ignuto stemmte die gepanzerten Fäuste auf das Eisen, beugte sich vor und genoss die Hitze auf seinem Gesicht. Er bildete sich ein, den Geruch der Leichen, aus denen man das Öl für das übersinnliche Feuer gepresst hatte, in der Nase wahrzunehmen. »Nein«, murmelte er. »Sie fliehen nicht aus Feigheit. Dafür schmecke ich zu wenig Angst in ihnen.«

»Dann *sollen* sich die Truppen etwa zurückziehen?«, fragte Eivora.

Neben ihr stand Fiafila, die wie immer so überheblich sauber war, als glaube sie, der Schmutz der Welt sei nur für andere bestimmt. In ihrem edlen Gesicht las Chastro-Ignuto nicht nur Befremden wegen der dämonischen Offenbarung und Furcht vor den Kämpfen, die bald heran sein würden, sondern auch Faszination. Gern hätte er das ergründet, aber dazu war jetzt der falsche Augenblick.

»Ich denke, Harlefs Offiziere haben ihre Krieger im Griff«, sagte Chastro-Ignuto. »Sie rennen nicht kopflos davon.«

»Dann stellt er uns auf die Probe.« Razonn zwirbelte seinen buschigen Schnurrbart. »Er will sehen, ob wir den Angriff zurückschlagen können.«

»Er ist nicht dumm«, vermutete Xerohn.

»Wenn wir das Schwertfeuer geordnet in Sicherheit bringen wollen«, drängte Oraneta, »dann müssen wir uns beeilen.«

Die Träger mit den Ledertüchern, die ihnen erlaubten, das heiße Eisen anzufassen, standen bereit.

»Einen Moment noch«, sagte Xerohn. Die Flammen spiegelten sich in den tief liegenden Augen seines knochigen Schädels. »Unsere Stellung ist fest, aber ich will nicht, dass uns jemand in den Rücken fällt. Was ist mit den Booten auf dem See?«

»Da ist wenig zu erkennen«, sagte Chastro-Ignuto.

»Dann streng dich gefälligst mehr an!«

Xerohn war der einzige Kampfherr, der auch im Avatar ein mulmiges Gefühl weckte. Das lag daran, dass er ihn nicht verstand. Viele Menschen verbargen ihre Emotionen nach außen hin, aber bei Xerohn schmeckte selbst der Homunkulus nichts, abgesehen von ein wenig Genugtuung dann und wann. Offenbar wurde er vollständig von seinem Verstand regiert. Aber woher kam dann sein Antrieb? Wieso führte er Söldner in die Schlacht, statt als Kaufmann Zahlen zu züchten? Welcher Gewinn, der schwerer wog als Silber, blieb ihm unterm Strich?

Chastro-Ignuto erzürnte wegen seiner eigenen Unsicherheit. »Dann brauche ich Blut.« Er stieß den Arm durch die flirrende Luft über dem Schwertfeuer und zeigte auf Fiafila. »Ihres.«

Xerohn bewegte sich mit der gleichen Effizienz, mit der er dachte. Eivora wich zwar zur Seite und richtete die Armbrust an ihrem Unterarm aus, begriff aber einen Augenblick zu spät, dass der Kampfherr die Priesterin, die ihr eher eine Freundin als eine Gefangene war, im Nacken packte und sie zum Tisch riss. Sein Messer schnitt in den hellen Unterarm, ein Blutschwall spritzte auf das Eisen, wo die dunkle Flüssigkeit zischend Blasen warf.

Fiafila schrie vor Schmerz und Überraschung auf.

Eivora rammte Xerohn einen Ellbogen in die Seite.

Der Kampfherr löste den Griff, behielt das Messer jedoch in der Hand. »Reicht das?« Auch jetzt schmeckte Chastro-Ignuto keine Emotion in ihm.

»Lass mich sehen.« Der Avatar konzentrierte sich auf die Flammen. Das Blut hatte natürlich überhaupt keine Wirkung, aber solche Rangeleien waren ein Spaß, und Fiafilas Aufschrei klang süß in seinen Ohren nach.

Über dem Bereich des Sees lag der unruhige Feuerteppich, der den gesamten Tisch überzog. Aber die Flämmchen, die den Eifer der Bootsbesatzungen anzeigten, blieben kümmerliche Andeutungen. Die Geister waren viel mehr angetan vom Leiden und Hassen, wo Spieße Körper durchstießen und Klingen Gliedmaßen abtrennten.

Wenn er Glück hatte, konnte Chastro-Ignuto jedoch die Aufmerksamkeit dieser Wesenheiten erregen. Er schloss sein gesundes Auge und dachte an die Schändungen, die es sicher nach der Schlacht geben würde. Schreiende Frauen, auch ein paar Männer, Krieger, deren Angst sich in Geilheit wandelte, in den Rausch, überlebt zu haben und sich mit Gewalt anderen Menschen aufzwingen zu können. Momente, in denen sich Schwächlinge wie Tyrannen aufführen konnten. Der tiefste Abgrund der menschlichen Seele, die Pervertierung von Liebe und Ekstase. Dabei war vollkommen gleichgültig, welche Seite gewann, das Böse wohnte in jedem Herzen. Selbst wenn sich die Kontrahenten ergebnislos trennen und keine Gefangenen gemacht würden, suchten viele diese Art, sich lebendig zu fühlen. Wer sich keine Sklaven leisten konnte, fand irgendwo ein wehrloses Gehöft. Chastro-Ignuto lächelte bei der Erinnerung an die Kleine, der Ulv gezeigt hatte, wie grausam das Leben war. Nach der anfänglichen Scheu hatte der Zwölfjährige vorbildlichen Ehrgeiz entwickelt.

Chastro-Ignuto ergötzte sich an der Vorfreude auf die kommende Brutalität. Das interessierte die Geister, sie gierten nach mehr davon. Der Avatar versprach ihnen, dass sie es bald bekämen, doch dafür mussten sie ihre Sinne auf den See hinaus senden. Einige wollten sich nicht hinhalten lassen, aber andere kamen seiner Aufforderung nach.

»Viele kleine Verbände«, murmelte Xerohn. »Keine Stelle, an der ich sie mit einem kompakt aufgestellten Banner abfangen könnte.«

Tatsächlich behaupteten sich nun einige purpurfarbene Flämmchen im Bereich des Sees. Sie hatten das Ufer beinahe erreicht.

»Ich übernehme sie«, verkündete Eivora.

»Mit dem Sturmbanner?«, fragte Pirlitu. Durch den Schweiß, den das Schwertfeuer aus ihrer schwarzen Haut trieb, glänzte ihr Gesicht, als würde sie eine gläserne Maske tragen.

»Wir kämpfen ohnehin nicht in kompakten Formationen«, bekräftigte Eivora mit entschlossener Miene.

Xerohn setzte seinen Helm auf. »Ich begebe mich zu meinen Bannern.«

Damit war alles entschieden.

In der Nachmittagssonne sah der Schimmersee aus wie ein Meer aus Kupfer, das mit trägen Wellen über das steinerne Ufer leckte. Die flachen Boote aus Ygôda ruderten in keiner erkennbaren Formation, und auch die Bewaffnung der Krieger an Bord deutete auf Einzelkämpfer hin. Langschwerter und Doppelblattäxte dominierten. Damit konnte man in einer geschlossenen Schlachtreihe nicht ausholen, ohne Kameraden zu verletzen.

Die vier Rotten des Sturmbanners teilten sich auf, um die

Boote abzufangen. *Ich muss den Rottmeistern vertrauen,* dachte Eivora, als die anderen Gruppen außer Sicht waren. *Sie haben die Erfahrung, sie haben die Fertigkeiten, sie haben die Waffen. Sie werden im Kampf bestehen.*

Trotzdem vermochte sie die Gedanken nicht von ihnen zu lösen. Sie war die Kampfherrin, ihre Entscheidungen führten dazu, dass jemand überlebte oder starb, dass der Klingenrausch siegte oder eine Niederlage erlitt. Zum ersten Mal konnte sie nachfühlen, wieso ihr Vater sie so oft aus den Gefechten herausgehalten hatte. Ein Feldherr konnte sich nicht erlauben, dass seine Gedanken von der Aufgabe abschweiften, die unmittelbar vor ihm lag. Die Sorge um die Tochter konnte die entscheidende Zeitspanne kosten, in der ein Befehl zu spät gegeben wurde.

Oder die Sorge, die eigenen Rotten falsch einzusetzen. Unwillig schüttelte Eivora den Kopf. *Schluss jetzt! Die anderen müssen allein klarkommen.*

Nirtos Rotte, die Eivora begleitete, konzentrierte sich auf eines der anfahrenden Boote. Die anderen verschwanden hinter den teils mit Büschen bewachsenen Bodenwellen, die das geschwungene Seeufer prägten, außer Sicht.

Eivora wünschte sich einen Bogen herbei. Damit hätte sie ballistisch schießen können, um die im Bug aufgestellten Schilde zu überwinden. Auch Brandpfeile wären möglich gewesen. Ein Armbrustbolzen war ungeeignet, Feuer zu tragen, und zu klein, um ein Boot auf dem letzten Stück zum Strand zum Sinken zu bringen, selbst wenn er den Rumpf durchschlug.

»Wieso haben wir keine Balliste mitgenommen?«, rief sie. Diese Geschütze waren im Grunde riesenhafte Armbrüste, ihre Bolzen einen Schritt lang oder noch größer. Die hielt kein Schild auf.

»Sollen sie nur kommen«, knurrte Leronn. »Wir schaffen sie auch so.«

Kurz vor dem felsigen Ufer kam Unruhe in das sich nähernde Boot. Hastig zogen die etwa zwei Dutzend Ruderer die Riemen ein, einige ließen sie auch einfach ins Wasser fallen.

»Schilde hoch!«, rief Eivora. Sie selbst hatte keinen solchen

Schutz und rannte zur Seite, hielt den Blick aber auf die Gegner gerichtet.

Wurfspeere flogen herüber.

Eivora blieb gerade rechtzeitig stehen, um nicht in einen davon hineinzurennen. Er krachte auf den steinigen Boden, seine Spitze kratzte eine helle Linie hinein.

Als der Rumpf über den Grund schrammte, sprangen die Gegner in die Wellen.

Auf diesen Moment hatten die Veteranen des Sturmbanners gewartet. Sie schleuderten Dolche, Wurfäxte und Lanzen. Niemand konnte mit einem Schild in der einen und einer Klinge in der anderen Hand eine Bordwand überwinden und in einer, wenn auch milden, Brandung sicheren Stand finden, ohne zumindest für einen kurzen Moment die Deckung zu vernachlässigen.

Eivora schoss ihre Armbrust ab. Der Bolzen fand ein Ziel, wenn auch nicht den bärtigen Axtschwinger, auf den sie gezielt hatte. Er traf den Kopf eines jungen Mannes auf der anderen Seite des Boots, der nur eine Lederkappe trug. Er riss Augen und Mund auf, doch über die Kampfrufe blieb sein Todesschrei ungehört. Seine Kameraden rempelten ihn um, er fiel in den See.

Eivora zog die Sehne der Armbrust zurück.

Ein weiterer Speer zischte heran. Sie duckte sich, er flog über sie hinweg.

Mit langsamen Schritten ging sie rückwärts, während die ersten Kämpfer des Sturmbanners bereits mit den aus dem See stakenden Ygôdern zusammenprallten. Wieder erwischten die Söldner den perfekten Moment. Die Krieger aus dem Boot kamen erst langsam aus dem flacher werdenden Wasser, während das Sturmbanner auf dem Trockenen Anlauf nahm.

Schilde krachten aufeinander, manche schlugen gegen das Kinn ihres Trägers, brachen Zähne heraus oder zerschmetterten eine Nase. Lücken öffneten sich in der Deckung. Nirtos Axt fand eine davon, sie schlug abwärts in eine Wade. Ein Bogen roter Tropfen folgte dem Blatt, als er es wieder herausriss und auf Distanz ging, um dem verzweifelten Schlag seines Gegners auszuweichen.

Eivora schoss auf einen Krieger, der etwas weiter hinten stand, um nicht versehentlich einen ihrer eigenen Leute zu treffen. Der Mann war jedoch reaktionsschnell. Er riss den Schild hoch, das Geschoss schlug mit einem dumpfen Knall ein.

Brüllend wandte sich der Krieger ihr zu. Plötzlich schien er ein wahrer Hüne zu sein. Mit seinen langen, kräftigen Beinen sprang er durch das Wasser.

Eivora riss die Sehne zurück, aber die Nuss packte nicht. Leer schnellte sie wieder vor.

Noch einmal brüllte der Mann. Sein Helm war an vielen Stellen eingedellt, und in sein Kettenhemd waren Haarsträhnen geflochten, die von überwundenen Gegnern stammen mochten.

Endlich rastete die Sehne ein. Eivora fingerte einen Bolzen aus dem Köcher.

Fünf Schritt vor ihr erreichte der Hüne trockenen Fels. Ohne zu verlangsamen, nahm er den Rundschild hoch. Die Axt fasste er in der Mitte des Schafts, eine seltsame Kampfhaltung, die Eivora noch nie gesehen hatte.

Sie achtete zu wenig auf den Bolzen und legte ihn nicht richtig in die Führungsrille. Er rutschte hinaus und fiel zu Boden.

Hastig schritt sie rückwärts und riss das Kurzschwert aus der Scheide. *Eine Truhe voll Silber für einen Schild!*

Aber wie die Dinge lagen, blieb ihr nur, die Waffe beidhändig zu führen, mit der Rechten am Griff und der Linken nahe der Spitze an der stumpfen Seite der Klinge, um dem wilden Ansturm zu begegnen. Sie sprang nach rechts, erkannte aber noch im selben Moment, dass sie ihren Gegner unterschätzt hatte. Der ließ sich nicht dadurch behindern, dass sie sich auf seiner Schildseite befand. Er drehte den Oberkörper so schnell, dass die Haarsträhnen am Kettenhemd flatterten. So gewann er zusätzliche Wucht für die Axt.

Eivora fing sie ab, doch die Kraft des Hiebs schleuderte sie zu Boden.

Sofort trat der Hüne in ihren Bauch.

Eine bittere Flüssigkeit schoss in ihren Mund. Keuchend spie sie aus.

Niemals ablenken lassen, erst recht nicht durch Schmerzen! Sie schwang ihr Kurzschwert in einem weiten Bogen und hackte den Stahl in die Wade ihres Gegners.

Die Waffe drang nicht tief ein, aber das Bein zuckte.

Entschlossen warf Eivora sich herum und kam frei.

Das Axtblatt donnerte auf ihre linke Schulter, aber nicht mit der Schneide. So vibrierte ihr Arm nur bis in die Fingerspitzen hinein, statt abgetrennt davonzufliegen. Sie war froh über den diffusen Schmerz, den sie darin fühlte, auch wenn sie ihn nicht mehr kontrolliert bewegen konnte.

Sie musste das Schwert einhändig führen. Eivora versuchte einen Stich, aber dafür war die gebogene Klinge nicht geschmiedet. Sie schrammte über das Kettenhemd, richtete jedoch keinen Schaden an.

Der Hüne machte einen Schritt über sie hinweg und rammte sein rechtes Knie auf sie herab. Damit quetschte er den Atem aus Eivoras Brust. Sterne tanzten vor ihren Augen.

Sie führte einen Hieb gegen den Kopf, aber der Rundschild fing die Attacke ab. Der Stahl schlug an den Bolzen, der noch darinsteckte, und riss ihn heraus.

Das störte ihren Gegner nicht, er beachtete es noch nicht einmal. Stattdessen holte er mit der Axt aus, die er jetzt unmittelbar unter dem Blatt hielt. Die Sonne glänzte entlang der auf Eivoras Gesicht gerichteten Schneide.

Dann spritzte warmes Blut in ihre Augen.

Der beinahe zahnlose Mund des Hünen öffnete und schloss sich in stummem Unverständnis. Aus seinem Hals ragte die Spitze eines Spießes.

Tersten trat gegen den Rücken des Kriegers und riss seine Waffe aus dem Nacken. Ein Halswirbel splitterte vernehmlich.

Schwer wie ein nasser Sack fiel der Gegner auf Eivora.

Sie ächzte, aber immerhin bekam sie wieder ein bisschen Luft. Ihre Sicht klärte sich.

»Bist du verletzt?«, fragte Tersten, doch es klang eher wie: ›Fall mir bloß nicht noch mehr zur Last!‹

»Ich schaffe es schon«, ächzte sie.

Er nickte und kehrte zurück ins Kampfgetümmel.

Ihr linker Arm war noch immer taub, als sie sich endlich unter der Leiche hervorgewühlt hatte. Nur mit Mühe konnte sie die Armbrust an der anderen Seite spannen. Sie verschoss noch drei Bolzen, von denen immerhin einer einen Gegner niederstreckte. Vom Nahkampf hatte sie genug, und zu versuchen, den Elitekämpfern des Sturmbanners im Gefecht Befehle zu erteilen, wäre ihr albern vorgekommen. Was an Koordination der Rotte sinnvoll war, übernahmen Nirto und Leronn. Deani hatte ihren Bogen im Lager gelassen, aber die Klinge des Hirschfängers glänzte jetzt in dunklem Rot. Tersten überraschte einen Gegner, indem er seinen übergroßen Rundschild am Rand fasste und mit voller Wucht in die Deckung krachen ließ. Ein Stich mit Mehols Schwert erledigte den Rest.

»Haben wir Verluste?«, fragte Eivora, als der Kampf vorüber war.

»Stellt euch auf!«, bellte Leronn.

Ein kleiner Finger war abgetrennt worden, dazu kamen vier tiefe Fleischwunden. Gut zwanzig Gegner lagen auf dem Strand oder trieben neben dem Boot im Wasser.

Die Söldner versorgten die Wunden. Eivora entschied, die Verletzten zum Sammelpunkt zu schicken, ließ sich aber überzeugen, dass ein abgetrennter Finger kein Grund war, die Kameraden allein kämpfen zu lassen.

»Das war nicht das erste Boot, das an dieser Stelle gelandet ist.« Leronn zeigte auf einen schwarzen Umriss, der im Wasser trieb.

»Es hängt an einer Untiefe fest«, bemerkte Deani, »sonst würde es sinken.«

Eivora kreiste den linken Arm. Allmählich ließ das Kribbeln nach. Ein großer blauer Fleck war ihr dennoch sicher.

»Ich sehe das Loch im Rumpf«, sagte sie.

»Das hat eine Axt geschlagen«, meinte Deani.

Eivora fragte sich, woran sie das auf die Entfernung von zwanzig Schritt erkannte, immerhin hätte das Boot auch auf einen Felsen unter der Wasseroberfläche gelaufen sein können.

Sie blieb jedoch ihrem Vorsatz treu, die Erfahrung des Sturmbanners nicht zu hinterfragen, solange es nicht unbedingt geboten erschien. Wenn sie die Krieger respektierte, verhielten sie sich hoffentlich umgekehrt ebenso.

»Wieso macht jemand das Boot unbrauchbar, mit dem er in Sicherheit zurückkehren kann?«, murmelte sie.

»Damit es uns nicht in die Hände fällt?« Obwohl ihre Stimme immer so klang, als hielte sie sich die Nase zu, konnte Deani ihr eine Vielzahl von Lautfärbungen verleihen. Jetzt klang sie abfällig.

»Das Boot, das wir zuerst gefunden haben – dasjenige, das sie in eine Senke gezogen und mit Sträuchern getarnt haben –, erscheint mir da als bessere Lösung.«

Nachdenklich legte Deani den Kopf schief, wodurch das schwarze Tuch vor ihrem Gesicht so weit verrutschte, dass ihr recht hübsch geformtes Kinn zum Vorschein kam. »Ich glaube nicht, dass sie ein einheitliches Kommando haben. Wahrscheinlich verfährt jeder ihrer Rottmeister so, wie er es für richtig hält.«

Eivora sah zu dem Boot hinüber, mit dem die Gegner gekommen waren, die sie gerade besiegt hatten. »Sollen wir das auch zerstören?«

»Das kommt auf deinen Plan an«, sagte Leronn. »Wenn du den Gegner nur zurückschlagen willst, müssen wir ihm einen Fluchtweg offen halten. Falls er vernichtet werden soll, können wir ihn hier am See stellen, wenn er sich zurückzieht und nicht weiter übers Wasser kann.«

Eivora spannte ihre Armbrust. »Wir lassen es, wie es ist. Suchen wir uns die nächsten Gegner.«

Leronn hakte einen Daumen hinter sein Schwertgehänge. »Vielleicht finden wir welche, die unserer würdig sind.«

Überdeutlich stand die Erleichterung in Gonters Gesicht, als Eivora in das Lager zurückkehrte, das die Söldner im Licht der Morgensonne neu errichteten. Die Zelte schlugen sie zunächst notdürftig auf, meist nur das Dach auf den Stangen, ohne die Seitenwände. Dadurch wirkten sie wie Baldachine, aber die Schanzpfähle hatten Vorrang, ein weiterer Ausfall sollte auf entschiedeneren Widerstand stoßen. Oraneta fand die Lage am See nach wie vor ideal, hier hatten sie leichten Zugang zu frischem Trinkwasser. Außerdem befanden sie sich eineinhalb Meilen nördlich der Stadt und somit außer Reichweite der gegnerischen Geschütze. Eines der Pikenierbanner – dasjenige, das am wenigsten Verluste hingenommen hatte – lag jetzt in der Stellung vor dem Sonnentor, wo zuvor Harlefs Leute gewacht hatten. Die Pikeniere wollten diese Aufgabe unbedingt übernehmen, um dem Ruf der Feigheit zu entgehen. Ob Harlefs Mannen zurückkehrten oder nicht, interessierte niemanden. Sie hatten sich als nutzlos erwiesen.

Zwischen den abgekämpften Söldnern, die Verwundete versorgten und erbeutete Waffen und Rüstungen zusammentrugen, wirkte Gonter mit dem faltenfreien Wappenrock über dem Kettenhemd wie eine Erscheinung, die unberührt von allem Irdischen aus den Wolken herabgestiegen war. Aus dem Zelt des Feldschers schrie eine Kriegerin, der man den Arm absägte, gegen das Beißholz zwischen ihren Zähnen an, aber Eivora weigerte sich, den Blick von Gonters hartem und zugleich so gefühlvollem Gesicht zu lösen.

»Ich bin froh, Euch unbeschadet zu sehen«, sagte er zur Begrüßung.

Wie sie diese höfische Tändelei hasste! Sie griff seine Hand und bemerkte zufrieden, dass seine kräftigen Finger zupackten. Sie genoss den Vorgeschmack auf seine Stärke. Diese Pranke hätte ihre Knochen brechen können wie trockene Zweige, aber er war vorsichtig mit ihr. Das würde sie ihm austreiben. »Komm mit!«

Er folgte, als sie ihn zu ihrem Zelt zog. Einer der Vorteile einer Kampfherrin lag darin, dass das eigene Zelt auch dann komplett mit sichtschützenden Seitenwänden aufgebaut wurde, wenn die anderen sich mit einem Regenschutz zu begnügen hatten.

»Ist die Gefahr vorüber?«, fragte Kistur.

Erst jetzt bemerkte sie den Leibwächter, dessen Nase von

mehreren Brüchen zeugte. Er und die drei Kameraden, die zum Schutz des Prinzen mitgekommen waren, mussten die ganze Zeit in seiner Nähe gestanden haben. Aber wen interessierte das schon?

»Für deinen Herrn geht das Abenteuer gerade erst los!«, gab sie zurück.

Gonter lachte auf. Die Unsicherheit darin ließ Eivora schmunzeln. *Mal sehen, wie wild dieser Löwe wirklich ist.*

»Bleibt draußen!«, befahl Gonter. Er ließ sich jetzt nicht mehr mitziehen, sondern eilte selbst dem Ziel entgegen.

Im Zelt brannte kein Licht, und auch die Einrichtung war noch nicht aufgestellt. Eivora schüttelte Aglix von dem Bärenfell, auf dem der Lurch es sich gemütlich gemacht hatte, und warf es auf den Boden.

»Seid Ihr unverletzt?«, fragte Gonter mit rauer Stimme.

»Sieh nach!« Ungeduldig löste sie die Schnallen ihrer Rüstung. »Sieh dir alles genau an! Ich will nicht, dass du deine Prinzessin enttäuschst, weil du dich unvorbereitet zu ihr legst.«

Er nahm ihren Helm ab und strich das Haar aus ihrem Gesicht. Sein Kuss war ebenso fordernd, wie sie ihn in Erinnerung hatte.

Sie zog an seinem Wappenrock, hatte aber keinen Erfolg. Das verdammte Ding ließ sich nur über den Kopf ausziehen, und er war viel größer als sie. Seine Schultern waren so wunderbar breit und kräftig!

Sie seufzte enttäuscht, als er sich von ihr löste, um eine Kerze zu entzünden. Das freche Lächeln, das sie auf seinem Gesicht sah, als das Licht darauffiel, entschädigte sie. *Wie ein Junge, der ein Schelmenstück plant. Ein sehr kräftiger Junge …*

Sie warf das Gehänge ihres Kurzschwerts gegen eine Truhe, zerrte das Kettenhemd von ihrem Leib, die Lederrüstung folgte kurz darauf, dann das wattierte Untergewand.

»Du bist ja ganz verschwitzt.« Er griff ihre Hüfte.

Sie hielt den Atem an, als er ihren Bauch küsste. Quälend langsam tupften seine Lippen einen Kreis um den Nabel. Erst dann löste er ihren Gürtel, schnürte die Hose auf und zog sie herunter.

Er selbst war noch vollständig bekleidet. *Wie ungerecht!* Als sie nach seiner Gürtelschnalle griff, schob er ihre Hände jedoch zur Seite und drückte sie auf das Bärenfell.

Sie versuchte, ihn zu sich herunterzuziehen, und war zugleich enttäuscht und erregt, weil seine Kraft es nicht zuließ. Gonters Linke strich mit sanftem Druck ihre Schultern entlang und hielt sie so auf dem Fell und von ihm fern. Mit der anderen Hand nahm er ein Tuch aus der kupfernen Wasserschüssel und fuhr damit ihren Körper ab. Es war kalt, aber innerlich wurde Eivora heiß, während er sanft reibend über ihren Bauch fuhr, über die Außenseite ihrer Beine, ihre Arme, den Hals. Sie kicherte, als er ihr Gesicht abwischte.

»Umdrehen«, forderte er mit bebender Stimme.

Sie gehorchte.

Er widmete sich ihrem Rücken, ihren Schenkeln, und auch bei ihrem Gesäß kannte er keine Zurückhaltung. Im Gegenteil, er legte das Tuch fort und knetete es mit seinen kräftigen Händen.

Sie stöhnte wohlig, und er atmete schwer.

Mühelos drehte er sie wieder auf den Rücken.

»Mach die Augen zu«, flüsterte er.

»Warum?«

Sanft strich er über ihr Gesicht, und sie schloss die Lider.

Sie bereute es sofort, als sie merkte, dass er sich von ihr löste. Aber sie war auch neugierig, was er mit ihr vorhatte. Sie blinzelte zwischen den Wimpern hindurch, erkannte aber nur, dass er sich bewegte. *Zieht er sich etwa aus?* Sie fühlte, wie die Aufregung den Schweiß aus ihren Poren trieb. *Vielleicht hat er ja Lust, ihn abzulecken …*

Sie hörte ein leises Platschen. Benutzte er die Schüssel, die man für ihre Rückkehr vom Schlachtfeld bereitgestellt hatte?

Sie stieß einen spitzen Schrei aus, als sie tatsächlich ein kühler Tropfen unterhalb ihres Nabels traf. Sie zog den Bauch ein, als könne sie damit der Kälte entkommen, und wurde sich plötzlich bewusst, dass sie dadurch ihre Brüste in die Höhe reckte.

Das bemerkte auch Gonter. Sanft pustete er auf ihre Knospen. Mehr brauchte er auch nicht zu tun, damit sie erhärteten.

Eivora stöhnte wohlig und öffnete flatternd ihre Lider.

»Nicht«, bat er und küsste sie wieder zu.

Eivora rekelte sich. Was hatte er vor? Sie wollte ihn endlich spüren!

Kalt berührte etwas ihre Rippen. Kalt und … hart! Metall? Eine Klinge?

Sie riss die Augen auf.

»Ganz ruhig«, flüsterte er sanft. Er grinste frech. »Erkennst du nicht, was das ist?«

Er bewegte das Metall an der Seite ihres Brustkorbs entlang. Sie fühlte eine Spitze … dann eine Kante … aber nicht scharf, anders als bei einem Messer.

Es war eine kleine, eckige Scheibe, die er locker zwischen Daumen und Zeigefinger hielt. Unruhig rollte sie über ihre Haut, kippte über die Ecken.

Ihre Konzentration ließ nach, weil er jetzt mit der linken Hand über ihren Busen strich. Sie fühlte sich rauer an, als Eivora erwartet hatte, und sie war groß genug, um eine Brust zu umschließen und zärtlich fordernd zu drücken.

Eivora schloss freiwillig die Augen und stöhnte.

»Ich dachte, du würdest es schneller erraten«, tadelte Gonter sanft. »Immer, wenn du richtigliegst, bekommst du zur Belohnung einen Kuss.«

Silbermünzen!, schoss die Erkenntnis durch ihren Kopf. *Er hat Silbermünzen mitgebracht!*

Sie rang nach Luft, als sie sich vorstellte, wie das Metall, das sich langsam aufwärmte, während es auf ihrer Haut entlangwanderte, den Kerzenschein zurückwarf. Eine Ecke … eine Kante … eine Ecke …

»Ein sechseckiger Tral aus Lugosa.« Sie lächelte. Sie war sich ganz sicher.

Gonters Linke ließ von seiner Beschäftigung ab, und auch die Rechte hielt inne, aber nur, um die Münze zwischen ihre Brüste zu legen.

Eivora grinste. *Ein Tral, ohne Zweifel.*

Sie spürte die Hitze seines Gesichts vor ihrem. Kurz darauf berührten sich ihre Lippen.

So leicht ließ sie ihn nicht davonkommen! Ihre Lider blieben geschlossen, aber den Mund öffnete sie. Ihre Zungen fanden sich.

Mit gemischten Gefühlen erlaubte sie, dass er sich von ihr löste. Sie wollte mehr von ihm, viel mehr, aber sie war auch gespannt auf die nächste Münze.

Sie war noch kälter als der Tral, wohl, weil sie länger im Wasser gelegen hatte. Oder war Eivora inzwischen wärmer geworden?

Gonter drückte die kleine Scheibe seitlich an ihren Hals. Auch sie war eckig, aber sie hatte ein Loch in der Mitte.

Das ist einfach! Ein firetischer Jagel.

Sie setzte an, die Antwort zu geben, hielt aber inne, weil sie merkte, dass er mit der Münze zu ihrer Kehle und von dort aus abwärtswanderte. Sie spürte den Finger, den er durch das Loch gesteckt hatte. Sicher war es der kleine. Gonter war groß. Er brauchte Platz. Erregt spreizte sie die Schenkel ein Stück weit.

»Na?«, flüsterte er.

»Mach weiter«, stöhnte sie. »Ich bin noch nicht sicher.«

Er schob den Jagel zwischen ihren Brüsten hindurch. Hell stieß er gegen die sechseckige Münze, die bereits dort lag. Eivora seufzte zufrieden.

Er fuhr Schlangenlinien auf ihrem Bauch.

»Ein Jagel«, wisperte sie, als er ihren Nabel erreichte. »Aus Fireto.«

Sie kicherte, weil er enttäuscht seufzte. Vielleicht hatte er gehofft, eine weitere Strecke zurückzulegen. *Nicht so schnell, mein Prinz.*

Sie wusste, dass sie diese Festung nicht mehr lange halten wollte, aber noch genoss sie das Spiel.

Er küsste sie leidenschaftlicher als zuvor. Auch sein Feuer brannte.

»Bist du eigentlich immer noch angezogen?«, fragte sie.

»Nur meine Hose«, sagte er mit heiserer Stimme.

Sie zuckte die Achseln. »Wenn du meinst, dass du sie noch brauchst …«

Die nächste Münze drückte er an die Innenseite ihres Oberschenkels. Sie war eiskalt und rund, und Eivora spürte die Prägung, rau wie ein Reibeisen. Ein Kreis aus Punkten, dazwischen etwas Längliches.

»Das ist schwierig«, klagte sie.

Das kalte Metall machte ihr bewusst, wie warm ihre Scham inzwischen war.

»Tatsächlich?«, neckte Gonter.

Er kippte die Münze auf die andere Seite, wobei er sich in Richtung ihres Schritts bewegte.

Sofort spürte sie die konzentrischen Kreise der Prägung. Vor ihrem geistigen Auge erschien eine der seltensten Münzen der Welt. Sie bestand aus purem Silber, ohne Beimischung. Soweit sie wusste, waren nur sechs Stück geprägt worden, jeweils eines zur Geburt von jedem von Königin Timélajas Kindern.

»Ein Jebolontaler!« Sie riss die Lider auf, um das Funkeln dieses Schatzes mit eigenen Augen zu sehen, aber Gonter war zu dicht über ihr. Mit seinem Kuss drückte er sie zurück.

Eivora schlang die Beine um seine Hüften und zerrte seinen Gürtel auf, ohne ihren Mund von seinem zu lösen.

Der schwere Dolch schlug gegen Fiafilas Oberschenkel, als sie zum Schimmersee hinunterging. Sie war es nicht gewohnt, eine Waffe zu tragen, und wunderte sich, dass man es ihr überhaupt gestattete. Schließlich war sie eine Gefangene. Aber niemand hatte sie davon abgehalten, aus den Haufen von Waffen, die man den Gefallenen abgenommen hatte, die beinahe unterarmlange, gerade Klinge zu nehmen. Sie war noch komplett mit Scheide und Gehänge gewesen und anscheinend unbenutzt, jedenfalls entdeckte sie am Stahl weder Flecken noch Scharten. Ihr früherer Besitzer hatte das untere Ende der Scheide wohl mit einem Lederband über dem Knie befestigt, damit sie nicht so schlackerte, aber Fiafila trug inzwischen wieder einen weiten

Rock, der diese Trageweise verhinderte. Außerdem zog das Gewicht die Waffe hinab. Wenn sie das Gehänge nicht so eng um die Taille zurren wollte, dass es ihre Figur unangenehm betonte, baumelte das Lederband unterhalb ihres Knies. Inzwischen hatte sie es zu einem Knäuel verknotet, damit sie nicht darauftrat.

Die Laterne schaukelte quietschend am Bügel, als Fiafila in eine Mulde trat. Unbeirrt setzte sie ihren Weg fort.

Sie hoffte, dass der Dolch sie wehrhaft erscheinen ließ, auch wenn sie nie gelernt hatte, mit einer Waffe umzugehen. Sie hasste die Vorstellung, immer eine Aufpasserin mitzunehmen, wenn sie baden wollte. Außer Pirlitu und Eivora waren ihr auch alle Söldnerinnen fremd, und eine Kampfherrin hatte – gerade nach einem Gefecht – Wichtigeres zu tun, als sich darum zu kümmern, dass niemand ihre Gefangene begrapschte.

Fiafilas Sandalen klackten auf dem felsigen Uferboden. Der Rauch der Lagerfeuer lag in der Luft, hinzu kam die widerliche Süße verbrennender Leichen. Was die rot gekleideten Magier des Zauberbanners mit den toten Körpern anstellten, die sie vom Schlachtfeld trugen, wollte Fiafila lieber nicht wissen.

Sie wandte sich nach Norden. Noch immer wehte der Wind aus dieser Richtung. Sie fragte sich, ob die Schreie ihrer Not tatsächlich an Basäons Ohr gedrungen waren und er deswegen nur vereinzelte Wolken herantrieb. Auch jetzt verdeckten die zerfaserten Gebilde nur wenige Sterne.

Zu ihrer Linken wurden die Feuer spärlicher. Sie überlegte, ob sie versuchen sollte, den Söldnern zu entkommen. Die Posten, die irgendwo dort draußen in der Dunkelheit wachten, könnten eine einzelne Frau vielleicht übersehen.

Aber wohin hätte sie sich wenden sollen? Vor Ygôda standen die Pikeniere, so viel hatte sie mitbekommen. Natürlich könnte sie in die Fette Ebene hinabsteigen und dann probieren, über einen der steilen Aufstiege zur Stadt zu kommen, aber auch diese wurden bewacht. Ob man sie bei den Verteidigern willkommen heißen würde, war eine andere Frage, und ob es schlau war, in einer belagerten Stadt Zuflucht zu suchen, eine weitere. Also wäre es wohl klüger, wenn sie ihr Heil in den Bergen suchte, aber sie hatte keine Erfahrung mit der Wildnis. Ihr Essen hatte sie ihr Leben lang auf dem Markt gekauft, nicht erlegt oder gesammelt. Sie kannte sich weder mit den Beeren aus, die in dieser Gegend wuchsen, noch wusste sie, wo man nach nahrhaften Wurzeln graben konnte, und mit dem klobigen Dolch einem Reh nachzulaufen war eine so alberne Vorstellung, dass sie auflachte.

Sie drehte den Docht herunter und stellte die Laterne ab. Der kühle Wind umschmeichelte ihre Haut, als sie sich auszog.

Nicht nur wegen der Kälte war ihr unwohl, sondern auch wegen der Verwirrung, die durch ihren Geist spukte. Sie wusste um die Brutalität der Söldner, sie hatte sie selbst erlebt. Auch die unaussprechliche Bosheit, der in den Dämonentempeln Rorgators gefrönt wurde, war ihr bekannt. Diese Menschen hätten sie anwidern müssen.

Aber da war auch diese Faszination ... Abgesehen von der notwendigen Disziplin des Kriegerlebens erschienen sie ihr sogar freier als die Adligen in Abidia. Jeder von ihnen entschied selbst, welche Erwartungen er erfüllen wollte und welche nicht. Streitigkeiten wurden handfest ausgetragen, waren dann aber auch erledigt. Söldner konnten nach einer heftigen Keilerei gemeinsam Humpen an einem Lagerfeuer leeren – oder sich einen Liebhaber teilen. Auch diese Art der Unbekümmertheit war neu für Fiafila. Es lag wohl daran, dass ein käufliches Schwert wusste, dass es jederzeit auf einen stärkeren Gegner treffen konnte und dass diese Begegnung die letzte seines Lebens wäre.

Fiafila tapste so weit in die Wellen, dass sie an ihren Waden leckten, schöpfte etwas Wasser, das sie über ihren Oberkörper goss, und sah zu Ygôdas schwarzer Stadtmauer hinüber. Ihre Augen gewöhnten sich an die Dunkelheit, und sie genoss die Schönheit, die der Anblick der im See schimmernden Quallenschwärme und des Sternenzelts bot.

Die Bewunderung für die freie Lebensweise der Söldner hätte ihre Schwestern in Abidia verwundert, aber wenn Fiafila ihnen erzählt hätte, was sie bei den verruchten Ritualen empfand, in denen man die Dämonen anrief, hätte sie fassungsloses Entsetzen gepackt. Am seltsamsten war es am Schwertfeuer gewesen, als Xerohn in ihren Arm geschnitten hatte und ihr Blut auf den brennenden Eisentisch gespritzt war. Für einen Augenblick – nicht länger, als ein Blitz gleißend am Himmel stand – hatte sie sich dem Ewigen, dem Jenseitigen, so nah gefühlt wie in keinem Gebet und keiner Zeremonie, die sie in Basäons Tempel geleitet hatte. Lag das daran, dass sie Todesangst empfunden hatte?

Doch sie erinnerte sich an keine Furcht, höchstens an Erschrecken, weil Xerohn sie so plötzlich gepackt hatte. So tief sie auch in ihrem Gedächtnis forschte, fand sie doch keinen Gedanken an ihre Sterblichkeit. Da war nur diese Faszination, dieses Locken. Inzwischen hatte sie sich sogar an Chastro-Ignutos Anblick gewöhnt. Der steinfarbene Homunkulus, der aus der menschlichen Schulter wuchs, erschien ihr nun weniger unheimlich. Seine Fremdartigkeit hatte etwas Anziehendes. Sie ertappte sich bei der Vorstellung, wie es wohl wäre, den kleinen Körper zu berühren. War er hart oder weich? Verbrannte man sich an ihm die Finger, oder gab es auch Momente, in denen er milde, angenehme Wärme verströmte?

Als ihr Blut auf den Eisentisch gespritzt war, hatte Fiafila nicht an die Wunde in ihrem Arm gedacht, sondern zugesehen, wie die roten Blasen aufgeschäumt waren. Ihr Lebenssaft war auf einer Stelle verkocht, an der sie die Klinge eines Zweihandschwerts ausgemacht hatte, die man in das Artefakt geschmiedet hatte. Sie glaubte, etwas gesehen zu haben, so fremd und jenseits ihrer Sinne, dass sie es nicht in Worte zu fassen vermochte. Und sie hatte den Eindruck, dass jemand – oder etwas – sie bemerkt, sie gemustert hatte.

Sie kratzte am getrockneten Blut über dem Schnitt und tastete sich mit den Füßen weiter in den See hinein. Der Grund fiel schnell ab, aber zwischen den Wellen ragten dunkle Felsen auf. Einer davon hatte eine merkwürdige Form, wie ein Nadelbaum.

Oder wie ein Mensch.

Fiafila hielt inne.

Das war ein Mensch! Einige Leuchtquallen zogen an der Gestalt vorbei, die zehn Schritt entfernt mitten im Wasser stand.

Der Kopf verdreifachte seinen Durchmesser durch das wirre, schwarze Haar, das in alle Richtungen abstand, und das Gewand war ein unförmiger Sack, den noch nicht einmal ein Strick zusammenhielt.

War das eine Erscheinung? Wer sandte sie? Basäon oder die Dämonen?

Fiafila spürte nichts von der Hitze, die von allen dämonischen Manifestationen ausging, die sie bislang erlebt hatte. Also fasste sie Mut und watete auf die Gestalt zu.

»Bleib weg!«

Die ängstliche Mädchenstimme brach den Bann.

»Was ist mit dir?« Das Wasser wurde so tief, dass sich Fiafila hineingleiten ließ und schwamm, um schneller vorwärtszukommen.

Sie bremste ab und stellte die Füße wieder auf den Boden, als sie die Quallen erreichte. Sie wusste nicht, ob von den weiß schimmernden Tieren Gefahr ausging. Das Wasser reichte ihr jetzt bis zu den Schultern, und sie war nah genug, um zu erkennen, dass das Mädchen auf einem Felsen stand, der knapp unter der Oberfläche lag. Sein schmales Gesicht lief beinahe wie ein Keil auf die Nase zu, doch dunkle Schwellungen verunzierten es. Ganz sicher konnte Fiafila nicht sein, die Wellen legten trügerische Schatten über das von den träge ziehenden Quallen ausgehende Licht. Aber sie erkannte, dass das Kind, es mochte zwölf oder dreizehn Jahre alt sein, eine grob geschmiedete Eisenkette in den Händen hielt.

»Was willst du damit?«

»Ist sie schwer genug, um mich auf den Grund zu ziehen?«

Fiafila lächelte. »Das Wasser ist hier nicht besonders tief.«

»Auf dieser Seite schon.« Das Mädchen drehte sich um, sodass es nun auf den See hinaussah.

Fiafila fasste sich ein Herz und bewegte sich vorsichtig durch den Quallenschwarm. Einige Tiere stießen gegen sie, suchten sich aber einen neuen Weg. Sie waren seltsam, bestanden nur aus einem Schirm und unzähligen Fäden, manche dünn und lang wie Frauenhaar, andere dick und kurz wie Finger. Womit dachte solch ein Tier, das kein Gehirn besaß? Ob es auch Angst und Neugier empfinden konnte wie ein Mensch? Und ob diese Neugier von ebenso verderblichen Dingen angezogen wurde wie dem dämonischen Feuer auf dem Eisentisch?

Fiafila erreichte den Stein, hielt sich aber nur daran fest, ohne sich aus dem Wasser zu ziehen. Sie wollte die Kleine nicht bedrängen. »Hast du Liebeskummer?«, fragte sie sanft.

Das Mädchen schluchzte.

»In diesem Moment mag dir ohne deinen Liebsten alles trist und freudlos erscheinen«, sagte Fiafila ruhig, »aber vielleicht kommt er zu dir zurück. Und wenn nicht, wird sich ein anderer …«

Mit einem spitzen Schrei machte das Mädchen einen weiten Schritt nach vorn und verschwand in den Wellen.

Für einen kurzen Moment lähmte die Überraschung Fiafila, dann zog sie sich um den Felsen herum, atmete dreimal tief ein und tauchte hinterher.

Das Wasser war schwarz wie Tinte, aber darin schwebten die Quallen wie Laternen in der Nacht und gaben ihr Orientierung. Sie spürte keine Strömung, was die Hoffnung nährte, dass das Mädchen nicht fortgetrieben wurde. Aber mit seiner Annahme, dass der Grund seeseitig des Felsens tief abfiel, hatte es recht. Fiafila paddelte mit den Beinen und krallte die Finger in den rauen Stein, um sich senkrecht abwärtszuziehen, sah jedoch nur immer mehr Quallen in der Schwärze, keinen Grund. Das Wasser presste auf ihre Ohren. Es wurde rasch kälter.

Da! Luftblasen perlten durch das weiße Licht einer Qualle. Fiafila passte die Richtung an.

Der Atem brannte in ihren Lungen, ihre Muskeln verkrampften, die klammen Finger fanden bei jedem Griff schlechter Halt. Ihr Herz pochte den Wunsch durch ihre Adern, umzukehren, wieder der Oberfläche entgegenzustreben, aber sie widerstand.

Beinahe hätte sie das Mädchen übersehen. Das Wasser bewegte das struppige Haar so, dass sie es im ersten Moment für eine Ansammlung schwarzer Algen hielt, und das sackartige Gewand quoll auf, sodass es die menschlichen Proportionen verwischte. Aber das weiße Quallenlicht schimmerte auf der Eisenkette, durch deren Glieder das Kind die Finger geschoben hatte, als wolle es sie damit fesseln.

Fiafila hatte keine Zeit für ein rücksichtsvolles Vorgehen. Sie riss an der überraschend schweren Kette. Das Mädchen musste Mühe gehabt haben, sie auf den Felsen, so weit vom Ufer entfernt, zu schleppen. Zum Glück fehlte den tauben Fingern jetzt die Kraft, sie festzuhalten. Dumpf rasselte das Eisen auf den Fels, da waren sie schon auf dem Weg nach oben. Fiafila umschlang die schmale Mädchenbrust mit einem Arm und unterstützte mit dem anderen die Paddelbewegung der Füße. Am Felsen konnte sie sich nur noch abstoßen, um zuzugreifen, hatte sie zu wenig Gefühl in den kältestarren Händen.

Zwischen den Leuchtquallen brachen sie durch die Oberfläche.

Das Mädchen hing schlaff in Fiafilas Arm, aber sie würde es auf keinen Fall loslassen. *So ein junges Leben!*

Das Wasser schwappte nur ein paar Fingerbreit über den Felsen. Sie hatte einige Mühe, nach dem freien Ellbogen auch ein Knie hinaufzubekommen. Dann aber reichte der Halt, um den Rest ihres Körpers und danach auch das Mädchen nachzuziehen.

Sie bettete das Gesicht der Kleinen auf ihren Schoß, sodass das Sternenlicht daraufschien. Die dunklen Flecken sahen von Nahem schrecklich aus, die Oberlippe war auf der linken Seite geschwollen. Sie atmete nicht.

»Oh nein!«, rief Fiafila. »Du wirst leben!«

Im Tempel war einmal eine Olive im Hals eines Pilgers stecken geblieben. Er hatte gewürgt und geröchelt und war schließlich zusammengebrochen. Sein Gesicht war blau angelaufen, bevor ein heilkundiger Diener herbeigeeilt war. Die Tempeltänzerinnen hatten laut lamentiert und den Mann behutsam auf weiche Kissen gebettet. Die Behandlung des Dieners war eine ganz andere gewesen: Er hatte Bauch und Brust mit Faustschlägen traktiert, bis der Mann die Frucht ausgespuckt hatte.

Fiafila holte mit dem Ellbogen über dem Kopf aus und

rammte ihn auf das Brustbein des Mädchens, so stark sie konnte.

Der dürre Körper krümmte sich und erbrach das Wasser.

Fiafila klopfte auf ihren Rücken. »Immer weiter«, sagte sie. »Alles muss raus.«

Als das Würgen nachließ, kamen die Tränen. Fiafila zog das zitternde Mädchen an die Brust und wiegte es. »Wie heißt du eigentlich?«

»Yra«, schluchzte sie.

»Und der, der dir das angetan hat?«

»Ulv!«, kam es klagend heraus.

»Liebe kann sehr wehtun«, flüsterte Fiafila. »War dein Vater dagegen, dass ihr zusammen seid? Hat er dich deswegen geschlagen?«

»Ich kenne meinen Vater nicht«, sagte Yra. »Ulv hat mich benutzt … wie ein Stück Fleisch, das man schneidet, obwohl man keinen Hunger hat.«

Fiafila runzelte die Stirn. Offenbar lag sie mit ihrer Einschätzung völlig falsch. Hier ging es nicht um Liebeskummer.

Sie fasste Yras knochige Schultern und drückte das Mädchen weg, um es zu betrachten. »Was hat dieser Ulv getan? Und wer ist er? Ein Söldner? Oder ein Junge?«

Schmerz und Scham verzogen Yras Miene, und die Tränen strömten so heftig, als bahne sich das Wasser, das sie im See geschluckt hatte, einen Weg durch die dunklen Augen. Das Haar hing nass an ihrem Kopf, aber es war eine solche Mähne, dass es nicht glatt klebte, sondern wie ein Kegel auf den Schultern lag. »Er ist jetzt ein Mann«, sie schluchzte, »das haben sie ihm gesagt. Wenn er mich benutzt, ist er ein Mann.«

»Dann waren es mehrere?«, fragte Fiafila.

»Aber was bin ich? Wenn er ein Mann ist, was bin dann ich? Meine Mutter hat immer gesagt, ich darf keine Hure werden. Nicht so wie sie. Ich muss hart arbeiten und darf nie …« Die Worte erstickten im Schluchzen.

Die Gedanken wirbelten durch Fiafilas Kopf. Was war jetzt am wichtigsten? »Wo ist deine Mutter?«

»Sie hat mich an die Söldnerin verkauft. Sie hat geschrien, dass sie mich nicht mehr will, dass ich sie nur von ihrem Glück abhalte und zu viel fresse, so viel, dass ich irgendwann platze.«

Fiafila ertastete die Knochen des Mädchens durch das nasse Leinen. »Komm mit mir ans Ufer«, bat sie.

»Ich will nicht!« Ihre Finger bohrten sich in Fiafilas nackte Schultern. »Dort sind die Männer! Meine Mutter hat gesagt, wenn ein Mädchen sie einmal gewähren lässt, zwingen sie es immer wieder. Ulv hat gerufen, dass ich gut war. Er hatte Spaß, besonders mit den glühenden Kohlen. Da haben sie gelacht.«

Offensichtlich hatte man das Mädchen geschändet, aber Fiafila ahnte, dass das noch nicht alles war. »Was für Kohlen?«

Yra zog sich so fest an sie, dass ihre Stimme beinahe an Fiafilas Brust erstickte. »Meine Scham! Er hat die Glut da hingelegt, um das Haar abzusengen. Aber er hat noch weitergemacht, als schon alles weg war!« Laut heulte sie auf.

»Komm mit mir zurück.« Fiafila streichelte den zitternden Leib. »Ich bleibe bei dir und beschütze dich.«

»Aber du bist kein Mann! Du kannst mich nicht beschützen!«

Fiafila dachte an Eivora und die anderen Söldnerinnen, die sich in Rorgators Straßen und im Feldlager behaupteten. Sie dachte an ihren Dolch. Sie würde lernen, damit umzugehen. »Oh doch, das kann ich.«

Fiafila fror. Der Nordwind strich über ihre nasse Haut, und der Fels drückte hart unter ihren Schienbeinen. Die linke Hand hatte sie sich beim Auftauchen wund geschlagen.

»Komm mit mir«, flüsterte sie noch einmal. Sie wollte die Kleine nicht zwingen. Sie wollte nicht noch ein Mensch sein, der dieses Kind seiner Gewalt unterwarf. Aber sie hoffte, dass Yra eigentlich leben wollte. Sie war ins Wasser gesprungen, doch damit hatte sie gewartet, bis jemand in der Nähe gewesen war.

»Ulv ist jetzt ein Mann«, wimmerte Yra. »Am Anfang hat er sich gesträubt, aber das Monster hat gesagt, er soll nicht fragen.«

»Chastro-Ignuto«, quetschte Fiafila hervor, und in diesem Moment wusste sie so klar wie nie zuvor in ihrem Leben, was gut war und was böse.

12. Die Späher

Als Fiafila in Chastro-Ignutos Zelt gerannt kam, verwirrten ihn seine eigenen Gefühle so sehr, dass er daran scheiterte, die ihren zu erkunden. Er war erfreut, sie zu sehen – so, wie man sich freute, wenn nach drei Wochen Wüste die geilste Hure der Stadt die Beine für einen spreizte. Dabei war die Priesterin sicher alles andere als willig. Sie hatte einen Dolch gegürtet, aber Chastro-Ignuto vermutete, dass sie damit eher sich selbst als ihn verletzen würde, zumal er seine Rüstung trug. Dennoch regte sich in ihm eine seltsame Furcht, was wiederum seine Wut entfachte. Furcht war Schwäche, und Schwäche war etwas, das er ungern mit sich in Verbindung brachte.

»… selbst deiner unwürdig!«, keifte Fiafila. »Yra ist nicht euer Feind, sie bedroht niemanden und hat euch nichts zuleide getan! Ein Rest Menschlichkeit muss doch noch in dir sein. Ekelst du dich nicht vor deinen Taten?«

Ihr Haar war nass, der Knoten, zu dem sie es hochgesteckt hatte, teilweise aufgelöst. Wie Aale lagen einige Strähnen auf den Schultern, eine kroch durch den runden Ausschnitt der graugrünen Tunika zwischen ihre Brüste.

Er fragte sich, wie sie wohl geformt waren und ob sie helle Nippel hatten, aber sogar diese Vorstellung stieß ihn ab, obwohl er es sonst gernhatte, wenn man den Übergang zwischen Haut und Vorhof kaum sah. Seine Begierde hatte eine andere Ursache. Dass diese ihm nach wie vor unklar blieb, machte ihn noch wütender.

»Yra heißt das kleine Frettchen also?«

Fiafila unterbrach ihre Tirade. Die dreizehn Kohlebecken in Chastro-Ignutos Zelt verströmten nicht nur eine für gewöhnliche Menschen unangenehme Hitze, sondern schufen auch ein trügerisches Spiel aus Schatten und rotem Licht. Jetzt enthüllten sie Verblüffung auf Fiafilas Gesicht. »Du tust ihr so etwas an und kennst noch nicht einmal ihren Namen?«

»Genau genommen«, er umrundete das Dreibein, auf dem eine eiserne Statue des Dämons Harnastes über einer Feuerstelle stand, »habe ich ihr kaum etwas angetan. Ein- oder zweimal habe ich sie getätschelt, um sie zu ermuntern, mehr Hingabe zu zeigen.« Grinsend bewegte er den stachelbewehrten Panzerhandschuh vor Fiafilas Gesicht.

Nicht Angst, sondern Verachtung lag in ihrer Stimme. »Fühlst du dich stark, weil du ein wehrloses Mädchen einem halbwüchsigen Söldner zuführst, dem du einredest, er müsse eine Frau gegen ihren Willen besteigen, um ein Mann zu werden?«

Chastro-Ignuto lachte, aber darin lag weniger Hohn als gewünscht. »Ich brauche keine Metze, um mir zu beweisen, dass ich stark bin. Und was dieses Gör angeht, so war nicht alles in ihr gegen das, was mit ihr geschah. Sie hat gejammert wie eine rollige Katze.«

»Vor Schmerz, nehme ich an.« Die Hitze färbte Fiafilas Wangen dunkel. Rührte sie nur von den Glutbecken, die ihr den Schweiß aus den Poren trieben, oder auch von ihrer Wut? Es war irritierend, dass der Homunkulus die Gefühle nicht wahrnahm, die doch so offensichtlich in ihr arbeiteten.

»Schmerz, Lust, wer weiß das schon«, sagte Chastro-Ignuto abfällig. »Euch Frauen versteht niemand. Man muss euch benutzen, wie die Natur euch geformt hat, nur dann kann man sich an euch erfreuen. Wer euch begreifen will, wird verrückt.«

»Du bist das deutlichste Beispiel für Wahnsinn, das ich kenne.«

Ihr kalt vorgebrachter Vorwurf traf ihn wie ein Faustschlag.

Was ging hier vor? Gebot sie über hexerische Kräfte?

Noch während er zu ergründen versuchte, welche Macht diese Frau über ihn hatte, stieß die Wache vor seinem Zelt einen gellenden Schrei aus. Diesmal übermittelte der Homunkulus ungedämpft, was seine übernatürlichen Sinne empfingen: den Tod eines Menschen. Erst den stechenden Schmerz, dann die Panik, danach die Verzweiflung – alles so rasch aufeinanderfolgend, dass es binnen eines Augenzwinkerns zusammenfloss. Der Verstand erfasste das Geschehen längst noch nicht, auch wenn das Sterben schon weit fortgeschritten war. Der Mann war wohl durchbohrt worden, denn auf dem Schwert des in schwarzes Leder gewandeten Kriegers, der jetzt in das Zelt stürmte, glänzte frisches Blut. Dennoch dauerte das Leid des Mannes draußen noch an. Er röchelte, und sein Schmerz schmeckte köstlich in Chastro-Ignutos Wahrnehmung. Der Sterbende begriff, dass ihn nichts mehr zu retten vermochte, und doch weigerte er sich, aufzugeben. Das Einzige, was Chastro-Ignutos Freude am Verrecken von Kriegern trübte, war die Vorhersehbarkeit. Der Gipfel des Genusses bestand darin, wenn jemand, von dem man es vorher nicht glaubte, bis zum Letzten um seine kümmerliche Existenz rang. Der Bettler etwa, den er neulich in den Glühenden Tempel gebracht hatte …

Jetzt war keine Zeit, um in Erinnerungen zu schwelgen. Zwei weitere Kämpfer, ebenfalls in schwarzes Leder gerüstet und die Gesichter mit Ruß abgedunkelt, stürmten ins Zelt. »Das ist er!« Der Erste richtete das blutige Schwert auf ihn. »Der Avatar!«

Chastro-Ignuto griff das nächste Kohlebecken. Er ignorierte die Hitze des Metalls und schleuderte dem Angreifer die Glut entgegen.

Ein Teil davon traf Fiafila, die aufschreiend zur Seite stolperte. Ein Krieger setzte ihr nach, stach aber nicht zu.

Schwächling!, dachte Chastro-Ignuto und brachte die Feuerstelle mit der Harnastesstatue zwischen sich und die Kämpfer.

Immerhin blieb seine Aktion nicht gänzlich erfolglos. Etwas von der Glut rutschte unter den Panzer des Angreifers. Er führte einen lustigen Tanz mit allerlei Geschrei auf, während er versuchte, sich vor der Verbrennung zu schützen.

Da der Zweite noch immer mit Fiafila beschäftigt war, blieb nur noch einer, der gegen ihn vorgehen konnte. Dieser schleuderte einen Dolch, der an der Rüstung abprallte.

Chastro-Ignuto riss zwei seiner Peitschen aus ihren Halterungen. Die mit Glasscherben gespickten, geflochtenen Lederstränge waren eigentlich nicht für Kämpfe, sondern für Zeremonien gedacht, aber die Klingen hingen im Gestell auf der anderen Seite des Zelts.

An seinem linken Ohr hörte er die Flämmchen aus den Augen des Homunkulus zischen. Auch Ignuto begriff, dass es um sein Leben ging, als der Krieger die Feuerstelle umrundete.

»Alarm!«, schrie Chastro-Ignuto. »Überfall!« Sein Zelt befand sich am dem See abgewandten Rand des Lagers, aber unweit der anderen Unterkünfte, und auch die am Hügel postierten Wachen mussten in der Nähe sein. *Es sei denn, die Angreifer haben sie erledigt.*

Er hielt die Dämonenstatue zwischen sich und dem Gegner, wusste jedoch, dass er dieses Spiel nicht lange würde treiben können. Auf diese Weise musste er früher oder später dem anderen Gegner, der sich um Fiafila kümmerte, den Rücken zukehren.

Fiafila.

Auf völlig unverständliche Weise drängte sich Sorge um die Priesterin in seine Überlegungen. Eigentlich sollte er doch ausreichend mit seinem eigenen Überleben beschäftigt sein, aber so war es nicht. Als zwänge ihn etwas dazu, wandte er den Kopf, um nach ihr zu sehen.

Sie lag neben einem Kohlebecken, der Krieger stand über sie gebeugt. Er sah unfreundlich aus, hatte jedoch das Schwert gesenkt, und sie wechselten ein paar Worte miteinander.

Eifersucht. Pur, unverkennbar und machtvoll riss diese Emotion ihn mit. Unartikuliert schreiend stürzte er auf die zwei zu und schlug mit beiden Peitschen gleichzeitig auf ihn ein.

Der erste Hieb klatschte wirkungslos auf den ledergeschützten Rücken, aber der andere traf den Hinterkopf und von dort aus die abgewandte Seite des Gesichts.

Sofort riss Chastro-Ignuto seine Waffe zurück. Er spürte Widerstand und sah das Blut, das die Glasscherben aus der Wange zogen, auf die Zeltbahn spritzen. Er schmeckte den Schmerz des anderen. Triumph loderte in ihm auf. Er trat zu und traf den Bauch des Gegners.

Dieser hielt seine Wunde und richtete das Schwert auf Chastro-Ignuto, während er rückwärtsstolperte.

»Siehst du, wie schwach er ist?«, brüllte der Avatar Fiafila zu, die ihn benommen ansah.

Der mit der Glut in der Rüstung tanzte noch immer schreiend durch das Zelt, aber wo war der dritte Angreifer?

Im letzten Moment wirbelte Chastro-Ignuto herum. Ohne diese Bewegung hätte der gerade geführte Schwertstoß den Panzer an seinem Rücken durchbohrt. So traf der Stahl auf eine schräge Fläche und glitt ab.

Vom eigenen Schwung getragen, kam der Angreifer in die Reichweite von Chastro-Ignutos Faust.

Wuchtig schlug der Avatar die aus dem Handschuh ragenden Stacheln ins Gesicht des Gegners.

Schreiend taumelte der Mann zur Seite. Hellrot quoll das Blut über den Ruß, den er zur Tarnung aufgetragen hatte.

Chastro-Ignuto setzte mit abwechselnden Peitschenhieben nach, rechts, links, rechts. Er schlug schräg von oben nach unten, gleichzeitig angreifend und eine wirbelnde Verteidigung bildend. Die Treffer waren nur schwach, aber sie lenkten den Kontrahenten ausreichend ab, damit er sein Schwert nicht effektiv einsetzte.

Chastro-Ignuto lachte. Er spürte die Hitze der Kohlebecken, den Schmerz der Gegner und den endgültigen Tod des Kriegers, der vor dem Zelt Wache gestanden hatte. Wenn die große Dunkelheit kam, hatte das immer etwas Erhabenes.

Draußen erschollen die Posaunen des Klingenrauschs. Jetzt würde das Feldlager erwachen und sich dem Angriff entgegenstellen.

Weil er gerade in Reichweite war, gönnte er sich einen Peitschenhieb auf Fiafila, die unentschlossen an der Zeltwand kauerte. Die Scherben zerrissen ihre Tunika mühelos.

Er wollte lachen, aber der Laut steckte in seinem Hals fest.

Fiafila schrie nicht. Sie starrte ihn an, während das Blut den beschädigten Stoff tränkte. Hatte er zu lasch zugeschlagen? Sollte er noch einen Hieb platzieren?

Stattdessen ließ er die Peitschen sinken. Ein merkwürdiger Widerwille lähmte ihn. Verwirrt sah er in die violett schimmernden Augen der Priesterin. *Was für eine Hexe!*

Der Gegner, den er mit beiden Peitschen unter Kontrolle gehalten hatte, sprang ihn an.

Im letzten Moment brachte der Avatar den gepanzerten Unterarm zwischen das Schwert und Ignutos ungeschützten Körper. Mit einem hellen Krachen brach ein Stachel ab, aber ein eisernes Horn hielt die Klinge auf.

Doch der Gegner hatte auch einen Dolch parat, den er mit der anderen Hand führte.

Zwar duckte Chastro-Ignuto sich weg, aber die Schneide riss eine Furche durch die unverbrannte Seite seines Gesichts. Um ein Haar hätte er das gesunde Auge verloren.

Er stieß sein Knie in den Bauch des Gegners.

Der Lederpanzer schluckte den Großteil der Wucht, aber wenigstens schleuderte der Angriff ihn zurück, sodass er die Peitschen wieder einsetzen konnte.

Doch jetzt nahte der Zweite, derjenige, der sich zuvor mit Fiafila beschäftigt hatte.

Chastro-Ignuto drehte sich, um beide im Blick zu haben. Dadurch sah er auch wieder Fiafila. Sie stand aufrecht, wirkte vollkommen ruhig, wischte mit dem Mittelfinger etwas Blut von einem Schnitt und leckte es ab.

Nochmals lief er Gefahr, von seiner Verwirrung gelähmt zu werden. *Sie sollte kreischen und weinen und davonlaufen. Stattdessen steht sie hier wie eine Königin, die sich dazu herablässt, das Gewimmer ihrer Untertanen anzuhören.*

Der dritte Gegner verlegte sich darauf, die Verschlüsse seiner Rüstung zu lösen. Noch immer führte er seinen albernen Tanz auf.

Die anderen beiden aber verständigten sich mit einem Blick und nahmen Chastro-Ignuto in die Zange. Ihre Schwerter waren lang und spitz, und der Schnitt in seiner Wange pochte.

Mit einem Schrei ließ er die Peitschen fallen, packte das Dreibein eines Kohlebeckens und schleuderte den beiden die Glut entgegen.

Durch das Beispiel ihres Kameraden gewarnt, sprangen sie zurück.

In diesem Moment tauchten Söldner des Klingenrauschs im Zelteingang auf. Sie trugen die roten Gewänder des Zauberbanners, aber darüber Lederpanzer, und ihre Streitkolben hielten sie so, dass man vermuten durfte, dass sie damit umzugehen verstanden. »Hier sind auch welche!«, rief einer von ihnen.

Der Angreifer, der Chastro-Ignuto verwundet hatte, schlitzte die Zeltwand mit einem Schwertstreich auf. Während er sich durch die Öffnung zwängte, erweiterte er sie mit dem Dolch.

Den Hinterkopf des Kameraden, der ihm folgte, erwischte Chastro-Ignuto noch mit einem kaum gezielten Hieb der hastig wieder aufgehobenen Peitsche, dann war auch er fort.

Nur der Letzte, jener, dessen Arme inzwischen durch die halb ausgezogene Lederrüstung behindert waren, stand noch im Zelt.

»Bindet ihn«, befahl Chastro-Ignuto heftig atmend. »Ich werde genug Spaß mit ihm haben, damit dies doch noch zu einem angenehmen Abend wird.«

Gonter spürte Eivoras ruhige Atemzüge auf seinem Brusthaar. Sie lag auf ihm, ihr Gewicht lastete mit angenehmem Druck auf seinem Körper. Schlafend erschien sie so friedlich, und doch hatte sie ihn mit einer Wildheit erobert wie keine Frau zuvor.

Ihre Respektlosigkeit gefiel ihm. Sie fragte nicht danach, was er begehrte oder wünschte, sondern behandelte ihn wie einen Palast, den es zu plündern galt, ohne Maß und Rücksichtnahme. Ihre Formen waren weniger weiblich als die der Bettgenossinnen, die Gonters Vater ihm zugeführt hatte, oder der Bauernmädchen, die er bei den Ausritten mit seinen Freunden auf den königlichen Ländereien verführt hatte. Eivora besaß eine Kraft, die man ihr nicht ansah, Muskeln, die auszehrende Märsche und tägliche Waffenübungen geformt hatten. Obwohl sie so zierlich war, ließ sie keinen Gedanken daran aufkommen, dass sie geschont werden müsse. Im Gegenteil, Gonter hatte sich herausgefordert gefühlt wie bei einem Ringkampf.

Vorsichtig bewegte er den Arm, den er in Ermangelung eines Kissens unter seinen Hinterkopf gelegt hatte. Er wollte sie nicht wecken, aber das Kribbeln wurde unangenehm.

Sie atmete ruhig weiter.

Er genoss es, der Wärme ihres Körpers in seinem eigenen nachzuspüren. Sie hatten keine Zeit gefunden, ihre Sachen auszupacken oder gar das Feldbett aufzustellen, also lagen sie noch immer auf dem Bärenfell. Die Nachtluft kühlte Gonter aus, aber nicht dort, wo Eivora war.

Der Prinz dachte darüber nach, mit wie wenig man glücklich sein konnte. Das Leben war seltsam. Das Königreich seines Vaters wuchs und wuchs, doch statt sich das Leben mit den Tributzahlungen angenehm zu machen, verbrachte er den Großteil davon in Feldlagern. Sicher, er richtete sein Zelt prächtig ein, aber letztlich nutzte er seine Macht, um sich selbst zu unterdrücken und immer weiter in harten Dienst zu pressen. Er kämpfte selten an der Front, schlug sich jedoch mit Offizieren und Staatsdienern herum. Auf dem mitgeführten Thron saß er zu Gericht, und die eroberten Schätze berührte er kaum, weil er sie ins heimatliche Schloss schickte, wo sie seinen Ruhm mehrten. Wieso tat er das? Was suchte der König, das er im Frieden nicht fand?

Ob Eivora, die Kampfherrin eines Söldnerverbands, seinem Vater ähnelte? Vielleicht sogar stärker als ihm, Gonter? Sie hätte sicher über seine Gedanken gelacht.

Das hatten die anderen Frauen auch getan, aber immer höflich, wenn sie Hofdamen gewesen waren, oder artig amüsiert, wenn sie ein einfacheres Leben geführt hatten. So gehörte es sich, wenn man dem Bettgeflüster eines Prinzen lauschte.

Seine Gedanken schweiften ab zu diesen Frauen, die ihm jetzt, da er Eivoras Atem auf seiner Haut spürte, merkwürdig fern erschienen. Er verweilte ein wenig bei der Rothaarigen mit den prallen Brüsten und der milchweißen, sommersprossigen Haut. Ihr Name fiel ihm nicht ein, aber er wusste noch, dass sie eine nachgeborene Landadlige gewesen war. Sicher hätte sie gern am Königshof gelebt, Besseres hatte sie nicht zu erwarten. Als Mätresse des Thronfolgers hätte ihr ein angemessener Lebensstil zugestanden, ein vornehmes Stadthaus mit ein paar Dienerinnen, über die sie herrschen durfte. Sie hatte sich gern zu Gonter gelegt, keine Ansprüche gestellt, und zumindest hatte es den Anschein gehabt, dass sie seine Berührungen genossen hatte. So jemand schwebte König Harlef als Zeitvertreib für seinen Sohn vor.

Wie es wohl mit Prinzessin Irûna sein würde?

Sein Vater behauptete, Gonter wäre ihr schon einmal begegnet, aber damals waren sie Kinder gewesen. Ob das Leben unter den Edelsten Ygôdas sie verwöhnt hatte? Wie würde sie damit umgehen, wenn ein fremdes Heer ihre Stadt eroberte? Vielen Adligen war so etwas gleichgültig, solange sie selbst ihren Platz an der Spitze behielten. Sicher war Irûna auch nicht so naiv, davon auszugehen, dass er sie aus Liebe heiratete. Also würde sie sich bestimmt mit Mätressen abfinden, wie jede Gemahlin in ihrer Position.

Aber Eivora wäre niemals eine Mätresse, da teilte Gonter die Einschätzung seines Vaters. Während er in Ygôda bleiben und Erben zeugen würde, um die Stadt fester ans Königreich zu binden, würde Eivora mit dem Klingenrausch von Schlacht zu Schlacht eilen. Die Vorstellung, sie könnte sich in einem Stadtpalast niederlassen und ihren Eifer auf Stickereien, Gebäck und raschelnde Kleider lenken, war absurd. Gonter seufzte schwer.

»Was ist?«, nuschelte Eivora. In der Dunkelheit des Zelts sah er nicht, dass sie den Kopf drehte. Er fühlte nur die Verlagerung des Gewichts und das Kitzeln ihres Haars auf seiner Brust.

»Ygôdas Mauer ist mächtig«, flüsterte er. »Wir haben eine große Aufgabe vor uns.« Er wollte die Stimmung dieser Nacht nicht vertreiben, indem er unpassende Gedanken äußerte.

»Die Probleme von morgen können bis morgen warten.« Auch wenn sie leise sprach, klang sie jetzt hellwach. Ob das daran lag, dass sie neben einer Klinge schlief, seit sie alt genug war, eine Waffe zu heben? »Für den Moment haben die Ygôder sich zurückgezogen.«

»Aber sie sind nicht besiegt«, sagte er.

»Vermutlich wollten sie unsere Stärke prüfen. Eine Art Willkommensgruß an die neue Einheit auf dem Schlachtfeld.«

»Ein seltsames Willkommen, bei dem Menschen sterben«, murmelte er.

Wenn er die Bewegung richtig deutete, legte sie die Hände auf seine Brust und stützte das Kinn darauf. »Hast du wirklich noch niemanden getötet?«

»Wann war es bei dir das erste Mal?«

»Ich war vierzehn. Sie haben uns auf dem Marsch durch eine Schlucht angegriffen. Ihre Truppen kamen aus einem Seitental, das unsere Plänkler nicht gesichert hatten. Mein Vater hat später zwei Bannerherren durchs Spalier gehen lassen. Einen haben die Kameraden totgeprügelt. Beim anderen gab es nie wieder Probleme mit der Disziplin.«

»Ich bin beinahe doppelt so alt wie du damals.«

Sie robbte auf ihm hoch, bis ihre Lippen seinen Mund fanden. »Dafür bist du noch ziemlich rüstig.«

Er knuffte sie in die Seite.

Sie kicherte.

»Mach dir keine Sorgen wegen deiner Unerfahrenheit, Großer.« Sie saugte an seiner Kehle. »Ich passe auf dich auf.«

Schweigend streichelte er über ihren Rücken.

Sie lag warm und weich auf ihm.

Er glitt in einen zufriedenen Schlummer, nicht mehr ganz wach, aber auch noch nicht im Reich des Schlafs angekommen, als sich ihre Muskeln plötzlich anspannten und sie sich hochdrückte.

»Was ist da draußen los?«, flüsterte sie.

Träge versuchte er, die Müdigkeit fortzublinzeln. »Was meinst du?«

»Horch!« Sie löste sich von ihm.

Er hörte ein leises Klirren.

»Da schlägt Stahl auf Stahl!« Barfuß rannte sie zum Zelteingang und schlug die Plane beiseite.

Vor dem Schein entfernter Flammen bemerkte er wieder die

knabenhafte Form ihres Schattenrisses. Er sah aber auch, dass dort draußen noch etwas anderes brannte als die Lagerfeuer.

»Es gibt Eindringlinge im Lager«, meldete die Wache.

Statt zu antworten, suchte Eivora ihre Hose und stieg hinein.

Die Kälte der Nacht hatte Gonters Muskeln die Geschmeidigkeit genommen. Dennoch rollte er sich vom Fell und stand auf. Er fingerte noch an der Lampe herum, als Eivora bereits ihr wattiertes Obergewand überstreifte. Die Mühelosigkeit, mit der sie vom Schlaf übergangslos in einen Zustand hellwacher Alarmiertheit wechselte, war bewundernswert.

Posaunen erklangen. Ringsum kam Leben in die Söldner. Gonter hörte durch die Zeltplane und sah durch den geöffneten Eingang, wie sich die Krieger aufrappelten und nach ihren Waffen griffen. Bei vielen Zelten fehlten noch immer die Wände.

»Gefahr droht, mein Prinz!« Kistur atmete heftig. Er musste schnell herbeigerannt sein. Auf den Wappenrock hatte er verzichtet, Feuer und Sternenlicht schimmerten auf den Ringen des Kettenhemds.

Die Rüstung erwies ihm jedoch einen schlechten Dienst. Zwei Pfeile schlugen in seinen Rücken. Er griff nach dem vor dem Zelt in den Boden gerammten Schaft, an dem das Feldzeichen des Sturmbanners hing, brach aber dennoch in die Knie.

Gonter, der gerade einmal seine Hose angezogen hatte, rannte zu dem treuen Leibwächter.

Kistur spuckte dunkles Blut. Noch ein Pfeil schlug neben seinem Fuß in den Boden.

Gonter zog ihn herein.

Eivora riss die Plane vor den Eingang. »Haltet die Angreifer hin!«, befahl sie ihrer Wache und den zwei weiteren Leibwächtern, die Kistur begleitet hatten.

Blut quoll über Gonters Hand. Da kein Licht mehr von draußen kam und die Lampe nur einen schwachen Schein verbreitete, sah er kaum etwas.

Kistur würgte und spuckte.

»Leg ihn seitlich, damit er nicht erstickt!«, rief Eivora. »Und nimm das hier!« Sie gab ihm ein schweres Breitschwert mit kostbar, aber martialisch verzierter Scheide. »Gleich sind wir mittendrin.«

Gonter versuchte, ein Bein und einen Arm so abzuwinkeln, dass Kistur stabil lag. Die aus seinem Rücken ragenden Pfeile sahen monströs aus. Wie weit waren sie eingedrungen? Immerhin kamen sie nicht vorne wieder heraus.

Gonter fühlte jedoch eine Beule an der Brust. Wenigstens ein Geschoss hatte den Körper wohl durchschlagen.

»Das tut mir leid«, stammelte er. »Ich wollte nicht, dass du …«

Eivora sprang zu ihm und schlug die flache Hand in sein Gesicht. »Kümmere dich später um ihn! Jetzt musst du überleben!«

Wütend fuhr er auf, begriff dann aber, dass sie recht hatte. Ein Pfeil durchschlug die Zeltwand und blieb zitternd in Eivoras Kleidertruhe stecken.

Sie gürtete ihr Kurzschwert, und als er seinen Helm aufsetzte, spannte sie bereits ihre kleine Armbrust.

Er zog die schwere Waffe blank, die sie ihm gegeben hatte. Der Griff war nicht neu, er fühlte die Vertiefungen, die eine kräftige Faust darin hinterlassen hatte.

Unmittelbar vor dem Zelt schlug Stahl auf Stahl, jemand schrie, und dann waren die Angreifer drinnen. Es waren dunkle Gestalten mit ledernen Rüstungen, rußgeschwärzten Gesichtern und langen, geraden Schwertern, die irgendwie gar keine Ähnlichkeit mit den Waffen der Gegner zu haben schienen, gegen die Gonter in Übungskämpfen angetreten war.

Ihm fehlte die Zeit, zu überlegen, und vielleicht war das sein Glück. Eivoras Armbrust knallte, der Bolzen schlug in den Bauch eines Angreifers. Zwei andere stürzten sich auf Gonter.

Er riss das Breitschwert zu einem Block hoch. Funken sprühten, als die drei Klingen aufeinandertrafen.

Das wenige, was er im spärlichen Licht von seinen Kontrahenten sah, musste reichen. Er wartete nicht ab, was sie weiter unternahmen, sondern drehte sich zur rechten Seite weg.

Scharrend lösten sich die Schwerter voneinander.

Die anderen holten erneut aus. Gonter führte die Drehbewegung seines Körpers fort und legte sein Gewicht in einen Ellbogenstoß gegen den Kopf eines Gegners. Da er selbst nur in dünnen Stoff gehüllt war, schmerzte der Aufprall auf den eisernen Nasenschutz des Helms, aber der Aufschrei bewies, dass der Angriff Wirkung zeigte.

Gonter streckte den Arm, um den zweiten Gegner mit einem hohen Hieb zu erreichen. Da er diesen Schlag aus dem Ellbogen, nicht aus der Schulter, führte, lag nur wenig Kraft darin, aber er traf den Kopf. Zwar durchdrang er den Schutz nicht, aber sicher war dieses rüde Anklopfen für den Gegner unangenehm.

Gonter trat einen weiten Schritt zurück, wobei er gegen die Truhe rempelte, auf der die Lampe stand. Sie fiel um und verlosch.

Nun drang lediglich durch den Eingang spärliches Licht, und das auch nur, wenn der Wind die Plane anhob und so den Feuerschein hereinließ. Die Kämpfer im Zelt wurden zu Schatten in der Dunkelheit.

Gonter hörte einen von ihnen schnauben und etwas ausspucken. Auch Kistur würgte noch.

»Eivora! Wo bist du?«

Sie antwortete mit dem Geräusch von Eisen, das durch Leder in Fleisch stieß. Ihr Gegner gurgelte und riss etwas um, als er fiel.

Eine Bö gewährte Gonter einen Blick auf einen Mann, der sich ihm mit leicht gebeugten Knien und tastend vorgestreckter Hand näherte.

Er führte einen hoch angesetzten Sensenschlag. Die Zeltplane fiel wieder vor den Eingang, aber Gonter spürte den Widerstand. Seine Klinge wurde abgebremst, doch sie drang vollständig durch.

Warme Flüssigkeit spritzte, der Mann schrie. Durch Gonters Verstand blitzte die Vorstellung von einem Armstumpf, aus dem das Blut pulsierte.

Er zog die Faust an die Hüfte, richtete das Schwert auf die Schmerzenslaute aus, machte einen Ausfallschritt und stieß zu. Er traf, der Schrei kippte in eine höhere Tonlage und verstummte dann. Etwas rutschte von der Klinge.

Ich habe einen Menschen getötet.

Die Erkenntnis erschreckte ihn, aber er musste wachsam bleiben. Noch war der Kampf nicht gewonnen, einer der Angreifer war noch auf den Beinen.

Sollte er sich mit Eivora verständigen, um zu vermeiden, dass sie sich versehentlich gegenseitig verletzten? Aber dadurch würde er auch seinem Gegner verraten, wo er sich befand.

Er dachte an den vorgestreckten Arm und vermied, seine Deckung selbst so weit zu öffnen. In einem Übungskampf hatte er nie an eine solche Gefahr denken müssen. Abgesehen vom Kampf mit den Söldnern waren seine Gegner stets bedacht gewesen, kein königliches Blut zu vergießen.

Diesmal war er jedoch nur ein Hindernis, das zwischen dem Angreifer und seinem eigentlichen Ziel stand: Eivora, Kampfherrin des Sturmbanners. *Und dieses Hindernis wird er nicht überwinden!*

Er sah ihn beim nächsten Windstoß, zu weit entfernt für eine Attacke. Er stand neben Kistur, der auf dem Boden ächzte, auf dem Bärenfell.

Die Dunkelheit kehrte zurück.

Dies war ein echter Kampf. Hier war alles erlaubt. Gonter erinnerte sich, wie Nirto ihn von den Beinen geholt hatte. Auf die gleiche Weise würde ihm das nicht gelingen, aber er konnte etwas Ähnliches versuchen.

Er hockte sich hin, wobei er genug Spannung in den Oberschenkeln behielt, um sofort wieder aufzuspringen.

Er hörte den Atem des Gegners. Er schien auf die nächste Möglichkeit zu warten, ein klares Ziel auszumachen.

Über den Boden tastete er nach dem Bärenfell, auf dem der Mann stand. Als er es fand, griff er zu und zog mit einem Ruck daran.

Polternd stürzte der Gegner.

Gonter warf sich auf ihn. Er verfehlte sein Ziel knapp, fühlte aber, dass der Mann zu seiner Linken lag. Bevor er sich entziehen konnte, packte Gonter ihn.

Etwas Hartes schlug gegen seinen Schädel.

Gonter legte sein Gewicht auf den Gegner. An einen Stich

war nicht zu denken, und auch für einen Hieb war seine Position ungünstig. Außerdem hätte er damit Kistur treffen können, der in der Nähe lag. Also brachte er das Schwert zwischen die Körper und schnitt.

Beim ersten Versuch glitt er wirkungslos über Leder. Ein weiterer Hieb traf Gonters Rücken. Sein Gegner ächzte.

Das verriet ihm, wo sich das Gesicht befand.

Mit der Linken hielt er weiterhin fest. Er veränderte den Winkel der Waffe und schob sie mit abwärts gerichtetem Druck von sich fort. Diesmal zerschnitt er Fleisch.

Der Schrei des Mannes erstickte in einem Gurgeln. Er wehrte sich nicht mehr, sondern zappelte nur noch.

Gonter ließ ihn los und erreichte auf Händen und Knien den Eingang. Er zog die Plane auf.

Eivoras von Pfeilen durchbohrte Wache lag reglos im Gras, ebenso wie einer von Gonters Leibwächtern. Der letzte Verbliebene, Rewo, focht gegen zwei Gegner.

Gonter holte tief Luft, stemmte sich hoch und wollte seinem Mann zu Hilfe eilen. Bevor er jedoch die Kämpfenden erreichte, sirrte ein Bolzen an seinem Ohr vorbei und zerschmetterte das Gesicht eines Angreifers. Der andere suchte sein Heil in der Flucht.

Als sich Gonter zu ihr umdrehte, nickte Eivora ihm ernst zu.

Das Blut an Rewos Händen und Armen schien nicht sein eigenes zu sein, er atmete zwar heftig, wirkte aber unverletzt. Da er keine weiteren Gegner sah, ging Gonter zurück ins Zelt und hockte sich neben Kistur. »Halte durch«, sagte er. »Du schaffst es.«

»Natürlich …« Er hustete, spuckte aber wenigstens kein Blut mehr. »… mein Prinz.«

»Achtung!«, rief Rewo, aber es war nur eine Söldnerin, die den niedrigen Hügel heraufkam.

Deani, die Schlanke, die normalerweise das Tuch vor dem Gesicht trug, hatte wohl keine Zeit für Eitelkeiten gefunden. Das Licht der entfernten Lagerfeuer fiel auf den vernarbten Stumpf, der einmal eine Nase gewesen war. Sie hatte einen Bogen dabei und einen Hirschfänger neben dem halb leeren Köcher am Gürtel.

»Wie viele sind es?«, fragte Eivora.

»Nur ein paar, soweit wir wissen.« Als Deani in den Schatten des Zelts trat, verhüllte die Dunkelheit gnädig ihre Entstellung. »Aber sie stiften mächtig Verwirrung, vor allem drüben bei den Magiern. Sie wollten dem Avatar ans Leder.«

»Haben sie es geschafft?«

»Sie sind abgehauen, als es ernst wurde. An ein paar Stellen haben sie Feuer gelegt, aber das war wohl nur Ablenkung.«

»Vielleicht war der Angriff auf die Magier auch nur eine Täuschung«, murmelte Eivora.

»Du meinst, sie wollten eigentlich dich?«

»Nein, dann hätten sie entschlossener angegriffen.«

Die Frauen schwiegen, aber ihre Wortlosigkeit war beredt. Sie teilten eine Vermutung, an der sie Gonter nicht teilhaben ließen.

»Hol die Leute zusammen«, befahl Eivora. »Wenigstens eine Rotte. Schnell.«

»Schnell geht hier gar nichts«, gab Deani zurück. »Die meisten sind bei den Magiern.«

»Verflucht!«, rief Eivora. »Haben wir denn nichts gelernt?«

Gonter stand auf. »Darf ich Euch mein Schwert anbieten?«

Eivoras Schatten blieb reglos, vermutlich sah sie ihn an.

»Komm mit!«

»Kümmere dich um Kistur«, sagte er zu Rewo und folgte den beiden Frauen.

Sie hatten es wirklich eilig. Gonter verwarf die Frage, ob sie zurückkehren und ihre Rüstungen anlegen sollten, und begleitete sie mit freiem Oberkörper. Ein kühler Wind wehte von Norden, aber das Blut brannte heiß in seinen Adern. Im Gehen betrachtete er die Hand, mit der er das Schwert in seinen Gegner gestoßen und danach dem zweiten die Kehle durchschnitten hatte. *Bin ich ein anderer, jetzt, da ich jemanden getötet habe?*

Etwas hatte sich verändert. Das Kämpfen war kein Spiel mehr, und es war auch nicht mehr Selbstzweck. In dieser Nacht verloren kunstvolle Figuren, die man mit dem Stahl in die Luft wob, ihren Wert. Alles, was er während des Gefechts im Zelt getan hatte, war darauf ausgerichtet gewesen, selbst zu überleben, Eivora zu schützen und die Angreifer zu überwinden. Was nicht zu einem solchen Ergebnis beitrug, war wertlos. Diese Nacht war so anders, so viel gefährlicher, aber auch klarer, einfacher als die Tage am Hof seines Vaters, in denen Rücksichtnahmen, Taktik und verborgene Interessen regierten.

Vereinzelte Kampfgeräusche klangen durch die Dunkelheit, doch die drei schlugen eine andere Richtung ein. Die Frauen fielen in Laufschritt. Gonter tat es ihnen gleich.

Sie näherten sich einem vollständig aufgebauten Rundzelt, einer Form, wie es viele im Lager des Klingenrauschs gab. Die Größe war für eine Fünftelrotte von fünf Kriegern geeignet. Ein wenig Helligkeit schien durch die Plane. Das Zelt stand im Bereich des Sturmbanners, nicht ganz am nordwestlichen Rand ihres Lagers.

»Wer da?«, rief eine Stimme, als sie noch drei Schritt entfernt waren. Sie kam nicht aus dem Zelt, sondern aus der Dunkelheit hinter einem Zugkarren, der seitlich von ihnen stand.

Die beiden Frauen blieben so ruckartig stehen, dass Gonter in Deani hineinrannte. Sie beachtete ihn nicht.

Eivora rief ihren Namen. »Ist hier alles in Ordnung?«, fügte sie an.

»Noch ist keiner von ihnen aufgetaucht. Wer ist bei dir?«

»Deani und Prinz Gonter. Du kennst ihn, er hat den Übungskampf gegen ein Dutzend ausgefochten.«

Gonter hätte gern das Schwert weggesteckt, um zu zeigen, dass er nicht auf Kampf aus war, aber die Scheide lag in Eivoras Zelt.

»Er hat mir übel mitgespielt.« Mehol trat ins Sternenlicht, wobei er eine Armbrust so hielt, dass sie zur Seite zielte. Das schiefe Grinsen passte nicht zum Vorwurf in den Worten, seine Miene drückte Anerkennung aus.

Eivora ging zum Eingang, schlug die Plane zurück und trat ein. Gonter folgte ihr auf dem Fuß. Hinter ihm sagte Deani etwas mit ihrer gedämpften Stimme, das er nicht verstand, weil Eivora im selben Moment »Feuerschlag!« rief.

Sein Fuß stieß gegen eine Eisenstange, die eine Handbreit über dem Boden verlief. Er strauchelte, fing sich aber wieder.

Neben der Stange standen zwei Lampen mit weit heruntergedrehten Dochten. Ihr Licht reichte gerade, um Schemen auszumachen. Mit Sicherheit wurden Gonter und Eivora besser beleuchtet, weil sie ihnen näher waren als die fünf Gestalten, die sich mit gespannten Armbrüsten und gezogenen Blankwaffen um eine eisenbeschlagene Kiste gruppierten.

»Es ist Eivora«, sagte Leronn mit kratzender Stimme. Der alte Kämpe senkte sein Schwert.

Die anderen Dämmergestalten entspannten sich. Gonter hörte, wie das Metall ihrer Rüstungen leise klirrte. *Sie sind voll gepanzert*, überlegte er. *Diesen Posten haben sie bereits vor dem Überfall bezogen.*

»Was ist in der Kiste?«, fragte er und machte einen Schritt vorwärts, sodass er nun neben Eivora stand. Dennoch erkannte er kaum Einzelheiten. Das Behältnis war ein Würfel von einem Schritt Kantenlänge, unterhalb des Deckels waren schmucklose Eisenringe angebracht, durch die man Trageholme würde schieben können. »Silber kann euch kaum so wertvoll sein, dass ihr deswegen darauf verzichtet, euren Kameraden zu Hilfe zu eilen, wenn sie angegriffen werden. Der größte Teil eurer Reichtümer lagert doch in Rorgator, nicht wahr?«

»Was macht er hier?« Leronns Schwert hob sich, sodass die Spitze auf Gonters Gesicht zeigte. »Er fragt zu viel.«

»Er hat auch bereits zu viel gesehen«, sagte einer der anderen.

Eivora stellte sich vor Gonter, drückte gegen seine Brust und schob ihn rückwärts. »Gar nichts hat er gesehen. Nur eine Truhe. Ich bin beruhigt, wir verschwinden jetzt wieder.«

In ihren blauen Augen stand eine ernste Bitte. Offenbar ging es um etwas sehr Wichtiges.

»Ich weiß nicht, ob wir …«, begann Leronn.

»Ihr bleibt hier«, rief Eivora über die Schulter. »Alles ist, wie es sein soll. Der Überfall gilt den Magiern. Wir sehen nach ihnen.«

»Ich muss gehen, Avatar«, sagte Tersten. »Ich muss mich bei meiner Einheit melden.« Chastro-Ignuto vermutete, dass der großgewachsene Weibel aus dem Sturmbanner die vordere Hälfte seines Schädels rasierte, damit ihm im Kampf keine Haare in die Augen kamen.

»Geh schon«, sagte der Avatar beiläufig.

Selbstgefällig betrachtete er den gefangenen Angreifer, dessen Handgelenke er an Dreibeinen festgebunden hatte. Auf einem davon saß die Harnastesstatue, die schwer genug war, dass der Gefangene es nicht zu bewegen vermochte. Das andere trug ein Becken mit glühenden Kohlen. Wenn er sich anstrengte, könnte er es umreißen, aber der furchtsame Blick, mit dem er zur hitzeflimmernden Luft hinaufsah, verriet, dass er begriff, dass er damit die Glut auf seinen entkleideten Körper kippen würde. Chastro-Ignuto hoffte, dass er es dennoch versuchte, wenn die Pein ins Unerträgliche anwachsen würde. Nachdem ihm die Kohlen, die in seine Rüstung gerutscht waren, schon solche Schmerzen bereitet hatten, geriete er dann sicher in Panik. Das versprach ein intensiver Geschmack zu werden, der den Abend des Avatars krönen würde. Aber eine solche Delikatesse musste man mit Geduld und Gründlichkeit vorbereiten.

Der Söldner verließ das Zelt, in dem man notdürftig Ordnung geschaffen hatte. Alles war bereit für Chastro-Ignutos Vorhaben.

»Du bleibst hier!«, befahl er Fiafila. Er hatte die Worte herrisch hervorbringen wollen, aber wegen des Schnitts, der sich über seine rechte Gesichtshälfte zog, war die Wange taub. Er sprach, als hätte er einen Kiesel im Mund.

Fiafila stellte wieder ihre arrogante Miene zur Schau. Wie eine Herrscherin schritt sie zum Gefangenen und hockte sich neben ihn. Obwohl sie jetzt einfache Kleidung trug und sie sich in einem Feldlager befanden, erinnerte das Chastro-Ignuto daran, wie sie sich in seinen letzten Momenten um Flammenbringer Kester gekümmert hatte. Diesmal übermittelte der Homunkulus ihm jedoch ihre Gefühle nicht. Der Striemen, den er in ihre Haut gepeitscht hatte, war getrocknet.

Abscheu oder gar Erschrecken suchte er in ihrem Gesicht

vergeblich. Eher schon wirkte die Priesterin milde interessiert, als sie die Fesseln betastete. Chastro-Ignuto hatte die beiden Peitschen verwendet und darauf geachtet, dass die eingeflochtenen Glasscherben in das Fleisch eindrangen, ohne die Pulsadern in den Handgelenken aufzutrennen. Bei einem quer gesetzten Schnitt wäre der Mann zwar nicht verblutet, aber er sollte auch seine Kraft behalten, sonst wäre das Vergnügen zu rasch vorüber.

»Ich will, dass er bei Bewusstsein bleibt«, lallte Chastro-Ignuto. Auch seine Zunge kam ihm jetzt träge vor. »Du kennst dich in der Heilkunst aus, also wirst du dafür sorgen.«

»Er ist stark.« So, wie Fiafila das sagte, klang es verträumt.

Er war unsicher, ob sie begriffen hatte, was nun geschehen würde. Sie war zwar eine Gefangene, aber mehr oder minder Eivoras Eigentum, nicht seines. Deswegen hätte er wenig tun können, um sie gegen ihren Willen hierzubehalten, und hatte sich in Gedanken bereits zurechtgelegt, wie er an ihre Mildtätigkeit appellieren konnte. Natürlich nicht ihm gegenüber, aber der Gefangene würde tatsächlich eher überleben, wenn sich jemand um seine Wunden kümmerte. Diejenigen, die er bereits hatte, und die, die bald hinzukämen.

Aber er brauchte Fiafila nicht zu überreden. Da war dieser seltsam verträumte, vielleicht auch neugierige Ausdruck, als freute sie sich auf das anstehende Ritual. Aber das konnte doch nicht sein, als Dienerin eines Gottes musste sie alles verabscheuen, was dem Dämonischen huldigte!

Wieso schmeckte der Homunkulus nicht, was in der Frau vorging? Das lag doch wohl kaum an der Trägheit seiner Zunge!

Missmutig nahm Chastro-Ignuto eine Zange und hob damit ein Kohlestück aus einem Becken. Er schwenkte es so nah vor dem Gesicht des Mannes, dass dieser die Hitze der dunkelroten Glut spürte. Das wiederum vermittelte ihm der Homunkulus deutlich.

Um ganz sicherzugehen, dass der Gefangene nichts vor ihm verbergen konnte, ließ Chastro-Ignuto die Kohle auf dessen Brust fallen.

Der Mann schrie und warf sich auf die Seite, so weit seine Fesseln das erlaubten. Die Glut rutschte zu Boden, wo sie zuvor den Teppich weggezogen hatten, sodass sie nur harmlos auf Erdreich fiel.

Flämmchen zischten aus den Äuglein des Homunkulus, und der erfrischende Geschmack fremden Schmerzes breitete sich in Chastro-Ignutos Rachen aus. Das Innere des Mannes lag offen vor ihm, was den Avatar ein wenig darüber hinwegtröstete, dass er von Fiafila kaum mehr wahrnahm als von einer bewegten Statue.

Sie drückte ein Tuch auf die neueste Verbrennung und wischte mit der anderen Hand über das rußverdunkelte Gesicht. »Ich bin bei dir«, sagte sie.

Chastro-Ignuto hörte das Mitgefühl in ihrer Stimme, aber er schmeckte es nicht.

»Du kennst das Spiel«, eröffnete er sein Verhör. »Du hast einen hohen Einsatz auf den Tisch gelegt, und du hast verloren. Überleben wirst du nicht, und bevor Harnastes deine Seele trinkt, wirst du mir alles sagen, was ich wissen will, oder ich werde es aus deinem Verstand reißen. Es liegt an dir, aus wie viel Schmerz der Rest deines Lebens bestehen wird.«

Der Gefangene sah in Fiafilas Augen, dann starrte er wieder Chastro-Ignuto an. Wie bei den meisten Menschen huschte sein Blick zwischen dem halb verbrannten Gesicht und dem Homunkulus, der aus der linken Schulter wuchs, hin und her.

»Dein Name interessiert mich nicht.« Chastro-Ignuto griff eine neue Kohle und pustete darauf, was einen hellorangefarbenen Fleck im Rot schuf. »Sag mir lieber, zu welcher Einheit du gehörst.«

Der Mann presste die Zähne aufeinander.

»Du möchtest deine Tapferkeit beweisen. Das freut mich.« Der Ärger darüber, wie träge sich die Worte in seinem Mund formten, ließ ihn die Zange besonders kräftig mit der Kohle voran gegen den Bauch des Gefangenen drücken.

Zischend krümmte sich der Gefolterte, was das Dreibein mit

dem Becken gefährlich ins Wackeln brachte. Noch kippte es nicht, aber bei einem nur um weniges stärkeren Zug würde die Glut auch Fiafila treffen.

»Besser, du hockst dich auf die andere Seite«, riet er.

Elegant stand sie auf und sah auf ihn herab.

Tatsächlich, so wirkte es, als sie den Kopf leicht in den Nacken legte und ihn durch die beinahe geschlossenen Lider ansah: Sie sah ihn nicht an, sondern auf ihn herab, wie auf einen Untergebenen oder einen unterworfenen Feind.

»Du solltest keine Freude dabei empfinden, jemanden zu quälen.«

Wieder traf ihn ihr Tadel viel härter, als er für möglich gehalten hätte. Er versuchte, darüber zu lachen, weil er das für gewöhnlich so hielt, wenn ihn jemand rügte, aber diesmal wurde nur eine Art Röcheln daraus. Daran trug der verfluchte Schnitt in der Wange die Schuld! Die Taubheit nahm zu, jetzt, da die Aufregung des Kampfs vorüber war.

Aber durch diese arrogante Priesterin würde er sich keinesfalls von seinem Vorhaben abbringen lassen. Er konzentrierte sich auf die Anwendung der Kohlen und tastete im Geist seines Opfers danach, welche Bereiche ihm besondere Qual bereiteten und vor welchen Entstellungen er sich ängstigte. Merkwürdigerweise waren ihm seine Brustwarzen teuer. Das kannte Chastro-Ignuto in diesem Ausmaß sonst nur von Frauen, aber es sollte ihm recht sein. Er legte die Kohlen neben den sensiblen Stellen ab, immer ein wenig näher. So bekam er schnell heraus, dass der Mann zu einem Spähtrupp von dreißig Kriegern gehörte. Sie hatten den Ausfall genutzt, um mit einem Boot anzulanden und sich im Hinterland zu verbergen. Ihr Auftrag lautete, die Befehlshaber des Klingenrauschs zu töten, und durch eine gefangen genommene Wache hatten sie von der herausragenden Stellung des Avatars gehört. So, wie der Mann dies, von Schmerzensschreien unterbrochen, berichtete, fühlte sich Chastro-Ignuto geschmeichelt.

Fiafila gab ihm weiterhin Rätsel auf. Sie kümmerte sich mit Salben um die Brandwunden, sie beklagte seine Grausamkeit, aber immer wieder war dieser verträumte Blick in ihren Augen. Oder war das nur Nachdenklichkeit?

»Das ist es«, stammelte er mit der tauben Wange, von der aus Kälte durch den Hals bis in seine Brust kroch, sodass er die Hitze noch deutlicher spürte, die von den Wurzeln ausging, die der Homunkulus um sein Herz gelegt hatte. »Die dämonische Macht ist neu für dich. Du lernst Dinge über die Welt, vor denen man dich bisher behütet hat.«

»Der Schnitt in deinem Gesicht blutet immer noch«, sagte sie.

Vorsichtig tastete er darüber. In seiner Wange hatte er ebenso wenig Gespür wie in den durch den Panzerhandschuh verhüllten Fingern, aber er sah den feuchten Glanz auf den Kuppen. Er leckte daran, das Blut schmeckte nach Seife.

Prekesta schlug die Plane am Eingang zur Seite und zerrte ein Mädchen herein. Da sie die Kleine am wuscheligen Haar gefasst hielt, brauchte Chastro-Ignuto einen Augenblick, um in ihr diejenige zu erkennen, die Ulv nach anfänglichem Zögern so einfallsreich zugeritten hatte.

»Die hat draußen herumgelungert!« Prekesta drückte sie in die Knie.

»Lass sie in Ruhe!«, rief Fiafila. »Yra hat auf mich gewartet!«

Prekesta verzog das Gesicht. Wegen ihrer vielen Sommersprossen sah das so aus, als würden Funken vor einem weißen Laken aufstieben. »Als ich das Gör das letzte Mal gesehen habe, hat es mir vorgeheult, es wolle sich umbringen.«

»Das hat sie auch beinahe getan.«

»Schade, dass sie es nicht geschafft hat.« Sie rammte Yra die Faust ins Gesicht, sodass das dürre, mit einem Sack bekleidete Mädchen auf den Boden schlug. Ein Haarbüschel blieb in Prekestas Hand zurück. »Aber da kann ich ihr helfen.« Sie trat die Liegende in den Rücken.

Die Angst des Gefangenen, die Wut der Söldnerin und die dumpfe Verzweiflung des wimmernden Mädchens vermischten sich in Chastro-Ignutos Mund zu einem erregenden Gebräu. Nur Fiafilas Seele schien mit klarem Quellwasser gefüllt zu sein, ohne jeden Geschmack.

Er stand auf.

Dadurch wurde ihm schwindelig. Unsicher tappte er von einem Fuß auf den anderen. Seine komplette rechte Seite war jetzt eiskalt. »Gift«, stammelte er. »Der Dolch, der mich getroffen hat, war vergiftet!«

»Was ist geschehen?« Sofort war Prekesta bei ihm. Sie nahm sein Gesicht in ihre Hände und sah in sein gesundes Auge. Ihre Aufmerksamkeit schwenkte zum Homunkulus, dessen kleinen Körper sie mit den Fingerspitzen der Rechten betastete.

»Die Eindringlinge ...« Er musste seine Zunge zu jeder Bewegung zwingen. Das Schwindelgefühl ließ nach, aber er hatte kaum noch Gespür in seiner rechten Seite. Arm und Bein erschienen ihm wie Eisblöcke. »Wir haben sie vertrieben, aber einer hat mich im Gesicht getroffen.«

Unsanft drehte Prekesta seine Wange ins Licht und besah den Schnitt.

Ein Rumpeln lenkte Chastro-Ignutos Aufmerksamkeit wieder auf den Gefangenen. Er stand aufrecht, die Brandflecken über seinen nackten Körper verteilt. Die Rechte war noch an das Dreibein mit dem Kohlebecken gefesselt, aber er hatte es umgerissen. Diesmal hatte er Glück, die Kohle war hinter ihm auf den Boden gefallen, ein paar Stücke waren weiter geflogen und setzten Chastro-Ignutos Bett in Brand. Das war jedoch seine geringste Sorge, denn die andere Hand des Gefangenen war frei, und er hielt einen Dolch in ihr.

Woher ...? Chastro-Ignutos Blick streifte die leere Scheide an Fiafilas Gürtel. Die Tatsache, dass er ihre Gefühle nicht erschmecken konnte, hatte ihn so beschäftigt, dass er gar nicht daran gedacht hatte, der harmlos wirkenden Frau die Waffe abzunehmen!

Mit einem Zischen stieß der Späher die gerade Klinge vor.

Chastro-Ignuto riss die gepanzerten Unterarme hoch, aber auf der rechten Seite war er zu langsam, und der Ausweichschritt, den er unbewusst angesetzt hatte, fand auch keinen Halt. Sein rechtes Bein stakste ungelenk, der Fuß knickte um, er taumelte.

Der Homunkulus übermittelte ihm den Hass und den Triumph des Feindes im gleichen Moment, als der Stahl quer durch seinen Hals drang.

Fiafila würgte, als das Blut aus der Wunde spritzte.

Dafür war sie verantwortlich! Sie hatte den Mann losgeschnitten und ihm den Dolch gegeben.

Aber war das denn falsch gewesen? Sie war eine Gefangene wie er, auch wenn niemand sie folterte. Da lag es doch nahe, dem ygôdischen Krieger zu helfen. Sie hatten den gleichen Feind!

Fiafila war es jedoch nicht gewohnt, andere Menschen als Feinde zu betrachten. In Basäons Tempel waren Hoffnungsfrohe und Verzweifelte gekommen, Freundliche und Rüpel. Ihnen allen hatte sie geholfen, ihre Gebete um günstige Winde zu sprechen.

Dann hatte der Klingenrausch den Krieg in Fiafilas Welt getragen, und seitdem war er nicht mehr daraus gewichen. Aber jetzt war sie erstmals am gewaltsamen Tod eines Menschen beteiligt.

Der Avatar brach in die Knie, wodurch die nun hässlich rote Dolchklinge aus der Wunde rutschte. Er griff sich an den Hals, wobei er den rechten Arm seltsam ungeschickt bewegte. Der Lebenssaft spritzte zwischen seinen Fingern hindurch.

Aus Prekestas Faust ragten plötzlich fingerlange, gebogene Eisendornen, die sie dem Ygôder in den Bauch schlug.

Er beugte sich vor und spuckte Blut, das viel dunkler war als das von Chastro-Ignuto.

Prekesta riss ihre Waffe aus seinem Körper, wobei etwas Rotes aus der Wunde spritzte.

Fiafila bedeckte ihren Mund und wandte sich ab. Ihr war übel. Die beängstigende Faszination für die Grausamkeit, die Chastro-Ignuto an seinem Opfer ausgeübt hatte, war spurlos verflogen. Sie ekelte sich nicht nur vor dem Blut und den Fleischfetzen, sondern mit plötzlicher Heftigkeit auch vor sich selbst, da sie erkannte, dass sie – obwohl von manchen Handlungen Chastro-Ignutos abgestoßen – das brutale Schauspiel auch *genossen* hatte.

Der Gefangene gurgelte, Knochen knackten, dumpf prallten Schläge auf. Dann hörte Fiafila Prekesta wimmern.

Sie wagte, sich wieder dem Geschehen zuzuwenden. Die Söldnerin kniete neben dem Avatar, der jetzt auf dem Boden lag und den Hals mit beiden Händen umfasst hielt. In der Blutlache, die sich um ihn ausbreitete, lag Prekestas Waffe, ein Bogen aus Metall, so breit wie ihre Faust, aus dem Eisenkrallen ragten, an denen Fleischbrocken steckten.

Hinter den beiden stand Yra. Die Arme des Mädchens hingen schlaff herunter, beinahe vollständig verdeckt von dem Sack, der ihm als Gewand diente. Mit teilnahmslosem Ausdruck betrachtete es, wie Prekesta die Brustplatten von Chastro-Ignutos dornengespickter Rüstung fasste und ihn schüttelte.

»Halte durch!« Etwas Flehentliches schwang in ihrer Stimme. Die Söldnerin starrte die steinfarbene Kreatur an, die aus der Schulter des Avatars wuchs. Die schwarzen Äuglein unter den Brauenwulsten schlossen sich. »Ich werde einen Heiler finden.«

Fiafila schluckte.

Sie praktizierte die Heilkunde seit Jahren. Zwar war sie keine Meisterin auf diesem Gebiet, sondern nur eine Helferin, aber sie verstand sich darauf, Wunden zu versorgen. Die Worte ihres Eids, jedem Bedürftigen beizustehen und niemals Hass zwischen das Heil und den Leidenden kommen zu lassen, hallten durch ihren Kopf. Damals, während des Schwurs, war ihr das so selbstverständlich vorgekommen. Das war vor der Plünderung von Abidia gewesen, vor dem Feldzug des Klingenrauschs, bevor sie das Grauen gesehen hatte, das Chastro-Ignuto an jedem Tag, in jeder Stunde seines Lebens genoss. War dieses Ungeheuer überhaupt noch ein Mensch?

Sie zwang sich, ihn anzusehen. Selbst in seiner Pein blieb die verbrannte, schorfige Hälfte des Gesichts unbewegt. Das Kupferauge spiegelte Fiafilas fragende, sogar ängstliche Züge.

Aber die andere Hälfte war die eines Menschen. Hier zitterte der Mund, aus dem Schnitt, der sich über die Wange bis knapp unter das Auge zog, sickerte hellrotes Blut. Hier entdeckte sie die Verzweiflung, die sie bei vielen Sterbenden gesehen hatte.

Nur Kinder, die einer schweren Krankheit erlagen, gingen ohne Angst. Sie kannten den Tod noch nicht.

Chastro-Ignuto dagegen war ihm oft begegnet, er wusste um seine Endgültigkeit. Der Schrecken bebte durch seine Miene, die Verzweiflung, mit der er versuchte, die Wunden durch seine klobigen Finger zu verschließen, als könne er dadurch den Blutverlust dauerhaft verhindern. Die Dämonen hatten ihn an ihrer Macht teilhaben lassen, dessen war sich Fiafila nach dem, was sie erlebt hatte, sicher. Mit der Legion war sie durch Feuer marschiert, um hier, vor Ygôda, Hunderte Meilen von Rorgator entfernt, wieder aus dem Rauch zu kommen. Sie hatte das aus Klingen geschmiedete Schwertfeuer gesehen und auf seltsame Art begriffen, dass die kleinen, farbigen Flämmchen das Hassen, Leiden und Triumphieren der Truppen ausdrückten. Vielleicht verstand sie das sogar besser als die Kampfherren, die derlei schon oft beigewohnt hatten, und sie fragte sich, wieso das so war. Mehr noch, sie bildete sich ein, während der jüngsten Folterung gespürt zu haben, wie der Homunkulus im Verstand des Gefangenen wühlte.

Fiafila bedeckte ihr Gesicht mit den Händen. »Das Böse ist nicht stärker als das Gute«, flüsterte sie. »Ich muss das Gute in mir selbst fördern, dann verändert es meine Umgebung und schließlich die ganze Welt.«

Aber es war so schwer, Gutes zu tun, wenn man Zeugin von so viel Bösem wurde!

»Ich kann es.« Ihre Worte hallten in dem Hohlraum, den ihre Hände bildeten. »Das Licht erhellt die Dunkelheit.«

Sie hörte die Verzweiflung in Prekestas Jammern.

Wer wusste schon, ob sie nicht lernen könnte, Mitleid zu empfinden? Aber dafür brauchte die Söldnerin jemanden, der es ihr vorlebte. Hatten Basäons Winde Fiafila vielleicht genau aus diesem Grund an diesen Ort geweht – um denen, die nur Hartherzigkeit kannten, einen anderen Weg zu öffnen? Chastro-Ignuto lag im Sterben. So eine Erfahrung veränderte jeden Menschen. Wenn sie ihn retten könnte und er danach ein anderer wäre … Sein Beispiel könnte viele zum Nachdenken bringen.

Fiafila suchte nach der Stärke in ihrem Herzen, öffnete die Hände und sagte: »Ich kümmere mich um seine Wunden.«

Prekesta starrte sie an. Sie Söldnerin weinte, ihre Wangen waren nass. »Ist das eine Hinterlist?«

Wortlos stand Fiafila auf und riss Streifen aus Chastro-Ignutos Bettlaken. Der Stoff hatte einige Brandflecken, aber das Feuer aus dem umgestürzten Kohlebecken hatte sich nicht durchgesetzt. Sie knüllte mehrere Streifen zusammen, während sie zum Verletzten zurückkehrte. »Der Verband muss Druck auf die Wunden bringen, ohne die Luft abzuschnüren.«

»Wieso solltest du ihm helfen wollen?«

»Weil es meine Natur ist. Zieh seine Hände weg, damit ich an die Verletzungen komme, oder heul weiter, während er verblutet.«

Noch zwei Herzschläge lang starrte Prekesta sie an, dann griff sie Chastro-Ignutos Handgelenke und zwang sie zur Seite.

Rechts war die Wunde größer als links, wohin nur die Spitze des Dolchs vorgedrungen war. Die Klinge hatte weit hinten getroffen, näher am Nacken als an der Kehle. Mit etwas Glück war die Luftröhre unbeschädigt. Wenn nicht, würde Chastro-Ignuto inwendig verbluten.

Fiafila legte den Verband rasch und effizient an. Zuerst umwickelte sie den Hals mit zwei Lagen, dann drückte sie die Knäuel auf die Wunden und fixierte sie mit kreuzförmigen Zügen bis unter die Achseln, damit die Luftröhre nicht gequetscht wurde.

Prekesta hätte ihr helfen können, wenn sie weniger nervös gewesen wäre. So war Fiafila froh, dass die Söldnerin sie wenigstens gewähren ließ und nur im Raum auf und ab stapfte, wobei sie manchmal die eiserne Dämonenfigur berührte und die ganze Zeit mit sich selbst sprach.

Yra stand noch immer unbewegt wie eine Statue. Aus dem durch Schwellungen verunstalteten Mädchengesicht starrten sie die dunklen Augen in stummer Anklage an. Wie sollte Fiafila ihr später erklären, dass sie demjenigen das Leben zu retten versuchte, der sie ihrem Schänder zugeführt hatte?

Wobei gar nicht sicher war, dass Fiafila Erfolg haben würde. Auf der rechten Seite färbte sich der Verband rot.

»Hol Hilfe«, bat sie Prekesta.

»Stirbt er?«, fragte die Söldnerin.

»Jedenfalls hat er bessere Aussichten, wenn wir weitere Heiler hinzuziehen. Allein kann ich ihn sowieso nicht bewegen, und er kann nicht ewig so liegen bleiben.«

Prekesta sah Chastro-Ignuto an, dann blickte sie wieder zur Dämonenstatue, aber sie machte keine Anstalten, das Zelt zu verlassen und Hilfe zu rufen. Dabei konnte diese nicht weit sein, Fiafila hörte den Lärm draußen im Lager. Kampfgeräusche waren nicht darunter, aber die Söldner liefen hin und her, Ausrüstung klapperte, Befehle wurden geschrien. Sie suchten wohl weitere Eindringlinge. Das würde sie nicht davon abhalten, einen Feldscher für den verletzten Avatar abzustellen.

Chastro-Ignutos gesundes Auge folgte Prekestas Wanderung. Ärger loderte darin. Hier ging etwas vor, das Fiafila entging.

»Er hat viel Blut verloren«, sagte Prekesta, als könnte Chastro-Ignuto sie nicht hören. »Vielleicht zu viel, und dein Verband hält nicht dicht.«

Protestierend röchelte Chastro-Ignuto. Er versuchte, sich aufzusetzen, aber das führte nur dazu, dass sich der Stoff auch auf der linken Seite dunkel färbte. Sanft drückte Fiafila ihn zurück. Diese Behandlung schien seine Wut noch weiter anzustacheln.

»Es ist besser als vorher«, versicherte Fiafila. »Wenn schnell Hilfe kommt, kann er es schaffen.«

Plötzlich hatte Prekesta ein Messer in der Hand. Sie zögerte kurz, dann schnitt sie in ihre Handfläche und zog diese über das eiserne Gesicht der Dämonenstatue. Eine blutige Linie blieb auf der hassverzerrten Fratze zurück.

»Ja …«, hauchte Prekesta. »Er lebt noch, damit ich meine Gelegenheit erhalte. Und er …« Sie blickte auf den Avatar, »… er wartet auf mich. Schon so lange.«

Fiafila war nun vollends verwirrt. »Hast du nicht verstanden? Hol zusätzliche Heiler. Oder soll ich das erledigen?«

Da Prekesta nicht reagierte, sondern nur weiter den Avatar

ansah, wie man einen Geliebten betrachtete, stand Fiafila auf und wandte sich dem Eingang zu.

Sie kam nur zwei Schritte weit, dann packte Prekesta sie und schleuderte sie gegen das Bett. »Du bleibst schön hier!«

Prekesta nahm einen kleinen Teppich und schützte damit ihre Hände, als sie ein Kohlebecken vom Dreibein nahm. Sie ächzte unter dem Gewicht, während sie es zu Chastro-Ignuto trug. Zu Fiafilas Entsetzen kippte sie die Glut über Brust und Kopf aus.

Chastro-Ignuto schrie seine Pein heraus. Er zappelte mit dem linken Arm und dem linken Bein, während die Glieder auf der rechten Seite wie Stöcke wirkten, die ein Puppenspieler bewegte.

Achtlos ließ Prekesta das leere Becken fallen, das mit einem Ton wie ein Gong auf den Boden schlug. Sie wandte sich dem nächsten zu.

Fiafila rappelte sich auf. Offensichtlich hatte die Söldnerin den Verstand verloren. Wenn Chastro-Ignuto überhaupt mit jemandem befreundet war, dann mit dieser Frau, und jetzt begrub sie ihn unter glühenden Kohlen! Sein Schreien fand kein Ende.

Über der Dolchscheide an ihrer Hüfte griff Fiafila ins Leere. *Natürlich, ich habe die Waffe dem Gefangenen gegeben!* Sie sah sie auf dem Boden liegen. Ob sie Prekesta erstechen könnte, wusste sie nicht, aber vielleicht reichte es, ihr zu drohen, um sie von weiteren Irrsinnstaten abzuhalten.

Als sie sich nach dem Dolch bückte, kam sie der Glut über Chastro-Ignuto sehr nah. Plötzlich verschwanden ihre Aufregung und ihre Hilflosigkeit. Sie fühlte sich so wohl wie in einem warmen Bett an einem kalten Herbstmorgen.

Die Empfindung verwirrte sie so sehr, dass sie mit der Hand an der Waffe innehielt. Aus der Hocke beobachtete sie, wie Prekesta das zweite Kohlebecken über dem Avatar leerte. Die Hitze wallte gegen Fiafilas Gesicht und raubte ihr den Atem. Wie viel intensiver musste Chastro-Ignuto sie empfinden?

Das Feuer war eine unbezähmbare Macht. Dumme Menschen glaubten, es in Öfen einsperren und kontrollieren zu können, aber in Wirklichkeit dienten alle dieser Kraft. Überall auf der Welt brannten Flammen und verwandelten ihre Nahrung in Asche. Mehr und mehr verzehrten sie, und wenn ihre Wut erwachte, vermochte sich niemand vor ihnen zu retten. Das Zelt verschwand vor Fiafilas Augen. Stattdessen sah sie einen Flammenwald über einem Meer aus Magma vor einem glutroten Himmel, und die Erhabenheit dieses Anblicks forderte mit jedem Pulsschlag ihre Verehrung ein. Das Feuer war ein lebendes Wesen und doch so anders als Pflanzen, Tiere und Menschen. Es wurde in einem Funken geboren, schwoll an zu einem Feuersturm, verlosch an einer Stelle und erwachte an hundert anderen neu. Es schlummerte in Holz und Stoff, in manchen Steinen und im Lampenöl, benutzte all dies, um sich dort einzuschleichen, wo sich die niederen Kreaturen in Sicherheit wähnten.

Ein weiterer Hitzeschwall zwang Fiafila, zu blinzeln. Salziger Schweiß klebte auf ihrer Haut.

»Es geht um den Homunkulus«, murmelte Prekesta, die noch ein geleertes Becken zu Boden fallen ließ. »Er braucht die Hitze.«

Fiafila sah in die Glut. Chastro-Ignutos Brust, Kopf und Schultern samt seinem dämonischen Begleiter waren vollständig unter den roten, gelben, zum Teil sogar weißen Kohlen begraben. Darüber flimmerte die Luft. Der Mann rührte sich nicht mehr.

»Du hast ihn umgebracht!«, klagte Fiafila. Sie spürte einen reißenden Schmerz an ihrem Herzen.

Prekesta schien sie nicht zu hören. Auch ihr lief der Schweiß in Strömen übers Gesicht. Sie stemmte das nächste Kohlebecken vom Dreibein und trug es mit schwankendem Gang heran.

Fiafila schloss die Faust um den Dolch. Sie wollte den Verwundeten schützen.

Aber gab es überhaupt noch einen Verwundeten? Chastro-Ignuto musste tot sein.

Andererseits hatte sie gesehen, dass er sich über den Tisch mit dem Schwertfeuer gebeugt hatte, ohne sich zu verbrennen, wie es bei einem gewöhnlichen Menschen geschehen wäre. Offenbar widerstand der Avatar größerer Hitze. Konnte ihm die Kohleglut vielleicht gar nichts anhaben?

Aber er hatte geschrien und sich gewunden.

Doch woher kam das Wohlbefinden, das noch immer durch Fiafilas Adern pulste?

Auch der Schmerz an ihrem Herzen war noch da, er nahm sogar zu und zog ihre Brust hinauf bis zur linken Schulter. Sie drehte den Kopf, aber das brachte keine Linderung.

Und dann war da dieses seltsam sichere Gefühl, dass richtig war, was Prekesta machte. Aber es war falsch, dass Prekesta diejenige war, die es tat.

Hinzu kam Yra, die sich noch immer wie eine lebende Statue verhielt. Ihre dunklen Augen tränten jetzt, was der Hitze geschuldet sein mochte.

All das verwirrte Fiafila sehr, doch als sie sich zwischen Prekesta und Chastro-Ignuto stellte, fühlte sie sich so stark, als wäre sie selbst eine Kriegerin. Der Teppich, auf dem sie stand, hatte Feuer gefangen. Die Flammen waren winzig, Fiafila betrachtete sie mit einer absurden Zärtlichkeit.

»Geh mir aus dem Weg«, knirschte Prekesta.

»Verlass das Zelt«, entgegnete Fiafila. »Du hast hier nichts mehr zu tun.«

Sie sah der Söldnerin an, dass sie überlegte, die Kohlen in ihr Gesicht zu schleudern, und war sich des Wahnsinns bewusst, dass sich ein Teil von ihr genau das wünschte. Aber Prekesta war wohl nicht willens, die Glut zu verschwenden. Spöttisch betrachtete sie die Klinge in Fiafilas Hand. »Pass auf, dass du dich damit nicht schneidest.« Sie versuchte, einen Bogen um sie zu schlagen.

Fiafila wollte zustechen, und doch wollte sie es nicht. Die Dolchhand zuckte vor, hielt aber nach einer Handspanne inne, um unmittelbar darauf ihren Weg fortzusetzen.

Sie stach nicht zu, aber sie hämmerte den Knauf gegen den unbehelmten Kopf der Söldnerin. Gefällt brach Prekesta zusammen. Zu ihrem Glück kippte das Kohlebecken seitlich weg, sodass sie nicht auf die Glut fiel.

»Tu es nicht«, bat Yra. Ihre Stimme war rein und klar, nichts Weinerliches lag darin.

Fiafila blinzelte. »Was soll ich nicht tun?«

»Bleib«, bat Yra. »Geh fort von hier, so schnell du kannst.«

»Du redest wirr, Mädchen.«

Fiafila schrie auf, weil ihre linke Schulter sich anfühlte, als drehe jemand eine Klinge darin. Sie tastete, konnte aber keine Verletzung entdecken. Dennoch fiel ihr das Atmen schwer. Sie ließ sich auf ein Knie nieder.

Hier unten flirrte die Luft noch heißer, sie war den Kohlen näher. Der niedrige Brand des Teppichs erfasste ihre Tunika, aus der nun ebenfalls einige träge Flammen züngelten. Fiafila setzte an, sie auszuschlagen, aber das kam ihr falsch vor. Sie betrachtete ihr Leuchten, es ähnelte Kerzen.

Doch auch Kerzen waren Boten des einen, großen, allmächtigen Feuers. Wieder schlugen die Flammen in ihrer Vorstellung hoch und verschlangen die Welt in einem einzigen gloriosen Feuersturm, der das Wasser zu Dampf machte und die Luft verbrannte. Vor Ehrfurcht zitternd streckte sie sich auf dem Boden aus.

Der Schmerz an ihrer linken Schulter nahm zu. Er wäre unerträglich gewesen und Fiafilas Geist hätte sich in eine Ohnmacht geflüchtet, wenn da nicht diese Mischung aus Gier und Hoffnung durch ihren Verstand gerast wäre, die mit der Pein in sie hineinkroch. So etwas hatte sie niemals gefühlt.

Sie wusste nicht, wie lange sie so lag, neben der Hitze der Glut, oder vielleicht sogar in ihr.

Als sich ihre Sicht wieder klärte und sie das rote Zeltdach über sich erkannte, war der Schmerz in der linken Seite ihres Oberkörpers das Einzige, was sie fühlte. Den linken Arm spürte sie überhaupt nicht mehr. Als sie ihn zu bewegen versuchte, merkte sie, dass etwas auf ihrer Schulter hockte.

Mit einem Ruck wandte sie den Kopf.

Der Homunkulus!

Sein grausames, mundloses Gesicht war ihr so nah, dass sie es beinahe mit der Nase streifte. Die Händchen krallten sich in ihrer Haut fest. Ihre Tunika war zerrissen, dampfendes Blut quoll darüber, und der steinfarbene Körper bewegte sich hin und her, wie ein Hobel oder ein Reiter. Drückte er sich etwa in sie hinein?

Schreiend sprang Fiafila auf.

Noch immer stand Yra unbewegt. Die hungerdürre Gestalt mit dem zerzausten, nassen Haar und dem Sack kam Fiafila erbärmlich vor, unwert, sich mit ihr zu befassen.

Während sich der Homunkulus auf ihrer Schulter mühte, sah sie sich im Zelt um. Beim Anblick der Eisenstatue des Dämons Harnastes mit der Spur von Prekestas Blut auf der Fratze war ihr unwohl. Sie war nicht einfach nur hässlich, sie stand für etwas sehr Gefährliches. Fiafila fragte sich, was das war.

Aber Blut war ein kluger Gedanke. Damit konnte man einen Dämon besänftigen. Ihr Blick fiel auf Prekesta.

Was geschieht mit mir?, schrie eine verzweifelte Stimme in ihr. Sie wusste, dass sie dringend den Homunkulus loswerden musste, bevor er sich ebenso in ihr festsetzte, wie er es zuvor bei Chastro-Ignuto getan hatte.

»Nein ... Nicht Chastro-Ignuto ... Nur Chastro. So hieß mein Träger. Ich bin Ignuto«, dunkelrote Flämmchen zischten aus den Äuglein, *»und gemeinsam werden wir Fiafila-Ignuto sein.«*

»Nein!«, schrie Fiafila.

Sie griff nach der kleinen Gestalt. Der graue Körper war heiß wie ein Brandeisen. Fiafila zog die Hand zurück.

Sie hob den Dolch auf, der ihr entglitten war. Die Klinge war blutig.

Blut ...

Prekestas Blut war so gut wie das jedes anderen Menschen, aber die Söldnerin lag ohnmächtig am Boden. Sie würde weder Schmerz fühlen noch Angst empfinden. Yra dagegen schon.

Fiafila sah das Mädchen an. »Hilf mir«, brachte sie heraus, wusste aber selbst nicht, welche Gestalt diese Hilfe annehmen sollte. Wäre es das Beste, wenn Yra sie tötete? Oder hatte sie die Möglichkeit, den Homunkulus zu entfernen? Aber wollte Fiafila das überhaupt? Ging es nicht vielmehr darum, Harnastes zu besänftigen?

Mit schwankenden Schritten, den Dolch in der Hand, näherte sich Fiafila dem Kind.

»Lass es nicht zu«, bat Yra, und ihre Stimme war das einzig Klare und Eindeutige, an dem sich Fiafila festhalten konnte. »Wehre dich!«

Yra war erst kürzlich mit dem Dämonischen in Kontakt getreten. Das war auf sehr brutale Weise geschehen, aber sie mochte dabei einen tiefen Einblick in Ignutos Natur erhalten haben. Schließlich hatte er sich an ihrem Leid geweidet und sich in seiner Ekstase möglicherweise selbst geöffnet. Verstand Yra deswegen so gut, was hier vorging?

In Gedanken versunken, hatte Fiafila die Schneide an den dünnen Mädchenhals gelegt. Sie erschrak.

Der Homunkulus wühlte sich nicht nur in ihren Körper, sondern auch in ihren Verstand! Sie musste weg, fort von hier, irgendwohin, wo sie niemandem mehr schaden konnte!

Fiafila floh aus dem Zelt und in die Wildnis der Hügel hinaus.

Als der Morgen graute, fanden Eivora, Gonter und Deani im Wald am Osthang des Estâl den Gegner, dessen Spur sie folgten. Wildschweine hatten hier gewütet, der Boden war zerwühlt, und vielen Stämmen fehlte bis zur Höhe der Hauer die Rinde. Das sonst brusthohe Gras war ausgerissen oder geplättet, deswegen sahen sie den Mann in der schwarzen Lederrüstung zwischen den Bäumen laufen.

Deani schoss einen Pfeil auf ihn ab, der ihn verfehlte und drei Schritt weiter in einen Ast schlug.

Der Mann blieb stehen und sah sich hektisch um.

Eivora drückte ihren linken Arm mit der flachen Rechten gegen einen Stamm, um ihm Halt zu geben. Ihr Herz hämmerte nach dem Lauf wie wild, in den Muskeln war so viel Spannung, dass die Hand zitterte. Aber sie hatte nicht viel Zeit, bevor der Kerl wieder im Unterholz verschwinden würde. Er war einen weiten Bogen gerannt und war im Gegensatz zu den Söldnern mit dieser Gegend vertraut. Dass er nicht einfach das Weite suchte, deutete darauf hin, dass er eine Möglichkeit kannte, sich zurück nach Ygôda zu schleichen. Einen solchen Fang durfte sich Eivora nicht entgehen lassen.

Sie atmete aus, zielte und drückte ab. Die Sehne knallte, sie spürte das Reißen in ihrem Unterarm, als die Waffe arretierte und den Bolzen aus der Rille schleuderte.

Ein Schrei belohnte sie. Der Mann humpelte weiter, kein Vergleich zu seiner früheren Geschwindigkeit, mit der er mehrere Stunden einen Vorsprung gehalten hatte. Er hatte sogar in dem Lager, wo die Verfolger eine Kuhle mit einem heruntergebrannten Feuer gefunden hatten, Verpflegung aufgenommen. Aber jetzt wäre die Jagd bald zu Ende.

Eivora zog das Kurzschwert und wollte ihn endgültig zur Strecke bringen, aber Deani hielt sie mit der Hand zurück. Ein weiterer Pfeil lag auf ihrer Sehne. Sie sah auf die Blätter, die ihr Stärke und Richtung des Winds verrieten, spannte und schoss.

Deani traf den Rücken. Der Mann warf die Arme hoch und brach schreiend zusammen.

»Warum bringst du ihn um?«, flüsterte Eivora.

»So schnell stirbt es sich nicht«, gab Deani zurück. Sie beobachtete die Senke, in der er lag. »Der kommt wieder raus. Wenn nicht aus eigener Kraft, dann mit Hilfe.«

Gonter behielt die Umgebung mit wachsamen Augen im Blick. Er trug noch immer das Schwert von Eivoras Vater. Das Gewicht der Waffe machte ihm keine Mühe. Da er weder ein Gehänge noch die Scheide dabeihatte, hielt er sie seit Stunden in der Hand. Der Anblick seines nackten, muskulösen Oberkörpers, auf dem der Morgentau von den Blättern glänzte, brachte Eivora auf Gedanken, die nichts mit der Verfolgungsjagd zu tun hatten, denen sie aber bald mehr Raum geben würde.

»Dann befreien wir das angeschossene Wild aus seinem Elend«, schlug sie vor.

»Wenn ich mich nicht täusche, wird das jemand anderes für uns erledigen.«

»Wie meinst du das?«

»Sie sind zu zweit.« Deani zeigte auf ein paar geknickte Zweige, was diese Behauptung in ihren Augen wohl belegte.

»Zwei? Wir rennen die ganze Zeit hinter zwei Gegnern her?«

»Erst seit dem Lager. Dort haben sie sich getroffen.«

Der Angeschossene schrie erbärmlich. Zunächst verstand Eivora nicht, was er rief, dann erkannte sie, dass es ein Name war. »Wyllôm!«

»Wir sollten uns verteilen«, schlug Deani vor, »damit er uns nicht entwischt, wenn er seinen Kameraden holen will. Und keiner von uns darf hierbleiben.«

»Er könnte gesehen haben, woher die Schüsse kamen«, erkannte Eivora.

Deani nickte.

»Glaubst du«, fragte Gonter, »er ist wirklich so dumm, zu denken, wir würden den Verwundeten einfach so liegen lassen?«

»Nicht sofort.« Es war irritierend, Deani ohne Gesichtstuch zu sehen. Der Rest ihrer Nase war grobporig wie ein Blumenkohl. »Aber wenn er nicht gleich weitergelaufen ist, wird er hören, wie sein Kamerad schreit. Das wird sein Mitleid wecken. Wie jedes Gefühl wird das seinen Verstand aufweichen. Erst wird er bleiben wollen, um sich zu vergewissern, dass wir seinem Freund den Gnadenstoß geben und er wirklich nichts mehr für ihn tun kann. Dann wird er gegen alle Vernunft Hoffnung schöpfen, und schließlich wird er sich ihm nähern.«

»Und dann haben wir ihn«, sagte Eivora.

Wieder nickte Deani knapp.

Sie verteilten sich, und das Warten begann.

Es kam, wie die Kundschafterin vorhergesagt hatte. Bald schrie der Verwundete, so laut er konnte. Eivora hätte sich gern die Ohren zugehalten. Kämpfen und auch Töten gehörten zu ihrem Leben, aber sie hatte keine Freude an Schmerzen. Doch sie brauchte ihre ungetrübten Sinne, um den zweiten Gegner zu entdecken, wenn er sich näherte.

Der Verwundete flehte, dann fluchte er, und als die Sonne beinahe am höchsten Punkt ihrer Bahn stand, bettelte er um Wasser, weil er schrecklichen Durst litt. Er zog sich aus der Mulde, die die Wildschweine gegraben hatten, und in das Gras hinein. Anfangs schleppte er sein Schwert noch mit, dann löste er das Gehänge und ließ es zurück. Er hielt das linke Bein steif, dort steckte der Bolzen. Dennoch versuchte er aufzustehen, aber der Pfeil in seinem Rücken verursachte zu starke Schmerzen. Eivora stellte sich vor, wie die Spitze in seinen Gedärmen arbeitete und bei jeder Bewegung hineinschnitt.

Sie ließ einen flachen Stein durch ihre Finger wandern und versuchte sich vorzustellen, er sei eine Silbermünze. Vielleicht der wundervolle Jebolontaler, das Liebespfand von Gonter. Es gelang nicht recht.

Eivora verstand Deanis kalte Logik, aber sie fühlte sich unwohl bei dieser Sache. Sie wollte ihre Gegner schnell und sauber töten, statt sie zu quälen. Eivora nahm sich vor, den Verwundeten gut zu behandeln, falls er den Tag überlebte. Sozusagen als Entschädigung dafür, dass sie ihm diese schweren Stunden bereitete.

Eivora warf den Stein fort und strich über die kurze, kratzige Befiederung des Bolzens, der nun in der neuerlich gespannten Armbrust lag. Es beruhigte sie nur wenig. Zu sehr rührte die Verzweiflung in den Schreien sie an.

Sie überlegte, ob sie den Befehl zum Abbruch geben sollte. Falls der Angeschossene starb, bevor sein Kamerad kam, hätten sie niemanden mehr, den sie verhören könnten.

Sie stellte sich Deanis Gesicht bei einer solchen Entscheidung vor. Sicher würde Geringschätzung in den braunen Augen über den Trümmern stehen, die einmal eine Nase gewesen waren. Als Kampfherrin konnte sie dem Sturmbanner befehlen, aber das allein war zu wenig. Sie brauchte den Respekt ihrer Krieger, und den zollten sie keinem, den sie als weichherzig einschätzten.

Also wartete Eivora ab und lauschte weiter auf die Schreie und das Jammern des Verwundeten, der allmählich begriff, dass er ein Sterbender war, wenn ihm niemand half. Schließlich rief er nur noch den Namen, Wyllôm.

Wyllôm kam spät, aber er kam. Er war ein drahtiger Kerl, der sein flachsblondes Haar im Nacken zusammengebunden trug. Auch sein Gesicht dunkelte Ruß ab, das einzig Helle an ihm war die blankgezogene Klinge. Wyllôm verlor keine Zeit, er lief zu seinem Kameraden, sah sich um und steckte sein Schwert weg, da er keine Gefahr erkannte. Trotz des lauten Schreis legte er sich den Verwundeten quer über die Schultern und schleppte ihn hangabwärts.

Eivora zielte auf ihn, traute sich den Schuss aber nicht zu. Dafür bewegte er sich zu abrupt, und nachdem er den anderen angehoben hatte, schützte ihn dieser wie ein Schild. Eivora wollte den Verletzten nicht töten, er sollte nicht umsonst gelitten haben.

Deani tauchte neben ihr aus den Farnen auf. »Mit dieser Last wird er langsam, und seine Füße hinterlassen tiefe Spuren. Der entkommt uns nicht mehr.«

»Ich will sie lebend«, sagte Eivora. »Beide.«

Knapp nickte Deani. »Hundert Schritt hangabwärts muss er einen Bachlauf queren. Gonter wartet dort.«

Eivora runzelte die Stirn.

Deani lachte, was genauso wie ihre Stimme dumpf klang. »Mach dir keine Sorgen, ich habe ihm genau erklärt, was er tun soll. Er ist doch ein kräftiger Junge.«

»Das schon, aber er hat so etwas sicher noch nie gemacht.«

»Notfalls sind wir ja auch noch da. Komm!«

Eivora bewunderte die Sicherheit, mit der Deani den schnellsten Weg durchs Unterholz fand. Das war nicht immer der kürzeste, sie wich Dickungen und sumpfigen Stellen aus.

Knapp vor Wyllôm und seinem Kameraden erreichten sie den Bach, ein kaum zwei Schritt breites, flaches Gewässer mit lehmigen Ufern. Statt einen Pfeil aufzulegen, zog Deani den Hirschfänger, eine gerade Stoßklinge mit ausladendem Korb, eigentlich dazu gedacht, angeschossenes Rotwild abzufangen, wenn es aus dem Wundbett sprang. Eivora hielt ihr Kurzschwert bereit.

Wyllôms Füße sanken so tief in das schlammige Bachbett ein, dass der Lehm sie nur mit einem schmatzenden Geräusch wieder freigab. Das machte ihn langsam und strengte ihn an. Heftig atmend blieb er stehen.

Mit einem Schrei, der eines großen Urwaldaffen würdig gewesen wäre, brach Gonter aus einem Gebüsch hinter ihm. Er sah unglaublich wild aus mit seinem freien Oberkörper und den abgerissenen Zweigen im Haar.

Wyllôm drehte sich herum, aber die eingesunkenen Füße und der schlaffe Körper auf seinen Schultern brachten ihn aus dem Gleichgewicht. Er schwankte.

Gonter rammte ihm die riesige Faust ans Kinn.

Wyllôm stürzte aufs Ufer und regte sich nicht mehr, nur der Kamerad mit dem Pfeil im Rücken röchelte. Gonter grinste breit zu den beiden Frauen herüber.

»Der hat gesessen«, stellte Deani fest.

»Gonter sieht sehr zufrieden aus.«

Deani zuckte mit den Achseln. »Das könnte daran liegen, dass ich ihm erzählt habe, dir würden besonders Männer gefallen, die sich in einer echten Schlägerei durchsetzen können.«

Prekesta knallte das Bündel auf den Boden in Eivoras Zelt und schnürte es auf. Klappernd verteilten sich Zangen, Messer, Forken, Geißeln, glatte und dornenbewehrte Fesseln. »Ich kann das übernehmen«, bot sie an, »ich hole schon aus ihm heraus, was er weiß.«

Auch unter dem Ruß war die Schwellung an Wyllôms Kinn auszumachen. Gonter hatte kräftig hingelangt.

Der gefangene Späher war nicht gefesselt. Auch der Stuhl, auf dem er saß, war keinesfalls unbequem. Dennoch krampften sich seine Hände um die Lehnen.

»Sollen wir es so machen?«, fragte Eivora. »Willst du dir selbst beweisen, dass du ein Held bist? Glaube mir, wir werden uns die Zeit dafür nehmen, wenn du darauf bestehst. Am Ende werden wir alles wissen, und du wirst ein Krüppel sein.«

»Folter ist unzuverlässig«, sagte Wyllôm mit belegter Stimme. »Wenn der Schmerz unerträglich wird, werde ich euch alles sagen, was ihr hören wollt. Die Wahrheit erfahrt ihr auf diese Weise nie.«

Eivora hatte ein Kissen auf ihren Sitz gelegt, damit sich ihre

Augen auf gleicher Höhe befanden. »Wir sind nicht blöd.« Sie bemühte sich um ein kühles Lächeln, obwohl ihr selbst zuwider war, was sie ihm androhte. Sie hoffte, er ließe sich auf andere Weise überreden. Die Erinnerung an die Schreie seines Kameraden hatte sie während der paar Stunden Schlaf, die sie sich gegönnt hatte, gequält. »Du kannst dir denken, dass wir deinen Freund ebenfalls verhören. Solltet ihr nicht das gleiche Lied singen, wissen wir, dass wenigstens einer von euch lügt.«

»Aber der andere könnte die Wahrheit sagen, und ihr wisst nicht, welcher derjenige ist, der eure Fragen ehrlich beantwortet.«

Eivora zuckte mit den Achseln. »Um den wäre es dann wirklich schade.«

Er sah zu Leronn, der mit der Hand am Schwert neben ihr stand, und dann weiter zu Prekesta.

»Überlasst ihn mir«, forderte sie. »Ich habe oft zugesehen, wie Chastro-Ignuto so etwas gemacht hat.«

Die Leiche des Avatars lag in dem Zelt, aus dem sie die Instrumente geholt hatte. Sie selbst hatte mit einer großen Beule unter den roten Locken am Hinterkopf danebengelegen, ebenso wie ein toter Späher, mit dem sich Chastro-Ignuto wohl beschäftigt hatte. Prekestas Geschichte dazu fiel ziemlich wirr aus. Ein paar der Angreifer hatten wohl versucht, ihren Kameraden zu befreien. Das hatte Prekesta verhindert, aber Fiafila, die aus irgendeinem Grund auch im Zelt gewesen war, hatte sich gegen sie gewandt. Prekesta hatte die Priesterin angeblich übel zugerichtet – eine Passage, die sie so blumig erzählte, dass Eivora vermutete, dass wenigstens die Hälfte davon ausgedacht war. Einer der Angreifer hatte sie dann niedergeschlagen.

Fiafila war verschwunden, vielleicht hatten die Ygôder sie mitgenommen. Allein hätte sie sich niemals in die Wildnis getraut.

Rätselhafter war das Verschwinden des Homunkulus. In Chastro-Ignutos verbrannter Schulter befand sich nur eine Wunde, aber keine Spur von der dämonischen Wesenheit. Ob sie in Flammen aufgegangen war? Geschah so etwas mit einem

Homunkulus, wenn der Träger starb? Prekesta, die sich mit diesen Dingen am besten auskannte, war ebenfalls ratlos. Außerdem wurde sie so wütend, wenn die Sprache auf den fehlenden Homunkulus kam, dass man nicht vernünftig mit ihr reden konnte.

»Ich glaube, Wyllôm versteht allmählich, welche Möglichkeiten sich auftun.« Aufmerksam beobachtete sie die Augen des Mannes. »Er kann darauf beharren, dass wir Feinde sind. Wenn er es wünscht, werden wir ihn entsprechend behandeln.« Ihre Hand deutete auf Prekestas Instrumente. »Aber er scheint verständig zu sein. Er wird begreifen, dass Söldner keine Feinde haben. Wir kämpfen nicht aus Hass. Für uns ist der Krieg ein Geschäft. Geschäftsleute trachten stets danach, eine für alle Seiten befriedigende Übereinkunft zu erzielen.«

»Willst du mich kaufen?« Trotz seiner Lage klang Verachtung in seiner Stimme mit.

»Wir wollen uns von aller Erregung lösen«, schlug Eivora vor. »Sie hilft uns nicht. Sage mir einfach, was schlecht ist an einer Truhe voll Silber.«

Wie abgesprochen öffnete Leronn das Behältnis zu ihrer Linken. Wyllôms sich weitende Augen spiegelten das Funkeln des Metalls. Wie sein Kamerad trug er die Brauen seltsam verlängert, zu den Seiten hin standen sie wie Dornen ab. Vielleicht war das ein Kennzeichen seiner Einheit.

»Hast du schon einmal so viele Münzen auf einer Stelle gesehen?« Eivora sprach mit leiser Eindringlichkeit. »Sie kaufen dir einen Bauernhof in der Fremde oder ein paar Jahre Sorglosigkeit in einer fernen Stadt. Nie wieder wirst du hungrig zu Bett gehen. Der Drill der Weibel ist Vergangenheit. Du wirst an dieses Gespräch als an den Moment zurückdenken, an dem dein Glück begann.«

»Und dafür soll ich Ygôda verraten?«, klagte er.

»Ich respektiere deine Verbundenheit, aber glaubst du, dass der Stadtfürst sie erwidert?«

»Wir haben seinem Wappen Treue geschworen, und er hat einen Eid geleistet, für uns zu sorgen.«

»Sicher.« Sie sah zu Prekesta hinüber. »Da du gerade nichts zu tun hast, bring mir und meinem Freund Wein.«

»Deinem Freund?«, rief sie, verzog aber das sommersprossige Gesicht und fasste an ihren Hinterkopf. Der Schlag wirkte nach.

»Ich hoffe, wir werden Freunde«, bestätigte Eivora. »Auch wenn das Wyllôm noch unwahrscheinlich erscheinen mag.«

Unsicher sah er auf die ausgebreiteten Folterinstrumente. »Mein Eid bindet mich.«

»Wie gesagt, das respektiere ich, und dieser Weg steht dir offen, wenn du ihn zu gehen wünschst.«

Sie ließ die Worte zwischen ihnen nachklingen, während der Wein in die Kelche gluckerte. Prekesta mochte missfallen, was sie ihr aufgetragen hatte, aber einen direkten Befehl verweigerte sie nicht.

Aglix krabbelte an Eivoras Stuhl hoch, über ihren Bauch und ihre Brust und hockte sich auf ihre Schulter.

»Ein Feuersalamander«, erklärte sie auf Wyllôms fragenden Blick hin. »Er ist giftig, also würde ich nicht an ihm lutschen.«

Leronn lachte. Wyllôm schaffte nur ein scheues Lächeln.

»War dein Fürst schon einmal mit dir im Feld?«, fragte sie.

Er runzelte die Stirn. Der Ruß war so lange auf dem Gesicht, dass helle Linien anzeigten, wo sich häufig Falten bildeten. Offenbar lachte Wyllôm gern, die Winkel seitlich seiner Augen bewiesen es. »Sumeêls Körper ist zu schwach, um …« Er räusperte sich. »Ein Fürst herrscht, er kämpft nicht.«

Prekesta brachte die Kelche.

Eivora nippte. »Dann weiß er nicht, wie es hier draußen zugeht, unter Kriegern. Wenn wir dich laufen ließen, müsstest du ihm eine Menge erklären. Du kommst unverletzt, wenn man von der Kleinigkeit an deinem Kinn absieht. Ein misstrauischer Mensch könnte auf den Gedanken verfallen, du hättest sie dir selbst beigebracht, während die treuen Krieger deines Fürsten in den Kampf zogen.«

»Aber das stimmt nicht«, sagte Wyllôm fest.

»Natürlich nicht. Vielleicht hat dein Fürst ja auch gar kein misstrauisches Gemüt.« Sie nippte nochmals. »Deinem Freund haben wir die Wunden verbunden. Wird jemand fragen, wieso wir ihn versorgt haben?«

Sie ließ die Gedanken einsickern.

Prekesta verlor zuerst die Geduld. »Das Feuer wird die Wahrheit aus diesem störrischen Kerl herausbrennen! Lass mich wenigstens die Zangen zum Glühen bringen!«

»Dagegen spricht nichts«, bestätigte Eivora.

Prekesta suchte sich dasjenige der Kohlebecken aus, das die hellste Glut enthielt.

»Solange wir uns angenehm unterhalten«, sagte Eivora, »werde ich nicht dulden, dass unser Gespräch von Schreien unterbrochen wird.«

»Ich habe gute Knebel«, warf Prekesta ein.

Sanft schüttelte Eivora den Kopf. »Mit einem Knebel im Mund kann Wyllôm mir nicht erzählen, was mich interessiert. Zum Beispiel wüsste ich gern, wie er in die Stadt zurückkommen wollte. Die großen Tore wird man kaum für ihn öffnen. In Ygôda will man unseren Rammböcken sicher nicht die Arbeit abnehmen.«

Nachdenklich betrachtete Wyllôm Aglix' wippenden Kopf.

»Wolltet ihr etwa über den Schimmersee zurück?« Sie beobachtete sein Gesicht genau.

Ein Stück Kohle platzte knallend, als Prekesta ihre Zange in der Glut bewegte.

»Nein.« Wyllôm klang mit einem Mal sehr müde. Seine Schultern sackten ab. »Unser Boot haben wir zerstört.«

Eivora unterdrückte ein zufriedenes Seufzen. Sie würden den Gefangenen nicht foltern müssen. Jetzt wusste sie, dass er die Wahrheit sagte.

13. Der Plan

Für das Sturmbanner war Eivora Kampfherrin und Bannerherrin in einer Person. Deswegen waren ihr die vier Rottmeister, mit denen sie sich im Zelt mit dem Blitzstein traf, direkt unterstellt. Die Ablehnung stand deutlich in ihren Gesichtern. Bei Nirto mochte das allerdings nicht viel bedeuten, er stellte immer eine grimmige Miene zur Schau.

Eivora war versucht, sich zumindest bei Leronn Bestärkung zu holen, aber das hätte man ihr als Schwäche ausgelegt. Hoffentlich galt das nicht bereits für die Tatsache, dass sie den alten Kämpfer in diese Besprechung einbezog, obwohl sein Rang dafür eigentlich zu niedrig war.

»Leronn ist hier«, begann sie, »weil er alles gehört hat, was der Gefangene gesagt hat. Sollte ich etwas vergessen, wird er mich ergänzen.«

Die Rottmeister nickten. Nirto beließ es bei einer knappen Geste, bei Salvaya lief dagegen eine Sturmwelle durch die schwarze Mähne. In diesem Moment beneidete Eivora die andere Frau nicht nur um den Ruf, eine stets voranstürmende, aggressive Befehlshaberin zu sein, sondern auch um das wilde Äußere, das ihn unterstrich. *So sollte eine Kriegerin des Sturmbanners aussehen.*

Eivora berichtete so sachlich wie möglich, und Leronn bestätigte ihre Ausführungen. »Es gibt eine Öffnung an der Westseite der Stadtmauer«, schloss sie. »Zwanzig Schritt über dem Boden, gesichert mit einer Stahltür. Wenn die Späher die Parole rufen, lässt man eine Leiter herab. Auf diesem Weg kommen wir hinein nach Ygôda.«

»Und wie wollte der Kerl bis dorthin gelangen?«, fragte Lostor mit hörbarem Zweifel. Wann immer er den Mund öffnete, glänzte es golden. Er ließ sich die Zähne ziehen, um seinen Reichtum an einem Ort zu verwahren, an den keine Diebe kamen. Inzwischen bestanden sämtliche Beißer im Oberkiefer aus dem edlen Metall.

»Die Späher haben sich vorgestellt, dass sie sich durch die Belagerungsstellungen schleichen könnten.«

Lostor schnaubte. »Doch nicht bei einem solchen Engpass.«

»Das habe ich ihm auch unter die Nase gerieben«, sagte Leronn. »Er glaubt, es wäre zu schaffen. Sie hätten durch den See an den Pikenieren vorbeischwimmen können oder vom Hang aus ein Stück weit den Fels hochklettern.«

Nirto zuckte mit den Achseln. »Unmöglich wäre es nicht. Sie hätten wohl ihre Rüstungen zurücklassen müssen, auch die schweren Klingen, aber dann hätte es gelingen können.«

»Wir haben dieses Problem nicht«, erinnerte Eivora. »Wenn wir an ihrer Stelle gehen, können wir in Ruhe bis zum Vorposten verlegen. Den Blitzstein«, sie klopfte auf die Kiste, »karren wir mit der nächsten Versorgungslieferung hin und sammeln ihn ein. Nachts rücken wir dann nach Ygôda vor.«

»Du glaubst, sie werden nicht erkennen, dass wir nicht ihre Leute sind?«, fragte Salvaya.

»Wir dürfen nur wenige sein. Wenn wir vorgeben, dass mehr als zehn diesen Einsatz überlebt haben, werden sie misstrauisch. Also eine kleine Truppe. Ich werde natürlich mitkommen.«

Die schnelle Beteuerung zeitigte nicht die gewünschten anerkennenden Blicke. Das Sturmbanner blieb schwer zu beeindrucken.

»Wir nehmen auch Wyllôm, den Gefangenen, mit«, fuhr Eivora fort. »Der wird das Reden übernehmen. Sein Freund bleibt im Lager.«

»Wyllôm weiß, dass unsere Geisel sein Schicksal teilen wird«, sagte Leronn. »Dafür werde ich sorgen.«

Das wiederum nahm man mit knappem Nicken zur Kenntnis. Der Kämpfer hatte sich Respekt verdient.

»Sie werden nicht damit rechnen, dass jetzt noch Späher zurückkehren«, sagte Eivora. »Also sind sie schlecht darauf vorbereitet. Wir werden vortäuschen, Verfolger zu haben, sodass sie uns rasch einlassen müssen. Danach überwältigen wir die Wachen an der geheimen Pforte.«

»Und was dann?«, fragte Brono feindselig. Die gedrehten Locken seines kurzen Haars glänzten von den Ölen, die er ständig hineinrieb. Das galt auch für den Bart, der wie ein schwarzer Holzklotz steif von seinem Kinn abstand. »Den Blitzstein willst du mitnehmen, wenn ich es recht verstehe.«

»Natürlich, das ist der Sinn der Sache.«

Brono beugte sich vor, wobei er sich auf der Kiste abstützte. »Und worin genau liegt der Sinn? Ich sehe keine Wolken, aus denen Blitze schlagen könnten. Der Fluch dieser verdammten Priesterin hängt uns nach.«

»Hast du Angst vor den Göttern?«, spottete Eivora.

»Götter hin oder her«, sagte Nirto ruhig, »wir brauchen ein Gewitter.«

»Es wird schon eines kommen«, sagte Eivora, »aber je länger wir warten, desto sicherer verstreicht die Gelegenheit, in die Stadt zu gelangen.«

»Vielleicht sollten wir noch eine Woche warten. Solange könnten sich die Späher draußen versteckt halten.«

»Dann wäre es aber noch unwahrscheinlicher, dass es zehn von ihnen zurückschaffen«, gab Eivora zu bedenken. »Wir müssten mit dreien oder vieren von uns vorliebnehmen.«

»Zu wenige, um den Blitzstein in Stellung zu bringen und die Träger dabei zu decken«, urteilte Leronn.

»Ich habe es noch immer nicht verstanden«, sagte Brono langsam. »Was willst du mit dem Blitzstein in der Stadt, solange es kein Gewitter gibt?«

»Wyllôm sagt, Ygôda ist riesig. Wir müssen nicht nur die drei Meilen von Westen bis Osten und die zwei von Norden nach Süden bedenken. Ich habe selbst nicht daran gedacht, aber habt ihr einmal überlegt, wie weit der Schatten einer hundert Schritt hohen Mauer in die Stadt fällt?«

Die Rottmeister sahen sie fragend an.

»Da drin ist es die meiste Zeit dunkel, jedenfalls am Boden.

Deswegen haben die Mächtigen hohe Gebäude errichtet, Türme und Pyramiden, deren Spitzen die Sonne bescheint. Ein paar davon haben wir vom Hang des Estâl erspäht, auch wenn ich erst jetzt verstehe, was wir gesehen haben. Die Dächer sind mit Kupfer überzogen und glänzen weithin sichtbar. Jedenfalls wohnen dort oben die Reichen, den Boden betreten sie nie. Wenn die Edlen sich besuchen wollen, gehen sie über frei schwebende Brücken. Die Baumeister gehören zu den wohlhabendsten Bürgern der Stadt.«

»Also rätst du uns, wir sollen die Profession wechseln?«, fragte Salvaya und alle lachten.

Nur Eivora war zu aufgeregt, um einzufallen. »Nein, ich sage, wir verbünden uns mit denen, die in der Dunkelheit leben.« Sie sah in die Gesichter ihrer Rottmeister. »Dort gibt es Menschen, die niemals die Sonne sehen. Sie müssen unzufrieden sein. Wenn wir ihnen ein paar Münzen bieten, werden sie uns verbergen, und den Blitzstein mit uns, bis ein Gewitter naht.«

Eivora wagte nicht zu atmen, und die anderen schwiegen, bis Nirto auf den Boden spuckte. »Und wenn es schiefgeht, verlieren wir den Blitzstein.«

Eivora fasste den Griff ihres Kurzschwerts. Von ihrem Vater hatte sie gelernt, dass es bei abweichenden Meinungen erfahrener Offiziere galt, das rechte Maß zu finden. Die Disziplin musste gewahrt bleiben, ein einmal gegebener Befehl war durchzusetzen, sonst zerfiel die Truppe. Unterdrückte man jedoch von vornherein alle Zweifel, beraubte man sich der Möglichkeit, die eigenen Pläne zu überdenken und zu verbessern. Eivora hatte sich vorgenommen, die Erfahrung des Sturmbanners in ihre Entscheidungen einzubeziehen.

Aber das Ausspucken überschritt die Grenze zwischen Rottmeister und Kampfherrin, es war eine Herausforderung, die mit Blut getilgt werden musste. Das war jedem klar, entsprechend versteinert waren die Mienen der Versammelten. Selbst Nirto erkannte wohl, dass er zu weit gegangen war. Dennoch stand zu befürchten, dass es das gesamte Sturmbanner aufbrachte, wenn sie ihn disziplinierte. *Er ist einer von ihnen, und ich bin das nicht.*

Eivora überlegte noch, ob die Peitsche ausreichte oder eine dauerhaftere Bestrafung angezeigt war, als sich Leronn räusperte. Auch er spie aus, aber nicht vor Eivora, sondern zur anderen Seite.

»Wir sollten mit unserem Koch reden. Das Essen schlägt auf den Magen, da kommen saure Säfte hoch.«

Eivora erkannte das Angebot, die Situation ohne Gewalt zu lösen. Wäre das Schwäche? Oder eine Rücksichtnahme auf einen verdienten Recken?

Sie musste zeigen, dass sie die Herrin war.

»Ja«, sagte sie gedehnt, »das Essen. Aber wir haben Wichtigeres zu besprechen. Ich glaube, Rottmeister Nirto hat soeben angeboten, mich auf dieser Mission zu begleiten und den Blitzstein zu hüten, während wir in Ygôda auf das Gewitter warten. Ist es nicht so?«

Nirtos graue Augen bohrten sich in ihre.

Salvaya streichelte mit einer Hand spielerisch über das Heft ihres Schwerts und strich sich mit einer beiläufigen Bewegung das lange Haar aus dem Blickfeld. »Das habe ich auch so verstanden.«

Nirto blinzelte, wandte den Blick von Eivora ab und sah die anderen Rottmeister an. »Wir machen es, wie es unsere Kampfherrin befiehlt.«

»Der Lurch leckt schon wieder den Ruß von deinem Gesicht«, sagte Nirto missbilligend.

»Aglix bringt mir Glück«, gab Eivora zurück, nahm aber die ausgekühlte Holzkohle, um an ihrer Wange nachzubessern.

»Ich hoffe, ich bringe dir auch Glück.«

Eivora wirbelte herum. Sie hatte sich nicht in der Stimme getäuscht. Ein Grinsen erhellte Gonters abgedunkeltes Gesicht. Wie das Einsatzkommando hatte er eine schwarze Lederrüstung angelegt, wodurch er wilder aussah als im Wappenrock, den er für gewöhnlich trug. Er hatte sogar Asche in sein brünettes Haar gerieben.

»Was machst du denn hier?«, rief Eivora.

»Ich will den Spaß nicht verpassen.«

Außer Eivora und Nirto sollten noch sieben Söldner in die Stadt eindringen, sodass sie mit Wyllôm zehn wären. Die anderen überprüften gerade ein letztes Mal ihre Ausrüstung, besonders den mit einem Tuch verhängten Tragekäfig mit dem Blitzstein. Sie schenkten Gonter kaum Beachtung, aber die Pikeniere des bis auf sechshundert Schritt an die Stadt gerückten Vorpostens langweilten sich und hofften auf eine Ablenkung. Einige von ihnen reckten die Hälse, um zu sehen, was hinter Eivoras überraschtem Ausruf steckte.

Sie packte Gonter am Ellbogen und zog ihn in den Schatten eines Felsens. »Lass den Unsinn. Ich kann jetzt keine Schwierigkeiten gebrauchen.«

»Da können wir uns gegenseitig helfen. Meine Leibwächter werden sicher bald hier auftauchen, und wenn sie mich zu meinem Vater zurückschleifen, wird er alles andere als erfreut sein. Er mag es nicht, wenn sich sein Erbe an die vorderste Front begibt.«

Eivora lachte auf. »Und dass du jetzt auf den Gedanken kommst, noch darüber hinauszugehen, wird ihn beruhigen?«

»Sicher nicht, aber aus Ygôda kann er mich schlecht wieder herausholen, bevor die Stadt fällt. Wenn es erst so weit ist, wird er ausgezeichneter Laune sein.«

»Du bist verrückt! Ich werde dich zurück ins Hauptlager eskortieren lassen.«

»Und wenn mein Vater mich fragt, wo ich gewesen bin, soll ich ihm erzählen, dass ich zugesehen habe, wie der Blitzstein in Stellung gebracht wird?«

Eivora stand wie vom Donner gerührt. »Wieso weißt du vom Blitzstein?«

»In der Nacht des Überfalls hattest du es sehr eilig, zu dem Zelt mit der verschlossenen und bewachten Truhe zu kommen. Deine Sorge galt weder euren Magiern noch eurem Feldzeichen, sondern dem, was sich in dieser Truhe befand, und auch deine Kameraden hüteten es wie den bedeutendsten aller Schätze.«

»Wer hat dir verraten, was darin ist?«

»Du. Gerade eben.« Gonter grinste. »An den Lagerfeuern des Sturmbanners bin ich seit dem Übungskampf einigermaßen wohlgelitten, aber ich habe nur den Begriff aufgeschnappt. ›Blitzstein‹, das klingt doch nach etwas Besonderem. Was genau macht er eigentlich?«

»Das geht dich nichts an«, fauchte Eivora.

»Du bist wunderschön, wenn du wütend bist.«

»Und zärtlich bin ich dann auch.« Sie verpasste ihm einen Kinnhaken.

Er rieb die getroffene Stelle. »Geradezu anschmiegsam.« Sein Kiefer knackte, als er ihn seitwärtsbewegte.

»Jetzt schwörst du bei allem, was dir heilig ist, dass du für dich behalten wirst, was du zu wissen glaubst! Wirklich, das ist wichtig. Es gibt Leute im Klingenrausch, die würden dich schon für dieses wenige töten, gleich, wie schwierig das deinem Vater zu erklären wäre.«

»Aber du bist keine davon.«

Eivora versuchte, in seinem Gesicht zu lesen, doch das Sternenlicht half ihr im Schatten des Felsens nicht. Sie erkannte kaum mehr als einen dunklen Umriss.

»Wie ist das eigentlich mit diesem Wyllôm?«, wollte Gonter wissen. »Der bekommt doch auch mit, dass ihr den Blitzstein in die Stadt bringt. Wird er diesen Einsatz überleben?«

Das war ein Gedanke, den Eivora verdrängte. Es war eine schöne Vorstellung, dass Wyllôm mit einer Truhe Silber in die Ferne zog und ein neues Leben begann, aber durfte der Klingenrausch riskieren, dass er ausplauderte, was er über das größte Geheimnis der Legion wusste? »Wenn es so weit ist, wird sich eine Lösung finden«, sagte sie.

»Ihr werdet ihn also töten?«

»Falls er nicht schreiben kann, reicht es, wenn wir ihm die Zunge nehmen.« Ihr war unwohl bei der Vorstellung, eine Zange und ein glühendes Messer zu gebrauchen, um Wyllôms Schweigen zu sichern. Wie viel Silber würde ihn für so etwas entschädigen?

»Ihr könntet ihn zu einem von euch machen.«

»Es reicht nicht, ihn nach Rorgator zu holen. Nur das Sturmbanner weiß vom Blitzstein, und dafür ist er zu schlecht. Er hat sich fangen lassen.«

»Hervorragende Jäger waren auf seiner Spur.«

Sie schüttelte den Kopf. Hier ging es nicht um den Späher. »Was willst du?«, fragte sie.

»Euch begleiten.«

»Das ist Wahnsinn! Ihr bezahlt uns, damit wir uns der Gefahr stellen und ihr es nicht tun müsst.«

»Falsch. Dafür bezahlt euch mein Vater, nicht ich.«

»Vielleicht sollte mir auch jemand eine runterhauen, damit sich mein Verstand ebenso verwirrt wie deiner und ich verstehe, was du da redest.«

»Das lässt sich einrichten.« Er holte aus.

Sie riss ihre Deckung hoch, aber er schlug nicht zu.

»Ich denke, ich bin ein passabler Fechter«, sagte er.

»Das ist eine Untertreibung. Du hast elf von uns erledigt, bevor Nirto dich mit einem Trick von den Beinen geholt hat.«

»Und damit hätte er mich umgebracht, wenn es ernst gewesen wäre. Von ihm kann ich noch lernen.«

»Du willst einen Fechtlehrer?« Eivora lachte. »Warte, bis das hier vorüber ist, dann werden wir sicher jemanden für dich finden.«

»Darum geht es nicht.«

»Was ist es dann? Glaubst du, du müsstest mich beschützen? Ich bin kein Kind.«

»Das weiß ich, aber ich bin auch keines mehr.«

»Wie meinst du das?«

Er räusperte sich. »Mein Vater hält mich von jeder Gefahr fern. Er behandelt mich wie ein Haustier, mit dem er vor edlen Damen angeben kann. Während des Überfalls auf euer Lager, als wir gekämpft und die Späher gejagt haben, habe ich mich so lebendig gefühlt wie noch nie.«

»Das nennt man Blutrausch. Wenn man dieser Regung nur ein wenig zu viel Raum gibt, ist es vorbei mit der Lebendigkeit.«

»Mein Vater will Ygôda erobern und mich auf den Thron der

Stadt setzen. Wieder bestimmt er über mich, und immer, wenn ich in den Spiegel sehe, werde ich mir eingestehen müssen, dass ich nichts durch eigene Kraft erreicht habe. Das habe ich satt. Wenn die Krone Ygôdas auf meinem Haupt ruhen soll, dann deswegen, weil mein Arm sie erstritten hat.«

»Du bist verrückt.« Eivora bedauerte, dass es zu dunkel war, um die Farbe seiner Augen zu erkennen. Wenn ein Sonnenstrahl hineinfiel, funkelten sie wie Saphire. »Genauso verrückt wie ich.«

Einen Moment lang schwiegen sie.

»Mein Vater wollte mich auch nie kämpfen lassen«, fuhr sie fort. »Jedenfalls nicht, wenn er es verhindern konnte. Bis zu seinem Tod habe ich nur dann eine Einheit geführt, wenn ein Offizier gefallen ist. Das Sturmbanner ist mein erstes echtes Kommando.«

»Aber du hast doch erzählt, dass du schon als Kind einen Menschen getötet hast.«

»Der Tod beendet die Kindheit«, sinnierte sie. »Nicht der eigene natürlich, aber der erste, den man bewusst erlebt. Vielleicht war das der Mann, der in meinen Dolch gerannt ist, vielleicht aber schon meine Mutter, obwohl ich nicht dabei war, als sie starb.«

Wieder schwiegen sie.

Eivora hörte die Söldner auf den Wind fluchen, der nur deswegen ein paar zerrupfte Fetzen über den Nachthimmel zu treiben schien, um sie zu verhöhnen. Von schweren Gewitterwolken gab es keine Spur. Lautstark forderte jemand, das Blut der Priesterin über ein paar Dämonenstatuen auszugießen. Das mochte den Bann brechen, und wenn nicht, erhielte sie wenigstens ihre Strafe.

Eivora fragte sich, wo Fiafila jetzt war. Sie konnte sich nicht darum kümmern, aber sie wünschte sich, dass sie sich in Sicherheit befand und es ihr gut ging. Sie schmunzelte bei der Erkenntnis, dass sie tatsächlich nicht weniger verrückt war als Gonter. Sie hatte sich mit einer Gefangenen angefreundet, deren Fluch auf ihrer Legion lastete.

»Wir können nicht ewig hier warten«, stellte Eivora fest. »Also komm mit, bevor ich es mir anders überlege.«

Der Trupp brach zur Stadtmauer auf, die als schwarzes Massiv den Nachthimmel im Südosten verdeckte.

Der Duft von feuchtem Erdreich füllte die Höhle, aus der ein handbreites Rinnsal in den Wald floss. Fiafila fragte sich, wie sie hierher gelangt war und wie lange sie sich bereits hier befand. In ihrer Erinnerung sah sie sich in die Dunkelheit hinauslaufen. Sie hatte Kampfgeräusche im Ohr, aber vielleicht lagen sie noch weiter zurück als ihre Flucht und gehörten zum Überfall in Chastro-Ignutos Zelt. Irgendwann hatte sie in einem flachen Bach gelegen, aber das war ihr schnell zu kalt geworden. So, wie sie sich daran erinnerte, war es dunkel gewesen, aber möglicherweise hatte der Schmerz in ihrer linken Schulter sie erblinden lassen. Sie wusste nicht, wie viele Stunden oder Tage vergangen waren. Jetzt herrschte draußen Nacht. Die dunklen Baumstämme glichen den Beinen von Riesen, und das Rauschen der Wipfel erschien ihr wie das Flüstern von Jägern, die sich verständigten, während sie eine Beute umstellten.

Fiafila hatte mehrfach geschlafen, oder sie war in Ohnmacht gefallen. Dadurch fehlte ihr jedes Zeitgefühl. Sie hatte aus dem Rinnsal getrunken, aber Hunger verspürte sie nicht, also lag die letzte Mahlzeit noch nicht allzu lange zurück. Oder brauchte sie in ihrem neuen Zustand keine Nahrung mehr?

Sie lehnte mit der rechten Hälfte ihres Rückens an der lehmigen Höhlenwand. Auf ihrer linken Schulter saß der Homunkulus. Sie spürte die Hitze, mit der er sich immer tiefer in ihre Brust bohrte. Sie nahm auch seine Erschöpfung wahr. Vielleicht hätte sie ihn jetzt besiegen können, mit einer Klinge, notfalls einem Stein, oder indem sie ihn in kaltem Wasser ertränkte. Aber sie fühlte sich selbst erschlagen, als wäre sie tausend Meilen mit einem schweren Rucksack marschiert.

»Sieh die Vorteile«, wisperte Ignutos Stimme in ihrem Kopf.

»Welche Vorteile?«, murmelte Fiafila. »Du ergreifst Besitz von mir.«

»Ich verbinde uns. Gemeinsam werden wir Dinge tun, die selbst den stärksten Söldner zum Zittern bringen werden.«

Fiafila schloss die Augen. Sie erinnerte sich an Yra, wie sie in stummer Anklage im Zelt des Avatars gestanden hatte, und daran, wie sie in den Schimmersee gesprungen war. »Schändungen?«, fragte sie. »Das ist es doch, was dir gefällt. Menschen zu erniedrigen, zu brechen und zu zerstören.«

»Es wird dir auch gefallen, wenn es die richtigen Menschen sind.«

»Nur Gutes schafft Gutes. Niemand soll schlecht behandelt werden.«

»Auch nicht die Vergewaltiger?«

Ignuto sandte ihr eine Vision. Sie vermochte sich nicht dagegen zu wehren. Sie sah diesen Knaben, Ulv, wie er sich auf der kreischenden Yra wand, wie sein Hintern zuckte, wie er versuchte, ihre Arme mit einer Hand festzuhalten, damit er die andere frei hatte, um ihre Titten zu quetschen. Sie dachte *Titten*, nicht Busen oder Brüste, denn das war die beste Beschreibung für Ulvs Empfinden, das Ignuto und damit auch sie teilte. Erschrocken stellte sie fest, dass sie sich am Geschehen weidete. Sie genoss die Macht, den unwiderlegbaren Beweis, dass Ulv über Yra verfügte. Dass sein Wille bestimmte, was mit ihr geschah.

»Lass das!«, schrie sie. »Das bin ich nicht!«

»Ich schmecke deine Abscheu«, sagte Ignuto.

»Die kannst du mir nicht nehmen.«

»Das werde ich auch nicht versuchen«, versprach die dämonische Wesenheit. *»Du merkst, dass die Gefühle, die in deiner Seele wurzeln, erhalten bleiben. Du teilst meine Begierde, und ich erlebe dein Fühlen. Wir verschmelzen.«*

»Aber das will ich nicht! Ich will ich selbst bleiben!«

»Du hast keine Wahl.«

»Weshalb sprichst du dann überhaupt mit mir?«

»Wir werden stärker sein, wenn wir uns verbünden. Du könntest so viel mehr sein als eine leblose Puppe. Du hast ein Talent für das Übersinnliche, ich habe es gleich gespürt.«

»Das Letzte, was ich will, ist, dich stärker zu machen.«

»Aber du selbst willst stark sein, und ohne mich bist du nur ein Opfer.«

»Ich habe kein Verlangen nach Macht.«

»Sage das nicht so leichtfertig.« Mit brutaler Wucht drängte Ulv wieder in ihren Kopf. Mehr noch als den Geschlechtsakt genoss er es, glühende Kohlen auf Yras Körper zu drücken. Er trieb es so weit, dass Iskala, die Magierin, ihn zurückhielt. Er solle das Spielzeug nicht kaputt machen, andere wollten es auch noch benutzen. Ignuto schmeckte seine Geilheit ebenso wie die Pein, vor der Yras Seele an einen fernen Ort floh, weg von ihrem Körper, der ihr nur Schmerz und Elend bot.

Fiafila würgte.

»Das missfällt dir«, stellte Ignuto fest.

Sie verzichtete auf eine Antwort.

»Nur wer Macht hat, kann anderen seinen Willen aufzwingen.«

»So wie Ulv, meinst du.«

»So wie wir, wenn wir vereint sind. Chastro fand Gefallen an diesen Spielen. Wenn sie dir zuwider sind, können wir sie gemeinsam beenden. Ein Avatar besitzt Macht.«

»Die er niemals zum Guten einsetzt«, vermutete sie.

»Für dich bin ich bereit, Kompromisse zu einzugehen.«

»Ich glaube dir nicht. Du wirst mich zerstören! Ich weiß, wie Chastro-Ignuto ausgesehen hat, mit dem verbrannten Gesicht und dem Kupferauge.«

»Ich werde vorsichtig sein, aber auf lange Sicht wird dir so etwas nicht erspart bleiben«, räumte Ignuto ein. *»Du wirst nicht die Herrin der Welt sein. Auch unserer Macht sind Grenzen gesetzt, und ich bin nicht dein Diener, sondern ein Teil deines Selbst. So, wie ich einige deiner Wünsche wahr werden lasse, musst auch du mir ab und zu etwas gewähren. Du wirst jedoch feststellen, dass wir uns meist einig sein werden.«*

»Wie kommst du darauf?«

»Eivora. Ich schmecke, dass du sie magst. Überhaupt die Söldner, sie beeindrucken dich. Willst du, dass sie siegen? Du hast gesehen, was ich schon mit Chastro tun konnte.«

»Der Marsch durch die Flammen«, murmelte sie, »von Rorgator hierher.«

»Und das Schwertfeuer, das ihnen zeigt, wo die Truppen stehen.«

»Sicher ein großer Vorteil.«

»Kaum eine Legion kommt ohne Avatar aus, erst recht kein Eliteverband wie der Klingenrausch. Wenn wir diese Aufgabe nicht ausfüllen, wird es ein anderer tun. Und der wird vermutlich nichts gegen die Schreie von Geschändeten einwenden.«

Fiafila schöpfte Wasser aus dem Rinnsal und goss es über ihr Gesicht. Ihre Gedanken klärten sich dadurch nicht.

»Wer soll Yra beschützen, außer uns?«, bohrte Ignuto nach.

»Das ist gegen deine Natur! Du schützt niemanden!«

»Oh doch. Ich habe dich beschützt. Vor Chastro.«

Fiafila lachte auf.

»Erinnere dich an die Nacht, in der du so betrunken warst, dass du das Bewusstsein verloren hast. Du warst im Glühenden Tempel. Chastro und Prekesta wollten, dass man dich als Acker für Homunkuli benutzt.«

Sie erinnerte sich daran, wie verschwitzt sie in der Kaserne des Klingenrauschs aufgewacht war. Das passte dazu, dass sie sich zuvor an einem heißen Ort befunden hatte.

»Und auch davor und danach habe ich dich geschützt, immer wieder. Chastro hatte Kontakt zu mir, obwohl ich nie so deutlich mit ihm sprechen konnte wie mit dir. Du bist etwas Besonderes, Fiafila. Aber Chastro hat gemerkt, dass du die bessere Trägerin für mich sein würdest, vielfach überlegen. Er hat gespürt, dass du eine übermächtige Rivalin für ihn bist, jemand, dem ich nicht widerstehen kann, auch wenn der Wechsel von einem Träger zum anderen für mich sehr gefährlich ist. Er wollte dich loswerden.«

Der Homunkulus öffnete sich weiter, sodass Fiafila einen Blick in Ignutos Inneres tat. Sie wusste, dass er keine Seele besitzen konnte, schließlich war er ein dämonisches Gezücht. Dennoch gab es etwas, das ihn im Wesenskern ausmachte, und dort schlugen die Flammen wild und hoch. Jedenfalls war ein Feuersturm das Bild, mit dem Fiafilas Verstand deutete, was auf sie einströmte. Dort gab es keine sanften Gefühle, kein Mitleid, keine Menschenliebe, aber sie sah ein wildes Vergnügen an Zerstörung. Sie schauderte ob der rücksichtslosen Selbstsucht, die ihr entgegenschlug.

»Du hast Angst«, erkannte sie. »Große Angst. Ich kann es schmecken!« Sie fühlte Triumph, als Ignuto sein Inneres wieder verschloss. Sie hatte etwas bemerkt, was nicht für sie bestimmt war.

»Du bist noch talentierter, als ich dachte.«

»Inmitten der Flammen der Furcht stand die Statue aus Chastro-Ignutos Zelt. Sie zeigt diesen Dämon.«

»Harnastes«, half Ignuto ihr. *»Mein Herr.«*

»Wieso ängstigt er dich? Bist du vor ihm schuldig geworden?«

»Für uns bedeutet Schuld etwas anderes als für euch. Sie hat viel mit Schwäche zu tun, du wirst es lernen.«

»Also warst du schwach?«

»Nein, aber Harnastes wird stärker, wenn er mich zu sich nimmt. Ich habe viel erlebt während der Jahre, die Chastro mich getragen hat, und meine Erfahrung wird in meinem Herrn aufgehen. Aus seinem Selbst bin ich geschaffen, und dorthin soll ich nun zurückkehren.«

»Aber ist es nicht die Bestimmung unserer Seelen, den Weg zu unseren Göttern zu finden?«

»Unsere Gedanken sind einander noch fremd«, stellte der Homunkulus fest. *»Ich will nicht aufhören, als Person zu existieren.«*

Fiafila verstand, dass Selbstaufgabe diese Wesenheit anekelte. Ignuto wollte nur unterwerfen und zerstören. Sein Paradies war eine Welt, die brannte und in deren Hitze er tanzte, ohne einen Herrn über sich. Hätte er es vermocht, so hätte er nicht nur alle Götter, sondern auch seinen Schöpfer erschlagen. Dabei war er nur ein Homunkulus, abhängig von einem Menschen, dessen Fleisch ihn nährte.

»Dein Begreifen überwindet die Mauern, die ich ihm setzen will«, erkannte Ignuto verblüfft. *»Wenn du dich schon nicht sanft einführen lässt, dann schreite durch dieses Tor.«*

Fiafila taumelte in einen Rausch aus Hitze, Hass, Triumphgefühlen und Stärke. Wie Blitzschläge sah sie Dinge, deren Zeuge Ignuto geworden war. Krieger, die ihre Waffen fortschleuderten, um die bloßen Hände in die klaffenden Wunden ihrer Gegner zu stoßen. Einen Burgherrn, der am Finger einer Frau nagte wie andere an einem Hähnchenschenkel. Dämonenpriester, die wetteiferten, wie lange sie die Qual des Sterbens zu verlängern vermochten. Einen Kampfherrn, der von einem Hügel aus beobachtete, wie sich der Nachthimmel über einer brennenden Stadt blutrot färbte.

Am meisten erschreckte sie, dass all diese Grausamkeit mehr war als Wahnsinn. Wenn man sie durch die Augen des Täters betrachtete, erschien sie klug. Der Krieger versicherte sich seiner eigenen Stärke, die letztlich auf dem Schlachtfeld für sein Überleben sorgte. Der Burgherr erhielt Gewissheit, alles mit seinen Untergebenen tun zu können, niemals fürchten zu müssen, dass etwas gegen seinen Willen geschah. Der Kampfherr sah den Beweis, dass er sein Heer geschickter führte als jeder andere, was seine Stellung bei den Untergebenen ebenso festigte wie gegenüber seinem Auftraggeber. Wenn ihre Taten auch willkürlich erschienen, so waren sie alle doch im Kern vom Eigennutz getrieben.

Die wie Blitze durch ihren Verstand zuckenden Eindrücke wurden zu einem Gewitter. Überall erkannte Fiafila Selbstsucht – bei Tausenden, Zehntausenden von Menschen. Sie begann zu erahnen, wie sich all diese Bosheit über den Einzelnen erhob, zu etwas Größerem, auf seltsame Art Erhabenem anwuchs, auch wenn es zugleich verabscheuungswürdig war, da es nichts Edles in sich hatte. Es gab eine Verbindung zu den Dämonen und darüber auch zu Wesen wie dem Homunkulus, doch hier wagte Fiafila nicht weiterzuforschen. Sie fürchtete, ihren Verstand zu zerreißen.

»Halte dich nur an den Eigennutz«, riet Ignuto. *»Auf diese Regung kannst du dich immer verlassen. Sie ist der Kern, um den sich das Gespinst jeder menschlichen Seele webt. Wer ihn verleugnet, versucht, etwas zu sein, das er nicht ist. Wie ein Wolfshund, der seinem Herrn artig Stöckchen bringt, bis er sich auf seine Natur besinnt und einen Säugling zerfleischt.«*

Diese Gedanken stießen Fiafila ab, und sie hätte wohl noch immer versucht, sich den Homunkulus aus dem Fleisch zu reißen, selbst wenn das ihr Tod gewesen wäre. Doch von unheimlicher Faszination gezogen folgte sie einem Pfad zwischen all den grausamen, unbarmherzigen Eindrücken hindurch und sah hinter Ignutos Rede doch noch etwas unvermutet Edles aufscheinen. *Wahrheit.*

Er sah die Welt auf eine Weise, die ihr vollkommen fremd war, und er besaß sicher keinen Hauch von Ehrgefühl. Trotzdem log er in diesem Moment nicht. Er erkannte die Notwendigkeit nicht. In seiner Welt waren Macht und Zerstörung so etwas wie Schönheit und Lust, nichts, was abschreckte, sondern etwas, das jedermann anstrebte.

Fiafila weinte, weil dieses Gespräch sie so aufwühlte. Sie lernte nicht nur etwas über die Welt, sie erfuhr auch etwas über sich selbst, von dem sie lieber gehabt hätte, dass es ihr für immer unbekannt geblieben wäre. Sie war nicht nur die Gute, nach Reinheit strebende Priesterin einer milden Windgottheit. Ausgerechnet in diesem Moment fielen ihr all die Gelegenheiten ein, bei denen Basäon versagt hatte. Felder waren verdorrt, Stürme hatten Segler auf Riffe geworfen, und Abidia war der plündernden Söldnerhorde in die Hände gefallen. Die Ungerechtigkeit schrie in ihrer Seele.

»Die einzige Gerechtigkeit jenseits der Illusion«, meinte Ignuto, *»liegt darin, dass sich am Ende stets der Stärkste durchsetzen wird. Diesem Gesetz sind alle unterworfen, ohne Unterschied. Gemeinsam werden wir nicht nur mehr sein, als ich mit Chastro jemals gewesen bin. Wir können stärker werden als jeder andere Avatar. Zusammen können wir allen Mächten trotzen.«*

Fiafila spürte, wie sie in einen flammenden Abgrund stürzte. Sie wusste, dass sie etwas dagegen tun musste, aber das Fühlen überwältigte das Denken. Nur eines konnte sie noch an sich drücken. »Die Schändungen enden. Versprich mir das.«

»Es wird seine Zeit dauern«, säuselte er. *»Wir müssen unsere Macht festigen. Aber am Ende wird der Klingenrausch tun, was wir von ihm verlangen.«*

»Versprich mir, dass du mir hilfst, die Schändungen zu beenden! Wir schließen einen Pakt!«

»Und du wirst dich nicht länger dagegen wehren, dass ich ein Teil von dir bin.«

»Nein, das werde ich nicht.« Die Worte fühlten sich an wie eine Erlösung, sodass sie hinzufügte: »Ich heiße dich willkommen.«

Eivora hatte die Leiter als Erste ersteigen wollen, aber man hatte sie überzeugt, dass ihre kleine, beinahe kindliche Gestalt zu auffällig gewesen wäre. Natürlich durfte Wyllôm keinesfalls vorangehen, er reihte sich hinter Deani nahe dem Ende der Schlange ein, nachdem er die Parole gesprochen und die Wächter überzeugt hatte, die Stahltür zu öffnen. So war es Nirto, der zuerst in den Schatten der Nische kletterte, die in zwanzig Schritt Höhe in der westlichen Stadtmauer eingelassen war. Gonter und ein weiterer Söldner folgten ihm, dann Eivora, danach die beiden, die den Blitzstein mit einem Holm trugen, der auf ihren Schultern ruhte.

Unten auf dem Fels klirrte Stahl. Angeblich erwehrten sich die Späher ihrer Verfolger. Leronn lag mit ein paar Leuten in Deckung, um hervorzuspringen und diese Behauptung überzeugender erscheinen zu lassen, falls das notwendig werden sollte. Danach sah es aber nicht aus, Wyllôm hatte sehr glaubwürdig in das handtellergroße Loch geschrien, das sich auf Kopfhöhe unter der Nische befand, von wo aus ein Rohr seine Stimme zum Wachtposten trug.

Eivora hatte den Eindruck, vom titanischen Bauwerk verschluckt zu werden. Der tiefe Schatten erschien wie ein Schlund. Die Nische war beinahe zwei Schritt breit, und doch gab es keine Fuge in dem Stein, auf dem sie stand. Er war ein einziger Quader.

Trotz ihres Schauderns durfte sie nicht stehen bleiben, hinter ihr kamen die Träger. Wäre ihr wohl ebenso mulmig gewesen, wenn sie wirklich als Späherin nach Ygôda zurückgekehrt wäre? Oder hätte sie dann die letzten zwei Schritt bis zur handspanndicken Metalltür als Weg in die rettende Sicherheit ihrer Heimat empfunden?

Doch auch, wenn der Klingenrausch nach Rorgator zurückkehrte, erschien ihr das riesige Dämonengesicht am Feuerschlund nicht als freundliches Willkommen, ebenso wenig wie die Statuen, die den Pass säumten. Ihre zähnefletschenden Fratzen und die drohend erhobenen Klauen jagten Freund wie Feind Angst ein. So war es wohl auch mit diesem dunklen Schlund, hinter dem sie nur gedämpften Laternenschein erkannte. Die Ygôder wollten die Position des Zugangs verborgen halten.

»Ihr seid spät dran«, sagte ein Krieger der Wachmannschaft zu Nirto, als Eivora über die stählerne Schwelle trat. Die Worte hallten, sie befanden sich in einem Tunnel, der durch das ein Dutzend Schritt dicke Mauerwerk führte. »Wir haben nicht mehr mit euch gerechnet.«

Nirto brummte etwas Unverständliches.

Eine Wache blieb an der Tür zurück, um sie hinter dem Letzten der vermeintlichen Späher zu schließen. Für Eivora war sie nur ein Schatten, dessen Begrenzungen in der Dunkelheit des Schlunds verschwammen.

Eivora fasste den Griff ihres Kurzschwerts. Solche Waffen hatten sie bei den abgefangenen Angreifern nicht gefunden, alle hatten lange Klingen dabeigehabt, aber mit denen konnte Eivora noch schlechter umgehen. Sie sehnte sich nach der Berührung der Armbrust, die sie in einem Beutel über der Schulter trug. Bei der Vielzahl ygôdischer Krieger konnten sich unmöglich alle gegenseitig kennen, aber diese ungewöhnliche Waffe, die sich am Unterarm festbinden ließ, hätte zu Fragen führen können.

Hatte sie eben noch über die Weite der Öffnung gestaunt, schienen die Tunnelwände sie nun erdrücken zu wollen. Im Schein der niedrig brennenden Laterne vermochte sie die Decke kaum auszumachen, und dennoch glaubte sie zu erkennen, dass sie sich absenkte, um sie alle unter dem Gewicht der gewaltigen Mauer zu zerquetschen.

Unsinn, schalt sie sich in Gedanken. *Dafür sind zu viele Ygôder bei uns.*

Dennoch blieb sie in der Nähe der Stahltür und beobachtete, wie die Kameraden den Blitzstein hereinbrachten.

»Was ist denn das?«, fragte die Wache. War sie misstrauisch oder nur interessiert?

»Beute«, sagte Eivora.

»Sieht aus, als wäre ein Kochtopf unter dem Tuch.«

Der Blitzstein schwang an der Kette, die ihn am Holm hielt.

»Genau«, sagte Eivora. »Wir haben was ganz Leckeres gefunden.«

»Willst du mich zum Narren halten?« Er kam näher. Seine Brauen waren ebenso seltsam wie Wyllôms, außen hatte er sie gezwirbelt und vielleicht mit einer Salbe versteift, sodass sie wie Hörnchen unter der Stirn abstanden. Dabei hatte Wyllôm versichert, das sei nur eine Marotte, die er mit seinem ebenfalls in Gefangenschaft geratenen Kameraden teilte!

»Mir käme nie in den Sinn, dich zu verspotten«, beschwichtigte Eivora. Ausgerechnet jetzt kroch Aglix aus dem Kragen. Sie drehte sich weg.

»He, ich rede mit dir!« Der Tunnel warf das Echo der Worte zurück. »Ihr hochnäsigen Späher glaubt wohl, alle für dumm verkaufen zu können. Aber nicht mit mir! Ich will sehen, was ihr in die Stadt einschleppt.«

Unbeirrt trugen die Söldner ihre Last weiter.

Der Wächter ging ihnen nach, verharrte jedoch, als Eivora ihr Kurzschwert zog. Sie führte die Klinge an einer Niete auf der Lederrüstung entlang, sodass sie ein metallisches Geräusch erzeugte, das er unmöglich überhören konnte.

»Diese Sache ist geheim«, behauptete Eivora. »Das geht dich nichts an.«

Langsam drehte sich der Wächter um. »Da draußen in der Wildnis mögt ihr zurechtkommen, aber hier drin wird eure Arroganz euch irgendwann umbringen.«

»Mag sein.« Eivora steckte die Waffe wieder weg, die Träger waren jetzt ein gutes Stück weiter. »Aber nicht heute.«

Sie hielt den Atem an, als sie sich am Wächter vorbeidrückte. Voraus flackerte Lichtschein, außer sich bewegenden Menschen erkannte sie trotzdem nur dunkle Leere. Die Straßen Ygôdas schienen nachts unbeleuchtet zu sein, und in dem Ausschnitt, den sie durch die Tunnelöffnung sah, gab es auch keine hellen Fenster.

Eivora hatte den Ausgang beinahe erreicht, als Wyllôm hinter ihr »Alarm!« schrie. »Es sind Feinde! Haltet sie auf!«

»Hört nicht auf ihn!«, rief Deani mit ihrer gedämpften Stimme. »Er hat einen Schlag auf den Kopf bekommen.«

Die Wächter zogen dennoch ihre Schwerter. Auf dem Wehrgang, auf den der Tunnel mündete, wie Eivora jetzt sah, nahm einer von ihnen seinen Spieß in beide Hände.

»Sie haben mich gezwungen, euch zu täuschen! Das sind König Harlefs Söldner!«

»Was ist mit deiner Nase passiert?«, fragte der Wächter an der Stahltür Deani. »Und was haben Weiber bei Kriegern verloren?«

Die Träger setzten den Blitzstein ab.

Wie vielen Wachen standen sie gegenüber? Eivora sah vier, aber wahrscheinlich befanden sich weitere auf dem Wehrgang.

Eivora hatte den Befehl, alle warteten darauf, was sie entschied. Von ihrem Vater wusste sie, dass die Überraschung ein machtvoller Verbündeter war, aber diesen Vorteil verloren sie mit jedem weiteren Herzschlag. Wyllôm redete in einem fort, und er machte dabei nicht den Eindruck eines Irren.

Eivora riss ihr Kurzschwert heraus und bohrte es durch das Kinn einer Wache.

Sofort zogen die Söldner blank. Auf dem Wehrgang klirrte Waffenstahl. Wyllôm starb auf der Klinge von Deanis Hirschfänger.

Der Wächter schlug die Eisentür zu.

Deani warf sich auf ihn.

Eivora erkannte nur undeutlich, was geschah, aber offenbar stieß der Gegner mit seinem Schwert zu. Deani parierte, schien aber keinen Gegenangriff ansetzen zu können.

Eivora lief zu ihr zurück. Sie sprang über den am Boden liegenden Wyllôm und schrie, um die Aufmerksamkeit des Wächters abzulenken.

Das gelang ihr so gut, dass er von Deani abließ und einen Schlag gegen sie führte.

Die Tunnelwand wurde ihm jedoch zum Verhängnis. Sein Langschwert krachte gegen den Stein, bevor es Eivora erreichte.

Sie zog die gebogene Klinge von unten herauf.

Er schützte seinen Bauch mit dem linken Arm, obwohl er keinen Schild trug. Das Kurzschwert schlug gegen das Kettenhemd.

Deani rammte den Hirschfänger mit Einsatz ihres gesamten Körpers in die Achsel des erhobenen Schwertarms. Der spitze Stahl trieb die Ringe der Panzerung auseinander und drang tief ein.

Der Wächter schrie, was nun, da die Eisentür geschlossen war, ein noch stärkeres Echo erzeugte. Er taumelte von Deani fort.

Eivora hackte das Kurzschwert in seinen Unterschenkel.

Er stürzte.

Sie trat gegen sein Schienbein, um ihre Waffe frei zu bekommen.

»Raus hier!«, rief sie.

Der Gegner lebte zwar noch, aber er könnte sie nicht mehr verfolgen.

Eivora rannte auf den Wehrgang zu und hoffte, dass Deani dicht hinter ihr war. Sie wich Wyllôm aus und sprang über die Wache, die sie mit dem Stich durchs Kinn getötet hatte. Der Tunnel kam ihr endlos vor, und draußen wogte das Gefecht.

Neben dem Ausgang brannten Fackeln in Wandhalterungen. In diesem Licht waren die Söldner mit ihren schwarzen Lederrüstungen und den verrußten Gesichtern gut von den Wachen in den Kettenhemden zu unterscheiden. Eivora rempelte eine davon an und krachte gemeinsam mit ihr gegen das Geländer, das den Wehrgang vom Abgrund trennte. Fünf Schritt tiefer führte eine sanft ansteigende Rampe an der Mauer entlang, zwanzig Schritt aufwärts ermöglichte eine Treppe den Aufstieg zum Wehrgang. Unmittelbar unter Eivora band ein Trupp seine Pferde an, die hier mit Krippen und einer Tränke verpflegt wurden. Vielleicht war das die Wachablösung. Eivora verfluchte ihr Pech. Jetzt hatten sie es mit doppelt so vielen Gegnern zu tun.

Sie wollte sich des Mannes annehmen, mit dem sie gegen die Brüstung gekracht war, aber Deanis heller Schrei ließ sie herumfahren.

Auf dieser Seite war der Tunnel nicht durch eine Stahltür gesichert, sondern mit einem Fallgitter, wie Eivora jetzt erkannte. Jemand musste die Arretierung gelöst haben, die spitzen Längsstangen hatten Deani erwischt. Die Frau lag auf dem Boden, die Oberschenkel von den Eisen durchbohrt.

Ein Faustschlag traf Eivoras Wange und schleuderte sie auf den Wehrgang. Fest umschloss sie den Griff des Kurzschwerts. *Meine Rüstung ist mein Leben, meine Waffen sind meine Freiheit.*

Sie empfing den nachsetzenden Gegner mit einem Tritt in den Bauch und setzte mit einem Stich nach, der zwar vom Kettenhemd abglitt, ihn aber Respekt lehrte.

Deanis Schreien war herzerweichend. Sie versuchte, sich über den Boden zu ziehen, doch das Fallgitter, das sie durchbohrt hatte, verhinderte, dass sie von der Stelle kam. Eine Wache trat ihr schwungvoll gegen den Schädel. Sie verstummte.

Hier draußen konnte Eivoras Gegner sein Langschwert frei schwingen, was er für einen schräg abfallenden Hieb nutzte.

Sie wollte gerade aufstehen, ließ sich nun jedoch fallen, um dem Stahl auszuweichen. Dadurch traf die Waffe das Knie des Mannes, der Deani getreten hatte. Ob sie ins Fleisch schnitt, sah Eivora nicht, aber sie hörte einen Knochen brechen.

Sein Missgeschick ließ den Gegner einen Moment zögern.

Diese Zeitspanne reichte Eivora, um sich abzustoßen, den Griff um ihr Kurzschwert mit der Linken zu verstärken und die Klinge in sein Handgelenk zu hacken. Er besaß Fechthandschuhe, aber der Kampf hatte ihn wohl so sehr überrascht, dass er sie noch unter den Gürtel geklemmt trug. Ob sie Eivoras Klinge etwas entgegenzusetzen gehabt hätten, würde er nie erfahren. So jedenfalls traf die Waffe senkrecht auf, und Eivora drückte sie nicht nur abwärts, sondern zog sie auch zu sich heran, was den Schneideweg verlängerte. Die noch immer um das Schwert geschlossene Faust ihres Gegners fiel zu Boden, ein Blutstrahl schoss aus dem Stumpf.

Vor Gonter kniete ein Wächter und flehte um Gnade. Der Prinz wandte sich einem anderen Ygôder zu, der mit eingelegtem Spieß auf ihn zurannte. Er parierte die Attacke und schlug dem Angreifer den rechten Ellbogen ins Gesicht.

Anderswo sah es weniger gut aus. Die Söldner verstanden sich aufs Kämpfen, aber ihre Kontrahenten waren besser gerüstet. Eivoras Leute mussten zwei, drei oder vier Treffer setzen, um Wirkung zu erzielen, während das Leder keinem entschlossenen Schwerthieb standhielt. Die Hälfte des Trupps war kampfunfähig, und die Verstärkung der Wachen rannte bereits von der Treppe auf den Wehrgang.

»Hammerschlag!«, schrien die Söldner ihren gefürchteten Kampfruf hinaus. Es gab keinen Grund mehr zur Zurückhaltung.

Heftig atmend sah Nirto sie an. »Was jetzt, Kampfherrin?«

Der Blitzstein lag unbeachtet zwischen den Kämpfenden, aber es wäre Wahnsinn gewesen, ihn bergen zu wollen, um mit dem Artefakt den Rückzug anzutreten. Selbst wenn sie das Fallgitter passiert hätten, würden sie die Stahltür geschlossen vorfinden. Im zwölf Schritt langen Tunnel konnten sie keinen Pfeilen ausweichen, und vielleicht gab es in der Decke sogar Löcher für siedendes Öl oder andere tödliche Vorrichtungen.

Also sich gegen die Übermacht auf dem Wehrgang behaupten?

Einige Gegner lagen in ihrem Blut, aber sie waren noch immer wenigstens fünfzehn, und ein Großteil davon würde frisch und unverletzt in den Kampf eingreifen.

Zu allem Überfluss läutete jetzt auch noch eine Alarmglocke.

Eivora wusste nicht, was sie befehlen sollte. Ihr Plan war gescheitert.

»Rette sich, wer kann!«, rief sie.

Nirto riss sein Schwert durch das Gesicht eines Wächters und schlug die stumpfe Seite der Axt, die er mit der anderen Hand führte, gegen seinen Kopf, als er fiel.

»Dann komm mit!«, rief er und sprang über die Brüstung.

Eivora sah ihm nach. Er landete in einer Futterkrippe. Die Pferde wieherten und rissen an den Stricken, die sie hielten.

»Was ist mit dem Blitzstein?«, rief sie, aber er antwortete nicht, sondern rollte sich aus dem Heu.

Offenbar hatte er den fünf Schritt tiefen Fall unverletzt überstanden.

Noch immer lag das Artefakt unbeachtet zwischen den Kämpfern, aber es war zu schwer für Eivora allein. »Gonter!«, rief sie.

Er wandte sich zu ihr um.

Das nutzte sein Gegner aus. Er schmetterte das Schwert gegen Gonters Helm. Der große Mann brach in die Knie.

Erschrocken schrie Eivora auf.

Gonters Kontrahent stieg über seinen bewegungslosen Gegner und kam auf sie zu.

Hastig sah sie sich um. Gonter und Deani waren bewusstlos, vielleicht sogar tot. Der Mann, dem sie die Hand abgetrennt hatte, saß an die Mauer gelehnt und quetschte seinen Stumpf. Auf dem Wehrgang war so viel Blut, dass es zwischen den Streben des Geländers hindurchfloss. Leichen und Gliedmaßen lagen herum.

Hier kann ich nichts mehr ausrichten.

Sie setzte eine Hand und einen Fuß auf den Handlauf, kippte sich hinüber und fiel in die Tiefe. Der Aufprall schmerzte in ihrer Seite und trieb die Luft aus ihren Lungen, doch das Heu dämpfte ihn. Sie strampelte, als wäre sie in einen See gefallen. Ihre Hand fand das Holz der Krippe. Sie zog sich hinaus.

Nirto hatte eine Fackel in der Hand, die er in das Heu stieß. Die Pferde stiegen und schlugen mit den Vorderhufen aus, um vom Feuer wegzukommen, doch die Stricke hielten sie.

»Was soll das?«, fragte Eivora.

»Hast du eine bessere Idee, um zu verhindern, dass man uns auf gleichem Wege folgt?«

Das gerade erst aufflammende Feuer reichte als Abschreckung jedoch auch nicht aus. Ein Wächter sprang und landete im Heu. Er war schwerer als Nirto oder Eivora, auch wegen seiner Eisenrüstung. Die Krippe knackte bedrohlich.

Als die Hand des Mannes zum Vorschein kam, schlug Eivora seine Finger ab. Nirto stieß die Fackel in sein Gesicht.

»Was ist mit den anderen?«, fragte Eivora mit sich überschlagender Stimme.

»Rette sich, wer kann«, gab Nirto zurück. »Das war dein Befehl. Sie werden einen anderen Weg finden müssen.«

Der geblendete Wächter schrie noch immer, zumal das Heu nun höher brannte, aber die beiden Söldner kümmerten sich nicht um ihn. Stattdessen machten sie die Pferde los. Eivora hatte Mühe, ihres ruhig genug zu halten, um in den Sattel zu kommen. Schon liefen einige derjenigen, denen die Tiere gehörten, die Treppe wieder herunter. Ein Pfeil zischte knapp über Eivora hinweg und verschwand im schwarzen Abgrund jenseits der Rampe.

Noch immer machte Eivora nicht mehr von der Stadt aus als einige riesige, dunkle Bauten. Nur weit oben flackerten Lichter, wie Brandpfeile, die jemand in den Nachthimmel geschossen hatte und die aus irgendeinem Grund in der Luft hängen blieben.

Sie rammten den Pferden die Fersen in die Flanken und preschten die Rampe hinunter.

14. Dämonisches Wirken

Erobere ich mir ein neues Reich, oder kehre ich heim?, fragte sie sich. *Besteht dazwischen überhaupt ein Unterschied?*

Sie schlug die Plane zur Seite und betrat Chastro-Ignutos Zelt. Die erhoffte Hitze blieb aus, da alle Glutbecken leer waren und nur eine einzige Laterne am Dachgestänge hing.

Prekesta und Iskala sortierten Chastro-Ignutos Besitz. Seine Leiche war ebenso verschwunden wie die des Gefangenen, der verbrannte Teppich war weggeschafft, und auch von den ausgeschütteten Kohlen fand sich keine Spur mehr. Gerade hängte Iskala die Peitschen zurück in die Halterung.

»Die Gefangene ist wieder da!«, rief Prekesta, die sie zuerst bemerkte. Ihre Hand fuhr zum Schwert.

»Nein«, sagte Fiafila-Ignuto. »*Ich* bin wieder da.« Blaue Flämmchen fauchten aus den Augen des Homunkulus. Sie spürte die Hitze auf ihrer Wange. »Und du wirst mir dienen, Prekesta.«

Iskala schob die Hände in die Ärmel ihrer Robe. Die Verwunderung stand überdeutlich auf ihrem Gesicht. Oder erkannte Fiafila-Ignuto ihre Emotion nun auf mystischere Weise?

Jedenfalls war die Kampfherrin mit dem Rubin in der Stirn weder erschrocken noch unfreundlich. Sie kam einen Schritt näher. »Deswegen haben wir den Homunkulus also nicht gefunden.« Ihr Blick richtete sich auf Prekesta. »Du wusstest es, oder? Deshalb warst du dagegen, dass wir Chastro-Ignutos Körper aufschneiden.«

»Nur Chastros Körper«, korrigierte Fiafila-Ignuto.

Es war Wut, die Prekesta zittern ließ, nicht Angst. Eine angenehme Regung. Vielleicht konnte Fiafila-Ignuto sie noch ein wenig anstacheln.

»Wie fühlt es sich an, verschmäht zu werden?«, fragte sie.

Röte schoss in Prekestas Gesicht. Die Sommersprossen hoben sich kaum noch ab.

Iskala betrachtete den Homunkulus, dann Fiafilas menschliches Antlitz. »Sie sieht gut aus, wenn man bedenkt, wie übel du sie zusammengeschlagen hast, Prekesta.«

»Zusammengeschlagen?«, fragte Fiafila-Ignuto. »Mich? Wann soll das gewesen sein?«

»Sie hat erzählt, du hättest sie angegriffen, als die Späher zur Befreiung ihres Kameraden gekommen sind. Dich hätte sie überwunden, die Übermacht der Krieger hätte jedoch sie überwältigt.«

Fiafila-Ignuto lächelte Prekesta an. »Die Einzelheiten scheinen mir ohne Bedeutung. Worauf es ankommt, ist, dass sie den Homunkulus bewahrt hat.«

Die Erinnerung an die Hitze der Kohlenglut wärmte Fiafila-Ignuto. Nur dadurch hatte die dämonische Wesenheit überhaupt den Körper des Trägers verlassen können, und selbst unter diesen Umständen hatte sie sich dabei schwer verletzt. Das Wurzelgeflecht, das tief in Chastros Brust gereicht hatte, war abgerissen. Der Nachhall des Schmerzes vertrieb die wohlige Wärme.

»Ignuto …«, begann Prekesta, fand aber keine Worte. In ihr tobten widerstreitende Gefühle. Die Verehrung für die dämonische Präsenz kämpfte gegen den Neid und die Scham, und alles zusammen gab einen säuerlichen Geschmack. Sie wollte dem Homunkulus dienen, aber sie wollte ihn auch aus Fiafilas Schulter reißen. Doch sie wusste, wenn sie das zuwege brächte, würde er sterben, und das weckte ein vorauseilendes Schuldgefühl in ihr.

»Besitzt du seine Erinnerungen?«, fragte Iskala.

»Genug davon.«

»Beweise es!«

Sie zeigte auf das Langschwert an Prekestas Seite. »Diese Waffe hat sie Prinz Gonters Leibwächter abgenommen, als meine neue Trägerin bewusstlos war.« Es war seltsam, sich in dieser Weise über sich selbst reden zu hören. Ober über einen Teil von sich, das war nun wohl zutreffender. Fiafila-Ignuto war beides, der Homunkulus und seine Trägerin. Im Moment war es gut, wenn die dämonische Kreatur das Reden übernahm und sich die Frau aufs Zuhören beschränkte. Das belustigte sie sogar, als würde sie unentdeckt ein geheimes Gespräch belauschen.

Prekesta knirschte mit den Zähnen, nickte aber unter dem bohrenden Blick der Kampfherrin des Zauberbanners.

»Bedeutet das«, fragte Iskala, »dass du die Zeremonien leiten kannst, die Chastro-Ignuto durchgeführt hat?«

Sie hob die Hände. »Diese Glieder sind die rituellen Bewegungen noch nicht gewohnt, aber sie werden sie rasch erlernen. Die Haut hat noch nicht die gleiche Beständigkeit gegen Hitze. Ich werde einen Weg finden.«

»Natürlich haben wir Steinsalbe«, bot Iskala an. »Und wir könnten Chastro-Ignutos Rüstung anpassen.«

»Ihr müsst sie leichter machen. Dieser Körper ist schwächer.«

Iskala lachte freudig. »Ein Verlorengeglaubter kehrt zurück! Wir haben doch nicht so viel eingebüßt, wie ich befürchtet habe.«

»Ist ihr zu trauen?«, fragte Prekesta. »Diese Priesterin ist auch noch irgendwo da drin. Sie war mächtig, denk an ihren Fluch!«

Auf beiden Seiten des Rubins auf Iskalas Stirn erschien eine Falte.

»Ich habe sie unter Kontrolle«, behauptete Fiafila-Ignuto.

Iskalas Gesicht kam so nah, dass nur noch eine Handspanne Fiafilas Stirn vom roten Edelstein trennte. »Beweise uns, dass du nicht mehr die Gesinnung der Gefangenen hast.«

»Alles zu seiner Zeit«, versetzte sie.

»Die Zeit«, meinte Iskala, »kommt bald. Der Blitzstein ist schon in Ygôda.«

Prekesta atmete scharf ein.

»Sie weiß ohnehin davon«, sagte Iskala. »Ignuto hat dieses Wissen.« Der Blick aus ihren roten Augen bohrte sich in ihre. »Nicht wahr? Das kann er doch schwerlich vergessen haben.«

Fiafila-Ignutos Lippen bewegten sich beinahe ohne ihr Zutun. »Ein Artefakt, das Blitze anzieht. Das Sturmbanner bringt es in Position. Es muss unter freiem Himmel liegen, der Regen muss direkt darauffallen. Sie wecken es mit dem Blut von jemandem, der die Stellung halten will. Dann schlagen die Blitze in seiner Nähe ein und sprengen die Befestigung.«

Iskala lächelte. »Siehst du?«

»Wissen ist etwas anderes als Wille«, quetschte Prekesta hervor. »Es kommt darauf an, wozu sie es einsetzt.«

»Das werden wir bald sehen«, meinte Iskala.

»Geht jetzt«, forderte Fiafila-Ignuto. »Ich will mich ausruhen. Und bringt mir Yra.«

»Wen?«

»Dieses geschändete Mädchen. Prekesta kennt sie.«

»Gerne, Avatar.« Iskala nickte. »Ich werde ein paar Wachen bei deinem Zelt aufstellen. Nur, damit dich niemand stört, selbstverständlich.« Ihr Grinsen wurde breiter.

Wieder bin ich eine Gefangene, dachte Fiafila-Ignuto.

»Aber nur für kurze Zeit. Wir werden sie alle erstaunen.«

Auf dem Ritt durch Ygôda fühlte sich Eivora wie ein Insekt, das in einen Riss gefallen war, der sich durch eine Tischplatte zog. Überall ragten gigantische Bauten auf. Sie konnte nicht ausmachen, wo die Türme oder Pyramiden endeten und der offene Nachthimmel begann. Wenn sie nach oben sah, wurde ihr schwindelig. Dafür hatte sie ohnehin keine Muße, sie musste sich auf den Weg konzentrieren. Ihr Pferd lahmte bereits, weil es auf einem der vielen Geröllhaufen gestrauchelt war, die hier überall in den Gassen herumlagen.

»Durch diese Straßen fahren bestimmt keine Karren«, überlegte sie. Sie zwang sich, die Konzentration auf das Naheliegende, das unmittelbar Anstehende zu lenken. Zwar gab es keine unmittelbaren Verfolger, aber sie waren noch lange nicht in Sicherheit. Im Gegenteil, sie befanden sich inmitten einer feindlichen Stadt. Das zurückliegende Gefecht – und die Frage, ob Gonter überlebt hatte – durfte keinen Raum in ihren Gedanken einnehmen.

Nirto schwieg.

Sie bogen um eine weitere scharfe Ecke. Hier folgten die Wege den Grundrissen der Gebäude, nicht umgekehrt.

Der Einzige, der den Ritt genoss, war Aglix. Er mochte die Wärme des Pferdekörpers und wurde Eivora für einige Zeit untreu, um sich in die Mähne zu kuscheln.

»Hast du noch eine Vorstellung, wo wir sind?«, fragte sie.

Rundum ragten Mauern auf. Sie wusste noch nicht einmal mehr, ob sich die Stahltür, durch die sie eingedrungen waren, rechts, links, vor oder hinter ihnen befand. Anfangs waren sie einfach irgendeinem Weg gefolgt. Erst seit ihr Pferd lahmte, führten sie bewusst die Zügel, statt sich von den Tieren tragen zu lassen.

Nirto lenkte den Schimmel an einen Kanal. Den mit gewölbten Steinplatten eingefassten Wasserwegen begegneten sie immer wieder. Während das Tier seinen Durst löschte, drehte er sich im Sattel um.

Die Ruhe auf den inzwischen im Schritt gehenden Pferden zerrte an Eivoras Nerven. Sie wäre froh um einen Gegner gewesen, an dem sie ihre Wut hätte auslassen können. Ein handfester Kampf hätte auch die Vorwürfe vertrieben, die sich in ihren Kopf drängten. *Wie konnten wir so gründlich gegen ein paar Stadtwachen verlieren, die nicht mit uns gerechnet haben?* Es war ihr Plan gewesen. Ihr Fehler.

Eivora versuchte, sich auf die Umgebung zu konzentrieren. Sie sah nur Schatten, aber diese waren erstaunlich vielfältig. Die hellsten erschienen wie aufgebrochenes Blei, es gab welche in der Farbe von Eisen oder nassem Fels, und einige waren so schwarz wie die Seele eines Avatars. So erkannte sie Geröll, Pflaster und Türme. Am schlimmsten waren die leicht schrägen Wände der spitzen Pyramiden. Ihre Neigung war so gering, dass Eivora sich immer wieder ertappte, den Kopf zu kippen, weil sie den Eindruck hatte, selbst schief zu sitzen und sich der Achse der Bauwerke anpassen zu müssen.

Das Schnauben ihres Pferds hallte durch die Gasse. Als es verklang, war das Plätschern des Wassers wieder das lauteste Geräusch.

»Wir haben sie abgehängt«, sagte Nirto.

»Falls sie uns überhaupt gefolgt sind.«

Seine Lederrüstung knirschte, als er mit den Achseln zuckte. »Gut möglich, dass unsere Kameraden ein bisschen Zeit erfochten haben. Aber was nützt das?«

Sie sah ihn an. Auch er war nur ein Schatten, die Augen lagen im Dunkeln, die Nase schuf einen lichtlosen Bereich auf der linken Seite des Gesichts. Sein Stoppelbart schimmerte hellgrau.

»Deine Bedenken gegen diesen Einsatz waren berechtigt, wenn du das hören willst. Er ist gescheitert, kurz bevor wir in der Stadt waren. Fürchterlich gescheitert. Wir haben den Blitzstein verloren.« *Und Gonter.*

»Das ist jetzt ohne Bedeutung. Wir sind Krieger. Einer befiehlt, die anderen gehorchen. Nur so sind wir eine schlagkräftige Einheit.«

Eivora lachte auf. »Wir sind zwei verlorene kleine Niemande mitten in der Stadt der Titanen.« Ihr Pferd tänzelte. Sie ließ zu, dass es ebenfalls aus dem Kanal soff.

»Willst du, dass wir uns ergeben?«

»Nein!«, rief sie, bevor sie ihre Antwort abwägen konnte. Alles in ihr sträubte sich gegen den Gedanken einer solch totalen Niederlage. Ihr Vater hatte ihr sein Schwert anvertraut, und dies war der erste Kontrakt, in den sie den Klingenrausch führte. Gut, nicht sie allein, aber sie hatte wesentlichen Anteil daran. Er durfte keinesfalls damit enden, dass sie sich gefangen nehmen ließ! Lieber wollte sie mit einem Stück Stahl im Herzen sterben.

Nirto nahm ihre Entscheidung mit einem knappen Nicken zur Kenntnis. »Was dann? Angriff, Verteidigung oder Rückzug?« Damit nannte er die drei grundsätzlichen Gefechtsarten.

»Wir haben nichts mehr zu verteidigen«, sagte Eivora bitter. »Wir haben den Blitzstein bereits verloren.«

Wieder nickte Nirto knapp.

»Ich sehe auch keine Möglichkeit für einen Angriff, der unseren Feind merklich schwächen würde.«

»Dann bleibt nur der Rückzug.«

Eivora spürte, wie die Hitze der Scham in ihre Wangen schoss. Sie stellte sich vor, wie sie vor die anderen Kampfherren trat, um ihnen das Debakel zu gestehen. Selbstverständlich gäbe sie das Kommando über das Sturmbanner ab. Der Klingenrausch würde eine harte Verhandlung mit König Harlef vor sich haben. Oranetas Schanzknechte konnten der Legion keinen Weg in die Stadt graben, und Geschütze richteten bei dieser Mauer ebenso wenig aus wie Flöhe, die gegen einen Kampfschild sprangen. Ohne den Blitzstein würde der Klingenrausch einen brachialen Angriff führen müssen, wahrscheinlich auf Booten gegen das mit vorgelagerten Festungen gesicherte Seetor. So würden sie wenigstens alle Krieger einsetzen können, am besten mit Verstärkung von König Harlefs Truppen. Ihre Verluste wären enorm, der Erfolg zweifelhaft, und selbst wenn sie die Stadt nahmen, würde ihre Einstufung in Rorgators Kontrakthalle wohl herabgesetzt werden. Da sie ihren Avatar verloren hatten, wäre man ihnen alles andere als wohlgesonnen.

»Was ist mit diesen Unterdrückten, von denen Wyllôm gesprochen hat?« Sie hörte den Trotz in ihrer eigenen Frage. »Denen, die hier unten leben, nicht in der Höhe? Was, wenn wir sie auf unsere Seite ziehen?«

»Wenn sie aus eigener Kraft die Herrschaft übernehmen könnten, hätten sie es bereits getan«, vermutete Nirto. »Sie sind zu schwach.«

Und zwei zusätzliche Klingen werden nichts daran ändern, gestand sich Eivora ein. *Die Legion muss in die Stadt, und dafür muss die Mauer brechen. Nur das macht einen Unterschied.*

»Ich denke, diese Kanäle speisen sich aus dem Schimmersee«, sagte Eivora. »Das Wasser fließt durch die Stadt und verlässt es wieder über den Nebelfall. Vielleicht ist das unser Weg hinaus.«

Nirto überlegte. »Wir würden fünfzig Schritt tief stürzen. Das überlebt man nicht ohne Schutz. Wir brauchen ein Weinfass oder so etwas.«

Tränen stiegen in Eivoras Augen. Das waren die Überlegungen von Verzweifelten! Sie klammerten sich an ihr Unwissen. Vielleicht war auch die Stelle, an der der Wasserfall unter der

Stadtmauer hindurchkam, gesichert. Möglicherweise würden Fässer sie nicht schützen.

Aber ihnen fehlte ein besserer Plan. Sie lenkten die Pferde am Kanal entlang. Die Hufe klackten auf dem Pflaster, in dem alle paar Schritt Löcher klafften. Bei Nirtos Tier ergab das einen gleichmäßigen, einschläfernden Takt, bei Eivora fiel wegen des Lahmens jeder vierte Tritt aus der Reihe.

»Heda!«, rief plötzlich jemand. »Ihr habt euch wohl verirrt.«

Der Schatten des Sprechers löste sich von der abbröckelnden Basis einer stufigen Pyramide. Er hatte wirres Haar, sein gebeugter Gang legte nahe, dass es sich um einen alten Mann handelte, und über der Schulter trug er ein Netz. Er benutzte einen Stock, der aber wohl nicht ausschließlich dem Zweck diente, ihn zu stützen. Die Spitze lief in einer metallenen Gabel aus, deren Enden mit Widerhaken versehen waren.

Sie lenkten die Pferde zwei Schritt auseinander, bevor sie hielten, um genügend Platz zum Ausholen zu haben, sollte es notwendig werden, die Waffen zu gebrauchen. »In der Tat wären wir für einen Fingerzeig dankbar«, räumte Eivora ein. »Wir suchen einen Weg aus der Stadt hinaus.«

»Aus der Stadt, hm?« Der Mann kam näher. Seine Hose war eingerissen, und durch den Acker seines Gesichts hatte das Alter so manche Furche gezogen. »Habt es euch mit den falschen Leuten verscherzt, hm? Aber draußen steht der Feind. König Harlef, der aus unseren Häuten einen Teppich nähen will, groß genug, um die Fette Ebene zu bedecken.« Er lachte meckernd.

Eivora und Nirto sahen sich an. Wenn das Letzte auch eine Behauptung war, wie man sie ausstreute, um die Kampfmoral der Verteidiger hochzuhalten, so war der Alte offenkundig dennoch über die grobe Lage orientiert. Irgendwie fanden Nachrichten also ihren Weg in die Dunkelheit hier unten.

»Wir wollen unser Glück trotzdem draußen versuchen.«

»Hm, Glück, hm.« Der Alte legte nun auch die zweite Hand an seinen Stab und lehnte sich darauf. »Das Glück ist eine seltsame Sache. Mancher weint in einen goldenen Kelch, und ein anderer lacht aus einem Mund ohne Zähne. Hm. Hm. Wollt ihr einen Jungen lachen sehen?« Er wandte sich dem Schatten eines der Türme zu. »Pett, komm her! Das sind echte Pferde. Schau sie dir an.«

Eine kleine Gestalt löste sich aus der Dunkelheit. Die ersten Schritte setzte sie zögerlich, aber dann rannte sie zum alten Mann und umschlang seine Hüfte. Der Junge riss die Augen so weit auf, dass ihr Weiß deutlich zu sehen war. »Ihre Köpfe sind größer, als ich dachte, Avlam«, sagte er mit heller Stimme.

»Wieso hat er noch nie ein Pferd gesehen?«, fragte Eivora.

Aus den Schatten lösten sich weitere Gestalten, wenigstens ein Dutzend.

»Sie reiten schon lange nicht mehr hier herunter.«

Das passte zu den maroden Straßen. »Aber woher kam dann die Wachablösung?«, murmelte Eivora. Die Futterkrippen und die in die Wand eingelassenen Ringe, an denen man die Pferde festband, bewiesen, dass die Wachen immer beritten zu ihrem Posten kamen.

Avlams Grinsen legte die schimmernden Zähne des Alten frei, als er eine Hand von seinem Stab löste und nach oben zeigte.

Eivoras Blick folgte der Geste. Sie hielt sich am Sattelknauf fest, weil ihr wieder schwindlig wurde. Inzwischen erhellte die Dämmerung den Himmel ausreichend, um die Spitzen der Gebäude vor dem blaugrauen Hintergrund auszumachen. Die Dunkelheit rührte nicht nur von der Tageszeit – zum Großteil handelte es sich um Schatten. Sie erkannte ein Geflecht aus Brücken, welche die Gebäude auf unterschiedlichen Höhen miteinander verbanden. Manche hingen durch und schwangen frei, andere wiederum stützten sich auf Dutzende schritthohe, schräge Säulen, die meist auf den Bauwerken selbst fußten und nur selten bis zum Boden reichten. Einige dieser Wege mussten so breit sein, dass Fuhrwerke einander passieren konnten, aber es gab auch sehr schmale, die nur für Fußgänger benutzbar waren. Der Himmel wirkte, als wäre er in Stücke zerschnitten, als würde Eivora ihn durch das wirre Geäst einer kahlen Baumkrone betrachten.

»Die Wachen kommen über diese Brücken …«, murmelte sie, »… von oben, nicht von hier unten.«

»Das Dunkelvolk, hm, das meiden sie«, sagte Avlam. »Die von oben geben uns, was bei ihnen übrig bleibt. Kommen nur her, wenn es gar nicht anders geht. Geht aber anders, hm, wir helfen ihnen, wenn sie etwas aus den Schatten brauchen. Auge sorgt dafür, ja, hm, das tut er.«

Nirtos Pferd schnaubte, als ein Mann ihm in die Zügel griff. Sein Gesicht sah schorfig aus, ein bisschen wie bei Chastro-Ignuto, aber es war nicht verbrannt, sondern von einer Flechte befallen.

»Du lässt besser los«, riet Nirto.

»Darf Pett zu dir in den Sattel?«, fragte Avram.

»Der Knabe wird auf den nächsten Reiter warten müssen.«

»Habt ein Herz, edler Herr. Es kommen so selten welche.«

Weitere Gestalten näherten sich von den Seiten. Eivora sah Metall schimmern.

»Ich habe lange kein Pferdefleisch mehr gegessen«, sagte jemand.

Der mit der Flechte im Gesicht grinste Nirto an und zog den Kopf des Reittiers an seine Brust.

Es war das Letzte, was er tat. Eivora sah nicht, wie Nirto die Axt zog, aber plötzlich spaltete ihr Blatt die Stirn bis zur Nasenwurzel. Einen Moment stand der Mann unbewegt, als würde er darüber nachdenken, ob er tot war. Dann sackte sein Körper auf den Boden, und die Klinge löste sich mit einem schmatzenden Geräusch aus dem Schädel.

Nirto wischte sie an der Mähne trocken. »Ich habe es ihm gesagt: Er hätte besser losgelassen.«

Avlams Rechte griff in die Maschen des Netzes über seiner Schulter. Den Stab benutzte er nun nicht mehr als Stütze, sondern hielt ihn locker in der Hand, die Doppelspitze auf Nirto gerichtet. Eivora kannte Speerwerfer, die ihre Waffe aus dieser Position von unten herauf schleudern konnten, wenn auch nur auf kurze Distanz.

Pett ging ein paar Schritte zurück, wobei er auf die Leiche starrte, deren Gesicht unter dem quellenden Blut verschwand.

Die anderen wogen ihre Waffen in den Händen. Haumesser fanden sich ebenso wie nagelgespickte Keulen und ein Schwert mit abgebrochener Spitze. Eivora fiel auf, dass diese Menschen zwar zerlumpt waren, aber nicht abgemagert. Sie hatte schon wesentlich dürrere Gestalten gesehen.

»Ihr könnt ein Pferd haben«, sagte Eivora ruhig, »aber vorher wollen wir etwas von euch.«

»Hm, vom Dunkelvolk, hm. Was könntet ihr da wollen?«

So, wie der Himmel durch die aufgehende Sonne lichter wurde, erhellte diese Begegnung Eivoras Gemüt, trotz des Toten. Sie begriff, dass sie sehr wenig über Ygôda wusste. Dieser verlorene Haufen taugte zwar nicht für einen Aufstand, war aber wertvoll, um mehr über die Stadt zu erfahren. Unwissenheit war besser als die Gewissheit des Scheiterns. Sie barg immer die Möglichkeit, einen ungeahnten Vorteil zu entdecken.

Das galt auch für die vergangene Nacht. Sie hatten den Blitzstein verloren, aber er war nicht zerstört. Also bestand zumindest die Möglichkeit, ihn zurückzuerobern. Und Gonter war zu Boden gegangen, doch als sie ihn das letzte Mal gesehen hatte, hatte er aller Wahrscheinlichkeit nach noch gelebt.

Sie kam zu dem Schluss, dass der Kampf noch nicht zu Ende war, auch wenn sie tiefe Wunden hatte einstecken müssen. Ein siegreicher Krieger stand ebenso oft auf, wie er zu Boden ging.

»Bringt uns zu eurem Anführer«, forderte sie. »Wir wollen mit ihm reden.«

»Zu Auge, hm.« Avlam betrachtete seinen toten Kameraden.

Er stützte den Stab wieder auf den Boden. »Gut, hm. Auge wird entscheiden.«

Fiafila-Ignuto schmeckte Prekestas Frohsinn wie Zuckerwasser. Die rothaarige Söldnerin lachte, weil Ulv im Feuerkäfig schrie. Die Flammen schlugen durch das Gitter und leckten über seine Haut. An den Beinen war sie bereits zu nässenden, schwarzrandigen Wunden aufgeplatzt.

Fiafila-Ignuto sah seine Verzweiflung. Er war erst zwölf Jahre alt, aber er war nicht dumm. Er hatte viele Menschen sterben sehen und wusste, dass er jetzt an der Reihe war.

Die Kampfherren des Westlagers – die schwarzhäutige Pirlitu, der skeletthafte Xerohn, Razonn mit seiner ausladenden Oberlippenzier, die untersetzte Oraneta und Iskala mit dem funkelnden Rubin in der Stirn –, sie alle standen in einem Halbkreis vor dem Scheiterhaufen. Prekesta benutzte einen Stahlhaken, um brennendes Holz wieder in die Nähe von Ulvs Käfig zu ziehen, wenn es herunterfiel.

Fiafila-Ignuto stand innerhalb des Halbkreises, ebenso wie Yra. Das Mädchen mit dem Wuschelkopf galt jetzt als ihre Magd, also trug sie ein einfaches, rotes Kleid. Die Farbe passte nicht zu ihr. Was das anging, hatte ihr der Sack besser gestanden. An diesem Nachmittag war sie noch schweigsamer als zuvor. Sie sah zu, wie der Knabe, der sie geschändet hatte, den Feuertod starb, fühlte aber keinen Triumph.

»Gib ihr Zeit. Das mag noch kommen.«

Sie ist anders als du, dachte Fiafila.

»Sie ist nur ein Mensch, nicht mehr.«

»Es ist schlecht für die Moral der Truppe, wenn wir einen unserer Krieger grundlos umbringen«, meinte Pirlitu. Wie die anderen Kampfherren hielt sie eine Wildgans in den Händen. Manche drückten ihren Vogel an sich wie ein Kind, das man umarmte, aber sie fasste ihn an beiden Flügeln und achtete nicht auf den schnappenden Schnabel. Die Spannweite ihrer Gans war so groß wie der Abstand zwischen Fiafila-Ignutos Händen, wenn sie die Arme ausstreckte.

»Ulv gehörte nicht zur kämpfenden Truppe.« Iskala sprach von ihm, als sei er bereits tot, obwohl er so laut schrie. »Er war einer von meinen Leuten. Kaum jemand außerhalb des Zauberbanners wird ihn gekannt haben.«

»Trotzdem«, beharrte Pirlitu. »Wir hätten keinen von unseren Leuten nehmen sollen. Zur Strafe, wenn jemand einen Befehl verweigert – ja. Aber so entspricht es nicht dem, wofür der Klingenrausch steht.«

»Ulv war immer aufsässig«, meinte Iskala. »Wenn sich diese Angelegenheit in meinem Banner herumspricht, werde ich keine Probleme mehr mit der Disziplin haben.«

»Iskala soll ihr Banner führen, wie sie es für richtig hält«, sagte Xerohn mit seiner Fistelstimme. »Sie ist die Kampfherrin.«

Ulv hielt sich nicht mehr oben an den Gitterstreben fest, um die Füße vom Feuer fortzubekommen. Entweder war das Metall inzwischen auch dort zu heiß oder er spürte den Schmerz nicht mehr.

»Oh doch, das tut er«, sprach Ignuto genüsslich in Fiafilas Kopf. *»Sonst würde er nicht so schreien.«*

Interessant, wie leicht du dich an der Pein von jemandem weiden kannst, der zuvor deinen Willen getan hat.

»Er war nur ein austauschbares Werkzeug. Jeder Söldner kann mir die gleiche Freude machen wie er.«

Nein, das wird enden. Denk an unseren Pakt.

»Ulv hätte Yra nicht schänden sollen«, sagte Fiafila-Ignuto. »Das war gegen Kesters Willen.«

Pirlitu runzelte die Stirn. »Der Flammenbringer hat das Gör doch gar nicht gekannt.«

»Keine Schändungen mehr«, beharrte Fiafila-Ignuto. »Das war sein letzter Befehl.«

Überraschung stand in den Gesichtern der Kampfherren.

»Wenn das stimmt«, nur mit Mühe hielt Pirlitu ihre Wildgans fest, »wieso hast du das nicht früher gesagt?«

»Eivora hat mir davon abgeraten. Sie meinte, ihr würdet mich töten, wenn ihr erst wüsstet, was euer Herr mir im Sterben zugeflüstert hat.«

»Es ist ein ungewöhnlicher Befehl«, wisperte Xerohn.

»Hat jemand von euch jemals gesehen, dass Kester eine Frau geschändet hätte?«

Sie blickten sich an.

»Nein«, fuhr Fiafila-Ignuto fort. »Kester wusste, dass so etwas die Männer schwächt. Wie viele holen sich dabei Krankheiten? Und wie viel Silber geht dem Klingenrausch verloren, weil seine Männer irgendwelche Weiber reiten, statt Schätze zu plündern?«

Die Kampfherren waren nicht überzeugt, das sah sie ihnen an.

»Geduld«, säuselte Ignuto. *»Ich habe dir gesagt, dass es nicht sofort gelingen wird. Sie müssen uns respektieren lernen.«*

Ulv gab auf. Seine Augen tränten wie Früchte, die man auspresste. Er sackte zusammen, so weit es der Käfig zuließ, und drückte die Hände vors Gesicht. Er hustete wegen des schwarzen Rauchs, der ihn würgte, bevor er in den wolkenlos blauen Himmel stieg. Bald würde es vorbei sein.

Fiafila-Ignuto schmeckte Mitleid, aber nur schwach. Sie fühlte sich ein wenig schuldig, nicht sosehr wegen des gewaltsamen Todes, sondern wegen des Genusses, den sie dabei empfand. Der Homunkulus kannte keine köstlichere Kombination als Feuer, Schmerz und Verzweiflung, und das ließ er sie schmecken.

Sie sah zu Yra hinüber.

»Wenn ich erkunden soll, was sie fühlt, kannst du sie ins Feuer stoßen«, bot Ignuto an.

Nicht nötig. Die teilnahmslose Miene des Mädchens war sichtlicher Missbilligung gewichen. Folter stieß sie ab, egal, ob sie ihr selbst galt oder jemandem, der sie gequält hatte. *War ich auch einmal so?*

Dabei hatte sie der Kleinen eine Freude machen wollen.

»Sei nicht enttäuscht. Sie wird dein Geschenk zu schätzen wissen, wenn sie in Ruhe darüber nachdenkt.«

Fiafila-Ignuto bezweifelte das.

»Was ist mit dem Wind?«, fragte Razonn ungeduldig. »Können wir den blöden Gänsen endlich die Flügel brechen?«

»Nein«, sagte sie. »Das ginge zu schnell. Wir müssen erst Basäons Aufmerksamkeit erregen.«

Leronn hatte berichtet, dass Eivoras Trupp mit dem Blitzstein in die Stadt gelangt war. Dort wartete er jetzt auf ein Gewitter, und dazu brauchten sie Wind aus Süden, der Wolken brachte und diese gegen die Höhen trieb. Noch war der Himmel blau, und wenn sich die Luft überhaupt regte, dann glitt sie träge von Norden die Berge herab.

»Yra, den Schwenker«, bat Fiafila-Ignuto.

Weil sie ihre Magd war, gehörten Handreichungen während der Zeremonien zu den Aufgaben des Mädchens. Es brachte das achteckige Metallfässchen, in dem Harzkügelchen auf kleinen Kohlen schmorten, sodass wohlriechender Rauch aus den Öffnungen kräuselte. Chastro-Ignuto hatte dieses Beutestück irgendwann für sich beansprucht – vielleicht, weil es etwas mit Glut zu tun hatte. Fiafila-Ignuto nahm den Stab entgegen, an dem es mit vier Kettchen befestigt war.

Sie schritt die Kampfherren ab und schwenkte das Behältnis vor den Wildgänsen, wobei sie Basäon pries, den Spieler in den Winden, den Träumer in den Wolken und den Meister des Sturms. Ihr war unwohl dabei, oder eigentlich war es der Homunkulus, dem diese Huldigung missfiel. Für ihn gehörten Verehrung und Heuchelei zusammen. Selbst wenn er sich an die Dämonen wandte, ging es immer darum, sie zu überlisten, um sich den größtmöglichen Vorteil zu verschaffen. Eine Hingabe, wie sie aus diesen Versen sprach, eine uneingeschränkte Anerkennung von etwas Höherem und Vollkommenerem, widerte ihn an. Er fand sich nur damit ab, weil er wusste, dass dies dazu diente, die Aufmerksamkeit des Gottes auf seine heiligen Tiere zu lenken.

Das nämlich hatten Ignuto und Fiafila gemeinsam herausgefunden, als sich das mystische Wissen der beiden verbunden hatte: Die Wildgänse, die jedes Jahr viele Hundert Meilen mit dem Wind zogen, waren Basäon auf besondere Art teuer. Er fand Gefallen an ihrem Flug, an ihrem Spiel mit dem Wind. Sie waren ihm sogar näher als die Menschen, die ihn verehrten. Zuvor hatte Fiafila das nur geahnt und deswegen Federn dieser Vögel gesammelt, um sie an Fäden aufzuhängen, manchmal verziert mit bunten Perlen. Aber was war eine Feder, wenn man das ganze Tier haben konnte? Oder einen Schwarm davon, wie ihn die Söldner auf Fiafila-Ignutos Geheiß am See gefangen hatten?

Obwohl Basäon ein Gott war, galt auch bei ihm die einfache Wahrheit: *Wer zerstören kann, was du liebst, hat dich in der Hand.* Der Herr der Winde musste die Drohung nur vernehmen, und dazu diente der Duftrauch. Diese Zeremonie stand in keinem der heiligen Bücher, die Abidias Tempel verwahrte. Die neue Einsicht in die mystischen Gesetze, erlangt durch die Vermischung von Priesterin und dämonischer Wesenheit, gab ihr das sichere Gefühl, dass sie den gewünschten Effekt herbeiführen würde.

Ulv hustete ein letztes Mal heftig, dann blieb er still. Die Flammen hatten sein Haar weggeschmort. Ob sie sich bereits von seinem Fett nährten, konnte Fiafila-Ignuto nicht erkennen. Das war auch nicht mehr interessant, sein Schmerz war erloschen.

Der Tod des Jungen war für die Zeremonie natürlich vollkommen unnötig gewesen. *Nur ein Geschenk für Yra, das diese nicht zu schätzen weiß*, dachte Fiafila-Ignuto missmutig.

»Reißt ihnen die Federn aus«, forderte sie. »Nicht zu schnell. Basäon muss ihre Schreie hören.«

Die Kampfherren rupften die Wildgänse bei lebendigem Leibe. Braune, weiße und schwarze Federn fielen zu Boden. In den Schreien der Vögel klang etwas mit, das über das Tierische hinausging.

Oder nahm das nur Fiafila-Ignuto wahr? Die schrillen Laute stiegen gleich Anklagen in den Himmel.

Ihr Blick folgte dem dunklen Rauch des Scheiterhaufens. Es dauerte eine Weile, bis eine weiße Feder in ihm wirbelte. Danach ging es schneller, immer mehr Federn lösten sich aus dem Gras und schwebten aufwärts.

Fiafila-Ignuto war hingerissen. Was hier vor sich ging, konnte sie nicht auf die gleiche Weise greifen wie Schmerz, Neid oder Hass, aber es war von ähnlicher Natur. Es gab eine Verbindung von den Gänsen zu … *ja, wohin?*

Die Augen des Homunkulus brannten nicht, dafür fehlte die Ekstase, aber seine Sinne öffneten sich weit. Fiafila-Ignuto fühlte, wie er seine Händchen auf ihrer Schulter abstützte. Noch trug sie eine Tunika, der Panzer befand sich beim Rüstungsmacher. Ignuto erfasste etwas, das er selbst nicht deuten konnte. Er war unsicher, ob er es mochte oder verabscheute. Einerseits nahte eine große Macht, was ihn faszinierte. Andererseits blieb ihm unverständlich, was sie trieb. Kein Dämon hätte sein Herz von der Qual seiner Diener rühren lassen. Allenfalls hätte er den Verlust ihrer Dienste bedauert und den Tätern gegrollt.

Auch die Kampfherren merkten, dass hier Übernatürliches vor sich ging. Pirlitu verließ ihre Position in der Reihe und sah den Federn nach. Das spielte keine Rolle, solange sie weiter ihre Gans rupfte.

Fiafila-Ignuto breitete ihre Arme aus, sowohl die beiden menschlichen als auch die kleinen des Homunkulus. »Gib uns Südwind!«, rief sie. »Treibe Wolken heran! Einen Sturm! Wir fordern Blitz und Donner!«

Das Unwetter an sich lag außerhalb von Basäons Einfluss, vermutete Fiafila-Ignuto, aber der Gott konnte schwere Wolken finden und sie nach Ygôda blasen.

»Tu, was wir verlangen, oder deine heiligen Vögel werden sterben! Wir fordern die Blitze für unseren Sieg!«

Die Tiere schrien schrill.

Pirlitu hielt ihre Gans ungeschickt. Sie hatte sie am schlanken Hals gefasst, schloss die Faust aber zu fest. Ein vernehmliches Knacken kündete vom Brechen der Knochen. Schlaff fiel der Kopf zur Seite.

Eine Bö fuhr in den Scheiterhaufen. Eine Flammenwolke, beinahe wie eine Faust geformt, umwaberte Pirlitu. Sie schrie auf und warf sich ins Gras.

Ihr plötzlicher Schmerz erregte Ignutos Interesse. Er schmeckte ihre Pein, aber er erfasste noch mehr. Offenbar waren ihre Gedanken beim Grund der Zeremonie: ein Gewitter zu erzwingen, um die Stadtmauer mittels des Blitzsteins zu zerstören.

Der Blitzstein.

Fiafila-Ignuto sah, wie Pirlitus schwarze Hände ihn gegen einen Stein in einer Kiste austauschten.

Du hast ihn gehabt, dachte sie. *Du hast den Überfall auf Zigûn befohlen und den Blitzstein an dich gebracht.*

Pirlitu wälzte sich auf dem Boden, um die Flammen zu ersticken.

»Was sagst du da?«, fragte Razonn. »Es war Pirlitu?«

Fiafila-Ignuto blinzelte. Sie musste ihre Gedanken laut ausgesprochen haben.

Posaunen tönten von der Stadt herüber.

Hinter Gonter fluchten die ygôdischen Krieger, weil sie Deani tragen mussten. Die Beine der Söldnerin waren zerschmettert. Ob sie sie überhaupt noch fühlte?

Gonter spürte seine Arme jedenfalls nicht mehr. Als er in der Zelle erwacht war, hatten sie wenigstens noch gekribbelt. Seine Ellbogen waren auf dem Rücken zusammengebunden, er fühlte die Spannung in der Brustmuskulatur. Wie die anderen Gefangenen trug er ein graues Gewand, im Grunde ein überlanges Hemd. Seinen Gefährten reichte es bis zu den Fersen, sie mussten aufpassen, beim Treppensteigen nicht auf den Saum zu treten. Bei Gonter blieben die Waden nackt. In seinem Mund steckte ein Knebel, der den Rachen austrocknete. Ständig hustete er, und sein Kopf schmerzte vom Schlag, den er abbekommen hatte. Die Anstrengung der vielen Stufen verstärkte das noch. Als er ins Freie trat, pumpte jeder Herzschlag eine Schmerzwelle in seinen Schädel.

Die frische Luft brachte ein wenig Linderung. Hier oben auf der Stadtmauer wehte ein beständiger Wind. Der Wehrgang war acht Schritt breit und erstreckte sich mit leichten Windungen scheinbar bis zum östlichen Horizont. Er endete einfach im Blau des Himmels. Überdacht war er nicht, aber Zinnen schützten ihn nach außen, obwohl sich Gonter sicher war, dass kein Bogenschütze bis hierherauf schießen konnte. In weiten Abständen flatterten die Flaggen mit Ygôdas Stadtwappen, einem Stiergehörn vor einer als Muster angedeuteten Mauer. Manche von ihnen hatte der Wind vieler Monde zerfasert, sodass der Stoff in Fetzen und losen Fäden auslief. Eine war sogar verbrannt, aber niemand störte sich daran. Die Fahnenstangen bestanden aus glänzendem Kupfer. Ein Wächter polierte gerade eine davon. Etwas weiter entfernt stand ein Katapult, fest verankert in die Mauer, aber über ein Gelenk schwenkbar.

Zur Stadt hin bewahrte ein steinernes Geländer die Streifen davor, von einer Bö in die Tiefe geschleudert zu werden. Die Spitzen von Türmen, noch häufiger von Pyramiden erstreckten sich vor Gonter wie die Gipfel eines Gebirges, die aus einem Nebel von Schatten aufragten. Auch sie waren mit Kupfer gekrönt, das in der Mittagssonne glänzte. Darunter war das Mauerwerk in grellen Farben bemalt, rot und gelb und blau. Verschlungene Muster schmückten die gewaltigen Bauwerke, nur selten bildeten sie erkennbare Figuren wie einen Baum oder eine Harpyie. Brücken und Tunnel verbanden die Gebäude, manche überwanden dabei hundert Schritt.

Weiter unten blieben die Wände schmucklos. Im schattendunklen Stein taten sich jedoch Öffnungen auf, die zu Balkonen führten. Zudem entdeckte Gonter umlaufende Terrassen.

Ein Krieger drehte ihn herum. Im Norden erstreckte sich die riesige blaue Fläche des Schimmersees, hinter der das Land anstieg. Zwischen den beiden Höhenzügen im Nordosten wusste Gonter das Feldlager seines Vaters am Warmen Isôn. Am Westufer sah er den Rauch von den Lagerfeuern der Söldner aufsteigen. Der Boden lag so tief unter ihm, dass ihm jeder Vergleich fehlte, um einen Eindruck von der Höhe zu erhalten. Er wusste, dass sich die Stadtmauer einhundert Schritt erhob, aber für seine Augen sahen die Bäume dort unten aus wie Verzierungen auf einem Teppich.

Sie befanden sich nahe an der Nordwestecke der Stadtbefestigung. Eine Art Platz füllte den Winkel. Dort stand, ein paar Schritt von den Zinnen entfernt, ein Häuschen, dessen schiefergedecktes Spitzdach bis zur Grundfläche herabreichte. Mehrere Gruppen von Kriegern besprachen sich und hantierten mit Gerätschaften. Einige stießen in Posaunen, deren Klang in die scheinbar unendliche Weite hinausdröhnte.

Gonter ahnte, dass man die fünf überlebenden Gefangenen nicht hierherauf gebracht hatte, um ihnen Freundlichkeiten angedeihen zu lassen. Zum dutzendsten Mal sah er sich nach Eivora um. Vergeblich. Er versuchte, die Arme zu bewegen, spürte sie aber noch immer nicht.

Man stellte die Gefangenen in einer Reihe auf. Deani ließ man unsanft neben Gonter fallen. Sie schrie gegen ihren Knebel an.

Ich gewöhne mich an den Anblick ihres verwachsenen Nasenstumpfs. Er ängstigt mich nicht mehr. Gonter wunderte sich darüber, dass ihm in dieser Lage ein solcher Gedanke kam.

Flankiert von zwei misstrauisch schauenden Kriegern näherte sich ein Mann, dessen Kleidung eine Mischung aus einer Rüstung und einem Prachtgewand darstellte, das auf seinen Kugelbauch zugeschnitten war. Es hätte das Kostüm eines Theaterdarstellers sein können, hätte man es nicht aus so edlem Stoff genäht. Zierborten aus Silberfäden umschlangen edelsteinbesetzte Knöpfe, Spangen in Form von Stierhörnern zierten die linke Brust, bronzene Kegel bildeten eine Art Panzer über den Schultern.

Das weiße Haar des Mannes war kurz geschnitten, in der gleichen Länge wie der Bart, der Wangen und Oberlippe freiließ. Wie bei den meisten Ygôdern waren auch seine Augenbrauen nach außen hin spitz gezwirbelt. Bei ihm zogen sie sich allerdings so lang, dass sich Gonter nicht vorstellen konnte, dass natürliches Haar dafür ausreichte. Sie standen so weit ab, dass sie Fingern ähnelten, und waren in mehreren Farbringen bemalt.

»Sind unsere Zuschauer schon da?«, fragte der Mann.

Ein Krieger, der zwischen zwei Zinnen stand und in Richtung Söldnerlager spähte, meldete, dass sich mehrere Trupps vorsichtig näherten. »Ihre Formation ist weit auseinandergezogen.«

Der Mann lachte. »Sie haben gelernt, wie zielgenau unsere Katapulte schießen.«

Erfreutes Gemurmel erhob sich.

»Wir beginnen.« Er klatschte in die Hände. »Fangen wir mit ihr an«, er zeigte auf Deani, »bevor sie uns doch noch verreckt.«

Zwei Krieger packten Deanis Oberarme und zogen sie hoch. Während sie ihren Knebel lösten, schleppte ein anderer, dessen weißblondes Haar in einem hüftlangen Zopf über seinen Rücken fiel, eine Kette heran, deren Ende in einem Loch im Boden verschwand.

Die Krieger entfernten Deanis Knebel und zerrissen das Gewand über ihrer Brust. Sie besaß kaum Busen. Sie zogen den Stoff bis zu ihren am Rücken gefesselten Ellbogen hinunter, sodass der größte Teil des Oberkörpers freilag. Deani ertrug es mit stoischer Ruhe. Die Muskeln an ihren entblößten Schultern und Oberarmen kündeten von ihrem kriegerischen Leben.

»Ich bin Magistrat Ûlohn«, sagte der Mann mit dem Kugelbauch und der kostbaren Kleidung. »Mir obliegt die unerfreuliche Aufgabe eurer Bestrafung. Hast du den Wunsch, mir etwas zu sagen?«

Deani spie ihm ins Gesicht.

Die Krieger neben Ûlohn bekundeten lautstark ihre Empörung.

Unwillkürlich straffte sich Gonter. Der Trotz der Kameradin machte ihn stolz. Er nahm sich vor, ebenso wie sie keine Furcht zu zeigen und dem Feind die Stirn zu bieten.

Ruhig zog Magistrat Ûlohn ein Tuch aus einer Tasche an seinem Wams und wischte den Speichel ab. Er machte eine Geste Richtung Deani, als entließe er sie aus seiner Gegenwart.

Mit einem Schaudern erkannte Gonter den Fleischerhaken am Ende der Kette. Der Krieger mit dem Zopf schlug die Spitze in einem Bogen über Deanis Schulter hinweg und in ihren Rücken, von wo er den Haken durch ihren Körper riss, sodass er unterhalb des Schlüsselbeins wieder austrat.

Deani schrie wie ein Tier, das begriff, dass man es abstach.

Gonter würgte gegen seinen Knebel.

Die beiden Krieger, die Deani hielten, warfen sie über die Zinnen. Die Kette rasselte über den Stein, bis sie mit einem harten Ruck stoppte. Die Kameradin schrie in einem fort.

»Langsam weiter ablassen«, befahl Ûlohn. »Sie soll zehn Schritt über dem Boden baumeln, damit der Feind sie gut sieht.«

Sie packten Gonter und lösten seinen Knebel.

Er sah nur den Krieger mit dem Zopf, wie er gemächlich die nächste Kette holte. Gonter zitterte. Schon jetzt regte sich Schmerz in seiner Schulter.

»Ich bin Magistrat Ûlohn«, wiederholte der Mann mit den farbigen Brauen und lächelte säuerlich. »Du weißt, wie es abläuft.

Lass es uns schnell erledigen, ich habe Hunger. Wenn du unbedingt noch etwas sagen willst, fasse dich bitte kurz.«

Gonters Herz schlug wild. Er wollte an seinen Fesseln reißen, aber die tauben Arme gehorchten ihm nicht. Konnte er Ûlohn mit einem Tritt beikommen?

Aber was dann? Die ygôdischen Krieger waren ihm weit überlegen, und der Mann mit der Kette war schon beinahe heran. Sie würden ihm den Fleischerhaken durch die Schulter treiben und ihn über die Mauer werfen, genau wie Deani!

Ein Krieger riss Gonters Hemd auf.

»Ich bin König Harlefs Sohn!«, kreischte er. »Ihr werdet ein fürstliches Lösegeld für mich erhalten!«

Ûlohn runzelte die Stirn, wodurch die Spitzen seiner Brauen weite Schwünge vollführten. »Scherze liegen mir nicht.«

»Ich bin Prinz Gonter!« Seine Stimme kippte. »Lebend nütze ich Euch mehr als tot!«

Ûlohn sah zu den verbliebenen Gefangenen hinüber. »Und die? Willst du mir erzählen, das wären deine königlichen Geschwister? Und das Weib von eben – das war dann wohl deine Hohe Mutter?«

Seine Krieger lachten.

»Nein! Das sind nur Söldner des Klingenrauschs.« Selbstekel spülte wie Schleim durch Gonter, aber die Angst zwang ihn, Deanis Schicksal mit allen Mitteln zu entfliehen.

»Und ich soll glauben, dass sich ein Prinz freiwillig unter dieses Gesindel mischt …«

»Ich habe das Abenteuer gesucht!«

Ûlohn verzog den Mund. »Was hast du eigentlich nicht verstanden, als ich dich gebeten habe, diese Sache schnell hinter uns zu bringen, Kerl?«

Gonter versuchte, sich auf die Knie niederzulassen, aber die Krieger hielten ihn fest. »Bedenkt Euren Vorteil!«, flehte er. »Ihr werdet derjenige sein, der den Erben Eures Feindes zu Ygôdas Stadtfürsten bringt! Er wird Euch reich belohnen.«

»Ich würde mich zum Gespött des Hofstaats machen, weil ich auf ein Märchen hereingefallen wäre.«

Auf der Suche nach einer Möglichkeit, sein Gegenüber zu überzeugen, warf Gonter den Kopf hin und her. »Eure Flagge!«, rief er. »Das Rot der Mauer ist dasselbe wie beim Fürsten von Êrien. In seinem Wappen färbt es die Rose. Die Rose hat fünf Dornen, vier für die Tugenden des dortigen Hofs: Strenge, Ehrlichkeit, Sparsamkeit, Schutz der Alten. Der fünfte Dorn steht für die Suche nach der letzten Tugend. Er ist aufwärtsgebogen, alle anderen abwärts. Die Weisen sagen, man kann die fünfte Tugend niemals entdecken, ihr Wert liegt in der Suche nach ihr, in dem beständigen Streben, sich zu verbessern.«

»Warum erzählst du mir das?« Immerhin kroch eine Spur Nachdenklichkeit in Ûlohns Züge.

»So etwas weiß ein Söldner nicht! Ich habe es von meinen Erziehern gelernt. Ich bin ein Prinz!«

Eine Weile sah Ûlohn ihn an. »Wer am Hof aufwächst, lernt auch die Kunst des Minnesangs.«

»So wie ich!«

»Sing mir das Lied vom Ritter und der Müllerstochter«, forderte er ihn auf.

Gonters Hals war noch immer trocken, und er war ein schlechter Sänger, aber es ging um sein Leben. Er räusperte sich und hob an, so laut und klar er konnte:

»Im Lande Doriwann
lebt' einst ein Rittersmann
des edler Mut ein kleiner Hauch
doch gar gewaltig war sein Bauch.«

Er wusste nicht, ob die Krieger wegen des Textes lachten oder weil er so schief sang, aber immerhin schmunzelte Ûlohn. Das war besser, als wenn er dem Mann mit dem Zopf befohlen hätte, ihm den Fleischerhaken durch die Schulter zu treiben. *Viel besser.*

»Gern löffelt' er Suppe
Leckt' über 'ne Puppe
Zugetan war er dem Braten,
Brot schien ihm nicht angeraten.«

Ûlohn sprach mit dem nächsten Söldner. Der antwortete leise, aber ohne zu zittern, und drückte die Brust heraus, als er den Fleischerhaken kommen sah. Dann jedoch verzog der Schmerz sein Gesicht, und als sie ihn von der Mauer stießen, schrie er.

Gonter sang weiter vom Ritter. Es war ein langes Lied, und in verschiedenen Gegenden unterschieden sich die Strophen ein wenig. Immer entdeckte der Besungene irgendwann seine Vorliebe für Brot, aber in einer Variante fraß er sich zuvor durch Fisch, Geflügel und Süßspeisen, während die zotige Version die Vorzüge der verschiedenen Köchinnen würdigte, denen er auf seinen Fahrten begegnete. Gonter trug jede Strophe vor, die ihm einfiel.

Magistrat Ûlohn handelte den vorletzten und den letzten Gefangenen ab.

Gonters Gesang stockte.

Die Hände auf den Rücken gelegt, schlenderte Ûlohn zu ihm zurück, wobei er mit staksenden Schritten über die gestrafften Ketten stieg, die weiter abgelassen wurden. An den Löchern befanden sich Eisendornen, an denen man die Glieder einhaken konnte, aber noch blieben diese abgeklappt.

»Was ist jetzt?«, fragte Ûlohn. »Kriegt der Ritter seine Müllerstochter oder nicht?«

»Die hübsche Maid im Mehl«, sang Gonter.

»die sah ihn an gar scheel.
Als sie dann doch noch hob den Rock
Ein Ritter ward zum geilen Bock.«

Magistrat Ûlohn schmunzelte. »Na, na, lieber Prinz, wer wird denn weinen? Es ist doch ein lustiges Lied. Findet Ihr nicht?«

Unten an der Mauer schrien die Kameraden.

»Doch, Herr. Ein sehr lustiges Lied.«

»Unsere Leute hängen von der Stadtmauer!«, rief Pirlitu. »Wir wissen nicht, wo der Blitzstein ist! Und ihr wollt darüber sprechen, was Razonn vielleicht oder auch nicht gehört haben könnte? Und das, als die Avatar während einer Zeremonie, die ihrem alten Gott galt, möglicherweise für einen winzigen Moment eine Halluzination hatte?«

Wut verzerrte ihre Züge. Der feine Schweiß warf die Glut der Kohlen derart zurück, dass er goldene Linien durch die schwarze Stirn zog. Sie wirkten wie Blitze in der Nacht.

»Ich habe gesehen, wie du das Artefakt in eine Kiste gelegt hast«, stellte Fiafila-Ignuto klar.

»Und was soll das beweisen?«, fauchte Pirlitu. »Jeder Kampfherr hat den Blitzstein Dutzende Male in der Hand gehabt. Aber das weißt du natürlich nicht. Wir haben dich ja erst vor ein paar Wochen gefangen genommen.«

»Ich weiß sehr viel mehr, als du denkst.« Flämmchen züngelten aus Ignutos Augen.

»Glaubst du, ich habe Angst vor dir?«, schrie Pirlitu den Homunkulus an. »Ich habe dich auch nicht gefürchtet, als Chastro dich getragen hat. Wenn deine Erinnerungen noch da sind, wirst du das wissen. Aber dass du Mühe hast, die Bilder deutlich zu sehen, ist uns ja inzwischen klar.«

Zumindest in diesem Moment hatte Pirlitu tatsächlich keine Angst. Fiafila-Ignuto schmeckte die Wut einer Raubkatze, als die Kampfherrin die kleine Abordnung des Sturmbanners in ihrem Zelt anstarrte.

Leronn führte sie an. Die Linke des alten Kämpfers schloss sich um den Griff seines Schwerts. Seine beiden Begleiter hatten anfangs finster geblickt, schienen nun aber beeindruckt von Pirlitus Wildheit.

»Wie weit traut ihr der da eigentlich?« Verächtlich nickte die Kampfherrin in Fiafila-Ignutos Richtung. »Habt ihr schon einmal darüber nachgedacht, dass sie keine von uns ist? Chastro kam aus unseren Reihen, sie aus denen unserer Gegner. Es wäre kein Wunder, wenn sie nach Rache dürsten würde. Die Truppe gegen die Offiziere aufzubringen ist eine gute Möglichkeit, nach dem Fall ihrer Heimatstadt für ein bisschen Ausgleich zu sorgen.«

»Sie hat den Handel mit ihrem Gott geschlossen.« Leronn zeigte auf die Planen, gegen die der Wind drückte. Sie befanden sich an der Südseite des Zelts.

»So ist es!«, triumphierte Pirlitu. »Und weswegen erfüllt der Gott wohl ihre Wünsche? Na? Weil sie ihm noch immer dient!«

Dunkelrote Flämmchen fauchten aus Ignutos Augen. »Das tue ich ganz sicher nicht!«

Dieser Ausbruch ließ auch Pirlitu für einen Moment verstummen, wie Fiafila-Ignuto mit Befriedigung bemerkte. Aber die Kampfherrin fing sich rasch wieder und griff eine überschwere Armbrust aus ihrem Arsenal.

»Ich habe mir diesen Unfug lange genug angehört! Der Klingenrausch braucht mich. Vielleicht planen die Ygôder einen weiteren Ausfall, jetzt, da wir sie mit unserem Eindringen gereizt haben.« Sie schüttelte den Kopf. »Eivora hat unbedacht gehandelt, aber sie könnte noch leben.«

»Eine Botschaft!«, drang eine Stimme durch die Zeltplane am Eingang.

»Komm rein!«, forderte Pirlitu.

Ein Söldner in der leichten Rüstung der Läufer trat ein. Er atmete heftig. »Ein Pfeil von der Stadtmauer, Kampfherrin. Daran war ein Pergament. Sie schreiben, dass sie Prinz Gonter in ihrer Gewalt haben. Eine Haarlocke war auch dabei.«

»Prinz Gonter?«, fragte Pirlitu. »Wie haben sie den denn gefangen?«

»Das wissen wir nicht. Aber sie schreiben, wenn wir nicht binnen eines Tages abziehen, schicken sie uns einen Finger. Danach hängen sie ihn an die Mauer wie die anderen auch.«

Leronn räusperte sich. »Er war dabei.«

Pirlitu starrte ihn an. »Beim Kommando, das den Blitzstein in die Stadt gebracht hat?«

»Der Prinz und Eivora … sie sind einander zugetan.«

Pirlitu lachte auf.

»Liebe verschlingt den Verstand«, sagte Fiafila-Ignuto. Ihre eigenen Worte kamen ihr fremd vor.

»Weiß sein Vater davon?«, fragte Pirlitu den Läufer.

»Der Bote reitet schon.«

»Wer hat das erlaubt?«, schrie die Kampfherrin.

»Xerohn hat es befohlen.«

Pirlitu trat gegen einen Waffenständer. »Verdammter übergenauer Regelfanatiker! Er hätte sich mit uns besprechen sollen!«

Der Läufer atmete noch immer heftig. »Weißt du, wo ich Kampfherr Razonn finde? Ich muss ihm die Botschaft noch überbringen.«

»Er wird bei seinen Pikenieren sein, um sie kampfbereit zu machen. Und genau das werde ich mit meinen Leuten jetzt ebenfalls tun.«

Der Meldeläufer verschwand so schnell, wie er gekommen war.

Leronn trat Pirlitu in den Weg. »Ich sehe ein, dass du die Truppe führen musst. Aber ich habe geschworen, Zigûn zu rächen.«

»Dann finde denjenigen, der ihn umgebracht hat. Ich habe in jener Nacht mit meinen Leuten in der Stadt gefeiert.«

»Dennoch kannst du den Befehl erteilt haben. Die Avatar hat gesehen, wie du den Blitzstein ausgetauscht hast.«

»Verdammt noch mal«, schrie Pirlitu, »die Avatar weiß selbst nicht, was sie gesehen hat! Und jetzt lass mich vorbei!«

Tatsächlich war das Bild nur sehr kurz durch Fiafila-Ignutos Kopf gezuckt. Sie konnte noch nicht einmal ausschließen, dass es einem Traum Pirlitus entsprungen war statt einer Erinnerung an ein Ereignis, das wirklich stattgefunden hatte.

»Das Feuer zeigt die Wahrheit«, mahnte Fiafila-Ignuto mit dem gleichen Tonfall, den sie als Priesterin bei Predigten gebraucht hatte.

Leronn und Pirlitu starrten sich an. Keiner der beiden war bereit, den Blick zu senken.

»Regeln wir die Angelegenheit im Feuerkreis«, schlug Leronn vor.

»Nur du und ich, alter Mann?«

»Nur wir zwei«, sagte er ernst, »und die Kraft der Dämonen.«

»Ich könnte die Wahrheit auch sehen, wenn wir dich allein in die Flammen stellen würden«, schlug Fiafila-Ignuto vor.

Pirlitu packte sie so schnell am Kragen, dass sie nicht zurückweichen konnte. »Avatar oder nicht«, quetschte sie zwischen den Zähnen hindurch, »niemand wird mich foltern. Ich bin eine Kampfherrin, bedenke das!«

Keiner rührte sich.

»Der Feuerkreis«, wiederholte Leronn ruhig. »Nur du und ich.«

Pirlitu stieß Fiafila-Ignuto weg und drehte sich wieder zum alten Kämpfer. »Du musst wahnsinnig sein. Glaubst du, mit der Klinge bin ich nichts wert, weil ich mit der Armbrust gut umgehen kann? Ich bin nicht Eivora.«

»Sein Vorschlag ist gut«, sagte einer der anderen Krieger. Fiafila-Ignuto kannte seinen Namen nicht, erinnerte sich aber an die stark behaarten Handrücken. »Das Dämonenfeuer wird die Lüge wegbrennen.«

»Ah, wir haben einen Feuergläubigen unter uns«, spottete Pirlitu. »Von mir aus bereite deinen Feuerkreis vor. Aber wenn ich hineintreten soll, muss ich einen Gewinn von meinem Sieg haben. Nur für das Vergnügen, dir den Bauch aufzuschlitzen, werde ich es nicht tun.«

»Das Sturmbanner«, bot Leronn an. »Die Zeit bis zu unserem Duell werde ich nutzen, um meinen Kameraden zu sagen, dass du keinesfalls Zigûns Mörderin sein kannst, falls du gewinnen solltest. Du bist eine erfahrene Kampfherrin, sie werden dir folgen, wenn du schwörst, ihn zu rächen.«

Pirlitu grinste. »Wir haben einen Handel.«

»Was ist mit Eivora?«, wandte Fiafila-Ignuto ein.

»Ganz gleich, ob sie tot ist oder nicht, hat sie versagt«, gab Pirlitu barsch zurück. »Keine Versagerin kann das Sturmbanner führen.«

15. Ygôdas Bürger

»Diese Schriftzeichen«, sagte Cemâr, Hofalchimist des Stadtfürsten von Ygôda, »sind undeutbar.«

Ein geschliffener Kristall klemmte zwischen seiner Wange und der Braue, die er wie alle männlichen Ygôder verlängert trug. Dadurch erschien sein linkes Auge riesenhaft, als er sich aufrichtete, so weit es sein Buckel erlaubte, und in Gonters und Fürst Sumeêls Richtung blickte.

»Ich vermute, sie sind dämonischen Ursprungs. Das könnte bedeuten, dass man mystische Kräfte bemühen muss, um sie vollständig zu sehen. Wie bei zwei Teilen einer Geheimbotschaft, die nur zu entschlüsseln sind, wenn beide vorliegen.«

»Nun«, Sumeêl drehte seinen Oberkörper, bis er Gonter ansah, »dazu wird unser lieber Gast, der Prinz unseres Feindes, doch sicher Hilfreiches beizutragen haben.«

Sumeêl litt an einer schweren Krankheit, oder er hatte sich eine schlimme Verletzung zugezogen. Er konnte nicht gehen, und offenbar fiel es ihm auch schwer, den Kopf zu wenden. Deswegen trugen ihn seine Diener, die zugleich mit Schwertern bewaffnete Leibwächter waren, in seinem Thron umher. Dass dieser mit glänzender Bronze, Armlehnen aus Stierhörnern und eingelegten Juwelen prachtvoll gestaltet war, minderte Gonters Mitleid nicht. Seine Arme fühlten sich noch immer an wie aufgeblasen, aber er spürte, wie die Kraft zurückkehrte. Er stellte es sich schrecklich vor, auf andere angewiesen zu sein, schon, um in den angrenzenden Raum zu gelangen.

Dennoch strahlte Sumeêl Würde aus. Zum Teil lag das am weißen Haar, das von seiner Lebenserfahrung kündete. Seine Körperhaltung war nicht nur steif, sondern auch aufrecht. Vielleicht trug er ein Korsett unter dem hermelinbesetzten Mantel.

Die Brauen über den grünen Augen waren auch bei ihm verlängert, zugleich aber so kunstvoll in Spiralen gedreht, dass Gonters Blick daran hängen blieb, um die Windungen zu erkunden. Goldstaub kündete vom Reichtum ihres Trägers.

»Ich sehe dieses Artefakt ebenfalls zum ersten Mal«, sagte Gonter. »Ich weiß nicht, was darauf geschrieben steht.«

»Und wieso habt Ihr dabei geholfen, es in meine Stadt zu bringen?«

»Auch darauf muss ich Euch eine befriedigende Antwort schuldig bleiben, Fürst. Ich habe keine Fragen gestellt. Mich lockte das Abenteuer.«

»Ein Laster der Jugend«, brummte Sumeêl.

Cemârs Tochter Zaîfa half ihrem Vater. Sie war dürr und hoch aufgeschossen, ein Eindruck, der sich durch ihr dünnes Gewand noch verstärkte. Es ließ keinen Zweifel daran, dass ihr weibliche Rundungen abgingen. Dass sie ihre Locken zu einem Kegel auftürmte, verlängerte ihre Gestalt zusätzlich, sodass sie einer Säule ähnelte, wenn sie aufrecht stand. Im Moment beugte sie sich jedoch über den Tisch, den Vater und Tochter wohl sonst für ihre alchimistischen Experimente verwendeten. Flammenschälchen, Kerzen, Kohlebecken, Tonschalen und Glasbehälter drängten sich an den Seiten, in der Mitte lag der Blitzstein, den Zaîfa betastete. Ihre Hände und die Unterarme waren bis beinahe zu den Ellbogen gelb wie Eidotter. Als seine Wache ihn in das Gemach des Alchimisten geführt hatte, war Gonter davon ausgegangen, dass es sich um Handschuhe handelte, aber inzwischen vermutete er eine Färbung. Die Hofsitten in Ygôda erschienen ihm seltsam, nicht nur, was die Augenbrauen betraf.

»Ich nehme an, dass sich die Ringe bewegen lassen«, sagte Zaîfa. »Aber irgendetwas blockiert sie.«

Der etwa kopfgroße Blitzstein war kein unregelmäßiger Brocken, sondern setzte sich aus geometrischen Formen zusammen. Seine zentrale Komponente war ein Diskus, auf dem drei Ringe mit Schriftzeichen angeordnet waren. Am Rand befanden sich vier würfelförmige Aufsätze, die aber keine Fläche, sondern jeweils nur eine Ecke des Würfels mit dem Mittelteil verband.

Dadurch bekam man den Eindruck, dass sie leicht abzubrechen wären, aber offenbar war das Material sehr hart. So, wie die Söldner ihn getragen hatten, musste der Blitzstein ebenso viel wiegen wie ein Amboss. Gonter fragte sich, woraus er bestand. Seine Grundfarbe war grau, aber in der porösen Oberfläche glitzerten silbrige Einschlüsse. Es war jedoch kein Erz und erst recht kein Metall, dafür klang es zu dumpf, wenn der Alchimist mit einem Spatel dagegenklopfte.

»Dann versuche auch nicht, sie zu bewegen«, wies Cemâr seine Tochter an. »Wir sollten es nicht beschädigen.«

»Könnte es gefährlich sein?«, fragte Sumeêl.

Cemâr wog den Kopf hin und her. Wegen seiner gebückten Haltung ähnelte er einem Geier. »Am ehesten scheint es mir der Verständigung zu dienen. Die Eindringlinge könnten Spione gewesen sein, die ihren Kameraden vor der Mauer Nachrichten übermitteln wollten. Aber ich müsste dieses Artefakt besser verstehen, um sicher zu sein, und dazu bedarf es einer intensiven Untersuchung.«

»Wie lange?«

»Das kann Jahre dauern, mein Fürst«, orakelte der Alchimist. »Es wird eine ausgesprochen befriedigende Tätigkeit sein.« Zaîfa sah jetzt ebenfalls zu ihnen herüber. Ihre Augen waren beinahe farblos. »Wir wissen sehr wenig über dämonische Mächte.«

»Ich glaube, das sollten wir auch nicht ändern«, sagte Sumeêl. »Jeden, der sich mit ihnen einlässt, können sie verderben.«

»Aber nur der forschende Geist vermag Türen zu öffnen, hinter denen unbekannte Reichtümer warten«, gab Cemâr zu bedenken.

»Du sprichst wahr«, sagte Sumeêl. »Sich einer Gefahr auszusetzen will jedoch wohlüberlegt sein.«

»Im Licht Eurer Weisheit gedeiht Ygôda seit Dekaden, mein Fürst.« Cemâr verbeugte sich.

»Aber unsere Erkenntnisse wären für die Zukunft.« Zaîfas gelbe Hände gestikulierten in der Luft. »Sie würden die Erfolge der Vergangenheit nicht …«

»Habt Geduld mit meiner vorlauten Tochter!«, fiel Cemâr ihr

ins Wort. »Sie weiß nicht, wann sie schweigen muss, um den Entschluss höherer Weisheit abzuwarten.«

»So sind Töchter manchmal.«

»Wie sind Töchter?«, fragte jemand in den Wohngemächern des Alchimisten.

Da sich Sumeêl nicht selbst umdrehen konnten, hoben die Diener den Thron an den Holmen an und schwenkten ihn so, dass ihr Herr den Durchgang im Blick hatte.

Dort schnaufte eine dicke, junge Frau heran. Sie trug ein weißes, wallendes Gewand, das unter den großen Brüsten geschnürt war. Diese stützten sich auf die voluminöse Kugel, die Oberkörper und Hüften in einem bildete. Eine Taille gab es nicht. Mehrere Speckringe verlängerten das Kinn nach unten hin wie Wellen, die konzentrisch von einer Stelle ausgingen, an der ein Stein ins Wasser gefallen war. Das schwarze Haar der Dame war wie bei Zaîfa in Locken gedreht, aber sie hatte nur einen Teil davon in einem Knoten zusammengesteckt. Lose Spiralen fielen auf ihre gewölbten Schultern.

»Irûna, mein Herz!«, rief Sumeêl. »Was tust du hier? Langweilen dich deine Vögel?«

»König Harlef hat eine Botschaft geschickt.« Sie zog ein Pergament aus den Falten ihres Gewands. Obwohl es bereits gebrochen war, erkannte Gonter das blaue Siegel mit Löwe und Sternenfeld. »Er will verhandeln.«

Sumeêl nahm das Schreiben entgegen. »Dann ist dieser junge Mann hier wohl tatsächlich kein Hochstapler, sondern der Prinz.«

»Seinetwegen habe ich mich den weiten Weg hierher gequält«, verkündete Irûna. »Ich will mir den Mann ansehen, den ein König mit mir verheiraten wollte.« Ihr Blick glitt zu Gonters Fußspitzen und zurück zu seinem Gesicht. »Auf dem Bild, das er geschickt hat, wirkt Ihr stattlicher.«

Sumeêl überflog das Schreiben. »Irûna, mein Herz, wieso genießt du nicht auf Meister Cemârs Balkon den Sonnenuntergang? Ich muss mich mit meinen Magistraten besprechen.«

Einige Edle begleiteten die Prinzessin. Auch Ûlohn war darunter. Gonter wich seinem Blick aus.

»Na gut«, beschied Irûna großzügig. »Aber eine Heirat ist jetzt natürlich noch undenkbarer als vorher. Wegen so jemandem werde ich Ygôda nicht verlassen, das muss dir klar sein!«

Wohlweislich verzichtete Gonter auf die Bemerkung, dass sein Vater geplant hatte, ihn in der eroberten Stadt residieren zu lassen. Stattdessen folgte er Irûna durch die Wohngemächer auf den Balkon. Im Vorbeigehen nahm sie eine gebratene Keule vom Tablett eines Dieners, der offenbar mit ihr gekommen war.

Cemâr lebte beinahe ganz oben in der königlichen Pyramide, die, wie man Gonter erklärt hatte, ein wenig höher war als jedes andere der Gebäude der Stadt, deren kupferüberzogene Dächer in der Abendsonne glühten. Der Wind heulte, aber ein Vorsprung südlich von ihnen schützte sie. Dort war mit gelber Farbe eine Schlange aufgemalt, die sich, aus der Dunkelheit kommend, der Spitze entgegenwand.

Ein Wächter und der Diener mit den Speisen folgten ihnen heraus. Erst jetzt bemerkte Gonter, dass Letzterer keine Augenbrauen besaß.

Irûna biss von der Keule ab. Das Reißen des Bratens erinnerte Gonter an das Geräusch, mit dem der Haken durch Deanis Fleisch gedrungen war. Er schauderte, obwohl er sich vorgenommen hatte, nie wieder so unwürdig wie bei Magistrat Ûlohn seiner Angst nachzugeben.

Die Prinzessin verzog das Gesicht. »Zu wenig Pfeffer!«, schrie sie mit schriller Stimme. »Ich habe doch gesagt, ich will mehr Pfeffer!«

»Ja, das habt Ihr, Hoheit«, bestätigte der Speisediener kleinlaut.

»Das kann man nicht essen!« Sie warf die Keule über das Geländer. Schnell verschwand sie in den Schatten der Tiefe.

Ein Krieger aus ihrer Begleitung räusperte sich. »Euer Vater hat befohlen, dass Speisen nicht mehr voreilig dem Dunkelvolk übergeben werden dürfen.« Er war ein kräftiger Mann, dessen Wams das Wappen mit dem Gehörn vor der Mauer zeigte. Offenbar hatte eine Klinge seine Unterlippe gespalten. Sie war nicht mehr richtig zusammengewachsen, auch wenn die Wundränder verheilt waren.

»Von Speisen kann keine Rede sein!«, keifte Irûna. »Das ist ungenießbar!«

»Es geht darum, dass das Volk nicht sehen soll, dass Essen fortgeworfen …«

»Das ist kein Essen! Das ist Abfall!«

Gonter wandte sich ab und verdrehte die Augen. Eigentlich war die Aussicht außergewöhnlich. Er vermutete, dass man auf diesem Balkon eine romantische Abendstimmung erleben konnte. Wenn er etwa mit Eivora hier gewesen wäre …

Ob sie noch lebte? Zwar hatte man sie nicht an einer Kette in die Tiefe gestoßen, aber das bedeutete noch nicht, dass sie entkommen war. Er zögerte, danach zu fragen, ob sie sich unter den Opfern des Kampfs befand, denn er fürchtete die Antwort. Sie hatte nach ihm gerufen, er hatte sich ihr zugewandt, und dann hatte der Schlag seinen Hinterkopf getroffen. Was hatte sie von ihm gewollt? War sie in Not gewesen?

»Euer Vater wäre nicht erfreut, wenn er davon wüsste, Prinzessin«, gab der Krieger zu bedenken.

»Mein Vater ist herzlos.« Tränen füllten ihre Augen. »Er weiß genau, dass der Koch nur Dinge zubereitet, die mir nicht schmecken.«

»Der Pfeffer ist knapp geworden«, wagte der Speisediener zu sagen.

»Und deswegen soll ich hungern?«, keifte sie zurück. »Ich bin eine Prinzessin! Und die Belagerung wird doch jetzt bald enden, dann füllen sich die Vorratskammern auch wieder. Bis dahin soll das Dunkelvolk fasten! Es trägt nichts zum Wohl Ygôdas bei!«

»Wer ist dieses Dunkelvolk?«, fragte Gonter.

Irûna bebte vor Zorn. »Faulpelze. Taugenichtse, die keine Zunft und keine Gilde haben will. Sie kreuchen tief unten im Schatten. Aus purer Barmherzigkeit lassen wir ihnen die Reste unserer Speisen zukommen.« Sie schluchzte. »Und dafür werde ich auch noch gescholten!«

»Ihr sagtet doch, die Keule, die Ihr fortgeworfen habt, sei ungenießbar.«

Verblüfft starrte sie ihn an. »Für uns«, stellte sie klar. »Doch nicht für das Dunkelvolk. Die da unten fressen sonst nur Dreck.«

Sie wandte sich ab und betrachtete die Kupferdächer, die nach und nach in den Schatten der Stadtmauer fielen, hinter der die Sonne bereits versunken war. An einer Fortsetzung des Gesprächs schien sie nicht interessiert zu sein. Stattdessen griff sie sich nach einer Weile eine weitere Keule vom Tablett und biss lustlos hinein.

Gonter stützte sich auf dem Geländer ab und sah nach unten. Etwa zwanzig Schritt weit erkannte er noch die gelb und blau bemalte Wand der Pyramide, die wie ein Steilhang abfiel, dann bedeckte die Finsternis das Bauwerk. Er stellte sich vor, wie es war, dort unten zu leben. ›Dunkelvolk‹ schien eine passende Bezeichnung zu sein.

Die Diener trugen Stadtfürst Sumeêl heraus, sein Hofalchimist folgte einen Schritt hinter ihm.

»Was ist mit Eurer Tochter, mein guter Cemâr?«, fragte Sumeêl. »Wenn Ihr herausfindet, was es mit diesem Artefakt auf sich hat, könnte sie einen Prinzen heiraten.« Er bedachte Gonter mit einem prüfenden Blick, während die Diener seinen Thron absetzten. »Sofern sich sein Vater vernünftig verhält, jedenfalls.«

»Meine Zaîfa zeigt mehr Interesse an Tinkturen als an Männern«, sagte Cemâr.

»König Harlefs Armee könnte uns nützlich sein«, überlegte Sumeêl, als hätte er den Alchimisten nicht gehört. »Vorerst werdet Ihr wohl noch alle Finger behalten, Prinz Gonter.«

Das Dunkelvolk bestand aus bleichen Menschen. Die helle Haut teilten alle, die sich an Auges Hof versammelten, Frauen und Männer, Alte und Junge, Krüppel und kräftige Burschen. Bei Letzteren kam das Eivora besonders fremd vor. Sie verband muskulöse Körper mit harter Arbeit im Freien. Aber hier unten, am Boden, auf den maroden Straßen Ygôdas, bedeutete im Freien zu sein keinesfalls, die Sonne zu sehen. Die gigantischen Gebäude verdeckten sie ebenso wie die Stadtmauer. Es gab spezielle Orte, an denen sie beinahe jeden unbewölkten Mittag zu sehen war. Wer sie erreichen wollte, musste Wegezoll zahlen.

Das Dunkelvolk benutzte Münzen aus Kupfer, selten auch aus Silber, meist mit der Prägung von Ygôda. Eivora tauschte einige davon gegen solche, die sie massenweise in ihrem Besitz hatte. Auges Hof glich einer Mischung aus Räuberhöhle und Unterschlupf von Bettlern. Manche waren bis auf Haut und Knochen abgemagert, andere verkrüppelt, aber Musikanten spielten, und auf der langen Tafel stand sogar Braten, viel zu groß, um von Ratten oder ähnlichem Getier zu stammen. Das Fleisch war überraschend gut gewürzt, auch wenn Eivora es ein wenig zäh fand.

»Die Pferde sind wir los«, murrte Nirto, »und bis jetzt haben wir nichts dafür bekommen.«

Der alte Avlam schien glücklich zu sein. Er lachte. Die Gruppe, die er hierher geführt hatte, mischte sich unter die bereits Anwesenden. Insgesamt befanden sich etwa einhundert Zecher in dem Areal, das teils Bretter, teils Planen überdachten. In der Höhe heulte der Wind um die Mauern, aber hier unten wehte kaum ein Hauch. Es war nur ein bisschen kühl, weswegen die meisten die Nähe der Feuer suchten. Dort brannte Holz, aber auch das eine oder andere Stück Kohle.

Eine Frau mit einem bauschigen grünen Rock und Ohrringen, die bis auf ihre Schultern hingen, kam zu ihnen. »Auge will euch sehen«, sagte sie.

»Augen haben es an sich, dass sie sehen«, brummte Nirto. »Ich würde gern auch mit ihm sprechen.«

»Was warst du da oben?«, fragte die Frau spitz. »Hofnarr? Oder eine andere Art von Spaßmacher?«

»Sei nicht so streng mit meinem Kameraden«, bat Eivora. »Er vermisst sein Pferd.«

»Hier unten wird er schnell eine ganze Menge mehr vermissen. Aber wenn ich euch etwas raten soll: Haltet euch an Auge. Je näher ihr ihm seid, umso mehr habt ihr zu essen.«

Während sie der Frau folgten, blickte Eivora über die gut gefüllte Tafel. Neben Braten stapelten sich hier auch Früchte und

Brot, das allerdings schon trocken war. An Milch und Wein schien ebenfalls kein Mangel zu herrschen. »Für mich sieht es nicht so aus, als ob jemand hungern müsste.«

»Nicht hier«, gab sie zurück, »und nicht heute.«

»Warum nehmt ihr euch nicht von denen da oben, was ihr wollt?«, fragte Nirto.

»Weil die da oben dann die meisten von uns hier unten umbringen würden, und der Rest bekäme nicht einmal mehr das, was heute für uns abfällt.«

»Euch scheinen vernünftige Waffen zu fehlen«, meinte Eivora. Ein paar Spieße waren das Gefährlichste, was sie bis jetzt gesehen hatte. Wenn sie sich vorstellte, damit gegen mit Schwertern bewaffnete und in Kettenhemden gepanzerte Krieger vorzugehen, verstand sie die Zurückhaltung.

»Für solche Spielereien«, die Frau zeigte auf die Armbrust, die Eivora inzwischen an ihren linken Unterarm geschnallt hatte, »wirst du hier einen netten Preis bekommen.«

»Die ist nicht zu verkaufen.«

»Darüber sprechen wir noch einmal, wenn du eine Woche gehungert hast.«

Auf ihrem Weg zwischen den Zechern hindurch war ein Knarren immer lauter geworden. Nun erreichten sie einen wild aus Brettern, einem zerbrochenen Wagenrad und Bruchsteinen zusammengefügten Verschlag, aus dessen Wänden schrittlange Stacheln aus Holz, manchmal sogar aus rostigem Eisen ragten. Als ihre Führerin die Tür öffnete, wurde das Knarren noch lauter, und ein Rauschen kam hinzu. Einladend deutete sie ins Innere.

Ein paar Laternen hingen von der niedrigen Decke. Eivora fühlte sich, als beträte sie eine Mine. Die Männer hier waren verschwitzt, gerade schien ein Schichtwechsel stattzufinden. Sie schlugen jedoch keine Hacken in Erz, sondern liefen zu viert in einem riesigen Rad, von dem nur der unterste Teil der Wölbung zu erkennen war. Das Knarren rührte von dieser Konstruktion, es drang hauptsächlich von oben herab. Die Achse, die das Rad dort hielt, musste so dick sein wie der Stamm eines hundertjährigen Baums. Um die Wandung des Rads lief eine Kette, an der Eimer befestigt waren. Links baumelten sie leer, rechts hingen sie schwer herunter.

»Ihr schöpft Wasser für die Türme«, erkannte Eivora.

»Ah, ein nicht nur hübscher, sondern auch kluger Kopf«, rief ein Mann, dessen linkes Auge eine mit glitzernden Splittern veredelte Klappe bedeckte. Er trug eine mit Silberfäden verzierte Jacke, die ihm viel zu groß war. »So jemand ist an meinem Hof stets willkommen!« Sein Grinsen offenbarte einen geschliffenen Edelstein, der einen Zahn ersetzte.

»Du bist Auge«, sagte Eivora.

»So ist es.« Er nickte. »Und ihr seid die beiden Ausreißer. Ihr werdet schnell lernen müssen, dass hier unten andere Regeln gelten als dort oben, auch wenn unsere Verbindungen stärker sind, als man euch verraten haben mag. Ist euch aufgefallen, dass mancher Besitz wieder auftaucht, auch wenn die Leiche, die ihn trug, für immer verschwunden bleibt?«

»Du redest wirr«, sagte Nirto.

»Keineswegs«, meinte Eivora. »Lass mich raten, Auge: Wenn dort oben jemand eine Leiche loswerden will, lässt er sie einfach in die Tiefe fallen. Niemand käme auf die Idee, zu euch herabzusteigen. Aber du kannst Dinge wieder heraufschicken.« Sie zeigte auf die aufwärtswandernden Wassereimer. »Damit.«

»Ich habe es gleich erkannt«, lobte Auge sich selbst. »Ein kluges Mädchen.« Er strich eine Strähne aus Eivoras Gesicht.

»Eines mit scharfen Krallen.« Sie drückte die Armbrust unter sein Kinn. Die Sehne war entspannt, kein Bolzen lag in der Rille, aber das konnte er nicht sehen.

Unsicher lachend hob er die Hände und trat einen Schritt zurück. »Wer wird so unfreundlich sein? Wenn ihr meinen Hof verlassen wollt, steht es euch jederzeit frei, zu gehen.«

»Tatsächlich wäre es uns lieb, möglichst schnell wieder von hier zu verschwinden.«

»Ich soll euch aus der Stadt bringen?«, vermutete Auge. »Das wird teuer. Man ist wachsam, wenn ein Heer jenseits der Mauer steht.«

»Wir können uns sicher einigen«, meinte Nirto. »Wir brauchen keine Sänfte, die uns hinausträgt. Ein Kriechtunnel reicht aus.«

Wieder betrachtete Eivora das große Rad. Es war wie das Schicksal. Man sah immer nur einen Teil davon, das, was unmittelbar vor oder direkt hinter den tretenden Männern lag. Ständig kamen neue Eimer aus der Höhe, tauchten irgendwo weiter unten ins Wasser, vermutlich in einen Kanal, und kehrten gefüllt zurück. Im Laufe der Zeit hatte man die Behältnisse wohl ausgewechselt. Manche waren besonders groß, manche undicht, und an einigen Halterungen fehlten sie ganz. Bevor man sie sah, wusste man nicht, wie derjenige aussah, der als Nächstes kam, und ehe man sie hochzog, konnte man nur ahnen, ob sie das Wasser gut hielten. Das Schicksal brachte in jedem Moment neue Möglichkeiten hervor, wenn man wach blieb und sich beständig mühte.

»Ich glaube, wir wollen die Stadt gar nicht verlassen«, sagte Eivora. »Nicht als Besiegte.«

Auge zog die Brauen zusammen. »Irgendetwas entgeht mir hier. Ihr seid doch keine Spinner, die einen Umsturz planen?«

»Nein«, sagte sie ruhig, »wir sind Eroberer.«

Er glotzte sie an. »Ihr kommt nicht von oben«, erkannte er. »Ihr kommt von außen.«

»Wir sind Söldner.«

Das Lid seines gesunden Auges zuckte. »Und wo steht eure Einheit?«

»Das tut nichts zur Sache«, fiel Nirto ein.

Offenbar vermutete Auge eine schlagkräftige Söldnertruppe mitten in der Stadt. Eivora verstand, dass ein guter Spieler sein Blatt verdeckt hielt. »Die Frage ist, ob du uns nach oben bringen kannst.«

»Ich könnte«, er schob einen Zeigefinger unter die Augenklappe, um dort zu reiben, »wenn ich wollte. Und möglicherweise will ich. Kommt mit.«

Er führte sie einige grob behauene Stufen hinunter in einen unregelmäßig geformten Raum, den ein Tisch beinahe vollständig ausfüllte. Er entzündete eine Kerze und bat Nirto, die Klappe am Kopfende der Treppe zu schließen, wodurch der Lärm des Rads nahezu ausgesperrt wurde.

»Hier können wir uns gemütlicher unterhalten.«

Auge stellte den Kerzenhalter auf den Tisch. Die aus feinem Stoff genähte Decke hätte Eivora in einem solchen Loch nicht erwartet. Überhaupt war die Einrichtung überraschend sauber, zum Teil sogar kostbar. Die Stühle hatten sorgfältig geschnitzte Lehnen, an einer Wand hing ein Gemälde von einem eleganten Mann, der Gonter ähnelte. Nur feucht war es hier, grüner Schimmel kroch von den Seiten auf die Leinwand.

Auge folgte Eivoras Blick. »Es gefiel mir ganz gut«, sagte er, »aber natürlich muss ich es bald austauschen. Kommen wir zum Geschäftlichen.«

Er öffnete eine Truhe, um eine Karaffe Rotwein und drei Kristallgläser herauszuholen.

»So etwas stellt man hier unten sicherlich nicht her«, vermutete Eivora.

»Ich sagte doch, meine Kontakte zu den Schönen und Edlen sind recht gesund.«

»Und wieso lebst du dann hier unten?«, wollte Nirto wissen.

»Einer muss die Stellung halten, sonst zerfällt alles.« Er verteilte die Gläser. Die Gäste setzten sich.

»Was ist denn das für ein kleiner Freund?«, fragte Auge, als Aglix über Eivoras Arm auf den Tisch huschte.

»Mein treuer Begleiter«, stellte sie vor. »Lass ihn ein wenig die Wärme deiner Kerze genießen.«

Auge zuckte mit den Achseln und nahm am Kopfende Platz.

»Ihr versorgt diejenigen, die oben leben, also mit Wasser«, fasste Eivora zusammen, »und mit mehr.«

Er nickte, wobei die Splitter auf der Augenklappe glitzerten. »Für das Wasser geben sie uns zu essen. Manchmal werfen sie es einfach herunter, in einigen Türmen gibt es Schächte, und in anderen tragen Diener es im Innern herab und schleudern es durch ein Gitter. Heraus traut sich keiner von ihnen.«

»Aber man kommt hinein, wenn man sie überzeugt«, vermutete Eivora.

»Kleinere Dinge wandern mit den Wassereimern«, erklärte Auge. »Was wertvoll oder sperrig ist, kostet mehr. Meistens übergeben wir es an den Gittern, seltener schicke ich meine eigenen Leute, und ganz selten nutze ich andere Wege.«

»Was könnten das für Dinge sein?«

»Leichen zum Beispiel.« Er grinste. »Da oben gibt es Büttel, die ein paar Verbrechen aufklären wollen. Sie fragen dann nach kalten Besuchern, die kürzlich zu uns gekommen sind.«

»Und diese Aufträge erhältst du ebenfalls über die Wassereimer«, vermutete Eivora.

»So ist es.«

»Arbeitest du auch auf eigene Rechnung?«, fragte sie.

Er grinste. »Sonst wäre ich nicht der Herr in meinem kleinen Reich geworden. Und dort oben«, er zeigte mit dem Finger in die Höhe, meinte aber sicher nicht die Kellerdecke, »wird mein Sohn zu einem respektierten, sagen wir, Händler.«

»Du plünderst also die Leichen der Edlen aus, und dein Sohn verkauft das Geschmeide.«

»Schon möglich.«

»Beschafft er dir auch welches?«, fragte Nirto. »Ich meine, manche Lebende geben doch sicher lukrativere Leichen ab als andere, und wenn sie in die Tiefe stürzen, gibt es keine Spuren.«

»Wenn du es sagst.« Wieder grinste Auge.

Eivora lehnte die Ellbogen auf den Tisch. »Wir wären interessiert daran, dass du uns unauffällig nach oben schaffst.«

»Und ich glaube«, sagte er gedehnt, »es gibt eine Möglichkeit, wie ihr euch das verdienen könnt. Bis gerade eben noch eine vertrackte Sache, aber wie wir hier sagen: Manchmal schmeißt dir der Himmel die Lösung all deiner Probleme vor die Füße.«

»Was sollen wir für dich tun?«

Auge lehnte sich zurück und nahm einen Schluck. Er behielt ihn einen Moment im Mund und spülte ihn hin und her. Als er weitersprach, schimmerte der Edelstein, der ihm einen Zahn ersetzte, rot wie ein Rubin.

»Es geht um eine Brosche. Ein schönes Stück. Ich habe hier eine Zeichnung.«

Ohne aufzustehen, kramte er in einer Schatulle und holte ein Pergament heraus, das er zwischen ihnen entrollte.

»Die Grundform ist aus Platin gehämmert, die Schwingen hier und der Strahlenkranz auch. Im Zentrum sitzt ein violetter Amethyst. Eine begehrte Arbeit, die schwer aufzutreiben war. Meine Leute haben lange an der falschen Stelle gesucht. Im Moment geht es dort oben hoch her, die Belagerung macht die Menschen reizbar.«

»Ich verstehe«, sagte Eivora.

»Jedenfalls hatten meine Leute kein gutes Gespür. Ich musste mich umhören, und tatsächlich hat bereits jemand anderes zugegriffen. Er heißt Tsiglôn und ist eigentlich ein feiner Kerl, aber er überschätzt seinen Wert.«

»Also ist sein Preis zu hoch«, vermutete Nirto.

»So kann man es sagen. Er meint, an der Kopfseite dieses Tischs wäre Platz für zwei Sessel.«

»Und er will auf einem davon sitzen«, riet Eivora.

Auge nickte. »Das würde mir einigen Kummer bereiten, aber ich brauche die Brosche. Mein Sohn steht bei einer einflussreichen Dame im Wort. Das kann sein Willkommen am Hof des Stadtfürsten sein.«

»Oder sein Ende.« Nirto holte seine Axt hervor und beäugte die Schneide im Kerzenlicht.

»Jedenfalls braucht Tsiglôn eine Lektion. Ich verstehe, dass ihn seine Jugend treibt, aber er muss wieder lernen, wo sein Platz ist.«

»Unter dem deinen«, vermutete Eivora.

»So ist es.«

»Wieso erteilst du ihm diese Lektion nicht selbst?«

»Nun, wir haben einen Frieden vereinbart. Tsiglôn, ich und ein paar weitere, die mit den Dingen, wie sie im Dunkelvolk laufen, recht zufrieden sein können.«

Nirto wendete die Axt und betrachtete die andere Seite des Blatts. »Deine Rivalen würden dich also zerreißen.«

»Nur, wenn sie merken, dass Auge dahintersteht«, sagte Eivora. »Aber wenn ein paar Leute die Aufgabe erledigen, die niemand kennt, kann auch keiner den Zusammenhang herstellen.«

»In der Dunkelheit hier unten wird es doch ohnehin keine Zeugen geben«, sagte Nirto. »Keine, die überleben.«

Auge schmunzelte Eivora zu. Offenbar wollte er ihren Verstand auf die Probe stellen.

»Überall gibt es Spione. Wenn sie auch nicht im Überfalltrupp selbst sind, würden sie doch merken, dass hinterher jemand fehlt oder verwundet ist. Ohne Verluste wird es schwerlich abgehen.«

»Verschwiegenheit ist in dieser Angelegenheit entscheidend«, bestätigte Auge.

»Da hast du Glück.« Eivora beugte sich vor und stützte die Ellbogen auf den Tisch. »Wenn alles gelingt, bist du uns sofort los. Wir wollen nach oben.«

Auges Miene wurde ernst. »Immer mit der Ruhe. Ich dachte eher an Verpflegung für eure Truppe. Ich kann unmöglich eine Hundertschaft die Türme hinaufschaffen.«

Richtig! Er glaubt ja, dass wir eine ganze Einheit in der Stadt haben. »Wir werden uns einigen«, versprach Eivora. »Eine Handvoll Krieger reicht.«

Wieder zuckte sein Lid. »Was wollt ihr mit so wenigen erreichen?«

»Das lass unsere Sorge sein.«

Er lehnte sich zurück. »Ich weiß nicht, ob wir auf diese Weise ins Geschäft kommen.«

Nirto prüfte die Schneide mit dem Daumen. »Du machst dir doch sonst so wenige Sorgen. Ziehst dich allein mit zwei bewaffneten Söldnern in einen Raum zurück, wo dich niemand schreien hören würde …«

Auges Blick huschte zur Treppe, die an der geschlossenen Klappe endete. »Ihr könntet nicht entkommen.«

»Nein?«, fragte Nirto. »Was würde denn passieren, wenn wir allein nach oben kämen? Würde man uns aufhalten? Und selbst wenn – wäre es so ungewöhnlich, wenn wir sagten, du wolltest noch eine Weile ungestört bleiben, und dann unserer Wege gingen?«

»Ihr kämt nicht weit «, sagte Auge heiser. »Hier unten kennt ihr euch nicht aus. Die Dunkelheit hat ihre eigenen Gesetze.«

Eivora nahm einen tiefen Schluck. Der Wein zog die Haut in der Mundhöhle zusammen.

»Erzähle uns doch einfach, wo wir diesen Tsiglôn finden.«

Der Sturm trieb Wolken aus dem Süden heran, aber noch verdunkelten sie nur die Sterne. Sie fanden ihren Weg über die Berge hinweg und zwischen ihnen hindurch, ohne abzuregnen oder gar Blitze auf die Erde zu schleudern.

»Das reicht noch nicht«, murmelte Iskala. Die Kampfherrin zog den dicken roten Mantel um ihre schmalen Schultern. Im Schatten der Kapuze schimmerte der Rubin wie ein drittes Auge, das sich auf ihrer Stirn öffnete.

Auch Fiafila-Ignuto fror. Der Wind peitschte das Gras in der Senke nördlich des Lagers, wo sich zwanzig Krieger des Sturmbanners versammelt hatten, um dem Zweikampf zwischen Pirlitu und Leronn beizuwohnen. Iskalas Magier benutzten spezielles Pulver und besonderes Öl, um den Feuerkreis zu ziehen, aber bei dieser Witterung taten sie sich schwer. Die Fackeln erloschen, bevor der Zirkel, in dem sich die Kontrahenten gegenüberstanden, in Brand geriet.

»Basäon kann keinen Regen bringen«, erklärte Fiafila-Ignuto fest. »Er gebietet nur über den Wind.« Selbst das war eine vereinfachte Darstellung. Basäon war kein Befehlshaber, und die Winde waren nicht seine Truppen. Er spielte mit ihnen, umschmeichelte und überredete sie. Die heiligen Texte stellten sie oft als launische Kinder dar.

»Dann müssen wir eben einen anderen Gott zwingen«, meinte Iskala.

Fiafila-Ignuto sah ihr in die Augen. »Wieso zwingst du nicht einfach einen Dämon?«

Ihr Gegenüber schwieg. Die Dunkelheit der Kapuze verbarg Iskalas Miene.

»Ach ja, ich weiß.« Fiafila-Ignuto lächelte spöttisch. »Das liegt daran, dass du nur eine Gauklerin bist.«

Sie wandte sich wieder dem Kreis zu. Pirlitu und Leronn standen mit entblößten Oberkörpern darin. Beide bewegten sich, um ihre Muskeln geschmeidig zu halten. Dadurch rasselte die Kette, die ihre linken Handgelenke verband. In der Rechten hielten sie die Waffen. Das Los war auf Morgensterne gefallen. Die einen Handspann durchmessenden, stachelbewehrten Eisenkugeln hingen an halbschrittlangen Ketten, wohingegen die kurzen Stangen kaum aus den Fäusten ragten. Das machte sie gänzlich ungeeignet für Paraden. In diesem Kampf würde die Entscheidung früh fallen.

»Habt ihr inzwischen ein paar weitere Wildgänse gefangen?«, erkundigte sich Fiafila-Ignuto.

»Bei diesem Sturm?«, fragte Iskala zurück.

»Wozu taugen deine Magier eigentlich? Sie können weder kämpfen noch Feuer machen, und Vögel können sie auch nicht fangen.« Sie wandte sich an Yra. »Wir warten schon lang genug. Bring mir eine Fackel.«

Yra redete wenig. Auch jetzt ging sie stumm davon, um den Befehl auszuführen.

»Immerhin haben wir die Vögel, die wir bei der Zeremonie gebraucht haben, noch in den Käfigen«, sagte Iskala.

»Die haben kaum noch Federn«, murrte Fiafila-Ignuto. »Wir müssen sie mit Decken wärmen, damit sie nicht erfrieren.«

»Dein Gott wird sicher zufrieden mit uns sein, weil wir uns so gut um sie kümmern.«

»Er ist nicht mehr mein Gott!«, zischte die Avatar.

Yra brachte eine ölgetränkte Teerfackel, in der anderen Hand hatte sie ein Stück Stahl und einen Feuerstein.

Fiafila-Ignuto entriss ihr die Fackel und hob sie vor ihre linke Schulter. Flammen fauchten aus Ignutos Augen. Die Hitze biss in ihre menschliche Wange, aber sie hielt still, bis die Fackel hoch loderte. Erst dann machte sie sich damit auf den Weg zum Kreis.

Vielleicht wehte der Wind für einen Moment verhaltener,

vielleicht war das dämonische Feuer heißer als das, mit dem sich Iskalas Leute abgemüht hatten. Flammen züngelten aus dem Öl, fraßen sich binnen dreier Herzschläge so weit zu beiden Seiten, dass sie sich gegenüber wieder trafen, und schlossen die Duellanten auf diese Weise in einen violetten Brand ein.

»Kämpft!«, rief Fiafila-Ignuto.

Pirlitu verlor keine Zeit. Sie riss an der Kette.

Die Avatar schmeckte den Schmerz in Leronns Handgelenk ebenso wie die Wut der schwarzen Kriegerin. Aber Pirlitu zähmte dieses mächtige Gefühl mit ihrer Erfahrung, wie ein Schmied glutflüssiges Eisen in eine vorbestimmte Bahn zwang. Es gab ihr Kraft, ohne ihren Verstand zu ersticken.

Auch Leronn war jedoch ein Kämpfer, der viel erlebt hatte. Er beachtete den Schmerz in seinem Handgelenk kaum. Mit schnellen Sätzen verkürzte er den Abstand auf drei Schritt. Das war noch immer außerhalb der Reichweite der Morgensterne, aber die Kette hing nun wieder durch. Er schloss die Faust darum, winkelte den Ellbogen an und schlang ein Stück um seinen Oberarm, sodass dieser die Wucht auffangen würde, sollte Pirlitu erneut reißen.

Die Kriegerin holte weit aus, sie führte den Stab des Morgensterns in einem Bogen über ihrem Kopf nach hinten. Obwohl sie sich beim Schlag vorbeugte, erreichte die Stachelkugel ihren Gegner jedoch nicht. Über ein Schritt fehlte.

Leronn blieb ruhig, er reagierte gar nicht auf die Attacke.

Pirlitu führte einige weitere Schläge, deren Sinn Fiafila-Ignuto nur darin vermuten konnte, dass sie studierte, ab welcher Distanz Leronn einen Angriff ernst nahm.

Die Pulver der Magier wirkten wie geplant. Nur langsam fraß sich das Feuer zu den Kämpfern vor. Der zweite, innerhalb des ersten liegende Kreis brannte mit grünen Flammen. Im Verlauf des Duells würde der Brand die Kontrahenten immer enger zusammentreiben, bis sie einander so nahe wären wie Liebende. Vermutlich würde zu diesem Zeitpunkt allerdings nur noch einer vor ihnen im Kreis stehen.

Leronn schlug das erste Mal zu.

Pirlitu brachte das Kunststück fertig, die Kugel mit ihrem kurzen Stab abzuwehren. Sie knallte gegen den Ansatz der Morgensternkette. Die Kriegerin lachte höhnisch.

Was habe ich in Pirlitus Verstand gesehen?, fragte sich Fiafila-Ignuto. *War es eine ältere Erinnerung, vielleicht an ein Ereignis, das schon Jahre zurückliegt? Aber neben der Kiste, in die die schwarzen Hände das Artefakt gelegt haben, lag ein gewöhnlicher Stein. Ein Stein, wie Chastro-Ignuto sie ausgewählt hat, um das Gewicht zu ersetzen.*

Sie erinnerte sich an die Zeit in Rorgator, in der Eivora sie Pirlitus Obhut anvertraut hatte. Die schwarze Kampfherrin hatte die Gefangene zwar nicht freundschaftlich, aber doch gerecht behandelt. Wie Fiafila-Ignuto erst jetzt erkannte, mit dem Abstand einer ereignisreichen Woche, in der sie selbst sich gewandelt hatte, war auch Pirlitu jemand, den sie bewundert hatte. Eine Frau, die sich durchzusetzen verstand.

Die Ketten der Morgensterne verfingen sich. Die Kämpfer prallten aufeinander. Leronn versuchte, Pirlitu zu Fall zu bringen, aber diese verschaffte sich mit einem Kopfstoß Raum. Sie stolperten auseinander, die Waffen entwirrten sich. Pirlitu blutete am Bauch, die Stacheln hatten ihre Haut geritzt.

Fiafila-Ignuto warf die Fackel in die Flammen. Sie breitete die Hände aus und rief die wichtigsten Dämonen Rorgators an. Dabei folgte sie den Einflüsterungen des Homunkulus, war jedoch unsicher, ob die Formeln, die von Grausamkeit und Ruhm, von Schmerz und Hass sangen und darunter Namen wie Kirlestes und Harnastes mischten, irgendetwas bewirkten. Auf die Kampfweise der Duellanten nahmen sie keinen Einfluss. Pirlitu blieb die Aktivere, während Leronn abwartete.

Der Wind frischte auf, aber er hatte nicht mehr die Kraft, die Flammen auszublasen. Sie prasselten nur noch wütend, wenn eine Bö hineinfuhr.

Pirlitu siegte, weil Leronn vor dem vierten, orangerot lodernden Feuerkreis zurückwich. Er trat in eine Schlinge der am Boden liegenden Kette. Pirlitu riss mit aller Kraft daran. Die Glieder zogen sich um Leronns Unterschenkel. Der Schrei, mit dem er das Gleichgewicht verlor, übertönte die Flammen.

Pirlitus Morgenstern schlug in seine Brust, bevor sein Rücken den Boden berührte. Sie setzte noch dreimal nach, obwohl er sich nach diesem Hieb nicht mehr bewegte.

Eigentlich sollte die Siegerin in der Mitte des Kampfkreises warten, während das Feuer sie immer weiter einschloss, bis die Flammen schließlich verlöschen würden. Außen, wo sie rot brannten, wurden sie bereits niedriger.

Aber Pirlitu ließ zu, dass die Wut ihre Geduld überwältigte. Mit gesenkter Stirn schritt sie durch das Feuer.

Ignuto schmeckte ihren Zorn, den Triumph der Siegerin und den Schmerz der Hitze auf der Haut. Und er sah eine weitere Erinnerung, den Blitzstein, den einige abgekämpfte Gestalten auf ein eisernes Gestell legten, wo Pirlitus schwarze Hände ihn betasteten. Der Homunkulus fühlte sogar die eingemeißelten Schriftzeichen unter ihren Fingern.

Pirlitu stellte sich dicht vor Fiafila-Ignuto. »Vor dir habe ich keine Angst! Früher nicht, und jetzt erst recht nicht!« Sie wandte sich an die Umstehenden. »Wenn nicht bald jemand meine Ketten löst, schlage ich euch alle zu Brei!«

Sie hatte Leronn hinter sich hergeschleift, sodass seine Leiche jetzt im Feuer brannte und den Geruch von Leichenfett verbreitete.

»Wir sollten es nicht verschwenden. Er wird gutes Öl für das Schwertfeuer abgeben.«

Ein Krieger des Sturmbanners eilte mit dem Schlüssel herbei.

Wieso hat sie gewonnen? Fiafila-Ignuto achtete darauf, ihre Frage nicht laut auszusprechen. *Pirlitu ist schuldig. Sie hat Zigûn überfallen und den Blitzstein rauben lassen.*

»Es geht nicht um Gerechtigkeit«, säuselte Ignuto. Offenbar schwelgte er noch in der Erfahrung von Feuer, Kampf und Schmerz. *»Eine fähige Kampfherrin nützt uns mehr als ein rechtschaffener Greis, der nicht einsehen will, dass er zu alt für den Krieg ist. Und glaube nicht, dass deine alten Götter anders entscheiden, wenn es um ihre Paladine geht.«*

16. Im Palast

Erst tagelang bestenfalls ein paar Tröpfchen, und jetzt so ein Unwetter, dachte Eivora. *Die Zeit für den Blitzstein ist gekommen. Wir dürfen sie nicht ungenutzt verstreichen lassen! Der Zeitpunkt, um in die Stadt einzudringen, war richtig. Wenn nur nicht alles schiefgegangen wäre!*

Je höher sie und Nirto kamen, desto stärker schlug der Sturm nach ihnen. Die Kette führte außen an einem Turm empor, dessen Umfang erkennbar wurde, wenn Blitze die Dunkelheit zerrissen. Sie zuckten aus der brodelnden Wolkendecke herab und schlugen in die Kupferdächer der titanischen Bauwerke. Einer von ihnen gleißte sogar an der Außenseite einer Pyramide entlang wie weißglühendes Eisen, das einem engen Kanal folgte, sodass er die Spitze mit der Dunkelheit in der Tiefe verband. Immer neue Donnerschläge krachten. Statt zu verhallen, rollten sie zwischen den Gebäuden umher. Der Lärm erinnerte Eivora an eine Katapultstellung, die eine Festung sturmreif schoss.

Sie fühlte den Druck der Brosche, die sie Tsiglôn abgenommen hatten, an ihrer Brust. Das Schmuckstück war sicher unter ihrer Lederrüstung verstaut.

Wie durchnässt sie war, begriff sie erst, als der an der Kette eingehakte Korb, in dem sie saß, nur noch einen Schritt vom Loch im ausladenden Anbau des Turms entfernt war. Wie unter einem Dach war sie nun vor dem Regen geschützt und bemerkte, wie ihr Untergewand an ihr klebte. Für die Armbrustsehne war die Nässe Gift. In den vergangenen Tagen war sie nicht dazu gekommen, sie so regelmäßig zu fetten, wie sie es bei Pirlitu gelernt hatte. Hoffentlich würde sich das nicht rächen.

Als sie an der rasselnden Kette durch das Loch schwebte, blendete sie das Licht. Die Armbrust war gespannt, der Bolzen eingelegt, aber die drei Männer, die sie erwarteten, sahen friedlich aus. Zweien fehlten die Augenbrauen, der in der Mitte dagegen besaß umso ausgeprägtere. Sie waren rot gefärbt und standen seitlich wie Stacheln ab. Er trug auch das vornehmste Gewand, während die anderen in schlichtes Grün gekleidet waren.

Eivora schwang sich aus dem Korb und landete federnd auf dem Steinboden. In dem rechteckigen Raum stand ein Dutzend großer Fässer. Auf einem davon lagen ein paar Bündel. In der gegenüberliegenden Wand befand sich eine Tür, durch die fensterlose Öffnung zur Rechten schlug der Regen. Unter der Decke hing eine Laterne, zwei weitere standen auf dem Boden.

Eivora machte einen Schritt zur Seite, bevor sie sich an den gut gekleideten Mann wandte. »Ihr seid Gylôn, nehme ich an? Auges Sohn?«

»So ist es.« Lächelnd streckte er die Hand aus. »Und Ihr habt mir etwas mitgebracht, das hier oben dringend erwartet wird?« Er wirkte älter als Eivora, knapp dreißig, aber möglicherweise täuschte der zu einem Knoten geflochtene Kinnbart. Das Rot der Brauen erinnerte an die Darstellungen mancher Dämonen im Glühenden Tempel, denen die Maler genau diesen Ton gaben.

»Ich habe es unter meiner Rüstung«, sagte Eivora. »Damit es mir in dem Sturm nicht herunterfällt.«

Gylôn zog die Hand nur wenig zurück. »Sehr klug. Aber hier besteht keine Gefahr mehr, dass die Brosche in die Tiefe stürzt.«

Nirto tauchte in der Öffnung auf und sprang neben Eivora. Ob ihre Gegenüber erkannten, dass der Krieger die Rechte so hielt, dass er die Axt augenblicklich aus dem Ring reißen konnte? Ob sie eine Vorstellung davon hatten, wie hart Nirto zuzuschlagen vermochte, auch wenn er diese Waffe knapp unter dem Blatt fasste? Und dass er dabei gleichzeitig das Schwert ziehen konnte?

Wahrscheinlich sahen sie nur einen vor Nässe tropfenden Mann mit grauen Augen, der eine Woche lang nicht dazu gekommen war, sich die Wangen zu schaben.

»Die Brosche«, erinnerte Gylôn.

»Euer Vater versprach, Ihr würdet uns an den Hof des Stadtfürsten bringen.«

»Das werde ich, aber so könnt Ihr ohnehin nicht dorthin kommen. Heute gibt man nämlich keinen Maskenball mit dem Thema ›Wasserratten‹.«

Er hatte recht. Sie standen bereits in Pfützen.

Gylôn schnippte. Einer der Brauenlosen nahm ein Bündel von einem Fass. Es bestand aus zusammengeschnürter Kleidung.

»Wickelgewänder«, erklärte Gylôn. »Durch die Schnürung kann man sie anpassen. Eure Statur war mir unbekannt.«

»Sehr vorausschauend.«

»Ein Trockentuch ist auch dabei, und ein Rundhut, unter dem Ihr das nasse Haar verbergen könnt.« Wieder streckte er die Hand aus. »Ich würde nun gern zur Sache kommen.«

Eivora schnaubte. Die Riemen ihrer Lederrüstung waren durch die Nässe aufgequollen und rutschig, sodass sie sich schlecht öffnen ließen, aber mit Beharrlichkeit und Geduld gelang es ihr.

Aglix waren die Verrenkungen, die sie vollführte, um alle Schnallen zu erreichen, wohl zu abenteuerlich. Der Feuersalamander huschte auf den Boden, als sie sich bückte.

Der beleibtere der beiden Diener kreischte und stampfte auf, wobei er das kleine Tier nur um Haaresbreite verfehlte.

Aglix flitzte zu den Fässern, aber der Dicke folgte ihm.

Eivora warf sich nach vorn, packte sein Fußgelenk und stieß es zur Seite.

Noch einmal quiekte der Mann, während er kippte. Er knallte auf das Knie des anderen Beins.

»Der Kleine gehört zu mir«, knurrte Eivora.

»Ein seltsames Haustier«, meinte Gylôn.

Eivora sah den dicken Mann an, der sich schniefend das Gelenk rieb. »Das finde ich auch«, schluchzte er.

Als sie alles abgelegt hatte, streckte sie die Hand aus, um das Kleiderbündel entgegenzunehmen, aber Gylôn hielt den Diener mit einer Geste zurück. Er betrachtete Eivoras nackten Körper mit unverhohlenem Interesse.

Sie stellte die Füße auseinander und streckte die Arme zur Seite. »Genug gesehen?«, blaffte sie.

»Eine Frau mit Narben«, sagte Gylôn amüsiert. »Lasst mich raten: Sie stammen nicht von einem Verehrer mit schmerzhaften Vorlieben?«

Ihr Zeigefinger folgte dem Grat, der ein Stück über ihrem Bauchnabel begann und sich bis zur linken Hüfte zog. »Das hier war der hingebungsvollste. Er liebte den Stahl ebenso wie ich. Für diese Liebe ist er gestorben.« Sie grinste.

Gylôn schauderte. »Wir sind weichere Frauen gewohnt.« Er winkte dem Diener.

Eivora trocknete sich ab. »Wir suchen ein Artefakt«, sagte sie. »Einen Stein, in den Schriftzeichen gekerbt sind.«

»Mein Vater hat mir von Eurem Anliegen berichtet, aber ich konnte noch nichts dazu herausfinden. Ich habe versucht, an einen Mann heranzukommen, von dem ich dachte, man habe ihn an den Hof gerufen, weil er sich bei den Wachtruppen ausgezeichnet hat. Ein kräftiger Kerl, schwielige Pranken, eindeutig ein Krieger.«

»Die Wachen haben uns das Artefakt abgenommen.« Sie begann, sich anzukleiden. »Möglich, dass eine von ihnen etwas weiß.«

Gylôn schüttelte den Kopf. »Ich war im Irrtum. Der Mann ist keiner von Ygôdas Offizieren, und die beiden Bewaffneten, die ihn auf Schritt und Tritt begleiten, sind keine Ehrenwache. Er ist ein Gefangener, König Harlefs Sohn.«

»Gonter!« Eivoras zuvor unterdrückte Hoffnung, er könne überlebt haben, brach sich mit dem Ausruf Bahn.

»Offenbar kennt Ihr ihn.«

»Ist er noch am Hof?«

»Meines Wissens ja. Der Stadtfürst scheint gern mit ihm zu plaudern. Prinzessin Irûna macht sich allerdings rar, sie verspürt wohl kein Interesse an ihm.«

Eivora vermutete, dass sie gerade dümmlich grinste.

»Uns geht es nicht um Gonter«, mahnte Nirto. »Wir sind hier, um etwas anderes zu holen.«

»Wo wir schon beim Holen sind.« Fordernd streckte Gylôn die Hand aus. »Ihr habt doch auch etwas für mich geholt.«

Eivora wühlte die Brosche aus ihrer Rüstung. Vorsorglich hatte sie das Schmuckstück in Leinen eingeschlagen.

Gylôn wickelte es aus und lächelte zufrieden, als er das Kleinod betrachtete. Der Amethyst warf violette Rauten auf sein Gesicht. »Es gibt eine Dame, die sehnsüchtig hierauf wartet.«

»Dann werdet Ihr sie bestimmt glücklich machen.«

Er nickte. »Umfassend und in mehrfacher Hinsicht.«

»Könnte sie etwas über das verlorene Artefakt wissen?«, fragte Nirto.

Gylôn zuckte mit den Achseln. »Hier könnte jeder etwas über alles wissen. Gerüchte schwirren durch den Palast wie Bienen in ihrem Korb.«

Eivora konnte ihre Armbrust nicht wieder an den Unterarm binden, wollte auf die Waffe, die sie am sichersten beherrschte, jedoch keinesfalls verzichten. Wegen ihrer kleinen Gestalt brauchte sie nur wenig vom Wickelgewand, um ihren Körper zu bedecken. Einer der Diener half ihr, die ygôdische Mode zu treffen. Aus dem übrig gebliebenen Stoff formten sie einen Überwurf, der weit genug über den Bauch fiel, um die Armbrust darunter zu verbergen. Das Kurzschwert band sie unter dem Gewand an ihren Oberschenkel.

»Gonter ist unsere beste Spur«, sagte sie. »Wir müssen mit ihm sprechen.«

»Bist du sicher, dass deine Zuneigung deine Überlegung nicht trübt?«, fragte Nirto. »Er ist ein Gefangener. Der letzte Ort, an den ich gehen will, ist ein Kerker.«

»Oh, er bewegt sich frei am Hof«, berichtete Gylôn. »Nur, dass ihn ständig ein paar Schatten begleiten.«

»Dennoch«, beharrte Nirto. »Wir werden auffallen, wenn wir uns in seine Nähe begeben.«

»Er ist ein Kamerad. Wir müssen ihn befreien.«

»An erster Stelle steht der Kontrakt«, meinte Nirto.

»Wir waren uns einig, dass wir am Fürstenhof am ehesten herausfinden, was uns nützen kann«, gab Eivora zurück.

»Aber nicht, indem wir eine kopflose Befreiungsaktion unternehmen.«

Eivora knirschte mit den Zähnen. »Wir gehen jetzt zum Fürstenhof. Das ist ein Befehl.«

Nirto schrie auf und rammte dem Diener eine Faust in den Magen, als dieser seine Brauen zwirbelte.

»Mein gütiger Herr!« Gylôn schmunzelte süffisant. »Wenn Ihr zu den Edlen gerechnet werden wollt, müssen wir der Zier Eurer Augen ein wenig Aufmerksamkeit widmen. Es sei denn, Ihr zieht das Sklavendasein vor. Dann werden wir sie rasieren.«

Eivora grinste und machte sich daran, Aglix zwischen den Fässern hervorzulocken.

Die Damen der Hofgesellschaft versammelten sich an der vom Boden bis zur Decke verglasten Fensterfront, um das Unwetter zu bestaunen. Blitze krachten so nah in die Kupferdächer, dass der Donner gleichzeitig zu hören war. Während dieser zu einem Grummeln in der Tiefe herabsank, wurde das Prasseln des Regens, den der Sturm gegen die Scheiben drückte, zum lautesten Geräusch. Wenn eine Bö aus Westen kam, wurde das Glas undurchsichtig wie die Oberfläche eines sturmgepeitschten Sees. Drehte der Wind, hatte Gonter den Eindruck, durch einen fingerdünnen Wasserfall zu schauen.

Er saß mit seinen beiden Bewachern an dem Tisch, auf dem allerlei Leckereien lasteten. Ab und zu kamen Angehörige der edlen Gesellschaft mit ihren kleinen Tellern, um Trauben, kalten Braten oder etwas von dem Käse, der in einem halben Dutzend Sorten angeboten wurde, darauf anzuhäufen. Dann kehrten sie zu den Ihrigen zurück, die Damen zum Fenster, die Herren zum großen Modell, das Ygôdas Umgebung nachbildete.

Gonter fragte sich, aus welchem Material die grünen Mulden der fetten Ebene, der graue Titanenfels, die braunen Berge und die blauen Gewässer gefertigt waren. Wegen der fließenden Formen hatte er zunächst Gips oder Ton vermutet, aber die Geräusche, mit denen die Herren Figuren darauf abstellten, ließen auf eine sehr sorgfältige Holzarbeit schließen. Sein Vater hätte einen Wutanfall bekommen, wenn er dieses Modell gesehen hätte, gegen das sich die bemalte Decke, auf der er seine Truppenbewegungen plante, kümmerlich ausnahm. König Harlef hasste es, wenn jemand etwas besaß, das die Pracht seines königlichen Besitzes in den Schatten stellte.

Stadtfürst Sumeêl zeigte kein Interesse mehr an Gonter. Sein Thron stand inmitten der Magistrate. Die Funktion dieser zwölf Herren bestand wohl eigentlich darin, ihn zu beraten, aber wenn Gonter ihrer hitzigen Debatte zuhörte, konnte er den Respekt vor einem Herrscher nicht erkennen. Sie sprachen mit dem Fürsten wie mit einem Gleichgestellten, manchmal sogar wie mit jemandem, an dessen Geisteskraft sie zweifelten.

»Unsere Offiziere sind begierig auf Ruhm!« Ûlohn, der Mann, der Gonter beinahe an einem Fleischerhaken über die Zinnen hätte werfen lassen, schrie nur noch. Sein Gesicht war dunkelrot inmitten des weißen Rahmens, den Haupthaar und Wangenbart bildeten. »Nach zwei Monden Untätigkeit müssen wir ihnen eine Möglichkeit bieten!«

»Sie durften doch bereits einen Ausfall führen«, erwiderte Sumeêl schwach. Er wirkte krank in seinem tragbaren Thron.

»Ein Ablenkungsmanöver!«, rief Ûlohn. »Gerade lang genug, um die Späher hinauszubringen! Dabei war kein Ruhm zu gewinnen! Sie mussten sich viel zu rasch zurückziehen.«

»Sie haben noch nicht einmal ein Banner erobert«, stimmte ein Magistrat zu, dessen weiße Robe Gonter vermuten ließ, dass er eine klerikale Funktion innehatte. Er trug einen merkwürdigen Kopfputz mit Stierhörnern. Diese Tiere genossen in Ygôda kultische Verehrung.

»Aber Harlef zieht seine Truppen doch schon ab.« Sumeêl wies auf eine Prozession von Figuren, die sich östlich des Titanenfelsens das Hochland hinaufarbeiteten. Die Fette Ebene war bereits frei von Kriegern. »Was sollen wir mit mehr Blut noch erreichen? Wir siegen doch schon durch Abwarten.«

»Aber Abwarten bringt keinen Ruhm!« Ûlohn schlug die Knöchel auf den Tisch. »Es überzeugt auch niemanden von unserer Schlagkraft! Wenn sie ungeschoren davonkommen, wird das andere ermuntern, ebenfalls ihr Glück zu versuchen.«

»Und was ist mit dem Verlust, den wir erlitten haben?«, fragte ein dürrer Mann, dessen Nase so flach war, dass sie beinahe mit den Wangen verschmolz. »Durch die Monde der Belagerung wird uns wesentlich weniger vom Viehtrieb erreichen als in den vergangenen Jahren.«

Fünf rasch aufeinanderfolgende Blitze und ihr Donner unterbrachen das Gespräch für einen Moment.

»Ich werde mit König Harlef über eine Entschädigung verhandeln.«

»Jährliche Tribute!«, forderte Ûlohn.

Gonter bezweifelte, dass selbst das Leben seines Erben seinem Vater eine solche Schmach wert war. Immerhin gab es einige stramme Jünglinge, von denen man munkelte, dass in ihren Adern ebenfalls königliches Blut floss. Zwar wäre es nicht einfach, den Bastard von einer fügsamen Gespielin anzuerkennen, aber wenn eine solche Mühe diese Demütigung ersparte, würde er sie möglicherweise auf sich nehmen.

»Für die Dauer der Verhandlungen haben wir König Harlef zugesichert, keine Feindseligkeiten gegen seine Truppen zu unternehmen.« Sumeêls Thron stand auf einem kleinen Podest, was ihm ermöglichte, das Modell zu überblicken und zugleich von einer erhöhten Position auf die Magistrate herabzusehen. Dennoch wirkte er müde und schwach. Ob ihn der Streit mit Prinzessin Irûna, die schnaubend den Saal verlassen hatte, so ausgelaugt hatte?

»*Seine* Leute! Genau.« Ûlohn zeigte auf die Figur, die einsam am Westufer des Schimmersees stand. »In diesem Lager befinden sich keine von Harlefs Männern!« Er nahm eine Reiterfigur von der Nordwestecke der Stadt und knallte sie neben der Figur, die den Klingenrausch repräsentierte, zurück auf das Modell.

»Die Söldner halten sich ebenfalls an die Abmachung. Sie ziehen ab.«

Ein etwa dreißigjähriger Mann mit feuerroten Brauen und einem geknoteten Kinnbart betrat den Raum. Er hatte etwas Metallisches in der Hand, das er in Richtung der Damen hielt. Ein Fräulein mit einem Hut, von dessen Spitze ein blaues Band bis zu ihrer Hüfte reichte, wo es als Schärpe Verwendung fand, kiekste erfreut und winkte ihn heran.

»Wir wissen nur«, meinte Ûlohn, »dass sie vor ein paar Stunden begonnen haben, ihr Lager abzubrechen. Schicken wir unsere Truppen, um nachzusehen, ob sie wirklich fort sind!«

»In diesem Unwetter werden es die Söldner schwer haben, abzumarschieren«, gab Sumeêl zu bedenken.

»Das ist ihr Problem, nicht unseres.«

»Auch unsere Leute werden im Gewitter …«

»Was macht eigentlich dieser Emporkömmling hier«, brüllte Ûlohn, »während wir unsere Strategien besprechen?«

Der Mann mit den roten Brauen erstarrte bei dieser Anrede. Das Fräulein entwand ihm die helle Brosche mit sanfter Gewalt.

Ûlohn stapfte auf ihn zu. Er nahm die Schultern zurück, was allerdings seinem Kugelbauch stärker zur Geltung verhalf als der unter der reich bestickten Weste verborgenen Brust. »Wenn wir schon Gesindel aus der Dunkelheit hier dulden«, sagte er, »heißt das noch lange nicht, dass es an den Hof kommen kann, wie es ihm beliebt.«

»Aber Onkel Ûlohn!«, rief das Fräulein weinerlich. »Gylôn kann Verlorengeglaubtes zurückbeschaffen! Sieh nur, meine Brosche! Du wirst doch sicher genug Silber dabeihaben, um …«

Der Rest ihrer Bitte ging in krachenden Donnerschlägen und dem anschließenden Geschnatter der Damen unter. Ûlohns barsche Geste war im Gegenlicht der Blitze deutlich zu sehen.

»Für diesen Unsinn ist jetzt keine Zeit!«, rief er. »Der Kerl soll später wiederkommen!«

»Aber meine Brosche!«, jammerte das Fräulein. Sogar auf die Entfernung sah Gonter, dass Tränen in den Augen der jungen Frau standen.

»Behalte den Tand«, entschied Ûlohn. »Wir klären die Einzelheiten später, wenn wir mit den wichtigen Dingen fertig sind.« Mit einer wedelnden Geste scheuchte er Gylôn fort.

Als er sich wieder dem Modell zuwandte, streifte sein Blick Gonter. »Und was macht der noch hier?« Das Schreien verdunkelte sein Gesicht immer weiter.

»Es ist nicht ungewöhnlich, dass sich jemand von seinem Stand bei Hofe aufhält«, meinte Sumeêl. »Er ist ein Prinz.«

»Er ist ein Feind«, entgegnete Ûlohn.

»Noch. Auf Krieg folgt Frieden. Feinde werden Handelspartner.«

»Habt Ihr schon eine geeignete Braut für ihn gefunden, mein Fürst?«, fragte der mit der kaum vorhandenen Nase.

»Bislang ist sein Wert noch unklar.«

»Und in einer Besprechung über Fragen des Heerwesens ist dieser Wert sicher nicht zu bestimmen.« Wenn sich Ûlohn abstützte und so leise sprach, erschien er bedrohlicher, als wenn er schrie. »Hier hat er nichts verloren. Aber vielleicht wollt Ihr ihm woanders Gesellschaft leisten, während wir hier weiter Dinge beraten, die kaum Euer Interesse finden.«

Sumeêls Hände krampften sich um die aus Stierhörnern gefertigten Lehnen seines Throns. Alle sahen ihn an. Sicher wünschte er sich jetzt mehr noch als sonst die Muskeln, die seine Beine tragen würden, sodass er sich würdevoll hätte erheben können.

»Ich bleibe«, stellte er klar. »Es geht um die Stadt, deren Krone ich trage.«

Diese war allerdings viel bescheidener als die Kopfzier König Harlefs – nur ein silberner Reif.

Das Schweigen endete erst, als der nächste Donnerschlag es brach.

»Bringt Prinz Gonter in sein Gemach«, befahl Sumeêl den Wachen.

Sie eskortierten ihn aus dem gleichen Ausgang, den auch Gylôn genommen hatte. Die beiden Krieger verhielten sich respektvoll, sie blieben einen halben Schritt hinter Gonter und berührten ihn nicht. Als sie um eine Ecke bogen, zuckte Gonter unter einem Knall zusammen, der heller klang als der Gewitterdonner draußen.

Im Innern der Pyramide fanden sich keine wuchtigen Quader, sondern ockerfarben verputzte Wände, wie man sie auch in anderen Palästen kannte. Alle zwei Schritt stand eine Öllampe in einer Nische, was für ein warmes Licht sorgte. Jetzt spritzte das Blut der Wache, aus deren Hals plötzlich ein daumendicker Armbrustbolzen ragte, dunkelrot gegen die Wand.

Wo der Gang dunkel wurde, streifte Gonters Blick eine kleine Gestalt in einem wallenden Gewand mit einem voluminösen Hut. Nur an ihrer Armbrust erkannte er Eivora. Er hatte jedoch keine Zeit, seine Überraschung kundzutun, weil er hörte, dass der Krieger auf der anderen Seite das Schwert zog.

Er bekam die lange Klinge nicht vollständig aus der Scheide, bevor Nirto ihn ansprang und einen Dolch durch seine Kehle zog. Sofort brach er in die Knie und umfasste den Hals, um die Wunde zusammenzudrücken. Ein vergebliches Unterfangen, dem der Söldner keine Beachtung schenkte.

»Du hast zu früh geschossen!«, warf er Eivora vor.

Sie spannte bereits wieder ihre Armbrust. »Sind da noch mehr?«

Er sah um die Ecke in den Gang, aus dem Gonter gekommen war. »Sieht nicht so aus.«

»Gut. Dann weg hier.«

Nirto betrachtete missbilligend die Blutspritzer an der Wand. »Selbst wenn wir die Leichen wegschaffen, wird das hier auffallen.«

»Dann löschen wir eben noch ein paar weitere Lampen.«

»Das wird nicht lange helfen. Diese ganze Befreiungsaktion war übereilt!«

Eivora trat ins Licht. »Niemand stellt in einem Kampfeinsatz meine Befehle infrage!«

Zähneknirschend hockte sich Nirto neben den Mann, den er getötet hatte, und wischte den Dolch an dessen Kleidung ab.

»Muss das sein?«, fragte Gonter.

»Was?«

»Diese Respektlosigkeit einem Toten gegenüber.«

Nirto schnaubte. »Blut trocknet. Falls es das tut, wenn die Klinge in der Scheide steckt, klebt sie fest. Das kann dich die entscheidende Zeit kosten, wenn du sie ziehen willst.«

Gonter fühlte, wie ihm die Hitze ins Gesicht stieg.

»Weshalb bist du eigentlich noch unbewaffnet?«, fragte Nirto.

»Sollen wir die Arbeit allein machen, obwohl wir dich jetzt befreit haben?«

Während Eivora die Lampen löschte, löste Gonter das Gehänge des Mannes, den sie erschossen hatte, und gürtete das Schwert.

»Meine Aufgabe dürfte ich mehr als erfüllt haben«, sagte Gylôn, der im Schatten stand.

»Verschwinde!«, forderte Eivora ihn auf.

Er folgte ihrer Empfehlung ohne Umschweife.

Gonter zog Eivora heran und küsste sie. »Wie lautet euer Plan?«

»Das hängt davon ab, ob du weißt, wo sich der Blitzstein befindet.«

»Bist du sicher, dass es die richtige Tür ist?«, fragte Nirto feindselig.

Eivoras Muskeln spannten sich. *Lass dich nicht provozieren, Gonter*, dachte sie eindringlich. Dies war ein sehr schlechter Moment für Streit in der Gruppe.

Er blieb ruhig. »Ich erinnere mich an dieses Relief.«

In der Tat war der Bronzebeschlag auffällig. Er zeigte in vier Feldern ein Wellenmuster, eine Flamme, eine Wolke und einen unförmigen Brocken.

»Dahinter liegen die Gemächer von Cemâr, dem Alchimisten. Dort haben sie das Artefakt untersucht.«

Unwillig schnaubte Nirto. Eivora schmunzelte, weil die gezwirbelten und mit Wachs verlängerten Brauen hüpften, als er die Stirn runzelte. Im Grunde war eine solche Zier ideal für sein ständig mürrisches Gesicht.

Sie zielte auf die Tür, während sich ihr Kamerad an der Wand daneben positionierte und Gonter die Klinke drückte. Es war jedoch verschlossen.

»Eintreten«, schlug Nirto vor.

»Warum so brutal?« Gonter klopfte an.

»Ich will meinen Vater nicht sprechen!«, keifte eine Stimme von innen. »Er ist grausam und gönnt mir nichts!«

Gonter räusperte sich. »Er bittet um Verzeihung und schickt mich mit Pfeffer«, sagte er laut.

»Pfeffer?«, flüsterte Eivora. Hatte sie sich verhört?

Gonter grinste, was seine Augen in funkelnde Saphire verwandelte.

»Das ist auch nicht mehr als rechtens!« Die keifende Stimme klang nun etwas weniger anklagend. »Ohne Pfeffer schmeckt das Fleisch, als hätte man es schon einmal gegessen.«

Der Schlüssel drehte sich im Schloss. Eine Frau öffnete, die Eivora aufgrund ihrer Leibesfülle wie eine große Kugel auf Beinen erschien, auf der sich der Kopf als kleinere Kugel hielt, obwohl er eigentlich hätte herunterrollen müssen. Sie starrte Gonters leere Hände an. »Wo ist der Pfeffer?«

»Lass mich erst einmal herein.«

»Und wieso trägst du ein Schwert?« Sie keifte wieder. »Wo sind die Wächter, die dich überallhin begleiten sollen?«

Nirto verlor die Geduld. Wuchtig trat er gegen die zwei Handbreit geöffnete Tür, sodass sie ganz aufflog und dabei die Frau aus dem Weg drückte.

Sie schrie entsetzt auf und fiel hin.

Nirto sprang an ihr vorbei, Gonter folgte. Als Eivora in den Raum kam, in dem Regale die Wände vollstellten und ein ovaler Tisch mit Sitzgelegenheiten das dominierende Mobiliar war, zappelte die Frau wie eine Schildkröte, die auf ihrem Panzer lag. Offenbar hatte sie ebensolche Schwierigkeiten, ohne Hilfe wieder auf die Beine zu kommen.

Regen prasselte gegen die beiden Fenster neben der geschlossenen Tür gegenüber. Hinter dem Glas enthüllte ein Blitz ein Balkongeländer und jenseits davon in einiger Entfernung die dunklen Riesenbauten Ygôdas.

Nirto befand sich bereits in einem Zimmer, das links angrenzte. Dort klirrte Stahl.

Gonter zog sein Schwert.

Eivora warf die Tür zu und schloss ab.

»Helft mir!«, jammerte die Liegende, aber niemand kümmerte sich um sie. Sie war keine Gefahr.

Inzwischen kämpfte auch Gonter im Nebenraum. Eivora folgte den beiden Männern.

Ein Krieger krümmte sich in seinem Blut. Ein Diener ohne Augenbrauen kniete, neben ihm lagen Speisen auf dem Boden verstreut. Ein buckliger Mann und eine dürre junge Frau mit gelben Händen quetschten sich an die Wand, als hinge ihre Sicherheit von jeder Fingerbreite Abstand zu den eindringenden Söldnern ab.

Vor ihnen stand ein Tisch mit allerlei Gerätschaften. Ein runder Stein mit würfelförmigen Aufsätzen ruhte in einem Geflecht aus Eisenbändern, das an seitlich abgespannten Ketten über einem Kohlebecken hing. In seiner grobporigen, grauen Oberfläche glänzten silbrige Einschlüsse. »Der Blitzstein!«, rief Eivora.

Nirto gab dem verwundeten Gegner den Gnadenstoß.

»Seid ihr wahnsinnig, so damit umzugehen?«, fuhr Eivora den Mann und die dürre Frau an.

»Das dämonische Artefakt widersteht allem«, sagte der Bucklige kleinlaut. »Noch nicht einmal Säure hinterlässt Spuren.«

»Säure?«, schrie Eivora. »Ihr habt Säure daraufgekippt?«

Zitternd schaute er sie an.

»Besser, ihr nehmt das Artefakt herunter, Cemâr«, riet Gonter.

Mit furchtsam aufgerissenen Augen näherten sich die beiden der Anordnung. Während der Alchimist eine Kette löste, die wie ein Flaschenzug über mehrere Rollen lief, zog die Frau das Geflecht mit dem Blitzstein mittels eines Hakens heran. Mit dumpfem Klang setzte es auf der Tischplatte auf.

»Das Eisen ist noch heiß«, sagte sie. »Man würde sich verbrennen, wenn man es jetzt öffnen würde.«

»Sind das deine Leute?«, fragte eine Stimme aus dem Nebenzimmer.

Eivora drehte sich um und sah die dicke Frau in der Tür stehen. Einige lose Locken hingen bis auf ihre Schultern.

»Sie gehören zu den Söldnern, die mein Vater angeworben hat, Prinzessin Irûna«, sagte Gonter.

»*Das* ist die Prinzessin, die du heiraten solltest?«, fragte Eivora.

So ruhig, wie Irûna ihre Frage gestellt hatte, ging sie nun auch auf die Söldnerin zu. Ihre Arme standen ein wenig ab, und wenn sie einen Fuß anhob, neigte sich der gesamte Körper auf die andere Seite, als müsste sie einen schweren Sack vom Boden lösen. Wahrscheinlich war es für sie auch so ähnlich, wenn sie ihr Gewicht bewegte.

»Und wer bist du?«, fragte sie.

Eivora sah keinen Nutzen darin, einen falschen Namen zu nennen. »Eivora, Kampfherrin des Sturmbanners im Klingenrausch.«

Irûna musterte sie gründlich. Goldstaub färbte ihre aufgequollenen Lider.

»Bei einer Prinzessin hättet Ihr eine andere Erscheinung erwartet«, stellte sie fest.

Vielleicht war es der Wechsel zur formalen Anrede, der Eivora überlegen ließ, was sie wirklich in dieser Frau sah. »Bei jemandem Eures Standes sind Äußerlichkeiten ohne Belang«, sagte sie.

Irûna lächelte bitter. »Äußerlichkeiten sind niemals ohne Belang. Nicht für andere und nicht für Euch selbst, falls das überhaupt einen Unterschied macht. Denkt Ihr, ich wüsste nicht, dass unsere Diener Wetten darüber abschließen, ob sie ein ausgewachsenes Pferd finden, das ein schmaleres Hinterteil hat als ich? Ich weiß, dass ich fett bin, und wenn ich von geringerem Stand wäre, würde mir das zum Verhängnis werden. Aber ich bin eine Prinzessin, und so bleibt mir eine Wahl. Ich kann versuchen, jedem zu gefallen, und das habe ich eine Weile probiert. Aber zu viele haben ein Werkzeug in mir gesehen, dessen Einfluss auf den Stadtfürsten man ausnutzt, um es hinterher wegzuwerfen. Also stoße ich die Menschen weg. So kann mich niemand mehr enttäuschen.«

»Du könntest auch einfach weniger fressen«, riet Nirto, während er seine Klinge trocknete.

»Das könnte ich«, Irûna sah weiterhin Eivora an, »wenn mein

Wille stärker wäre. Aber wenn ich nichts esse, fühle ich mich so, als würde selbst ich mich hassen und lieber eine andere an meiner Stelle haben wollen. Also esse ich ständig.«

»Warum erzählt Ihr mir das?«, fragte Eivora.

»Ja, und wieso hörst du ihr überhaupt zu?«, blaffte Nirto.

»Weil ich keine Frau kenne, die eine Waffe schwingt«, sagte Irûna. »Habt Ihr Euch das selbst ausgesucht?«

»Niemand zwingt mich«, sagte Eivora. »Dies ist mein Leben. Ich kenne kein anderes.«

»Und ich nur das meinige. Ich habe Angst davor, dass mich mein Vater an jemanden verheiraten könnte, der mich zwingt, in die Ferne zu gehen, wo ich nichts gelte und alle mich verhöhnen.«

»Vielleicht würde dir dann der Appetit vergehen!«, meinte Nirto.

»Es reicht«, sagte Eivora kalt.

»Wie ist es, als Kriegerin zu leben?«, fragte Irûna.

»Man hat seine Freiheit immer in der Hand.« Eivora hob ihre Armbrust, richtete sie jedoch nicht auf die Prinzessin. »Aber wenn man sie im falschen Moment fallen lässt, entgleitet einem damit auch das Leben.«

»Nichts für Feiglinge«, stellte Nirto klar.

Eivora ging mit schnellen Schritten zu ihm und starrte zu ihm hinauf. »Ich sagte: Es reicht!«

»Ganz meine Meinung! Dieses Getratsche hilft uns nicht! Wir haben, was wir wollten.« Nirto zeigte auf den Blitzstein. »Wie schaffen wir es, ihn nicht wieder zu verlieren?«

Gonter hatte ihnen berichtet, was mit den anderen gefangenen Söldnern geschehen war. Weder gab es weitere Kameraden zu befreien, noch durften sie sich Hoffnung auf Unterstützung innerhalb der Stadt machen. Sie waren auf sich gestellt.

Draußen grollte der Donner.

Eivora sah den Diener an, der zwischen den verstreuten Speisen kauerte. »Kümmere dich um deine Herrin«, befahl sie.

Er stand auf und ging zu Irûna.

»Am besten wäre es, wenn wir das Artefakt aus Ygôda hinausschaffen könnten«, überlegte Eivora. »Kann Prinzessin Irûna sicheres Geleit für uns befehlen?«

»Das bezweifle ich«, sagte Gonter.

»Dann nützt sie uns nichts«, folgerte Nirto.

»Das ist vielleicht vorschnell geurteilt«, meinte Gonter. »Ihrem Vater, dem Stadtfürsten, liegt viel an ihr.«

»Also könnten wir über sie an ihn herankommen«, vermutete Eivora. »Wie wäre es, wenn wir einen von uns losschicken, um ihm unsere Bedingungen zu überbringen?«

Gonter machte ein nachdenkliches Gesicht. »Sumeêl herrscht weniger unumstritten als mein Vater. Wenn die Magistrate erfahren würden, dass wir ihn in der Hand haben, könnten sie ihn absetzen.«

»Also müssen wir auf eigene Faust entkommen«, sagte Nirto. »Können wir den gleichen Weg nehmen, den wir gekommen sind?«

»Durch das Tor für die Späher?«, fragte Eivora. »Dann müssten wir uns durch ein halbes Dutzend Wachen kämpfen und dabei den Stein mitschleppen. Letzteres wäre eure Aufgabe, dazu tauge ich nicht.«

»Beim brennenden Speichel der Dämonen!«, fluchte Nirto. »Da kommen wir nicht so einfach durch. Was, wenn wir die Dicke als Geisel mitnehmen und drohen, sie wie ein Schwein abzustechen?«

»Ich habe in dieser Stadt noch niemanden getroffen, der die Zuneigung des Stadtfürsten teilt«, gab Gonter zu bedenken. »Irûnas Auftreten macht ihr keine Freunde. Es könnte sein, dass manche froh wären, wenn wir sie ihnen vom Hals schafften.«

»Will sich denn niemand eine Belohnung des Stadtfürsten dafür sichern, dass er seine Tochter zurückbringt?«, fragte Nirto.

»Und sich dann auspeitschen lassen, weil er die fliehenden Söldner nicht aufgehalten hat?«, versetzte Eivora.

»Hier peitscht man niemanden aus«, sagte Gonter. »Man hängt Verurteilte an die Stadtmauer.«

Wieder fluchte Nirto.

»Die Mauer ist zu hoch, um an einer schlecht bewachten

Stelle hinunterzuklettern«, überlegte Eivora. »Erst recht bei einem Gewitter.«

Sie stockte.

»Was hast du?«, fragte Gonter.

»Wieso wollen wir eigentlich fliehen?«

Fragend sahen die Kameraden sie an.

»Ihr bleibt hier«, sagte sie zu den Ygôdern und ging mit Nirto und Gonter in den Nebenraum.

»Ich meine«, erklärte sie flüsternd, »wir wollten den Blitzstein in die feindliche Stellung tragen, und das ist uns gelungen. Wieso jetzt nicht weitermachen?«

»Weil Dreiviertel unseres Trupps tot sind?«, schlug Gonter vor.

»Unsere Zahl war von vornherein unwesentlich für unsere Schlagkraft«, flüsterte Eivora. »Es kam nur darauf an, dass wir den Blitzstein in Stellung bringen.«

»Ich trübe deine Schwelgerei nur ungern«, wandte Nirto ein, »aber unsere Kameraden draußen wissen noch nicht einmal, dass wir noch leben.«

»Sie ziehen ab«, sagte Gonter.

Nun war es an Eivora, ihn anzustarren. »Woher weißt du das?«

»Bevor ihr mich befreit habt, war ich bei der Lagebesprechung der Magistrate mit dem Stadtfürsten. Einer von ihnen – derselbe, der mich beinahe über die Mauer geworfen hätte – will das Sonnentor für einen Ausfall nutzen, bevor die letzte Möglichkeit, Ruhm zu erwerben, verstreicht.«

»Also müssen wir nicht nur aus der Stadt«, folgerte Nirto, »sondern uns auch durch das Umland schleichen, das bald wieder von Gegnern wimmeln wird.«

»Nicht so schnell!«, meinte Eivora. »Ihr geht noch immer davon aus, dass wir fliehen. Wieso nutzen wir nicht das, was wir erreicht haben, um doch noch einen Sieg zu erringen?«

»Wie stellst du dir das vor, wenn deine Leute nicht für einen Angriff vorbereitet sind?«, fragte Gonter.

»Der Klingenrausch ist *immer* angriffsbereit«, wies Nirto ihn zurecht.

»Wir müssen ihnen ein Zeichen geben, dass wir noch im Spiel sind.« Die beiden Söldner sahen sich an.

Draußen donnerte es.

»Wenn der Blitzstein aktiv ist, ist er sehr auffällig.«

»Wo?«, fragte Nirto.

»Gleich hier«, schlug sie vor. »Er wird dieses Bauwerk nicht zerstören, wenn wir ihn nur kurz einsetzen, dafür sind die Quader zu mächtig. Aber er wird es stark genug beschädigen, um für Chaos zu sorgen. Da wir selbst keine geordnete Truppe in der Stadt haben, verbessern wir dadurch unsere Lage.«

»Ich bin wohl etwas langsam«, gestand Gonter, »aber wieso willst du Chaos in der Palastpyramide haben, wenn die Mauer unseren Truppen dann immer noch den Zugang zur Stadt verwehrt?«

»Weil wir die Unruhe nutzen werden, um die Edlen in unsere Hand zu bekommen«, sagte Eivora. »Und dann lassen wir sie die Tore öffnen.«

»Ich weiß nicht, ob das so gelingen kann«, zweifelte Gonter. »Ygôda ist kein straff organisiertes Heer, wo die Spitze Befehle gibt und alle anderen folgen.«

»Hast du einen besseren Vorschlag?«

Er zuckte mit den Achseln. »Ich bin kein Söldner.«

»Dann machen wir es so«, entschied Eivora.

»Mit wessen Blut?«, fragte Nirto.

»Wieso Blut?«, wollte Gonter wissen.

»Der Blitzstein fordert immer das Blut von jemandem, der bereit ist, die Stellung zu verteidigen, die er zerstören soll. Man muss die Schriftzeichen auf den Ringen in die richtige Position drehen. Außerdem wirkt er nur im Innern der Befestigungsanlage, und nur dann, wenn Regen auf ihn fällt. Es nützt nichts, das Wasser aus Eimern auf ihn zu kippen oder ihn mit dem Blut eines Freiwilligen zu nähren.«

»Oder eines Toten«, ergänzte Nirto missmutig. »Der Wille, die Stadt zu schützen, muss noch lebendig sein.«

»Also, wen nehmen wir?«, fragte Eivora.

Durch die offene Verbindungstür fand Nirtos Blick Prinzessin

Irûna. »Ich kenne jemanden, die sehr an Ygôda und an diesem Palast hängt und die sich ganz sicher nicht freiwillig melden wird.«

Wieder krachte ein Donnerschlag.

Irûna wich zurück, als die Söldner auf sie zukamen.

»Keine Sorge«, sagte Eivora. »Wir brauchen nur wenig. Du wirst es überleben.« Sie wandte sich an den Alchimisten. »Ist das Eisengeflecht jetzt ausreichend abgekühlt?«

»Ja, Herrin.«

Sie überlegte, ob sein Blut nicht ebenso gut wäre, aber dann hätte sie wieder mit Nirto herumstreiten müssen, und bei Irûna konnten sie tatsächlich sicher sein. Außerdem hatte sie nicht gelogen. So viel Blut, wie einen Becher füllte, reichte aus.

Nirto zog sein Messer.

»Ich will nicht, dass du sie schwer verletzt«, mahnte Eivora.

»Dann sollte sie besser stillhalten.«

»Nirto! Das ist ein Befehl.«

Gonter war anzusehen, dass er missbilligte, was sie vorhatten, aber er schwieg.

»Bringen wir den Stein auf den Balkon!«, befahl Eivora.

»Mäßige dich«, bat Fiafila-Ignuto. »Du tust mir weh.«

Sie sprach zu leise, als dass ein Gegenüber sie im Lärm des Unwetters hätte verstehen können. Dennoch war es laut genug, denn die Worte waren für den Homunkulus bestimmt, der aus ihrer Schulter wuchs. Er hätte sie auch erfasst, wenn sie nur konzentriert daran gedacht hätte.

»Ich hasse die Nässe.«

»Der Regen trifft uns nicht.«

»Weil ich ihn fernhalte.«

Sie trug Chastro-Ignutos schweren, nietenverstärkten Ledermantel. Die breite Kapuze war so weit nach links versetzt, dass sie auch dem Homunkulus Raum bot. Dadurch befand sich ihr Kopf gemeinsam mit ihm in einem abgegrenzten Hohlraum, den er mit seiner Hitze füllte. Die ihm zugewandte Hälfte ihres Gesichts fühlte sich an, als stünde daneben ein Schmiedeofen.

Fiafila-Ignuto zog die Kapuze etwas weiter herunter. »Das sollte reichen.«

»Meine Wärme hält die Tropfen sicherer draußen.«

»Mäßige dich, oder ich ziehe den Mantel aus.«

»Das wagst du nicht!«

Offenbar zweifelte der Homunkulus an seiner eigenen Einschätzung. Er kühlte sich merklich ab.

Der vollgesogene Boden schmatzte unter den Füßen, während Fiafila-Ignuto mit einer Laterne in der Hand die Käfige abging. Die meisten Wildgänse wirkten verschüchtert, sie suchten Schutz vor dem Unwetter. Einige schnappten durch das Gitter.

»Basäon hat seinen Teil des Handels eingehalten«, sagte sie so laut, dass Yra sie verstand. »Wir lassen seine Schützlinge frei.«

Yras durchnässter Stoffmantel klebte an ihrem Körper und ihrem Kopf, der dadurch kleiner wirkte, als wenn er unbedeckt und trocken war und das Haar wie üblich abstand. Sie öffnete einen Käfig und steckte die behandschuhten Hände hinein, weil die Gans nicht von allein herauskam.

»Lass mich das machen«, bat Fiafila-Ignuto.

Der Vogel schnappte nach ihr, aber sie trug einen Schutz aus eisenverstärktem Leder. Sie nahm sich Zeit, um das Tier so behutsam zu fassen, dass sie ihm nicht wehtat, und spürte Ignutos Missbilligung deswegen.

Als sie die Wildgans in die Dunkelheit fliegen ließ und ihr Schnattern hörte, fühlte sie jedoch freudige Erleichterung. *Das bin ich*, dachte sie. *Das kommt aus meinem wahren Selbst.*

Es beruhigte sie, dass sie die Gefühle der dämonischen Wesenheit von ihren eigenen zu unterscheiden vermochte.

Einen Käfig weiter saß eine der Wildgänse, die die Kampfherren bei der Zeremonie gerupft hatten. Das Tier sah erbärmlich aus, bis zum nächsten Gefiederwechsel konnte es unmöglich fliegen, vielleicht auch nie wieder. »Wir müssen sie mitnehmen«, bestimmte Fiafila-Ignuto. »Stell den Käfig auf die Seite.«

»Wir könnten sie braten«, sagte Yra.

Der Vorschlag überraschte Fiafila-Ignuto, aber dann fiel ihr ein, wie dürr das Mädchen war. Der Hunger war ein Feind, gegen den es sein gesamtes Leben lang gekämpft hatte.

»Wir suchen jemanden, der sich um die Gans kümmert«, sagte sie. »Und wir geben ihm Silber, damit er sie nicht schlachtet.«

»Er wird deine Münzen nehmen und sich das Viech schmecken lassen, sobald du fort bist«, höhnte der Homunkulus. *»So sind die Menschen.«*

Fiafila-Ignuto wandte sich dem nächsten Käfig zu. Darin hockte ein weiterer der neuen Fänge, unverletzt und verschüchtert. Sie nahm den Vogel heraus und warf ihn in den Regen. Es war kein gutes Wetter zum Fliegen, aber der Wald war nah. Das Tier war schnell verschwunden. Nur ein Blitz zeigte es noch einmal als dunkle Gestalt inmitten von Tropfen, die aussahen wie geschmolzenes Eisen.

Der gleiche Blitz beschien auch eine sich nähernde Frau. Am Funkeln des Rubins in ihrer Stirn erkannte Fiafila-Ignuto sie unzweifelhaft.

»Was willst du, Iskala?«, fragte sie.

Die Kampfherrin der Magier zeigte in die Richtung, in der hinter dem Regen Ygôda lag. »Sieh dir das an, Avatar.«

Einige unter Planen gegen das Wetter kämpfende Feuer schienen durch die Wasserwand, ansonsten sah Fiafila-Ignuto nur Dunkelheit. Einzig die immer wieder niederzuckenden Blitze waren auf weitere Entfernung zu erkennen. Viele endeten hoch über dem Boden, einige schlugen in kupferfarbenen Punkten ein.

»Die Stadt ragt weit auf«, sagte Fiafila-Ignuto. »Das mögen die Blitze.«

Iskala lachte. »Forsche in den Erinnerungen des Homunkulus.«

Der belehrende Tonfall ärgerte Fiafila-Ignuto. Was bildete sich Iskala eigentlich ein? Ihre Gauklertruppe vermochte noch nicht einmal einen Feuerkreis zu entzünden! Brauchbare Informationen über den Gegner hatte sie auch nicht gesammelt. Dass man der Anführerin einer solch nutzlosen Einheit den Rang einer Kampfherrin zusprach, war ein Hohn!

»Sie sehen aus wie ein Trichter«, sagte Yra.

Fiafila-Ignuto zog die Kapuze ein Stück zurück, um die Sicht zu verbessern, und runzelte die Stirn. Was fiel sogar ihrer Magd auf, das ihr entging?

Ignuto war keine Hilfe. Er strahlte wieder vermehrt Hitze aus, um auch ja jeden Tropfen zu verdampfen oder wenigstens fortzuwirbeln, bevor er ihn traf. Das gelang ihm nur unvollständig.

»Müsstest du nicht eigentlich alles für den Abmarsch bereit machen?«, murrte sie.

»Nicht bei diesem Unwetter«, gab Iskala zurück. »Da ist König Harlefs Befehl nicht umzusetzen. Unsere Krieger brauchen die Zelte, um sich zu schützen.«

»Haben sie etwa Angst vor einem Schnupfen?«

»Lach nur. Eine Lungenentzündung kann ebenso kampfunfähig machen wie eine Schwertwunde. Außerdem glaube ich, dass wir unsere Befehle überdenken sollten.«

»Befehle führt man aus«, sagte Fiafila-Ignuto. »Überdenken kann man sie, während die Peitsche auf den Rücken knallt.«

»Einen Befehl muss man immer im Zusammenhang der Lage sehen«, widersprach Iskala. »Und die hat sich soeben geändert.«

»Erst habt ihr ein Gewitter gefordert, und jetzt wird es euch zu viel. Willst du mir das sagen? Ich soll also einen anderen Wind rufen, der die Wolken wieder vertreibt.«

»Im Gegenteil, du musst das Unwetter aufrechterhalten. Es darf sich nicht abschwächen.«

Eine weitere Frau kam durch den Regen. Sie trug eine große Armbrust über der Schulter.

»Pirlitu«, grüßte Fiafila-Ignuto mit einem Nicken, obwohl sie unsicher war, wie sie sich der Frau gegenüber verhalten sollte, die offenbar das Sturmbanner hatte angreifen lassen, um an den Blitzstein zu kommen.

»Sie sieht es nicht«, spottete Iskala.

»Dann ist sie blind«, stellte Pirlitu fest.

Fiafila-Ignuto drängte den Zorn zurück, der ihre Gedanken ablenkte. Sie würde sich bei anderer Gelegenheit für Iskalas Unverschämtheit rächen.

»Die Kleine zeigt den Ygôdern, wie Söldner Feste feiern«, sagte Pirlitu.

»Welche Kleine?«, fragte Fiafila-Ignuto. »Sprichst du von Eivora?«

»Ihr unterschätzt sie alle. Ich setze meinen gesamten Sold aus diesem Kontrakt auf sie, auch wenn das bedeutet, dass ich das Sturmbanner wohl doch nicht befehligen werde.«

Fiafila-Ignuto erkannte noch immer nichts als Blitze.

Ärgerlich sah sie zu Yra hinüber. Gäbe sie sich damit keine solche Blöße, könnte sie die Magd fragen, was es dort zu sehen gab. Was hatte das Mädchen gesagt?

Ein Trichter …

Plötzlich bemerkte auch Fiafila-Ignuto, dass die Blitze in einem bestimmten Muster einschlugen. Sie stellte sich die gewaltige Breite Ygôdas vor, die sich bis zum südöstlichen Horizont erstreckte. In dieser Richtung gab es kaum Blitze. Sie sammelten sich im westlichen Bereich der Stadt, und zwar vor allem an einem Punkt.

Wie hatte sie das übersehen können? Es schien, als wollten alle Blitze an exakt derselben Stelle einschlagen. Sie bogen so scharf ab, dass ihre gezackten Bahnen über weite Strecken beinahe waagerecht verliefen, und kaum verlosch einer, folgte der nächste. Manchmal sogar schon vorher, sodass zwei oder drei von ihnen gleichzeitig herabgleißten, und dann bildeten sie tatsächlich so etwas wie einen Trichter. Es gab auch welche, die nicht die ganze Distanz schafften und in die Kupferpunkte einschlugen, aber das war nicht die Mehrzahl.

»Sollen wir die anderen Gänse freilassen?«, fragte Yra.

»Bist du verrückt?«, herrschte Fiafila-Ignuto ihre Magd an. »Such Prekesta und bring sie her. Wir müssen Basäon mitteilen, dass sein Dienst weiterhin benötigt wird. Prekesta besitzt Talent für die Dinge, die dazu nötig sind.«

»Schicken wir einen Boten zu König Harlef?«, fragte Iskala.

»Noch nicht«, bestimmte Pirlitu. »Wir müssen die Lage klären. Versammeln wir uns um das Schwertfeuer!«

»Ich bin überrascht, Euch allein anzutreffen«, sagte Gonter.

Er hatte sein Schwert bei Nirto zurückgelassen, Eivora trug ihre Waffen wieder unter den Lagen ihres Wickelgewands verborgen. Ihre Schritte hallten in dem weiten, beinahe leeren Raum.

Stadtfürst Sumeêl war eine schmale, gebrechlich wirkende Person. Auf einem Podest saß er in einem Sessel, der zwar schön gefertigt und mit Bronzeaufschlägen verziert war, dem aber nach Eivoras Eindruck die Pracht fehlte, um zu einem Thron zu werden. Holme legten nahe, dass er wie eine Sänfte bewegt wurde, aber sie sah keine Träger. Überhaupt befand sich nur Sumeêl in dem Raum, den ein plastisches Modell beherrschte, das Ygôda und seine Umgebung abbildete. Die großen Figuren, die die Position der Truppen anzeigten, erinnerten sie an die Lagebesprechung bei König Harlef.

»Die anderen kommen gleich wieder.« Sumeêl wirkte müde, seine Schultern waren schlaff. Ihm kam wohl entgegen, dass er wegen des Podests den Kopf hängen lassen konnte, wenn er Gonter ansah. »Grämt Euch nicht, weil man Euch des Raums verwiesen hat, Prinz. Ich kann froh sein, dass mir nicht dasselbe widerfuhr.«

Ein Blitz verwandelte die Fensterfront in eine strahlend helle Fläche. Der Donner ging in ein Krachen über, mit dem die Steine brachen. Die Pyramide bebte.

»Wo sind die anderen?«, fragte Gonter.

Eivora sah eine Fülle von Speisen auf einem langen Tisch an der Wand. Hier hatte man sich bedient, die Braten waren angeschnitten, die Trauben zerrupft, aber noch war reichlich vorhanden.

»Die Magistrate sehen es als ihre Pflicht an, die Damen in Sicherheit zu bringen«, sagte Sumeêl. »Ûlohn hat sein tiefes Bedauern geäußert, dass ich mich nicht daran beteiligen kann.« Er ließ eine Hand auf seine dünnen Schenkel fallen. »Wenigstens konnte ich meine Gardisten mitschicken.«

Eivora fragte sich, wie lange man wohl in der Stadt leben musste, um sich an die Brauenzier der Ygôder zu gewöhnen.

Beim Stadtfürsten drehten sich sogar goldene Spiralen über den Augen.

»Wo sind eigentlich Eure Begleiter?«, fragte Sumeêl. »Helfen sie ebenfalls? Wie oft sind die Blitze nun eingeschlagen?«

»Ein paar Dutzend Mal«, antwortete Gonter.

Der Blitzstein hing im Eisengeflecht an der Mauer, der Balkon war schon lange weggesprengt. Noch immer peitschte der Regen auf die Runen, die niemand entziffern konnte, und Irûnas Blut war noch nicht verbraucht. Eivora hoffte, dass die Pyramide diesem Ansturm standhielt, aber das gewünschte Chaos war eingetreten. Bald würde Nirto ihn wohl an der Kette wieder ins Innere ziehen. Die Erschütterungen hatten Feuerbecken umgeworfen und dadurch Brände ausgelöst. Schlecht gesetzte Mauern waren eingebrochen, und insgesamt lief man so kopflos durcheinander, dass niemand Gonter und sie aufgehalten hatte. Die Einschläge mussten enden, oder die Pyramide würde doch noch einstürzen.

»Ich bin nicht mehr Euer Gefangener, Stadtfürst.« Gonter sah seinem Gegenüber in die Augen. »Stattdessen ist Eure Tochter nun in meiner Gewalt.« Er zeigte ihm den goldenen Ohrschmuck der Prinzessin.

»Was habt Ihr Irûna angetan?« Sumeêl stemmte sich an den aus Hörnern geformten Armlehnen hoch, vermochte sich aber dennoch nicht aus dem Sessel herauszubewegen.

»Es geht ihr gut«, versicherte Gonter ernst. »Darauf gebe ich Euch mein Wort als Prinz.«

»Ich will sie sehen!«, verlangte der Stadtfürst.

»Später«, meldete sich Eivora zu Wort. »Wenn die Stadt gefallen ist.«

»Gefallen? Aber wieso …?« Er sah zur Seite, auf das Modell mit den Kriegerfiguren. »König Harlef zieht doch ab.«

»Dennoch werdet Ihr die Tore öffnen und vor ihm kapitulieren«, sagte Eivora hart.

Sumeêl lachte auf. In seinem Gesicht stand die Frage, ob er Opfer eines geschmacklosen Witzes wurde. »Dazu werde ich die Magistrate niemals bewegen. Wenn sie die Tore aufstoßen, dann für einen Ausfall, der den jungen Heißspornen Ruhm verschaffen soll.«

»Ihr werdet Eure Leute zur Einsicht in die Weisheit einer anderen Handlungsweise führen müssen«, sagte Eivora.

Der Stadtfürst schloss die Augen, als hoffe er, dadurch einen bösen Traum zu verscheuchen. »Wenn ich das Wort ›Kapitulation‹ auch nur in den Mund nehme«, er öffnete die Lider, »erklären sie mich für verrückt und setzen mich ab.«

Gonter sah Eivora an.

Ja, du hast so etwas vorausgesehen, leistete sie ihm stumm Abbitte. Immerhin hatte diese Unsicherheit im Plan dazu geführt, dass Nirto den Alchimisten, dessen dürre Tochter und den Diener nicht getötet hatte, obwohl sie vielleicht zu viel über den Blitzstein wussten. Möglicherweise erwiesen sie sich noch als nützlich, wenn man einen anderen Weg einschlagen müsste.

»Denkt an Eure Tochter«, mahnte sie den König dennoch.

Tränen stiegen in Sumeêls Augen. »Irûna trägt keine Schuld daran, dass wir Feinde sind.«

»Es sind immer die Unschuldigen, die am meisten leiden«, orakelte Eivora.

»Durch ihren Tod gewinnt Ihr nichts.« Sumeêls Stimme zitterte. »Ihr mögt mich dazu bringen, den Magistraten vorzuschlagen, was Ihr verlangt, aber es wird keinen Erfolg haben.«

Eivora presste die Zähne aufeinander und ging zum Modell. Es war sorgfältig gearbeitet, sie erkannte die Klüfte, die sie im Titanenfels erforscht hatte, als sie mit Oraneta einen Aufstieg hatte finden wollen. Harlefs Feldlager in der Fetten Ebene waren nicht markiert, dafür drängten sich Kriegerfiguren östlich der Stadt.

»Hier entlang ziehen die Truppen ab?«, fragte Eivora.

»So ist es«, sagte Sumeêl. »Sie werden sich in Harlefs Lager am Warmen Isôn sammeln. Dann verhandeln wir.«

Sie zeigte auf eine Figur etwas nördlich der Gruppe. »Das ist das Ostlager des Klingenrauschs, nehme ich an. Aslivas und Nomirons Pikeniere, die Bogenschützen und Atirions Banner.«

»Wenn Ihr es sagt«, meinte Sumeêl. »Wir wissen nur, dass es Bewaffnete sind. Wer seid Ihr überhaupt?«

Eivora überging die Frage. Die Figur an der Westseite des Schimmersees stand für das Lager, in dem auch das Sturmbanner untergebracht war. Offenbar befand es sich noch an der gleichen Position wie bei ihrem Aufbruch.

Im Innern der Stadtmauer drängten sich wesentlich mehr Figuren als außerhalb. Sie waren individueller gearbeitet, auf dem Schild eines Reiters prangte ein Löwenkopf, an der linken Hand eines aus Horn geschnitzten Lanzenträgers erkannte sie einen Ring. »Das hier sind Eure Truppen?«, nahm sie an.

»Jeder Offizier kann sich die Ehre verdienen, mit einer eigenen Figur repräsentiert zu werden.«

»Die meisten sammeln sich im Nordwesten.«

»Es geht das Gerücht, dass das Sonnentor nochmals für einen Ausfall gegen die Söldner geöffnet wird. Das könnte Ruhm bringen.«

»Wie stark sind die Einheiten dort?«

»Darüber sollte ich nicht mit Euch reden.«

Sie starrte ihn an. »Der Kamerad, der Eurer Tochter Gesellschaft leistet, ist für seine Ungeduld bekannt. Es wäre gut, wenn wir bald mit einem brauchbaren Ergebnis zu ihm zurückkehren würden.«

»Also gut! Es wird zwar nichts nützen, aber wenn Ihr unbedingt wollt, dass ich die Kapitulation empfehle, werde ich es tun.«

»Langsam.« Eivora wandte sich wieder dem Modell zu. »Es gibt also Magistrate, die einen Ausfall aus dem Sonnentor befürworten?«

»Viele«, bestätigte Gonter. »Ich war dabei, als man das besprochen hat.«

»Aber nicht mehr, als es richtig hoch herging.« Sumeêl stützte sich auf den Armlehnen ab und verlagerte sein Gewicht. »Ich habe sie nur mit größter Mühe von diesem Unsinn abgehalten. Ich kann nur hoffen, dass sie sich nach meiner Weisung richten.«

Eivora betrachtete die Truppenansammlung im Osten. Der

Hang, den Harlefs Krieger hinaufmarschierten, musste in diesem Unwetter zu einer matschigen Rutschbahn werden. Sie würden nur langsam vorankommen, wenn sie nicht ohnehin Schutz suchen und abwarten müssten, bis sich der Sturm legte.

Ihr Blick wanderte zurück nach Nordwesten. Für den Klingenrausch galt eine ähnliche Überlegung. Bei diesem Wetter würden die Kampfherren die Truppen nur dann verlegen, wenn es überhaupt nicht anders ginge. Also befanden sie sich wahrscheinlich noch vor Ort.

»Gebt nach«, murmelte Eivora. »Lasst das Sonnentor öffnen.«

»Wieso das?«, fragte Sumeêl, und auch in Gonters Gesicht sah sie Überraschung.

»Tut es. Gebt den Magistraten, was sie wollen. Lasst die Truppen ihren Ausfall unternehmen. Danach trefft Euch mit uns, und wir bringen Euch zu Eurer Tochter.«

»Aber wenn Ygôda seine gesamte Stärke gegen euch wirft, werden seine Krieger euch zerschmettern!«, gab Gonter zu bedenken.

Und wenn die Edlen der Stadt davon erfahren, dass sie im Westen Ruhm erwartet, werden sie den Osten entblößen, dachte Eivora. »Tut es«, sagte sie zu Sumeêl. »Man wird vermuten, dass Ihr dem Drängen Eurer Berater nachgebt.«

»Jedenfalls würde man diesen Vorschlag eher annehmen als den für eine Kapitulation.«

»Aber wieso willst du den Tod für deine eigenen Leute?«, fragte Gonter.

»Es ist das Schicksal eines Söldners, auf dem Schlachtfeld zu sterben«, sagte sie kalt. »Ein schmählicher Rückzug wäre schändlicher als der Tod.«

Verständnislos schüttelte Gonter den Kopf.

Du verstehst tatsächlich nichts, dachte Eivora. *Du siehst nur die Zahl der Krieger, aber du weißt nicht, wie genau Pirlitus Armbruster schießen, wie fest Xerohns Hellebardiere stehen, welche Schneisen Oranetas Feldgeschütze in die gegnerischen Formationen reißen und wie hart Razonns Pikeniere zustoßen. Du hast den Klingenrausch noch nie kämpfen sehen.*

17. Die Schlacht um Ygôda

»Ich verlange mehr!«, schrie Fiafila-Ignuto. »Zeigt mir mehr!«

Die Geister, die an den aus Heldenklingen geschmiedeten Tisch gebundenen waren, kreischten.

»Du bist gut«, säuselte der Homunkulus. *»Eine so harte Hand sind sie nicht gewohnt.«*

Der Teppich farbiger Flammen auf dem Eisentisch warf zuckendes Licht an den Baldachin, unter dem die Avatar mit Razonn, Xerohn, Iskala und einigen Meldern stand. Pirlitu und Oraneta befanden sich bei ihren Einheiten, deren Position im Schwertfeuer klar auszumachen war. Sie lagen sechshundert Schritt vor dem Feldlager. Zwischen ihnen und den herandrängenden Ygôdern lieferten fünf Pikenierbanner ein Verzögerungsgefecht. Diese hatten nicht mehr ihre Sollstärke von insgesamt fünfhundert Kriegern, aber auch die vierhundertzehn reichten aus, um die Engstelle zwischen Schimmersee und dem steil abfallenden Westhang des Titanenfelsens zu blockieren. Gehilfen zeichneten mit verrußten Stöcken die Landschaftsformationen auf das Metall. An manchen Stellen, wo der Stahl eines eingeschmiedeten Schwerts dem Hammer getrotzt hatte, war der Tisch uneben.

»Das ist unglaublich«, flüsterte Razonn. Er meinte nicht das Kampfgeschehen, sondern dessen Abbildung im Schwertfeuer. Er zuckte zurück, weil er sich so nah heranbeugte, dass sein ausladender Schnurrbart anschmorte.

Die Kampfherren staunten, weil sie nicht nur unterschiedlich hohe Flämmchen sahen, die den Hass, die Angst und den Triumph der Kämpfenden wiedergaben. Stattdessen formten sich klar erkennbare Figuren aus dem Feuer: ein Pikenier, der einen beherzten Stoß führte und dabei den Mund zu einem

Kampfschrei aufriss. Ein anderer, den etwas Unsichtbares im Bauch traf, sodass er seine Waffe fallen ließ und in die Knie brach. Mehrere Schanzknechte, die ein Feldgeschütz ausrichteten. Ein säbelschwingender Reiter auf einem steigenden Ross. Ein Kämpfer, der seinem sterbenden Kameraden das Feldzeichen entrang, um es erneut in die Höhe zu recken. All diese Flammengestalten zerfielen wieder, bevor man zweimal zwinkerte, und gingen im diffusen Teppich auf, aus dem sich weitere Kämpfer erhoben.

Wie die anderen sah Fiafila-Ignuto das Aufschießen der Flammen, als die gegnerischen Offiziere drei Rotten Lanzenträger gegen eine Stellung der Pikeniere schickte, vor der sie in die von den Schanzknechten gegrabenen Gruben brachen, sodass die angespitzten Pfähle ihre Körper durchbohrten. Oranetas Leute hatten eine der wenigen Senken ausgenutzt, in denen das Erdreich über dem felsigen Grund tief genug für solche Fallen war. Sie hörte das Knistern des Schmerzes, überall, wo Waffen Wunden schlugen.

Doch die Avatar sah mehr als die unterschiedlichen Farben des Feuers – den roten Hass, die blaue Furcht, den grünen Blutdurst. Sie *schmeckte* die Ruhmsucht einiger Edler, die ihre Truppen aus Ygôdas Sonnentor führten, und den Stolz der Pikeniere, die den Angriff der Lanzenträger endgültig zum Stehen brachten. In ihrem Mund prickelte der Eifer der Schanzknechte, die nur ein paar Dutzend Schritt hinter der Front die Unterstände abdeckten, und die Angst einer eingeschlossenen Rotte, die versuchte, sich zu den eigenen Reihen durchzuschlagen, im tobenden Unwetter jedoch die Orientierung verlor.

Vor allem aber sprach sie mit den Geistern, wie es Chastro niemals vermocht hatte. Sie hatte *gesehen*, wie sie sich nach der Beschwörung mit dem Leichenöl aus dem Eisen gelöst hatten – blaue, durchscheinende Häupter, bewehrt mit dolchlangen Zähnen und gebogenen Hörnern. Anfangs waren auch die Körper zu erkennen gewesen, die meisten mit kräftigen Armen und Klauen, aber manche auch bizarr mit schnappenden Mäulern auf der Brust oder fließenden Wundmalen. Nun jedoch, da die Geister über dem Schlachtfeld schwebten, waren ihre Körper blassblaue Stränge, wie Bänder oder Seile. Sie waren in den Klingentisch gebannt, den sie nie mehr gänzlich verlassen konnten, und so streckten sie sich von hier aus mehrere Meilen in die Länge, gleich Häuten, die man über eine Trommel spannte. Fiafila-Ignuto vermochte mit ihnen zu *reden*, wo Chastro-Ignuto ihnen nur Bilder aus seiner Vorstellungskraft hatte zeigen können.

»Du hast sie in der Hand«, meinte der Homunkulus anerkennend, als die Figuren noch zahlreicher im Feuer auftauchten.

»Wir beide vollbringen dies gemeinsam«, korrigierte Fiafila-Ignuto. Sie spürte die widerstreitenden Gefühle in sich, den Triumph, die Geistwesen unter ihren Willen zu zwingen, und zugleich die Scheu, sich mit solch Fremdem und Lebensverachtendem einzulassen.

»Die Armbruster sind bereit!«, meldete ein Läufer von Pirlitu.

Im Schwertfeuer waren sie kaum zu erkennen, weil sie wenig taten, das die Geister erfreute. »Ich will sie sehen«, sagte Fiafila-Ignuto streng.

Ihre Kundschafter schenkten ihr keine Beachtung.

Der Geist der Avatar konzentrierte sich auf ein halbes Dutzend der blauen Stränge. Sie sandte ihnen Erinnerungen aus ihrem Leben als Priesterin, wie sie in der Verehrung Basäons geschwelgt war, sich in einem umschmeichelnden Windhauch geborgen gefühlt hatte, wie sie Pilgern bei ihren Fürbitten und Novizinnen bei ihren Tänzen geholfen hatte.

Sie spürte den Ekel, den diese Bilder in Ignuto heraufbeschworen. Er strahlte Hitze ab, als könne er sie damit von sich fernhalten.

Die Erinnerungen quälten auch die Geister.

»Ich will die Armbruster sehen«, erinnerte Fiafila-Ignuto.

Einzelne Gestalten, die sich in gut getarnten Unterständen duckten, flackerten auf. Sie bildeten einen Halbkreis zwischen See und Abgrund, dessen Scheitel zur Stadt wies.

»Die Pikeniere sollen wie besprochen zurückfallen!« Razonn setzte seinen Helm auf. »Ich führe zwei Banner Verstärkung heran.«

Ein frischer Läufer rannte los.

Im strömenden Regen und dem Lärm konnte man keine Flaggen nutzen, um Signale zu geben, und der Donner erschwerte auch den Posaunen die Arbeit. Dennoch versuchten sie es. Fanfaren klangen in die Nacht.

Über Ygôda gingen noch immer die Blitze nieder.

Irgendwo innerhalb dieser gewaltigen Stadtmauer kämpfte jetzt Eivora. Fiafila-Ignuto hoffte, dass sie sich behauptete, obwohl sie nur noch eine Handvoll Kameraden bei sich haben konnte. Aber sie hatte gesehen, wie sich die kleine Frau durchsetzte. Fiafila-Ignuto grinste. Wer so zierlich war, wurde unterschätzt und bot wenig Angriffsfläche. Vielleicht schlugen ihre Feinde daneben.

»Was willst du damit sagen?«, schrie Eivora. »Wieso ist er in die Tiefe gestürzt? Wir haben ihn doch angekettet!«

Es gefiel Gonter, sie so wütend zu sehen. Durch die funkelnden Augen und die geballten Fäuste wirkte sie besonders lebendig.

»Die Kette ist ja auch noch da«, knurrte Nirto.

In der Tat wanden sich die Eisenglieder durch die Trümmer, die von Cemârs Gemächern übrig waren, aber sie endeten nach fünf Schritt. Außer dem Balkon hatten die Blitze auch die Hälfte des Wohnraums weggerissen, das Laboratorium war ebenso betroffen. Der Sturm peitschte den Regen herein, und bei jedem zweiten Herzschlag gleißten Blitze herab. Sie schlugen viel weiter unten ein, ihr Donner hallte schmerzhaft in Gonters Hinterkopf, wo ihn beim Eindringen durch das Stahltor der Schlag getroffen hatte. Immer wieder bebte die Pyramide. Der Turm gegenüber, an den sich Gonter erinnerte, war fort.

»Das Artefakt widersteht der Gewalt der Einschläge«, sagte Nirto, »aber für die Kette war es zu viel.«

»Möge Harnastes deine Knochen als Zahnstocher benutzen!«, fluchte Eivora. »Es war deine Aufgabe, auf den Stein aufzupassen!«

Er schnaubte. »Ich hatte genug damit zu tun, mich in Geduld mit dem Rindvieh zu üben.«

Stadtfürst Sumeêl umarmte Prinzessin Irûna, so gut es ihm in seiner sitzenden Position und angesichts ihrer zitternden Leibesfülle möglich war.

»Falls der Klingenrausch die Stadt wirklich erobert«, meinte Gonter, »können wir den Blitzstein doch in Ruhe bergen.«

»Wer hat den Möchtegernkrieger gefragt?«, blaffte Nirto.

»Das verstehst du nicht!«, fuhr auch Eivora Gonter an.

Beschwichtigend hob er die Arme und ging ein paar Schritte rückwärts. Sollten sich die Gemüter der Söldner doch erst einmal abkühlen!

Cemâr und Zaîfa waren noch gefesselt und geknebelt, wie sie auch Irûna vorgefunden hatten. Der Alchimist, seine Tochter und der Diener hockten möglichst weit entfernt in einem kleinen Schlafraum, bei dem eine Wand eingebrochen war. Die drei hatten kein Licht, aber die häufigen Blitze holten sie immer wieder aus der Dunkelheit.

»Auge wird sich das Artefakt mit Gold aufwiegen lassen, wenn er es in die Hände bekommt«, meinte Eivora.

»Nur, wenn er erkennt, wie wertvoll es ist«, wandte Nirto ein.

»Es ist dir wohl noch nicht aufgefallen«, schrie Eivora, »aber es gibt kaum Menschen auf der Welt, die genauso dämlich sind wie du! Das Material, die Runen, die Würfel – nur ein Idiot, der nicht gleichzeitig gehen und atmen kann, hielte das für einen simplen Bruchstein!«

Sie holte Luft und funkelte Nirto an. »Außerdem habe ich Ygôdas Truppen aus dem Sonnentor geschickt, damit unsere Leute im Osten leichtes Spiel haben. Aber dafür brauchen wir eine Öffnung in der Ostmauer. Geht das in deinen Schädel?«

»Sicher, aber …«, setzte Nirto an.

»Glaubst du, die machen das Tor auf, weil du so niedlich stottern kannst?«, rief Eivora. »Nein? Ich auch nicht! Wir brauchen den Stein, und zwar schnell, um die Mauer einzureißen!«

Wütend starrten sich die beiden Söldner an.

»Und wenn wir das Artefakt als Erste finden?«, fragte Gonter vorsichtig.

Er glaubte schon, Eivora und Nirto wollten sich nun gemeinsam auf ihn stürzen, um ihn endgültig zum Schweigen zu bringen. Stattdessen verschränkte Eivora die Arme, und Nirto prüfte, ob Schwert, Dolch und Axt sicheren Halt hatten.

»Wir werden nicht aufgeben, nachdem wir so weit gekommen sind«, entschied Eivora.

»Was machen wir mit denen?« Nirto zeigte auf die Gefangenen.

»Wir haben Stadtfürst Sumeêl versprochen, dass seiner Tochter nichts geschieht!«, rief Gonter.

»Ach ja?«, fragte Nirto. »Und wer hat das so leichtfertig zugesagt, wo sie doch nun so viel von unserer Geheimwaffe wissen?«

»Ich gab ihm mein Wort als Prinz.«

Sumeêl und Irûna merkten, dass man über sie sprach, und sahen zu ihnen herüber.

»Dann hast du jetzt ein Problem.« Nirto stellte sich ihm breitbeinig gegenüber, eine Hand auf dem Blatt der Axt. »Hier hast du kein Gefolge, dem du befehlen könntest, Prinz. Also bist du nur ein einfacher Mann mit einem Schwert. Stell dich zwischen mich und die da, und ich zeige dir noch einmal, dass ein echter Kampf kein Tanz auf dem Fechtboden ist.«

»Was willst du mit ihnen machen?« Zu seinem Ärger bemerkte Gonter, dass seine Stimme kippte. Er musste sich lächerlich anhören.

»Sie dürfen unseren Plan nicht verraten.«

Gonter lachte auf. »Welchen Plan? Irgendwo an einer meilenlangen Mauer einen Stein abzulegen?«

»Sie könnten die Truppen in die Stadt zurückrufen und im Osten sammeln.«

»Ich bezweifle, dass ich das könnte«, sagte Sumeêl. »Die Offiziere dürsten seit zwei Monden nach Ruhm. Nun, da wir sie von der Leine gelassen haben, werden sie erst zurückkommen, wenn sie satt sind.«

»Bestenfalls ist er nutzlos«, meinte Nirto. »Und seine fette Tochter geht mir auf die Nerven.«

»Was hat Irûna dir eigentlich getan?«, fragte Eivora.

»Was ist denn jetzt los? Willst du die Wohltäterin der Nutzlosen spielen?«

»Ganz ruhig, Heißsporn! Ich frage mich nur, welchen Vorteil wir von ihrem Tod hätten. Immerhin wird das Blut auf dem Blitzstein nicht ewig halten. Wir werden neues brauchen, wenn wir an der Mauer sind.«

»Da hat sich bislang noch immer einer gefunden.«

»Auch jemand, der so an seiner Stadt hängt wie Irûna?« Eivora musterte die Prinzessin. Sie wirkte unerschütterlich wie eine Statue, wenn die Blitze hinter ihr den Himmel erhellten. »Irgendwelches Blut reicht nicht«, erinnerte sie. »Es muss von jemandem stammen, der mit Ygôda verbunden ist.«

»Wer wäre dafür besser geeignet als ich?«, fragte Sumeêl.

Nirto schnaubte. »Sollen wir vielleicht nicht nur den Stein quer durch die Stadt schleppen, sondern auch noch den halben Hofstaat dazu?«

»Nein«, sagte Sumeêl. »Nur mich.«

»Wir nähern uns einer vernünftigen Lösung.« Nirto zog die Axt aus dem Gürtelring.

Irûna barg ihr Gesicht an der schmalen Brust ihres Vaters.

Gonter umfasste den Griff seines Schwerts. »Vielleicht kannst du mich töten, wenn ich sie verteidige.«

Seine Kehle wurde trocken, als er die kühle Ruhe in Nirtos eisengrauen Augen sah. *Dieser Mann tötet einen Menschen mit ebenso wenig Bedenken, wie andere einen Grashalm zertreten.*

Er räusperte sich und hielt dem Blick des Söldners stand. »Aber dann habt ihr noch einen Kämpfer weniger auf eurer Seite.«

»Ich werde mit euch kommen und keine Schwierigkeiten machen«, versprach Sumeêl ruhig, »aber nur, wenn ich sicher sein kann, dass Eure Zusagen einen Wert haben.«

»Ich trage ihn«, schlug Gonter vor.

Nirto zeigte auf Gonter, sah aber Eivora an. »Er begreift es nicht.«

Eivora räusperte sich. »Niemand darf von unserem Artefakt wissen. Es ist eine Geheimwaffe.«

»Weil Ihr damit die Truppen vor der Stadt befehligen könnt?«, fragte Sumeêl. »Welchen Schwachpunkt habt Ihr gefunden, durch den Ihr sie nach Ygôda hineinbringen wollt?«

Er weiß nicht, wozu der Blitzstein dient, dachte Gonter.

Die Gefährten sahen sich an.

»Das geht Euch nichts an!«, rief er. *Ich muss seinen Irrglauben stärken, wenn ich ihn retten will.* »Dieses Artefakt stammt aus dem Schatz eines Dämonenfürsten, und er verlangt es zurück! In seinem Zorn schleudert er die Blitze. Er sucht nach uns und raubt unsere Seelen, wenn wir es ihm nicht wiedergeben.«

Sumeêl erbleichte. »Ich verstehe, dass Ihr ein großes Problem habt. Aber was hat mein Blut damit zu tun?«

Nirto runzelte die Stirn, Eivora sah Gonter an. Beide würden die Gefangenen töten, um das Geheimnis zu wahren, wenn er sie nicht davon überzeugte, dass die Wehrlosen nichts wussten. Noch immer kratzte sein Hals.

»Euer Alchimist hat herausgefunden, dass der Stein der Verständigung dient«, begann er. »Doch das ist nur die halbe Wahrheit. Wir können mit unseren Truppen sprechen, aber der Dämonenfürst sieht durch dieses Artefakt in unsere Welt und raubt Seelen.«

Der Stadtfürst schluckte.

»Dafür brauchen wir Euer Blut nicht, falls das Eure Sorge sein sollte. Er ist jetzt satt.«

»Ich verstehe«, krächzte Sumeêl.

»Ihr wollt Ygôda schützen.«

»Das stimmt, aber vor allem bin ich ein Vater, der sich um seine Tochter sorgt.«

»Das ist gut!«, rief Gonter. »Euer Wunsch nach Schutz ist in Eurem Blut. Es wird das Artefakt verhüllen, sodass der Dämonenfürst uns nicht findet.«

»Ein gefährliches Spiel«, murmelte Sumeêl. »Und Ihr glaubt, ich habe genug Blut, damit Ihr ausreichend lange mit Euren Leuten sprechen könnt, um sie in die Stadt zu bringen?«

»Es wird reichen!«, versicherte Gonter. »Ihr begleitet uns und erspart uns Unannehmlichkeiten, und dafür bleiben die anderen unversehrt.«

Eivora nahm Nirto und ihn auf die Seite. »Was soll das werden, Gonter?«

»Ich überzeuge sie, dass ein Dämonenfürst den Blitzstein zurückholen wird. Jenseitige Mächte ängstigen Sumeêl sehr, er wird es glauben. Und der Alchimist auch, weil ich seine Vermutung bestätige, das Artefakt diene der Verständigung. So steht er als kluger Kopf da.«

»Besser, er hätte keinen Kopf mehr«, murrte Nirto. »Das wäre sicherer.«

»Nein«, widersprach Gonter. »Viele haben den Blitzstein gesehen. Denkt an die Wachen, die uns überwältigt haben, als wir in die Stadt gekommen sind.«

»Die werden wir nicht alle zum Schweigen bringen können«, gestand Eivora vorsichtig zu.

Gonter nickte heftig. »Sie werden reden, das lässt sich unmöglich verhindern. Aber wir können dafür sorgen, dass sich statt der Wahrheit ein Märchen verbreitet. Hier in Ygôda wird man denken, der Blitzstein sei zu seinem dämonischen Besitzer zurückgekehrt und habe nichts mehr mit dem Klingenrausch zu tun.«

Grimmig musterte Nirto die Gefangenen. »Der Plan gefällt mir nicht.«

»Dann sag mir, wie du die Gerüchte in der Stadt zum Schweigen bringen willst!«

»Wenn wir Erfolg haben, werden die Blitze die Mauer einreißen. Wie soll dein Märchen das erklären?«

»Mit dem Zorn des Dämons, der sein Artefakt zurückwill«, sprang Eivora ihm bei. »Es ist ein Zufall, dass er dabei eine Bresche schlägt.«

Nirto schnaubte.

»Doch, denk darüber nach!« Eivora schien sich mit Gonters Vorhaben anzufreunden. »Hier am Palast hat das Gewitter doch auch gewütet. Das sieht nach blindwütiger Zerstörung aus.«

»Nicht nach einem gezielten Schlag gegen die Verteidigungsanlagen«, stimmte Gonter zu.

Nirto schnaubte. »Du hast den Befehl, Eivora. Ich halte das für eine dumme Idee, aber vor allem sollten wir uns jetzt endlich auf den Weg machen, sonst bleibt der Blitzstein für immer verschwunden.«

»Ich fessle die Prinzessin selbst«, sagte sie, »bevor du ihr dabei versehentlich ein paar Adern durchschneidest.«

Fiafila-Ignuto sah, wie die ygôdischen Lanzenträger an den verborgenen Stellungen der Armbruster vorbeimarschierten. Sie *sah* es wirklich, als betrachtete sie es durch ihre eigenen, körperlichen Augen. Während sie das purpurfarbene Flämmchen anschaute, das die Form eines hockenden Armbrusters mit der Waffe im Anschlag nachbildete, sah sie den dichten Regen, den der Sturm beinahe waagerecht wehte, ohne seine Nässe zu spüren.

Die Blitze rissen die über den felsigen Grund marschierende Formation aus der Dunkelheit. Die Gegner trugen ihre Stangenwaffen nicht über der Schulter, sondern mit beiden Händen leicht vorgeneigt. Das musste anstrengend sein, erlaubte aber, sie sofort gegen jeden einzusetzen, der ihnen entgegenstürmte. Einer rutschte auf dem nassen Stein aus. Seine Kameraden verfluchten ihn und gingen um ihn herum, während er sich mühsam aufrappelte. Ihr Offizier ritt hinter ihnen, Weibel brüllten sie an, die Formation zu halten.

»Du bist wundervoll«, schwärmte der Homunkulus. *»Kaum ein Avatar erreicht eine solche Verbindung zur Geisterwelt.«*

Stolz weitete Fiafila-Ignutos Brust. Sie genoss die Hitze des Schwertfeuers und auch das brennende Prickeln an ihrer linken Wange. Ein Großteil ihres langen, schwarzen Haars war verschmort. Das hatte keine Bedeutung, sie würde es zurechtstutzen, wenn die Gegner erst in ihrem Blut lagen.

Eine halbe Meile entfernt, wo der Armbrustschütze kauerte, knallte eine Sehne. Der Schrei des Getroffenen ging in einem Donnerschlag unter. Als dieser zu einem dumpfen Rollen wurde, krachten Hunderte von Armbrüsten. Auch der Krieger, durch dessen Augen Fiafila-Ignuto sah, schickte seinen Bolzen auf den

Weg. Sofort stand er auf, trat in den Fußbügel und setzte den Spannhebel an.

Im Schwertfeuer wechselten die Flämmchen, die für Pirlitus Truppe standen, von Purpur zu Grün. Innerhalb ihres Halbkreises, wo die gegnerischen Lanzenkämpfer marschierten, schlugen blaue Flammen so hoch, dass sie den Baldachin in Brand gesetzt hätten, wäre dieser nicht schwer vom Regenwasser, das sich auf ihm sammelte. Hundertfacher Schmerz prasselte wie ein Bündel Reisig, das man ins Lagerfeuer warf. Fiafila-Ignuto schmeckte die angenehme Bitterkeit der Angst und die erfrischende Säure der Mordlust.

Die von Oraneta gebauten Feldgeschütze standen an den Flanken der Stellung. Sie schickten ihre zwei Schritt langen Geschosse quer in die Pulks der Gegner, deren Reihen sich auflösten. Fiafila-Ignuto sah, wie ein solcher Pfeil einen Krieger mitriss, der seinen verwundeten Kameraden auf den Schultern trug, und noch einem weiteren die Hüfte zertrümmerte.

Wieder schossen die Armbrüste, eine Salve aus vierhundertfünfzig Bolzen, von denen die meisten ihr Ziel fanden. Gegner, die auf besonders hohem Grund standen, durchbohrten sie fünf- oder sechsfach. Andere, die in einer Senke kauerten, blieben verschont. Auch einige Pikeniere des Klingenrauschs wurden verwundet, meist die, die sich zu zögerlich zurückzogen, aber auch andere, die einfach nur Pech hatten. Der Krieg war grausam. Fiafila-Ignuto lachte.

Sie sah durch die Augen eines ygôdischen Lanzenträgers. Er rannte um sein Leben. Die dünnen Sohlen seines Schuhwerks schützten nicht vor dem harten Fels, jeder Schritt schmerzte. Mit der Lanze verstand er umzugehen, er hielt sie schräg voran, damit sie weder zwischen seine Beine geriet noch am spärlichen Strauchwerk oder den sich am Boden wälzenden Kameraden hängen blieb. Ein Bolzen streifte seinen Rücken, aber der Panzer hielt. Er sprang über eine Mulde. Auf der anderen Seite war der Fels rutschig vom Regen. Er glitt ab, brachte das Gewicht aber geistesgegenwärtig auf den anderen Fuß und rannte weiter.

Der Befehl der Armbruster lautete nicht, den Gegner völlig aufzureiben. Sie hatten die ygôdische Einheit kampfunfähig geschossen, sie würde Stunden brauchen, um sich neu zu gruppieren. Die Verwundeten würden sie noch mehr Zeit kosten als die Toten, falls ihre Offiziere Wert darauf legten, sie zu bergen und zu versorgen.

Die Armbruster räumten das Zentrum und zogen sich an die Flanken zurück, wobei die Geschütze sie deckten. Posaunensignale brachten die Pikeniere zum Halten. Sie stellten sich vier Reihen tief auf und erwarteten die Lanzenträger, die ihnen kopflos entgegeneilten.

»Reiter!«, rief Xerohn alarmiert. »Sie kommen zu früh!«

Grüne Flammen rasten von der Position, die Ygôdas Sonnentor markierte, durch den Teppich orangefarbener Zungen. Ein vollgerüsteter Krieger mit eingelegter Lanze erschien auf einem galoppierenden Ross, und im gleichen Moment *fühlte* Fiafila-Ignuto ihn.

Das Pferd bebte unter ihr. Sie kannte keine Angst, jeder Stoß versicherte sie nur der Festigkeit ihrer Rüstung. Sie ließ ihren Schildarm hängen, um seine Stärke für den Feindkontakt aufzusparen. Sie sah nur wenig weiter als bis zur wippenden Lanzenspitze, aber das Pferd fand sicheren Halt auf dem Fels. Um sie herum schlugen die Hufeisen Funken. Jeder Blitz zeigte ihr die Kameraden, die genauso begierig waren wie sie, zu Helden zu werden. Einige Versager kamen ihnen entgegen, Lanzenkämpfer, die sich müde dahinschleppten, fort vom Feind. Sie rammte ihrem Hengst die Sporen in die Flanken.

»Pirlitu, mach schneller, verdammt!«, rief Xerohn, obwohl die Angesprochene ihn natürlich nicht hören konnte, weil sie bei ihren Leuten kämpfte. »Deine Banner müssen hinter die Pikeniere! Die Reiter sind fast heran!«

Die Armbruster, die an der westlichen Flanke entlang des Steilhangs zurückwichen, bekamen von der Gefahr nichts mit. Im Osten, am Seeufer, trafen die gegnerischen Reiter die zurückweichenden Krieger des Klingenrauschs dagegen mit einer Wucht wie ein Panzerhandschuh, der in eine Torte schlug.

Xerohn zog seinen Kinnriemen fest. Wortlos verschwand er in der Dunkelheit, Richtung Front.

Fiafila-Ignutos Empfinden unterschied nicht zwischen dem Schmerz der eigenen Leute und dem der Gegner. So, wie sie sich zuvor an der Ernte der Armbrustbolzen geweidet hatte, ergötzte sie sich nun daran, wie eisenbeschlagene Hufe ein Rückgrat oder eine Hüfte zermalmten, wie eine Lanze einen Brustkorb durchstieß und den Getroffenen mitschleifte oder ein Reiter aus dem Sattel flog, weil sich sein Pferd auf schräg gestellte, angespitzte Pfähle spießte.

»Du bist gut«, lobte der Homunkulus, *»aber vergiss nicht, auf welcher Seite du stehst.«*

»Ausgerechnet du mahnst zur Besonnenheit?«

»Ein kurzes Vergnügen ist es nicht wert, Jahre des Genusses dafür zu opfern. Der Klingenrausch kann noch oft kämpfen und wird dabei viel Leid über seine Gegner bringen, aber dazu muss er siegen.«

Fiafila-Ignuto konzentrierte sich darauf, eine möglichst akkurate Gesamtschau des Kampfgeschehens von den Geistern zu fordern, statt in einzelnen Emotionen zu schwelgen. Die Flammen auf dem Klingentisch zeigten, wie sich die Reiter zurückzogen, um sich für den nächsten Sturmritt zu gruppieren. Was von den Armbrustern an der Ostflanke noch übrig war, brachte sich so schnell wie möglich in Sicherheit. Nur wenige besetzten die Geschütze oder suchten sich vorteilhafte Schusspositionen, um Unordnung in den nächsten Angriff zu bringen und so den Rückzug zu decken. Jeder wusste, dass sie sterben würden. Auch ihnen selbst war das klar. »Hammerschlag!«, brüllten sie, um die Angst vor dem Tod zu verscheuchen.

Die Pikeniere gaben es auf, die versprengten Lanzenkämpfer abzufangen, und zogen sich stattdessen im Osten zusammen. Sie stellten ihre Stangenwaffen auf, richteten sie in spitzem Winkel nach vorn und sicherten sie mit dem Fuß. Manchmal hielten sie die Pike zu zweit, um dem Aufprall eines heranpreschenden Pferds standzuhalten.

Xerohns Hellebardiere waren noch weit entfernt, und die Armbruster im Westen erhielten gerade die erste Kunde, was vor sich ging, als der zweite Sturmritt auftraf. Der gegnerische Feldherr hatte die Vorbereitungen des Klingenrauschs vorhergesehen. Die Reiter schlugen einen Bogen. Statt von Süden her auf Spieße zu treffen und in die Schussbahn der Geschütze zu galoppieren, zerschmetterten sie die ungeschützte Flanke.

Die Ekstase von Schmerz, Hass, Furcht und Tod raubte Fiafila-Ignuto die Sinne.

Ein Blitz zuckte vor ihnen herab und erhellte die Straßenschlucht, aber der nächste sprengte über ihnen Gesteinsbrocken aus einer Turmwand.

»Deckung!«, brüllte Eivora und warf sich selbst hinter ein Bruchstück, das bereits auf der Straße lag, um wenigstens vor Splittern geschützt zu sein. In dieser Finsternis konnte sie unmöglich ausweichen, weil sie die fallenden Trümmer nicht sah, und einen Schild, um sich zu schützen, besaß sie auch nicht.

Mit ohrenbetäubendem Krachen zersplitterten die Quader auf der Straße. Die Erde bebte, Bröckchen splitterten aus dem Stein. Ein paar trafen Eivoras Helm, Staub rieselte in ihren Nacken, aber sie blieb unverletzt.

Sie zog ihren Kragen nach vorn. »Alles klar, Kleiner?«

Aglix' Füßchen regten sich zwischen ihren Brüsten.

»Wir kommen hier heil wieder raus, nicht wahr? Ich passe auf, und du bringst mir Glück.«

Sie hörte die Gefährten auf dem Schutt näher kommen.

»Hier bin ich!«, rief sie.

Nur Nirto schaffte es irgendwie, dass seine Laterne heil blieb. In ihrem schwachen Schein sah sie jetzt auch Gonter, der Stadtfürst Sumeêl huckepack trug. Der Herrscher Ygôdas hatte seine dünnen Armen um Gonters breite Schultern gelegt. Seine Beine waren ohne Gefühl. Gonter hatte eines quer vor seinem Bauch abgewinkelt und hielt das Fußgelenk fest, sodass er die Rechte frei behielt.

»Seid ihr unverletzt?«, fragte Eivora.

»Ja, Mama«, äffte Nirto. »Ich war schon oft im Hagel unterwegs und kann selbst auf mich aufpassen.«

Alberner Flegel!, dachte Eivora. *Nur, weil wir nicht nach seiner Pfeife tanzen.* Wenn die Schlacht um Ygôda entschieden wäre, würde sie andere Saiten im Sturmbanner aufziehen. Aber nicht jetzt. Jetzt gab es dringendere Sachen zu erledigen.

»Also weiter«, befahl sie.

Sie stiegen über eine Schutthalde und arbeiteten sich durch die finsteren Gassen vor. Der Palast lag bereits weit hinter ihnen. Hier standen die Bauwerke teilweise so eng, dass der Regen nur noch in Form eines sanften Nieselns den Weg herunter fand. Das war angenehm, aber dass auch die Blitze ausblieben, machte Eivora Sorgen. Nur weit oben, an den Kupferdächern, schlugen sie noch ein.

»Vielleicht ist das Blut verbrannt«, sagte sie.

»Oder sie haben ihn zugedeckt«, meinte Nirto.

Ihnen war klar, dass jemand den Blitzstein gefunden hatte und ihn durch die Straßen bewegte. Sie waren sogar auf zwei bis zur Unkenntlichkeit verbrannte Leichen gestoßen, also hatte die Transportmannschaft gewechselt.

»Wie weit ist es noch bis zu Auges Hof?«, fragte Gonter.

Am liebsten hätte sie ihm dafür einen Kinnhaken verpasst, aber er war einfach nur naiv und wollte sie nicht verspotten. »Die Trümmer lassen hier alles anders aussehen«, sagte sie mühsam beherrscht. »Außerdem hat uns die Zeit gefehlt, um mit der Gegend vertraut zu werden.«

Im Donner, der in einiger Entfernung durch die Straßen rollte, hätte sie das Zischen des Pfeils beinahe überhört. Mit einem hellen Ton schlug er gegen eine Wand.

»Hinterhalt!« Sie riss das Kurzschwert aus der Scheide.

Sumeêl ächzte, weil Gonter ihn fallen ließ. Nirto löschte die Laterne. Es wurde so dunkel wie in einer geschlossenen Truhe.

Eivora machte einige weite Schritte zur Seite, um nicht mehr an der Position zu stehen, wo man sie zuletzt gesehen hatte, und verharrte dann reglos. Wo die Augen nutzlos wurden, musste man sich auf die anderen Sinne verlassen. Sie versuchte, Sumeêls Stöhnen, das Prasseln des Regens und den heulenden Wind zu ignorieren.

Kam da jemand über das Geröll?

Flach atmend richtete sie die Armbrust aus und folgte mit der Hand dem Geräusch.

Der andere ging unregelmäßig. Mal blieb er stehen, dann wieder polterten Steine.

Eivora erkannte, dass es wenigstens zwei waren, möglicherweise auch mehr. Sie konzentrierte sich auf denjenigen, der am nächsten zu sein schien.

Ein Blitz zuckte. Zwar schlug er nicht in die Gasse ein, aber er ließ Schatten erkennen.

Eivora schoss. Ein Gurgeln belohnte sie.

Erneut wechselte sie die Stellung.

Ein Schrei hallte durch die Dunkelheit. Sie glaubte nicht, dass er von Nirto oder Gonter kam. Die Wände warfen das Echo zurück.

Eivora überlegte, die Armbrust zu spannen, aber das Geräusch, mit dem die Sehne hinter der Nuss einrastete, hätte sie verraten können. Also legte sie ihr Kurzschwert auf der Schulter ab, eine Haltung, in der der Ellbogen angewinkelt war, sodass sie viel Schwung in einen Schlag legen konnte. Die Linke streckte sie voraus in die Dunkelheit.

Der andere überraschte sie dennoch. Er war sehr leise, und die Donnerschläge übertönten das wenige, was er an Geräuschen verursachte. Sie fühlte seine raue Leinenkleidung an den Fingern.

Nirto und Gonter trugen feinere Stoffe.

Sie nutzte die Linke als Orientierung und zielte mit ihrem leicht aufsteigenden Schlag etwas höher.

Ihr Gegner schrie auf. Eine Waffe klapperte metallisch auf den Boden.

Ihre eigene Klinge steckte fest. Fluchend riss sie daran.

»Erbarmen!«, rief der Mann.

»Sag deinen Kumpanen, sie sollen uns in Ruhe lassen!« Mit einem Ruck löste sie das Kurzschwert.

»Gnade!«, jammerte der Getroffene.

»Ihr anderen!«, rief Eivora. »Verschwindet! Sofort!«

Ein Blitz enthüllte die Gestalt, die vor ihr auf dem Boden kauerte und sich die Brust hielt.

Sie trat seinen Dolch weg. »Wo habe ich dich getroffen?«

»In die Rippen. Es tut so weh!« Seine Worte waren klar zu verstehen, also war die Lunge wohl unverletzt.

»Gonter! Zu mir!« Damit würde Nirto wissen, dass er selbst sich abseits verborgen halten sollte. Falls sie in Schwierigkeiten gerieten, wäre der erfahrene Söldner die Überraschung, die sie retten könnte.

»Helft mir«, bettelte der Verwundete. »Ich blute! Ich blute so stark.«

»Ihr habt etwas gefunden«, sagte Eivora. »Wo habt ihr es hingebracht?«

»Bitte, ich …«

»Wohin?«

»Zu Auge. Wir bringen den seltsamen Stein zu Auge.«

»Und dann schießt ihr auf uns?«, rief sie. »Wir haben auch für Auge gearbeitet!«

»Aber ihr seid Fremde.«

Gonter erreichte sie. Gemeinsam verbanden sie den Mann mit Streifen, die sie aus seiner Kleidung schnitten.

Da alles ruhig blieb, entzündete Nirto die Laterne wieder. Sie nahmen Sumeêl auf und ließen ihren Gefangenen vorgehen, damit er sie an Auges Hof brachte. Er war viel zu verängstigt, um eine List zu versuchen.

Unter dem Dach aus Planen und Brettern drängten sich die bleichen Menschen. Es gab wohl nur wenige Orte, die halbwegs Schutz vor dem Unwetter boten. Niemand hielt sie auf, als sie sich mit gezogenen Waffen den Weg zu dem Verhau bahnten, in dem Eivora das Rad wusste, mit dem das Dunkelvolk Wasser und wertvollere Güter nach oben beförderte.

Auge hatte dazugelernt. In seinem Kellerraum erwartete er sie mit fünf Kämpfern – oder dem, was hier unten am ehesten als Kämpfer durchging. Sie waren nicht übermäßig verkrüppelt, und ihre Klingen hatten einige rostfreie Stellen.

Auge schenkte gerade Wein für sie ein. Mit einem Blick auf

Gonter und Sumeêl stellte er noch zwei Gläser dazu. Er füllte sie und zog sich an das entfernte Ende des Tischs, zwischen seine Wachen, zurück. »Was führt euch zu mir?«

Eivora steckte das Kurzschwert weg. »Wir bringen Grüße von deinem Sohn.«

Auge lachte, wobei die Splitter auf der Augenklappe funkelten. »Deswegen kommt ihr bestimmt nicht hierher.«

»Wir bringen dir außerdem einen hohen Gast.«

Gonter setzte Sumeêl vorsichtig auf einen Stuhl.

»Du wirst entschuldigen müssen, dass er nicht so lange stehen kann, bis du ihm einen Platz anbietest.«

»Oh, bitte!« Sein gesundes Auge blieb bei Sumeêl. »Wir sind doch unter Freunden. Setzt euch.«

Eivora ließ einige Stühle zwischen sich und den Kämpfern frei. Sie wollte Raum haben, ihr Kurzschwert wieder zu ziehen, falls es zum Kampf kam. Die Armbrust hatte sie bereits nachgeladen, der Bolzen würde ihr zusätzliche Zeit verschaffen.

»Wir haben es eilig«, sagte sie. »Deswegen wollen wir deine Gastfreundschaft nur kurz in Anspruch nehmen.«

»Das höre ich gern.«

»Du hast etwas, das uns gehört und das wir brauchen.«

Er hob die Brauen. »Tatsächlich? Und was sollte das wohl sein?«

Betont langsam zog Nirto den Dolch. »Du hast uns zu Tsiglôn geschickt, um die Brosche zu holen.«

»Das habt ihr getan, und ich habe euch dafür in den Palast gebracht. Das Geschäft ist erledigt.«

Nirto begann, seine Fingernägel zu reinigen. »Vielleicht möchtest du darüber nachdenken, dass wir zu zweit mit deinem Gegner und seinen Leuten fertiggeworden sind.«

»Ihr wart allein?«, rief Auge überrascht. »Ich dachte, ihr hättet noch wenigstens ein Dutzend von eurer Sorte in der Stadt!«

»Jetzt sind wir zu dritt.« Lächelnd zeigte Eivora auf Gonter.

Nirto pustete über seine Finger und beäugte sie kritisch. »Was denkst du, wie lange bräuchten wir drei für eine Handvoll deiner Raufbolde?«

Als wolle er sich versichern, dass sie noch da waren, huschte Auges Blick über seine Kämpfer. Die Burschen wirkten ein wenig unsicherer als zu dem Zeitpunkt, da die Söldner die Treppe heruntergekommen waren.

»Wir wollen nicht streiten«, meinte Eivora. »Wir nehmen den Stein …«

»… und ein Pferd, um ihn zu transportieren«, fiel Nirto ein.

»… und eines von den Pferden, die wir dir gegeben haben«, stimmte Eivora zu. »Dann siehst du uns nie wieder. Bis auf ihn vielleicht.« Sie zeigte mit dem Daumen auf Gonter.

»Und wer ist er?«

»König Harlefs Sohn«, stellte Eivora ihn vor und fragte sich, weshalb Gonter daraufhin den Mund verzog. »Er wird diese Stadt regieren, wenn sie fällt.«

»Das kann noch ein Jahr dauern«, meinte Auge.

»Es wird heute Nacht geschehen«, sagte Eivora fest, »oder gar nicht.«

»Dann können wir ja noch einen Tag abwarten, bevor wir unser Geschäft machen.« Sein Grinsen entblößte den Edelstein, der ihm einen Zahn ersetzte.

Nirto widmete sich den Nägeln der zweiten Hand. »Glaubst du, uns fiele keine Möglichkeit ein, diese Angelegenheit so schnell zu lösen, wie wir es für nötig halten?«

Die Kälte in seiner Stimme ließ selbst Eivora frösteln. Ihr wurde bewusst, wie durchnässt sie war. Dieser Mann tötete mit der gleichen Selbstverständlichkeit, mit der andere atmeten.

Auge nahm einen Schluck von seinem Wein.

Eivora und ihre Gefährten tranken nicht. Auf Gift oder einen Schlaftrunk würden sie keinesfalls hereinfallen.

»Was, wenn ihr unterliegt?«, fragte Auge.

»Dafür bekommst du ihn.« Sie zeigte auf Sumeêl. »Wenn Gonter nicht herrscht, wird er es weiterhin tun.«

»Was?«, rief Auge. »Ihr schleppt einen Gelähmten hier herein und behauptet, er sei der Fürst der Stadt?«

»Ein Bettler bin ich jedenfalls nicht«, meinte Sumeêl trocken und hob die mit kostbaren Ringen bestückten Hände.

»Du begreifst natürlich«, sagte Gonter vorsichtig, »dass nutzlose Rache immer ein schlechtes Geschäft ist. Sumeêl kann viel für das Dunkelvolk tun – wenn er lebt. Oder ihr tauscht ihn gegen Reichtümer ein. Unversehrt wird er den höchsten Preis bringen.«

»Beinahe unversehrt«, wandte Nirto ein.

»Ach ja«, gestand Eivora zu. »Wir brauchen sein Blut.«

»Sein …«, setzte Auge an. »Seid ihr verrückt?«

Die Feuchtigkeit in Nirtos Bartstoppeln glänzte, als er den Dolch mit einem Lächeln wegsteckte. »Wir haben eben einen ungewöhnlichen Geschmack. Dein Wein mundet uns nicht.«

Auge wurde noch bleicher.

Die siegreichen Reiter berauschten sich am Blut ihrer Gegner. Fiafila-Ignuto sah mit den Augen eines Edlen, dem ein Bolzen gerade tief genug durch die Schulterkachel gedrungen war, um seine Haut zu ritzen. Er empfand die lächerliche Verletzung als Beleidigung und lenkte sein Pferd im Schritt über am Boden liegende Armbruster, tote wie verletzte. Das Tier wollte ausbrechen, der unsichere Grund war ihm nicht geheuer, aber er zwang es unter seinen Willen. Die Hufe sollten den impertinenten Dreck zerstampfen!

Näher an der Stadt sammelten sich die Lanzenträger. Der Starkregen erschwerte den Weibeln die Aufgabe, die Krieger in geordneten Formationen aufzustellen, aber er verhinderte auch, dass sie begriffen, wie hoch ihre Verluste wirklich waren. Das hätte die Moral dieser Einheit endgültig zerschmettert. So aber fanden sich aus den Resten neue Rotten zusammen.

Weitere Reiterschwadronen wurden aus dem Sonnentor herangeführt. Ihr Stolz litt darunter, dass sie den Beginn der Schlacht versäumt hatten. Fiafila-Ignuto schmeckte die Furcht der Jungedlen, erneut ohne Ruhm auszugehen, vor allem, als der Bericht vom Sieg an der Ostflanke von Mund zu Mund flog. Keiner von ihnen wollte mit unblutiger Lanzenspitze zurückkehren.

Xerohn kommandierte seine Hellebardiere kühl wie immer.

Er stellte die Rotten vier Reihen tief auf, sechs Kämpfer nebeneinander. Nicht nur zu Fiafila-Ignutos Verwunderung, sondern auch zu jener der Beobachter am Schwertfeuer bildete er jedoch keine durchgängige Front. Mal standen zwei Rotten beieinander, mal drei, nur einmal vier. Er musste großes Vertrauen in seine Rottmeister haben, denn die Bannerherren hatten bei dieser offenen Aufstellung und bei der schlechten Sicht kaum die Möglichkeit, ihre komplette Einheit zu überblicken.

Die gegnerischen Reiteroffiziere gerieten in Streit. Wer sollte die weitere Attacke befehligen? Zählte das Können, das der soeben errungene Sieg bewies, mehr als der Rang? – Bei den Kämpfern allemal, aber später, nach der Schlacht, wenn am Hof des Stadtfürsten Kelche geleert würden? Wog der Rausch eines Augenblicks Unsterblichkeit so schwer, dass man sich dafür mächtige Feinde machen wollte? Aber wenn man die Söldner in dieser Nacht, in diesem Inferno aus Sturm und Donner, nicht zerschmetterte – würde man sich nicht noch als Greis verachten, weil man die eine, die einzige Gelegenheit im Leben hatte verstreichen lassen, sich selbst und der Welt zu beweisen, dass man dem Schicksal seinen Willen aufzuzwingen vermochte?

Auf dem Klingentisch züngelten die Hellebardiere im Purpur der aufmerksamen Erwartung. Wenn die Markierungen richtig gezogen waren, standen sie nur zweihundert Schritt vor dem Feldlager – und noch nicht einmal so, dass sie den direkten Weg der Reiter blockiert hätten, sondern weiter westlich, wo das Gelände zum Estâl hin anstieg! Wollte Xerohn seine Leute auf höherem Grund in Sicherheit bringen und dafür das Lager preisgeben? Aber hätte er dann nicht eine möglichst kompakte Verteidigungsstellung wählen müssen?

Fiafila-Ignuto wandte den Blick vom Schwertfeuer und sah in den Regen hinaus, wo immer wieder Blitze die Dunkelheit zerrissen und der Donner die Schreie der Verwundeten übertönte. Wer das Glück hatte, dass ein Kamerad ihn vom Schlachtfeld schleppte, kam in die Zelte der Feldscherer. Bei diesen Verletztenzahlen hielten sich die wenigsten von ihnen mit dem Nähen von Wunden auf, sie banden den Blutfluss ab. Die erfahrenen

Söldner wussten, was das bedeutete: Wer zu lange mit einer solchen Kompresse lag, verlor das Glied. Die Wunde vergiftete das gestaute Blut. Wenn es wieder in den Körper gelangte, drohte der Tod anstelle der Verkrüppelung, also sägte man das Bein oder den Arm ab.

Fiafila-Ignuto verwehrte sich, in der Verzweiflung zu schwelgen. »Was heckt Xerohn aus?«, flüsterte sie.

Sie wandte sich wieder dem Schwertfeuer zu. Sollte sie die Geister zwingen, sie durch Xerohns Augen blicken zu lassen? Konnte sie das überhaupt?

Und wollte sie wirklich in Xerohns Kopf sein?

Er war ein Mann, der jeden verunsicherte, auch sie, auch Chastro-Ignuto vor ihr, wohl selbst den Homunkulus. Xerohn sah nicht nur aus wie ein Skelett, er agierte auch in vielerlei Hinsicht wie jemand, der kaum Anteil am Leben nahm. Er dachte in Regeln, mehr noch, in ehernen Gesetzen, und er selbst war wie das Schicksal, das jedem nach seinem Maß gab. Seltsam, dass er eine Familie hatte. Ihre Gedanken gerieten in einen Strudel aus Erinnerungen, in denen sie sich Kinder segnen sah und der Homunkulus Zeuge unaussprechlicher Grausamkeiten an jungen Menschen wurde.

»Sie rücken vor«, sagte Iskala.

Die grün lodernde Formation der Reiter bildete jetzt ein verbundenes Gebiet, alte und neu hinzugestoßene Einheiten waren vermengt. Sie bewegten sich leicht vom See fort, vor allem aber nordwärts, auf das Lager zu.

Fiafila-Ignuto bemerkte, dass Iskala ihre Leute um das Schwertfeuer zusammenzog. Das Zauberbanner bestand nicht nur aus vorgeblichen Magiern, sondern auch aus Einzelkämpfern. Sie hatten zwar nie gelernt, in geschlossenen Formationen zu kämpfen, aber sie würden sich teuer verkaufen. Hinzu kam der größte Teil des Sturmbanners, denn nur wenige Söldner hatten Eivora in die Stadt begleitet.

Diejenigen Rotten von Pirlitus Armbrustern, die über die Westflanke zurückgewichen und somit nicht Opfer des Reiterangriffs geworden waren, vereinigten sich weitgehend mit den

Hellebardieren. Meist bezogen sie hinter ihnen Position, manchmal auch flankierend.

Die ygôdischen Reiter bewegten sich im Schritttempo. Sie sparten die Kraft ihrer Tiere für den Sturmritt auf. Fußtruppen folgten dicht hinter ihnen.

Die Disziplin brach, als an ihrer linken Flanke Posaunen durch den Regen tönten. Die Bläser mussten in Xerohns Reihen stehen. Auch ein paar Schwärme Armbrustbolzen kamen aus dieser Richtung. Sie flogen weit, und der Sturm drückte sie aus der Bahn. Nur wenige richteten Schaden an, aber die mühsam disziplinierten Reiter fühlten sich herausgefordert.

Die Schwadronen an der Westflanke der vorrückenden Formation schwenkten um und senkten die Lanzen. Die Offiziere konnten das Anschwellen des Blutdursts, der sich im Schwertfeuer mit roten und hellgrünen Flämmchen zeigte, nicht aufhalten, sondern nur versuchen, dem Sog eine Richtung zu geben, zumal er auch sie selbst erfasste. Sie brüllten ihre Befehle über das Stampfen der in Galopp fallenden Pferde.

Als die Reiter im Innern der Formation bemerkten, dass ihre Kameraden Feindkontakt hatten, wollten sie nicht zurückstehen. Im Schwertfeuer wirkte die Westbewegung der gesamten Truppe wie ein absichtsvolles Manöver, das nur durch jahrelangen Drill so koordiniert ablaufen konnte.

Fiafila-Ignuto wusste es besser. Ihre Wahrnehmung sprang von einem Ygôder zum nächsten. Die Geister jauchzten, während sie beobachteten, wie sich der Hass und die Vorfreude auf den tödlichen Zusammenstoß ausbreiteten – gleich dem Feuer in einer Mühle, in der sich der Mehlstaub entzündete. Unartikulierte Schreie hätten dieselbe Wirkung gehabt wie die gebrüllten Befehle, niemand achtete auf Worte. Jeder Reiter spürte die Muskeln des bebenden Rosses unter sich, den rollenden Donner im Bauch, hörte das Rauschen des heißen Bluts und das metallische Klappern von Rüstungen und Waffen. Und jeder Kämpfer ahnte, dass dort draußen in der von Blitzen zerrissenen Dunkelheit der Feind darauf wartete, den Tod zu empfangen und dadurch Ruhm zu schenken.

Dass die Hufschläge dumpfer wurden, bemerkten die wenigsten.

Die galoppierenden Pferde verließen den Titanenfelsen und kamen auf regenweichen Grund. Schon Fußkrieger sanken hier ein, in den Senken stand das Wasser wie in Tümpeln. Die ersten Tiere traten noch dicke Flatschen aus der Grasnabe und rissen das Erdreich auf, spätere fanden nur noch Matsch und zernarbtes Gelände vor. Die Sporen zwangen sie vorwärts, kein Reiter wollte zurückfallen.

In der Dunkelheit ließen sich kaum Hindernisse ausmachen, geschweige denn unsichere Stellen am Boden. Nur die lockenden Posaunenstöße gaben eine Richtung vor. Die Blitze blendeten und warfen trügerische Schatten auf die Umgebung. Bolzen schlugen in die Rüstungen. Die Schützen befanden sich jetzt näher, ihre Geschosse hatten genug Wucht, um Eisen zu durchdringen. Angst mischte sich in den Blutdurst. Schneller, nur schneller sollte es gehen. Noch standen die Söldner außer Reichweite der Lanzen. Niemand konnte sie daran hindern, ihre Bolzen abzuschießen.

Gequält wieherten die Pferde. Die Läufe brachen, weil sie in tiefe Löcher traten oder auf dem Schlamm wegrutschten und stürzten. Die Formation war viel zu dicht. Nachfolgende prallten gegen die sich über den Boden rollenden Tiere und zerstampften ihre Reiter.

Xerohns Hellebardiere erwarteten die Ygôder auf Erhebungen, die zwar nicht besonders hoch waren, aber den Ansturm im entscheidenden Moment vor dem Aufprall verlangsamten. Dennoch stand ein Schlachtross mit Pferdepanzer und vollgerüstetem Reiter einem Katapultgeschoss in nichts nach. Auch wenn die aufgestellten Stangenwaffen Hals und Brust der Pferde aufschlitzten, trug die Wucht den sterbenden Körper durch die Reihen der Söldner.

Wenn sie davon nicht getroffen wurden und auch der Lanze entgingen, behielten die erfahrenen Krieger genug Übersicht, um sofort auf die Reiter einzuhacken. In der Dunkelheit war nicht auszumachen, ob ein Gegner tot war oder noch lebte. In

Gruppen hackten Xerohns Leute auf das gleiche Ziel wie ein Schwarm Krähen, der sich auf einen Fuchs stürzte. Dorne durchschlugen Harnische, Köpfe wurden mit solcher Wucht herumgerissen, dass das Genick brach.

»Hammerschlag!« Unentwegt dröhnte jetzt der Kampfruf des Klingenrauschs durch die Nacht.

Der erste Zusammenprall forderte in jeder Rotte Opfer. Hohe Flammen zischten aus dem Schwertfeuer, Schmerz erfüllte den Baldachin mit so lautem Prasseln, dass man sich nur noch schreiend verständigen konnte.

Fiafila-Ignuto wollte nicht reden. Die Geister versetzten sie in die Hellebardiere, die jetzt Rache für ihre Kameraden verlangten. Unter ihnen, in den Senken, kam der Reiterangriff zum Stehen. Die Leiber der sich wälzenden Pferde zerstörten jede Formation und erlaubten keinen Sturmritt mehr. Fiafila-Ignuto erfasste einen Reiter, der unter seinem toten Ross eingeklemmt war. Er ertrank, weil das Regenwasser die Senke füllte, in der er lag.

Die Hellebardiere waren entschlossen, ihren Sieg einzufordern. Ihre Rottmeister befahlen den Vormarsch.

»Hammerschlag!«

Immer zu zweit zogen sie mit ihren Stangenwaffen die Reiter seitwärts von den Pferden. Wenn sich ein Gegner doch geschickt in den Steigbügeln hielt, rammten sie ihm die zwei Handspannen lange Stoßspitze ihrer Hellebarte durch die Rüstung. Falls der Brustharnisch zu fest war, war das Visier eine gute Wahl.

Die Reiter begriffen, dass ihre Lanzen sie in einem solchen Gemetzel behinderten. Sobald sie sich eingestanden, dass dieser Kampf keine Gelegenheit war, mühelos zu Ruhm zu gelangen, wechselten sie zu ihren Langschwertern. Einige stiegen sogar ab, um auf engem Raum beweglicher zu sein.

Fiafila-Ignuto lauschte auf die Schreie in der Nacht. Wenn sie sich nicht täuschte, gingen die Blitze jetzt nicht mehr konzentriert nieder, sondern verteilten sich gleichmäßiger über die Stadt.

»Alle zu den Waffen!«, rief Iskala hinter ihr. »Wir bekommen Besuch!«

Im Schwertfeuer schob sich ein purpurnes Flammenfeld durch den Bereich zwischen dem Schimmersee und dem Gemetzel von Reitern und Hellebardieren. Einzelne Flämmchen nahmen die Gestalt von Lanzenträgern an. Die ygôdischen Fußkämpfer waren auf dem Vormarsch.

Eivora tauchte die Hand tief in den eiskalten Kanal. Die Strömung zog sie nach rechts.

»Wenn wir davon ausgehen, dass das Wasser nach Süden fließt, auf den Fall zu, dann ist diese Richtung«, sie zeigte geradeaus, »Osten.«

»Aber die Kanäle fließen nicht geradelinig.« Nirto hielt die Zügel des Pferds unmittelbar vor dem Maul. Das Tier scheute wegen der Blitze, die weit über ihnen um die Spitzen der Bauwerke gewitterten, und des Donners, der durch die dunklen Straßen rollte. »Sie machen viele Biegungen.«

Eivora drehte sich um die eigene Achse. Gonter hielt die Laterne mit halb gesenkter Blende. Jenseits des Lichtkreises gab es nur Finsternis, wenn gerade kein Blitz zuckte. In diesen Momenten zeichnete sich das Netz von Brücken unter dem gleißenden Himmel ab.

»Hast du eine bessere Idee, die Richtung zu finden?«

»Jemanden fragen, der sie kennt.« Vielsagend sah Nirto den Führer an, den Auge ihnen mitgegeben hatte.

Petênn war ein massiger Kerl, beinahe so muskulös wie Gonter, aber mit Geistesschärfe war er nicht gesegnet. Oder er spielte den Tumben nur. Auf ihrem Weg zur Ostmauer hatte er kaum mehr als zwei Sätze gesprochen. Vielleicht wollte Auge sie mit diesem Kerl ärgern, aber Eivora fiel kein Grund dafür ein. Je schneller sie ihr Ziel erreichten, desto eher würde Petênn mit Sumeêl zurückkehren. Der Stadtfürst saß geknebelt auf dem Pferd. Seine lahmen Beine hätten ihm zwar keine Flucht ermöglicht, ihn aber auch nicht im Sattel gehalten, deswegen war er festgebunden.

Nirto verlor wieder einmal die Geduld. Er machte die paar Schritte zu Petênn, griff ihn am Kragen und zog ihn dicht vor sein Gesicht. »Du musst dich doch in dieser verfluchten Stadt auskennen! Jetzt zeig uns den Weg!«

»Nicht Auges Gebiet.« Es klang aufrichtig traurig.

»Lass ihn«, forderte Eivora.

Dass sie sich nicht mehr in Auges Einflussbereich befanden, bedeutete keinesfalls, dass dieser Teil Ygôdas verlassen gewesen wäre. In den Ruinen sahen sie immer wieder Bewegungen. Aber wie Eivora das Dunkelvolk kennengelernt hatte, bekam man in den Schatten der riesigen Bauwerke nichts umsonst. Natürlich konnten sie versuchen, jemanden mit blankem Stahl zu überzeugen, doch das barg die Gefahr von Verlusten.

»Wir werden es schon schaffen«, munterte Gonter sie auf.

»Aber nicht über den Kanal«, meinte Nirto übellaunig. »Nicht an dieser Stelle.«

»Wir folgen ihm nach Norden, bis wir auf eine Brücke stoßen«, beschloss Eivora.

Sie hoffte, dass sie sich wirklich in diese Himmelsrichtung bewegten, wenn sie der Fließrichtung entgegengingen. Die Gassen wanden sich um die Grundflächen der Gebäude. Sie waren noch verwirrender als die Straßen anderer Städte. Hinzu kam die tintige Dunkelheit – es gab noch nicht einmal Fenster, hinter denen Licht brannte.

Sie fanden eine Brücke, aber sie war eingestürzt. Ob das Gewitter für den Schaden verantwortlich war oder ein länger zurückliegender Vorfall, ließ sich nicht erkennen. Das Wasser schäumte um die Bruchstücke, die unter der fünf Schritt breiten Lücke lagen.

»Hier kommen wir nicht rüber«, stellte Petênn fest.

»Vielleicht doch.« Nirto spie aus. »Wir könnten dich ins Wasser schmeißen und drüberlaufen.«

»So groß bin ich nicht.« Die Dunkelheit verbarg Petênns Miene, und am Tonfall war nicht zu erkennen, ob er versuchte, einen lässigen Scherz zu machen, oder ob er Nirtos Vorschlag tatsächlich in Erwägung zog.

»Käme auf den Versuch an«, murrte Nirto. »Noch nutzloser als jetzt kannst du im Wasser auch nicht sein.«
Ein Blitz beschien das Trümmerfeld vor ihnen.

»Weiter kommen wir auch nicht«, stellte Gonter fest. In der Halde vor ihnen steckten Spieße mit verwitterten und von Vögeln zerfressenen Köpfen darauf.
»Mir scheint, wir dürfen hier nicht mit einem freundlichen Empfang rechnen«, sagte Eivora.
»Also zurück und einen anderen Weg nach Osten suchen?«, fragte Gonter.
»Wenn das denn Osten ist«, murmelte Nirto.
»Ich glaube, das Unwetter schwächt ab«, sagte Eivora. »Die Blitze kommen seltener. Wir müssen uns beeilen.«
»Sollen wir schwimmen?«, fragte Nirto. »Und der Gaul gleich mit?«
»Nicht schwimmen.« Eivora zeigte nach oben, zum Geflecht der Brücken, die die Gebäude miteinander verbanden. »Klettern. Den Blitzstein ziehen wir hoch, wenn wir dort sind.«
»Da schwimme ich lieber«, sagte Nirto.
»Sei nicht so feige«, stichelte Eivora. »Da oben haben wir den besseren Überblick.«
Er starrte sie an.
Eivora lachte. »Dieser Turm lädt uns ein.« Sie zeigte auf einen gähnenden Eingang. »Sogar die Gittertür steht offen.« In der Tat hing der Schutz schief in den Angeln.
Die Männer hoben erst Sumeêl und dann den Blitzstein vom Pferd. Petênn half mit, als ein Blitz den Blick enthüllte, mit dem Nirto ihn musterte. Eivora nahm das geflochtene Lederseil vom Sattelhorn und band die Zügel an einem Steinbrocken fest.
Die Gittertür stand offen, weil jemand sie aus der Halterung gebrochen hatte, und im Innern hörte sie Geräusche, die eine andere Ursache als das Gewitter hatten. Stumm sahen sich die Kameraden an.
Eivora blendete die Laterne voll auf. Zweifellos beobachtete man sie bereits. Da sie nicht kämpfen wollte, brachten sie den

Weg am besten möglichst schnell hinter sich, und dafür brauchten sie eine gute Orientierung.

Sie durchquerten einige kleinere Räume und einen überraschend sauberen Saal, an dessen Ende sie eine aufwärtsführende Treppe erreichten. Die Männer benötigten eine Pause, bevor sie den schweren Blitzstein weiterschleppen konnten. Zum Gewicht des Artefakts kamen die Eisenbänder hinzu, in die der Alchimist es geschlagen hatte. Auch ein Rest der Kette hing noch daran. Das Öltuch, das den Stein vor dem Regen schützte, damit er keine Blitze anzog, machte dagegen kaum noch etwas aus.

Sie stiegen drei Stockwerke auf, dann waren die Stufen weggebrochen.

»Hier geht es nicht weiter.« Die Bemerkung offenbarte eine bei Petênn bislang ungeahnte Geistesschärfe. Er legte Sumeêl ab, den er bis hierher getragen hatte.

Enttäuscht und erschöpft setzte sich Gonter an die Wand und sah Eivora fragend an.

»Wir müssen zur Mauer, bevor sich das Gewitter verzieht«, raunte Nirto ihr zu.

»Das weiß ich selbst.«

Sie leuchtete mit der Laterne, so hoch sie konnte. Auf den nächsten zehn Höhenschritt, wo die Treppe weggebrochen war, gab es nur rauen Stein, der beinahe senkrecht anstieg. Prüfend betastete sie ihn. Offenbar war der Turm aus klobigen Felsen gebaut, die ein Mörtel verband. Die unförmigen Vorsprünge der Bruchfläche waren fest, sie würden ihr Gewicht halten.

Draußen musste ein Blitz sehr nah niedergehen. Der Donner hallte im Gebäude wie im Innern einer Glocke.

Unschlüssig betrachtete Eivora ihre Begleiter. Nirto und Gonter erholten sich wieder, aber wenn sie den Blitzstein schleppten, konnten sie nichts anderes tun. Allenfalls vermochte einer von ihnen allein das Artefakt ein paar Schritt weit zu bewegen, bevor er es absetzen müsste. Daran, damit zu klettern, war überhaupt nicht zu denken.

Petênn schied aus. Sie traute ihm nicht. Wahrscheinlich spielte er den Idioten nur, warum auch immer. *Besser, wir werden ihn los.*

»Zur Ostmauer kann es nicht mehr weit sein«, überlegte sie.

»Ach nein?«, fragte Nirto. »Und woher weißt du das?«

Eivora hatte keine Lust, mit ihm zu streiten. Sie zog ihn mit sich ein paar Treppenstufen hinunter, um außer Petênns Hörweite zu kommen. »Entweder, wir erreichen unser Ziel jetzt sehr bald«, erklärte sie flüsternd, »oder es ist sowieso egal, weil das Gewitter weiterzieht. Also werden wir den Blitzstein innerhalb der nächsten Stunde anwenden, oder er nützt uns nichts.«

Nirto konnte ihr gehörig auf die Nerven gehen, aber er war nicht dumm. Er begriff sofort. »Zeit für das Blut.«

Eivora nickte knapp. »Bring ihn nicht um. Gut möglich, dass Auges Leute uns gefolgt sind. Wenn Petênn ihnen Sumeêl bringt, ziehen sie sicher ab, aber wenn wir sie linken …«

»Die sollen nur kommen.«

»Das ist nicht unser Kampf. Wir müssen die Mauer brechen.«

»Du hast recht«, lenkte er zu ihrer Überraschung ein.

Eivora kletterte voran, das Lederseil band sie an ihren Gürtel. Als sie oben ankam, war Nirto mit der Vorbereitung des Artefakts fertig. Gonter verband die Schnittwunde an Sumeêls Bein. Dann zog Petênn mit dem Stadtfürsten ab.

Eivora sicherte die beiden Kameraden, die ihr nacheinander folgten. Dann zogen sie den wieder in das wasserdichte Tuch gewickelten Blitzstein am Seil hoch, wobei es bedrohlich ächzte.

Ein beherzter Tritt von Gonter sprengte eine Holztür, die ihnen den weiteren Weg verstellte.

Ab hier waren die Räumlichkeiten sichtlich gepflegter. Eine brauenlose Sklavin ließ ihr Tablett fallen, als sie die verwegenen Gestalten sah, und rannte kreischend davon.

Sie fanden eine röhrenartige Brücke, die über den Kanal führte, und gelangten so auf ein Wegegeflecht über ausgedehnte Stallungen. Nur wenige Horntiere suchten in Unterständen Schutz vor dem Regen, der Großteil des Platzes war leer. Die Söldner waren dem Unwetter jedoch ausgesetzt. Eine Bö drückte Eivora zur Seite und hätte sie beinahe auf den fünf

Schritt tiefer liegenden Boden geschleudert. Taumelnd hielt sie sich gerade noch auf dem Rand des Wegs, der zu ihrem Glück aus angerautem Stein bestand.

Zu ihrer Erleichterung erkannte Eivora das Massiv der Stadtmauer, das nur fünfzig Schritt entfernt aufragte. *So müssen sich Ameisen fühlen, die auf einen Amboss zulaufen.* Sie schienen einer Dunkelheit entgegenzugehen, die die ganze Welt ausfüllte.

»Lösch die Laterne!«, rief Nirto.

Als sie sich umdrehte, erkannte Eivora, dass die beiden Männer den Blitzstein auf einer Kreuzung absetzten, an der sich zwei der eineinhalb Schritt breiten Wege trafen. Obwohl sie den Grund für die Aufforderung nicht erkannte, folgte sie ihr und legte den Hebel um, durch den im Innern der Laterne ein Blech über den Docht klappte und die Flamme erstickte.

Einen Herzschlag später hörte sie einen Pfeil über ihren Kopf hinwegzischen. Die Sklavin hatte jemanden alarmiert! *Warum habe ich ihr nicht in den Rücken geschossen?*

Sie dachte an die Mahnung ihres Vaters, dass man ein Herz nicht nur äußerlich panzern musste, damit niemand es durchstoßen konnte. »Verteilt euch!« Tastend vergewisserte sie sich, dass ein Bolzen in der Armbrust lag.

Ihren Kameraden mochte es leichtfallen, den Befehl zu befolgen, aber seitlich von ihr befand sich nur der Abgrund. Sie arbeitete sich langsam in die Richtung zurück, aus der sie gekommen war, und wartete auf einen Blitz, der ihr die Gegner zeigen würde.

Als die Helligkeit über den Himmel zuckte, sah Eivora, dass sie zu fünft waren. In einer Reihe hintereinander liefen sie über einen der Wege. Ihre Rüstungen schienen aus gesteppteM Gewand zu bestehen. Sie trugen Rundhelme und waren mit langschaftigen Äxten bewaffnet. Aber das konnten nicht alle sein, irgendjemand musste den Pfeil abgeschossen haben.

Ein Gegner nach dem anderen, ermahnte sie sich. Sie erreichte den Blitzstein und hockte sich dahinter.

Die Männer liefen schnell. Beim nächsten Blitz waren sie auf fünf Schritt heran. Eivora schoss sofort.

Ob das Gebrüll dem Schmerz des Getroffenen geschuldet war oder ein unartikulierter Angriffsschrei, konnte sie nicht entscheiden. Obwohl sie so schnell rückwärtsging, wie sie es wagte, während sie das Kurzschwert zog, traf etwas Hartes ihre Schulter.

Ein Gegner stolperte über den Blitzstein und fiel in die Tiefe, wo er dumpf aufschlug und dann noch lauter schrie.

Der nächste war vorsichtiger und stieg mit einem weiten Schritt über das Hindernis.

Eivora ahnte seine Axt mehr, als dass sie die auf sie niedergehende Waffe sah. In Tausenden Übungen hatte sie gelernt, einem Wuchtschlag auszuweichen, aber nach hinten kam sie nicht schnell genug weg, und an den Seiten lauerte der Abgrund. Also fasste sie das Kurzschwert mit beiden Händen und riss es schützend über den Kopf.

Die Axt krachte dagegen und wurde abgelenkt, aber Eivoras Knochen vibrierten, und ihre Waffe flog in die Dunkelheit davon. Blind griff sie an ihren Köcher und riss einen Bolzen heraus, um ihn als Stoßdolch zu verwenden.

Im Rückschwung schlug die Axt in ihren linken Oberschenkel. Hinter dem Schlag lag nur wenig Kraft, aber die reichte, damit die Klinge durch Stoff, Haut und Fleisch drang und erst am Knochen haltmachte.

Eivora schrie.

Ein Blitz zeigte ihr das triumphierende Grinsen im bärtigen Gesicht des Gegners, der jetzt weit hinter dem Rücken ausholte.

Mit dem unverletzten Bein drückte sich Eivora ihm entgegen. Sie streckte das Knie, ihren Rumpf und die Arme, um mit beiden Händen den Bolzen durch sein Kinn zu rammen. Sie fühlte drahtiges Haar und warmes Blut, bevor er wegkippte und sie auf den nassen Steinweg schlug.

Schritte kamen näher.

Trotz des brennenden Schmerzes, der von ihrer Wunde ausgehend durch das Bein pulsierte, tastete Eivora hektisch um sich herum. Lag ihr Kurzschwert hier irgendwo? Oder die Axt des gerade überwundenen Gegners?

Sie hatte nichts, um den nächsten Angriff abzuwehren, und rennen konnte sie mit einem Bein auch nicht.

Aber springen! Es muss doch zu etwas gut sein, dass ich so leicht bin!

Ausgerechnet jetzt kam kein einziger Blitz!

Wie weit war die Kreuzung entfernt?

Die Wege trafen dort nicht im rechten Winkel aufeinander. Derjenige, der links abging, war etwas näher an jenem, auf dem sich Eivora und ihr Gegner befanden. Ihre Finger fühlten die Kante. Sie legte ihr Gewicht so weit nach vorn, dass sie gefallen wäre, wenn sie sich nicht kräftig mit dem rechten Bein abgestoßen hätte.

Der Flug schien eine Ewigkeit zu dauern. Um sie herum waren Sturm, Regen und Dunkelheit.

Hinter sich hörte sie die Axt auf den Stein schlagen.

Sie prallte gegen ein hartes Hindernis.

Ihre Arme paddelten wie diejenigen eines Menschen, der in einen Teich fiel und nicht schwimmen konnte. Der linke Ellbogen schlug krachend auf, die rechte Hand griff eine Kante. Ihr Körper stürzte, und plötzlich kam sie sich unheimlich schwer vor. Der linke Arm rutschte ab, die festgebundene Armbrust behinderte ihn. Sie krallte die Finger in den Stein, obwohl die raue Oberfläche sie blutig riss. Die Erinnerung daran, wie sie an Zigûns Turm gehangen hatte, durchzuckte sie.

Ihre Unterarme schlugen an die Seite des Wegs, ihr Körper schwang wie ein Pendel weiter, ihr Kopf krachte von unten gegen den Stein. Aber sie hing. Ihre Hände hatten Halt an der Kante.

Aglix krabbelte an ihrem Hals hoch.

Du bringst wirklich Glück. Sie lachte. *So schnell kriegen die Dämonen uns nicht!*

Ihr linkes Bein fühlte sich allerdings an, als kauten bereits glühende Zähne darauf herum. Ihr Schädel dröhnte, die Arme schmerzten und ihre rechte Hand blutete. Aber ihre Kameraden brauchten sie. »Nur kein Selbstmitleid!«, knirschte sie und zog sich hoch.

Ein weiterer Blitz reichte dem Bogenschützen, um einen Pfeil auf Gonter abzuschießen, der gegen vier Schwertkämpfer focht, die sich jeweils zu zweit vor und hinter ihm drängten. Offenbar waren weitere Kämpfer herbeigeeilt. Eivora wusste nicht, wo das Geschoss herkam. Wenigstens schien der Pfeil ihn verfehlt zu haben, sie hörte ihn nicht schreien.

»Für den Nahkampf bin ich jetzt wohl unbrauchbar.« Sie spannte ihre Armbrust und legte einen Bolzen ein.

Rechts hörte sie Nirto brüllen. Sie kannte ihn lange genug, um zu wissen, dass Wut, nicht Schmerz, der Grund dafür war. Also nahm er sich wohl des Axtkämpfers an, vor dem sie geflohen war.

Mit jedem Herzschlag pochte die Qual in ihrem Bein. Wahrscheinlich pumpte sie unentwegt Blut heraus. Eivora hatte jetzt keine Zeit, sich darum zu kümmern. Stattdessen hielt sie die Armbrust in die Richtung, aus der der Pfeil gekommen war.

Der nächste Blitz reichte ihr. Das Gesicht des Bogenschützen war so hell wie Milch. Er trug keinen Helm. Vielleicht konnte er so besser zielen, oder er hatte zu wenig Zeit gehabt, seine Rüstung zu vervollständigen.

Die Armbrustsehne knallte.

Obwohl die Finsternis zurückkehrte, als der Bolzen noch auf dem Weg war, wusste Eivora, dass er treffen würde. Sie ahnte es nicht, die vermutete es nicht, sie wusste es. Es gab seltene Momente im Leben einer Kriegerin, in denen sie, ihre Waffe und der Gegner eins wurden und alle Zweifel verschwanden. Der Bogenschütze war tot.

Nirto hatte den Axtschwinger überwunden und nahm nun gemeinsam mit Gonter zwei Gegner in die Zange.

Rasch aufeinanderfolgende Blitze erlaubten Eivora, Gonters Fechtkunst zu bewundern. Er stand seitlich im peitschenden Regen auf dem luftigen Steinweg, trieb die Gegner Nirto entgegen und wehrte dennoch den dritten ab, der noch auf der anderen Seite kämpfte. »Hammerschlag!«, rief er dabei, als wäre er ein Söldner des Klingenrauschs.

Eivora mochte diesen Mann.

Sie wollte die Armbrust nochmals spannen. Vielleicht würde sich eine Möglichkeit ergeben, ihm zu helfen.

Aber ihr Bein brannte, und der Rest ihres Körpers war kalt. Sie fror, und sie war müde. Sie legte sich auf den harten Stein. *Ausruhen, nur für einen Moment ...*

Fiafila-Ignuto spürte das Zittern eines ygôdischen Speerkämpfers. Sein Weibel stieß dem Kameraden neben ihm den Schwertknauf in den Rücken, damit er die Formation hielt. Der Speerträger sank bis zu den Waden in den Schlamm und watete vier Schritte, bis er wieder festeren Grund fand.

»Vorwärts!«, brüllte der Weibel. »Ruhm erwartet euch!«

Der Speerkämpfer wollte keinen Ruhm, er wollte nach Hause. Niemals in seinem Leben hatte er solche Angst verspürt. Fiafila-Ignuto schmeckte das Gefühl in ihrem Mund.

»Er fürchtet den Tod.«

Er hat ja auch noch nicht einmal eine ordentliche Lanze. Mit dem Speer hat er kaum mehr Reichweite als mit einem Schwert.

Ein Blitz beschien die Formation der Pikeniere. Sie standen in zwei Reihen, die vordere war abgekniet, die hintere stocherte mit ihren Stangenwaffen über sie hinweg. Die Eisenspitzen erschienen monströs und bildeten einen wirbelten Wall, wie die Zähne eines Ungeheuers, das danach gierte, ihn zu zerreißen. »Hammerschlag!«, brüllte dieses Monstrum dem Speerträger entgegen.

Der ygôdische Kämpfer ließ seine Waffe fallen. Er rammte die Ferse in den Boden, wollte nicht weiter vor in die Dunkelheit, von der er nun wusste, was darin drohte. Er schrie.

Der Weibel trat in seinen Rücken.

Er stolperte vorwärts.

Zum Bedauern des Homunkulus litt der Jüngling nicht. Sein Leben verlosch wie eine Kerze in einem plötzlichen Windstoß.

Fiafila-Ignuto blinzelte.

Das Schwertfeuer zeigte, wie dünn und zerrissen die Reihe der Pikeniere war. Die Hellebardiere und die Reste der Armbruster waren noch immer mit den Reitern beschäftigt, und frische Fußtruppen banden sie zusätzlich. Die ersten Ygôder befanden sich bereits im Lager.

Die Verwundeten des Klingenrauschs zwangen sich von den Liegen, bissen die Zähne zusammen und verlangten nach Waffen. Sie wussten, dass niemand einen Söldner gefangen nehmen würde. Für gemietete Schwerter fand sich keiner, der Lösegeld zahlte.

Schreie, klirrender Stahl, das Sirren von Pfeilen und das Knallen von Armbrustsehnen, gebrüllte Befehle und krachende Schilde, dazwischen immer wieder »Hammerschlag!« und »Bluthorn!«, offenbar der Schlachtruf der Ygôder: Die Kampfgeräusche kamen näher.

Fiafila-Ignuto hatte den Eindruck, dass der Regen nachließ. Die Blitze zogen ebenfalls ab, nur noch wenige gingen in der Nähe nieder. Im Südosten bildeten sie jedoch wieder einen Keil, sogar noch deutlicher, als sie es zuvor an dieser Seite Ygôdas getan hatten.

»Eivora hat den Blitzstein bewegt.«

Stolz durchströmte Fiafila-Ignutos Brust, als hätte sie selbst einen Verdienst an dieser Tat.

»Das haben wir. Wir haben das Unwetter heraufbeschworen, ohne das Eivoras Mühe vergeblich bliebe.«

Dem Homunkulus entging das Gefühl der Freundschaft, das Fiafila mit Eivora verband. Diese Regung war ihm zu fremd.

Prekesta eilte mit Yra herbei. Die beiden hatten sich gemeinsam mit den Wildgänsen beschäftigt. Fiafila-Ignuto hoffte, dass sich das Talent der Söldnerin für Grausamkeiten und die Besonnenheit der Magd die Waage gehalten hatten. Jetzt trug Prekesta ihren Harnisch, den Helm, einen spitzen Faustschild, auf dem sich das vielfarbige Schwertfeuer spiegelte, und ein gerades Schwert. Yra dagegen faltete teilnahmslos die Hände.

»Bewaffne dich«, befahl Fiafila-Ignuto.

»Ich bin keine Kriegerin.«

Fiafila-Ignuto zuckte mit den Achseln. »Nicht mehr lange, und es wird hier nur noch zwei Sorten von Menschen geben: Sieger und Opfer. Wähle.«

Yra schluckte. Unsicher sah sie sich um.

Fiafila-Ignuto ließ sie mit ihrer Entscheidung allein. Die Geister erflehten ihre Aufmerksamkeit. Zunächst verstand sie nicht, was sie wollten. Der Schmerz und der Hass in der Nähe des Feldlagers gefielen ihnen, und dennoch jammerten sie darüber, dass sie zu kurz kamen, dass ihnen zu viel vom Schmaus dieser Nacht entging.

Die Knechte, die dann, wenn sich der Flammenteppich verschob, die Umrisse mit Spachteln vom Eisentisch kratzten und neue mit rußigen Stöcken einzeichneten, sahen sich erstaunt an, als Fiafila-Ignuto den sphärischen Wesenheiten gestattete, sich an frischem Leid zu laben.

Was sie bisher beobachtet hatten, zog sich in einem Streifen zusammen, der nur noch ein Viertel am Rand der Fläche einnahm. In der Mitte des Tischs gähnte ein beinahe leerer Bereich, in dem das Feuer wie eine flache Pfütze in nichtssagendem Gelb brannte. Wenn hier ein Flämmchen emporzüngelte, wirkte es wie ein Versehen. »Der Schimmersee«, murmelte die Avatar.

Jenseits davon, wo sich die Nordostecke Ygôdas befinden musste, schossen dagegen blaue und grüne Flammen in die Höhe. Einige vereinigten sich flackernd zur Besatzung einer Wurfmaschine, zu Bogenschützen, die hastig nach ihren Waffen griffen, und zu einer Formation von Speerkämpfern, die den dürftigen Regenschutz eines Hains aufgab und sich in Kampfformation aufstellte.

Fiafila-Ignuto spürte die Kraft in den Gliedern eines Weibels in König Harlefs Truppen, der im Flackern der niederzuckenden Blitze die Schneise in der Stadtmauer betrachtete und sah, wie die Rotten vor ihm über die Trümmer Ygôda entgegenzogen. Das gewaltige Bauwerk hatte einen Riss bis beinahe zum Boden, aber erst in siebzig Schritt Höhe war es offen, weil die zerbrochenen Quader die Lücke so hoch auffüllten. Weiter unten gab es einzelne, instabile Öffnungen, von denen niemand wusste, ob sie ganz hindurch bis zu Stadt führten oder auf halbem Wege blockiert waren. Es war sehr gefährlich, sich dort hineinzuwagen, zumal die Blitze weiteres Gestein heraussprengten, sodass neue Trümmer herabdonnerten und das Gefüge veränderten. Doch wo, wenn nicht in höchster Gefahr, wurden Helden geschmiedet? Der Weibel beschloss, seine Kühnheit auf diesem Weg zu beweisen. Sie brauchten noch nicht einmal Sturmleitern, die Trümmer bildeten nach außen hin eine Halde, die sich erklimmen ließ, auch wenn immer wieder Kämpfer abrutschten und sich die Knochen brachen. Dies war keine Nacht für Zauderer.

Der Weibel reckte sein Schwert in die Höhe und brüllte die Männer nach vorn. Sie sollten ihm voranstürmen, er würde dafür sorgen, dass keiner zurückblieb. Das nervenzehrende Abwarten der vergangenen Monde und die Erniedrigung, als Krieger mit Bauern und Hornvieh umgehen zu müssen, fielen von ihm ab. Er hörte die Schreie um sich herum, Klingen und Helme warfen das Gleißen der Blitze zurück. Dies war, wofür er jahrelang mit dem Schwert geübt hatte! Dies war, wofür er in der Welt war! »In den Kampf!«, schrie er. »In die Schlacht! Für den König! Vorwärts!«

Im Rausch der Geister nahm Fiafila-Ignuto kaum wahr, dass ein Pfeil auf den Eisentisch prallte. Die Spitze schlug Funken, das Geschoss schlitterte durchs Feuer und verschwand in der Dunkelheit.

Sie blinzelte, um ihre Aufmerksamkeit zu dem zurückzuholen, was in ihrer unmittelbaren Umgebung geschah. Es fiel ihr schwer, den Fokus ihrer Wahrnehmung auf ihre körperlichen Sinne zu ziehen.

Krieger des Sturmbanners bildeten eine Mauer aus ihren kinnhohen Schilden. Fiafila-Ignuto erkannte Mehols Blondschopf.

Prekesta dachte gar nicht daran, hinter der Verteidigungslinie in Deckung zu bleiben. Mit einem wilden Schrei stürzte sie sich auf den kleinen Trupp Ygôder, der versuchte, die Stellung zu umgehen und zum Schwertfeuer vorzudringen. Sie täuschte einen tiefen Schlag an und hieb ihrem Gegner den Faustschild ins Gesicht. Bevor er die Orientierung zurückgewann, schlitzte ihre Klinge seinen Hals auf.

Dennoch wäre Prekestas Tollkühnheit ihr zum Verhängnis geworden, wenn die Kameraden ihr nicht zu Hilfe geeilt wären. Bei einem von ihnen blutete ein frischer Verband um den Armstumpf durch. Trotzdem hackte er seine Axt in die Brust eines Ygôders. Fiafila-Ignuto schmeckte, dass die Angreifer zu verstehen begannen, mit was für Kriegern sie sich eingelassen hatten.

Die Geister zogen an der Aufmerksamkeit der Avatar. Sie folgte ihnen, zu flehend und zugleich lockend war ihr Rufen.

Die an das Schwertfeuer gebundenen Wesenheiten wälzten sich im Kampfesmut des Klingenrauschs, aber Fiafila-Ignuto brauchte einen Moment, um zu begreifen, dass es ihnen nicht um die Einheiten hier am Westufer des Sees ging. Es waren die Rotten von Aslivas und Nomirons Pikenieren, die nach dem kopflosen Vorstoß von König Harlefs Kriegern in kompakter Formation und gedeckt durch die Salven von Jakenas Bogenschützen den Vormarsch durch die Bresche in der Stadtmauer erzwangen. Dahinter verteilten sie sich sofort, schon allein, um den dicht zuckenden Blitzen zu entkommen. Nicht allen gelang das, aber die Verteidiger hatten erheblich stärkere Verluste. Sie befanden sich oft auf scheinbar himmelhohen Brücken oder an den Zinnen, und wenn die Gewalt des Sturms die Bauwerke zerschmetterte, stürzten sie zu Dutzenden in den Tod.

Fiafila-Ignuto versuchte, die Geister zu zwingen, nach Eivora Ausschau zu halten, aber selbst mit entschiedenen Drohungen vermochte sie diese Wesenheiten nicht mehr vom Rausch des Gemetzels loszureißen.

Ein kreischender Todesschrei lenkte Fiafila-Ignutos Aufmerksamkeit zurück in ihr umkämpftes Feldlager. Hier bot das Schwertfeuer wegen seines hellen, vielfarbigen Scheins den auffälligsten Orientierungspunkt, und durch den nachlassenden Regen sah man es immer besser. Das Gefecht zog sich davor zusammen. Sowohl die Speerkämpfer aus Ygôda als auch die Söldner waren stark dezimiert. Die Angreifer waren ausgeruhter, aber die Kämpfer des Klingenrauschs entschlossener. Viele Ygôder sehnten sich mitten in der Schlacht danach, unverletzt zu ihrer Familie zurückzukehren. Die Söldner hingegen standen inmitten ihrer wahren Familie. Das Feldzeichen mit dem Schmiedehammer, auf dem Garallo grinsend thronte, schien über ihren Köpfen zu tanzen, weil sein Träger sich durch das todbringende Getümmel bewegte.

Der Kampf wogte, die Reihen wankten, Lücken rissen auf. Durch eine davon brachen drei ygôdische Schwertkämpfer. Plötzlich waren sie am Klingentisch. Einer schlug einem Botenläufer den Kopf ab. Das Haupt rollte durch das Schwertfeuer. Dann standen die drei vor Fiafila-Ignuto.

Sie sah ihnen die Angst an, die der Anblick des aus der Schulter wachsenden Homunkulus, aus dessen Äuglein heiße Flämmchen zischten, in ihnen weckte. Aber sie waren zu dritt, und die Anwesenheit der Kameraden gab Mut. Sie fassten ihre Schwerter fest, senkten die Köpfe und kamen auf Fiafila-Ignuto zu.

Da die Rüstung nicht rechtzeitig vor dem Gefecht fertig geworden war, stellte der Ledermantel ihren einzigen Schutz dar. Sie hielt den dreien ihren gezackten Dolch entgegen, aber sie hatte nie gelernt, damit umzugehen.

Der mittlere Krieger machte einen Ausfallschritt auf sie zu und holte aus.

Sie wich zurück.

Plötzlich war Iskala neben ihr. Die roten Augen der Kampfherrin funkelten ebenso wie der Rubin in ihrer Stirn, als sie mit ausladender Geste ein hellgraues Pulver in die Luft vor den Angreifern streute. Einen Atemzug lang schwebte die Staubwolke, als wolle sie sich weigern, zur Erde hinabzusinken. Dann entzündete sie sich heller als ein Blitz.

Fiafila-Ignuto ließ ihre Waffe fallen und schlug die Hände vor die geblendeten Augen. Weiße Nachbilder flackerten vor ihren Lidern, während sie davontaumelte. Stahl klirrte, Todesschreie gellten.

Sie blinzelte und wandte den Kopf, sah aber lediglich kleine und verschwommene Bereiche zwischen den weißen Flächen. Dennoch machte sie Iskalas funkelnden Rubin aus. Abwehrend hob sie die Arme.

Wenn sie es richtig erkannte, wischte Iskala ihren Dolch mit einem Tuch ab und steckte die Klinge weg. »Es gehört zur Mission des Zauberbanners, die Avatar zu schützen.« Sie grinste, was in Fiafilas-Ignutos verschwommener Wahrnehmung so aussah, als reichten ihre Zähne von einem Ohr zum anderen. »Trotzdem kann ich dich nicht leiden, Kameradin!«

Fiafila-Ignuto lachte auf. All das, was hier geschah, war verrückt, und sie befand sich mitten darin und verlor langsam, aber sicher so viel von ihrem Verstand, dass sie den verdrehten Sinn hinter einem Leben voller Gewalt erahnte. Doch die Rettung durch Iskala bewies ihr auch, dass sie nun zu einer Gemeinschaft gehörte, die größer war und fester zusammenhielt, als das in Basäons Tempel jemals der Fall gewesen war. Das Leben, das vor ihr lag, war schrecklicher, grausamer und härter, zugleich aber auch freier, ehrlicher und von stärkerer Gemeinschaft geprägt, als sie es in der Gefolgschaft des Windgottes jemals gefunden hätte.

»Hörst du das?«, fragte Iskala.

Fiafila-Ignuto versuchte, sich von den flackernden Lichtern und den aufgepeitschten Emotionen der Geister zu lösen und sich auf ihre Ohren zu konzentrieren. »Sind das Posaunen?«

»Von den Zinnen Ygôdas.«

»Was hat das zu bedeuten? Eine weitere Angriffswelle?«

Iskala lachte aus vollem Hals. »Nein! Sie haben Angst und rufen ihre Krieger zurück!«

18. Der Lohn

Nach der Kapitulation zeigte sich König Harlef großzügig gegenüber den Besiegten. Er gestattete ihnen, die Krähen von den Schlachtfeldern vor der Stadt zu vertreiben und ihre Toten zu bergen. Die schwarzen Vögel waren jedoch nicht gewillt, ihr Festmahl aufzugeben. Wenn ein Schwarm aufstieg, senkte er sich unweigerlich etwas weiter wieder auf die reich gedeckte Tafel.

Eivora wusste, dass damit vor allem das Fleisch der gefallenen Söldner ihre Mägen füllte. Das war jedoch nicht der Hauptgrund für ihren Unwillen. »Majestät, wie verhindert Ihr, dass die Ygôder die Waffen vom Schlachtfeld bergen und zurück in die Stadt mitnehmen?«

Hier oben an den Zinnen wirkte Harlef wahrhaft königlich. Die Nachmittagssonne schien hell durch die vom Unwetter reingewaschene Luft und glänzte ebenso auf dem goldenen Löwen seines Harnischs wie auf der gezackten Krone, in der die Edelsteine funkelten. Seine Geiernase hatte etwas Herrisches, als er den Kopf drehte, um den Blick über die Schlachtfelder und den Schimmersee dazwischen schweifen zu lassen. Er nahm sich viel Zeit.

Nach der Schlacht war die Stille tatsächlich ein Genuss. In dieser Höhe roch man auch das Blut nicht.

Eivora ärgerte sich über ihr steifes Bein. Der Feldscher hatte darauf bestanden, es mit Schienen von der Hüfte bis zum Fuß ruhig zu stellen. Sie musste sogar eine Krücke benutzen, wenn sie sich die Demütigung ersparen wollte, getragen zu werden. Trotzdem hatte sie es aus eigener Kraft die endlos scheinenden Treppen hinauf geschafft.

Immerhin lebe ich noch. Das ist das Wichtigste.

Nirto hatte den Schnitt verbunden. Er verstand mehr von der Wundversorgung als Gonter. Sie hatte sich bei ihm bedanken wollen, aber er hatte barsch abgewehrt. Ebenso gern hätte er ihr den Gnadenstoß gegeben, erzählte er jedem, dem er begegnete.

Zum Klingenrausch hatten die beiden Gefährten sie gemeinsam gebracht.

Jetzt war Nirto zurück beim Sturmbanner. Gonter stand hier oben auf dem Wehrgang bei den Gardisten seines Vaters. Auch bei ihnen betonte Harlef seine majestätische Würde. Die Kettenhemden der königlichen Krieger schimmerten tadellos in der Sonne, keine Schramme verunzierte die frischen Schilde, nur ein paar Verbände zeugten davon, dass die Männer noch in der Nacht im Kampf gestanden hatten. Eine halbe Hundertschaft begleitete ihren Herrscher.

Den Klingenrausch vertraten nur die zehn Kampfherren, die dem Kriegsherrn, der sie angeworben hatte, im Halbkreis gegenüberstanden. Pirlitu hielt das Feldzeichen, über dem Garallo grinsend seine spitzen Zähne bleckte. Die Armbruster beklagten die stärksten Verluste, die Musterung nach der Schlacht hatte ergeben, dass weniger als einhundert von ihnen uneingeschränkt kampffähig waren. Mit fünf Hundertschaften, beinahe auf Sollstärke, hatte sich Pirlitu in König Harlefs Dienst gestellt.

»Die Magistrate haben mich kniend empfangen, mit in den Nacken gebundenen Klingen.« Der Wind zupfte an den grauen Locken des Monarchen. »Jeder von ihnen hat sein Leben in meine Hand gegeben. Warum wohl sollte ich meine neuen Untertanen daran hindern, sich angemessen zu bewaffnen?«

Eivora warf den anderen Kampfherren einen schnellen Blick zu. Sie hatten abgesprochen, dass sie das Wort führen sollte. Schließlich genoss sie die Gunst des königlichen Erben, und durch ihre letztlich erfolgreiche Mission hatte sie sich Respekt innerhalb der Führung des Klingenrauschs erworben. Aber dieses Gespräch nahm eine unerwartete Wendung. Entging ihr etwas?

»Sie könnten versucht sein, sich zu wehren, wenn wir die

Stadt plündern«, sagte sie vorsichtig. »Das wird viele Tote geben, vielleicht flammen die Kämpfe sogar neu auf.«

»Das bezweifle ich«, versetzte König Harlef kühl. Die Haare des schütteren Barts wirkten wie gezogener Draht. »Ich werde ein großes Fest anlässlich der anstehenden Vermählung meines Sohns geben. Wir werden sämtliche Horntiere aus der Ebene zusammentreiben und in die Schlachthäuser bringen. Die ganze Stadt wird jubeln. Eine Plünderung wird dagegen nicht stattfinden.«

Eivora blinzelte. »Unser Kontrakt sieht das Plünderrecht vor.«

»Ach ja?«, versetzte Harlef mit einem Tonfall wie ein Peitschenknall. »Steht im Kontrakt auch, dass Ihr meinen Erben in Gefahr bringen dürft?«

Sie sah Gonter an. Überraschung stand auf seinem Gesicht.

»Vater, es war mein Wunsch, gemeinsam mit dem Sturmbanner …«

»Du bist ein unverständiger Bengel!«, rief Harlef. »Ich sollte dich übers Knie legen, damit du lernst, dass sich ein angehender Herrscher niemals von albernen Wünschen nach Abenteuern und weiblichen Hügeln hinreißen lassen darf!« Voller Geringschätzung glitt sein Blick über Eivoras Gestalt. »Zumal diese Hügel bestenfalls Bodenwellen sein dürften. Aber dafür habe ich mein Silber nicht gegeben. Ich habe darauf gehofft, dass ich Leute anheuere, die mit dem Kriegshandwerk und seinen Unbillen vertraut sind.«

»Das sind wir!«, verteidigte Eivora ihre Legion. »Wir haben die Bresche geschlagen, durch die …«

»Ihr habt meinen Erben in Gefahr gebracht!«, schrie Harlef. Zornesröte verdunkelte sein Gesicht, sodass sich die breit genähte Narbe hell davon abhob. »Diesen Verlust hätte auch Ygôda nicht aufgewogen!«

»Wie Gonter sagt, er selbst wollte …«

»Nicht er ist Euer Dienstherr! Ich bin es! Und was sollte diese schwachsinnige Aktion überhaupt? Sie war komplett nutzlos!«

Iskalas rote Augen bedachten Eivora mit einem warnenden

Blick. Harlef wusste nichts vom Blitzstein, er dachte, die Magier des Klingenrauschs hätten das Unwetter beschworen und gelenkt. Von Sumeêl und seinen Untergebenen würde er nur wirres Zeug über einen Dämonenfürsten erfahren, der seinen Schatz zurückverlangt hatte. Von der Geheimwaffe des Klingenrauschs ahnte er nichts. Das musste so bleiben.

Zähneknirschend blickte Eivora zu Boden.

»Und was habt Ihr mit dem Stadtfürsten gemacht? Ich war gezwungen, ihn bei ein paar zerlumpten Bettlern auszulösen! Sie haben ihn kahl geschoren und mir sein Haar geschickt, komplett mit seinen Brauen und den Locken seiner Scham. Hätte ich ihnen nicht das Silber gegeben, das sie wollten, hätten sie ihm die Haut abgezogen. Wie hätte ich das den Magistraten erklären sollen? Und wer ersetzt mir das Silber?«

»Die Magistrate«, setzte Gonter an, »hätten wohl nicht alle mit Missfallen reagiert, wenn Sumeêl …«

»Hältst du jetzt endlich dein Maul?«, schrie Harlef. »Wir sprechen von deinem Schwiegervater! Ich bezweifle, dass ich einem Trottel wie dir genug beibringen kann, bevor mich meine Pflichten von hier fortführen. Du wirst auf seinen Rat angewiesen sein!«

Wieder sah er Eivora an. »Könnt Ihr Euch denken, wieso ich Euch hier an den Zinnen empfange und nicht im Palast?«

Eivora vermutete, dass das an den Zerstörungen lag. Das Unwetter war vorüber, aber sie hätte nicht darauf gewettet, dass die Pyramide nicht doch noch zusammenstürzen könnte. Sie hielt es jedoch für klüger, zu schweigen.

Harlef zeigte über die Mauerkrone hinaus. »Hier hätte man meinen Sohn beinahe hinuntergestürzt! Mit einem Fleischerhaken in der Schulter! Damit die Krähen sich an ihm laben, während er an einer Kette verfault! Was, glaubt Ihr, würde ich jetzt am liebsten mit Euch machen?«

»Wir werden uns bestimmt einigen.« Xerohns Wispern war keiner Niedergeschlagenheit geschuldet, das spürte jeder. Er maß der Angelegenheit nicht genug Bedeutung bei, um seine Stimme zu heben. Vielmehr schien es so, als richte sich der Wind nach seinen Wünschen, denn auch das leiseste Säuseln verstummte in dem Moment, als er sprach.

»Niemand plündert meine Stadt«, knurrte Harlef. »Zumal es hauptsächlich meine eigenen Truppen waren, die durch die Bresche gestürmt sind.«

»Weil der Hauptteil der Verteidiger außerhalb der Mauer mit uns beschäftigt war!«, protestierte Razonn. Anstelle seines Helms trug er einen Kopfverband.

»Gehören Strategie und Kampftaktik nicht zu den Dingen, die ich für mein Silber erwarten durfte? Weswegen stuft der Rat von Eisen und Gold den Klingenrausch als Eliteeinheit ein?«

Betreten sahen sich die Kampfherren an. Eivora kochte innerlich, aber sie fragte sich, wie weit sie gehen durfte. Mit dieser Entwicklung hatte keiner von ihnen gerechnet. Eigentlich müssten sie sich zur Beratung zurückziehen, aber mit jeder Stunde bewaffneten sich die Bewohner Ygôdas, König Harlefs Kämpfer besetzten die entscheidenden Punkte und machten sich besser mit der Stadt vertraut.

Würde uns mein Vater noch anführen, würde er diesen aufgeblasenen Kerl ungespitzt in den Boden rammen. Wahrscheinlich bräuchte er das noch nicht einmal, weil er die Plünderung sofort befohlen hätte! Aber wir mussten ja erst im Führungsrat zusammenkommen.

»Keine Plünderung«, wiederholte König Harlef. »Dann kann ich mir vorstellen, Euch ein wohlwollenderes Zeugnis auszustellen, als Ihr es eigentlich verdient habt.«

Eivora ballte die Fäuste so fest, dass sie schmerzten. Ohne Beute aus der Stadt würden Söldner die Legion verlassen, weil sie sich woanders mehr davon versprachen, ihre Haut zu riskieren. Das würde ihre Reihen nach den Verlusten aus der Schlacht zusätzlich ausdünnen. Aber auch das Zeugnis des Auftraggebers war wichtig. Der Rat von Eisen und Gold würde besonders genau untersuchen, ob der Klingenrausch auch ohne Kester noch seiner Einstufung gerecht wurde.

»An Eurer Beurteilung unserer Erfolge sind wir sehr interessiert«, durchbrach Xerohn das Schweigen.

Vielleicht war er der Einzige, der wagte, ohne die Furcht zu sprechen, dass seine Wut ihn zu etwas Unbedachtem hinriss. Eivora dagegen ertappte sich bei der Überlegung, ob die Kampfherren es mit der halben Hundertschaft von Harlefs Kriegern aufnehmen könnten. Zu gern hätte sie den durchtriebenen Kerl über die Zinnen geworfen.

»Sicher werdet Ihr nichts dagegen haben«, fuhr Xerohn fort, »wenn wir ebenfalls das Schlachtfeld abgehen und uns nehmen, was wir Brauchbares finden.«

»Befehligt Ihr denn noch so viele Krieger, die Bedarf an Rüstungen und Waffen haben?«

»Wir beabsichtigen, die Legion wieder auf Sollstärke zu mustern.«

Eivora bewunderte Xerohns Ruhe.

»Dafür brauchen wir Ausrüstung.«

»Und für den Transport zurück sind Fuhrwerke nötig!«, warf Eivora ein. Sie wollte wenigstens noch eine Kleinigkeit herausschlagen, auch wenn es kein Vergleich zum Plünderrecht war.

»Ihr habt doch die Truhen mit dem Silber bekommen, das ich Euch gezahlt habe.«

»Das meiste davon steht in Rorgator«, sagte sie vorsichtig. »Der Rat von Eisen und Gold hält es zurück, bis der Erfolg des Kontrakts bestätigt wird.«

Harlef seufzte theatralisch. »Das werde ich tun, wenn Ihr keinen weiteren Ärger macht. In Erwartung Eurer Entlohnung könnt Ihr Euch bei Euren Kriegern ein paar Münzen leihen und bei meinen Untertanen einkaufen.« Er vollführte eine großmütige Geste. »Und hütet Euch vor Übergriffen. Ich werde das Recht gegen jedermann ohne Erbarmen durchsetzen. Ein Herrscher darf sich keine Schwäche erlauben.«

Xerohn nickte ernst. »Darin stimmen wir überein.«

»Ich hoffe, wir sehen uns wieder, König Harlef.« Iskala begleitete ihre Worte mit einem dermaßen kalten Lächeln, dass sich Eivora nicht gewundert hätte, wenn die Quader, aus denen die Mauer gefügt war, geschaudert hätten. »Das hoffe ich wirklich.«

»Was ist das denn nun für ein Problem, bei dem ich helfen soll?«, fragte Eivora.

Sie verdächtigte Jakena, dass sie sie nur mit geschientem Bein und Krücke durch den aufgeweichten Boden zum Ostlager staksen ließ, um sie zu ärgern. Die sehnige Kampfherrin war noch immer schlecht auf Eivora zu sprechen, weil diese den Bogenschützen den Rücken gekehrt hatte. Ihr war sogar zuzutrauen, dass sie darauf hoffte, dass ihre ehemalige Untergebene betteln würde, getragen zu werde. Aber darauf könnte Jakena ewig warten!

»Das wirst du gleich sehen.« Die Sehne von Jakenas Bogen war ausgehängt, das Holz mit schützendem Leinen umwickelt. Die Waffe hing parallel zum mit einer Lederkappe verschlossenen Köcher auf dem Rücken. »Während du Ygôdas Nachtleben genossen hast, hat sich hier einiges getan.«

»Ich war nicht untätig«, protestierte Eivora. »Am Ende haben wir schließlich erreicht, wozu wir gekommen sind.« Vielsagend blickte sie zurück auf die Bresche, die wie eine Wunde in der Mauer klaffte. Selbst jetzt, da die Sonne bereits auf der anderen Seite der Stadt dem Horizont entgegensank, war sie unübersehbar. Die Schutthalde war ein unregelmäßiger Kegel, der vierzig Höhenschritt hinaufführte und dort in die keilförmige Öffnung überging. Auch diese hatte keine glatten Flanken. Einige Quader hatten die Blitze unbeschadet überstanden und ragten nun weit seitlich in die Luft, nur noch an einem kleinen Stück in der Mauer gehalten. Ab und zu löste sich ein solcher Brocken und polterte in die Tiefe.

»Du hattest schon schlechtere Tage.« Aus Jakenas Mund war das ein Lob.

Ein Rottmeister sprach die Kampfherrinnen an und fragte sie, wohin die Ausrüstung, die sie den Gefallenen abnahmen, gebracht werden sollte. Eivora war froh, dass Jakena sich dieser Sache annahm, das gab ihr die Möglichkeit, zu verschnaufen. Ihr linkes Bein schien sich nicht entscheiden zu können, an welcher Stelle es besonders schmerzen sollte, sodass die Pein immer woanders pochte. Im Moment fühlte sich die Wade an, als sei die Axt dort eingeschlagen. Eivora überlegte, ob man am Knie einen Winkel in der Schiene anbringen könnte. Vielleicht wäre es ihr dann möglich, sich in einem Sattel zu halten.

Aglix nutzte den Moment des Stillstehens und krabbelte von ihrer Schulter. Er huschte kopfüber ihren Bauch hinunter und machte es sich an der Schnalle ihres Schwertgehänges gemütlich. *Du musst mir noch einmal Glück bringen*, dachte sie. *Das Bein muss schnell heilen.*

Sie setzten ihren Weg über das Schlachtfeld fort. Hier im Osten lagen beinahe nur tote Angreifer. Die Ygôder hatten sie mit Pfeilen und Katapultgeschossen eingedeckt, ihre Befestigung aber nicht verlassen. Im Westen sollte es anders sein, hatte Pirlitu berichtet. Dennoch tummelten sich die Krähen auch hier so dicht, dass manche Leichen unter einem Gewimmel blauschwarz glänzenden Gefieders verschwanden. Für diese Vögel war jede Schlacht ein Sieg.

Das notdürftig errichtete Feldlager lag auf einem Hügel, aber auch hier war der Boden noch nass. Feldschere versorgten die Verwundeten. Wer arbeitsfähig war, stapelte die Ausrüstung auf den Karren. Eivora spürte die Unzufriedenheit der Krieger. Wegen der Verweigerung der Plünderung fühlten sie sich um den Lohn ihrer Mühen betrogen. Ihr ging es ebenso, aber sie wusste, dass sie das nicht aussprechen durfte. Die Disziplin musste gewahrt bleiben. Der Befehl lautete, Ygôda nicht mehr zu betreten. Niemandem kam es zu, das infrage zu stellen, und die Anführer sollten keinesfalls dazu ermuntern.

Eine Handvoll Söldner stand an eine Baumgruppe gefesselt, die Hände über den Köpfen an Äste gebunden. Sie trugen ihre Rüstungen noch, drei Kettenhemden, die anderen Leder. Vor ihnen glühten Kohlen in zwei Becken. Die davon aufsteigende Hitze trocknete das Laub. Zwischen den Dreibeinen stand jemand, dessen Anblick Eivora stehen bleiben ließ, als pralle sie gegen eine Wand.

»Ja.« Die Belustigung war Jakena anzuhören. »Ich war auch überrascht.«

»Fiafila!«, rief Eivora.

»Fiafila-Ignuto.« War ihre Stimme tiefer als zuvor?

Die hohen Wangenknochen und die mandelförmigen Augen gaben ihrem Gesicht nach wie vor etwas Aristokratisches, obwohl seine linke Hälfte gerötet war wie bei einem starken Sonnenbrand. Auf dieser Seite wuchs der Homunkulus aus ihrer Schulter.

Der kleine, graue Körper hatte sich nicht verändert. Brauenwulste beschatteten die schwarzen Äuglein im mundlosen Gesicht, die Ohren falteten sich über die Schultern hinaus auf. Dennoch wirkte die dämonische Wesenheit unsagbar falsch.

»Wo ist Chastro-Ignuto?«, fragte Eivora entsetzt.

»Was schwach an ihm war, ist vergangen«, beschied Fiafila-Ignuto. »Ich bin jetzt die Avatar.«

Im Schwarz der Homunkulusaugen loderte Feuer.

Auch an Fiafila selbst war etwas anders. Sie hielt sich noch immer besonders aufrecht, wie schon als Priesterin. Natürlich war ihre Tunika jetzt auf der linken Seite aufgetrennt, um dem Homunkulus Raum zu geben. Aber da war mehr …

»Dein Haar.« Eivoras Stimme zitterte.

»Ich habe es abgeschnitten. Das Schwertfeuer hat es versengt.«

»Xerohn sagt, sie kann besser damit umgehen als alle Avatare vor ihr«, warf Jakena ein.

Nicht das zu unordentlichen Büscheln geschnittene Haar machte Fiafilas Gesicht so fremd – es waren ihre Augen! Auch vorher hatte bereits ein violetter Schimmer im Blau gelegen, wenn das Licht in einem besonderen Winkel hineingefallen war, aber jetzt waren sie malvenfarben!

»Was erschreckt dich so?«, fragte Fiafila-Ignuto. »Menschen lernen dazu. Sie entwickeln sich, wenn sie die Bosheit der Welt erkennen und sie für sich nutzen.« Ihr Lächeln wäre Xerohns würdig gewesen.

»Manche Bosheiten will unsere neue Avatar jedoch nicht mehr dulden.« Jakena zeigte auf die an die Bäume gefesselten Söldner.

»Was ist mit denen?«, fragte Eivora. »Haben sie geplündert?«

»Das auch«, sagte Jakena. »Aber bevor der Befehl kam, es zu unterlassen.«

»Dann lasst sie doch zurückgeben, was sie genommen haben. König Harlef ist kein naiver Mann. Er wird es dabei bewenden lassen, wenn er es überhaupt seiner Aufmerksamkeit für wert erachtet.«

»Sie haben ihre Hand auf spezielle Schätze gelegt.«

»Nicht nur ihre Hand«, sagte Fiafila-Ignuto. »Sie haben Bürgerinnen geschändet.«

»So etwas kommt vor«, meinte Eivora. Wieso hielt man sich mit solchen Nichtigkeiten auf? »Die Hitze einer Schlacht bringt das Blut vieler Männer zum Kochen.« Was wollte diese fremde und doch vertraute Fiafila? *Und wieso hat Jakena mich nicht darauf vorbereitet?*

»Der letzte Befehl deines Vaters lautete, Schändungen zu unterbinden.«

»Was?«, rief Eivora.

In Fiafila-Ignutos Gesicht war keine Regung zu erkennen. »Ein Mann, der sich an einer Frau vergeht, verliert die Kontrolle. Er lässt sich nicht mehr kommandieren. Die Disziplin, die das Rückgrat einer Legion bildet, weicht auf. Es ist Kesters Vermächtnis an den Klingenrausch, diese Dinge zu unterbinden und die Einheit damit zur besten der Welt zu machen.«

Eivoras Denken stand still. Es kam erst wieder in Gang, als Aglix' Köpfchen an ihrem Hals kitzelte. Sie fragte sich, ob diese Absurdität einem Fiebertraum entsprang, den ihre Beinwunde verursachte.

»Solche Dinge geschehen nach jeder Schlacht«, stellte sie fest.

»Der Klingenrausch ist nicht wie andere Legionen«, versetzte Fiafila-Ignuto. »Er wird besser sein. Härter. Disziplinierter. Ruhmreicher. Wenn die Krieger sich nehmen, was sie wollen, bevor die Kampfherren das Plündern gestatten, leidet der Ruf einer Legion. Die Anführer erscheinen schwach.«

Eivora blinzelte. »Welche Bestrafung hast du denn im Sinn?«

»Wir verbrennen sie in dem Feuer, mit dem wir nach Rorgator heimkehren, sodass alle sehen, welche Strafe denen droht, die die Disziplin missachten.«

Einer der Gefesselten schrie gegen seinen Knebel an.

»Du bist verrückt.«

Als Eivora es aussprach, erkannte sie, dass die Worte nicht nur dahergesagt waren. Fiafilas Verstand bewegte sich nun offenkundig jenseits dessen, was man gemeinhin als geistige Gesundheit ansah. *Waren wir Freundinnen?* Jedenfalls hätten sie es werden können. Eivora fühlte sich, als würde ihr eine einmalige Silbermünze entgleiten und in unerreichbare Tiefe fallen.

»Vollkommen übergeschnappt«, hörte sie sich selbst sagen. »Das viele Feuer bekommt dir schlecht.« Der Homunkulus auf Fiafilas Schulter erschien ihr unsagbar falsch.

»Gilt der letzte Befehl des Flammenbringers also nichts?«

Schnaubend schüttelte Eivora den Kopf. Hätte jemand anderes diese Frage gestellt, hätte sie mit Stahl geantwortet!

»Du sprichst von meinem Vater. Vergiss das nicht«, mahnte sie. »Aber wir können diese Söldner unmöglich für etwas umbringen, das schon ein Viertel der Legion irgendwann getan hat. Sonst gehen uns alle von der Fahne!«

Fiafila-Ignuto runzelte die Stirn. »Dennoch muss die Disziplin gewahrt bleiben. Denkt daran, dass mich der Rat von Eisen und Gold befragen wird, wenn er über den Status der Einheit berät.«

»Also gut.« Jakena hob beschwichtigend die Hände. »Wie wäre es mit Brandeisen? Wegen der Disziplinlosigkeit, nicht wegen der Schändung.«

»Keine Schändungen mehr«, insistierte Fiafila-Ignuto.

»Keine ohne vorherige Erlaubnis«, gab Jakena zurück.

Die beiden starrten sich an.

»Das reicht für den Anfang«, beschied die Avatar und schritt davon.

»Warum hast du Leronn erschlagen?«, fragte Eivora.

Pirlitu und sie saßen unter einem Baldachin in Sichtweite des Sonnentors. In der anderen Richtung stieg der dunkle Rauch von den Resten der Leichenfeuer in den blauen Himmel. Trotzdem wimmelte es noch immer von Krähen, die sich um Leichenteile auf dem Schlachtfeld zankten.

»Weil er mich herausgefordert hat.« Pirlitus Füße ruhten auf dem Kartentisch, den Weinbecher schwenkte sie mit der linken Hand. »Wir haben uns im Feuerkreis getroffen.«

Es war Eivora unangenehm, direkter zu fragen. »Meine Leute sagen, dass er glaubte, du hättest den Blitzstein gehabt.«

Pirlitu zuckte mit den Achseln, ohne zu antworten. Sie betrachtete die gewaltige Stadtmauer, deren Beschädigung von hier aus nicht zu sehen war. Auf den Zinnen glänzten die kupfernen Fahnenmasten in der Sonne.

»Hast du befohlen, Zigûn umzubringen und das Artefakt zu rauben?«, fragte Eivora.

Falten furchten die schwarze Stirn. »Warum interessiert dich, was vergangen ist und niemand mehr ändern kann?«

»Weil er ein Kamerad war.«

»Kameraden sollte man niemals mit Freunden verwechseln.«

»Das tue ich nicht«, versicherte Eivora. »Aber eine Legion, die mit sich selbst im Streit liegt, kann nicht siegen.«

»Wir haben Ygôda gestürmt. Dank deines Einsatzes!« Sie prostete Eivora zu. »Das will ich anerkennen, obwohl mir dadurch das Kommando über das Sturmbanner entgeht.«

Nachdenklich nickte Eivora. »Auch das haben sie mir erzählt. Meine Leute haben dir den Befehl angeboten.«

»Das ist Vergangenheit, Kleine. Nichts, worüber sich eine Söldnerin Gedanken machen sollte.«

»Wie soll ich das Sturmbanner anführen, wenn es mich loswerden will?«

»Man muss ein Pferd zureiten, bevor es spurt. In Ygôda hast du bewiesen, dass du siegen kannst.«

»Ich habe den Großteil meines Trupps verloren«, zweifelte Eivora.

»Du hast die Mauer gebrochen. Das ist es, was bleibt, wenn man auf die Meriten unseres Feldzeichens blickt.«

Eivora erinnerte sich an ihre Wut, als Zigûn die Standarte in den Magmafluss getaucht hatte. Frisch gewebt leuchteten die Farben hell. Dennoch hatte Eivora der alte, vom Wetter gebeutelte Stoff mit mehr Stolz erfüllt. Er war über viele Jahre ein Gefährte gewesen.

Das Feldzeichen stand ein paar Schritt vor dem Baldachin in den Boden gerammt. Garallo grinste der Stadt entgegen, von wo man König Harlefs Gesandtschaft erwartete. Weiter links, auf dem Schimmersee, hüpften auf den Wellen die schwarzen Rümpfe der Boote, mit denen die Söldner aus dem Ostlager herüberkamen. Die Legion vereinigte sich.

»Im Westlager hat es euch schwer erwischt«, stellte Eivora fest.

Pirlitu zuckte die Achseln. »Wir haben gekämpft. Deswegen sind wir gekommen.«

Eivora presste die Lippen aufeinander, bevor sie weitersprach. »Ich habe euch die Ygôder auf den Hals gehetzt. Das erschien mir die beste Möglichkeit, ihre Kräfte von der Stelle wegzubekommen, an der ich die Bresche schlagen wollte.«

»Das ist dir gelungen.«

»Es hat viele umgebracht.«

Die schwarze Kampfherrin verzog den Mund. Das Thema ging ihr sichtlich auf die Nerven. »Wie ich bereits sagte: Wir sind Kameraden, keine Freunde. Wenn wir durchs Feuer marschieren, dann um zu kämpfen, nicht, um zu streicheln. Außerdem haben die Ygôder stärker geblutet als wir.«

Auch der Späher, den Eivora, Gonter und Deani gemeinsam mit Wyllôm gefangen genommen hatten, war gefallen. Eivora wusste nicht, ob ihn die Söldner zu Beginn des Überfalls getötet hatten oder ob er im Chaos von Kampf und Unwetter den eigenen Kameraden zum Opfer gefallen war, als diese das Lazarettzelt überrannt hatten. Sie sah auch keinen Sinn darin, danach zu fragen. Pirlitu hatte recht, Söldner sollten besser nicht zu sehr in die Vergangenheit blicken.

Trotzdem dachte sie an Deani. Sie war eine hervorragende Fährtensucherin gewesen, zwar manchmal schwierig, aber doch eine gute Kameradin. Eivora prostete dem Feldzeichen zu. »Alles zum Ruhm des Klingenrauschs.«

Pirlitu schwenkte ihren Kelch ebenfalls in Garallos Richtung. »Hammerschlag.«

Sie tranken einen Schluck.

Pirlitu nahm die Füße vom Tisch. »Sie kommen.«

In der Tat öffnete sich das Sonnentor und ließ eine lange Doppelreihe von Reitern heraus.

»Ich habe Leronn gemocht, Pirlitu.« Eivora stand auf und rückte ihren Waffengurt zurecht. »Ich will wissen, ob er für eine gerechte Sache gestorben ist. Hast du Zigûns Tod befohlen?«

Die Kampfherrin lachte auf. »Du solltest dir selbst zuhören, Kleine! In meinem Leben habe ich viele Dinge getan, für die man mir mit vollem Recht den Hals durchschneiden dürfte. Dass ich noch atme, liegt daran, dass bislang niemand Erfolg bei dem Versuch hatte. Wenn ich befohlen haben sollte, wovon du sprichst, wird es meine Waage nur unwesentlich tiefer drücken.«

»Im Ernst.« Eivora sah die Frau an, die lange ihre kommandierende Offizierin und auch ihre Freundin gewesen war. *Oder doch nur meine Kameradin?* »Ich will es wissen.«

Pirlitu grinste. »Dann finde es heraus. Aber nicht jetzt. Wir müssen die Dokumente prüfen, die diese Ratte Harlef über den Erfolg unseres Kontrakts ausgestellt hat.«

Gonter sah dem Fuhrmann an, dass ihm inmitten der Söldner unwohl war. Er zählte noch nicht einmal nach, als ihm der Weibel das Münzsäckchen gab. Stattdessen rief er die Knechte zusammen und machte sich zu Fuß auf den Rückweg zur Stadt. Nach seinem Fahrgast sah er sich nicht um.

Gonter hatte die Kapuze seines Umhangs auf dem gesamten Weg tief im Gesicht gelassen und nur das Nötigste gesprochen. Wahrscheinlich machte sich der Fuhrmann seine eigenen Gedanken dazu, was der schweigsame Hüne bei den Söldnern suchte. *Hoffentlich reicht mein Silber, um seinen Mund noch eine Weile geschlossen zu halten.*

Der Fuhrmann hatte die letzte Gelegenheit genutzt, ein gutes Geschäft mit der abziehenden Legion zu machen. Hastig luden die Söldner zerbeulte Rüstungen und zusammengelegte Zelte auf die fünf Karren. Die Zugochsen rupften derweil träge das

Gras aus, wo sie noch welches auf dem zerstampften Boden fanden.

Auf Gonter achtete niemand. Er schulterte sein Bündel und ging hangaufwärts, dem Waldstück entgegen, über dem schwarzer Rauch aufstieg. Sicher brannte das nasse Holz nur schwer.

Je weiter er kam, desto mehr Söldner traf er an. Wer selbst gehen konnte, nahm unter den von den Weibeln geschrienen Befehlen seinen Platz in der Marschformation ein. Die Schwerverwundeten lagen auf den Karren oder auf Tragen.

Der Wald erschwerte die Übersicht, aber Gonter sagte sich, dass er immer nur bergaufgehen musste, um zur Spitze der Marschformation zu gelangen. Tatsächlich fand er so das Feldzeichen der Einheit mit dem Dämon oben auf dem Schaft. Um die eiserne Figur flackerte grünes Feuer.

Hier stand auch die neue Avatar. Gonter hatte befürchtet, die Frau, der er zuerst im *Königskopf* in Rorgator begegnet war, nicht wiederzuerkennen, aber so sehr hatte sie sich nicht verändert. Natürlich verfremdete der mit Dornen und Stacheln gespickte Panzer die Körperform, und der aus ihrer Schulter wuchernde Homunkulus bot einen erschreckenden Anblick. Aber noch unheimlicher fand Gonter, wie gewöhnlich ihr Gesicht aussah. Das Lächeln, mit dem sie gerade Eivora bedachte, hätte gut zu einer Frau gepasst, die noch nie eine Klinge berührt hatte, die länger als ein Schälmesser war.

Gonter fühlte die Wärme in seiner Brust, als er Eivora sah, obwohl sie sich auf eine Krücke stützte und ihr linkes Bein geschient war. Die Freude über das Wiedersehen überwog die Sorge wegen der Verletzung. Er trat neben sie und zog die Kapuze vom Kopf.

Überrascht sah sie ihn an.

»Wie geht es deiner Wunde?«, fragte er. »Kriegt der Feldscher das wieder hin?«

»Kommst du, um dich zu verabschieden?« Ein Lächeln zuckte, als zögere sie, es gänzlich auf ihre Lippen zu lassen.

Fiafila-Ignuto wandte sich einem Mädchen zu, dessen Haar sein Gesicht wie ein schwarzer Strahlenkranz einrahmte. Es trug einen Käfig mit einer übel zugerichteten Wildgans, der der Großteil ihres Federkleids fehlte. Ob das Tier in ein Feuer geraten war?

Vor ihnen am Hang gewannen die Flammen die Oberhand. Sie züngelten höher, die ersten erreichten die Wipfel. Gonter fühlte ihre Hitze auf dem Gesicht.

Er schüttelte den Kopf. »Ich bin nicht hier, um dir Lebewohl zu sagen. Ich glaube, mein Vater schuldet euch etwas.«

Er nahm den Sack von der Schulter und öffnete die Verschnürung. »Das Plünderrecht kann ich euch nicht verschaffen, da ist er taub, aber ich habe etwas anderes.«

Eivora atmete zischend ein, als sie sah, was er herausholte.

Die Krone seines Vaters glitzerte in den Sonnenstrahlen, die den Weg durch das Blätterdach fanden. Saphire, Smaragde und Diamanten funkelten blau, grün und weiß, das Gold schimmerte erhaben. Wo sich das Feuer darin spiegelte, hatte es beinahe das Rot von Blut. Um Gonter herum verstummten die Gespräche.

»Ich weiß, es sind keine Münzen«, sagte er, »und überhaupt hat kaum jemand Verwendung für so ein Ding, aber man kann sie einschmelzen. Wenn man die Juwelen vorsichtig herausbricht, findet sich bestimmt ein Händler, der ein bisschen Silber dafür auf den Tisch legt.«

»Wenn du uns die gibst«, meinte Eivora heiser, »kannst du nie wieder zu deinem Vater zurück.«

»Das will ich auch nicht.« Er drückte ihr die Krone in die Hand und schlug seinen Umhang zurück, um die Faust um den Schwertgriff zu schließen. »Ich bin sicher nicht der erste Söldner, der sein altes Leben hinter sich lässt, um sich mit einer Klinge ein neues zu erobern!«

Eivora grinste breit. »Ein bisschen verrückt bist du schon.« Sie drückte sich auf die Fußballen, wobei sie sich auf der Krücke abstützte.

Sie küssten sich.

Vor ihnen prasselte der Waldbrand.

»Marschieren wir«, flüsterte Eivora.

19. Der Dämon

»Ich suche Fiafila-Ignuto«, sagte Eivora. »Kannst du mir sagen, wo ich sie finde?«

Sie war dem Meister der Qualen selten begegnet, und fröhlich hatte sie ihn noch nie gesehen. Die Stirn unter der verschlungenen, auf seinem kahlen Kopf eingebrannten Rune lag in Falten, die mal tiefer, mal flacher gekerbt waren, aber niemals verschwanden. Das hatte er mit Nirto gemeinsam. Auch jetzt stand unterdrückter Zorn in seinen dunklen Augen.

»Ich war im Harnastesschrein«, fuhr Eivora fort, »aber dort ist sie nicht.«

»Da lässt sie sich auch besser nie wieder sehen.« Treskor umfasste den gedrehten Eisenstab mit dem gequälten Haupt an der Spitze. Die silberne Schlange schob sich lautlos durch die schwarzen Falten seines Gewands. Sie lag auf seinen Schultern, ansonsten sah Eivora nur Teile des glänzenden Körpers, wo der Stoff ihn nicht verbarg. Manche davon bewegten sich aufwärts, andere abwärts. Es verunsicherte sie, dass sie nicht wusste, wo sich das gehörnte Haupt befand.

Sie standen sich tief im Glühenden Tempel gegenüber. Knapp zwanzig Schritt unter ihnen stieg die Hitze vom Magma auf. Das Geflecht aus Basaltwegen erinnerte Eivora an die steinernen Pfade über den Schlachthöfen von Ygôda. Die Wunde in ihrem Bein pochte. Noch immer trug sie die lästigen Schienen, aber wenigstens konnte sie anstelle einer Krücke einen Stab benutzen.

»Ich hörte, dass die neue Avatar dem Rat von Eisen und Gold bereits von eurem letzten Einsatz berichtet hat«, sagte Treskor. »Wird eure Legion den Elitestatus behalten?«

»Man berät noch.« Sie wusste, dass ihr Onkel Kasol alles tat, um den Klingenrausch zu stärken. Das galt ebenso für seine Freundinnen, die er mit dem Auftrag losgeschickt hatte, einige Ratsherren zu überzeugen. Aber auch die Blutkrähen hatten ihre Verbündeten, und ihnen würde kaum etwas mehr Freude bereiten, als die Rivalen stürzen zu sehen.

»Sicher würde es helfen, wenn ihr euch auf einen neuen Flammenbringer einigen würdet«, meinte Treskor.

»Vorerst wird der Rat der Kampfherren weiterhin den Klingenrausch befehligen.«

»Rechtfertigt denn der Erfolg des vergangenen Kontrakts dieses Vorgehen?«

»Ygôdas Mauern galten als unüberwindlich. Wir haben sie gebrochen.«

In einer verwirrenden Kaskade strömte das flüssige Feuer von den höher gelegenen Becken in die tieferen. Am Grund von manchen quoll es auch aus dem Fels, und man munkelte, dass es an einigen Stellen im Nichts verschwand, um woanders umso heißer wieder den Weg in die Welt zu erzwingen. Eivora spürte den Schweiß, der ihre Haut überzog wie Waffenöl eine Klinge.

»Macht ist unteilbar«, grollte Treskor. »Ich bin sicher, dass auch eure Kampfherren das wissen. Sie warten nur auf den richtigen Moment.«

»Einige vielleicht.« Sie dachte an Pirlitu.

»Und einer von ihnen wird der nächste Flammenbringer sein.«

Unter seiner rechten Achsel schob sich das gehörnte Schlangenhaupt hervor. Die gespaltene Zunge zischelte aus dem Maul, das gerade weit genug geöffnet war, um die Giftzähne erahnen zu lassen.

Aglix suchte Schutz in Eivoras Ärmel. Ungewollt schmunzelte sie, weil die Füßchen auf ihrer Haut kitzelten.

Eine solche Reaktion auf seine Gefährtin war der Meister der Qualen wohl nicht gewohnt. Seine Brauen berührten sich beinahe über der Nasenwurzel.

»Ich weiß, dass Fiafila-Ignuto schon vor einem halben Tag in den Glühenden Tempel gekommen ist«, sagte Eivora. »Wir haben einiges zu besprechen. Immerhin ist sie unsere Avatar.« *Und ich wüsste zu gern, ob sie wirklich in den Flammen gesehen hat, dass Pirlitu den Blitzstein geraubt hat.*

Treskor verzog den Mund. »Sie ist am großen Feuerfall.«

Das war ganz in der Nähe.

Warum stand der Meister der Qualen überhaupt hier, auf den Basaltwegen? Er schien nirgendwohin unterwegs zu sein. Ihn hätte sie viel eher am großen Feuerfall erwartet, wo er mit den Dämonen sprach. War es etwa denkbar, dass diese Wesenheiten ihm die Tür gewiesen hatten?

War das eine Ehre für Fiafila-Ignuto?

Meist war es jedoch gefährlich, wenn die Dämonen ihren Blick auf jemanden richteten.

Eivora murmelte ihren Dank und ging, so schnell es ihr geschientes Bein erlaubte. Als sie den kurzen Zugangstunnel durchquerte, schien es ihr, als wolle das schwarze Lavagestein sie zerquetschen.

Unmittelbar vor der Balustrade lag Fiafila-Ignuto bäuchlings auf der Empore und wimmerte.

Eivoras Blick wurde jedoch zum großen Feuerfall gezogen, der blutrot und sengend in die Tiefe stürzte. Der gigantische Totenhelm ihres Vaters nahm die Hälfte der Breite von zwanzig Schritt ein. Halb steckte er im Fall. Das flüssige Feuer strömte darüber, quoll über die geweihartige Krone und vorbei am Wangenschutz. Das Gold des Helms schmolz, es tropfte in die Tiefe, und dennoch behielt er seine Form. Die Stirnrune war deutlich zu sehen, auch wenn Eivora das Zeichen nicht erkannte. Es war ein anderes als dasjenige, mit dem sie ihren Vater bestattet hatte. Im Innern des Helms drohte nur Schwärze, aber Eivora spürte die machtvolle Präsenz, die sie anstarrte.

»Gnade!«, wimmerte Fiafila-Ignuto. »Nimm das Feuer aus meinen Adern, Kester! Erbarme dich deiner wertlosen Dienerin!«

»Sie hätte mich nicht rufen sollen«, hörte Eivora eine Stimme in ihrem Kopf, die sie an den befehlsgewohnten Bass ihres Vaters erinnerte, aber auch etwas Fremdes, Unmenschliches hatte. *»Braucht ihr sie noch?«*

Eivora versuchte zu schlucken, aber ihr Hals war zu trocken. »Sie ist unsere Avatar«, stellte sie fest und wunderte sich, wie unbewegt ihre Stimme im Angesicht des Dämonischen klang, das aus ihrem Vater geworden zu sein schien. »Am Schwertfeuer übertrifft sie alle Vorgänger.«

Sie sah die Freundin an, die sich unter Qualen am Boden wand. Aber war sie das noch – eine Freundin? Ignuto hatte sich untrennbar mit Fiafila verbunden, sie war ein anderer … ja, was? Mensch? Oder etwas sehr viel Seltsameres? Doch sie war auch noch Fiafila, die Frau mit der erfrischenden Weltsicht, zugleich naiv und unbeugsam, edel und neugierig. So jemanden traf man selten.

»Sie ist sehr wertvoll für den Klingenrausch.« *Und für mich.*

Fiafila-Ignuto würgte, dann schluchzte sie. Zitternd stützte sie sich auf. Erst erhob sie sich vorsichtig auf die Knie, bevor sie ganz aufstand. Eivora las Dankbarkeit in ihrem verweinten Gesicht, als sie an ihr vorbeiging und die Empore verließ.

Für Eivora wäre es wohl klug gewesen, ebenfalls das Weite zu suchen, aber die Erscheinung des Helms schlug sie in ihren Bann. Wieder ärgerte sie sich über die Beinschiene, als sie der Hitze trotzte und bis an die Balustrade vorging. Sie legte die Hände auf dem steinernen Geländer ab. Es fühlte sich rau an und brannte unter der Haut.

»Ich habe den Klingenrausch zusammengehalten, Vater.« Machte ihre ruhige Stimme ihn stolz? Er hatte ihr beigebracht, dass eine gute Offizierin ihre Unsicherheit niemals offenbarte. »Die Legion wandelt sich und wird anders werden, als sie unter deiner Führung gewesen ist, aber sie wird bestehen.«

»Ruhm und Gold«, tönte es ihn ihrem Kopf. *»Dafür lebt ihr.«*

»Ich werde dir Reichtümer bringen, Vater, und die Welt wird vor uns zittern.«

»Ich sehe mit Wohlwollen, dass du entschlossen bist, das Leben zu schmieden, Tochter. Meine Macht wird mit dem Klingenrausch sein, obwohl ihr meinen letzten Befehl nicht befolgt habt.«

»Wir sind dabei«, beteuerte Eivora. »Es ist nur so ungewohnt, und Fiafila-Ignuto hat uns so spät gesagt, dass du die Schändungen verboten hast.«

»Nein. Das waren nicht meine letzten Worte.«

Eivoras Finger krallten sich um den heißen Stein. Hatte ihre Freundin gelogen?

»Wie lautet der Befehl, den du der Priesterin zugeflüstert hast?«

»Entfacht die Flammen«, sagte er. *»Treibt sie alle ins Feuer!«*

Glossar

Abidia: Die Stadt der tausend Tempel, Ziel unzähliger Pilger.
Armbrust: Eine moderne, Bolzen verschießende Fernkampfwaffe.
Avatar: Ein Doppelwesen, die Verbindung aus einem Homunkulus und einem menschlichen Träger.
Balliste: Eine übergroße Armbrust, wird als Geschütz eingesetzt.
Banner: Eine militärische Einheit mit einer Sollstärke von einhundert Kriegern.
Bannerherr: Der Befehlshaber eines Banners.
Basäon: Eine Windgottheit.
Blitzstein: Ein Artefakt, das Blitze anzieht.
Blutkrähen: Eine der besten Söldnerlegionen Rorgators.
Bolzen: Ein kurzer, kompakter Pfeil.
Dunkelvolk: Diejenigen Bewohner Ygôdas, die im Schatten der gigantischen Bauten und der Stadtmauer leben.
Ebilion: Eine einstmals wohlhabende Küstenstadt.
Egaste: Eine früher stolze Stadt, bekannt für ihre Spiegelmacher.
Erbon: Einer der Kegelberge, die Rorgator umgeben.
Estâl: Ein Berg nordwestlich von Ygôda.
Flammenbringer: Der höchste Offiziersrang Rorgators, üblicherweise Befehlshaber einer Legion.
Frejo: Einer der Kegelberge, die Rorgator umgeben.
Geist: Eine sphärische Wesenheit. Geister können beschworen werden und unter bestimmten Umständen die Welt der Lebenden beeinflussen.
Glühender Tempel: Die größte Verehrungsstätte für die Dämonen Rorgators und Sitz des Meisters der Qualen.

Harnastes: Ein mächtiger Dämon, ungewöhnlich interessiert an den Vorgängen in der Welt der Menschen.

Harnisch: Eine Rüstung, die Brust und Rücken schützt.

Hellebarde: Eine Stangenwaffe, die in einer Beilklinge, einer Stoßklinge und einem Reißhaken ausläuft, was vielfältige Einsatzmöglichkeiten bietet.

Hellebardier: Ein Krieger, der eine Hellebarde führt.

Homunkulus: Eine aus dämonischem Samen gezüchtete Wesenheit, die oftmals Besitz von ihrem Träger ergreift.

Isôn: Die Quellflüsse Kalter und Warmer Isôn münden in den Schimmersee, der durch Ygôda abfließt, wodurch der Große Isôn entsteht.

Kampfherr: Ein hoher Offiziersrang, kommandiert in der Regel eine Kampfeinheit aus mehreren Bannern.

Kerôn: Ein Berg nördlich von Ygôda.

Kirlestes: Ein mächtiger Dämon.

Klingenrausch: Eine ruhmreiche Söldnerlegion aus Rorgator.

Kontrakt: Ein Vertrag, der die Dienstbedingungen und die Bezahlung einer Söldnereinheit sowie die Verpflichtungen ihres Auftraggebers regelt.

Kriegsherr: Der Oberbefehlshaber einer Kriegspartei, oftmals auch Dienstherr von Söldnereinheiten.

Lava: Erstarrtes Magma, schwarzes Gestein, oft mit Glaseinschlüssen.

Legion: Eine große Söldnereinheit, die mehrere Tausend Krieger umfasst und meist von einem Flammenbringer befehligt wird.

Magma: Glutflüssiges Gestein.

Meile: Ein Längenmaß, entspricht einem Kilometer.

Meister der Qualen: Der oberste Dämonenpriester Rorgators.

Nuss: Ein Bauteil einer Armbrust, ein eiserner Haken, der die Sehne hält.

Pike: Eine Stangenwaffe, ein schwerer Spieß.

Pikenier: Ein Krieger, der mit einer Pike kämpft.

Rat von Eisen und Gold: Die Regierung Rorgators.

Rorgator: Eine Söldnermetropole, geschützt von den schlagkräftigsten Legionen der Welt, Vulkanen und dämonischen Mächten.

Rotte: Eine militärische Einheit mit einer Sollstärke von fünfundzwanzig Kriegern.

Rottmeister: Ein Offiziersrang, befehligt eine Rotte.

Schanzknecht: Ein Krieger, der auf Pionierarbeiten wie den Bau von Brücken und Katapulten oder das Graben von Belagerungstunneln spezialisiert ist.

Schimmersee: Der See nördlich von Ygôda, der seinen Namen von leuchtenden Quallen hat.

Schritt: Ein Längenmaß, entspricht einem Meter.

Schulterkachel: Ein Teil einer Rüstung, bewegliche Metallscheibe, die den Übergang zwischen Harnisch und Armschutz deckt.

Schwertfeuer: Eine dämonische/magische Erscheinung, bei der Geister die Empfindungen von Kämpfern in einer Schlacht in farbigen Flammen darstellen.

Tral: Eine sechseckige Silbermünze.

Worân: Ein Berg nordöstlich von Ygôda.

Ygôda: Eine Metropole mit riesiger Handelsmacht, geschützt von einer einhundert Schritt hohen, als unüberwindbar geltenden Mauer.

Zilint: Eine linsenförmige Silbermünze.

Dramatis Personae – Hauptfiguren

Chastro-Ignuto (m, 31): Ein Avatar, ein Doppelwesen aus Mensch und dämonischem Homunkulus, der aus seiner linken Schulter wächst.

Chastro wuchs als Bauernkind auf, entfloh jedoch der Scholle auf der Suche nach Abenteuer, das er als Söldner in Rorgator zu finden hoffte. Er setzte sich in den Straßen durch und gewann gleich gesinnte Freunde, mit denen er einige Zeit in anderen Einheiten diente, bevor er als Pikenier zum Klingenrausch kam. Als Krieger war er unauffällig, entwickelte jedoch eine tiefe Faszination für das Feuer und die Dämonen, die es beherrschen.

Der sichtbare Teil von Ignutos Körper ist etwa eineinhalb Handspann groß, er wächst mit der Hüfte aus der linken Schulter seines Trägers. Der Homunkulus ist von steingrauer Farbe und strahlt Hitze aus, wodurch die ihm zugewandte Hälfte des menschlichen Gesichts verbrannt ist. Sie wirkt wie rissige Kohle, inmitten deren eine Bronzekugel das zerstörte Auge ersetzt.

Der Homunkulus besitzt keinen Mund, aber unverhältnismäßig große, fächerförmige Ohren. Aus seinen von Wülsten beschatteten Augen schießen immer wieder Flammen. Er kann menschliche Gefühle schmecken und manchmal Gedankenfetzen sehen, vor allem dann, wenn der Beobachtete leidet. Der gehörnte Kopf ist unbehaart. Niemand weiß, wie tief die Wurzeln des Homunkulus inzwischen in die Brust seines Trägers reichen.

Eivora (w, 24)**:** Eine Söldnerin, die von ihrem Vater Kester, dem Befehlshaber des Klingenrauschs, gelernt hat, Besonnenheit und Entschlossenheit zu vereinen, wenn sie eine Einheit kommandiert. Eivora ist auffällig klein und eine schlechte Nahkämpferin, aber sehr gut mit der Armbrust.

Eivora wuchs in der idyllischen Küstenstadt Ebilion auf, bis diese von Piraten überfallen wurde. Dabei kam ihre Mutter zu Tode. Ihr Vater nahm seinen früheren Beruf als Söldner wieder auf und kehrte nach Rorgator zurück. Mit 12 Jahren begleitete Eivora ihn erstmals auf einem Feldzug, mit 14 tötete sie ihren ersten Gegner, als die Marschkolonne überfallen wurde.

Eivora wurde zunächst bei den Bogenschützen eingegliedert, später bei den Armbrustern. Ihr Vater achtete darauf, sie umfassend auszubilden, verhinderte jedoch, dass sie an vorderster Front kämpft. Obwohl sie im Rang einer Bannerherrin steht, hat sie daher kein reguläres Kommando, sondern übernimmt allenfalls, wenn eine Einheit im Verlauf eines Feldzugs führerlos wird.

Mit 20 wurde Eivora durch einen Stich schwer verwundet. Das Eingreifen der Kameraden rettete ihr Leben, sie ist jedoch seitdem unfruchtbar. Eine lange Narbe am Bauch und eine kleinere am Rücken zeugen von dieser Verletzung.

Eivora bewundert ihren Vater und teilt seine Faszination für das Söldnertum und den Klingenrausch. Andererseits will sie aus seinem Schatten treten und sich selbst beweisen.

Fiafila (w, 28)**:** Eine Priesterin des Windgottes Basäon, Vorsteherin seines Tempels in Abidia.

Die Tochter von Teppichknüpfern zeigte schon als Kind ungewöhnliche Weisheit in Gesprächen mit Erwachsenen. Von ihren Spielkameraden wurde sie häufig gebeten, Streit zu schlichten und für die gerechte Verteilung von Süßigkeiten Sorge zu tragen.

Nach dem Tod von zwei Brüdern gaben die Eltern Fiafila mit 10 Jahren am Abschluss einer Pilgerreise nach Abidia in die Obhut des dortigen Basäontempels – ein Vorschlag, den das Mädchen selbst vorbrachte. Diese Opfergabe sollte das Leben des dritten, damals fünfjährigen, Bruders schützen.

Auch innerhalb der Tempelgemeinschaft fielen Fiafilas Verständigkeit und ihr ausgleichendes Wesen auf. Viele Gläubige wünschten, bei den heiligen Riten von ihr betreut zu werden. Bereits mit 25 Jahren wurde sie zur Tempelvorsteherin bestimmt.

Fiafila hält sich auffällig gerade, was neben den aristokratischen Zügen mit den hohen Wangenknochen zu ihrer edlen Ausstrahlung beiträgt. Sie ist bekannt dafür, auch in Positionen, die sie ablehnt, wahre Aspekte zu erkennen.

Gonter (m, 26)**:** Hochgewachsen und breitschultrig ist der Prinz ein Thronfolger nach dem Geschmack König Harlefs, der sich selbst als Kriegerfürst sieht. Daher lässt er seinen Sohn neben den feinen Hofsitten auch den Umgang mit Frauen, Verwaltung und Fechtkunst studieren. Gonter hat viele Lehrer, beherrscht mehrere Kampfstile und gilt als exzellenter Fechter, stand jedoch nie in einem echten Kampf.

Den Großteil seines Lebens verbrachte Gonter im sich ständig ausdehnenden Reich seines Vaters. Diesen sieht er jedoch nur selten, weil König Harlef häufig Krieg führt.

Mit Mitte 20 befindet er sich in einem Alter, in dem er Verantwortung übernehmen soll. Sein Vater sieht ihn als künftigen Regenten der Titanenstadt Ygôda. Deswegen machte sich Gonter in Begleitung einiger Leibwächter auf nach Rorgator, um eine schlagkräftige Söldnerlegion unter Kontrakt zu nehmen.

Trotz seines kämpferisch geübten Körpers gilt Gonter als sanftmütig. Er sieht sich in der Pflicht, die Menschen zu beschützen, die sich ihm anvertraut haben. Durch seine harte Erziehung hat er jedoch auch gelernt, sich gewaltsam durchzusetzen, um seine Ziele zu erreichen. Er ist sich – manchmal schmerzlich – bewusst, dass er nicht nur Sohn, sondern auch Untertan seines Vaters ist.

Dramatis Personae – Nebenfiguren

Aglix (m, 2)**:** Ein anhänglicher Feuersalamander.

Asliva (w, 33)**:** Eine Kampfherrin mehrerer Pikenierbanner des Klingenrauschs.

Atirion (m, 34)**:** Der Kampfherr der Stabseinheiten des Klingenrauschs mit extrem gutem Gedächtnis. Eine Klinge ersetzt ihm die rechte Hand.

Auge (m, 38)**:** Ein Fürst des Dunkelvolks von Ygôda, kontrolliert das Gebiet um die Palastpyramide.

Avlam (m, 53)**:** Der Anführer einer Straßenbande in Ygôda.

Brohn (m, 30)**:** Ein Leibwächter von Prinz Gonter.

Brono (m, 26)**:** Ein sehr beleibter Rottmeister im Sturmbanner.

Cemâr (m, 49)**:** Der Hofalchimist von Ygôda.

Deani (w, 26)**:** Ehemals eine Jägerin. Nachdem ihr Herr ihre Nase an ein Schwein verfütterte, schloss sie sich dem Sturmbanner als Fährtensucherin an.

Erlon (m, 43)**:** Hauptmann in König Harlefs Heer.

Garallo: Die Standartenfigur des Klingenrauschs, hat die Gestalt eines grinsenden Dämons.

Gennetos (m, 48)**:** Ein geachteter Schmied in Rorgator.

Gylôn (m, 27)**:** Ein Händler am Hof des Stadtfürsten von Ygôda, bekannt dafür, verschwundene Dinge wiederzubeschaffen.

Harlef (m, 52)**:** Ein Kriegerkönig, der die Macht seines Reichs verzehnfacht hat und nun Ygôda unter seine Herrschaft zwingen will.

Imgo (m, 20)**:** Ein patriotischer Krieger in König Harlefs Heer.

Irûna (w, 23)**:** Die Prinzessin Ygôdas. Würde einen schmackhaften Bissen niemals ablehnen.

Iskala (w, 38)**:** Die Kampfherrin des Zauberbanners, Befehlshaberin der Magier und Spione. Trägt einen Rubin in der Stirn.

Jakena (w, 37): Die Kampfherrin der Bogenschützen.

Kasol (m, 50): Ein Mitglied in Rorgators Rat von Eisen und Gold, Eivoras Onkel.

Kester (m, 49): Der gerühmte Flammenbringer des Klingenrauschs, Eivoras Vater.

Kistur (m, 29): Ein Leibwächter Prinz Gonters.

Kurlo (m, 5): Ein Kind wohlhabender Viehhändler, das sich in der Dunkelheit verirrt hat.

Leronn (m, 50): Der älteste Kämpe des Sturmbanners.

Lisuta (w, 51): Ein Mitglied in Rorgators Rat von Eisen und Gold.

Lostor (m, 27): Ein Rottmeister des Sturmbanners, der Gold im Munde führt.

Mehol (m, 23): Ein Schwertkämpfer im Sturmbanner.

Nirto (m, 26): Ein Rottmeister des Sturmbanners, Axtkämpfer, für trickreiche Taktiken bekannt.

Nomiron (m, 39): Ein Kampfherr der Pikeniere im Klingenrausch.

Oraneta (w, 32): Die Kampfherrin der Schanzknechte im Klingenrausch.

Petênn (m, 27): Ein kräftiges Mitglied von Auges Bande.

Pett (m, 9): Ein Junge, der beim Dunkelvolk in den Straßen Ygôdas lebt.

Pirlitu (w, 31): Die Kampfherrin der Armbruster im Klingenrausch.

Pliguna (w, 48): Die älteste von Kasols Geliebten.

Prekesta (w, 27): Eine Söldnerin mit einem Talent für Organisation und einer Schwäche für Grausamkeit.

Razonn (m, 42): Ein Kampfherr im Klingenrausch, wo er sieben Pikenierbanner befehligt.

Rewo (m, 27): Ein Leibwächter Gonters.

Salvaya (w, 28): Eine Rottmeisterin des Sturmbanners, bekannt für ihre aggressive Kampfweise.

Sumeêl (m, 60): Der Stadtfürst von Ygôda, gelähmt.

Tersten (m, 28): Ein Weibel des Sturmbanners mit großer Körperkraft.

Treskor (m, 73): Der Meister der Qualen, höchster Dämonenpriester Rorgators.

Tsiglôn (m, 38): Ein Bandenführer des Dunkelvolks von Ygôda.

Ûlohn (m, 52): Ein ruhmsüchtiger Magistrat von Ygôda.

Ulv (m, 12): Ein Gaukler, der als Söldner im Zauberbanner dient.

Wareno (m, 22): Ein Heiler auf der Soldliste des Klingenrauschs.

Wilania-Pressito (w, 33): Eine Avatar, die im Glühenden Tempel neue Homunkuli züchtet.

Wyllôm (m, 25): Ein Späher aus Ygôda.

Xerohn (m, 34): Ein Kampfherr im Klingenrausch, bekannt für seine rigorose Disziplin. Er befehligt die Hellebardiere.

Yra (w, etwa 13): Ein dürres Mädchen aus dem Tross von König Harlef.

Zaîfa (w, 21): Die Tochter und Gehilfin des Hofalchimisten von Ygôda.

Zigûn (m, 37): Der Kampfherr des Sturmbanners.